카프카 전집 5

Das Schloß

성

성

장편소설

프란츠 카프카 지음 | 오용록 옮김

솔

결정본 '카프카 전집'을 간행하며

불안과 고독, 소외와 부조리, 실존의 비의와 역설…… 카프카 문학의 테마는 현대인의 삶 속에 깊이 움직이고 있는 난해하면서도 심오한 여러 특성들과 연관되어 있다. 그러나 지금 카프카 문학이 지닌 깊이와 넓이는 이러한 실존적 차원에 국한되지 않는다. 카프카의 문학적 모태인 체코의 역사와 문화가 그러했듯이, 그의 문학은 동양과 서양 사이를 넘나드는 매우 중요하면서도 인상 깊은 정신적 가교架橋로서 새로운 해석을 요청하고 있으며, 전혀 새로운 문학적 상상력과 깊은 정신적 비전으로 현대와 근대 그리고 미래 사이에 가로놓인 장벽들을 뛰어넘는, 또한 근대 이후 세계 문학에 대한 인식틀들을 지배해온 유럽 문학 중심/주변이라는 그릇된 고정관념들을 그 내부에서 극복하는, 현대 예술성의 의미심장한 이정표이자 마르지 않는 역동성의 원천으로서 오늘의 우리들 앞에 다시 떠오른다.

일러두기

1. 한자 및 외국어는 필요한 경우에 병기하였다.
2. 외국어 우리말 표기는 국립국어원 지침에 따랐으나 특별한 경우 예외를 두었다.
3. 부호와 기호는 아래와 같다.

　　—책명(단행본)·장편소설·정기간행물·총서: 겹낫표(『 』)
　　—논문·시·단편 작품·연극·희곡: 낫표(「 」)
　　—오페라·오페레타·노래·그림·영화·특정 강조: 홑화살괄호(〈 〉)
　　—대화·인용: 큰따옴표(“ ”)
　　—강조: 작은따옴표(‘ ’)

차례

1
도착

K가 도착했을 땐 늦은 저녁이었다. 마을은 눈 속에 깊이 묻혀 있었다. 성이 있는 언덕은 안개와 어둠에 잠겨 있어 아무것도 볼 수 없었으며, 어렴풋이나마 큰 성이 있음을 알려주는 불빛도 없었다. K는 오랫동안 큰길에서 마을로 이어지는 나무다리 위에 서서 허공으로 보이는 데를 쳐다보았다.

그리고선 그는 잠자리를 찾으러 갔다. 주막에는 아직 불이 켜져 있었지만, 빈방은 없었는데, 주인이 때늦게 찾아온 손님에 놀라 당황해하며 K에게 식당에서 짚자리를 깔고 자라고 하자 K는 좋다고 했다. 농부 몇이 아직도 맥주를 앞에 두고 앉아 있었지만 그는 누구와도 얘기를 나누려 않고 다락방에서 손수 짚자리를 가져다 난로 근처에 깔고 드러누웠다. 따뜻했고 농부들은 조용했으며, 그는 지친 눈으로 그들을 조금 훑어보다가 잠이 들었다.

하지만 곧 잠에서 깨어났다. 웬, 세련된 옷차림에 얼굴이 배우처럼 생기고 실눈에 눈썹이 짙은 젊은이가 주막 주인과 함께 그의 옆에 서 있었다. 농부들도 아직 거기 있었는데 몇은 더 잘 보고 들으려고 의자까지 돌려놓았다. 젊은이는 정중히 K를 깨워 미안하다며 자신은 성의 집사 아들이라고 밝히더니 이윽고 "이 마을은 성의 소유이며, 따라서 여기서 살거나 숙박하는 자는 성에 살거나 숙박하는 것이 됩니다. 그건 백작의 허락이 있어야만 가능합니다. 그런데 당신은 그런 허가를 받지 못했거나 어쨌든 제시하지 않았소"라고 말했다.

K는 반쯤 일어나 머리를 매만지며 사람들을 칩떠보고는 말했다. "내가 잘못 찾아왔나 본데 어떤 마을에 와 있는 거지요? 그럼 여기가 성이란 말입니까?"

"물론이오" 하며 젊은이가 "베스트베스트 백장의 성이오"라고 천천히 말하는 동안 누군가 K를 보고 설레설레 머리를 저었다.

"그럼 숙박 허가가 있어야 한다는 거요?" 하고 K는 앞서 들은 말들이 꿈결에 들은 게 아닌지 짐짓 확인하려는 듯 물었다.

"꼭 허가가 있어야 됩니다"라는 대답이었다. 젊은이가 팔을 뻗어 주막 주인과 손님들에게 "아니면 허가를 받지 않아도 될까?" 하며 물었는데 이 말엔 K에 대한 조롱이 배어 있었다.

"그럼 허가를 얻어야 되겠군" 하고 K는 하품을 섞어 말하며 일어나려는 듯 이불을 밀어냈다.

"그래 대체 누구한테?" 하고 젊은이가 물었다.

"백작님한테서지"라고 K가 말했다. "다른 수는 없을 테고."

"지금, 이 한밤중에 백작님의 허락을 얻는다고?" 하고 젊은이가 외치며 한 발짝 뒤로 물러섰다.

"안 되나요?" K가 태연하게 물었다. "그럼 왜 날 깨웠소?"

그러자 젊은이는 어쩔 줄 몰라하며 "떠돌이나 하는 짓거리!" 하고 외쳤다. "백작의 관청에 경의를 갖기 바라오! 내가 당신을 깨운 건 즉시 백작령을 떠나야 한다는 걸 알려주기 위해서였소."

K는 짐짓 나지막한 목소리로 "웃기는 짓 그만 하시오"라고 말하고 자리에 누워 이불을 덮고선 "젊은 친구가 좀 지나치게 구는데 당신 태도에 대해선 내일 다시 얘기합시다. 증인이 필요하다면 주막 주인과 저 양반들이 내 증인들이오. 하지만 내가 백작이 오라고 한 토지 측량 기사라는 점은 명심하시오. 내 조수들이 내일 차에 기구

들을 신고 쫓아올 거요. 먼 여정이 눈 때문에 어긋나지 않도록 하려고 했지만 원치 않게 길을 한번 잃었기에 이렇게 늦게야 도착한 거요. 성에 알리기에 지금이 너무 늦은 시간이란 것쯤은 당신이 가르쳐주지 않아도 이미 알고 있소. 그래서 나도 이런 잠자리로 여기서 지내는데 당신이 그것을 당신이——완곡하게 말해——그것을 방해하는 무례를 범했소. 이것으로 내 설명은 끝났소. 안녕히들 주무시오." 그리고 나서 K는 난로를 향해 돌아누웠다.

"토지 측량사라고?" 하며 머뭇머뭇 묻는 소리가 그의 등뒤에서 들렸는데 그리고는 통 소리가 없었다. 그러나 젊은이는 곧 평정을 찾아 주인에게 K가 잠자고 있음을 충분히 고려한 듯한 나지막한 소리로, 그렇지만 알아들을 만한 소리로 "내 전화로 물어보겠소"라고 말했다. 뭐, 이런 시골 주막에 전화까지? 시설이 대단하군. 이 하나하나가 K를 놀라게 했지만 전체적으론 그가 예상했던 대로였다. 사실 전화는 그의 머리맡에 달려 있었는데 잠에 취해서 알아보지 못했던 것이다. 이제 젊은이가 전화를 해야 한다면 아무래도 K의 잠을 방해하지 않을 수 없을 것이고, 문제는 K가 그에게 전화를 하도록 할 것이냐인데 K는 그렇게 하도록 결정했다. 그러면 자는 체하는 노릇도 아무런 의미가 없어 그는 다시 바로 누웠다. 그의 눈에 농부들이 주뼛주뼛 붙어 앉아 수군대는 모습이 보였는데, 측량사가 왔다는 것이 결코 하찮은 일은 아닌 모양이었다. 언제 부엌문이 열렸는지 거기에는 문을 다 채울 듯 우람한 체격의 안주인이 서 있고, 주막 주인이 그녀에게 보고하기 위해 살금살금 다가갔다. 그러자 전화가 시작되었다. 집사는 잠을 자고 있었지만 그 아래 집사 가운데 하나인 프릿츠라는 자가 나왔다. 자신을 슈바르처라고 밝힌 젊은이는 K를 본 대로 얘기했다. 서른 살쯤 된 남자로 옷차림이 후줄그레하고 베개 대신 아주 작은 배낭을 베고 짚자리 위에서 편히 자고 있으며 손 닿는 곳에 옹이 지팡이를 두고 있음. 그가 수상쩍게 보였다는 것, 그런데 주막 주인이 자기 의무를 소홀히 했기 때문에 그 일을 철저히 밝히는 게 자신의, 즉 슈바르처의 의무였다는 것, 잠을 깨운 일, 심문, 백작령에서의 의무에 따른 추방 위협을 K는 매우 못마땅하게 받아들였다는 것, 하긴 어찌 보면 당연한 것인지도 모르는데, 왜냐하면 그가 백작님이 부른 토지 측량사라고 주장하기 때문이며, 그 주장을 확인해보는 건 물론 최소한 형식적 의무라는 것, 그리고 그 때문에 슈바르처는 프릿츠 씨가 본부에 이러이러한 토지 측량 기사가 오기로 되어 있는지 조회를 해서 곧장 전화로 회답해줄 것을 바란다는 것이었다.

그리곤 조용했다. 저쪽에선 프릿츠가 조회 중이고 여기선 답을 기다리고, K는 지금까지처럼 한 번도 몸을 돌리는 일 없이 전혀 궁금하지 않은 듯 앞을 보고 있었다. 그는 심술과 신중함이 뒤섞인 슈바르처의 이야기로 말미암아 성에서는 슈바르처 같은 하찮은 사람들까지 어느 정도 외교적 교양을 갖추고 있다는 생각을 갖게 되었다. 그리고 부지런함에서도 그들은 탓할 데가 없는 것이, 본부에는 야근이 있었다. 그래서 회답이 몹시 빠른 것인지 벌써 프릿츠의 전화가 왔다. 하지만 그의 보고는 아주 간단한 듯 슈바르처는 바로 화를 내며 수화기를 내던졌다. 그는 "내가 그렇다고 했잖소" 하고는 "토지 측량사에 관한 게 아무것도 없어. 뻔뻔스러운 거짓말로 먹고 사는 떠돌뱅이, 아니 더 못된 놈일 거야" 하고 소리쳤다. K는 순간 슈바르처와 농부, 주막 주인 내외 모두가 자기를 덮치지 않을까 하는 생각이 들어 첫 습격만이라도 피해보려고 바짝 이불 밑으로 기어들었는데, 그때—그는 천천히 머리를 다시 내밀었다—재차 전화가—K의 생각으론—유난히도 세게 울렸다. 비록 그게 K에 관한 것인지는 확실치 않았지만 그 순간 모든 움직임이 멎고 슈바르처만 다시 전화기 있는 데로 갔다. 거기서 그는 꽤 오랫동안 설명을 듣고 나선 나직이 말하는 것이었다. "그러니까 착오라고요? 기분이 썩 좋지 않아요. 과장이 직접 전화하셨다고요? 별난 일도 다 있네. 그럼 그걸 이제 와서 측량사님께 어떻게 설명하라는 겁니까?"

K는 귀를 쫑긋했다. 성에서 그를 측량사로 명했던 것이다. 그것은 한편으론 성에서 그에 대해 필요한 것을 다 알고 세력 관계를 저울질해보고선 웃으면서 싸움을 받아준 셈이기에 그에겐 불리한 것이었다. 하지만 그의 생각으론 성에서 그를 과소 평가해 그가 애초에 기대해도 되는 이상으로 자유를 갖게 되리란 것을 증명하는 것이기에 다른 한편으론 유리한 것이기도 했다. 더군다나 그가 측량사임을 인정하는, 정신적으로 분명 우월한 태도를 통해 그를 끊임없이 공포 속에 붙잡아둘 수 있다고 생각한다면 잘못 생각한 것으로, 그는 그 때문에 조금 오싹해졌지만 그게 끝이었다.

K는 주뼛거리며 다가오는 슈바르처를 손을 내저어 물리치고 주인방으로 옮기라는 재촉도 거부하며 주인에겐 잠자리 술만을, 안주인에게선 비누와 수건이 담긴 세숫대야를 받았다. 내일이라도 그가 자신들을 알아보지 않을까 하여 모두 얼굴을 돌리고 달아났기 때문에 홀에서 나가달라고 요구할 필요도 전혀 없었다. 등이 꺼지고 마침내 조용해졌다. 그는 한두 차례 스쳐 지나가는 쥐들 때문에 언뜻 잠을 깼을 뿐 아침까지 곤히 잤다.

아침을——주인 말로는 모든 음식값은 성에서 치를 거라고 했다, 들고서 K는 이내 마을로 가려고 했다. K는 그때까지 어제 주인이 보인 태도를 떠올리며 그와는 꼭 필요한 말만 했는데 주인이 말없이 애원하듯 계속 주위를 맴돌자 불쌍한 마음에 그를 잠시 곁에 앉도록 했다.

K가 "난 아직 백작을 몰라요" 하고는 "좋은 일에 좋은 보수를 준

다던데, 정말 그렇소? 나같이 처자를 떠나 있으면 뭔가 집에 가져가고도 싶지요" 하고 말했다.

"그 점에선 나리가 걱정하실 필요가 없습니다. 보수가 나쁘다는 불평도 없고요."

"하긴", 하고 K가 말했다. "나는 숫기 없는 편도 아니니 백작에게 내 의견을 말할 수도 있지. 하지만 그분들과 다투지 않고 잘 해결하는 게 훨씬 좋다는 건 두말할 나위가 없지."

주인은 K의 맞은편 창가 의자에 앉아 있었는데, 더 편히 앉을 엄두를 못 낸 채 겁먹은 갈색 눈을 크게 뜨고 K를 내내 지켜보기만 했다. 처음엔 그가 K에게 접근했지만 이젠 제발 달아났으면 하는 눈치였다. K가 백작에 대해 캐묻는 게 두려운 것일까? "나리"라 생각한 K의 미덥지 못한 면이 미심쩍은 것일까? K는 그의 생각을 다른데로 돌려야 했다. 그는 시계를 보며 말했다. "이제 곧 내 조수들이 올 텐데, 자네 그들을 여기서 묵게 할 수 있겠지?"

"그럼요, 나리"라고 대답하고서 주인은 "그들도 함께 성에 묵는 게 아닌가요?" 하고 물었다.

그는 왜 이리도 선선히 손님들을 포기하고, 특히 K를 꼭 성으로 내보내는 것일까?

"그건 아직 확실하지 않아" 하고 K는 "우선 내가 하게 될 일이 뭔지부터 알아야겠어. 내가 가령 여기 아래에서 일해야 한다면 여기 아래에서 사는 게 당연하겠지. 저 위 성안 생활이 맞지 않을지도 몰라. 난 언제나 자유롭고 싶어"라고 말했다.

주인이 나직이 "성을 모르는군요" 하고 말했다.

"물론" 하고선 K는 "성급하게 판단하는 게 아니지. 지금 내가 성에 대해 아는 거라곤 거기서 제대로 된 측량사를 골라 쓸 줄 안다는 것뿐이야. 혹 거기엔 다른 장점들도 있는진 모르지만" 하고 말했다.

그리고서 그는 안절부절못하고 입술을 깨물고 있는 주인을 놓아주기 위해 일어섰다. 이자의 신뢰를 얻기란 쉬운 일이 아니었던 것이다.

떠날 때, 벽에 걸려 있는 칙칙한 틀 속의 어두운 초상화가 K의 눈에 띄었다. 누웠던 자리에서도 그걸 보긴 했지만 멀리 떨어져 있어 뭐가 뭔지는 자세히 알지 못한 채 본디 있던 그림을 틀에서 빼내고 검은 뒤판만 보인다고 생각했다. 그런데 그게 지금 보이는 것 같은 그림, 쉰 살쯤 되어보이는 남자의 반신을 그린 그림이었다. 그는 눈이 거의 보이지 않을 정도로 고개를 가슴 쪽 깊이 숙이고 있었는데, 이 고개 숙인 모습에서 결정적인 것은 내리누르는 높은 이마와 아래로 심하게 굽은 코인 것 같았다. 턱수염은 머리 자세 때문에 턱에 눌려 훨씬 아래에 있었다. 왼손을 더부룩한 머리칼 속으로 뻗고 있었지만 머리를 들어올릴 수는 없었다. "누구지" 하고 K는 "백작인가?"라고 물었다. K는 그림 앞에 서서 주막 주인 쪽으론 돌아보지도 않았다. "아니, 집사예요" 하고 주인이 대답했다. "성안에 멋진 집사가 있군, 과연" 하며 K는 "그렇게 못돼먹은 아들을 둔 게 안됐는데"라고 덧붙였다. 주인이 "아니예요" 하곤 K를 자기 쪽으로 조금 당겨 그의 귀에 속삭였다. "어제는 슈바르처가 허풍을 친 거고, 그 아버지는 하급 집사, 그것도 맨 아래 집사 중 하나일 뿐이에요." 이 순간 주인은 어린애 같아보였다. K는 웃으며 "막돼먹은 놈!" 했지만 주인이 같이 웃기는커녕 "그의 아버지도 권력이 있어" 하고 말했다. K가 "닥쳐!" 하고는 "넌 누구든지 권력이 있다고 하는구나. 나도 그렇다고 생각해?"라고 물었다. "당신은," 그는 주뼛거리면서도 진지하게 "세다고 생각지 않아요"라고 했다. "거 제법 관찰할 줄 아는군" 하고 K는 말했다. "너에게만 하는 이야기인데, 사실 내게 권력이 있는 건 아냐. 그리고 그런 까닭에 힘있는 자들 앞에선 너 못지않은 존경심을 갖는지도 몰라. 너처럼 솔직하지 않아 그걸 반드시 시인하려고 하지 않을 뿐이지." 그리고서 K는 주인을 위로 하고 자신에게 우호적으로 만들려고 그의 뺨을 토닥거려주었다. 그러자 그가 살짝 웃었다. 그는 수염이 거의 나지 않은 부드러운 얼굴의 젊은이였다. 옆의 창구멍 뒤로 팔꿈치를 몸에서 뗀 채 부엌에서 부산한 움직이고 있는, 얼굴이 펑퍼짐하고 나이 든 마누라와는 어떻게 만나게 되었을까? 그러나 K는 이제 그를 다시 다그쳐 간신히 띤 웃음을 사라지게 하고 싶진 않아 다만 눈짓으로 문을 열라고 하고선 맑은 겨울 아침을 맞으며 나갔다.

이제 위에 있는 성은 맑은 공기 속에서 뚜렷이 보였는데, 얇은 눈이 모든 모양을 흉내내며 고르게 쌓여 있어서 윤곽이 더욱 선명했다. 더구나 산 위로는, 앞으로 나아가는 데 어제 큰길 못지않게 K의 애를 먹이는 여기 마을보다 눈이 훨씬 적은 것 같았다. 이곳에서는 눈이 오두막집 창까지 닿을 뿐더러 낮은 지붕 위에 무겁게 덮여 있으나 산 위는 여기서 보기에도 모든 게 가뿐하고 거침없이 우뚝 솟아 있었다.

이곳 멀리서 보기에 성은 K의 예상과 대체로 일치했다. 그건 오래된 기사의 성도 새로 지은 호화 건축도 아닌, 이층은 몇 안 되지만 다닥다닥 나란히 붙은 수많은 저층 건물들로 이루어진 광대한 건축물이었다. 그게 성이라는 걸 몰랐다면 하나의 읍으로 보았을는지 모른다. K의 눈엔 탑 하나만이 보였는데 그게 주택 건물의 일부인지 교회 것인지는 분간할 수 없었다. 그 주위로는 까마귀떼가 날고 있었다.

K는 오직 성 쪽을 쳐다보며 어떤 일에도 신경 쓰지 않고 계속 걸어갔다. 그러나 점점 가까이 갈수록 성은 그의 기대에 어긋나는 그저 초라하기 짝이 없는, 시골집들이 옹기종기 모인 소읍이었으며,

별다른 점이라곤 모두 돌로 지어진 것 같다는 것인데 그나마 칠은 벗겨진 지 오래고 돌마저도 부스러질 것 같았다. 언뜻 K의 조그마한 고향 모습이 떠올랐는데, 이따위 성에 뒤질 것이 별로 없었다. K가 오직 구경 삼아 온 거라면 오랜 발품이 아까웠을 것이고 그럴 바엔 매우 오랫동안 가보지 못한 옛 고향을 찾아가보는 게 더 영리한 일이었을 것이다. K는 머리 속으로 고향의 교회탑과 저 위의 탑을 비교해보았다. 거침없이 곧장 위로 치번으며 뾰족해지고, 넓은 지붕에선 붉은 기와로 끝나는 저 탑, 일종의 현세적 건물──우리가 다른 것을 지을 수는 없을까? 서로 뒤엉킨 낮은 집들보다 높은 목표 그리고 흐린 평일보다 맑은 인상을 가지고. 여기 위에 있는 탑은 ──보이는 건 그것뿐이었다──, 지금 보이는 것과 같은 주택 혹은 본관의 탑은 단조로운 원형 건물로, 일부는 고맙게도 담쟁이로 덮여 있고 조그만 창들은 지금 햇빛을 받아 빛나고 있었으며──거기엔 뭔가 광적인 게 있었다──발코니 모양으로 끝난 곳의 성가퀴는 어린애 손이 겁을 먹어 또는 건성으로 그린 듯 위태롭고 들쭉날쭉, 거칠게 파란 하늘에 톱니질을 했다. 그건 마치 외딴 방에 갇혀 지내야 마땅할 음울한 거주자 한 사람이 지붕을 뚫고 나와 세상에 자신을 드러낸 것 같았다.

K는 가만히 서 있을 때 판단력이 더 높아지는지 다시 멈춰 섰다. 하지만 그는 방해를 받았다. 멈춰 선 마을 교회 뒤에는──그건 본디 예배실에 불과했는데 신도들을 받아들일 수 있도록 헛간 모양으로 넓혔다──학교가 있었다. 그 낮고 기다란, 묘하게도 임시로 지은 듯한 동시에 매우 낡았다는 인상이 합쳐진 건물은 울짱으로 둘러싸인, 지금은 눈에 뒤덮인 정원 뒤에 있었다. 마침 교사와 함께 아이들이 나오고 있었다. 그들은 한데 엉켜 선생을 에워싸고 시선을 온통 그에게 모은 채 사방에서 끊임없이 떠들어대고 있었는데,

K는 그들이 빠르게 하는 말을 전혀 알아듣지 못했다. 어깨가 좁은데도 우스꽝스럽지 않은 젊고 작은 교사가 아주 꼿꼿한 자세로 K를 멀리서부터 지켜보고 있었는데, 그들 무리말고 사방에 사람이라곤 K밖에 없었다. 타곳 사람인 K가 먼저 키가 작고 도도해보이는 사람에게 "안녕하십니까, 선생님" 하고 인사를 했다. 별안간 아이들의 말소리가 뚝 그쳤는데, 교사에겐 자신이 말하는 데 전제가 되는 이 갑작스러운 정적이 기꺼웠을 것이다. 그가 "성을 보고 계세요?" 하고 물었는데, K가 예상했던 것보다는 부드러웠지만 K의 행동에 동의하진 않는 듯한 투였다. "예" 하고 K는 "전 어젯밤에 도착해 이곳에 익숙하지 못합니다"라고 말했다. "성이 맘에 들지 않습니까?" 하고 교사가 빠른 말로 물었다. K가 "뭐라고요?" 하고 되묻고는 조금 어리둥절해서 더 상냥한 태도로 질문을 반복했다. "성이 마음에 들지 않느냐고요? 선생님은 왜 제가 성을 좋아하지 않는다고 가정하시죠?" "타곳 사람에겐 별로지요"라고 교사가 말했다. K는 여기서 언짢은 말을 하지 않으려고 대화를 다른 데로 돌리며 물었다. "백작님을 아시겠네요?" 교사가 "아니오" 하고는 몸을 돌리려 했지만 K는 물러서지 않고 거듭 물었다. "뭐라고요? 백작을 모른다고요?" 교사가 소리를 낮춰 "난들 어떻게 압니까?" 하고는 크게 프랑스 말로 덧붙여 말했다. "순진한 아이들이 있다는 걸 배려하십시오." 그 말에 K는 옳거니 하는 마음이 들어 물었다. "선생님께 한번 찾아가도 괜찮을까요? 여기 꽤 오래 머물 텐데 벌써부터 조금 쓸쓸하답니다. 전 농부 축에 드는 것도 아니고 또 성 사람도 아니고." "농부와 성 사이엔 아무 차이가 없지요" 하고 교사가 말했다. K는 "그럴지도 모르죠" 하며 "하지만 그렇다고 제 처지가 바뀌는 건 아니예요. 한번 찾아가도 될까요?" 하고 말했다. "난 슈바넨가세의 푸줏간 집에 살고 있소." 그건 초대라기보다는 주소를 알려주는 말

이었지만 그럼에도 K는 "좋소. 찾아가겠습니다"라고 말했다. 교사는 고개를 끄덕이곤 곧 다시 떠들어대는 아이들을 데리고 떠났다. 그들은 곧 가파르게 내리막으로 된 골목길로 사라졌다.

하지만 K는 어리벙벙했고 대화로 말미암아 짜증이 났다. 그는 도착 후 처음으로 정말 피로를 느꼈다. 처음엔 여기까지의 먼길에도 전혀 지쳤다고 생각하지 않았는데——그가 어떻게 그 날들을 걸었던가, 침착하게 한걸음 한걸음씩!——이제, 때 아니게도 지나친 과로의 결과가 나타났다. 새로 사람을 사귀고 싶어 견딜 수가 없었지만 사람을 새로 만날 때마다 피로는 심해졌다. 오늘 같은 상태에서 억지로 더 멀리 성 어귀까지 산책하려 한 것은 이미 상당한 고역이었다.

이렇게 그는 다시 나아갔는데 먼길이었다. 이를테면 거리, 마을의 한길은 성 언덕으로 통하는 게 아니라 가까이 가기만 했다가 일부러 그러는 것처럼 휘어지며 설령 성에서 멀어지진 않는다 해도 성에 가까워지는 것도 아니었다. K는 이제 제발 성으로 가는 길로 접어들었으면 하고 바라고 있었기 때문에 그는 계속 걸었다. 그가 좀처럼 그 거리를 단념하지 않는 건 지쳐 있었기 때문이리라. 또 작은 집들과 얼어붙은 창유리와 눈만 끝없이 보이고 인적은 없는 마을의 길이에 놀라다가——드디어 잡고 놓아주지 않는 이 거리에서 빠져 나오니 좁다란 골목이 그를 맞아들이고, 더 깊숙한 눈에 빠지는 발을 빼기란 힘든 일이어서 몸에서 땀이 솟고, 문득 그는 멈춰 섰다. 더 이상 나아갈 수가 없었던 것이다.

그런데, 그는 혼자가 아니고 좌우로 농부들의 오두막이 있었다. 그는 눈을 뭉쳐 어느 창에다 던졌다. 곧 문이 열리고——그것은 그가 마을을 걷기 시작한 이래 처음 열린 문이었다——거기엔 모피 재킷을 입은 한 늙은 농부가 고개를 옆으로 기울인 채 친절하나 힘없는 모습으로 서 있었다. K가 "잠깐 댁에 들어가도 될까요, 전 몹시 지쳐 있습니다" 하고 말했다. 그는 노인이 뭐라는지 전혀 듣지도 않고 그에게 널빤지를 내밀어주는 것을 고맙게 생각했다. 덕분에 그는 바로 눈에서 빠져 나와 서너 걸음 만에 방에 들어설 수 있었다.

어둠침침한 큰방. 밖에서 온 자에겐 처음엔 아무것도 보이지 않았다. K가 비실비실 빨래통에 부딪히자 웬 여자의 손이 그를 붙잡았다. 한구석에서 아이들의 요란한 소리가 들렸다. 다른 구석에선 김이 너울거리며 어스름 속에서 어둠을 만들어내고 있어 K는 구름 속에 있는 것 같았다. 누가 "거 취한 게로군" 했다. "당신 누구요?" 하고 크게 거드름피우는 소리가 났는데, 노인에게 하는 것 같았다. "왜 그를 들어오게 했어? 이 골목 저 골목 기어다니는 건 다 들여올 수 있다는 거야?" "난 백작의 측량사입니다" 하며 K는 여전히 보이지 않는 사람들에게 해명을 했다. "아, 바로 그 측량사로군" 하는 여자 소리가 나고는 아주 조용했다. K는 "날 아십니까?" 하고 물었다. "그럼요" 하고 같은 목소리가 짧게 대답했다. K를 안다는 게 그에게 유리한 것 같진 않았다.

드디어 김이 조금 사라져 K는 차츰 익숙해질 수 있었다. 공동 세탁일인 것 같았다. 빨래하는 곳은 문 근처였다. 김이 나는 곳은 왼쪽 모퉁이로, K가 본 적이 없는, 둘레가 침대 둘 정도는 되는 큰 나무통의 김이 나는 물 속에서 두 사내가 목욕하고 있었다. 그러나 놀라움의 원인이 어디 있는지 잘 모르지만 더 더욱 놀라운 것은 오른쪽 구석이었다. 아마 저기 안뜰로부터 방 뒷벽의 유일한 큰 채광창으로 들어온 희미한 눈빛이 구석 안쪽의 높은 팔걸이 의자에 지쳐 눕다시피 있는 한 여인의 옷에 비쳐 마치 비단 같은 빛을 발하고 있었다. 그녀 품에는 젖먹이가 안겨 있었다. 그녀 주위엔 농부의 자식들로 보이는 몇몇 아이들이 놀고 있었지만 그녀가 그들과 관련 있는 것 같진 않았다. 하긴 농부들도 병과 피로에 지치면 초췌해지지만.

"앉으시오" 하고 사내들 중 턱수염에 콧수염까지 기른 자가 말했는데——그 밑의 입은 시근거리느라 마냥 벌어져 있었다——그는 우스꽝스럽게 손으로 양동이 언저리 너머 궤짝을 가리키다가 K의 얼굴에 온통 더운물을 튀겼다. 궤짝 위에는 안으로 K를 들어오게 한 노인이 어느새 꾸벅꾸벅 졸며 앉아 있었다. K로선 이제 앉아도 괜찮다는 것이 고마울 따름이었다. 이제 그에게 신경 쓰는 사람은 아무도 없었다. 빨래통 옆의 젊음이 충만한 금발머리 여자는 일하면서 조용히 노래를 불렀고, 목욕 중인 사내들은 철벅거리며 몸을 뒤척이고 있었는데, 아이들이 그들에게 가까이 가려 할 때마다 K가 있는 것도 아랑곳 않고 세차게 물을 뿌려 쫓아 보냈으며, 팔걸이 의자의 여자는 죽은 듯이 누워 품에 안은 아이에게 눈길 한번 주는 일 없이 막연히 위를 보고 있었다.

K는 그녀의 변치 않는 아름답고 애처로운 모습을 오래도록 보다가 잠이 든 모양이었다. 큰소리로 부르는 통에 놀라 깼을 때 그는 옆 노인의 어깨에 머리를 기대고 있었던 것이다. 욕조에는 이제 아이들이 금발 여인이 지켜보는 가운데 놀고 있었으며 목욕을 끝낸 사내들은 옷을 입고 K 앞에 서 있었다. 두 사람 가운데 빽빽거리는 턱수염쟁이가 더 지체가 낮은 것 같았다. 턱수염쟁이보다 크지 않고 수염도 훨씬 적은 사내는 시끄럽지 않고 생각이 더디며, 벌어진 체격에 넓적한 얼굴로 고개를 숙이고 있었다. 그가 "측량사님" 하더니 "여기서 머무르실 순 없습니다. 무례함을 용서하십시오" 하고 말했다. K는 "저도 그럴 마음은 없었고, 그저 좀 쉬려고 했습니다. 쉬었으니 이제 가야지요"라고 했다. 그가 "혹 손님 대접이 뜻밖에 형편없다고 느끼실지 모르겠습니다만" 하고는 "우리에겐 손님 대

접이란 풍습은 없습니다. 우린 손님이 필요치 않아요"라고 했다. 잠을 잔 덕분에 조금 상쾌해지고 귀도 전보다 좀더 밝아진 K는 솔직한 말을 듣고 기뻐했다. 몸놀림도 더 수월해 지팡이를 한 번은 여기에 짚었다 한 번은 저기에 짚었다 하며 팔걸이 의자의 여자에게 다가가는데, 그러고 보니 K가 그 방에서 몸집이 제일 컸다.

K는 "그럼요" 하며 "손님이 어디에 필요하겠소. 허나 때때로 나 같은 토지 측량사가 필요하긴 하지요"라고 했다. 그자는 천천히 "난 모르겠소"라고 하더니 "당신을 불렀다면 당신이 필요하겠지만 그건 예외일 거요. 그러나 우리, 우리같이 하찮은 사람은 규칙에 따릅니다. 그런다고 우릴 곡해할지 모르겠소" 하고 말했다. "아니, 아닙니다" 하고 K는 "당신들, 당신과 여기 있는 모든 사람에게 그저 고마울 따름입니다"라고 말했다. 그리곤 느닷없이 한 번 껑충 뛰어 정중히 몸을 돌리더니 그 여자 앞에 섰다. 그녀의 지친 파란 눈이 K를 바라보았는데, 그녀의 이마에는 한가운데까지 속이 비치는 비단 머리쓰개가 드리워져 있었고 품에선 젖먹이 자고 있었다. "당신은 누구시오" 하고 K가 물었다. 깔보는 태도로, 그 업신여김이 K에 대한 것인지 자신의 대답에 대해서인지 확실하진 않았지만 그녀가 말했다. "성에서 온 처녀."

이 모든 일이 한순간에 일어났으며 K의 좌우에는 어느새 사내가 하나씩 와 달리 타협할 수단이 없다는 듯 말도 없이 있는 힘을 다해 그를 문으로 끌고 갔다. 노인은 그 사이 뭐가 즐거운지 손뼉을 치고 있었다. 세탁부도 갑자기 미친 듯이 떠들어대는 아이들 옆에서 웃고 있었다.

그러나 K는 곧 골목길에 서 있고 사내들은 문지방에서 그를 감시하고 있었다. 또 눈이 내리는데도 좀더 훤한 것 같았다. 턱수염쟁이가 안달하며 소리쳤다. "당신 어디로 가는 거요? 여긴 성으로 가고,

이리로는 마을로 가는데." K는 그에겐 대꾸도 않고, 우월하면서도 말 붙이기가 더 쉬워보이는 다른 사내를 보고 말했다. "누구신지요. 머물게 해주신 데 대해 누구에게 감사드려야 하는지요?" "난 무두장이인 라제만이오" 하곤 "그러나 아무에게도 고마워할 건 없소"라는 대답이 들렸다. "좋아요" 하며 K는 "또 만나게 되겠지요"라고 했다. 그자가 "그렇겐 생각지 않소" 하고 말했다. 그 순간 턱수염쟁이가 손을 쳐들며 외쳤다. "아르투어 안녕, 예레미아스 안녕!" K가 돌아보았다. 이 마을 이 골목에 사람이 나타났던 것이다! 성 쪽에서 중키의 두 젊은이가 오는데, 둘 다 홀쭉하고 꼭 끼는 옷차림에 얼굴도 서로 매우 비슷하며 얼굴색이 어두운 갈색인데도 유난히 검은 염소수염은 그와 대조적이었다. 한길이 이런 지경인데도 그들은 걸음이 놀랄 만큼 빨라 날씬한 발을 박자에 맞춰 잽싸게 움직였다. "웬일이냐?" 하고 턱수염쟁이가 외쳤다. 소리를 질러야만 의사를 통할 수 있을 만큼 그들은 빨리 걸으며 멈추는 일이 없었다. "일이 있어요" 하고 웃으며 그들은 크게 대답했다. "어디?" "주막에요." K가 갑자기 "나도 거기 가는데" 하고 다른 사람보다 더 크게 외쳤는데, 두 사람이 데려가주었으면 하는 그의 갈망은 컸다. 그들과 알고 지내는 게 그에게 별 득이 될 듯싶진 않았지만 그들이 격려가 되는 좋은 길동무임은 분명했다. 그들은 K의 말을 듣고도 고개만 까닥이고는 지나가버렸다.

　K는 여전히 눈 속에 서 있었지만, 발을 눈에서 뺐다가 조금 앞에서 다시 깊이 묻고 싶은 마음은 별로 없었다. 무두장이와 그의 한패는 K를 완전히 내몰아버린 것에 흡족해서 천천히, K를 계속 돌아보며, 살금살금 비죽 열린 문을 통해 집으로 들어가버려 이제 K의 주위는 그를 뒤덮는 눈뿐이었다. K는 "만일 내가 의도한 게 아니고 그저 우연히 여기 서 있는 거라면 조금 절망적이겠지"라고 생각했다.

이때 왼쪽 오두막의 조그만 창이 열렸는데, 닫혔을 때는 눈의 반사 때문인지 검푸르게 보였는데 얼마나 작은지 내다보는 자의 얼굴 전체가 보이는 게 아니라 겨우 눈만, 늙은 갈색 눈만 보였다. "저기 그가 서 있어" 하고 떨리는 여자 말소리가 들렸다. "토지 측량사야" 하는 남자 목소리. 그리고서 남자가 창으로 가 적이 친절하게, 그러나 마치 그로선 무엇보다 자기 집 앞에 이상이 없어야 한다는 투로 물었다. "누굴 기다리시오?" K가 "날 태워다 줄 썰매를요" 하고 말했다. 그자는 "여기엔 썰매가 안 와요. 여긴 왕래가 없어요"라고 했다. K가 "그래도 이것은 성으로 가는 길인데요"라며 이의를 달았다. 그자는 그저 막무가내로 "그래도, 아무리 그래도" 하더니 "여긴 통행이 없어" 하고 말했다. 그리고선 둘은 입을 다물었다. 그러나 여전히 그대로 열려 있는 창에서 증기가 흘러 나오는 것으로 보아 그자가 뭔가 궁리하고 있음이 틀림없었다. 그를 도와주려고 K는 "길이 형편없어요"라고 했다. 하지만 그는 "예, 그래요"라고만 대꾸했다. 그러나 얼마 뒤엔 "원한다면 당신을 내 썰매로 태워다 주겠소"라고 말하는 것이었다. K는 매우 기뻐 "좀 그래주시오" 하곤 "얼마나 드리면 될까요?"라고 물었다. 그자가 "한푼도"라고 대답했다. K는 매우 의아스러웠다. 그자는 "당신은 측량사 아니오" 하고 말을 늘어놓으며 "그러니 성에 속하지요. 대체 어디로 가시렵니까?" 하는 것이었다. K가 얼른 "성으로"라고 말했다. 그러자마자 그자는 "그럼 가지 않겠소" 하는 것이었다. K가 "내가 성 사람이라면서요" 하고 그자의 말을 되풀이해 말했다. 그자는 "그럴지도 모르지" 하고 쌀쌀하게 말했다. "그럼 주막으로 데려다 주시오" 하고 K가 말했다. "좋소" 하고서 그자는 "내 곧 썰매를 가져오지요" 했다. 이 모든 게 남달리 친절하다는 인상을 주기보다는 K를 집 앞에서 치우려는, 매우 이기적이고 안절부절못하는 소심증에 가까운 용쓰기의 일종이라는 인상을 주었다.

마당문이 열리며 좌석이라곤 없이 판판한, 가벼운 짐을 싣는 작은 썰매가 허약한 말 한 마리에 끌려 나오고 그 뒤로 늙진 않았지만 힘없고 꾸부정한, 절름발이에 마르고 붉은빛을 띠며 코감기가 든, 단단히 두른 털목도리 때문에 유난히 작아보이는 얼굴의 사내가 나왔다. 그자는 병색이 완연했는데 단지 K를 쫓아 보내기 위해 나왔던 것이다. K가 그걸 언급했지만 그자는 손을 저었다. K가 알아낸 것은 그가 마부 게어슈태커라는 것, 그리고 그가 이 불편한 썰매를 가져온 것은 마침 그게 준비되어 있었고 다른 것을 꺼내려면 시간이 너무 많이 필요했기 때문이라는 것뿐이었다. 그는 "앉으시오"라고 하면서 채찍으로 썰매 뒤쪽을 가리켰다. K가 "당신 옆에 앉겠소" 하고 말했다. 게어슈태커는 "난 가겠소"라고 했다. K가 "대체 왜 그래요?" 하고 물었다. 게어슈태커는 "난 가겠소"라고 되풀이하다 심한 기침이 발작해 몸이 흔들리자 발로는 눈을 벋디디고, 손으론 썰매 가장자리를 붙잡아 지탱해야 했다. K가 더 이상 아무 말도 않고 썰매 뒤에 앉으니 기침이 서서히 잦아들며 썰매가 움직였다.

저 위의, K가 오늘 중 닿았으면 하고 바랐던 성은 이상하게도 벌써 어둑해져 다시 멀어지고 있었다. 그런데 거기서 종소리가 마치 그에게 한동안 못 보게 된다는 표시라도 보여야 한다는 듯 신나게 울렸는데, 바야흐로 그가 막연하게 바라 마지않던 것이 이루어지고 있다는 듯 적어도 한 순간은 가슴을 뒤흔드는—왜냐하면 울리는 소리가 애처롭기도 했기 때문에—종소리였다. 그러나 그 큰 종도 곧 소리를 그쳐 약하고 단조로운, 위에 있는 것도 같고 마을에 있는 것도 같은, 작은 종이 그 소리를 대신했다. 하지만 이 종소리는 느리게 가는 썰매나 궁상맞으면서도 고지식한 마부와 더 잘 어울렸다.

"이봐요," K는 갑자기—이미 교회 가까이 이르고 주막도 멀지 않아 K는 뭔가 감행해도 괜찮았다——"당신이 스스로 책임을 지고 날 감히 태우고 다니는 게 매우 궁금해요. 과연 그래도 됩니까?" 하고 소리쳤다. 게어슈태커는 그에 아랑곳하지 않고 유유히 말과 나란히 걸어갔다. K가 "이봐" 하고 외치고는 썰매에 있는 눈을 조금 뭉쳐 게어슈태커의 귀를 철썩 맞췄다. 그제서야 그자는 멈춰 서서 돌아보았다. 그러나 막상——썰매가 조금 더 미끄러져 나갔다——그를, 그 꾸부정하고 어느 정도 함부로 다뤄진 겉모습과 붉은빛의 지치고 여윈 얼굴에 한쪽은 판판하고 다른 쪽은 푹 꺼진 어딘가 서로 다른 뺨들, 귀처럼 열려 있는 입과 그 안에 듬성듬성 서넛밖에 없는 이를 이렇게 옆에 가까이 두고 보니 K는 조금 전 심술로 했던 말을 이젠 동정심에서 되뇌지 않을 수가 없었다. K를 태워다 주고 그 때문에 벌을 받는 건 아닐까 하고. 게어슈태커는 영문을 모른 채 "왜 그러시오?" 하고 물었으나 더 이상 설명을 기다리지 않고 말에게 소리를 질러 다시 몰고 갔다.

그들이 주막 가까이 이르렀을 때——길모퉁이에서 K는 그걸 깨달았다——놀랍게도 정말 어두컴컴했다. 그렇게 오래 나가 있었나? 그의 계산으로는 겨우 한두 시간쯤이었는데. 더구나 아침에 떠났는데. 그런데도 시장기라곤 없었다. 또 잠깐 전까지도 한결같이 환했는데 벌써 컴컴하다니. 그는 "해가 짧구나, 해가 짧아" 하고 혼자 중얼거리며 썰매에서 미끄러져 나와 주막을 향해 갔다.

건물 위의 작은 앞계단에는 정말 반갑게도 주인이 서서 등불을 쳐들어 K를 비춰주었다. 언뜻 마부가 생각나 걸음을 멈추니 어둠 속 어딘가에서 바로 그 기침 소리가 났다. 그래, 그를 곧 다시 만나겠지. 위로 올라가자 주막 주인이 가까이서 공손하게 인사를 하였는데, 그제서야 K는 문 양쪽에 남자가 하나씩 서 있는 걸 알아차렸다. 그는 주인의 손에서 등을 받아 그 둘을 비춰보았다. 그가 본 적

이 있는 아르투어와 예레미아스라는 자였다. 그들이 지금 경례를
했다. 그 즐거웠던 때, 군대 시절을 떠올리며 K가 웃었다. "너희들
은 뭐지?" 하고 묻고 한 사람 한 사람 바라보았다. 그들이 "선생님
의 조수입니다" 하고 대답했다. 주인이 가만히 "조수들이 맞아요"
하고 확인해주었다. "뭐?" 하며 K는 물었다. "너희들이 내가 뒤쫓
아오라고 한, 내가 기다리고 있는 옛 조수들이라고?" 그들은 그렇
다고 대답했다. K는 얼마 뒤에 "그럼 좋아. 너희들이 왔으니 됐다"
하고 말했다. "그건 그렇고" 하고 잠시 있다가 K는 "너희들 매우 늦
었구나. 정말 형편없어"라고 말했다. 한 사람이 "먼길이었습니다"
라고 했다. K는 "먼길이라"를 되뇌고는 "너희들이 성에서 올 때 만
났는데"라고 했다. 그들은 더 이상 설명을 붙이지 않고 "그렇습니
다" 하고 말했다. "기구들은 어디 있지?" 하고 K가 물었다. 그들이
"하나도 없는데요"라고 했다. K가 "아, 뭐 이런 것들이 다 있어!"
하곤 "토지 측량에 대해 좀 아냐?" 하고 물었다. 그들이 "아니오"라
고 대답했다. K가 "너희들이 내 조수라면 그걸 알아야 될 게 아니
야" 하고 말했다. 그들은 말이 없었다. K가 "그럼 들어와" 하고는
그들을 앞세워 집안으로 밀고 들어갔다.

2
바르나바스

　그리고서 그들 셋은 주막의 작은 식탁에 앉아 가운데 K가 앉고 좌우로 조수들이 앉아 별로 말없이 맥주를 마시고 있었다. 그 밖엔 전날 저녁과 비슷하게 식탁 하나에만 농부들이 앉아 있었다. "너희 때문에 힘들어" 하곤 이미 여러 번 그랬듯이 그들의 얼굴을 비교해 보며 "너희들을 어떻게 구별해야 할는지. 너희들은 이름만 다를 뿐, 그 밖엔 서로"——그는 말을 더듬고 자기도 모르게 말을 이었다 ——"그 밖엔 뱀처럼 비슷하단 말이야." 그들이 웃음을 지어 보였다. "다른 사람들은 잘도 구별하는데요" 하고 그들이 변명 삼아 말했다. K가 "그렇겠지" 하고는 "내가 그걸 직접 목격했으니까. 하지만 난 내 눈으로 볼 뿐인데 그래가지고는 너희를 구별할 수 없단 말이야. 그래서 너희를 그저 한 사람으로 취급해 둘을 아르투어라고 부르겠어. 너희들 중 하나가 그런 이름인데, 혹 너 아냐?——" 하고 하나에게 물었다. 그자가 "아니오" 하며 "전 예레미아스인데요"라고 했다. K가 "좋아, 아무래도 괜찮아" 하며 "너희 두 사람을 아르투어라고 부르겠어. 내가 아르투어를 어디 보내면 너희 둘이 가고, 아르투어에게 일을 시키면 너희 둘이 그걸 하는 거야. 너희들에게 따로따로 일을 시킬 수가 없어. 그러면 내게 크게 불리하지만 대신 너희에게 맡긴 모든 일에 대해 함께 책임을 나누어 진다는 유리함도 있어. 너희들끼리 일을 어떻게 분담하는지는 내 알 바 아니고, 서로에게 핑계를 대는 것만은 안 돼. 너흰 나에게 한 사람이거든"

하고 말했다. 그들은 그 말을 이리저리 생각해보고는 이렇게 말했다. "우리로선 기분이 별로 안 좋은데요." K가 "왜 그렇지 않겠어" 하고는 "너희가 기분 나쁜 게 당연하지, 하지만 할 수 없어"라고 말했다. 아까부터 농부 하나가 살금살금 식탁 주위를 기웃거렸는데, 이윽고 마음을 가다듬고 조수 한 사람에게 다가가 그에게 뭔가 속삭이려고 했다. K가 "잠깐 실례" 하더니 손으로 식탁을 치고 일어나 "이들은 내 조수이고 우린 지금 회의 중이오. 아무도 우릴 방해할 권리가 없소"라고 했다. 농부가 겁먹은 소리로 "오, 제발, 제발" 하며 뒷걸음질쳐 자기 일행이 있는 데로 되돌아갔다. K는 "너희는 특히 이 점을 주의해야 한다" 하고 다시 앉으며 "내 허락 없이는 아무와도 얘기해선 안 돼. 여기서 난 타곳 사람이며 너희가 나의 옛 조수들이라면 너희도 타곳 사람이다. 그러니 우리 세 타곳 사람은 함께 뭉쳐야 한다. 그럼 너희들 손을 내밀어라" 하고 말했다. 그들은 너무도 기꺼이 K에게 손을 내밀었다. K가 "터럭손 치워" 하고는 "하지만 내 명령은 유효해. 이제 자러 갈 테니 너희도 그러는 게 좋겠어. 오늘 하루 일은 공쳤으니, 내일은 아주 일찍 일을 시작해야 돼. 너희는 성에 타고 갈 썰매를 한 대 구해 여섯시에 여기 집 앞에 대기시켜놓도록 해." 한 사람이 "알겠습니다"라고 했다. 그러나 다른 자가 끼여들었다. "넌 알겠습니다라고 했는데 그게 가능하지 않다는 걸 알지 않아." "조용히" 하고 K는 "너흰 서로 따로 놀기 시작하려는가 보구나"라고 말했다. 그러자 처음 말한 자도 말했다. "그의 말이 맞아요. 타곳 사람은 허가 없이 성에 갈 수 없어요." "어디에 허가를 청해야 하지?" "몰라요, 어쩌면 집사한테." "그럼 거기에 전화로 신청해야겠군. 둘이서 당장 집사에게 전화해." 그들은 전화기로 달려갔으며──그들이 그리로 몰려가는 꼴이라니, 겉으로 보기에 그들은 어처구니없을 정도로 고분고분했다──통화가 되자 K

가 내일 그들과 같이 성에 가도 되는지를 물어보았다. "안 돼" 하는 대답이 K의 식탁까지 들렸으며 또 다음과 같이 더 자세하기까지 했다. "내일도 다음날에도 불가." K가 "내가 직접 전화하지" 하고 일어섰다. K와 그의 조수들은 아까 농부 때문에 생긴 일말고는 별로 이목을 끌지 못했는데 그의 마지막 말이 모든 이의 관심을 불러일으켰다. 모든 사람들이 K와 함께 자리에서 일어나서 주막 주인이 밀어내는데도 전화기 옆에 무리를 지어 반원 모양으로 K를 에워쌌다. 그들 사이에는 K가 아무 대답도 받지 못하리라는 의견이 우세했다. K는 그들 의견을 듣고자 하는 게 아니라며 제발 조용히 하라고 부탁해야만 했다.

수화기에선 K가 전화할 때 한 번도 들어본 적이 없는 윙윙 소리가 났다. 그것은 마치 무수한 아이들의 왁자지껄한 소리 같았는데——하지만 그건 떠드는 소리가 아니라 멀리, 아주 먼데서 들려오는 노랫소리였다——, 바로 이 윙윙거림에서 희한하게도 높으면서 강한 소리 하나가 만들어지는 듯했다. 그것은 애꿎은 귀만 더 깊이 파고들려는 듯 귓전을 두드리고 있었다. K는 왼팔을 전화 받침대에 올려놓은 채 통화는 않고 귀만 기울이고 있었다.

얼마 동안인지는 몰랐지만 웬 심부름꾼이 그를 찾아왔다며 주막 주인이 재킷을 잡아 끌었을 때까지니까 꽤 오랫동안이었다. K가 "꺼져" 하고 버럭 소리지른 것은 전화기에 대고 한 것인지도 몰랐다. 지금 누가 말하는 소리가 났던 것이다. 대화는 다음과 같이 전개되었다. "여긴 오스발트인데, 거기 누군가?" 엄격하고 오만한 목소리에는 조그만 언어 장애가 들어 있는 것처럼 느껴졌는데 이 소리는 한술 더 떠 엄격함을 보탬으로써 언어 장애를 상쇄시키려는 것 같았다. K는 이름을 대지 못하고 머뭇거렸는데, 전화로는 맞서 싸우기가 쉽지 않은 것이 상대방은 그에게 호통을 치면서 수화기를 내려놓을 수 있고 그러면 K에겐 중요할지도 모를 길이 폐쇄돼버리는 셈이기 때문이었다. K가 머뭇거리자 그자는 초조해졌다. 그는 "거기 누구?"라고 되풀이하며 "그쪽에서 전화를 그렇게 많이 하지 않았으면 정말 좋겠어. 방금 전에도 전화를 했거든"라고 하는 것이었다. K는 이 말에 신경 쓰지 않고 느닷없는 결의를 보이며 말했다. "여긴 측량사님의 조수인데." "어떤 조수? 어떤 분? 무슨 측량사?" K는 어제 전화 이야기가 떠올라 "프릿츠에게 물어보시오" 하고 짧게 말해버렸다. 그 말은 스스로도 놀랄 만큼 효과가 있었다. 그러나 그 효과보다는 그곳 일이 일관성 있다는 것에 그는 더욱 놀랐다. 대답이 나왔다. "잘 알고 있소. 또 그 측량사 타령이군. 그건 그렇고. 또 뭐지? 어떤 조수라고?" K가 "요젭" 하고 대답했다. 등뒤에서 농부들이 웅성대는 소리에 K는 조금 신경이 쓰였는데, 그들은 K가 자신을 바로 밝히지 않은 데 대해 수긍하지 않는 게 분명했다. 하지만 대화에 온통 정신을 빼앗겨, K는 그들과 상관할 틈이 없었다. "요젭?" 하고 되묻는 소리가 들렸다. "조수들 이름은"——하면서 잠시 누군지 다른 사람에게 그 이름들을 물었음이 틀림없었다——"아르투어와 예레미아스인데." K가 "그들은 새로 온 조수들이오" 하고 말했다. "아니야, 옛날 조수들이야." "그들은 새 조수들이고 내가 오늘 측량사님을 뒤쫓아온 옛 조수라고요." 그러자 "그렇지 않아" 하고 크게 외치는 소리가 났다. K는 지금까지처럼 침착하게 "그럼 난 누구지요?" 하고 물었다. 그러자 얼마 지나지 않아 똑같은 목소리와 똑같이 틀린 어법, 그러면서도 똑같지 않게 더 낮고 드레지게 말했다. "넌 옛날 조수다."

K는 음조만 귀기울여 듣다가 하마터면 묻는 말을 놓칠 뻔했다. "원하는 게 뭐냐?" 그는 정말이지 수화기를 내던지고 싶었다. 이 대화에서 그가 기대할 것이라곤 아무것도 없었다. 그는 마지못해

얼른 물었다. "우리 주인이 언제 성에 가면 될까요?" "절대로 안 돼"라는 대답이었다. "좋소" 하고 K는 수화기를 내려놓았다.

뒤에 있던 농부들은 어느새 그에게 아주 가까이 다가와 있었다. 조수들은 여러 차례 곁눈질로 그를 보며 농부들이 그에게 가까이 오지 못하게 했다. 하지만 그건 그러는 척하는 시늉일 뿐, 농부들도 대화의 결과에 만족해하며 차츰 물러서고 있었다. 그때 뒤에서 웬 사내가 빠른 걸음으로 그들 사이를 헤치고 들어와 K 앞에 허리를 굽혀 절하고 그에게 편지 한 통을 전했다. K는 그 편지를 손에 들고, 순간 더 중요한 사람이라고 느껴지는 그 사내를 바라보았다. 이 사람과 그의 조수는 홀쭉하고 꼭 끼는 옷차림에 게다가 유연하고 민첩한 것까지 무척 닮았지만, 그러면서도 아주 다른 데가 있었다. 차라리 이자가 내 조수였다면! 그에겐 무두장이 집에서 젖먹이를 데리고 있던 여자를 떠올리게 하는 점이 조금 있었다. 거의 흰색에 가까운 옷을 입었는데, 겉옷은 비단 같진 않고 보통의 겨울옷이었지만 거기엔 비단옷이 지닌 보드레함과 화려함이 있었다. 얼굴은 밝고 순박했으며 눈이 매우 컸다. 그의 웃음은 무척이나 기분을 좋게 했는데, 그 웃음을 몰아내기라도 하려는 듯 손으로 얼굴을 훔쳤지만 그렇게 되진 않았다. K가 "넌 누구지?" 하고 물었다. 그는 "바르나바스라고 합니다, 심부름꾼이지요" 하고 말했다. 말을 할 때면 입술이 남자다우면서도 부드럽게 열렸다가 닫혔다. K는 "여기가 마음에 드니?" 하고 묻고는 아직도 관심이 가시지 않은 농부들을 가리켰다. 그들은 고통스러운 기색이 확연한 얼굴──머리는 마치 위를 납작하게 얻어맞은 것 같고 얼굴 모양은 그러한 고통 속에 생겨난 것 같았다──그리고 두툼한 입술, 벌어진 입 때문에 뭘 보는 것인지 보지 않는 것인지, 그들의 눈길은 가끔 엉뚱한 데에 가 별것 아닌 것에 붙어 있다가 한참 만에 제자리에 오곤 했다. 농부들에 이

어 K는 서로 껴안은 채 뺨과 뺨을 맞대고 웃고 있는, 그래서 고분고
분한 건지 비웃는 건지 알 수 없는 조수들도 가리켰다. 그는 이들
모두를 특수한 사정 때문에 억지로 떠맡은 수행원을 소개라도 하듯
이 보여주고는 바르나바스가 자신과 그들 사이의 차이를 사려 있게
구분해주길——그건 친밀함을 뜻하는 것으로 K에겐 그게 중요했다
——기대했다. 그러나 바르나바스는——그야말로 천진난만하게——
그 질문을 전혀 이해하지 못하고, 교육을 잘 받은 하인이 오직 자신
에게 해당된다 싶은 주인의 말을 묵묵히 받아들이듯, 가만있다가
그저 묻는 대로 둘러보며 손짓으로 낯익은 농부들에게 아는 체하고
조수들과 몇 마디 말을 주고받을 뿐, 한데 어울리진 않았으며 모든
게 자유롭고 어엿했다. K는——퇴짜맞긴 했지만 무안해하지 않고
——손에 든 편지에 생각이 미쳐 그것을 뜯어보았다. "귀하게 말씀
드립니다! 당신이 알고 있는 대로 당신은 영주의 직무를 얻었습니
다. 당신의 직속 상관은 마을 이장이며 당신은 그분에게서 당신의
업무와 임금 조건에 대해 구체적인 것을 전달받게 되고 그에게 보
고 의무를 지게 됩니다. 하지만 본인도 당신을 놓치지 않고 주시할
것입니다. 이 편지의 전달자 바르나바스는 때때로 당신이 바라는
것이 무엇인지 알고 나에게 알려주기 위해 당신에게 물어볼 것입니
다. 가능한 당신에게 친절히 대할 수 있도록 늘 대비하겠습니다. 일
하는 사람이 만족스럽도록 애쓸 것입니다." 서명은 알아보기가 어
려웠지만 거기엔 제 X 사무국 국장이라고 병기되어 있었다. K는 인
사하고 가려는 바르나바스에게 "기다려" 하고는 주막 주인을 불러
편지를 가지고 잠시 혼자 있고 싶으니 자기 방을 보여달라고 했다.
그러면서 바르나바스에게는 아무리 정이 가도 한낱 심부름꾼에 지
나지 않는다는 생각이 나 그에게 맥주 한 잔을 주도록 했다. 그는
바르나바스가 그걸 어떻게 받을까 하고 주의해 봤는데, 과연 매우

기꺼워하며 얼른 마시는 것이었다. 그걸 보고 K는 주인과 같이 그곳에서 나왔다. 이 자그만 집에서 K에게 내줄 수 있는 방이란 작은 다락방뿐이었는데 그나마도 문제가 있었다. 지금껏 거기서 잤던 두 하녀를 다른 데서 묵도록 해야 했기 때문이다. 실제로 한 거라곤 하녀들을 쫓아낸 일뿐, 달리 바뀐 것은 없었으며 하나밖에 없는 침대에도 지난밤 이후의 상태 그대로 이부자리 하나 없이 쿠션 몇 개와 형편없는 모포 한 장뿐이었고 벽에는 성자화와 군인들 사진 몇 점이 걸려 있었다. 환기조차 되어 있지 않은 걸로 보아 새 손님이 오래 머물지 않기를 바라고 그를 붙들 일은 전혀 안 한 모양이었다. 그러나 K는 아무 이의도 달지 않았으며 이불로 몸을 감싸고 식탁에 앉아 촛불에 의지해 다시 편지를 읽기 시작했다.

편지는 일관적이지 않았다. 호칭이나 그의 소원과 관련된 데서처럼 그에게 고유한 의지를 인정해 그를 자유인으로 보고 얘기하는 데가 있는가 하면, 국장이 "그를 놓치지 않고 주시하려고" 애써야만 한다거나 한낱 마을 이장이 보고까지 해야 하는 K의 상관이라 하면서 내놓고 아니면 은연히 그를 국장 자리에서 볼 때 안중에 둘 것도 없는, 하찮은 일꾼으로 취급하는 데도 있었다. 그의 유일한 동료가 마을 경찰인지도 몰랐다. 그건 틀림없는 모순들로, 의도적으로 그랬던 게 분명했다. 이런 관청을 놓고 터무니없이 여기에 우유부단함이 들어 있다고 하는 건 아예 생각조차 못 할 일이었다. 거기서 그가 본 것은 그에게 주어진 공공연한 선택으로 그가 이 편지의 지시들을 가지고 뭘 하려는 것인지, 성과 아무튼 표는 나지만 그러나 겉모양뿐인 관계를 가진 마을 일꾼이길 원하는지 아니면 실제로 전 고용 관계가 바르나바스의 소식에 따라 정해지는 엉터리 마을 일꾼이길 바라는지는 그에게 달려 있었다. K는 선택을 주저하진 않았는데, 지금까지의 경험이 없었다 해도 주저하진 않았을 것이다.

성에서 온 나으리에게서 되도록 멀리 벗어난, 그저 마을 노동자일 때 그는 성에서 뭔가 얻을 수 있고, 그가 그들의 친구는 아니지만 같은 주민이 되었다면, 그리고 게어슈태커나 라제만 같은 사람과 다를 바 없다면 그를 미심스럽게 생각하는 이 마을 사람들도 말하기 시작할 것이다——그렇다면 아주 빨리 그렇게 되어야 했고 모든 게 거기에 달려 있었다——그러면 그에게 오로지 윗사람들과 그들의 호의가 문제되었을 때 영원히 잠겨 있을 뿐더러 눈에 보이지 않을지도 모르는 모든 길들이 대번에 열릴 것임이 틀림없었다. 물론 위험이 있었는데 편지에도 충분히 강조되어 있었고 마치 피할 수 없다는 듯 어찌 보면 즐겁게 묘사되어 있었다. 그게 노동자라는 것이었다. 업무, 윗사람, 일, 임금 조건, 보고, 노동자——편지에는 이런 말 투성이였고, 달리 사적인 이야기가 있었다 해도 바로 그 관점에서 한 말이었다. K는 노동자가 되려면 될 수 있었지만 정말 끔찍한 경우, 그렇게 되면 아무런 전망도 없었다. K는 실제로 강요받는 처지가 아니라는 걸 알고 있었으며 그걸, 더구나 여기선 전혀, 두려워하지도 않았지만 기를 꺾는 환경과 실망에 대한 적응의 힘, 순간순간의 눈에 띄지 않는 영향이 지닌 힘은 물론 무서워했는데, 바로 이런 위험을 안고 그는 싸움을 시도해야 했던 것이다. 또 편지에 노골적으로, 만일 싸움이 벌어지면 무모하게 시작한 건 K라고 했는데 교묘하게 표현했기 때문에 오직 불안한 양심, 나쁜 양심이 아니라 불안한 양심만이 그걸 느낄 수 있었다. 그의 직무 채용과 관련된 "당신이 알고 있는 대로"란 말이 그것이었다. K는 신고를 했었으며, 편지에 표현된 것처럼 바로 그때부터 그가 채용되었음을 알고 있었던 것이다.

K는 벽에서 그림 하나를 떼어내고 편지를 못에 꽂았다. 그는 이 방에 묵을 것이며 편지는 여기에 꽂혀 있어야 한다는 뜻으로.

그리곤 식당으로 내려갔는데 바르나바스는 조수들과 작은 식탁에 앉아 있었다. "아, 너 여기 있구나" 하고 K는 별 까닭도 없이 그저 바르나바스를 보고 반가워 말했다. 그가 벌떡 일어났다. K가 들어서자마자 농부들이 그에게 다가오려고 일어섰는데, 줄곧 그의 꽁무니를 쫓아다니는 게 어느새 그들의 습관이 되어 있었다. K가 "도대체 내게서 뭘 바라고 그렇게 쫓아다니는가?" 하고 소리쳤다. 그들은 이 말을 기분 나쁘게 여기지 않고 천천히 제자리로 돌아갔다. 누군가가 떠나면서 설명 대신 알쏭달쏭한 웃음을 지어 보이자 몇몇 사람들이 "늘 새로운 걸 듣게 되는군" 하고 수긍을 했고 아까 그자가 새로운 일이 음식인 양 입맛을 다셨다. K는 타협적인 말은 한마디도 하지 않았는데, 그들이 그에게 조금이나마 존경하는 마음을 갖는 게 좋기 때문이었다. 바르나바스 옆에 앉자마자 목에서 한 농부의 숨결이 느껴졌는데, 농부는 소금 종지를 가지러 왔다고 했지만 K가 화가 나서 발을 구르자 소금 종지마저 놓고 달아나버렸다. K를 가지고 놀기란 정말로 쉬운 일로, 이를테면 농부더러 그에게 덤비라고 부추기기만 하면 되었다. 그는 그들의 끈질긴 관심을 다른 사람들의 폐쇄성보다 더 나쁘게 보았는데, 아울러 그것이 폐쇄성인 것도 사실이었다. 왜냐하면 K가 그들의 식탁에 앉았다면 그들은 거기에 그대로 앉아 있지 않았을 것이기 때문이다. 오로지 바르나바스가 그 자리에 있기 때문에 K는 한바탕 법석을 피우고 싶은 마음을 억누르고 있었다. 그러나 그가 을러대듯 그들 쪽으로 고개를 돌리자 그들도 그쪽을 바라보았다. 그러나 그들이 거기에 그렇게, 각자 제자리에서 서로 얘기도 않고 서로 뚜렷한 관련도 없이, 다만 그들 모두가 그를 응시하고 있다는 것으로 서로 맺어져 그렇게 앉아 있는 것을 보니, 그들이 그를 쫓아다니게 된 것은 결코 악의 때문이 아닌 것 같다는 느낌이 들었다. 어쩌면 그들은 정말 그에게서 뭔가를 원하는데 다만 말을 못하는 것일 수 있으며, 그리고 그게 아니라면 천진함 때문이라는 느낌도 들었다. 여기가 제고장인 듯한 그 천진함. 어느 손님에게 가져갈 맥주잔을 두 손에 들고 가만히 K 쪽을 보며 안주인이 부엌 창으로 몸을 굽혀 부르는 소리도 못 듣고 서 있는 주인도 천진난만한 것일까.

　K는 태연히 바르나바스에게 말을 걸었다. 조수들을 내쫓고는 싶지만 어떤 구실도 떠오르지 않았고 그들 또한 조용히 자기네 맥주만 바라보고 있었다. "편지는 읽었어" 하며 K는 말을 끄집어냈다. "내용은 알고 있지?" 바르나바스가 "아니오"라고 대답했다. 그의 말보다도 눈길이 더 많은 걸 말해주는 것 같았다. 농부들의 나쁜 인상에서처럼 K는 여기서 좋은 인상 때문에 잘못 생각하는지도 모르지만, 그가 여기 있는 건 여전히 기분 좋은 일이었다. "편지엔 네 얘기도 있어. 이따금 나와 국장 사이에서 소식을 전하기로 되어 있어 난 네가 내용을 알고 있다고 생각했지." "저는" 하고 바르나바스가 말했다. "편지를 전달하고 읽을 때까지 기다리고, 구두 또는 서면 답신이 필요하다고 느끼시면 그걸 갖고 오라는 지시만 받았습니다." K는 "좋아" 하고는 "쓸 필요는 없고 국장님께—그런데 이름이 어떻게 되지? 서명을 알아볼 수가 없었어"라고 말했다. 바르나바스가 "클람"이라고 대답했다. "그럼 클람 씨에게 채용해주신 데 대해서, 그리고 아울러 아직 여기서 쓸모 있는지 전혀 확인되지 않은 나 같은 자가 알아볼 수 있는 그 어른의 특별한 친절에 대해서 감사 말씀 드리게. 그분의 의도에 어긋나지 않게 철저히 하겠다고. 오늘 특별히 부탁드릴 건 없네." 바르나바스는 바짝 주의하고 있다가 K에게 그 지시를 K 앞에서 다시 외어봐도 좋겠냐고 물어 K가 그러라고 하자 바르나바스는 조금도 틀리지 않고 복창했다. 그리곤 작별 인사를 하려고 일어섰다.

K는 그 동안 내내 그의 얼굴을 살펴보고 있었는데 이제 그 관찰이 끝났다. 바르나바스는 키가 K와 엇비슷했지만 그럼에도 시선을 K를 향해 겸손하게 내리깔고 있어 이자가 다른 누굴 창피하게 하는 일은 없을 성싶었다. 하긴 그는 심부름꾼에 지나지 않고 자기가 배달하는 편지 내용도 모르지만 비록 그는 무슨 소식인지 몰라도 그의 눈길, 웃음, 걸음걸이 그 모두가 뭘 전해주는 느낌이 들었다. 그래서 K가 그에게 손을 내밀자 그는 놀란 것 같았다. 그는 그냥 절만 하려고 했던 것이다.

그가 가자마자——문을 열기 전 그는 잠시 어깨를 문에 기대고 어느 누구가 아니라 식당을 두루 아우르는 눈길을 주며——K는 조수들에게 말했다. "방에서 도안을 가져오겠어. 그리고 나서 다음 일을 상의하자." 그들이 따라가려고 했다. K가 "그냥 있어!"라고 했다. 그들은 계속 같이 가려고 했다. K는 더 엄하게 명령을 반복해야 했다. 바르나바스는 현관에 없었다. 방금 막 떠나버렸던 것이다. 집 앞에도——눈이 다시 내리고 있었다——그는 보이지 않았다. 그는 바르나바스! 하고 불렀다. 대답이 없었다. 아직 집안에 있을까? 다른 가능성은 없는 것 같았다. 그럼에도 K가 있는 힘을 다해 이름을 외치자 그 이름이 어둠 속에서 크게 메아리쳐 울렸다. 그러자 멀리서 가냘픈 대답 소리가 들렸는데, 바르나바스는 이미 그렇게 멀리 가 있었던 것이다. K는 그를 다시 부르면서 그를 맞이하러 갔다. 그들이 마주친 데는 주막에서는 보이지 않는 곳이었다.

"바르나바스" 하고선 K는 떨리는 소리를 주체할 수 없었다. "네게 아직도 하고 싶은 말이 있어. 이제 보니 성에서 뭐가 필요해도 네가 우연히 오는 것만을 믿고 기다린다는 건 심히 잘못된 거야. 내가 널 지금 우연히라도 마주치지 못했더라면——네가 어찌나 빠른지, 난 네가 아직 집에 있다고 생각했지——네가 다음에 올 때까지

얼마나 오래 기다려야 할지 누가 알겠어.” “국장에게 내가 언제나
당신이 말한 시간에 오도록 부탁하면 되잖아요” 하고 바르나바스가
말했다. “그걸로 충분치 않아”라며 K는 “일 년쯤은 아무것도 듣지
않고 보내려 했지만 네가 떠나고 바로 십오 분도 지나지 않아 미뤄
둬선 안 될 일이 생겼어.” “그럼 국장님께” 하고 바르나바스가 말했
다. “제가 그와 당신 사이를 연락할 뿐만이 아니라 다른 연락 방법
도 강구해달라고 말씀드릴까요.” K는 “아니, 아니” 하고 “절대 그
러지 마, 그건 그냥 덧붙여 해보는 말이고, 아무튼 이번엔 운 좋게
널 놓치지 않았어”라고 말했다. 바르나바스가 “주막으로 돌아가 새
심부름을 받을까요?” 하고 물었다. 그는 벌써 건물 쪽으로 한걸음
발을 떼어놓았다. “바르나바스” 하고 K는 “그럴 필요는 없고, 함께
조금만 가지”라고 말했다. “왜 주막에 들어가려 않지요?” 하고 바
르나바스가 물었다. “거긴 사람들이 성가시게 굴어” 하고 K는 “농
부들이 끈질긴 걸 눈으로 보지 않았어?” 바르나바스가 “나리 방으
로 가면 되는데요”라고 했다. K는 “그건 하녀들 방이야” 하며 “더
럽고 퀴퀴해. 거기 있지 않으려고 조금이라도 너와 같이 걸으려는
거야, 넌” 하고는 거기에 자기가 주저하는 기색을 단연코 이겨내기
위해 “날 팔짱 끼워주기만 하면 돼, 넌 걸음이 더 믿을 만하니까”
하고 덧붙여 말했다. 그리고는 그의 팔짱을 끼었다. 날은 완전히 어
두워 그의 얼굴은 전혀 보이지 않고 모습만 어렴풋이 보였는데, K
가 그의 팔을 찾느라 더듬거린 것은 벌써 한참 전이었다.

바르나바스가 그에게 뜻을 굽혀 그들은 주막을 등지고 멀리 걸어
나갔다. K는 안간힘을 써도 바르나바스와 보조를 맞출 수 없었을
뿐더러 그의 거침없는 움직임에 방해가 되었으며, K가 오전에 눈에
빠졌던 바로 저 골목길에서처럼, 보통 때 같으면 벌써 이 하찮은 것
때문에 모든 게 틀림없이 어그러질 텐데 바르나바스에게 얹혀서는

간신히 빠져 나올 수 있을 거라는 느낌이 들었다. 그러나 이제 그런 걱정은 멀리 떨어져 있었으며, 더구나 바르나바스가 말을 하지 않아 위로가 되었다. 그들이 말없이 걸을 때 바르나바스로서도 그냥 계속 걷는 것을 통해 바로 그들이 함께 만난 의미가 생겨날 수 있었다.

그들은 걸었다. 하지만 K는 어디로 가는지도 모른 채 아무것도 알아보지 못했으며 교회를 지나쳤는지 아닌지조차도 몰랐다. 걷는 것만으로도 힘이 들어 그는 생각마저 마음대로 할 수 없었다. 계속 목표에 집중하는 대신 그들은 갈팡질팡했다. 고향이 자꾸만 떠오르더니 그 추억들로 그의 마음은 가득 찼다. 거기에도 대광장에 교회가 있었는데, 한쪽이 오래된 묘지로 둘러싸여 있었고 이 묘지에는 높은 담이 둘러쳐져 있었다. 겨우 몇몇만이 이 담 위에 오른 적이 있었을 뿐, K도 아직 성공하지 못했다. 호기심에 끌려 그런 건 아닌 것이, 그들은 작은 창살문을 통해 이미 여러 번 들어가본 적이 있어 묘지에 그들이 모르는 비밀이라곤 없었고 다만 미끄럽고 높은 담을 정복하고 싶을 따름이었다. 어느 날 오전——정적뿐인 광장은 빛으로 찬연했는데 K가 언제, 그 전이건 그 뒤이건, 그런 모습을 본 적이 있었던가?——놀랍게도 그게 이루어졌다. 그가 이미 여러 번 밀려났던 곳에서 그는, 이로 작은 깃대를 물고, 그 담을 단숨에 올라갔던 것이다. 밑으론 아직도 돌 부스러기가 쏟아져 내렸는데 그는 어느새 위에 가 있었다. 깃대를 꽂자 깃발이 바람에 팽팽해졌으며, 그는 아래뿐 아니라 어깨 너머로 땅속으로 숨어드는 십자가들까지 빙 둘러보았는데 지금 여기서 그보다 더 큰 사람은 아무도 없었다. 그때 우연히 선생이 지나가다가 화가 난 눈빛으로 그를 쫓는 바람에 뛰어내리다가 K는 무릎을 다쳐 겨우 집에 돌아왔는데, 어쨌든 담 위에 올라간 것은 사실이며 그 성취감은 당시 그의 삶에서 오랫동안 믿음을 주는 것 같았으며 그게 그렇게 터무니없는 것만도 아닌 것은 많은 세월이 지나 바르나바스의 팔에 매달려 있는 지금, 이 설야에 그게 그에게 도움이 되고 있었기 때문이다.

그는 팔짱에 더 힘을 주며 바르나바스에게 끌려가다시피 했으며 계속 침묵이 이어졌다. 길과 관련해서 K가 아는 거라곤 거리 상태로 보아 아직 옆골목으로 접어들진 않았다는 것뿐이었다. 그는 길이 험하고 또 돌아갈 길이 걱정스럽더라도 결코 걸음을 멈추진 않으리라고 다짐했다. 하긴 계속 질질 끌려가는 데는 아직 힘이 충분할 것이고. 설마 길이 끝없이 이어지거나 그러진 않겠지? 낮에는 성이 쉬운 목표처럼 앞에 있었고 심부름꾼은 분명 지름길을 알고 있었다.

그때 바르나바스가 멈춰 섰다. 어디일까? 이제 더 이상 가지 않는 것인가? 바르나바스는 K와 헤어질까? 그렇겐 안 될 거야. K는 스스로도 아플 정도로 바르나바스의 팔을 꽉 붙잡았다. 아니면 믿을 수 없는 일이 벌어져 그들이 이미 성안 또는 그 문 앞에 와 있단 말인가? 하지만 K가 아는 한 그들은 오르막길을 걸은 적이 없었다. 아니면 바르나바스가 그를 살며시 오르막길로 데리고 갔을까? K가 "우리 어디 와 있지?" 하고 나직하게 말했는데, 그에게 하는 말이라기보다는 스스로에게 물어본 거였다. 바르나바스도 똑같이 "집에요" 하고 대답했다. "집에?" "나으리, 이제부턴 미끄러지지 않게 조심하세요. 내리막길입니다." "내리막이라고?" 그는 "몇 걸음 안 돼요"라고 덧붙이고는 벌써 어느 집 문을 두드리는 것이었다.

웬 처녀가 열어주어, 그들은 커다란 방 문턱에 어둑하게 서 있게 되었는데, 그것은 왼쪽 뒷전의 식탁 위에만 쪽등이 달려 있었기 때문이었다. 처녀가 "너와 함께 온 분이 누구니, 바르나바스?" 하고 물었다. 그가 "측량사예요" 하고 대답했다. 처녀가 "측량사예요" 하고 큰소리로 식탁에 대고 되풀이했다. 그러자 거기서 두 늙은이, 남자와 여자 그리고 또 한 처녀가 일어섰다. 그리고 K에게 인사했다. 바르나바스가 그들을 모두 K에게 소개했는데 그의 부모와 누이인 올가와 아말리아였다. K는 그들을 보는 둥 마는 둥하고는, 누가 난로에 말리려고 그의 젖은 웃옷을 벗기자 하는 대로 내버려두었다.

그러니까 집에 온 건 그들 둘이 아니라 바르나바스 혼자였다. 그러면 그들은 왜 여기 와 있을까? K가 바르나바스를 곁으로 불러서 물었다. "왜 집으로 왔지? 아니면 너희도 성안에 살고 있니?" "성안이라고요?" 하며 바르나바스가 K의 말뜻을 모르겠다는 듯 되뇌었다. "바르나바스" 하며 K는 "넌 주막에서 성으로 가려고 했잖아" 라고 말했다. "아닙니다, 나리" 하며 바르나바스는 "전 집으로 가려 했습니다. 성에는 아침에나 가고요. 거기서 자는 일은 없습니다"라고 했다. "그래," K는 "성에 가려던 게 아니라 그냥 이리 오려 했단 말이지" 하고는——그에겐 바르나바스의 웃음이 더 아리송했고 당사자에게서도 이렇다 할 게 눈에 띄지 않았다——"왜 내게 그 말을 안 했지?"라고 말했다. "제게 묻지 않으셨으니까요, 나리" 하며 바르나바스가 "제게 일거리 하나만 더 주시려고 했는데 식당도 방도 싫다고 하셨지요. 그래서 여기 제 부모님 집에서라면 방해받지 않고 그 일거리를 주실 수 있으리라 생각했지요——만일 그들에게 명령하시면 모두 바로 자리를 비울 것입니다——그리고 우리 집이 마음에 드신다면 여기서 묵으셔도 좋습니다. 제가 잘못했나요?"라고 말했다. K는 대답을 못했다. 그러니까 오해, 짜증스럽고 저급한 오해였는데, K는 온통 거기에 빠져버린 것이었다. 바르나바스의 꼭 끼는, 번쩍이는 비단 윗도리에 매료되었었는데 그가 막 단추를 풀자 웃옷 밑으로 머슴답게 듬직하고 떡 벌어진 가슴을 덮은, 남루하고 검게 때에 찌들었으며 기운 데 투성이인 셔츠가 드러났다. 게다가 주변의 모든 게 그와 일치하는 정도가 아니라 오히려 그 이상이었다. 통풍에 걸려 느릿느릿 질질 끄는 뻣뻣한 발보다는 손을 더듬거려 앞으로 나가는 늙은 아버지, 손을 가슴에 포갠 채 너무 뚱뚱해서 몇 치밖에 못 걷는 어머니, 두 사람, 아버지와 어머니는 K가 들어선 때부터 그들 구석 자리에서 그를 향해 걸었지만 여전히 그가 있는 데에 이르지 못하고 있었다. 금발머리 자매들은 서로, 그리고 바르나바스와 닮았지만 표정이 그보다는 딱딱했는데, 이 크고 힘센 처녀들이, 도착한 사람들을 둘러서서 K가 뭐라고 인사하길 기다렸는데, K는 아무 말도 할 수 없었으며, 이 마을에선 누구나 그에게 중요하다고 생각했고 역시 그랬는데 바로 여기 사람들만은 전혀 흥미가 없었다. 주막으로 가는 길만 알았더라면 그는 즉시 혼자라도 갔을 것이다. 바르나바스와 아침에 성에 갈 수 있다는 가능성은 마음을 끌지 못했다. 지금 이 밤에 그는 슬그머니, 바르나바스를 따라, 그러니까 여태까지 보기에 그가 지금까지 여기서 만난 누구보다 더 가까웠던 사람이며 아울러 겉으로 드러난 지위를 훨씬 뛰어넘어 성과 줄이 닿아 있다고 믿었던 저 바르나바스를 따라 성으로 들어가려 했었던 것이다. 그런데 그가 전적으로 속한, 그리고 함께 식탁에 앉아 있는 이 집의 아들, 그에 걸맞게 성에선 절대 잘 수 없는 사람의 팔에 매달려 대낮에 성으로 가기란 불가능했으며, 어처구니없게도 가망 없는 시도였다.

K는 거기서 밤을 지내되 그 집 사람들에겐 아무 시중도 받지 않으리라 마음먹고 창가 의자에 앉았다. 그를 내쫓거나 그를 두려워한 마을 사람들은 덜 위험스러운 것 같았다. 왜냐하면 그들은 근본적으로 오직 그 자신에게 주의를 환기토록 해 그가 집중력을 잃지 않도록 해주었으나, 가식적인 짓을 통해 그를 성안 대신 집으로 데려오는 그런 가짜 조력자들은 그의 생각을 다른 데로 돌려, 일부러

이든 아니든, 그의 힘을 파괴하는 일을 했기 때문이다. 가족이 앉은 식탁에서 오라고 부르는 소리를 아예 무시하고 K는 고개를 떨군 채 의자에서 움직이지 않았다.

이때 자매 가운데 상냥한 올가가 처녀답게 어쩔 줄 몰라하는 기색을 보이며 일어나 K에게 다가와, 빵과 베이컨이 마련되어 있고 맥주는 그녀가 가져온다며 그를 식탁으로 청했다. K가 "어디서?" 하고 물었다. 그녀가 "여관에서요"라고 했다. K는 무척이나 반기며, 그녀에게 맥주는 가져오지 말고 그를 여관으로 같이 데려가달라고, 거기에 아직 중요한 일이 있다고 했다. 그러나 그녀가 가려던 곳은 그렇게 먼, 그가 말한 주막이 아니라 훨씬 가까운 헤른호프라는 곳이었다. 그럼에도 K는 그녀에게 함께 가도록 해달라고 부탁했는데, 어쩌면 그곳에 잠잘 데가 있을지도 모른다는 생각 때문이었다. 그게 어떤 것이든 그는 이 집에서 가장 좋은 잠자리보다 그걸 더 바랐다. 올가는 바로 대답하지 않고 식탁 쪽을 돌아보았다. 거기서 남동생이 일어서더니 쾌히 그러라며 고개를 끄덕이며 말했다. "나으리가 원하신다면——" K는 이 동의 때문에 하마터면 자신의 부탁을 취소할 뻔했는데, 저자는 하찮은 일이니까 동의했을 것이라는 생각에서였다. 그러나 그 다음 여관에서 K를 넣어줄까 하는 문제를 논할 때 모두가 미심쩍게 생각하자 그는 자기가 한 부탁에 대해 납득할 만한 이유를 꾸며대려 노력도 않고 꼭 같이 가겠다고 고집하였다. 이 집 사람들은 K를 있는 그대로 받아줄 수밖에 없었으며, K는 그들 앞에서 염치가 없었던 것이다. 그런 중에도 그를 조금 혼란스럽게 한 것은 진지하고 꼿꼿하며 무덤덤한, 또 흐리멍덩하게도 보이는 눈빛을 가진 아말리아뿐이었다.

여관으로 가는 짧은 길에——K는 올가의 팔을 끼고 달리 어쩔 수 없이 먼저 그의 오빠에게 그런 것처럼 끌려가다시피 했는데——그는 이 여관이 본디 마을에 일보러 성에서 온 사람만 이용하는 곳이며 그들이 거기서 먹고 잠까지 잔다는 것을 알았다. 올가는 K와 낮게, 친한 사이처럼 얘기했는데, 그녀와 걷는 것이 동생하고 걸었을 때와 거의 같이 기분이 좋아 K는 이 유쾌함을 거부했지만 느낌은 그대로였다.

  이 여관은 겉보기에 K가 묵었던 주막과 매우 비슷했으며 마을에는 외견상 큰 차이가 없는 듯 보였지만 그래도 작은 차이들은 금방 알 수 있었다. 앞계단에는 난간이 있었고 문 위엔 멋진 등이 달려 있었으며, 그들이 들어서자 머리 위로 천 조각이 펄럭였는데 그건 백작령을 뜻하는 색깔의 깃발이었다. 현관에서 그들은 곧 순시 중인 듯한 주인과 마주쳤는데, 지나가면서 찬찬히 살피는 듯한 또는 졸린 듯한 실눈을 뜨고 K를 보며 "측량사님은 바까지만 갈 수 있습니다" 하고 말했다. 올가는 얼른 K를 감싸며 "그럼요" 하고는 "그는 날 따라왔을 뿐이에요"라고 말했다. 그러나 K는 섭섭하게도 올가에게서 벗어나 주인과 따로 이야기하고 올가는 그 동안 현관 끝에서 참고 기다렸다. K가 "저 여기서 묵고 싶은데요" 하고 말했다. 주인이 "그건 안 되겠는데요"라며 "아직 잘 모르시나 본데, 이 집은 성에서 오신 분들만 이용하게 되어 있지요" 하고 말했다. "규정이야 그렇겠지요" 하며 K는 "하지만 날 어느 귀퉁이에서 자게 할 순 있지 않겠소" 하고 말했다. "당신께 지극히 잘 해드리고 싶습니다" 라며 주인이 말했다. "하지만 당신이 타곳 사람 식으로 말하는 규정의 엄격함은 차치하고라도 나으리들이 극히 예민하기 때문에 그럴 수 없소. 난 그분들이 낯선 사람을 보는 걸 결코 견디지 못한다는 건 너무나 잘 알고 있소. 내가 만일 당신을 여기서 재우다가 우연히 당신이——우연이란 건 언제나 그분들 편이지요——발견된다면 나뿐 아니라 당신 자신도 끝장이오. 우스꽝스럽게 들리겠지만 이건 사실이오." 단추를 꼭 여민 채 한 손은 벽에, 다른 손은 허리에 대어 버티고서 다리를 서로 포갠 채 몸을 K 쪽으로 조금 굽혀 그에게 친근하게 말하는 이 높은 분은 칙칙한 옷이 촌스러울 만큼 단정해 보이긴 하지만 마을에 속하는 것 같진 않았다. K는 "전적으로 당신 말을 믿습니다" 하고는 "내가 세련되게 표현하지 못했을진 모르나 규정의 중요성을 온통 경시하는 것도 아니고요. 한 가지만 유념하셨으면 싶은데요, 난 성과 귀중한 관계를 맺고 있으며 더 귀중한 관계를 갖게 될 것입니다. 그것이 내가 여기서 유숙함으로써 생길 수 있는 모든 위험에서 당신을 지켜줄 것이고, 내가 소박한 친절에 제대로 감사할 수 있음을 보증할 것입니다"라고 했다. 주인은 "알고 있소" 하고는 재차 "알고 있어요"를 되풀이했다. K는 이제 자신의 요구를 더 강력하게 제기할 수 있어야 했는데 그만 주인의 대답으로 산만해져 고작 "오늘 성에서 온 분들이 많이 주무십니까?" 하고 묻고 말았다. 주인이 어느 정도 유혹적으로 "그런 점에서 오늘은 사정이 좋아요" 하곤 "한 분만 묵고 계십니다"라고 말했다. 아직도 K는 조르질 못하고 이제 거의 받아들여졌겠지 하고 기대하며 그분의 이름만 물었다. 주인은 유난히도 낡고 닳은, 그리고 지나치게 레이스와 주름 장식이 많은 옷이지만 우아하게 도회지식으로 차려입고 살랑거리며 오고 있는 자기 부인 쪽을 돌아보며 "클람" 하고 덧붙였다. 그녀는 주인을 데리러 온 것으로 국장님이 뭘 원하신다고 했다. 그러나 주인은 가기 전에 자신이 아니라 K가 숙박과 관련 결정해야 한다는 듯이 K를 재차 바라보았다. 하지만 K는 아무 말도 할 수 없었다. 특히 다름 아닌 그의 윗사람이 여기 있는 사태로 그는 깜짝 놀랐던 것이다. 자기 자신에게도 제대로 설명할 수 없었지만 그는 클람에 대해선 다른 때 성에 대해서처럼 그렇게 자유스러운 기분이 아니었으며, 그에게 들킨다는 것은 주인의 말대로 끔찍한

46

일은 아니더라도, 마치 감사를 표해야 될 사람에게 분별없이 고통을 줄 때처럼, 지독히 곤혹스러운 일이었던 것이다. 그리고 아울러 그토록 심각한 상황에서 종속 상태, 고용살이의 우려했던 결과가 공공연히 드러나고 그것이 여기에 그처럼 뚜렷이 나타났는데도 그걸 억누를 수조차 없음을 보는 게 그의 마음을 무겁게 짓눌렀다. 그렇게 서서 그는 입술을 깨물며 아무 말도 못했다. 주인이 문에서 사라지기 전 K를 다시 한 번 돌아보고 K가 그를 바라보자 올가가 와서 K를 데려갈 때까지 그 자리에서 움직이지 않았다. 올가가 "주인에게 볼일이 있나요?" 하고 물었다. K가 "여기서 자려고 했어" 하고 말했다. 올가가 놀라 "우리 집에서 묵어야지요" 했다. "그래, 그러지" 하며 K는 그 말의 해석은 그녀에게 맡겨버렸다.

3
프리다

　가운데가 텅 빈 큰방으로 된 바의 벽 쪽에는 농부 서넛이 술통 옆과 위에 앉아 있었는데 K가 있었던 주막 사람들과는 다른 모습이었다. 더 말쑥하고 똑같이 감노란 막베로 된 옷차림이었으며 윗도리는 헐렁했고 바지는 꼭 맞았다. 몸이 작고 한눈에 서로 매우 닮은 사내들로 얼굴이 판판하고 앙상하면서도 볼이 통통했다. 모두가 묵묵히 거의 꼼짝도 않고 눈으로, 그나마 천천히 무표정하게, 들어오는 사람들을 좇을 뿐이었다. 그럼에도 다수에다 무척 조용했기 때문에 그들은 K에게 어떤 인상을 심어주었다. 사람들에게 여기 있는 까닭을 해명하려고 그는 다시 올가의 팔을 잡았다. 한쪽 모퉁이에서 올가가 아는 한 남자가 일어나 그녀를 향해 오려 하자 K는 팔짱 낀 팔로 그녀를 다른 쪽을 보게 했는데, 그녀말고는 아무도 그걸 눈치챌 수 없었으며 그녀는 옆을 보고 웃으며 그대로 놔두었다.
　맥주는 프리다라는 아가씨가 팔았다. 수수하고 키가 작으며 슬픈 표정과 여윈 뺨을 지닌 금발의 처녀이지만 눈빛에는 뜻밖에도 특별히 예사롭지 않은 우월함을 띠고 있었다. 이 눈빛이 K에게 머물자, 그에겐 그 눈빛이 K와 관련된, 그런 게 있다는 것조차 전혀 몰랐지만 눈빛을 통해 확신하게 된 일들을 벌써 처리해버렸다는 느낌이 들었다. K는 프리다가 올가와 얘기할 때에도 줄곧 옆에서 그녀를 보았다. 올가와 프리다는 쌀쌀하게 몇 마디만 주고받았을 뿐, 친구 사이 같진 않았다. K는 거들어볼 요량으로 불쑥 "클람 씨를 아세요?" 하고 물었다. 올가가 웃음을 터뜨렸다. K는 화가 나 "왜 웃는 거지?" 하고 물었다. 그녀는 "난 웃는 게 아니예요" 하면서도 웃음을 그치지 않았다. "올가는 아직 애기 같은 데가 있구나" 하고서 K는 프리다의 눈길을 다시 자기에게 끌기 위해 카운터 위로 몸을 쑥 구부렸다. 하지만 그녀는 눈을 내리깔고 가만히 말했다. "클람 씨를 보고 싶으세요?" K가 부탁했다. 그녀는 바로 왼쪽 옆을 가리켰다. "여기 작은 엿보는 구멍이 있으니 이리로 들여다볼 수 있어요." "그런데 여기 사람들은?" 하고 K가 물었다. 그녀는 아랫입술을 삐죽 내밀더니 유난히 부드러운 손으로 K를 문 있는 데로 끌고 갔다. 관찰용으로 뚫어놓은 게 분명한 작은 구멍을 통해 그는 옆방을 거의 한눈에 볼 수 있었다. 방 가운데의 탁자 옆 편안한 원형 팔걸이 의자에는 앞에 매달려 있는 백열등으로부터 눈부시게 빛을 받으며 클람 씨가 앉아 있었다. 중키에 살이 찐 육중한 양반이었다. 얼굴은 아직 팽팽했지만 뺨은 벌써 나이의 무게를 이기지 못해 약간 꺼져 있었다. 검은 콧수염은 길게 늘어져 있었다. 비스듬히 걸친 번득번득한 코안경이 눈을 가리고 있었다. 클람 씨가 탁자에 앉아 있었다면 옆모습만 보였을 텐데 그가 K 쪽으로 몸을 많이 돌렸기 때문에 그의 얼굴이 제대로 보였다. 왼쪽 팔꿈치는 탁자 위에 두었고 버지니아 담배를 쥔 오른손은 무릎 위에 얹고 있었다. 탁자에는 맥주잔이 놓여 있었다. 책상 둘레의 장식테가 높았기 때문에 K는 거기에 어떤 문서가 있는지 자세히 볼 수 없었지만 아무것도 없다는 느낌이 들었다. 확실하게 해두려고 그는 프리다에게 구멍을 좀 들여다보고 그에게 그에 관해 알려달라고 했다. 그러나 그녀가 조금 전 방에 가봤기 때문에 거기엔 문서가 없다고 즉석에서 확인해줄 수 있었다. K가 프리다에게 그만 가야 되지 않느냐고 묻자 그녀는 내내 실컷 봐도 괜찮다는 것이었다. K는 이제 프리다와 단둘이었으며 언뜻 알아본 바로 올가는 아는 사람을 찾아가 술통 위에 올라앉아 발을 버둥거리고 있었다. "프리다," K가 귓속말로 물었다. "클람 씨를 아주 잘 아세요?" "아 예" 하며 그녀는 "아주 잘"이라고 대답했다. K의 옆에 기대서서 그녀는 가슴이 가볍게 파이고 가냘픈 몸에 어색하게 얹혀 있던 누르스름한 크림빛 블라우스를——K에겐 이제야 그게 눈에 띄었다——건성건성 매만지고 있었다. 그리고선 "올가의 웃음을 기억하시겠지요?"라고 했다. K가 "그럼요, 버르장머리없이" 하며 대꾸했다. "하긴" 하고는 그녀는 누그러진 태도로 "웃을 만도 한 것이, 날 보고 클람을 아느냐고 물었는데 내가"——그녀는 여기서 조금 몸을 일으켜, 이야기한 것과 전혀 상관없는 의기 양양한 눈길로 다시 K를 응시했다——"내가 그의 애인이거든요"라고 했다. K가 "클람의 애인이라" 하고 말했다. 그녀가 끄덕끄덕했다. "그럼 당신은," K는 그들 사이에 너무 심각한 분위기가 되지 않도록 웃으면서 "나에게 매우 존경받아야 할 사람이군요" 하고 말했다. "당신만이 아니예요" 하고 프리다는 상냥하게, 그러나 그의 웃음에는 반응하지 않으며 말했다. K에겐 그녀의 콧대를 꺾을 수단이 있어 그걸 이용해 물었다. "성안에 가본 적이 있소?" 그러나 허사였다. 그녀가 "아니오, 하지만 내가 여기 바에 있는 거면 잘된 게 아니예요?"라고 대답했기 때문이다. 보아하니 그녀의 포부는 굉장했는데 그걸 바로 K를 가지고 충족시키려는 것 같았다. "그럼요," 하며 K는 "여기 술 판매장에서만, 당신은 주인이 할 일도 알고 있잖아요"라고 했다. 그녀가 "그래요" 하며 "처음엔 추어 브뤼케에서 외양간 하녀로 일했어요"라고 했다. "이 부드러운 손으로" 하고 K는 반은 묻는 투로 말은 했지만 그저 알랑대는 것인지 아니면 정말로 역시 그녀에게 져서 그랬는지는 스스로도 몰랐다. 그녀의 손이 작고 부드러운 것은 틀림없지만 가냘프고 별것 아니라고 할 수도 있었다. 그녀가 "그때 아무도 거기에 신경 쓰지 않았어요" 하고는 "그리고 지금도——"라고 말했다. K가 그녀를 뜨악해하는 눈으로 보자 그녀는 머리를 흔들며 말을 계속하려 하지 않았다. K가 "물론 당신에겐" 하며 "비밀들이 있는데 그에 대해 사귄 지 반시간밖에 되지 않아 대체 자기 사정이 어떤지 얘기할 계기조차 없던 사람하고는 말하진 않겠지요"라고 했다. 그러나 그건 보게 되겠지만 부적절한 말로, 그에게 유리한 잠에서 프리다를 깨운 꼴이어서 그녀는 허리에 찼던 가죽 가방에서 나무쪽 하나를 꺼내 그걸로 엿보는 구멍을 막고는 스스로를 억누르는 태도를 보이며, K에게 그녀의 생각이 바뀐 걸 알아채지 못하게 하려고 "당신에 관해선 모르는 게 없어요, 당신은 토지 측량사지요"라고 말했다. 거기에 "이제 일하러 가야 돼요"라고 덧붙이고는 카운터 뒤의 그녀 자리로 갔는데, 한편에선 사람들 가운데 그녀에게 잔을 채우라고 여기저기서 일어서는 자가 있었다. K는 그녀와 다시 한 번 살그머니 얘기하고 싶어 시렁에서 빈 잔 하나를 집어 들고 그녀에게 "프리다 양, 한마디만 더요" 하고는 "외양간 하녀에서 바 종업원으로 오른 것은 대단한 것으로 그럴려면 특출한 능력이 있어야 되지만, 그걸로 그런 사람에게 최종 목표가 달성된 건가요? 말도 안 되는 질문이지요. 당신의 눈은 말이에요, 날 비웃지 말아요, 프리다 양, 지나간 싸움보다는 앞으로의 싸움을 더욱 말해주고 있어요. 하지만 세상의 방해는 크고, 목표가 커지면 그 또한 더 커지니 심지어 하찮고 무력하지만 그만큼 투쟁하는 남자에게라도 도움을 확보하는 건 전혀 부끄러운 일이 아닙니다. 많은 눈이 지켜보지 않는 데서 조용히 한번 함께 얘기할 수도 있을 텐데요"라고 말했다. 그녀는 "당신이 바라는 게 뭔지 모르겠어요"라고 했는데 이번엔 그녀의 의지와는 반대로 어조에 인생의 승리가 아니라 무한한 실망의 빛이 엿보였으며 "혹시 날 클람에게서 떠나게 하려는 것 아냐? 하느님 맙소사!" 하고는 두 손을 합장했다. K는 심한 불신에 싫증이 난 듯 "내 속을 꿰뚫어 봤소" 하고는 "바로 그게 은밀한 내 속생각이었소. 클람을 떠나 내 애인이 되길 바라오. 그럼 이제 가도 되겠군. 올가!" 하며 "집에 가자" 하고 외쳤다. 올가는 얌전히 술통에서 미끄러져 내렸지만 그녀를 에워싼 남자 친구들에게서 금방 벗어날 수는 없었다. 이때 프리다가 위협적인 눈으로 K를 보며 낮은 목소리로 말했다. "당신과 언제 얘기할 수 있지요?" K가 "여기서 묵어도 되겠소?" 하고 물었다. 프리다가 "예" 했다. K가 "그냥 여기 있어도 괜찮겠소?" 하고 물었다. "내가 여기 있는 사람들을 쫓아낼 수 있도록 올가와 같이 나가세요. 그리고 잠시 뒤에 오시면 됩니다." "좋아요" 하고는 K는 올가를 초조하게 기다렸다. 하지만 농부들은 그녀를 놓아주지 않고 올가를 중심으로 춤을 만들어 함께 빙빙 돌며 원무를 추었다. 일제히 소리지를 때마다 한 사람이 올가에게 가까이 가서 한 손으로 허리를 잡아 서너 바퀴 맴돌렸다. 원무가 갈수록 빨라지고 울부짖음, 탐욕스러운 색색거림이 점점 하나가 될 무렵, 아까 웃으면서 원을 뚫고 나오던 올가는 머리가 풀어헤쳐진 채 이 사람 저 사람을 옮겨가며 간신히 몸을 가누고 있었다. "이런 자들을 내게 보내다니" 하고 프리다는 노여움에 얇을 입술을 물었다. K가 "누구죠?" 하고 물었다. "클람의 하인배예요" 하고 프리다는 "그는 늘 이 패거리들을 데리고 오는데 그자들만 나타나면 난 엉망이 돼요. 오늘 내가 측량사님과 무슨 얘길 했는지 모르겠어요. 마음 상할 일이 있었으면 용서하세요. 이자들이 있어서 그런 거예요. 내가 아는 가장 천하고 역겨운 것들인데 잔에 맥주를 채워줘야 한다고요. 그들을 집에 놔두라고 벌써 몇 번이나 클람에게 부탁했는지, 다른 분의 하인배도 보고 견뎌야 한다고. 내 생각도 좀 해줄 수 있으련만, 그런데 모든 부탁이 소용

없어요. 언제나 그가 여기 이르기 한 시간 전이면 그들은 가축들이 외양간에 들듯이 우르르 몰려드는 거예요. 하지만 이제 정말로 그들에게 걸맞는 외양간으로 가야지요. 당신이 없다면 여기 문을 열어 젖혀 클람이 손수 그들을 쫓아내도록 했을 거예요"라고 말했다. "그는 그들 소리를 듣지 못하는가요?" 하고 K가 물었다. "예," 프리다가 말했다. "자거든요." "뭐라고!" K가 소리쳤다. "자고 있다고? 내가 방을 들여다봤을 때 그는 깨서 탁자 옆에 앉아 있던데." "그는 늘 그렇게 앉아 있어요"라고 프리다가 말했다. "당신이 그를 봤을 때에도 그는 자고 있었어요──그렇지 않으면 내가 들여다보게 했겠어요?──그게 그의 자는 자세예요. 나리들은 잠을 아주 많이 자요, 잘 이해되지 않지만. 그가 그렇게 많이 안 자면 어떻게 이 사람들을 보고 참겠어요. 이젠 내가 그들을 몸소 쫓아내겠어요." 그녀는 한쪽 구석에서 채찍을 집어 들고 마치 새끼 양이 하는 것처럼 단번에 깡충, 하지만 조금 뒤뚱거리며 춤추는 자들에게 뛰어갔다. 처음에 그들은 새로, 춤추는 여자가 오기라도 한 양 그녀 쪽을 바라보았으며, 실제로도 한 순간은 프리다가 채찍을 내려놓는 것처럼 보였지만 그걸 다시 들고 "클람의 이름으로" 하며 "외양간으로, 모두 외양간으로" 하고 소리치자 이제 그들은 장난이 아니란 걸 보고 K로선 이해되지 않는 두려움에 싸여 뒷전으로 몰려가기 시작했으며 선두로 온 자들에게 부딪혀 문이 열리고 밤바람이 들어왔다. 뜰을 지나 외양간까지 쫓아갔는지 프리다까지 모두가 사라졌다. 이때 갑작스럽게 밀려온 정적을 뚫고 현관에서 발소리가 들렸다. 어떻게든 피해보려고 그는 유일하게 밑에 몸을 숨길 수 있는 카운터 뒤로 뛰어갔는데, 그가 바에 머무는 것이 금지된 건 아니지만 여기서 밤을 지낼 셈이었기에 지금 누구 눈에 띄는 걸 피해야만 했다. 그래서 막상 문이 열렸을 때 그는 탁자 밑으로 기어들었다. 거기서 들킨다는 건 말할 나위 없이 위험하지만 적어도 난폭해진 농부들을 피해 숨었다는 변명만큼은 믿어줄 만했다. 여관 주인이었다. 그는 "프리다" 하고 부르고 서너 번 방안을 서성댔는데 다행히도 곧 프리다가 와 K 말은 내지도 않고 농부들만 탓하다가 K를 찾으려고 카운터 뒤로 와 K는 그녀의 발을 만지고 그제서야 마음을 놓았다. 프리다가 K 얘기를 하지 않자 결국 주인이 말을 꺼냈다. "그런데 측량사는 어디 있지요?" 하고 그가 물었다. 그는 점잖고 또 지속적으로 그리고 비교적 자유롭게 유명 인사들과 교제함으로써 세련된 사람이었는데, 프리다와 이야기하면서도 대화 속에 여직원, 그것도 사뭇 건방진 여직원에 대한 고용주의 자세를 잃지 않았기 때문에 그의 특유한 정중함이 돋보였다. "측량사에 대해선 까맣게 잊고 있었는데요" 하며 프리다는 K의 가슴에 작은 발을 얹었다. "간 지 벌써 오래된 것 같아요." "난 못 봤는데" 하며 주인이 "거의 내내 현관에 있었어요"라고 말했다. 프리다는 쌀쌀맞게 "하지만 여기엔 없어요" 하고 말했다. "아마 어디 숨었을 거요"라며 주인은 "내가 받은 인상으로는 그가 여러 가지를 할 수 있으리라 여겨지는데" 하고 말했다. "하지만 그런 대담한 짓을 할 사람은 못 돼요"라고 프리다는 말하고 K 위에 올려놓은 발을 더 세게 눌렀다. 아까는 K가 전혀 느끼지 못했지만 그녀의 성격에는 쾌활함, 자유 분방함 같은 게 있었는데, 그게 정말 뜻밖에도——그녀가 느닷없이 "그가 여기 밑에 숨어 있는지도 모르죠"라는 말과 함께 웃음을 터뜨리며 K에게 몸을 굽혀 살짝 입을 맞추고는 다시 벌떡 일어서 침울하게 "아니에요, 여기엔 없어요"라고 하는 데서——유감없이 발휘되고 있었다. 하지만 놀라게 하기는 주인도 마찬가지로, 곧 이렇게 말했다. "그가 갔는지 확실히 몰라 정말 난처하군요. 클람 씨도 중요합니다만 문제는 규정이지요. 그건 프리다 양, 당신과 나에게 해당되는 겁니다. 바는 당신이 맡아요, 난 집안 다른 데를 뒤져볼 테니. 잘 자요! 편히 쉬어요!" 그가 아직 방을 완전히 떠나지 않았을 텐데 프리다는 벌써 전등을 돌려 끄고 카운터 아래 있는 K 옆에 와 "내 사랑! 내 사랑이여!" 하고 속삭이면서도 K에겐 손도 대지 않고 사랑에 넋을 잃은 듯 벌렁 드러누워 두 팔을 쭉 뻗었다. 시간은 그녀의 행복한 사랑 앞에 무한정한데 그녀에게선 노래 대신 한숨이 새어 나왔다. 그러다 K가 조용히 생각에 잠겨 있는 걸 보고 깜짝 놀라서는 어린애처럼 "나와, 이 아래선 숨막혀 죽겠어" 하고 그를 끌어당겼다. 두 사람은 서로 껴안았다. 조그만 몸뚱어리는 K의 손에서 불탔으며 그들은 정신없이 뒹굴었다. K는 줄곧 거기서 빠져 나오려고 해봤지만 아무 소용이 없었다. 그들은 몇 발짝 떨어져 있는, 클람의 문에 툭 부딪혔다가 맥주 고인 자리와 바닥에 깔린 잡쓰레기 속에 눕게 되었다. 거기서 두 사람의 호흡과 심장의 고동이 하나가 된 채 몇 시간인가 지나갔다. 그 시간 내내 K는 길을 잃었거나 아니면 멀리 낯선 곳에 와 있다는 느낌이 들었다. 그보다 앞서선 아직 아무도 와보지 않은 이방異方, 공기마저 고향 공기와 성분이 전혀 다르고 낯섦 때문에 질식하게 되고 말 곳, 엄청난 유혹 속에 그저 마냥 걷고 계속 길을 헤매는 수밖에 없는 곳에. 그래서 클람의 방에서 프리다를 찾는 낮고 명령하는 듯한 덤덤한 소리가 들렸을 때 경악하기보다는 먼저 위로의 빛이 동튼다는 느낌이었다. K는 프리다의 귀에다 "프리다" 하며 그 부르는 소리를 전해주었다. 타고난 순종심에서 프리다가 벌떡 일어나려다가 자기가 어디 있는지 생각해보고는 기지개를 켜며 빙긋 웃고는 말했다. "결코 그에게 가지 않을 거야, 난 절대 안 간다고." K는 그에 반대해 클람에게 가라고 독촉하려고 흐트러진 블라우스의 매무새를 고쳐주기 시작했으나, 프리다를 자기 손에 가진 게 너무, 이루 말할 수 없이 즐거웠다. 너무 겁이 나고 또 즐겁기도 했는데, 왜냐하면 프리다가 그를 떠나면 그가 가진 모든 게 그를 떠나버릴 것 같아서였다. 그런데 프리다는 K의 동의에 힘을 얻은 듯 주먹을 쥐고 문을 두드리며 소리쳤다. "난 측량사 곁에 있어요! 측량사 곁에요!" 그러자 클랍도 조용해졌다. 그러나 K는 일어나 프리다 옆에 무릎을 꿇고 어슴푸레한 새벽빛 속을 둘러보았다. 무슨 일이 일어났지? 그의 희망은 어디 있고? 모든 걸 들켜버린 이 마당에 프리다에게 뭘 기대할 수 있을까? 적과 목표의 크기에 맞게 신중한 태도로 나아가기는커녕 그는 맥주가 고인 이 웅덩이에서 밤새도록 뒹굴었는데 이제는 냄새 때문에 정신을 차릴 수가 없었다. 그는 "무슨 짓을 했지?" 하고 중얼거렸다. "우리 둘은 망했어." 프리다가 "아니예요" 하고는 "끝장난 건 나뿐이에요, 그러나 난 당신을 얻었어요. 진정하세요. 그런데 저 둘이 웃고 있는 것 좀 봐" 하고 말했다. "누군데?" 하고 물으며 K가 돌아봤다. 카운터 위에는 두 조수들이 조금 선잠이 덜 깬, 그러나 즐거운 낯빛으로 앉아 있었는데 그 즐거움은 성실한 임무 수행으로 얻은 것이었다. K는 모든 게 그들 탓인 양 "너희들 여기 무슨 일이야?" 하고 소리치며 어제 저녁 프리다가 갖고 있었던 채찍을 찾으려고 두리번거렸다. 조수들이 "우린 당신을 찾아야 했다고요" 하며 "우리가 있는 식당으로 내려오지 않아 우린 바르나바스 집에서 당신을 찾다가 마침내 여기에 있는 걸 보고 밤새도록 여기 앉아 있는 거예요. 편한 업무가 아니었다고요"라고 했다. K는 "내가 너희들이 필요한 건 낮이지 밤이 아니야, 꺼져!" 하고 말했다. 그들은 "지금은 낮인데요" 하고는 움직이지 않았다. 정말 낮이 되었는지 뜰문이 열리고 K가 까맣게 잊고 있었던 올가와 함께 농부들이 밀려 들어오는데, 올가는 비록 옷과 머리는 엉망이었지만 어제 저녁과 마찬가지로 생기가 있었으며 그녀의 눈은 문에서부터 K를 찾고 있었다. 그녀가 눈물을 글썽이며 "왜 나와 함께 집에 가지 않았어요" 하고 말했다. 그리고서 "이런 계집 때문에!" 하며 그 말을 서너 번 되뇌었다. 잠깐 보이지 않았던 프리다가 조그만 속옷 보따리를 들고 돌아오자 올가가 슬픈 기색으로 옆으로 비켜섰다. 프리다가 "이젠 가도 돼요"라고 했는데, 그건 다름아니라 추어 브뤼케 집을 두고 그들이 그리로 가야 한다는 말이었다. K와 프리다, 그 뒤로 조수들, 이렇게 행렬이 이어졌다. 농부들은 프리다에게 심한 경멸을 보였고, 더구나 그녀가 지팡이 위를 뛰어넘기 전에는 보내주지 않겠다는 듯 지팡이까지 든 자도 있었는데, 그도 그럴 까닭이 그녀는 지금까지 그들을 엄하게 다스렸던 것이다. 하지만 그를 쫓는 데는 한 번 힐끗 쳐다보는 것만으로 충분했다. K는 눈이 내린 밖에 나와서야 조금 안도의 한숨을 쉬었는데 그로선 이번 길의 어려움을 견디고도 남을 만큼 밖에 있는 기쁨이 컸으며, 혼자였다면 더 잘 걸었을 것이다. 주막에선 바로 자기 방에 들어가 침대에 누웠으며, 프리다는 그 옆 바닥 위에 잠자리를 폈다. 조수들도 함께 밀고 들어와 쫓아냈지만 다음엔 다시 창으로 들어오는 것이었다. K는 너무 피곤해서 다시 쫓아내지도 못했다. 여주인이 프리다를 맞이하러 일부러 올라오자 프리다는 그녀를 엄마라고 불렀으며 입을 맞추고 오래 껴안기도 하며 정겹게 인사했는데 알다가도 모를 일이었다. 이 조그만 방은 수선스럽기 짝이 없었으며, 뭘 가져오고 또는 가져가느라 하녀들까지 남자 장화를 신고 쿵쿵거리며 들락날락했다. 잡동사니로 가득 찬 침대에서 뭐가 필요하면 위에 있는 K는 아랑곳 않고 밑에서 빼갔다. 프리다는 그들을 동료로 맞이했다. 이렇게 어수선한데도 K는 밤낮을 가리지 않고 하루 온종일 침대에 누워 있었다. 사사로운 일은 프리다가 거들어주었다. 다음날 아침 드디어 매우 상쾌한 기분으로 일어났을 때는 그가 마을에 머문 지 벌써 나흘째 되는 날이었다.

4
여주인과의 첫 대화

　그는 프리다와 은밀하게 얘기하고 싶었지만, 프리다가 때때로 같이 농담도 하고 웃기도 하는 조수들이 마냥 귀찮게 붙어 있어 거치적거렸다. 그러나 까다롭진 않아 그들은 한쪽 바닥에 헌 스커트 둘을 깔고 자리를 만들었는데, 여러 차례 프리다와 나눈 이야기대로 측량사님에게 결코 폐가 되지 않고 되도록 장소를 축내지 않겠다고 열의가 대단했다. 이런 생각에서, 물론 늘 소곤소곤 킥킥대며, 팔과 다리를 포개거나 함께 웅크리는 등 갖가지 짓을 하는 바람에 새벽녘에는 한구석에 큰 실뭉치로만 보였다. 하지만 낮에 겪어 안 것은 그들이 아주 주의 깊은 관찰자이며, 아이들 놀이를 하는 것처럼 손을 망원경처럼 만들고 비슷한 바보짓을 하거나 아니면 그냥 이쪽에 대고 눈만 깜박이기도 하며 주로 그들이 애지중지하는 수염을 매만지고 길이와 숱을 서로 비교하고 또 비교하고 프리다에게 거듭거듭 판결해달라고 할 때에도 늘 K를 지켜본다는 사실이었다. K는 종종 침대에서 세 사람의 하는 짓을 전혀 무관심한 태도로 바라보았다.
　이제 K가 침대 신세를 지지 않아도 될 만큼 기운을 차리게 되자 모두가 시중을 들려고 달려왔다. 그는 그들의 시중을 완강히 물리칠 만큼 된 것은 아니었으며, 그 때문에 그들에게 얼마쯤 예속되어 나쁜 결과를 낳을지도 모른다는 걸 느꼈지만 그대로 내버려둘 수밖에 없었다. 식탁에서 프리다가 가져온 좋은 커피를 마시거나, 프리다가 피운 난로 가에서 불을 쬐는 것, 조수들이 익숙진 않아도 열심

58

히 세숫물, 비누, 빗, 거울을 가지러 계단을 열 번이나 오르내리게 한 일, 그리고 또 K가 은근히 에둘러 요청해 가져온 럼주 한 잔까지 아주 싫은 것은 아니었다.

이렇게 지시하고 시중받는 가운데 K는 어떤 효과를 기대한다기보다는 기분이 늘어져 "이제 그만들 가봐, 당분간 너희 둘은 전혀 필요가 없으니. 난 프리다 양과 단둘이 얘기하고 싶어"라고 말해버렸는데, 그들의 얼굴에 별다른 반감이 보이지 않자 다시 그들을 달래는 의미에서 "우리 셋이서 면장에게 갈 테니 아랫방에서 날 기다리게" 하고 말했다. 그들은 신기하게도 그대로 따랐으며 다만 나가기 전에 "여기서 기다려도 괜찮은데요"라고 해 K는 "알고 있어, 하지만 그러고 싶지 않아" 하고 대답했다.

프리다가 조수들이 나가자마자 그의 무릎에 앉아 "당신 조수들에게 무슨 감정이 있어요? 그들 앞에서 비밀이 있어선 안 돼요. 충실한 자들인데"라고 하자 K는 불쾌했지만 어떤 의미에선 반갑기도 했다. "아, 충실하다고" 하며 K는 "그들은 끊임없이 날 노리고 있지, 쓸데없는 짓이지만 지겨워" 하고 말했다. 프리다는 "당신이 무슨 말을 하는지 알겠어요" 하고는 그의 목에 매달려 또 뭔가 얘기하려 했지만 더 말을 할 수가 없었다. 침대 바로 옆에 의자가 있어 그들은 기우뚱하고 넘어졌던 것이다. 그들은 거기에 누웠지만 그날 밤처럼 열렬한 건 아니었다. 그녀가 뭘 찾고 K도 뭘, 난폭하게, 찾았으며 얼굴은 일그러지고 머리로 다른 사람의 가슴을 파고 뒤지는데, 포옹과 서로 내맡긴 육체가 그들을 잊게 해주기는커녕 찾아야 한다는 의무를 떠올려주었으며, 절망한 개가 바닥을 긁어대듯 그들도 그렇게 그들의 육체를 후벼대다가 마지막 즐거움이나마 얻으려고 혀로 상대의 얼굴을 더듬었다. 그들은 피로 때문에 비로소 움직임을 멈추고 서로 고마움을 느끼게 되었다. 그때 하녀들도 올라왔는데 하나가 "여기 이들이 어떻게 누워 있는가 봐" 하며 측은한 마음에서 그들 위에 덮을 것을 던져주었다.

이윽고 K가 덮개를 치우고 둘러보니 조수들이 다시 ─ 그 때문에 놀라진 않았다 ─ 자기네 구석 자리에서 손가락으로 K를 가리키며 웃지 않도록 서로 타이르며 경례를 붙였으며 ─ 뿐만 아니라 침대 바로 옆에는 여주인이 앉아 양말을 뜨고 있었는데, 그런 소박한 일은 방을 어둡게 할 만큼 거대한 그녀의 모습과는 어울리지 않다. 그녀는 "기다린 지 오래됐어요" 하고는 넓적한, 나이 들며 줄줄이 주름은 졌지만 그 대단한 살집에도 팽팽한, 옛날엔 예뻤을지도 모르는 얼굴을 들었다. 그녀의 말은 비난, 온당치 않은 비난 같았다. 그녀더러 와달라고 청한 적이 없었기 때문이다. 그래서 그는 그녀의 말에 고개만 끄덕여 대답하고 바로 앉았는데, 프리다도 일어났지만 K를 떠나 여주인의 의자에 기대섰다. K는 얼떨떨하여 "주인 아주머니" 하고는 "내게 하시려는 말을 내가 면장에게 갔다 돌아올 때까지 미루실 순 없겠습니까? 거기서 긴히 상의할 게 있습니다" 하고 말했다. 여주인이 "이 이야기가 더 중요해요, 내 말이 옳다니까요, 측량사님" 하고는 "거기선 다만 일이 문제지만 여기선 사람이, 내가 아끼는 하녀 프리다 문제가 걸려 있다고요"라고 했다. K는 "아 그래요" 하고는 "그런데 말이에요, 이 일을 왜 우리 두 사람에게 맡기지 않는지 정말 모르겠어요"라고 말했다. "사랑하기 때문에, 걱정이 되어서" 하고 여주인은 선키가 앉아 있는 여주인의 어깨에 겨우 닿는 프리다의 머리를 끌어당겼다. "프리다가 당신을 그토록 신뢰하니" 하며 K는 "나 또한 어쩔 수 없소. 또 프리다가 바로 조금 전 내 조수들이 충실하다고 했으니 우린 서로 친구인 셈이군요. 그럼 내가 주인아주머니, 당신에게 말해도 괜찮겠군요. 난 프리다와 내가 결혼을, 그것도 곧 빨리 하는 것이 가장 좋다고 생각합니다. 그렇게 해도 그녀가 나로 말미암아 잃은 것, 헤른호프의 일자리와 클람의 친분을 보상해줄 수 없어 정말 안타깝군요"라고 말했다. 프리다가 머리를 들었는데 눈엔 눈물이 가득했으며 거기에 기고만장함이란 전혀 없었다. "왜 내가? 하필이면 왜 내가 그 일에 뽑힌 것일까?" K와 여주인이 동시에 "뭐?" 하고 물었다. "불쌍한 애 같으니, 제정신이 아니네." 여주인은 "한꺼번에 지나친 행복과 불행을 겪어 제정신이 아니야"라고 했다. 그러자 그때 이 말을 증명이라도 하듯이 프리다가 K에게 달려들어 방에 다른 사람이 없는 것처럼 그에게 마구 키스를 퍼붓고는 울면서, 여전히 그를 껴안은 채, 그의 앞에 털썩 무릎을 꿇고 앉았다. K는 두 손으로 프리다의 머리칼을 쓰다듬으면서 여주인에게 물었다. "내 말이 옳다고 인정해주시려나 보죠?" 여주인이 "당신은 신의를 아는 사람입니다"라고 했는데 그녀 역시 눈물 젖은 목소리였으며 조금 쇠잔한 모습으로 가쁜 숨을 쉬었지만 그럼에도 기운을 차려 이렇게 말하는 것이었다. "이제는 당신이 프리다에게 제공해야 될 어떤 보증만 궁리해야 할 것입니다. 그 까닭은 내가 아무리 당신을 존경한다 해도 당신은 타곳 사람이고 증인으로 댈 사람이라곤 아무도 없으며 당신의 집안 사정을 아는 사람도 여기 없기 때문입니다. 그러니까 보증이 필요하다는 걸 이해하게 될 겁니다. 측량사님, 프리다가 당신과의 관계 때문에 그럼에도 얼마나 잃는 게 많은지는 당신 스스로 강조하셨잖아요." "물론, 보증이라, 당연하죠" 하고서 K는 "그건 공증인 앞에서 받는 게 가장 좋겠지만, 혹시 다른 백작 관할 관청들도 개입할지 모르겠네요. 그건 그렇고 나 역시 결혼 전에 꼭 해결해야 할 게 있어요. 클람과 얘기해야겠어요"라고 했다. 프리다가 "그건 안 돼" 하고 몸을 조금 일으켜 K에게 기댔다. "무슨 생각이에요!" K는 "해야 돼" 하고는 "만일 내가 해내기 어렵다면 당신이 해야 돼" 하고 말했다.

"난 못해요, K, 난 할 수 없어요" 하며 프리다는 "클람은 결코 당신과 얘기하지 않을 거예요. 대체 어떻게 클람이 당신과 얘기하리라는 생각을 할 수 있을까!" "그럼 당신과는 얘기할까?" K가 물었다. "역시 아니예요" 하고 프리다는 "당신과도 않고 나하고도 안 해요. 그건 전혀 불가능한 일이에요"라고 했다. 그녀는 팔을 벌리고 여주인을 쳐다보았다. "주인아주머니, 그이가 뭘 요구하는지 좀 보세요." 여주인이 "당신은 별난 사람이군요, 측량사님" 하며 지금 꼿꼿하게 앉아 다리를 포개고 거대한 무릎을 얇은 스커트 사이로 내민 모습은 섬뜩했다. "당신은 불가능한 걸 요구하고 있어요." "그게 왜 불가능합니까?" K가 물었다. "그걸 설명해주겠소" 하며 여주인은 마치 이 설명이 결코 마지막 호의가 아니라 그녀가 내리는 첫 징벌인 듯한 투로 말했다. "기꺼이 설명해주겠소. 난 성에 속하지 않을 뿐더러 한낱 여자로서 여기 최하급—최하급은 아니지만 거기서 거기지요—여관의 여주인일 따름이오. 그래서 당신이 내 설명에 많은 의미를 두지 않을지 모르지만 난 눈을 부릅뜨고 살아왔으며 많은 사람을 만났으며 주막 운영이라는 무거운 부담을 혼자서 지고 살았어요. 내 남편은 착한 청년이지만 주막 주인감은 아니며 책임감이 무엇인지 결코 이해하지 못할 것입니다. 이를테면 당신이 여기 마을에 있는 것, 여기 침대에 조용하고 편안하게 앉아 있는 것도—난 그날 밤 쓰러질 정도로 지쳐 있었지요—오로지 그의 태만함 탓이니까요." "뭐라고?" K는 화가 나서라기보다는 호기심에 자극받아, 멍한 상태에서 깨어나며 물었다. "당신 일은 오직 그의 태만함 탓이라고요." 여주인이 집게손가락으로 K를 가리키며 재차 소리쳤다. 프리다가 그녀를 진정시키려고 했다. "왜 그래," 여주인이 온몸을 휙 돌리며 말했다. "측량사님이 내게 물어 대답해드려야겠다. 우리에게 자명한, 클람 씨가 그와는 절대 얘기하지 않을 거라는 사실, '거라니'가 뭐야, 결코 그와 얘기할 수 없다는 사실을 대체 어떻게 해야 이해할까. 여보세요 측량사님. 클람 씨의 다른 직위는 차치하더라도, 클람 씨가 성에서 나온 분이라는 그 자체만으로도 지체가 매우 높다는 뜻이에요. 그런데 우리가 여기서 이렇게 저자 세로 결혼 동의를 받으려 하는 당신은 그럼 뭡니까. 성에서 나온 것도 아니고 마을 사람도 아니고, 아무것도 아니예요. 하지만 유감스럽게도 당신은 거시기, 타곳 사람이지요. 군것지고 길 어디서나 거치적거리는 존재, 성가신 일이 그치지 않게 하는 존재, 하녀의 숙소를 다른 데로 옮기게 한 사람, 무슨 의도를 가졌는지 알 수 없는 사람, 앙증스러운 우리 프리다를 꾀어내었기에 어쩔 수 없이 아내로 줘야 될 사람이란 말이오. 기본적으로야 내가 당신에게 이 모든 것 때문에 비난하는 건 없소. 당신은 당신이거든요. 난 살아오면서 이미 너무 많은 걸 봐서 이젠 이런 꼴을 보고 견디는 일이 없어야 한다고요. 그럼 당신이 요구하는 게 대체 어떤 것인지 생각이나 해보세요. 클람 같은 사람이 당신과 얘기해야 한다는 건데. 프리다가 당신을, 엿보는 구멍을 통해 보게 했다는 말을 듣고 편치 않았어요. 그녀가 그짓을 했을 때엔 이미 당신에게 꼬인 상태지요. 클람의 모습을 대체 어떻게 보고 견뎠는지 말 좀 해봐요. 당신은 절대 클람을, 정말로 만날 순 없어요. 내가 외람되게 하는 말이 아니예요. 나도 그럴 수가 없으니까요. 클람이 당신과 얘기해야 한다는데 그는 마을 사람들과도 전연 얘기하지 않아요. 그가 적어도 프리다의 이름을 늘 불렀고, 그녀는 그에게 마음대로 말을 걸 수 있었으며 구멍을 통해 볼 수 있는 허락을 받은 사실은 프리다에게 큰 영예였고 내 마지막까지 자랑이 될 일이지만 그 역시 그녀와 말을 한 적은 없어요. 그리고 그가 가끔 프리다를 부른다고 거기에 결코 사람들이 생각하는 그런 의미가 있는 건 아니예요. 그냥 이름 프리다를 부르는 것이지——누가 그의 뜻을 알겠어요?——프리다가 마땅히 서둘러 오는 것이 그녀가 할 일이라면 그녀가 별다른 말을 듣지 않고 그에게 다가가도 된 것은 클람의 관대함 때문이었습니다. 그러나 그가 정말 프리다를 직접 불렀을 거라고는 주장할 수 없어요. 물론 그때 일도 이젠 영원히 끝난 일이지요. 어쩌면 클람이 아직도 프리다를 부를지 몰라요, 그럴 거예요. 하지만 그에게 가까이 오는 건 이제 틀림없이 허용되지 않을 겁니다. 당신과 관계한 계집인데. 그리고 꼭 한 가지, 클람의 애인이란 소리를 듣는——나온 김에 하는 건데 난 그 표현이 매우 과장된 거라고 생각해요——계집애가 당신이 건드리도록 했다는 것 한 가지는 내 형편없는 머리로는 이해할 수 없군요."

K는 "정말이지 신기한 일이군요" 하며 역시 고개를 숙이고 곧 순응하는 프리다를 품에 안고 말했다. "그러나 그것은 그 밖에도 모든 관계가 꼭 당신이 믿고 있는 대로가 아니라는 증거라고 난 생각해요. 그래 당신이 클람에게 난 아무것도 아니라고 하면 그땐 당신이 옳은 셈이에요. 내가 지금 클람과 얘기하길 바라고 당신의 설명으로도 전혀 그걸 말릴 수 없다 해도 그게 내가 문을 사이에 두지 않고 클람의 모습을 아무렇지 않게 볼 수는 있지만 그가 나타나자마자 내가 방에서 달아나지 않을까라는 말은 아닙니다. 그러나 설사 타당하다고 해도 나로선 그런 걱정 때문에 그 일을 시도하지 않을 까닭은 아직 없는 것입니다. 내가 그를 잘 막아낼 수 있게 되면 그는 나와 얘기할 필요가 전혀 없지요. 내 말이 그에게 주는 인상을 보며 어떤 인상도 주지 못하는지 또는 그가 전혀 듣지 않는지 알면 그만이에요. 유력자 앞에서 마음대로 얘기했다는 소득이 있으니까요. 그런데 대단한 인생과 인간 지식을 지닌 주인아주머니와 어제까지만 해도 클람의 애인이었던——이 말을 회피할 이유가 없군요

──프리다는 틀림없이 어렵잖게 클람과 얘기할 기회를 마련해줄 수 있어요. 달리 안 되면 바로 헤른호프에서, 그가 오늘도 거기 있을 텐데."

"그건 불가능해요" 하고 여주인이 말했다. "당신에겐 그걸 깨우칠 능력이 없나 보군요. 그럼 대체 클람과 무슨 얘기를 할 셈인지 말해보세요."

"물론 프리다에 관해서죠." K가 말했다.

"프리다에 관해?" 여주인은 어처구니없다는 듯 묻고는 프리다에게 말을 걸었다. "들었니 프리다, 그, 그가 너에 관해 클람, 클람과 얘기하겠단다."

"아" 하며 K가 말했다. "주인아주머니, 당신은 아주 이해력 있고 존경심을 불러일으키는 여자이지만 대수롭지 않은 것에 깜짝 놀라시는군요. 자 그러니까, 내가 프리다에 관해 그와 얘기하려는 게 그렇게 아주 터무니없는 짓이 아니라 오히려 당연한 거란 말입니다. 내가 나타난 순간부터 프리다가 클람에게 무의미하게 되었다고 당신이 믿는다면 당신 또한 잘못 생각하는 게 틀림없으니까요. 그렇게 생각하신다면 그를 과소 평가한 겁니다. 이런 점에 있어 당신을 가르치려는 게 외람되다는 것은 잘 느낍니다만 그럴 수밖에 없습니다. 나 때문에 프리다에 대한 클람의 관계가 바뀐 건 없을 겁니다. 실질적인 관계가 없거나──이렇게 말하는 사람은 본디 프리다에게서 애인이라는 명예를 떠올리는 자들이지요──그렇다면 현재도 없는 것이고. 아니면 그게 있었거나, 그렇다면 어떻게 나로 말미암아, 당신이 제대로 말했던 것처럼 클람의 눈에 아무것도 아닌 나 때문에 지장이 생길 수 있는 것인지. 그런 일은 처음 놀란 순간에나 믿는 것이지 그저 조금만 생각해봐도 바로잡히게 됩니다. 그건 그렇고 우리 이에 대해 프리다의 의견이나 들어봅시다."

눈은 먼데를 헤매고 뺨은 K의 가슴에 댄 채 프리다가 말했다. "엄마가 말한 그대로예요. 클람은 나에 대해 이제 아무것도 알려고 않는 거예요. 그러나 여보, 당신이 왔기 때문에 그런 건 물론 아니예요, 그까짓 걸로 그가 충격받을 리가 없어요. 하지만 우리가 거기 카운터 밑에서 만나게 된 건 그가 한 일이라고 생각해요. 제발 저주가 아니고 축복받은 시간이길."

프리다의 말이 달콤했기 때문에 K는 천천히 "그게 그렇다면" 하며 그 느낌이 퍼지도록 몇 초 동안 눈을 감았다가 "그렇다면 클람과의 대담을 두려워할 까닭이 더욱 없지요" 하고 말했다.

"정말로," 여주인이 K를 내려다보며 말했다. "당신은 가끔 내 남편을 생각나게 해요. 그나 당신이나 고집이 세고 순진해요. 이곳에 온 지 며칠인데 벌써 모든 걸 토박이보다, 나이 든 나와 헤른호프에서 많은 것을 보고 들은 프리다보다, 더 잘 아는 것처럼 내세워요. 규정과 인습을 온통 어기고서도 뭔가 달성하는 수 있다는 걸 부인하진 않아요. 그런 일을 겪은 적은 없지만 그와 관련 이런저런 사례가 있다는데, 그럴지도 모르죠. 하지만 그렇다 해도 결코 당신처럼 늘 아니오 아니오 하고, 자기 머리만을 맹신하고 선의의 충고를 듣지 않는 방식으로 되진 않아요. 내가 당신 때문에 걱정하는 줄 아세요? 당신이 혼자 있던 동안 내가 당신 일에 신경을 쓰던가요? 그게 좋고 여러 가지 일도 방지할 수 있었을 텐데? 내가 그 당시 당신에 관해 남편에게 한 말은 '그를 멀리해'라는 것뿐이었어요. 만일 지금 프리다가 당신과 한 운명이 되지 않았다면 난 지금도 같은 말을 했을 겁니다. 당신 마음에 들거나 말거나 나의 조심스러움, 아울러 나의 배려까지도 그녀 덕인 줄 아세요. 그러니 날 그냥 거부하지 마세요. 당신은 귀여운 프리다를 엄마 같은 정성으로 지켜보는 유일한 여자인 나에게 엄격한 의무를 지고 있으니까요. 프리다 말이 옳아서 이 모든 게 클람의 뜻인지도 모르지요. 하지만 난 지금 클람에 관해 전혀 몰라요, 결코 그와 얘기할 일도 없을 테고. 그는 내가 전혀 닿을 수 없는 데 있고 당신은 여기 앉아 내 프리다를 맡고 있고 ──말하지 않고 숨길 까닭이 있을까요?──내게 맡겨진 겁니다. 그래요, 내게 맡겨져 있어요. 아니라면 젊은이, 당신을 이 집에서 쫓아낼 테니 마을 어디서든 묵을 데를 찾아보세요, 개집이라도 말이에요."

"고맙소" 하고 K는 "솔직하게 말씀드려 전적으로 믿습니다. 그러니까 내 처지가 불안한 만큼 그와 관련 프리다의 처지도 그렇단 말씀이군요"라고 말했다.

"그게 아니예요!" 여주인이 말을 가로막고 화를 내며 "프리다의 처지는 이 점에서 당신의 경우와 전혀 상관없어요. 프리다는 내 집 소속이며 그녀의 여기 위치를 불안하다고 할 권리는 누구에게도 없어요" 하고 소리쳤다.

"좋아요, 좋아요" 하고 K는 "그 점에서 역시 당신이 옳다고 하겠소. 특히 프리다가 무슨 영문인지는 모르나 너무 당신을 두려워해 이 이야기에 끼여들지 못하는 것 같아서 말이오. 그럼 당분간 내 이야기만 합시다. 내 처지가 지극히 불안하다는 것을 당신은 부인하기는커녕 오히려 증명하려고 애쓰시는군요. 당신이 한 모든 말에서처럼 이 말도 대체로 옳을 뿐이지, 다 옳은 건 아닙니다. 이를테면 난 내 마음대로 이용할 수 있는 제법 좋은 잠자리를 알고 있어요"라고 말했다.

"어디인데요? 어디냐구요?" 프리다와 여주인은 동일한 질문 동기라도 있다는 듯이 이렇게 같이 그리고 간절한 소리로 외쳤다.

K가 "바르나바스 집이에요" 하고 말했다.

"불한당 같으니!" 하고 여주인이 소리쳤다. "간교한 악당들! 바르나바스 집이라고! 너희 들었니——" 하며 그녀가 조수들이 있는 구석을 돌아봤지만 이들은 이미 오래 전에 올라와 팔짱을 끼고 여주인 뒤에 서 있었는데, 그녀는 지금 기댈 데가 필요한 듯 한 조수의 손을 잡으며 "저분이 어딜 돌아다니는지 들어봐, 바르나바스네 집이야! 거기라면 잠자리 얻는 게 문제없지, 아, 헤른호프보다 차라리 거기서 묵었으면 좋았을걸. 그런데 너희는 어디 있었니?" [하고 말했다.]*

　"주인 아주머니" 하고 조수들이 미처 대답하기 전에 K가 "그들은 내 조수들인데 당신은 그들이 마치 당신 조수들이고 내게는 감시자인 양하는군요. 다른 점에선 점잖게 당신 의견으로 놓고 토론이라도 할 마음입니다만 내 조수에 관해선 안 되겠습니다. 이건 너무 뻔한 일이니까요. 그래서 내 조수들과 말하지 않도록 부탁드리며 만일 내 당부로 충분하지 않을 경우 조수들이 당신에게 대답하지 말도록 하겠습니다" 하고 말했다.

　"그래 내가 너희들하고 말해선 안 된단다"라고 여주인이 말하자 셋 다 웃는데, 여주인은 비웃는 투지만 K가 예상했던 것보다는 훨씬 부드러웠으며 조수들은 평범하게, 함축적이면서 무의미한, 아무 책임도 지지 않으려는 태도였다.

　"화는 내지 마세요" 하고 프리다가 말했다. "우리가 흥분한 걸 제대로 이해해야 돼요. 굳이 말하자면, 지금 우리가 서로 하나가 된 건 오직 바르나바스 덕이에요. 처음 카운터에서 당신을 봤을 때——당신은 올가의 팔에 매달려 들어왔지요——난 당신에 대해 이미 몇 가지는 알고 있었지만 대체로 봐서 당신에게 전혀 관심이 없었어요. 무관심한 건 당신뿐 아니라 거의 모든 게 그랬어요. 그때 또 많

---

*카프카 원전에는 [하고 말했다.]가 없어 보충 번역하였다.

은 게 불만스러웠고 더러 화나는 것도 있었는데, 그게 무슨 언짢고 화나는 일이었다고. 이를테면 카운터에 있던 손님들 가운데 한 사람이 날 모욕한 일이 있어요——그들은 늘 내 뒤만 쫓아다녔는데, 당신 거기서 그 녀석들 봤지요. 그런데 훨씬 고약한 자들이 왔어요. 클람의 하인배들이 가장 못된 게 아니예요——그래 누가 날 모욕했다는 게 내게 무슨 의미가 있었을까? 마치 몇 년 전 일 같기도 하고, 전혀 일어나지 않았거나 아니면 얘기로만 듣거나 내 자신이 이미 그걸 잊은 것 같기도 했어요. 하지만 이제 그걸 상상은 고사하고 서술조차 못하겠어요. 그렇게 모든 게 변해버렸어요. 클람이 날 버린 뒤로——"

그리고서 프리다는 얘기를 중단하고 애처롭게 고개를 숙이고 무릎에 손을 포갠 채 가만히 있었다.

"거 보세요," 여주인이 소리치는데 마치 그녀 스스로 말하는 게 아니고 다만 프리다에게 목청을 빌려준 것 같았으며, 또 가까이 다가가서는 프리다 옆에 붙어 앉았다. "측량사님, 이제 당신이 한 일의 결과를 아시겠어요. 그리고 나에게 얘기하지 말라고 한 당신 조수들도 교훈 삼아 가만히 보고 있어야 하겠군요. 당신은 프리다를 그녀에게 이제까지 주어진 행복한 상태에서 끌어냈는데, 그건 순진하기 짝이 없는 동정심에 싸인 프리다가 당신이 올가의 팔을 끼고 있어 바르나바스네 식구 손에 들어간 것 같아 견딜 수가 없었기 때문이었지요. 그녀는 당신을 구하다가 희생된 겁니다. 그러나 이제 일은 벌어져 프리다가 자기의 모든 것을 당신 무릎 위에 앉는 즐거움과 바꿔버린 마당에 당신이 와 언제고 바르나바스 집에서 숙박할 수 있다는 걸로 비장의 승부수를 띄우는군요. 그럼으로써 내게 매이지 않았음을 증명하려는 것이겠죠. 당신이 정말 바르나바스 집에서 묵었다면 틀림없이 내게 매이지 않고 당장, 더구나 황급히 내 집을 떠나야 했겠지요."

"난 바르나바스 집안의 죄악은 모르는데요" 하며 죽은 듯 꼼짝 않는 프리다를 조심스럽게 들어 천천히 침대 위에 눕히고는 일어서서 말했다. "그 점에선 당신이 옳을지 모르지만, 내가 우리, 프리다와 나의, 일은 오로지 우리 둘에게 맡겨달라고 당신께 청했을 때는 내가 분명 옳았어요. 그때 사랑과 걱정 따위를 들먹이셨는데 나중 그에 관해 알게 된 건 별로 없고 오히려 미움과 경멸과 집에서 내쫓는다는 말이 더 많았습니다. 만일 내게서 프리다를 떼어내거나 아니면 프리다에게서 날 떼어놓을 작정을 하셨다면 꽤 교묘했어요. 하지만 그렇게 되진 않을 거고 설사 당신이 성공한다 해도 당신은 ──협박하는 말이 들어 있다면 용서하십시오──몹시 후회하실 겁니다. 내게 제공하신 숙소와 관련해서도──다름 아닌 이 너저분한 굴속을 두고 한 말이겠지요──당신이 자진해서 그렇게 하는 건지 전혀 확실치 않으며 오히려 그에 대해 백작 관할 관청의 지시가 있다는 느낌이에요. 난 이제 거기다 여기서 나가게 되었다고 알리고 그때 다른 숙소를 지정해주면 당신도 마음놓고 숨을 쉬겠지만 난 더 푹 마음을 놓을 겁니다. 그럼 이제 이런저런 일로 면장에게 가니 당신이 말하자면 엄마다운 화술로 경을 친 프리다만은 좀 보살펴주세요."

그리고서 그는 조수들에게 말을 걸었다. 그는 "이리들 와" 하며 못에서 클람의 편지를 빼들고 나가려 했다. 여주인은 말없이 바라보다가 그의 손이 문고리에 이르자 비로소 말을 했다. "측량사님, 가시는 길에 뭘 드리겠습니다. 당신이 무슨 연설을 하시든 그리고 나같이 늙은 여자를 또 어떻게 모욕하려고 하든 당신은 프리다의 장래 남편이니까요. 단지 그 때문에 당신은 여기 사정에 지독히 무지하다는 말을 당신에게 해드립니다. 당신 얘기를 듣고 있자면 당

70

신이 하는 말과 생각을 실제 형편과 비교해서 머리가 어지러워요. 이런 무지함은 단번에 아니면 결코 고칠 수 없는지도 모르지만 당신이 날 조금이라도 믿고 이 무지함을 언제나 통감한다면 많은 게 나아질 겁니다. 그러면 예컨대 당장이라도 날 제대로 인정하게 되고, 아울러 내 귀여운 딸이 말하자면 다리 없는 도마뱀과 짝을 이루려고 독수리를 떠났음을 알았을 때 내가 어떤 경악스러운 느낌을 가졌겠는지—그 끔찍한 결과는 아직도 지속되고 있지만—짐작하게 될 거예요. 하지만 실제 관계는 훨씬 좋지 않아 그걸 내내 잊으려 해야만 했지요. 그렇지 않으면 당신과 한마디도 조용히 얘기할 수 없을 테니까요. 아 이제 다시 화가 나 있군요. 아니 아직 가지 말고 이 부탁만은 잘 들어주세요. 어디 가시든 당신은 여기서 가장 무지한 사람이라는 걸 잊지 말고 조심하세요. 우리 집에선 지금 여기 있는 프리다 때문에 당신이 불이익을 당하지 않아 마음놓고 지껄여댈지 모르나, 그렇다면 여기서 우리에게 이를테면 어떻게 클람과 얘기할 계획인지 알려주고 다만 실제로는, 그냥 실제로는, 제발 부탁이니 하지 마세요."

그녀는 일어서서, 흥분한 탓인지 조금 비틀거리며 K에게 가 그의 손을 잡고 그를 간곡히 바라보았다. "주인아주머니" 하며 K가 말했다. "그런 일을 가지고 왜 저자세로 내게 비는지 이해가 가지 않는군요. 당신 말마따나 내가 클람과 얘기하는 게 불가능하다면 누가 내게 부탁하든 않든 그걸 해내지 못할 것입니다. 그런데 만일 가능하다면, 그러면 무엇보다 당신의 주된 반대가 사라지면서 당신이 한 다른 걱정들도 불확실해지는 마당에 왜 내가 하지 말아야 할까요. 물론 난 뭘 모르지만 아무튼 그 사실이 내내 그대로인 게 나로선 애달프군요. 하지만 무지한 자가 더 용감하다는 유리함도 있지요. 난 그래서 무지와 나쁠 게 틀림없는 결과를 잠시 힘이 닿는 한 기꺼이 견뎌보렵니다. 하지만 그 결과는 기본적으로 나한테만 해당되며, 그래서 난 무엇보다 왜 당신이 부탁하는지 그 까닭을 모르겠어요. 프리다는 분명 항상 보살펴주실 테니 내가 프리다의 시야에서 완전히 사라지는 게 당신이 생각하는 유일한 행복이겠죠. 그래 뭘 염려하세요? 혹시 ─ 무지한 자에겐 모든 게 가능해보이죠" ─ 여기서 K는 어느새 문을 열고 말했다. "혹 클람을 염려하는 것 아니예요?" 여주인은 계단을 뛰어내리고 K와 그 뒤를 따르는 조수들을 눈으로 묵묵히 배웅했다.

5
면장 집에서

면장과의 대담은 K 스스로도 의아스러울 만큼 별 걱정이 되지 않았다. 그건 지금까지의 경험으로 백작 관청과의 공적 접촉이 그로선 매우 간단했던 데서 비롯된 것이려니 하고 해석해보았다. 그 까닭은 한편으로 그에 관한 사무 처리와 관련하여 분명 이번에 한해서 겉보기에 그에게 매우 유리하고 확실한 원칙이 내려졌기 때문이었고, 다른 한편으론 기막힌 업무의 일관성 때문이었는데, 특히 있을 성싶지 않은 데서 아주 완벽한 일관성이 느껴졌다. 비록 불쑥 안도감이 찾아온 뒤에 K는 늘 재빨리 바로 거기에 위험이 있다고 말하긴 했지만, 가끔 그런 일들만 생각하면 자기 처지가 결코 만족할만한 게 아니었다. 관청과 직접 접촉하는 일은 그다지 어렵지 않았다. K는 눈에 선히 가까이 있는 것, 자기 자신을 위해, 게다가 맨 처음만은 자진해서 싸우는 데 반해 관청은 비록 조직은 잘 되어 있을진 모르나 항상 멀리 떨어져 보이지 않는 분들의 권위를 빌려 방어해야 했던 것이다. 왜냐하면 그는 공격자이며, 그리고 그 혼자만 싸우는 게 아니라 분명 다른 세력도 싸웠으며 그는 이들을 모르지만 이들이 있다는 것은 관청의 조치로 미루어 믿을 수 있었다. 하지만 관청에서는 처음부터 사소한 일을 일을 갖고—지금까진 그 이상 되는 문제는 없었다—그를 방해하진 않았으며 그럼으로써 그에게서 하찮고 손쉬운 승리 가능성, 그리고 이 가능성과 아울러 그에 따른 만족감과 거기서 생긴, 장차 벌어질 큰 싸움에 대한 자신감을 앗아갔던 것이다. 그 대신 그들은 K를, 물론 마을 안에서만, 어디든지 가고 싶은 데를 마음대로 나다니며 제멋대로 굴고 약해지게 만들어, 아예 여기선 싸움이 일어나지 않도록 하고 대신 그의 삶을 사적인, 전혀 종잡을 수 없고 불투명한, 생소한 것으로 바뀌도록 했다. 이렇게 해서 그가 언제나 조심하지 않으면 아무리 관청이 친절하고 그야말로 너무 쉬운 직무상 책무를 제대로 다했다 해도 그에게 보여준 허울뿐인 은전에 속아 그 밖의 생활을 지각없이 영위하는 일이 생겨 그가 여기서 쓰러지면 관청이, 말하자면 마지못해서지만 여전히 상냥하고 친절하게, 그가 모르는 공공 질서란 이름으로 그를 제거하기 위해 나서야 되는 것이다. 그럼 대체 여기서 아까 말한 다른 생활이란 뭘까? K는 직무와 생활이 여기처럼 얽혀 있는 데를 어디서도 본 적이 없었는데, 얽힌 모양이 이따금 직무와 생활이 자리를 맞바꾼 것처럼 보일 정도였다. 이를테면 지금까지 클람이 K의 업무에 대해 행사하는 형식뿐인 권력은 클람이 K의 침실에서 그야말로 실질적으로 갖고 있는 권력과 비교해 무슨 뜻이 있는가. 그러니 여기서는 관에 맞서 조금 경솔하게 굴고 어느 정도 긴장을 해소하는 것이 제격이며 그 밖의 경우엔 항상 대단한 주의가, 한걸음 한걸음 내딛기 전에 사방을 둘러보는 일이 필요했던 것이다.

K는 우선 면장 집에서 관에 대한 자신의 견해가 지당하다는 것을 알았다. 면장은 친절하고 뚱뚱하며 말끔하게 면도한 모습이었지만 병중으로 심한 통풍 발작이 있어 침대에서 K를 맞았다. 그는 "우리 측량사님이 오셨군요" 하고 인사를 하며 일어서려 했지만 할 수 없어 발을 가리키고 미안하다며 다시 방석에 털썩 몸을 던졌다. 조용한, 작은 창에 커튼까지 드리워진 방의 으스름 빛에 그림자처럼 보였던 여자가 K를 위해 의자를 가져다가 침대 쪽에 놓으니 면장이 "앉으세요, 앉으세요 측량사님" 하며 "그리고 내게 하고 싶은 말씀

을 하십시오" 하고 말했다. K는 클람의 편지를 읽어주고 거기다 몇 가지 소견을 덧붙였다. 관청을 상대하는 일이 극히 쉽다는 느낌이 다시 들었다. 그들이 공식적으로 모든 부담을 지므로 모든 걸 그들에게 떠넘길 수 있으며 스스로는 계속 그에 아랑곳없이 자유로운 상태였다. 면장도 나름대로 그걸 느꼈는지 언짢은 듯 침대에서 몸을 돌렸다. 마침내 그가 말했다. "측량사님, 당신도 알아채셨듯이 난 모든 일을 알고 있었소. 내가 아무것도 벌이지 않은 것은 첫째 내 병 때문이었고 다음은 당신이 오래도록 오지 않았기 때문입니다. 난 당신이 그 일을 포기한 줄 알았습니다. 그런데 이제 이렇게 친절하게도 직접 날 찾아주시니 나도 달갑잖은 사실이지만 사실대로 말해야겠소. 당신 말대로 당신은 측량사로 채용되었소. 그런데 안됐지만 우린 측량사가 필요치 않아요. 측량사가 할 일이라곤 아무것도 없어요. 우리들의 소규모 농장 경계는 말뚝으로 표시되어 있고 모든 게 정식으로 등기되어 있으며 소유 변동은 거의 없고 사소한 다툼은 우리 스스로 조정합니다. 그러니 측량사가 무슨 소용이겠소?" 전에 그에 대해 많이 생각하고 말 것도 없이 역시 K가 속으로 짐작했던 바와 비슷한 소식이었다. 바로 그렇기 때문에 그는 얼른 "정말 뜻밖의 말씀인데요. 제 계획을 모두 엉망으로 만드는군요. 어떤 오해가 있는 건 아닌지요?" 하고 말할 수 있었다. 면장이 "유감스럽게도 그렇지 않아요" 하며 "내가 말한 그대로입니다"라고 말했다. "어찌 그럴 수 있단 말이오" 하며 K는 "지금 돌아가려고 내가 그 끝없는 여행을 한 게 아니라고요"라고 외쳤다. "그건 다른 문제입니다" 하며 면장이 말했다. "내가 결정할 문제가 아니지요. 그러나 어떻게 저런 오해가 가능했는지는 설명해드릴 수 있습니다. 백작 소속처럼 커다란 관청에선 한 부서에서 이것을, 다른 부서는 저것을 처리하다 보니 다른 쪽에 대해선 모르며, 상부의 감독이 무척 꼼꼼하다고 하지만 본디 너무 늦게 오기 때문에 결국은 조그만 혼란이 생길 수 있어요. 그건 물론 당신의 경우처럼 아주 지극히 하찮은 일들뿐이고 큰 사건에서의 잘못은 아직 알려진 게 없습니다. 사소한 일이 무척 곤혹스러운 것도 더러 있지만. 당신의 경우와 관련해선 당신에게 직무상 기밀로 처리 않고——난 그러기에 충분한 관리가 아니고 농부이며 계속 그대로 있을 겁니다——과정을 숨김 없이 얘기해주겠소. 오래 전, 내가 면장이 된 지 두 달밖에 안 됐을 때 지령이 왔는데, 어느 부서였는지는 모르겠고, 거기에 그곳 양반들에게 고유한 단언적 방식으로 측량사 한 사람을 초빙하게 될 것이며 그의 작업에 필요한 도면과 기록들을 마련하는 일을 면에 위임한다는 전달이 있었소. 물론 이 지령은 당신과 관계가 없을 겁니다. 여러 해 전의 일로 내가 병중이 아니고 누워서 하잘것없는 일들을 곰곰 되새겨볼 시간이 없었다면 그게 기억나지 않았을 테니까요." "밋치," 느닷없이 설명을 중단하며 그는 여전히 알 수 없는 일을 하며 방을 휙휙 지나다니는 부인에게 "저기 장 속을 좀 살펴봐, 거기서 관보가 나올지도 모르니" 하고 말했다. "그건 말이에요" 하고 그는 K에게 "초년 때 것으로 그때는 별걸 다 보관했어요" 하고 설명하듯 말했다. 여자가 곧 장을 열자 K와 면장은 그곳을 쳐다보았다. 장은 서류로 가득 차 있었는데 문을 열자 장작을 묶듯이 둥글게 만 큰 서류 뭉치 두 개가 굴러 나왔고 부인은 깜짝 놀라 깡충 비켜났다. "아래 있을 거야, 아래" 하고 면장이 침대에서 일러주었다. 부인은 아래 놓인 서류를 보려고 얌전히 장에 있는 모든 서류를 두 팔로 안아 꺼냈다. 어느새 방이 서류들로 반쯤 덮였다. 면장이 고개를 끄덕이며 "한 일이 많았지요" 하고는 "그러나 이건 아주 일부에 불과해요. 대부분은 광에 보관했는데 없어진 것도 상당히 많아요. 누가 그걸 전부 간수할 수 있겠소! 하지만 광에는 아직 매우 많이 있어요" 하고 말했다. 그리고 다시 "그 관보를 찾을 수 있을까?" 하고 부인에게 대고 말했다. "서류 위에 쓴 '측량사'라는 단어에 푸른 색으로 밑줄이 쳐진 것을 찾아야 해." "여긴 너무 컴컴해요" 하고는 "초를 가져오겠어요" 하면서 서류 위를 건너 방에서 나갔다. "아내는 내게 큰 의지가 되어주지요"라며 면장은 "직무가 힘든데다 겨우 틈틈이 해야만 되고. 사무를 도와주는 보조원이 또 있긴 하지만, 학교 선생 말이오, 그래도 다 처리할 수가 없어 늘 미결된 게 많이 남아요. 그건 저기 저 상자에 모아둡니다" 하고는 다른 장을 가리켰다. "게다가 내가 지금 아프기까지 해 엄청나게 늘어나고 있어요" 하며 면장은 피곤하면서도 자랑스러운 표정으로 등을 기댔다. "혹 제가" 하고 K는, 부인이 초를 갖고 돌아와 상자 앞에 꿇어앉아 관보를 찾자 "부인이 찾는 데 도와드려도 괜찮을까요?" 하고 말했다. 면장은 웃으며 머리를 저었다. "이미 말한 바처럼 난 당신께 직무상 비밀은 없소. 하지만 당신이 손수 서류를 찾게까지는 하지 말아야겠지요." 이제 방안에선 종이 바스락거리는 소리만 들릴 뿐 조용했으며 면장은 살짝 잠까지 든 모양이었다. 가만히 문 두드리는 소리에 K는 고개를 돌렸다. 말할 필요도 없이 조수들이었다. 아무튼 그새 조금 배웠다고 그들은 곧장 방으로 달려들지 않고 먼저 약간 열린 문 사이로 가만히 말했다. "밖이 너무 추운데요." "누굽니까?" 하고 면장이 놀라 물었다. "다름 아닌 조수들입니다" 하고 K가 말했다. "그들을 어디서 기다리게 해야 할지 모르겠군요. 밖은 너무 춥고 여기 있으면 귀찮고." 면장이 "난 아무렇지 않아요" 하고 친절하게 "들어오게 하십시오. 내가 아는 자들이군요. 전부터 아는 사람들이에요"라고 말했다. "하지만 전 귀찮아요"라고 솔직히 말하고 K는 시선을 조수들에게서 면장에게로 움직였다가 다시 조수들에게 보냈는데 셋이 웃는 모습이 하나같이 똑같았다. 그래서 그는 "너희들이 이왕 여기 온 김에" 하며 시험 삼아 "가지 말고 저기 면장 부인이 측량사라고 써 있고 그 단어에 밑줄이 쳐진 관보 하나를 찾는데 도와드려" 하고 말했다. 면장은 아무 이의를 제기하지 않았다. K가 해선 안 되는 일을 조수들은 해도 괜찮아 그들은 곧 서류에 달려들었는데, 서류 더미 속에서 뭘 찾는다기보다는 뒤지는 편이었다. 누가 한 문서를 더듬더듬 읽으면 다른 녀석이 꼭 그걸 손에서 빼앗았다. 이와는 달리 부인은 빈 상자 앞에 꿇어앉아 있었는데 결코 뭘 찾는 것 같진 않았다. 아무튼 촛불은 그녀에게서 매우 멀리 떨어져 있었다.

"조수들이" 하고 면장은 마치 모든 일이 그의 지시에서 비롯된 것인데 그걸 아무도 짐작조차 못한다는 듯 혼자 흐뭇이 웃으며 "귀찮다는 말씀이지요. 하지만 그래도 바로 당신의 조수가 아닌가요" 하고 말했다. K는 쌀쌀맞게 "아닙니다" 하며 "그들은 내가 여기서 받아들인 자들입니다" 하고 말했다. "받아들이다니요" 하더니 그는 "배정되었다는 말이겠지요"라고 했다. K는 "그럼 배정된 거군요" 하고 "하지만 마찬가지로 불쑥 날아온 거죠. 그렇게 요량 없이 배정했어요"라고 했다. 면장은 "여기서 요량 없이 이루어지는 일은 없습니다"라며 발이 아픈 것마저 잊고서 똑바로 앉았다. K는 "없다구요" 하며 "그럼 내 초빙은 어떻게 된 겁니까?" 하고 물었다. "당신 초빙 문제도 숙고된 겁니다" 하고 면장은 "다만 부수적 상황이 어지럽게 끼어든 거지요. 그걸 서류를 가지고 당신에게 증명해드리겠습니다" 하고 말했다. K가 "그 서류들이 뭐 나오겠어요" 했다. "못 찾는단 말인가요?" 하고 면장이 크게 말했다. "밋치, 더 빨리 좀 찾아봐! 하지만 당신에게 서류가 없더라도 먼저 이야기부터 해드릴 순 있어요. 내가 앞서 말했던 공문에 대해 우린 고맙다는 말과 함께 측량사가 필요 없다고 답했지요. 그런데 그 회답이 원 부서로, 그 부서를 A라 하겠소, 가지 않고 착오로 다른 부서 B로 간 모양입니다. 그러니까 A 부서는 답을 못 받은 상태였는데 B 또한 우리가 보낸 회답 전부를 받은 게 아니었어요. 내용물이 우리에게 그냥 있었는지 아니면 도중에 없어진 것인지——내가 장담하는데 해당 부서에는 확실히 없었어요——아무튼 B 부서에도 서류 봉투만 도착했는데 거기엔 동봉한, 실제론 없지만, 서류가 측량사 초빙에 관한 거라는 것말고는 아무것도 기재된 게 없었어요. A 부서는 그 동안 우리회답을 기다렸는데, 그 안건에 대한 기록은 있었지만 어떻게 그런일이 눈에 띄게 자주 그리고 모든 결제가 정확함에도 일어나는지하는 데 대해서는 담당관이 우리가 대답하게 되면 그가 측량사를초빙하든가 아니면 필요에 따라 계속 그 문제로 우리와 연락하리라고 믿고 기다렸던 것입니다. 그에 따라 그는 메모를 주의하지 않아모든 게 잊혀지게 되었어요. 그런데 B 부서에선 서류 봉투가 성실하기로 이름난 소르디니라는, 이탈리아 사람이죠, 담당자에게 도착했습니다. 내부 사정을 아는 나 스스로도 그렇게 능력 있는 사람을왜 말단이나 다름없는 자리에 놓아두는지 모를 일이에요. 이런 소르디니가 어찌 우리에게 빈 서류 봉투를 보완하라며 되돌려보내지않았겠어요. 그러나 그땐 A 부서가 처음 글을 보낸 지 여러 해는 아니지만 분명 이미 여러 달이 지났지요. 왜냐하면 상례대로 서류가제대로 간다면 늦어도 하루 뒤면 제 부서에 들어가 같은 날 처리되지만, 그러나 만일 한번 길이 어그러지면 체계가 아무리 잘 되어 있어도 엉뚱한 쪽만 열심히 찾게 마련이며, 서류가 나타나지 않으면일은 당연히 매우 오래 걸리죠. 그래서 우리가 소르디니의 공문을받았을 때 우린 그 일을 아득하게밖에 기억하지 못했고 그땐 일하는 사람도 우리, 밋치와 나 둘뿐이었으며 학교 선생은 아직 배정받지 못했고 사본은 중요한 안건만 보관했었지요——한마디로, 우린 그런 초빙에 대해선 전혀 아는 게 없으며 우리에게 측량사는 필요 없다고 매우 애매하게 회답할 수밖에 없었습니다."

"하지만," 여기서 면장은 이야기에 너무 열중했다는 듯, 또는 적 어도 너무 지나치지 않을까 염려하는 듯 "이야기가 지루하지 않습 니까?" 하며 하던 말을 중단했다.

"아니오" 하고 K는 "재미있는데요"라고 했다.

그러자 면장이 하는 말. "당신에게 재미있으라고 얘기하는 게 아 닙니다."

"내 재미는 다만" 하고 K는 "한 인간의 생존을 좌우하는 어처구 니없는 미로를 들여다본 데서 나온 겁니다" 하고 말했다.

"아직 알려면 멀었어요" 하고 면장이 진지하게 말했다. "그럼 계 속 얘기해드릴까요. 우리가 한 대답에 소르디니 같은 이가 흐뭇해 할 리가 없었소. 그는 내게 골칫거리였지만 난 그 사람을 감탄해 마 지않소. 그는 다시 말해 아무도 믿지 않아요. 가령 누구를 수많은 계기로 신용할 만한 사람이라고 알게 되었다 해도 다음 번엔 마치 그를 전혀 모르는 양 또는 더 정확히 말해, 마치 부랑자로 보는지 그를 믿지 않아요. 난 그게 옳다고 생각해요. 공무원이라면 그렇게 해야지요. 하지만 난 안타깝게도 내 성격상 그 원칙을 따를 수 없어 요. 내가 타고장 사람인 당신에게 모든 걸 털어놓는 걸 보고 계시지 만, 난 어쩔 수 없어요. 이와는 달리 소르디니는 우리 회신을 받자 마자 의심을 품었습니다. 그리하여 수많은 서신이 오가게 되었죠. 소르디니가 내게 왜 느닷없이 측량사를 부르지 말아야 된다는 생각 을 했느냐고 물어 난 밋치의 뛰어난 기억력에 의지해 그건 처음부 터 관에서 손수 발의한 거라고 (우린 다른 부서가 문제라는 건 잊은 지 이미 오래였습니다) 대답하자 소르디니는 반대로 왜 이제사 그 공문 이야기를 하느냐 하고, 그러면 난 이제야 기억났기 때문이다,

소르디니는 그거 참 이상하군 하고, 내가 그렇게 오래 걸리는 일에
는 그건 전혀 이상하지 않다고 하고, 소르디니는 그래도 이상하다
며 내가 상기시킨 공문이 없다고 했어요. 내가 그게 없는 건 당연
해, 서류 전체가 사라졌으니까라고 하자, 소르디니가 첫 공문과 관
련 무슨 기록이 있어야 되는데 그게 없다는 거예요. 거기서 난 그만
두었소. 소르디니의 부서에서 잘못이 나왔노라고 우길 수도 믿을
수도 없었기 때문이오. 측량사님, 내 주장을 감안했더라면 다른 부
서에 그 일을 문의할 마음이 생겼을 텐데 하고 속으로 소르디니를
원망하실는지 모르겠습니다. 그러나 바로 그렇다면 잘못된 일인지
몰라요. 난 그저 당신 생각에라도 그 사람에게 흠이 남는 걸 원치
않아요. 관의 사무 원칙 가운데 실수 가능성은 전혀 고려하지 않는
다는 게 있습니다. 이 원칙은 전체의 훌륭한 조직을 전제로 하며 지
극히 신속한 일처리를 할 때 필요하지요. 그러니까 소르디니는 다
른 부서에 전혀 문의하지 않아도 괜찮았으며 또 그 부서들도 그에
게 전혀 응답하지 않았을 겁니다. 실수 가능성을 색출한다는 걸 바
로 알아챘을 테니까요."

"말씀 중이신데요 면장님, 질문을 해도 괜찮을까요" 하고서 K는
"앞에서 감독 관청 이야기를 한번 하지 않으셨나요? 당신 표현대로
라면 감독 기능이 중단될 수 있다는 생각만 해도 속이 메스꺼울 정
도로 엉망인데요"라고 했다.

면장이 "매우 정확하군요" 하며 "하지만 당신의 정확성에 천을
곱해도 관이 스스로 적용하는 것에 비하면 여전히 아무것도 아닐
겁니다. 완전히 물정 모르는 사람이나 그런 질문을 할 수 있지요.
감독 관청이 있느냐구요? 있느니 감독 관청들뿐이지요. 그러나 그
들이 넓은 의미의 실수를 찾아내라고 있는 건 아닙니다. 왜냐하면
실수는 나오지 않으며 비록 당신의 경우처럼 어떤 실수가 일어난다

해도 최종적으로 그게 실수라고 말해도 되는 사람이 누구겠어요"
하고 말했다.

"그건 전혀 새로운 것 같군요" 하고 K가 소리쳤다.

면장이 "내겐 매우 오래된 사실입니다"라고 했다. "당신이 실수
가 있었다고 확신하고 있는 것처럼 나도 별반 다르지 않아요. 소르
디니는 그에 대해 실망한 나머지 중병에 걸렸고 실수의 근원을 밝
히는 데 신세를 진 첫 감독 관청은 여기서 그 실수까지 확인했지요.
하지만 누가 둘째도, 셋째도 그리고 계속 다른 감독 관청도 그렇게
판단한다고 감히 주장하겠어요?"

"그렇겠네요" 하며 K는 "그런 생각에는 차라리 끼여들고 싶지 않
을 뿐더러 그 감독 관청에 대해 듣는 것도 이게 처음이라 그런지 아
직 이해가 되지 않습니다. 다만 여기서 두 가지가 구별되어야 할 거
라고 생각합니다. 즉, 첫째 관청 내에서 생기며 여기 당국의 처지에
서 이렇게도 저렇게도 해석될 수 있는 것과 둘째 관 밖에 있으면서
그에 의해 제약받을 우려가 있는 실재 인물인 나, 그런데 그게 하도
어처구니가 없어 아직까지도 그 위험의 심각성을 믿을 수 없을 지
경입니다. 면장님, 당신이 아주 놀랍고 대단한 전문 지식과 함께 하
신 이야기는 다분히 전자에 해당되는데 그럼 나에 관해서도 한 말
쏨만 해주십시오."

"나도 그럴 참이오" 하며 면장은 "하지만 앞서 몇 가지를 말해두
지 않으면 이해하기 힘들 겁니다. 내가 지금 감독 관청을 들먹인 것
조차 때 이른 것이었소. 그럼 소르디니와 티격태격한 이야기로 돌
아가겠소. 말한 대로 나의 저항은 점점 수그러들었죠. 그런데 소르
디니는 남보다 하찮은 것이라도 이점을 갖고 있으면 이긴 거나 다
름없습니다. 왜냐하면 이제는 그의 집중력, 기력, 침착성이 상승하
여 그는 공격받은 자에겐 끔찍하지만 공격받은 자의 적들에겐 멋진

구경거리였기 때문입니다. 다른 사건에서 난 이 나중 것도 아울러 경험했을 뿐인데 그 때문에 난 내가 한 대로 그에 대해 얘기할 수 있소. 참, 난 아직 그를 눈으로 본 적은 없소. 너무 일에 파묻혀 내려올 수 없지요. 내가 들은 바로는 그의 방은 벽마다 위로 차곡차곡 쌓아올린 커다란 서류 뭉치들로 이루어진 기둥으로 빽빽한데, 그건 소르디니가 작업 중인 서류에 지나지 않으며 그 더미에서 끊임없이 서류를 끄집어내고 끼워 넣고 하는데 모든 일을 아주 서둘러 하다 보니 그 기둥들이 계속 무너져 바로 이 쉴새없이 연속되는 쿵 소리가 소르디니 사무실의 상징이 되었답니다. 하긴 말이지, 소르디니가 일꾼인 것이 그는 아주 하찮은 일이라도 아주 큰일처럼 같은 정성을 기울이거든요" 하고 말했다.

"면장님, 당신께선" 하며 K가 말했다. "내 일을 한결같이 아주 소소한 일 가운데 하나라고 하시는데 그 일로 관리들이 많이 매달리지 않았습니까. 설혹 그게 처음엔 아주 작은 일이었다 해도 소르디니 씨와 같은 관리들의 열성으로 큰일이 되었단 말입니다. 유감스럽게 그리고 내 뜻과는 아주 반대로 말입니다. 난 나에 관한 거대한 서류 기둥이 생기고 쿵 소릴 내며 무너지게 하려는 게 아니고 평범한 측량사로서 작은 제도용 책상에 앉아 조용히 일하려고 안간힘을 쓰고 있습니다."

"아니지요" 하며 면장이 말했다. "그건 큰일이 아닙니다. 그 점에 있어 당신은 푸념하실 이유가 없어요. 그건 소소한 일 가운데서도 가장 소소한 일 중 하나입니다. 사무 규모로 일의 높낮이가 정해지진 않으며, 만일 그렇게 생각하신다면 관을 이해하시기엔 아직 멀었어요. 그러나 설령 사무 규모가 문제라 해도 당신의 경우는 극히 하찮은 사건 중 하나이며 평범한 사안, 그러니까 실수라는 게 없는 경우들은 일이 훨씬 많고 아울러 훨씬 보람도 있지요. 그건 그렇고 당신은 아직 본디 당신의 문제를 유발시킨 일을 모르실 테니 이제부터 그 이야길 하겠소. 소르디니는 처음에 날 끌어들이지 않았어요. 그런데 그의 부하 관리들이 오고, 헤른호프에서 날마다 지역 유지들을 상대로 조서 형식의 심문을 벌였습니다. 대다수는 내 편을 들었고 미심쩍어하는 자는 몇 뿐이었는데, 농지 측량은 농부에겐 충격적인 문제여서 그들은 무슨 비밀 협정이나 부정이 있는지 냄새를 맡고 다니다가 한 주도자까지 알아내 소르디니는 그들의 진술을 바탕으로 만일 내가 그 문제를 지역 의회에 제의했더라면 모든 사람이 측량사 초빙에 반대하지 않았을 거라는 확신을 얻게 되었습니다. 이렇게 해서 자명함, 즉 토지 측량사가 필요 없다는 것이 결국 의심스럽게 되어버렸지요. 이와 관련해선 브룬스빅이라는 뛰어난 사람이 있었는데, 아마 모를 겁니다. 사람이 나쁜 것 같진 않은데 미련하고 비현실적이죠, 라제만과 동서지요."

"무두장이의?" 하고 물으며 K는 라제만의 집에서 본 턱수염쟁이의 생김새를 말해주었다.

"그래 바로 그 사람이에요" 하고 면장이 말했다.

"그 부인도 알아요" 하고 K는 그저 되는 대로 말했다.

"그러시겠죠" 하더니 면장이 입을 다물었다.

"미인이에요" 하고 K는 "하지만 조금 해쓱하고 병색이에요. 성에서 왔다지요?"라고 했는데 반은 물으며 하는 말이었다.

면장이 시계를 보고 약을 수저에 부어 급히 삼켰다.

"성에서 아시는 게 사무 기관뿐인가 보지요?" 하고 K가 당돌하게 물었다.

"그래요" 하고 면장은 빈정거리면서도 고맙다는 웃음을 지으며 말했다. "그것도 아주 중요하지요. 그리고 브룬스빅에 관한 얘기요. 우리가 그를 이 지역에서 내쫓을 수 있었다면 거의 모두가, 특히 라제만이 가장 좋아했을 겁니다. 하지만 그 당시 브룬스빅은 어느 정도 세력을 얻고 있었는데, 능변가는 아니지만 악도리였으며 여러 사람에겐 그게 그만이었어요. 이리하여 난 그 일을 지역 의회에 제안하지 않을 수 없었는데, 우선 브룬스빅이 혁혁히 성공한 셈이죠. 말할 것도 없이 지역 의회도 대다수가 측량사에 대해선 아무것도 알려 하지 않았으니까요. 그것도 이미 여러 해 전 일이었지만 일부는 다수파와 더불어 반대파의 동기까지 철저한 조사를 통해 알아내려는 소르디니의 성실성 때문에, 일부는 여러 개인적 연고 관계를 갖고 늘 새로운 상상을 꾸며내 관청을 움직인 브룬스빅의 미련함과 공명심 때문에 그 일은 그 기간 내내 잠잠해지질 않았습니다. 하지만 소르디니는 브룬스빅에게 속지 않았습니다—브룬스빅이 어떻게 소르디니를 속일 수 있겠소?—그러나 속아넘어가지 않으면 새로운 조사가 필요했는데 그게 끝나기도 전에 브룬스빅은 벌써 또 새로운 걸 생각해낸 겁니다. 무척 잽싸긴 한데 바로 그게 그의 미련한 점이에요. 그럼 이제 우리 행정 기관들의 특성에 대해 얘기하지요. 그들은 정확성에 걸맞게 또한 무척 민감하지요. 아주 오랫동안 심의해온 어떤 사안의 경우 비록 그 심의가 끝나지 않았다 해도 예견도 할 수 없고 나중에 찾아낼 수도 없는 곳에서 대체로 지당하지만 어쨌든 임의적인 종결 조처가 전격적으로 나오는 일이 있답니다. 마치 관료 조직이 긴장, 본디 미미하기 짝이 없는 한 가지 사안으로 말미암은 수년 간의 도발을 더 이상 참지 못하고 관리들의 협조 없이 스스로 결단을 내려버린 듯 말입니다. 하지만 기적이 일어난 게 아니고 분명 어느 관리가 회답을 썼거나 문서화하지 않은 결정을 내린 것이지만, 아무튼 적어도 우리, 여기로선 그리고 관 스스로도 이 경우 어느 관리가 무엇을 근거로 결정을 내렸는지는 확인할 수 없습니다. 한참 뒤 감독 관청이 비로소 그 일을 확인하는데 우리에게 알려지는 일은 없으며, 더구나 그때면 그 일에 흥미를 갖는 사람도 없을 겁니다. 좌우간 말한 대로 그런 결정들은 대체로 훌륭하긴 한데, 다만 거기서 아쉬운 것은 보통 그런 일이 으레 그렇듯 뒤늦게 그 결정들에 대해 알게 되어 그 동안에도 벌써 결정된 일을 놓고 여전히 열심히 토의한다는 점이지요. 당신의 경우에도 그런 결정이 발표되었는지는 모르겠어요—어떤 점에선 그런 것 같고 어떤 점에선 그렇지 않고—, 하지만 만일 그랬다면 당신에게 초청장이 가서 당신은 여기까지 오랜 여행을 하느라 많은 시간을 보냈을 테고, 그 사이 소르디니는 여전히 여기서 똑같은 문제로 녹초가 될 때까지 일하고 브룬스빅은 음모를 꾸며 난 두 사람에게 시달렸을 것입니다. 그냥 이런 가능성이 있다는 걸 살짝 알려드릴 뿐이고, 하지만 다음은 내가 확실히 아는 겁니다. 한 감독 관청이 그새 A 부서에서 수년 전에 토지 측량사와 관련 조회를 발송했는데 지금껏 회답이 오지 않았음을 알아냈습니다. 내게 새로이 문의가 와 전모가 밝혀졌어요. 즉 A 부서는 측량사가 필요 없다는 내 대답에 만족했는데 이 문제 담당이 아닌 소르디니가, 그야말로 애꿎게, 그토록 쓸데없이 신경을 말리는 일을 많이 했던 거지요. 만일 여느 때처럼 사방에서 새 일이 밀려들지 않았다면 그리고 바로 당신 건이 아주 사소한 일이 아니었다면—소소한 사안 가운데 극히 소소한 거라고까지 할 수 있겠죠—우린 모두, 내 생각으론 소르디니 자신도, 안심했을 것이고 브룬스빅만은 화를 냈겠지만 우스꽝스러울 뿐이었지요. 그럼 측량사님, 모든 문제가 잘 끝난 지금—그리고 그때 이후에도 다시 많은 시간이 흘렀지요—갑자기 당신이 나타나 마치 그 일이 다시 처음부터 시작되는 듯해 내가 실망하는 것을 상상이나 해보세요. 그 일이 내게 달려 있는 한 난 절대로 용인하지 않을 작정이오, 아시겠지요?"

"물론입니다" 하고 K는 "하지만 그보다도 나는 여기에서 나쁜 아니라 심지어 법이 엄청나게 악용되고 있음을 더 잘 알고 있소. 난 내 자신을 위해 그에 대항할 수 있어요" 하고 말했다.

면장이 "어떻게 할 작정이요?" 하고 물었다.

K가 "그건 말해줄 수 없소" 하고 말했다.

"억지로 알고 싶은 생각은 없소" 하며 면장은 "그래도 난 말하자면 당신의——친구란 말은 하지 않겠소, 우린 생판 낯선 사이니까——사업 동료란 사실만은 잊지 마시기 바랍니다. 난 당신이 측량사로 채용되는 것만은 용인하지 않지만 그 밖엔 언제라도 날 믿고 찾아도 좋을 거요. 크지 않은 내 권한 내에서 말이오" 하고 말했다.

"늘 내가" 하며 K가 말했다. "측량사로 채용되어야 할 것인지에 대해 말씀하시는데, 난 이미 채용된 거라고요. 여기 클람의 편지가 있어요."

"클람의 편지라" 하며 면장은 "클람의 서명이 진짜 같은데 그래서 소중하고 귀한 것이지요. 하지만 그 밖엔——나 혼자 그에 대해 왈가왈부하려곤 않겠소. 밋치!" 하고 부르다가 곧 "그런데 너희들 대체 뭐 하고 있니?" 했다.

한동안 눈에 띄지 않던 조수들과 밋치는 찾던 서류를 못 찾았는지 모든 걸 다시 장 속에 집어넣으려 했지만 마구 쌓인 서류 더미 때문에 제대로 되지 않았다. 이때 조수들에게 지금 실행 중인 생각이 떠올랐던 모양이다. 그들은 장을 바닥에 눕혀 서류로 가득 채우고서 밋치와 함께 장문 위에 앉아 지금처럼 천천히 내리누르려 했다.

"그 서류를 찾지 못했구나" 하며 면장이 말했다, "원 참. 하지만 그 내력이야 이미 아시지 않소. 사실 그 서류가 필요한 건 아니지요. 하기야 틀림없이 나올 테지만. 아마 학교 선생에게 있을지도 모르겠소. 그 집에도 서류가 매우 많거든. 그건 그렇고 밋치, 촛불을 갖고 이리 와 이 편지를 읽어줘요."

밋치가 와서 침대 가장자리에 앉아 힘세고 활기가 넘치는 남편에게 기대자 그가 그녀를 껴안았는데, 이때의 그녀는 한층 해쓱하고 수수한 모습이었다. 이제 촛불에 그녀의 조그만 얼굴만이, 뚜렷하고 엄한, 다만 노화로 인해 부드러워진 선과 함께 나타났다. 그녀는 언제 편지를 보는가 싶게 곧 가볍게 합장을 하며 "클람에게서 온 거군요" 했다. 그리고서 그들은 함께 편지를 읽으며 잠깐 속삭이는 참인데, 조수들이 기어코 창문을 눌러 닫고 만세, 하고 외치자 밋치는 고맙다는 듯 말없이 그들을 바라보았고, 마침내 면장이 말을 했다.

"밋치와 내 생각이 완전히 같아 당신께 알려드려도 괜찮을 것 같소. 이 편지는 결코 공문서가 아닌 개인 편지입니다. 그건 '귀하게 말씀드립니다!' 라는 편지 서두에서도 확실히 알 수 있지요. 또 거기엔 당신이 측량사로 채용되었다는 말은 한마디도 없고 오히려 일반적으로 영주의 직무란 이야기뿐이며 그나마도 구속력 있는 것이 아니라 그저 '당신이 알고 있는 대로' 채용되었다는 것으로, 당신이 채용된 것에 대한 입증 책임은 당신이 맡도록 되어 있습니다. 결국 당신은 직무상 전적으로 당신의 직속 상관인 면장, 즉 날 찾아보고 난 당신에게 모든 걸 상세하게 알려주도록 되어 있는데 그건 이미 대부분 이루어졌지요. 공문서를 읽을 줄 알기 때문에 그렇지 않은 편지를 훨씬 잘 읽는 사람에겐 이 모든 게 아주 뻔한 일입니다. 타고장 사람인 당신이 그걸 깨닫지 못한다고 놀라진 않아요. 전반적으로 이 편지의 내용은 당신이 고귀한 직무에 채용될 경우 클람이 당신을 개인적으로 돌보겠다는 것에 지나지 않습니다."

"면장님, 당신이" 하고 K가 말했다. "편지를 그렇게 훌륭히 해석하시니 결국 빈 종이 위에 서명만 댕강 남는군요. 그러면서 당신이 존경한 척하는 클람의 이름을 얼마나 경시하는지 알기나 하시오."

면장이 "그건 오햅니다" 하며 "난 그 편지의 가치를 제대로 인식 못하거나 내 해석을 가지고 가치를 손상시키는 게 아니라 오히려 그 반대입니다. 클람의 개인 편지가 공문서보다 훨씬 가치가 있다는 것은 물론이지만, *당신이 거기에 두는 그런 가치만은 없다는 말입니다*"라고 말했다.

"슈바르처를 아십니까?" 하고 K가 물었다.

"아니오" 하더니 면장은 "혹 밋치 당신은? 마찬가지예요. 아니오, 우린 모르는 사람이에요" 하고 말했다.

"거 이상하군요" 하며 K는 "그는 하급 집사의 아들인데"라고 했다.

면장이 "이봐요 측량사 양반" 하더니 "내가 도대체 모든 하급 집사들의 아들을 어떻게 다 알겠소?"라고 했다.

K는 "알았습니다" 하며 말했다. "그럼 당신은 그런 자가 있다는 내 말을 믿어야겠군요. 이 슈바르처와 난, 내가 도착한 날 언짢은 말다툼을 벌였소. 그러자 그는 전화로 프릿츠라는 하급 집사에게 전화로 조회를 해 내가 측량사로 임용되었다는 소식을 들었습니다. 이걸 어떻게 설명하시겠습니까, 면장님?"

"아주 간단하지요" 하며 면장이 말했다. "아무튼 당신이 실제로 우리 관청과 접촉을 가진 건 아직 한 번도 없어요. 이 모든 접촉은 그저 겉보기일 뿐인데 당신은 사정에 어둡기 때문에 그걸 사실로 보는 겁니다. 그리고 전화는 말이죠, 보시다시피 관청을 상대할 일이 넘칠 지경인 내 집에 전화가 없는 걸 보세요. 음식점 같은 데서는 뭐 자동 전축처럼 썩 유용하겠지만 전화 역시 그 이상은 아닙니다. 여기서 전화해본 일이 있나요, 했어요? 그럼 내 말을 이제 이해하실 겁니다. 성에선 전화가 기막히게 기능한다는 건 분명해요. 내가 듣기로 거기선 쉴새없이 전화를 걸어 일을 아주 신속하게 처리

한다고 합니다. 그렇게 끊임없는 전화를 여기 전화기로 들으면 쐬
소리와 노랫소리가 나는데, 당신도 분명 들었겠죠. 그런데 여기 전
화가 우리에게 전해주는 이 쐬 하는 소리와 노랫소리만이 옳고 믿
을 만하고 다른 건 모두 믿을 게 못 되죠. 성과 어떤 통신선이 있는
것도, 우리 전화를 이어줄 중앙 부서가 있는 것도 아닙니다. 만일
여기서 성에 있는 누구에게 전화를 걸면 그곳 최하위 부서의 모든
전화기가 울린다고, 아니 확실히 알기로는, 대부분 부서의 경보기
가 꺼져 있지 않으면 모든 부서에서 벨이 울릴 겁니다. 그런데 어쩌
다 녹초가 된 관리가 잠깐 기분을 바꾸고 싶어──특히 저녁이나 밤
에──경보기를 켜고 우리에게 응답하는데, 응답이라지만 농담에
지나지 않아요. 그 또한 아주 당연한 일입니다. 도대체 누가 감히
사소한 사적 걱정거리 때문에 극히 중요하고 늘 정신없이 생기는
업무 중에 전화를 해 일을 중단시킬 수 있겠습니까? 또 이를테면
소르디니에게 타고장 사람이 전화를 걸 때 응답하는 사람이 정말
소르디니라는 걸 어떻게 스스로 믿을 수 있는지 이해가 안 됩니다.
그보다는 전혀 다른 부서의 하찮은 기록 계원일 수도 있는데. 반대
로 시간이 잘 맞아떨어지면 그 기록 계원에게 전화를 걸었는데 소
르디니가 직접 응답하는 일도 있을 수 있습니다. 하지만 그럴 땐 처
음 벨 울리는 소리가 들리기 전에 전화기에서 달아나는 게 나은 일
이지요."

　"난 그걸 그런 식으로 보지는 않았는데" 하며 K가 "그렇게 세세
한 건 알 수 없었지만 그런 통화에 대한 신뢰는 별로 없었으며 바로
성에서 체험하고 얻은 것만이 실제 가치가 있다는 것은 항상 알고
있었소" 하고 말했다.

　"아니지요" 하고 면장이 말꼬리를 잡고 늘어졌다. "이 전화 응답
에 반드시 참된 가치가 들어 있지 왜 없겠어요? 성의 관리가 주는

정보가 무의미할 리 있겠소? 이미 클람의 편지를 갖고 말했지요. 그 모든 표현들은 공적으로 아무 가치가 없고, 당신이 거기에 공적 가치를 둔다면 잘못 생각한 것이며, 이와는 달리 우호적이건 적대적 의미에서건 그 사적 가치는 매우 크며 앞으로 있을지 모르는 어느 공적 가치보다 더 크다 할 수 있지요."

"좋아요" 하고 K는 "모든 게 그렇다면 난, 성에 좋은 친구들이 많이 있겠군요. 자세히 보니 언제 토지 측량사를 부르게 되는지 모르겠다는 수년 전 당시 부서의 착상은 나에 대한 우호적 행위였는데 그게 그 뒤에도 내가 마침내 고약한 처지에 빠져 내쫓길 위험에 처할 때까지 줄줄이 이어진 것이군요" 하고 말했다.

"당신 견해에 일리가 있어요" 하고 면장이 "성에서 한 발언을 말 그대로 받아들여선 안 된다는 점은 옳아요. 하지만 여기뿐만 아니라 어디서든, 더구나 해당 발언이 중요한 것이면 더 더욱 신중함이 필요합니다. 그런데 당신이 꾐에 빠졌다는 말은 납득할 수 없어요. 내가 해준 설명을 귀담아들었다면 당신을 여기로 부르는 문제는 우리가 여기서 짧게 환담하며 대답하기엔 너무도 복잡하다는 걸 아셨을 겁니다" 하고 말했다.

"그래서 결과적으로" 하며 K가 "내쫓는다는 것말고는 모든 게 매우 애매하고 미해결로 남겠군요" 했다.

"누가 당신을 감히 내쫓겠습니까, 측량사님" 하고 면장은 "바로 선행 문제가 애매하기 때문에 아주 정중한 대우를 받도록 당신에게 보장되어 있는 것인데, 너무 예민하신 것 같습니다. 당신을 여기에 붙들어두는 사람은 없지만 그게 내쫓는다는 뜻은 아니랍니다" 하고 말했다.

"오 면장님" 하고 K가 말했다. "이제 다시 여러 가지를 아주 똑똑하게 보시는군요. 날 여기에 붙잡아두는 이유를 몇 가지 꼽아보겠소. 집을 떠나기 위해 치른 희생들, 길고 힘든 여행, 여기에 채용됨으로써 마땅히 갖게 된 희망들, 가진 게 전혀 없고 이제 다시 고향에서 적당한 일 찾기는 불가능하다는 점, 그리고 끝으로 특히 여기 사람인 내 애인."

"아 프리다!" 하고 면장은 태연스레 말했다. "알고 있어요. 하지만 프리다는 어디든지 당신을 따라갈 겁니다. 그러나 다른 것과 관련해선 이쪽에서 당연히 뭔가 검토해야 하므로 성에 보고하겠소. 어떤 결정이 오거나 전에 당신을 한 번 더 심문할 일이 생기면 당신을 다시 부르겠소. 동의하십니까?"

"아니, 절대 안 돼요" 하고 K가 말했다. "난 내 권리를 요구하는 것이지 성에서 베푸는 선심을 바라는 게 아닙니다."

"밋치" 하고 면장이 그의 아내에게—그녀가 아직도 그에게 안겨 꿈속을 헤매는 듯 클람의 편지로 배를 만들어 노는 것을 보고 K가 깜짝 놀라 그녀에게서 빼앗았다—말했다. "밋치, 다리가 다시 몹시 아프기 시작하는데, 습포를 새것으로 바꿔야겠어."

K가 일어서며 "그럼 이만 가보겠습니다"라고 말했다. "그래요" 하고 밋치가 어느새 연고를 준비하며 "외풍이 무척 심하네요" 하고 말했다. K가 뒤로 돌아보니, 조수들은 K의 말이 떨어지자마자 줄곧 어울리지 않는 열성으로 이미 두 문짝을 열어놓은 상태였다. 병실에 추위가 세차게 새 들어오는 걸 막느라고 K는 면장에게 그냥 고개를 숙이는 둥 마는 둥했다. 그리고 조수들을 함께 끌고 방에서 달려 나와 얼른 문을 닫았다.

6
여주인과의 두번째 대화

　주막 앞에는 주인이 그를 기다리고 있었다. 물어보지 않으면 말을 하려고 하지 않을 것 같아 K가 그에게 무슨 일이냐고 물었다. 눈을 내리깐 채 주인이 "새 거처를 얻었소?" 하고 물었다. "네 마누라가 시켜서 묻는 거니" 하며 K가 "너 그녀에게 눌려 사는가 보구나?" 했다. "아니" 하며 주인이 말했다. "그녀가 시켜서 묻는 건 아니오. 하지만 당신 때문에 매우 흥분하고 의기 소침해져서 일도 못하고 침대에 누워 계속 한숨만 쉬며 슬피 울고 있어요" 하고 말했다. K가 "날더러 그녀에게 가보라는 거니?" 하고 물었다. "예 부탁해요" 하고 주인은 "당신을 면장 집에서 데려오려고 거기 문에 귀를 대고 들었더니 이야기를 나누는 중이어서 방해하고 싶지 않았어요. 또 내 아내가 걱정이 되어 다시 서둘러 돌아왔는데 그녀가 날 가까이 오지 못하게 해 할 수 없이 당신만 기다렸어요.""그럼 서둘러" 하며 K가 "내가 그녀를 곧 진정시키겠어" 하고 말했다. 주인이 "제발 그렇게 되었으면 좋겠는데"라고 말했다.

　그들이 환한 부엌을 지나가는데 하녀 서넛이 서로 떨어져 막일을 하다 K를 보고는 섬뜩 놀랐다. 여주인의 탄식 소리가 부엌까지 들렸다. 그녀는 널빤지 한 장으로 부엌과 분리시킨 창 없는 칸막이방에 누워 있었다. 거기엔 큰 부부 침대와 옷장 하나가 겨우 들어갈 수 있었다. 침대는 누운 자리에서 부엌 전체를 바라보며 일을 감독할 수 있도록 되어 있었다. 반대로 부엌에서는 거의 볼 수가 없었으며 칸막이방은 어두컴컴하고 희불그레한 침구류만 조금 보일 뿐이었다. 방에 들어와 눈이 익숙해지자 하나하나 구별이 되었다.

"이제야 오시는군요" 하고 여주인이 힘없이 말했다. 그녀는 몸을 길게 뻗은 채 바로 보고 누워 있었는데 숨쉬기가 힘든지 깃털 이불을 젖히고 있었다. 침대에 누워 있는 모습은 옷을 차려 입었을 때보다 훨씬 젊어보였지만 머리에 연한 레이스로 된 너무 작은 나이트캡이 대롱거리고 있어 시들마른 얼굴이 애처로워보였다. K는 살갑게 "내가 와야 되는 것인지 모르겠습니다" 하며 "날 부르시진 않았거든요" 하고 말했다. 여주인이 환자라면 으레 지니고 있는 오기를 보이며 "날 이렇게 오래 기다리지 않게 할 것이지" 하고 말했다. 그녀는 침대 모서리를 가리키며 "앉으세요" 하고는 "다른 사람들은 나가주고" 하고 말했다. 그 동안에 조수들뿐 아니라 하녀들도 들어와 있었던 것이다. 주인이 "나도 가야 될까, 가르데나?" 하는 말에서 K는 처음으로 그녀의 이름을 들었다. 그녀가 "물론이지" 하고 천천히 대답하고는 마치 다른 생각에 몰두해 있는 듯 건성으로 "꼭 당신이 남아 있을 까닭이 뭐 있겠어요?"라고 덧붙였다. 하지만 모두, 이번에는 조수들도 곧 순순히, 그러나 어느 하녀의 뒤를 좇으며 부엌으로 물러 나왔을 때에 가르데나는 칸막이방에 문이 없어 여기서 하는 얘기를 부엌에서 다 들을 수 있다는 걸 알 만큼 정신이 들어 있었다. 그래서 그녀는 다들 부엌에서 나가라고 했다. 곧 시킨 대로 되었다.

"저" 하고 가르데나가 말했다. "측량사님, 옷장 안 바로 앞에 목도리가 있는데 그것 좀 제게 건네주세요. 그걸로 몸을 덮어야겠어요. 깃털 이불은 싫어요. 숨이 답답하거든요." 그래서 K가 목도리를 그녀에게 가져다 주자 그녀가 "이것 보세요, 멋있지 않아요?" 했다. K가 보기엔 그게 평범한 모직물 같았지만 그냥 호의에서 다시 만져봤을 뿐 아무 말도 하지 않았다. "그래요, 멋진 목도리예요"
하며 가르데나는 그걸로 몸을 감쌌다. 이제 편안하게 누워 있는 그
녀에게선 모든 고통이 사라진 것 같았는데, 그녀는 누우며 흐트러
진 머리칼에까지 생각이 미쳤는지 잠깐 몸을 일으켜 나이트캡 둘레
의 머리 모양을 조금 다듬었다. 숱이 많은 머리였다.

   K는 초조해져 "주인아주머니, 내가 다른 거처를 구했는지 물어보
라고 하셨지요" 하고 물었다. 여주인이 "내가 당신에게 물어보라
했다고요?" 하더니 "아니오, 그건 잘못 아시는 거예요" 했다. "당신
남편이 방금 내게 그걸 물었는데." 여주인이 "그럴 거예요" 하고는
"그런 게 내 남편이라니. 내가 당신을 여기 두지 않으려고 했을 때
그는 당신을 여기에 두었지요. 내가 당신이 여기 사는 걸 좋아하는
지금은 당신을 내쫓고. 그는 언제나 이런 식이라구요"라고 했다.
"그러니까 당신은" 하고 K는 "나에 대한 생각을 크게 바꾼 거군요.
한두 시간도 안 돼서" 하고 말했다. 여주인이 다시 맥없이 "생각을
바꾼 게 아니예요" 하고 말했다. "손을 내밀어보세요. 그렇게. 그럼
이제 내게 솔직하겠다고 약속하세요. 나도 당신에게 그럴 테니까
요." K가 "좋아요" 하며 "그런데 누가 먼저 시작하지요?" 했다. 여
주인이 "나요" 하고 말하는 게 K의 뜻을 받아들인다기보다는 먼저
말하고 싶은 눈치였다.

   그녀는 베개 밑에서 사진 한 장을 끄집어내어 K에게 내밀었다.
그리고 부탁이라도 하듯이 "이 사진을 보세요" 하고 말했다. K는
더 잘 보려고 부엌 쪽으로 한걸음 가봤지만 거기서도 사진에 뭐가
있는지 알아보기가 쉽지 않았다. 오래되어 색이 바래고, 온통 갈라
지고 구겨진데다 얼룩 투성이였다. K가 "상태가 몹시 좋지 않군요"
라고 했다. 여주인은 "안타깝게도" 하고는 "그걸 몇 해고 늘 몸에
가지고 다니면 그렇게 돼요. 하지만 자세히 보면 틀림없이 다 알아

보실 수 있을 거예요. 도와드릴 수도 있으니 보시고 내게 말해주세요. 사진 이야기를 들으면 무척 즐거워요. 그래 뭐가 있죠?" 하고 말했다. K가 "젊은 남자군요"라고 말했다. 여주인이 "맞아요" 하고 "그런데 뭘 하고 있죠?" 하고 말했다. "널빤지 위에 누워 기지개를 켜며 하품을 하는 것 같은데요." 여주인이 웃었다. 그리고 "전혀 그렇지 않아요"라고 했다. "하지만 이게 널빤지고 여기에 그가 누워 있는데요" 하며 K는 자기 견해를 굽히지 않았다. 여주인이 기분이 상한 듯 "더 자세히 살펴보세요" 하고는 "그래 그 사람이 정말 누워 있나요?"라고 했다. 그러자 K가 "아니오" 하고 "누워 있는 게 아니고 떠 있군요. 이제 보여요. 그건 널빤지가 아니고 무슨 끈인 것 같고, 젊은이가 높이뛰기를 하고 있군요"라고 말했다. "그럼 그렇지" 하고 기뻐하며 여주인이 "그는 뛰고 있어요. 관청 심부름꾼은 그렇게 연습해요. 난 당신이 알아볼 줄 알고 있었어요. 그의 얼굴도 보이죠?" 하고 물었다. "얼굴에선 뭘 알기가 어려운데요" 하고 K는 "무슨 일로 낑낑거리는 것 같군요. 벌어진 입에 눈은 꼭 감고 있고 머리칼이 나부끼는 걸 보니" 하고 말했다. 여주인이 "아주 잘 봤어요" 하고 맞장구치며 "그를 직접 보지 않은 사람이 더 이상 알아보긴 어려워요. 하지만 멋있는 아이였어요. 언뜻 한 번밖에 못 봤지만 결코 잊지 못하겠어요" 하고 말했다. "대체 누군데요?" 하고 K가 물었다. "그는" 하고 여주인은 "클람이 날 처음 불러들일 때 심부름한 아이예요" 하고 말했다.

K는 제대로 귀를 기울일 수가 없었다. 유리가 절그럭거리는 소리 때문에 신경이 딴 데 쏠렸던 것이다. 곧 방해의 원인이 무엇인지를 알게 되었다. 조수들이 눈 쌓인 바깥뜰에 서서 껑충껑충 발을 옮기며 뛰놀고 있었다. 그들은 K를 다시 보게 되어 반가운 듯 기뻐하며 서로 그를 가리키며 계속 부엌 창을 톡톡 쳤다. K가 겁주는 태도를

취하자 그들은 바로 그짓을 그만두고, 서로 상대방을 떠밀어 돌려보내려 했지만 너나할것도 없이 상대방에게서 빠져 나와 창가에는 어느새 다시 두 사람이 와 있게 되었다. K는 밖에서 조수들이 볼 수 없고, 그가 그들을 보지 않아도 되는 칸막이 안으로 얼른 들어갔다. 그러나 거기서도 창유리가 낮게 뭘 청하는 듯 절그럭거리는 소리가 오랫동안 그를 따라다녔다.

K는 여주인에게 "또 조수들이에요" 하고 변명을 하며 밖을 가리켰다. 그러나 그녀는 그에게 주의하지 않고 그에게서 사진을 빼앗아 바라보다가 구겨진 데를 펴서 다시 베개 밑에 밀어 넣었다. 그녀의 움직임이 더 느릿해졌는데 그건 지쳐서가 아니라 추억의 무게 때문이었다. 그녀는 K에게 이야기를 해주려다가 K를, 이야기 중간에 K가 있는 걸 잊어버렸다. 그리고 목도리에 달린 술을 만지작거리고 있었다. 얼마 지나서야 위를 쳐다보고 손으로 눈 위를 스치며 말했다. "이 목도리도 클람에게서 받은 거예요. 그리고 이 나이트캡도. 이 사진, 목도리 그리고 나이트 갭, 이 셋이 그이와 관련된 정표예요. 난 프리다처럼 젊지도 않고 그녀처럼 야심적이거나 생각이 깊지도 않아요. 그녀는 매우 생각이 깊은데. 아무튼 난 삶에 순응할 줄 알아요. 그러나 고백할 게 있는데, 만일 이 세 물건이 없었더라면 여기서 그 동안 견뎌내지 못했을 거예요. 정말이지 난 하루도 여기서 견디지 못했을 거예요. 이 세 정표가 당신에겐 하찮게 보일지 모르지만 보세요. 그토록 오래 클람과 사귄 프리다는 정표가 단 하나도 없어요. 그녀에게 물어봤다고요. 그녀는 너무 열광적이고 또 분수를 몰라요. 반대로 난 클람에게 간 것이 세 번뿐이었는데도— 그는 나중에 더 이상 날 부르지 않았는데 그 까닭은 몰라요—미리 내 시절이 짧다는 걸 알고 있었던 듯 이 정표를 얻어왔어요. 물론 그건 스스로 알아서 챙겨야지 클람이 손수 주는 건 아무것도 없어

요. 하지만 거기에 적당한 게 놓여 있으면 달라고 하면 돼요."

K는 그 이야기가 비록 자기와 상관이 있다 할지라도 듣기가 편치 않았다. "그 모든 게 대체 언제 일인가요" 하고 K가 한숨을 쉬며 물었다.

"스무 해, 스무 해가 훨씬 지났어요" 하고 여주인이 말했다.

"그렇게 오랫동안 클람에게 일편단심이라니" 하고 K가 말했다. "아주머니, 내게 그런 일을 고백하면 내가 장래 결혼 문제를 생각하며 몹시 걱정하리라는 것도 아시겠네요?"

여주인은 K가 자기 문제를 갖고 여기서 끼여들려는 게 못마땅한지 곁눈질로 K를 노려보았다.

"그렇게 화내지 마세요, 주인아주머니" 하며 K가 말했다. "내가 클람에 반하는 말을 하는 건 아니지만 그 사건들의 영향으로 클람과 어떤 관계를 갖게 되었단 말입니다. 아무리 클람을 사모하는 사람일지라도 그 점은 부정할 수 없습니다. 그건 그래요. 그 때문에 난 클람 이야기가 나올 때마다 어쩔 수 없이 내 생각을 하게 된답니다. 주인아주머니, 또 말이죠"—여기서 K가 그녀의 머뭇대는 손을 잡고서—"지난번에 우리 이야기가 얼마나 좋지 않게 끝났는지 돌이켜보고 이번에는 평화롭게 헤어지려고 생각해보세요."

"당신 말이 옳아요" 하고 여주인이 고개를 숙이며 "하지만 날 건드리지 마세요. 난 다른 사람들보다 민감하진 않아요, 반대지요. 누구나 민감한 데가 있는데 난 그 한 가지뿐이에요" 하고 말했다.

"그게 유감스럽게도 동시에 내게도 해당이 돼요" 하고 K는 "하지만 반드시 자제하겠소. 그런데 주인아주머니, 프리다도 당신과 비슷하다면 결혼 생활 중에 클람에 대한 지겨운 절개를 내가 어떻게 참아야 할지 설명해주시지요" 했다.

"지겨운 절개라니" 하고 여주인이 골을 내며 되뇌었다. "그게 절개라고요? 난 내 남편에게 정절을 지켜요. 하지만 클람에게? 클람이 일단 날 자기 애인으로 만들었는데 내가 그 신분을 잃을 리가 있어요? 그리고 어떻게 당신이 프리다에게서 그걸 참고 견뎌야 하느냐고? 아 측량사 양반, 당신이 뭔데 감히 그 따위 질문을 하죠?"

"주인아주머니!" 하고 K가 경고 삼아 말했다.

여주인이 다소곳이 "알아요" 하며 말했다. "그런데 내 남편은 그런 질문을 하지 않았어요. 누가 더 불행한지, 그 당시의 나인지 지금 프리다인지, 모르겠어요. 고의로 클람을 떠난 프리다일까 그가 더 이상 부르지 않는 나일까. 비록 그녀가 아직 전모를 모르는 것 같지만 그건 프리다일 겁니다. 그러나 내 생각은 오로지 당시의 불행에 사로잡혀 있었죠. 난 끊임없이 자문해봐야 했으며 요즘도 계속 이렇게 묻고 있는 셈이에요. 왜 일이 그렇게 되었지? 클람이 세 번이나 오라 하고선 네번째는 완전히 뚝 끊다니! 그때 내게 그보다 더 심각한 일이 뭐가 있었겠어요? 그때 얼마 지나지 않아 곧 결혼한 남편과 달리 무슨 얘기를 할 수 있었겠어요? 낮에는 시간이 없었어요. 우리가 이 주막을 인수할 땐 아주 엉망이어서, 다시 일으켜야 했고, 그럼 밤에는? 몇 해고 우리가 밤에 하는 대화는 클람과 그의 변심 이유에 대해서 헤맬 따름이었어요. 그리고 남편이 이 얘기 중에 잠이 들면 내가 깨워 얘기를 계속했지요."

"그럼 내가" 하며 K는 "괜찮으시다면 매우 실례되는 질문을 하나 하겠습니다" 하고 말했다.

여주인은 대꾸가 없었다.

K가 "물으면 안 되겠군요" 하며 "그래도 좋아요" 했다.

"그래요" 하며 여주인은 "그래도 좋고말고요. 당신은 모든 걸, 침묵까지도 꼬아 생각하는군요. 하긴 할 수 없겠죠. 어디 물어보세요" 하고 말했다.

"내가 모든 걸 잘못 생각한다면" 하고 K는 "내가 내 질문을 잘못 알고 있는지도 모르겠소, 꼭 예의 없는 질문 같진 않은데. 난 다만 당신이 남편을 어떻게 알았으며 이 주막은 어떻게 당신 소유가 되었는지 알고 싶었소" 하고 말했다.

여주인의 이마에 주름살이 생겼으나 그녀는 아무렇지 않게 말했다. "그 이야긴 아주 간단해요. 우리 아버지가 대장장이셨는데 대농의 마부였던 한스, 지금 남편이 가끔 아버지에게 왔어요. 그때가 클람과 마지막 만난 뒤였는데, 사실 난 공연스레 몹시 슬퍼했지요. 모든 게 올바른 일이었으니까요. 내가 클람에게 가선 안 되는 것도 클람의 결정인 셈이니 올바른 거죠. 다만 그 원인이 애매해 그 까닭을 알아보는 건 좋았지만 슬퍼할 필요는 없었는데 괜히 그랬다니까요. 그래 일도 전혀 못 하고 종일 앞뜰에 앉아 있었죠. 거기서 한스가 날 보고 마주앉아 있었는데, 내가 하소연하지 않아도 그는 무슨 일인지 알았지요. 그리고 착한 청년이라 나와 같이 우는 일도 있었어요. 당시 주막 주인은 부인이 죽어 영업을 그만두어야 했고 또 나이도 많았는데, 우리 정원 옆을 지나가다가 우리가 거기 앉아 있는 걸 보고 멈춰 서더니 단도직입적으로 주막을 우리에게 아주 싸게 임대하겠다고 제안했어요. 난 아버지에게 부담을 끼치고 싶진 않았을 뿐, 다른 건 아무래도 상관없어 주막과 조금이라도 잊게 해줄 새 일거리를 생각하며 한스와 결혼했죠. 이런 이야기예요."

한동안 말이 없다가 이윽고 K가 "주막 주인의 행동은 멋지지만 신중치 못했는데 혹시 당신 두 사람을 신뢰할 특별한 이유라도 있었나요?" 하고 말했다.

여주인이 "그는 한스를 잘 알았죠" 하고 "그는 한스의 삼촌이었어요"라고 했다.

K가 "그럼 그렇지" 하며 "한스네 집은 당신과 연고 관계를 갖는

게 정말 대단한 일이었나 보군요?" 했다.

"글쎄요" 하더니 여주인은 "모르겠어요. 그런 건 전혀 신경 쓰지 않았으니까" 하고 말했다.

"정말 그랬던 게 틀림없어요" 하더니 K는 "그 집이 그럴 희생을 치르고 주막을 담보 없이 그냥 당신에게 넘길 각오였다면 말이죠" 하고 말했다.

"나중에 알게 되었지만 신중치 못한 게 아니었어요" 하며 여주인이 말했다. "난 일에 몰두했어요. 대장장이의 딸인 난 튼튼해서 하녀도 머슴도 필요 없었으며 식당이건 부엌이건, 외양간이나 마당 어디에나 내가 있었죠. 난 헤른호프의 손님들까지 빼앗아올 만큼 요리 솜씨가 좋았어요. 아직 낮에 식당에 와보시지 않아 우리 점심 손님들을 모르시지요. 그 당시엔 더 많았는데 이후 많이 빠져 나갔어요. 그리하여 우린 임차료를 제대로 내는 건 물론 몇 해 뒤에는 전체를 사게 되었는데, 빚은 현재 없는 거나 다름없지요. 하지만 아울러 그 통에 내가 망가져 심장병을 앓고 지금은 늙은 여자가 되고 말았답니다. 내가 한스보다 훨씬 나이 먹었다고 생각하시겠지만 실제 그는 겨우 두세 살 젊으며 또 결코 늙지 않을 거예요. 하는 일이 늘 담배나 피우고 손님 얘기나 듣다가 담뱃대나 두들겨 소제하며 가끔 맥주나 나르는데 그런 일로는 늙겠어요."

K가 "정말 대단한 일을 하셨습니다" 하고 "그건 의심할 나위가 없어요. 그런데 당신 결혼 전 이야기로 돌아가서, 한스네가 금전적 희생을 치르며 또는 적어도 주막 양도 같은 큰 위험을 무릅쓰고 결혼을 서둘렀을 때 도대체 이상하지 않았을까요. 거기서 달리 기대할 거라곤 노동력뿐인데 당신의 능력에 대해선 아직 전혀 모르는 상태였고 한스의 노동력이 없다는 건 이미 알고 있지 않았겠어요" 하고 말했다.

여주인이 지친 듯 "나 원" 하더니 "당신이 뭘 노리든 제대로 되지는 않을 겁니다. 이 모든 일에서 클람은 그림자도 비치지 않았어요. 그가 날 보살펴야 할 까닭이 뭐겠어요, 아니 정확히 말해 대체 어떻게 날 돌봐줄 수 있겠어요? 이제 나 같은 건 다 잊었다고요. 그가 날 부르지 않은 게 날 잊었단 징조였어요. 그는 다시 부르지 않는 사람은 완전히 잊어버려요. 프리다 앞에선 이 말을 하고 싶지 않아요. 그건 그냥 잊는다는 것 이상의 뜻이 있거든요. 잊어버린 사람은 다시 사귈 수 있는 거 아녜요. 클람에겐 그게 통하지 않아요. 일단 다시 오라고 하지 않은 사람은 과거와 관련 완전히 잊혀진 것은 물론 미래와 관련해서도 확실히 잊혀진 것입니다. 애를 쓰면 당신 처지에서, 당신이 살아온 고장에선 통할지 모르나 여기선 무의미한 생각이에요. 어쩌면 외람되게 클람이 장차 날 부를 경우 내가 그에게 가는 데 큰 지장이 없도록 하려고 바로 한스 같은 사람을 나에게 남편으로 주었을 거란 망상을 하는지도 모르죠. 그러나 그런 망상도 계속될 순 없어요. 클람이 내게 신호를 할 때 클람에게 달려가지 못하게 막을 자가 어디 있겠어요? 턱없는 소리, 전혀 말이 안 돼, 그런 턱없는 말을 하면 절로 머리가 돈다니까" 하고 말했다.

"아니죠" 하며 K가 말했다. "우린 마음이 혼란스러운 걸 원하진 않아요. 사실 그쪽으로 가긴 했지만 당신이 추측하는 것만큼 내가 그렇게까지 생각한 건 아니었습니다. 일시적이긴 하지만 그 친척들이 결혼에서 기대하는 게 그렇게 많다는 것과 이 기대들이 당신의 심장과 건강을 대가로 하여 실제로도 이루어져 이상한 생각이 들었죠. 물론 여기서 이 사실이 필시 클람과 관련이 있다는 생각이 떠올랐지만 그가 그렇게 함부로 했다고는 도무지 믿을 수가 없군요. 그냥 재미로 날 다시 놀라게 하려고 그렇게 말하는 건지. 즐거우시겠어요! 그러나 난 이렇게 생각했었죠. 무엇보다 결혼 동기는 클람일

것이라고. 클람이 아니었다면 당신이 슬픔에 처하지도, 공연히 앞
뜰에 앉아 있지 않았을 것이며 클람이 아니었다면 한스를 거기서
만나지 못했을 거고 당신이 슬픔에 처하지 않았다면 수줍은 한스가
당신에게 말을 걸어볼 생각도 않았을 테고, 클람이 아니었다면 당
신은 한스와 같이 눈물 흘릴 일도 없었고, 클람이 아니었다면 늙고
사람 좋은 주막 주인 아저씨가 한스와 당신이 거기 조용히 함께 앉
아 있는 걸 보지 못했을 것이며, 클람이 없었다면 당신은 삶에 냉담
하지 않았을 것이고 따라서 한스와 결혼도 하지 않았을 것입니다.
그러므로 클람이 없는 데가 없다는 말입니다. 하지만 아직 끝나지
않았어요. 당신이 잊으려고 하지 않았다면 그렇게 다짜고짜 무리하
게 일하지 않았을 것이고 그러면 영업도 번창하지 않았을 겁니다.
여기에도 클람이 있는 셈이죠. 하지만 그건 그렇다 치고, 클람은 당
신 병의 원인이지요. 당신 마음은 이미 결혼 전에 불행한 애정에 의
해 지칠 대로 지쳐 있었기 때문입니다. 그래도 아직까지 궁금한 것
은 무엇 때문에 한스네 집안이 그토록 결혼에 군침을 삼키게 되었
을까, 하는 겁니다. 당신도 클람의 애인이라는 것은 영원한 신분 상
승을 뜻한다고 하신 적이 있는데 과연 그게 그들 마음을 끌었나 보
군요. 아울러 당신을 클람에게 이끈 행운의 별이——당신이 주장하
는 대로 행운의 별이라 치고——당신 것이니 계속 당신에게 머물지
클람이 그런 것처럼 금방 갑자기 당신을 떠나지 않으리라는 기대도
있었고."

　여주인이 "모든 게 진정으로 하는 말인가요?" 하고 물었다.

　"진심이에요" 하며 K가 얼른 말했다. "난 다만 한스네가 그런 기
대를 하는 게 전적으로 옳은 것도 그른 것도 아니란 생각이며 당신
이 한 실수도 알 것 같아요. 겉으론 모든 게 이루어진 것 같겠죠. 한
스는 아쉬울 게 없어요. 건장한 마누라에 평판이 좋고 주막은 빚이

없으니. 그러나 그렇다고 모든 게 이루어진 건 아닙니다. 그가 한 평범한 처녀의 첫사랑으로서 그녀와 결혼했다면 분명 훨씬 행복했을 텐데. 당신이 그런다고 나무라는 것처럼 그가 가끔 식당에서 멍하니 서 있는데 그건 정말로 허망하게 느끼기 때문에 그래요——그 때문에 슬퍼하진 않아요. 분명해요. 난 그를 그 정도는 알아요——하지만 이 귀엽고 영리한 젊은이가 다른 여자를 만났더라면 더 행복한 것은 물론, 아울러 더 자주적이고 부지런하고 사내답게 되었을 거라고요. 그런데 당신도 행복하지 않은 게 분명하며 당신 말대로 세 가지 정표가 없다면 결코 더 살고 싶지 않았으며 심장병까지 앓고 있죠. 그럼 한스네가 희망을 품은 게 잘못이었을까요? 난 그렇게 생각지 않습니다. 복은 당신 위에 있었는데 그걸 끌어내릴 줄 몰랐던 거죠."

"그럼 뭘 제대로 안 한 거죠?" 하고 여주인이 물었다. 이제 그녀는 팔다리를 쭉 뻗고 누워 천장을 쳐다보고 있었다.

K가 "클람에게 질문을" 하고 말했다.

여주인이 "그럼 결국 다시 당신 이야기인 것 같군요" 하고 말했다.

"아니면 당신 이야기지요" 하며 K는 "우리 문제는 서로 연관돼 있어요"라고 말했다.

여주인이 "그럼 클람에게서 바라는 게 뭔데요?" 하고 물었다. 그녀는 몸을 바로 일으켜 앉아 기댈 수 있도록 베개를 흔들어 부풀리곤 K의 눈을 잔뜩 노려보았다. "난 당신이 무언가 배울 게 있을지 몰라 당신에게 내 일을 숨김없이 말해주었어요. 이제 내게도 숨김없이 클람에게 뭘 물으려 하는지 말해줘요. 겨우 프리다를 설득해 그녀 방에 올라가 있으라고 했지요. 그녀가 있으면 당신이 솔직히 말하지 않을까 싶었어요."

K가 "숨길 건 아무것도 없습니다" 하고 말했다. "그러나 먼저 당신에게 환기시켜드릴 게 있습니다. 클람은 금방 잊는다고 하셨지요. 우선 그게 새삼스럽게 믿기 어려우며, 둘째 그건 증명되지 않으며, 짐작하건대 클람의 귀애를 받은 여자애들 머리에서 꾸며낸 허무 맹랑한 이야기에 지나지 않습니다. 당신이 그런 뻔한 거짓 이야기를 믿고 있다니 놀랍군요."

여주인이 "그건 허무 맹랑한 이야기가 아니예요" 하며 "그건 모든 사람의 경험에서 나온 거라고요" 하고 말했다.

"그럼 새로운 경험으로 반증될 수도 있겠군" 하고 K가 말했다. "게다가 당신과 프리다의 경우에도 차이가 있어요. 어찌 보면 클람이 결코 프리다를 다시 부르지 않은 건 아니었거든요. 반대예요. 그가 프리다를 불렀는데 그녀가 따르지 않은 겁니다. 그가 아직도 그녀를 기다리는지도 모르죠."

여주인이 말은 않고 눈으로 K를 이리저리 훑어보기만 했다. 그리곤 "난 당신이 할 얘기를 조용히 다 듣겠어요. 내 눈치 보지 말고 차라리 까놓고 말하세요. 단 당부할 게 하나 있어요. 클람의 이름을 사용하지 마세요. 그를 '그' 또는 다른 방법으로 부르지 이름은 부르지 마세요" 하고 말했다.

"그러지요" 하고 K는 "그러나 내가 그에게 원하는 게 뭔지 말하기란 쉽지가 않아요. 먼저 그를 가까이서 보고, 그의 목소리를 듣고 그리고 나면 그에게서 우리 결혼에 대한 반응을 알고 싶습니다. 그리고서 그에게 뭘 청하게 될지는 면담의 추이에 달려 있어요. 여러 가지 이야기가 나오겠지만 나로서 가장 중요한 것은 그와 대면한다는 겁니다. 진짜 관리와 직접 얘기해본 적이 아직 없거든요. 그걸 해내기가 생각했던 것보다 어려울 것 같군요. 그러니 나로선 그와 개인 자격으로 이야기할 수밖에 없으며 그게 훨씬 관철하기 쉽다는 생각입니다. 관리로서 그는, 성안에 있는지 헤른호프에 있는지부터 확실치 않지만, 접근하기가 만만찮을 그의 사무실에서만 면담할 수 있을 테지만 개인으로는 집이건 길이건 그를 만날 수만 있는 곳이면 어디서든 가능하지요. 그때 아울러 관리로서 날 상대하게 되어도 기꺼이 받아들이겠지만 그게 내가 우선적으로 바라는 것은 아닙니다."

"좋아요" 하고 여주인은 염치없는 말이라도 하는 양 얼굴을 베개에 묻더니 "내 연줄을 통해 클람과의 면담 부탁이 회부되도록 해주면 회답이 내려올 때까지 혼자선 아무 일도 않겠다고 약속해주세요" 하고 말했다.

K가 "그런 약속은 할 수 없습니다" 하며 "정말 당신의 당부나 기분대로 해드리고 싶긴 하지만. 특히 면장과의 면담 결과가 신통치 않아 일이 절박해요" 했다.

"그런 거부는 고려하지 않겠어요" 하며 여주인이 "면장은 별 볼일 없는 사람이에요. 정말 그걸 몰랐나요. 모든 걸 부인이 해주지 않으면 하루도 자리에 있지 못할 사람이라구요" 하고 말했다.

"밋치?" 하고 K가 물었다. 여주인이 고개를 끄덕였다. "그녀도 있었어요" 하고 K가 말했다.

"그녀가 뭐라 했나요?" 하고 여주인이 물었다.

"아니오" 하며 K는 "그녀에게 그런 능력이 있으리라곤 전혀 눈치 채지 못했어요"라고 말했다.

"하기야" 하며 여주인이 "당신은 그런 식으로 여기서 만사를 엉터리로 봐요. 아무튼, 면장이 당신에 대해 가진 권한은 아무 의미가 없으니 내가 적당한 때에 그 부인과 이야기하겠어요. 그럼 이제 내가 늦어도 일주일 안에 당신에게 클람의 회신이 오도록 약속하면 내 말에 응하지 않을 이유는 없겠지요" 하고 말했다.

"그걸로 다 되는 건 아닙니다" 하며 K는 "내 결심은 확고하며 거절이 온다 해도 실천해보겠습니다. 애초부터 그런 계획을 가진 마당에 미리 면담을 부탁하도록 시킬 수야 없지 않습니까. 그런 부탁을 않으면 대담하면서도 순진한 시도로 남는 것이, 거절하는 회신이 오고 나선 공공연한 반항적 태도일 수 있지 않겠어요. 그렇다면 더 심각할 거예요"라고 했다.

"더 심각하다고?" 하며 여주인이 "어떻든 그건 반항적인 거예요. 그러면 당신이 하고 싶은 대로 하세요. 내게 치마를 건네주세요"라고 했다.

그녀는 K가 있는 것도 아랑곳 않고 치마를 입고는 부엌으로 달려갔다. 꽤 오래 전부터 식당에서 시끌벅적한 소리가 들렸다. 누가 엿보는 구멍을 두드렸던 것이다. 조수들이 그걸 밀쳐 열고는 안에다 배고프다고 외쳤다. 이어서 다른 얼굴도 거기에 보였다. 게다가 여러 사람이 낮게 노래하는 소리도 들렸다.

K가 여주인과 대화하는 동안 점심 장만이 무척 늦어졌던 것이다. 미처 준비가 끝나기도 전에 손님들이 모여 있었지만 그럼에도 여주인의 금지를 무릅쓰고 부엌으로 들어온 사람은 아무도 없었다. 그러나 이제 창구멍에 붙어 살펴보던 자들이 여주인이 온다고 알리자 하녀들은 바로 부엌으로 달려갔으며 K가 식당에 들어서자 대단히 많은, 옷차림이 촌스럽지 않은, 스물 남짓한 남녀 손님들이 창구멍에 몰려 있다가 자리를 잡으려고 식탁으로 몰려갔다. 조그만 구석 자리에만 어린애들을 데리고 온 부부가 앉아 있었는데, 상냥하고 푸른 눈에 헝클어진 잿빛 머리와 수염을 가진 남자가 아이들에게 몸을 기울여 노래가 커지지 않도록 주의하며 나이프로 박자를 맞춰주고 있었다. 그는 아이들에게 노래를 통해 배고픔을 잊게 하려는 모양이었다. 여주인이 덤덤하게 몇 마디 말을 내뱉으며 좌중 앞에

서 사과를 했는데 그녀를 비난하는 사람은 아무도 없었다. 그녀는 두리번거리며 주인을 찾았지만 그는 사태가 곤란해지자 이미 달아난 뒤였다. 그리고 나서 그녀는 천천히 부엌으로 걸어갔다. 프리다를 보러 서둘러 자기 방으로 가는 K에겐 눈길 한번 주지 않았다.

7
학교 선생

　위에서 K는 학교 선생을 만났다. 방은 기분 좋게도 알아보지 못할 정도로 달라졌는데, 프리다는 그렇게 부지런했던 것이다. 환기는 잘 되어 있었고 난로는 무척 따뜻했으며 방바닥 청소, 침대 정리에다 그림들을 포함하여 하녀들의 보기 싫은 쓰레기 같은 옷가지들이 치워졌으며, 온통 때가 말라붙은 식탁판 때문에 제자리에 우뚝 서버리게 했던 식탁은 하얗게 수놓은 보로 덮여 있었다. 이젠 손님이 와도 괜찮을 정도였으며 K의 얼마 안 되는 밀린 빨래는 프리다가 아침에 빨았는지 난로 가에 마르도록 널려 있는 것도 아무렇지 않았다. 선생과 프리다는 식탁에 앉아 있다가 K가 들어서자 일어났는데, 프리다는 K를 키스로 맞았고 선생은 K에게 조금 허리를 숙였다. 얼떨떨한 그리고 여주인과 가진 대화로 불안이 가시지 않은 모습으로 K는 여태까지 선생을 방문할 수 없었다고 변명을 시작했는데, 선생이 K가 오지 않아 참지 못하고 몸소 방문한 거라고 가정하는 듯했다. 그러나 선생은 의젓한 태도로 이제서야 조금씩 K와 방문 비슷한 약속을 했던 일을 떠올리는 체했다. "그 측량사님이시군요" 하며 그는 천천히 "며칠 전 교회 앞마당에서 타곳 사람과 얘기했었는데 당신이" 하고 말했다. K는 "그렇소"라고만 했다. 그때는 혼자 외로워서 억지로 참았지만 여기 자기 방에서까지 그럴 건 없었다. 그는 프리다를 찾아 곧 중요한 방문을 해야 하는데 되도록 잘 입어야 한다며 그녀와 의논했다. K에게 자세히 물어보지도 않고 프리다는 바야흐로 새 식탁보를 점검 중인 조수들을 얼른 불러 K가 막 벗기 시작한 옷과 장화를 아래 뜰에서 정성 들여 털고 닦으라고 시켰다. 그녀도 손수 줄에서 셔츠 하나를 집어 들고 다림질하러 부엌으로 내려갔다.

이제 K는 전처럼 식탁에 조용히 앉아 있는 선생과 단둘이었지만 그를 조금 더 기다리게 놔두고 셔츠를 벗어 세면기에서 세수를 하기 시작했다. 그는 등을 선생에게 보인 채 그제서야 그가 온 까닭을 물었다. 그가 "면장님의 지시를 받고 왔습니다" 하고 말했다. K는 그 지시를 들어보자고 했다. 그러나 물소리에 K의 말이 알아듣기가 어려워 선생은 할 수 없이 다가와 K의 옆에 있는 벽에 기대 섰다. K는 씻고 부산떠는 게 예정된 방문이 급해서라고 변명했다. 선생은 이에는 대꾸도 않고 "면장님께 무례하게 했더군요. 저 연세가 지긋하고 공적과 경험 많으신 어른께 말이요" 하고 말했다. "내가 무례하게 굴었다니 모르겠소" 하고는 물기를 닦아내며 "그러나 내가 점잖은 태도가 아닌 다른 걸 생각해야만 했다는 게 맞소. 수치스러운 관의 혼란으로 말미암아 위협받고 있는 내 생존이 걸려 있었으니까. 상세한 건 당신에게 설명하지 않겠소. 당신도 거기서 일하는 관원이니까. 면장이 나에 대해 불만스러워하던가요?" 하고 물었다. "그분이 누구에게 불평을 하소연하시겠소?"라며 선생은 "또 설령 누가 있다 해도 도대체 언제 하소연하시겠습니까? 난 그분이 불러주신 대로 당신의 면담에 대해 간단한 조서를 작성했을 뿐이지만 거기서 면장님의 관대함과 당신의 답변 태도를 잘 알게 되었습니다" 하고 말했다. K는 프리다가 틀림없이 어디엔가 치워놓았을 빗을 찾으며 "뭐? 조서라고? 내가 없는 자리에서 전혀 면담 때 있지도 않은 자가 추가 작성을 해. 그건 그렇다 치고. 그런데 왜 하필 조서야? 그것도 공무였소?" 하고 말했다. 선생이 "아니오" 하며 "반은 공무였소, 조서 또한 반 공적일 뿐으로 우리 모든 일에 엄한 질서가 있어야 하기에 만들어진 것이오. 그게 아무튼 나와 있는데 당신에게 영예로운 건 아닙니다" 하고 말했다. 침대 안으로 굴러간 빗을 마침내 찾아낸 K가 한층 여유를 보이며 "나와 있건 말건. 내게 그 말을 하려고 오신 겁니까?" 했다. "아니오" 하더니 선생은 "나도 기계적인 인간은 아니니 당신에게 내 의견을 말해야겠소. 내가 지시받은 것은 그 반대로 면장님의 관대함은 증명되고도 남을 것이오. 나로선 그 관대함을 이해할 수 없으며 다만 부득이 내 직책 때문에 그리고 면장님을 존경하는 마음에서 이 임무를 수행한다는 것을 말해주고 싶소" 하고 말했다. 세수와 빗질이 끝난 K는 이제 식탁에 앉아 셔츠와 옷이 오길 기다리며 선생이 자기에게 가지고 온 일에는 별 관심이 없었는데, 그건 여주인의 면장을 무시하는 말에 영향을 받은 때문이기도 했다. 속으로 갈 길을 생각하며 "정오는 넘었겠죠?" 하고 물었다가 태도를 고쳐 "내게 면장님이 하신 말을 전하시려는 거지요" 하고 말했다. "뭐 그냥" 하고 선생은 자기의 책임이란 책임은 다 털어버리기라도 하려는 듯 어깨를 한 번 들썩하며 말했다. "면장님은 당신 일의 결정이 너무 오래 끌 경우 당신이 독자적으로 무모한 짓을 하지 않을까를 염려하고 계십니다. 나로선 그분이 왜 그런 걱정을 하시는지 모르겠는데, 난 당신이 뭘 하든 하고 싶은 대로 놔두는 게 가장 좋다는 생각이오. 우린 당신의 수호천사가 아니며 당신이 가는 데마다 따라다닐 의무는 없습니다. 하기야. 면장님은 의견이 다르시죠. 결정을 내리는 일은 백작의 관청 소관인지라 그것만은 재촉할 수도 없고. 하지만 그분은 힘이 미치는 범위 안에서 임시로 정말 관대한 결정을 내리실 작정인데 그걸 받아들이고 말고는 당신에게 달려 있어요. 당신에게 임시로 학교 소사 자리를 제안하셨습니다." 처음엔 그 제안을 흘려 들었지만 자신에게 뭔가 제안이 왔다는 사실은 의미가 있는 듯했다. 이것은 면장의 견해로는 K가 반발로 어떤 일을 할 수 있으니 이를 막기 위해 면 자체에서 어느 정도 지출은 당연하다는 사정을 짐작게 해주었다. 그러니 그 일을 얼마나 중요하게 받아들였다는 말인가. 여기서 한참이나 기다린, 더구나 그에 앞서 조서를 작성한 선생은 면장이 바로 내처 보낸 게 틀림없었다.

선생은 자기 때문에 이제 K가 생각에 잠긴 걸 보고 말을 계속했다. "난 반대했어요. 난 여태까지 학교 소사가 필요 없었으며 가끔 성당지기 부인이 청소를 하고 여선생인 기자 양이 그걸 감독한다는 점을 지적했지요. 아이들도 주체하기 힘든데 또 소사 일로 속을 썩이고 싶지 않아요. 면장님은 이에 대해 학교가 매우 더럽다고 했습니다. 나는 사실대로 아주 심하진 않다고 대답했죠. 그리고 덧붙여 말했죠. 우리가 그 사람을 소사로 쓰면 과연 더 좋아질까요? 절대 그렇지 않습니다. 그가 그런 일을 할 줄 아는지 하는 점은 제쳐두고, 학교에는 달리 딸린 방이라곤 없이 큰 교실만 둘뿐이고, 소사는 가족과 함께 교실 한 칸에서 생활하고 자고, 아마 음식까지 해야 하니 청결성이 좋아질 리 없죠. 그러나 면장님은 이 자리가 곤경에 처한 당신을 구하는 일이며 그래서 당신은 그 일을 잘 수행하려 온갖 힘을 다 기울일 거라는 점을 드시며 게다가 당신과 함께 당신 아내와 조수들의 힘까지 얻게 되니 학교뿐만 아니라 교정까지 나무랄 데 없이 정리될 수 있을 거라 하셨죠. 내가 그걸 다 반박하는 것은 문제가 아니었소. 면장님은 결국 당신을 위해 더 이상 제안할 게 없으시자 웃으며 측량사이니 교정의 꽃밭은 특히 아름답고 가지런하게 가꿀 수 있지 않겠느냐고 하고 마시더군요. 하긴, 익살에는 반박할 도리가 없어 이렇게 임무를 받아 당신에게 온 겁니다." "쓸데없는 걱정을 하시는군요, 선생 양반" 하고서 K는 "난 그 일을 받아들일 생각이 없소"라고 했다. "잘했소" 하며 선생이 "잘했소, 아무 거리낌도 없이 거절하시다니" 하고는 모자를 들고 허리를 숙이고선 가버렸다.

그러자마자 프리다가 당황한 얼굴로 올라왔는데, 셔츠는 다리지도 않고 가져왔으며 물어봐도 대답이 없었다. K는 다른 생각을 하도록 그녀에게 선생과 일자리를 제안받은 이야기를 해주었는데, 그녀는 그 얘기를 듣자마자 셔츠를 침대 위에 내던지고 다시 달려나갔다. 그녀는 곧, 그러나 선생과 함께 돌아왔는데, 그는 짜증이 난 얼굴로 K에게 인사조차 하지 않았다. 프리다는 선생에게 조금만 참아달라 하고선——분명 여기 오는 중에도 이미 몇 차례 그렇게 했을 것이다——K를 그가 전혀 모르고 있었던 옆문을 지나 인접한 다락까지 데리고 가더니 거기서 흥분해 숨을 헐떡이며 그녀가 겪은 이야기를 했다. 여주인은 K 앞에 자기를 굽혀 마음을 털어놓았고, 더 기분 나쁜 것은 클람과 K의 면담과 관련 양보할 만큼 했는데도 그녀 말로 냉정하면서도 성의 없는 거절밖에 얻은 게 없는 데 화가 나 더 이상 K를 자기 집에 있도록 하지 않겠다고 결심했다는 것이다. 그가 성과 연줄이 있으면 그걸 서둘러 이용했으면 좋겠는데, 왜냐하면 오늘, 그것도 지금 그는 이 집을 떠나야 하기 때문이며 직접적인 관명이나 강제에 의해서만 그녀가 그를 다시 받아주리라는 것, 그러나 프리다는 그렇게 될 거라곤 기대하지 않는다는 것이었다. 왜냐하면 그녀도 성과 연줄이 있으니 그걸 쓸 수 있을 테니까. 게다가 그는 오직 주인의 태만함 때문에 주막에 들게 된 것이며 그렇다 해도 절대 곤경에 처한 건 아니라는 것, 오늘 아침에도 그가 쓸 수 있는 잠자리가 있다고 자랑했으니까. 물론 프리다는 그냥 있을 것이며, 만일 프리다가 K와 같이 나가야 한다면 그녀가, 여주인 말이에요, 무척 슬퍼할 것이라는 것, 아래 부엌에서 그녀는 생각만 했는데도 울다가 화덕 옆에 쓰러졌다는 것이었다. 불쌍하게 심장병을 앓고, 하지만 지금 그녀의 생각엔 클람에게 받은 정표의 명예가 달려 있는데 달리 어쩔 수가 없지 않은가. 이게 여주인이 처한 사정 이야기라고 했다. 물론 프리다는 눈과 얼음을 헤치고, K가 어디를 가든지 따라갈 테니 그 말은 더 할 필요가 없지만 아무튼 둘의 처지가 매우 심각하기에 면장의 제안을 받고 대단히 기뻐했다는 것, 비록 K에게 맞지 않는 자리지만 그건, 특히 강조했는데, 임시직일 뿐이라는 것, 설령 최종 결정이 불리하게 내려지더라도 시간을 벌면 곧 다른 가능성이 생길 거라고 했다. 마침내 프리다는 "정 안 되면" 하고 K의 목에 매달려 큰소리로 "이민을 가요, 우리가 여기 이 마을에 붙어 있을 까닭이 뭐 있어요? 그러나 우선은 말예요, 당신 그러시는 거죠, 제안을 받아들입시다. 선생을 다시 데려왔으니 그에게 다른 말말고 '받아들인다'고만 하고 학교로 이사갑시다" 하고 말했다.

K가 "그건 곤란한데" 했지만 아주 심각하게 여기는 것은 아니었다. 그건 그의 관심이 거처에 있는 게 아니었고, 또 속옷 차림으로 양쪽에 벽과 창이 없는 다락방에서 매섭게 들이치는 찬바람에 몹시 떨었기 때문이었다. "지금 당신이 방을 그렇게 잘 정리했는데 나가야 하다니. 시답잖게 그 자리를 받아들이라니, 내키지 않아. 당장 그 조그만 선생에게 굽실거려야 한다니 괴로운데 이제 아예 내 상관이라니. 잠시만 더 여기 머물 수 있다면 오늘 오후라도 처지가 바뀔지 모르는데. 당신만이라도 여기 있다면 기다려보고 선생에게는 애매 모호하게 대답할 수 있을 텐데. 나 혼자는 정 필요하다면 정말 언제라도 잠자리가 있는데, 바르—" 프리다가 손으로 그의 입을 막았다. 그녀는 근심스러운 듯 "그건 안 돼요" 하고는 말했다. "제발 다시는 그런 말 하지 마세요. 그것말고는 무엇이든 당신 말을 따

르겠어요. 당신이 원하면 슬프더라도 나 혼자 여기 있겠어요. 당신 뜻이라면 비록 옳지 않다 생각되지만 그 제안을 거절합시다. 그래요, 오늘 오후라도 다른 가능성이 생기면 우린 두말할 것 없이 학교 일은 즉시 그만두어야지요. 아무도 막지 않을 거예요. 선생에게 굽실거리는 문제는 내게 맡기세요, 그런 일이 없도록 할 테니. 내가 직접 그와 얘기할 테니 당신은 그냥 가만히 계세요. 그리고 나중에도 마찬가지로, 당신이 원치 않는데 그와 직접 얘기해야 하는 일은 결코 없을 거예요. 실제론 나 혼자 그의 아랫사람이 되지만 절대 그리 되지는 않을 거예요. 그의 약점들을 알고 있거든요. 그러니 우리가 그 자리를 맡아도 잃는 게 없지만, 거부하면 많아요. 우선 오늘 중에 성에서 아무것도 얻어내지 못하면 정말 마을 어디에서건 당신 혼자 쓸 잠자리조차 구할 수 없을 겁니다. 당신의 장래 아내로서 내가 부끄러워하지 않을 만한 잠자리 말이에요. 그리고 숙소를 얻지 못해도 당신은 내가 여기 따뜻한 방에서 자는 걸 원하겠지요. 당신이 어둡고 추운 밖에서 헤매는 걸 내가 아는데 말예요." 그 동안 내내 몸을 조금이라도 따뜻하게 하려고 팔은 가슴 위에 포개고 손으론 등을 두들기고 있던 K가 말했다. "그렇다면 받아들이는 수밖에 다른 길이 없군. 자 어서 가요."

방에 이르자마자 그는 난로 있는 데로 달려가고 선생에겐 신경 쓰지 않았다. 이자는 식탁에 앉아 시계를 꺼내더니 "일이 늦어졌군" 했다. 프리다가 "대신 우린 이제 완전히 합의가 됐습니다, 선생님" 하며 "우리가 그 일을 맡겠어요" 하고 말했다. 선생이 "좋아요" 하며 "하지만 그 일은 측량사님에게 주는 것이니 본인이 뜻을 밝혀야 합니다" 하고 말했다. 프리다가 K를 거들어 "그럼요" 하고는 "그 일을 맡는 거예요, 그렇죠 K?" 하고 말했다. 그리하여 K는 의사 표명을 간단히 예 하고 줄일 수 있었는데, 그나마도 선생에게가 아니라 프리다에게 했다. "그럼" 하고 선생은 "우리가 이와 관련 이 번을 끝으로 의견이 일치되도록 당신에게 직무상의 의무를 일러주 는 일만 남았소. 측량사님은 교실 두 칸을 날마다 청소하고 난롯불 을 지펴줘야 하며, 건물을 비롯 학교 도구와 체조 기계의 간단한 수 선은 스스로 시행해야 하고, 교정으로 가는 길의 눈을 치우고 나와 여선생 기자 양의 심부름과 따뜻한 계절엔 정원 가꾸는 일을 수행 해야 합니다. 그 대가로 당신은 교실 하나를 선택해 거기서 거주할 권리가 있습니다. 그러나 두 교실에서 동시에 수업은 않지만 당신 이 사는 방에서 수업을 하면 당신은 당연히 다른 방으로 옮겨야 합 니다. 학교에선 취사할 수 없으며 그 대신 당신과 당신 가족의 음식 은 우리 면의 비용으로 이 주막에서 공급됩니다. 당신은 학교 품위 에 어긋나지 않게 처신해야 하며 특히 수업 중인 아이들에게 결코 당신 집안의 흉한 꼴을 보이지 않아야 함을 아울러 말해두는 바입 니다. 그 점은 배운 사람으로서 으레 아실 것이기 때문입니다. 이와 관련해서 우리는 당신이 프리다 양과의 관계를 되도록 빨리 합법화 하실 것을 주장합니다. 이 모든 것과 몇몇 사소한 점에 대해 고용 계약서를 작성할 테니 학교로 이사하는 즉시 꼭 서명하십시오" 하 고 말했다. K에겐 이 모든 게 그와 무관하거나 어찌 되어도 그를 구 속하진 않는다는 듯 대수롭지 않게 여겨졌고 다만 선생의 뻐기는 태도가 거슬려 되는 대로 "뭐 글쎄, 통상적인 의무들이군요" 했다. 이런 논평을 조금 얼버무릴 셈으로 프리다가 봉급에 대해 물었다. "봉급이 지불될지는" 하며 선생이 "한 달 동안 수습 기간이 지나면 고려해보겠습니다"라고 했다. 프리다가 "우리로선 곤란한데요" 하 며 "우린 거의 빈손으로 결혼하고 무일푼으로 가계를 꾸려야 할 형 편입니다. 선생님, 면에 진정해 조금이라도 봉급을 즉시 달라고 청 할 수 있을까요? 그러라고 하시겠습니까?" 하고 말했다. 선생이 여전히 K를 겨냥하며 "안 돼요"라고 했다. "그런 진정은 내가 추천해야만 들어줄 텐데 난 그렇겐 하지 않겠소. 그 일자리를 주는 것은 당신에 대한 호의인 셈이며 공적 책임을 깨닫고 있는 사람이라면 호의를 지나치게 행사해서는 안 됩니다." 그러자 K가 거의 자기도 모르게 나섰다. "그 호의 말인데, 선생양반" 하며 K가 "당신이 잘못 알고 있어요. 오히려 호의를 베푼 건 내 쪽인지 모른다고요" 하고 말했다. "아닙니다" 하고 선생은 아무튼 K를 말하게 한 것에 웃으며 "그에 대해선 내가 들어서 자세히 알고 있습니다. 학교 소사의 필요성은 토지 측량사의 경우나 엇비슷합니다. 귀찮아죽겠어요. 면에다가 지출 이유를 대자면 골치깨나 썩을 테니 요구를 책상 위에 던져두고 전혀 설명하지 않는 게 상책이오. 사실에 부합되는 일이지요" 하고 말했다. "내 뜻도 마찬가집니다" 하며 K가 "마지못해 날 채용해야 한다, 그로 말미암아 골치가 아픈데도 날 채용해야 하다니. 만일 누가 다른 사람을 써야 할 때 이자가 채용되도록 가만히 있으면 이자가 호의적인 사람이겠지요" 하고 말했다. "기막혀서" 하고 선생이 말했다. "당신을 채용하도록 우릴 강요하는 게 뭐겠소. 면장님의 선한, 너무 선한 마음이지. 측량사님, 쓸모 있는 학교 소사가 되시려면 아마 갖가지 공상부터 버려야 될 것 같소. 그리고 그런 말을 하면 만일의 봉급을 승인하자는 공론도 물론 일지 않아요. 뿐만 아니라 유감스럽게도 당신 태도가 꽤 말썽이겠다는 느낌이 듭니다. 내내 나와 의논하면서 계속 셔츠와 팬티 바람이라니 차마 믿어지지 않아요." "정말이네" 하고 웃음 소리와 함께 손뼉을 치며 "지긋지긋한 조수들 같으니, 대체 어디 있지?" 하고 소리쳤다. 프리다가 문으로 달려갔는데, 그런 프리다에게 이제 K와는 얘기할 수 없다고 생각한 선생이 언제 학교로 이사할 거냐고 물었다. 프리다가 "오늘요" 하자 선생이 "그럼 내일 아침에 확인하겠소" 하고 인사로 손을 흔들어 보이며 프리다가 나가려고 열어놓은 문을 지나 나가려다가, 방을 다시 꾸미려고 자기 옷가지들을 가지고 오는 하녀들과 부딪치자 아무에게도 비켜줄 성싶지 않은 그들 사이를 비집고 빠져 나왔는데, 프리다가 따라왔다. 이번엔 그들이 썩 마음에 드는지 K가 "원 서두르긴" 하고 "우리가 아직 여기 있는데 벌써부터 쳐들어오니?" 하고 말했다. 그들은 대답을 않고 당황하며 보따리만 감싸 안고 있었는데 거기선 눈에 익은 더러운 누더기들이 너덜거리고 있었다. K가 "너희들 옷을 아직 한 번도 빨지 않았구나" 했는데 그 말엔 악의가 아닌 정 같은 게 있었다. 그들은 그걸 알아차리고 모두 굳게 다문 입을 벌리고 예쁘고 튼튼한 동물 같은 이들을 드러내며 소리 없이 웃었다. "어서 와" 하며 K가 "방을 꾸며야지, 너희들 방인데"라고 했다. 그러나 그들이 ─그들에게 방이 너무 변해 보였는지─여전히 머뭇거리자 K가 한 사람의 팔을 잡아 이끌어주었다. 그러나 곧 그녀를 놓아주었을 때 두 사람은 몹시 놀란 눈빛이었는데 잠깐 서로 의견을 나눈 뒤로 그들은 K에게서 눈을 돌리지 않았다. K는 뭔가 불쾌한 느낌을 물리치며 "이젠 날 충분히 바라봤을 텐데" 하고는 프리다가 막 멈칫멈칫 조수들을 앞세우며 가져온 옷과 장화를 받아 꿰었다. K는 조수들을 참고 봐주는 프리다의 참을성이 늘 이해되지 않았는데, 지금도 그랬다. 그녀는 한참을 찾다가 당연히 마당에서 옷을 깨끗이 솔질하고 있어야 할 조수들이 옷을 그냥 품에 둘둘 말아 안은 채 아래에서 한가하게 점심을 먹는 걸 보고는 자기가 손수 다 솔질을 해야 되었는데도, 천한 무리들을 잘 다룰 줄 아는 그녀가 그들과 다투기는커녕, 그들 있는 데서 명백한 태만에 대해 시시한 농담처럼 이야기하고 심지어는 알랑대듯 어떤 자의 뺨까지 토닥거려주었던 것이다. K는 그녀에게 곧바로 그에 대해 훈계를 할 마음이었다. 그런데 이미 떠날 시간이 지나 있었다. K

가 "조수들은 당신이 이사하는 걸 돕도록 여기 남아" 하고 말했다.
그들이 그 말에 동의할 리 없었다. 그들은 배가 부르고 기분이 좋아
조금 움직이고 싶었던 것이다. 프리다가 "그래, 너희는 여기 있어"
하고 말하자 비로소 말을 들었다. "난 어디 가는지 알지?" 하고 K
가 물었다. 프리다가 "네" 했다. K가 "그런데도 날 붙잡지 않네?"
하고 물었다. "당신은 많은 장애를 만날 텐데" 하며 프리다가 "내
말이 무슨 효과가 있겠어요!"라고 했다. 그녀는 K에게 이별의 키스
를 하고 그가 점심을 먹지 않았기 때문에 그를 위해 아래에서 가져
온 빵과 순대가 든 봉지를 주고는 그에게 이제 이리로 오지 말고 학
교로 바로 오라고 일러주고 그의 어깨 위에 손을 걸치고서 문 앞까
지 바래다 주었다.

8
클람을 기다림

K는 우선 하녀와 조수들이 벅적대는 더운 방에서 빠져 나온 게 기뻤다. 날씨도 조금 추웠으며 눈이 굳어 걷기가 쉬웠다. 하지만 아쉽게도 벌써 어두워지기 시작해 그는 걸음을 서둘렀다.

어느새 윤곽이 가물거리기 시작한 성은 여느 때처럼 조용한 모습이었다. K는 아직 한 번도 거기서 사람 사는 기척을 느낀 적이 없었는데, 이렇게 멀리서는 전혀 뭘 알아볼 수 없는데도 두 눈이 욕심을 부려 정적을 가만두려 하지 않는 듯싶었다. 성을 보면 누가 가만히 앉아 앞을 바라보는, 그렇다고 생각에 빠져 모든 것과 단절된 게 아니라 마치 보는 사람도 없이 혼자 있다는 듯 자유롭고 무심하게 보고 있는 느낌이 들 때가 더러 있었다. 어떻든 누가 K를 보고 있음은 분명했지만 성은 조금도 평정을 잃지 않았으며—그게 원인인지 결과인지 모르지만—관찰자는 눈길을 그대로 놔두지 못하고 슬그머니 딴 데로 돌리고 말았던 것이다. 이런 인상은 일찍 찾아든 어두움 때문에 오늘 더 강해졌는데, 그가 오래 보면 볼수록 더욱 알아볼 수 없었으며 모든 게 어둠 속에 더욱 깊이 빠져들었다.

K가 막 아직 불이 켜 있지 않은 헤른호프에 이르렀을 때 이층의 창 하나가 열리며 젊고 뚱뚱한, 말끔히 면도한 얼굴에 모피 외투를 입은 사람이 몸을 내밀었다가 창에 그대로 있었는데 K의 인사를 받기는커녕 고개 한번 끄덕이지 않는 것 같았다. 현관은 물론 바에서도 K는 누구와도 마주치지 않았다. 바 안은 김빠진 맥주 냄새가 전

보다 더 심했는데 추어 부뤼케 주막에선 그렇지 않았던 것 같았다. K는 곧장 전에 클람을 엿보았던 문으로 가 손잡이를 조심스레 아래로 눌렀지만 문은 잠겨 있었다. 이어서 엿보는 구멍이 있던 곳을 더 듬거려보았지만 마개를 꼭 맞춰 끼웠는지 그런 식으론 그 자리를 찾을 수 없어 성냥불을 켰다. 순간 그는 고함소리에 깜짝 놀랐다. 문과 난로 옆 조리대 사이의 구석진 자리에 웬 젊은 처녀가 웅크리고 앉아 있다가 성냥 불빛에 비친 그를 간신히 졸린 눈을 뜨고 바라보고 있었다. 프리다의 후임인 것 같았다. 그녀는 곧 평정을 되찾아 전등 스위치를 켰는데 얼굴은 아직 화가 가시지 않은 기색이었다. 그러나 K를 알아보고는 "아, 측량사님" 하고 웃으며 그에게 손을 내밀고 "난 페피라고 해요" 하며 소개했다. 그녀는 작고 붉은 얼굴에 건강했으며, 숱이 많은 발그레한 금발 머리는 한 가닥으로 단단히 땋았는데도 얼굴 언저리에서 남실거렸으며, 어울리지 않게 잿빛이 도는 천으로 된, 축 처진 드레스를 입고 있었는데 아래를 유치하게 나비매듭으로 마무리된 명주 리본으로 졸라매어 답답했다. 그녀는 프리다의 안부와 더불어 곧 돌아오지 않느냐 물었다. 그건 심술에 가까운 질문이었다. 그녀는 "나는" 하고는 "프리다가 가자마자 급히 불려왔어요. 왜냐하면 아무나 여기에 쓸 수는 없거든요. 난 지금까지 객실 하녀였는데 이건 잘 바꾼 게 아니에요. 여긴 저녁과 밤 일이 많아 매우 피곤해 견디기 어려울 것 같아요. 프리다가 그만둘 만도 해요"라고 말했다. 그녀와 프리다 사이에 차이가 있는데도 그녀가 그걸 대수롭지 않게 넘기자 마침내 그걸 일러주려고 "프리다는 여기서 매우 만족했어요" 하고 말했다. 페피가 "그녀를 믿지 마세요" 하며 "다른 사람에겐 쉽지 않은데 프리다는 자제할 줄 알아요. 그녀는 털어놓고 싶지 않은 건 말하지 않으며 이럴 때엔 뭔가 털어놓을 게 있다는 걸 결코 눈치채게 하지 않아요. 난 지금 여기서 몇 해를 같이 일하고 잠도 늘 한 침대에서 잤는데도 그녀와 친하지 않아요. 이제 내 생각은 나지 않겠죠. 아마 나이 많은 브뤼케 집 여주인이 그녀의 유일한 친구인데 과연 그녀답지요"라고 했다. K가 "프리다는 내 약혼녀요" 하며 문에서 엿보는 구멍이 있던 자리를 찾았다. 페피가 "알고 있어요" 하며 "그 때문에 말해드리는 거예요. 그렇지 않으면 당신에게 아무런 의미가 없을 건데요" 하고 말했다. K는 "알겠소" 하고는 "그러니까 내가 그렇게 암띤 여자를 얻은 게 자랑할 만한 일이다 그 말인가요" 했다. 그녀는 프리다와 관련해 K를 은밀한 동조자로 얻기라도 한 양, 만족스럽게 "그래요"라고 대답했다.

그러나 K가 정신을 빼앗기고 찾는 일에 조금 산만해진 것은 사실 그녀의 말 때문이 아니라 그녀의 겉모양과 그녀가 이 자리에 있다는 것 때문이었다. 그녀는 프리다보다 어리다 할 정도로 훨씬 젊은 건 말할 것도 없고 옷차림도 우스꽝스러웠는데, 자신이 갖고 있던 바의 종업원에 대한 과장된 상상에 걸맞은 옷을 입은 듯했다. 그리고 그녀가 이런 상상을 갖게 된 게 그녀로선 아주 당연했는데, 그녀에게 조금도 어울리지 않는 그 자리는 생각지 않던 과분한 것으로, 다만 임시로 주어진 것이며 그녀에겐 프리다가 늘 허리에 차고 있던 가죽 지갑조차 맡겨지지 않았던 것이다. 그러므로 그 자리가 불만이라고 하는 것은 오만에 지나지 않았다. 하지만 비록 아이같이 어수룩하다고는 하나 그녀 역시 성과 관계가 있을 수 있었다. 거짓이 아니라면 그녀는 객실 하녀였는데도 자신이 뭘 갖고 있는지 모르고 여기서 잠으로 날을 허비하는데, 요 조그맣고 통통하며 조금 등이 나온 몸뚱이를 껴안는다고 그녀의 소유물을 낚아챌 수는 없겠지만 그걸 만지고 힘든 길에 활기를 얻을 수는 있었다. 그러면 프리다의 경우와 마찬가지가 아닌가? 오, 아냐, 그건 달라. 그걸 알려거든 프리다의 눈초리만 떠올려보면 되었다. K는 결코 페피를 건드리고 싶지 않았다. 그러나 그럼에도 어쩔 수 없이 잠시 눈을 가리고 그녀를 탐욕스레 바라보았다.

페피가 "불을 켜두면 안 돼요" 하며 전등 스위치를 끄고 "당신 때문에 깜짝 놀라 불을 켰을 뿐이에요. 여기에 무슨 볼일이 있나요? 프리다가 뭘 잊고 갔나요?"라고 했다. K가 "예" 하고 문을 가리키며 "여기 옆방에 하얀 수놓은 식탁보예요" 하고 말했다. "예, 그 식탁보요" 하고 페피는 "생각나요. 예쁜 수예품이죠. 만들 때 나도 도와주었는데 이 방엔 없는 것 같은데" 하고 말했다. "프리다는 그렇게 알고 있어요. 여기엔 누가 묵고 있소?" 하고 K가 물었다. "아무도" 하며 페피는 "이건 나리들 방이에요. 나리들이 여기서 마시고 먹는, 다시 말해 그런 용도의 방인데 나리들은 대부분 위에 있는 자기 방에서 머물지요"라고 말했다. "지금 옆방에 아무도 없다는 걸 알았으면" 하며 K가 "들어가 식탁보를 찾을 텐데. 그러나 확실하진 않군요. 클람 같은 이는 종종 거기 앉아 있거든요"라고 했다. 페피가 "지금은 클람이 거기 없는 게 확실해요" 하며 "곧 떠나거든요. 썰매가 뜰에서 대기 중이지요"라고 했다.

곧, 아무 설명도 없이, 바를 나와 K가 현관에서 출구 쪽 대신 건물 안을 향해 몇 걸음 옮기자 마당에 이르렀다. 여긴 어쩌면 이렇게 조용하고 아름다울까! 네모진 마당의 삼면은 건물과 길거리 쪽으로는—그건 K가 모르는 샛길이었다—크고 무거운 문이 달린 높고 하얀 담과 닿고 여기 마당 쪽에선 건물이 정면에서보다 더 높아보였으며 이층까진 완전히 개축해 꽤 그럴싸해보였는데, 그것은 작은 틈만 빼고 나무를 가지고 눈 높이로 막은 회랑이 빙 둘러 있었기 때문이었다. K의 맞은편에서 조금 비켜, 가운데 물림에서 맞은편 건물 날개와 연결되는 모퉁이에는 건물로 통하는 입구가 열려 있었다. 문도 없이. 그 앞엔 말 두 마리에 매인, 사방이 캄캄하게 가려진 썰매가 서 있었다. K는 지금 멀리 어둠 속에서 마부를 알아보기보다는 있으리라 짐작했는데, 그말고는 아무도 보이지 않았다.

손을 주머니에 넣고, 조심스럽게 두리번거리며 K는 담에 가까이 붙어 마당의 양끝을 지나 썰매 옆에 이르렀다. 마부는 전에 바에 있었던 저 농부들 가운데 한 사람으로 모피 외투에 몸을 묻은 채 그가 다가오는 걸 고양이가 가는 걸 좇는 것처럼 무덤덤하게 보고 있었다. K가 그의 옆에 서서 인사하고, 게다가 말들이 어둠 속에서 불쑥 나타난 사람 때문에 조금 동요했을 때에도 마냥 무심했다. K로선 아주 잘된 일이었다. 그는 담에 기대 싸온 음식을 풀며 그에게 이렇게 신경을 써준 고마운 프리다를 생각하면서 건물 안을 살펴보았다. 직각으로 꺾인 계단이 내려가 아래에서 낮지만 깊어보이는 복도와 교차했고 모든 것이 깨끗하게 희게 칠해졌으며 선이 뚜렷하고 아주 분명했다.

기다리는 건 생각보다 오래 걸렸다. 식사는 벌써 오래 전에 끝났고 살을 에는 추위에다 어스름이 어느새 컴컴한 어둠으로 바뀌었는데도 클람은 여전히 오지 않았다. 갑자기 K의 가까이에서 "아직도 시간이 더 많이 걸릴지 모르겠는데" 하는 탁한 목소리가 들려 그는 기겁을 했다. 다름 아닌 마부가 잠에서 깬 듯 기지개를 켜며 요란스럽게 하품을 했다. 지속된 정적과 긴장이 지겨워 방해를 오히려 고마워하며 K가 "대체 뭐가 오래 걸릴지 모른다는 거요" 하고 물었다. "당신이 가게 될 때까지" 하고 마부가 말했다. K는 그의 말을 못 알아들었지만 더는 묻지 않았는데 그는 그것이 이 건방진 자의 입을 여는 데 가장 좋은 수라고 생각했던 것이다. 이 어둠 속에서 대답 않는 것은 도발이나 다름없었다. 그러자 과연 얼마 뒤에 마부가 물었다. "코냑을 들겠소?" K는 오싹 한기가 들어 그 제안에 마냥 넘어가 무심코 "예" 했다. 마부가 "그럼 썰매를 여시오" 하며 "옆 자루에 술이 몇 병 있으니 한 병 내서 마시고 내게 주시오. 난 털외투 때문에 내려가기가 너무 번거롭소" 하고 말했다. 그런 식으로 거들어주는 게 싫었지만 이제 마부와 관계를 맺은 셈이었기 때문에 썰매에서 어쩌다 클람에게 들킬 위험조차 무릅쓰고 하라는 대로 했다. 그는 넓은 문을 열고 문 안쪽에 걸린 자루에서 바로 병을 꺼낼 수 있었지만 정작 열린 문을 보고는 썰매 안으로 들어가고 싶은 충동을 이겨낼 수 없어 아주 잠깐만 안에 앉아 있을 작정을 했다. 그는 슬며시 안으로 들어갔다. 썰매 안은 무척이나 따뜻했는데, K가 닫을 엄두를 못 내서 문을 활짝 열어두었지만 여전히 따뜻했다. 긴 의자에 앉은 것인지 아닌지조차 모른 채 이불과 베개 그리고 모피에 묻혀 움직이지 않았다. 사방으로 뒤척이거나 뻗을 수 있었으며 부드러움과 따뜻함에 젖어 몸이 계속 처졌다. 팔을 벌리고 머리는 늘 쓸 수 있는 베개로 괴고서 K는 썰매 밖으로 어두운 건물 안을 들여다보았다. 클람이 내려오는 데 왜 이리도 오래 걸릴까? 눈 속에 오래 서 있다가 따스함에 취해 K는 이제라도 클람이 오길 바랐다. 지금 상태로는 차라리 클람 눈에 띄지 않아야 된다는 생각이 조용히 그를 깨우는 게 어렴풋이 느껴졌을 뿐이었다. 이렇게 망각에 빠져버린 건 그가 썰매 안에 있음을 알면서도 코냑을 달라 하지도 않고, 거기 있도록 한 마부의 태도에 힘입은 바도 컸다. 그건 인정 있는 태도였지만 K는 그를 거들어줄 셈이었다. 자세를 바꾸지 않은 채 구무럭구무럭 그는 옆에 붙은 자루로 손을 뻗었지만 아주 멀리 떨어져 열려 있는 문이 아니고 뒤의 닫혀 있는 문 쪽이었는데, 하지만 상관없는 것이 여기에도 술병이 있었던 것이다. 그는 하나를 가져다가 마개를 따 냄새를 맡아보고는 자기도 모르게 웃지 않을 수가 없었다. 냄새는 마치 아주 좋아하는 사람에게서 칭찬과 좋은 말을 들으며 무슨 영문인지도 잘 모르면서 전혀 알려 하지 않고 그렇게 말하고 있는 사람이 자기라는 생각에 그저 즐거워하는 때처럼 그렇게 달콤하고 감미로웠다. K는 "이게 정말 코냑일까?" 하고 미심스레 생각하며 호기심에서 맛을 보았다. 웬걸, 코냑이었다. 야릇하게 타고 후끈대는. 달콤한 향만을 지닌 것에 지나지 않는데 마시면 마부에게 안성맞춤인 음료로 변하다니. K는 스스로 "그게 가능할까?" 자신을 나무라듯 묻고는 다시 한 모금 마셔보았다.

이때——마침 K가 술을 길게 마시고 있는데——안쪽 계단과 복도, 현관, 바깥 입구 위에 전등이 켜지며 환해졌다. 계단 내려오는 소리가 들리고, K의 손에선 술병이 미끄러져 코냑이 모피 외투 위로 쏟아지고 K는 썰매에서 뛰어내리며 간신히 문을 닫을 수 있었는데, 쿵 소리가 난 바로 그 뒤에 웬 나리가 천천히 집에서 나오는 것이었다. 클람이 아니었다는 걸 유일한 위안으로 삼을 것인가, 안타까워할 것인가? 그는 K가 이층 창에서 본 적이 있는 분이었다. 젊고 아주 건강해보였고, 희고 혈색이 좋았으며 표정은 매우 진지했다. K도 어두운 얼굴로 그를 바라봤지만 사실 그건 자신과 관련이 있었다. 차라리 조수들을 이리 보내 그가 한 대로 하라고 했으면 그들도 이해했을 것이다. 맞은편 양반은 떡 벌어진 가슴에 할말을 다하면 숨이 차기라도 하는지 아직 입을 다물고 있었다. 이윽고 "거참 지겹군" 하고는 이마에서 모자를 살짝 밀어젖혔다. 뭐! 이 양반은 K가 썰매에 있는 걸 전혀 모를 텐데도 뭘 지겹다고 할까? 혹시 K가 마당까지 들어온 걸 가지고? 이어서 "왜 이리로 오는 거요?" 하고 그가 나지막하게 숨을 내쉬며 묻는 것이 돌이킬 수 없는 일에 어쩔 수 없다는 듯한 태도였다. 무슨 질문인가! 무슨 대답이 나올까! 그토록 많은 기대를 품고 출발한 길이 허사였음을 이 양반에게도 직접 알려줘버릴까? 대답 대신 K는 썰매 쪽으로 가 문을 열고서 안에 두고 잊어버린 모자를 집었다. 코냑이 발판 위로 뚝뚝 떨어지는 모습에 그는 마음이 편치 않았다.

그리곤 다시 그 나리 쪽으로 갔다. 썰매 안에 있었다는 걸 그에게 보이는 게 이젠 걱정되지 않았으며 또 아주 곤란한 일도 아니었다. 만일 묻는다면, 만일에 말이야, 숨기지 않고 썰매 문을 여는 것만큼은 마부가 직접 하게 했다고 말할 작정이었다. 그러나 정작 큰 문제는 이 양반이 불시에 나타나 그가 몸을 숨기고 계속 클람을 기다릴 수 있는 시간 여유가 없었다는 것 또는 썰매에 남아 문을 닫고 모피 위에 앉아 클람을 기다리거나 이 양반이 가까이 있는 동안만이라도 그냥 머무는 침착성이 부족했다는 점이었다. 혹시 클람 자신이 지금이라도 올지는 알 수 없지만 그럴 경우엔 그를 썰매 밖에서 맞이하는 게 훨씬 좋을 거라는 건 두말할 나위가 없었다. 하긴, 여기서 이리저리 생각해볼 게 많았지만 이제는 아무것도 없었다. 끝난 일이니까.

나리가 "나와 함께 갑시다"라고 했는데, 명령은 정작 말투에 있는 게 아니라 그 말에 수반된, 짧고 일부러 냉담하게 흔든 손짓에 들어 있었다. K는 어떤 효과를 기대해서가 아니고 다만 사실대로 "여기서 누굴 기다리는 중이오" 하고 말했다. 나리는 현혹되지 않고 다시 "어서 와요"라고 했는데 마치 K가 누굴 기다린다는 걸 결코 의심하지 않는다는 사실을 보여주려는 것 같았다. K가 몸을 한 번 움찔하며 "그러면 기다리는 사람을 놓치는걸요"라고 했다. 이 모든 일에도 불구하고 그는 지금까지 이룬 게 쥐고 있는 것처럼 보일 뿐이지만 그렇다고 아무 명령에나 내줘선 안 되는 일종의 소유물이라는 느낌이 들었다. 그 나름대로는 무뚝뚝하다 싶게 "기다리든 가든 당신은 그를 못 만나게 되어 있소" 하고 말했지만, K의 생각으로는 유난히 관대한 말이었다. K가 이 젊은 나리의 말만으로는 결코 여기서 물러서진 않을 것이라며 오기로 "그럼 차라리 놓치는 한이 있어도 기다리겠소" 하고 말했다. 그러자 그 나리는 K의 우둔함에서 다시 자신의 이성으로 돌아오고 싶다는 듯 한동안 여유 만만한 표정으로 얼굴을 젖힌 채 눈을 감고 혀끝으로 조금 벌어진 입의 입술을 따라 돌리다가는 이윽고 마부에게 "말을 마차에서 풀게!" 하고 말했다.

나리에겐 고분고분, 그러나 K에겐 기분 나쁘게 곁눈질하며 마부는 모피 외투를 입은 채 그분에게선 반대 명령을, 그러나 K에게선 마음을 돌려먹길 기대하는 듯이 썰매를 맨 채 말들을 뒷걸음질시켜 뭉그적뭉그적 곁채 가까이로 끌고 갔는데, 마차고와 마구간이 거기 대문 뒤에 있는 성싶었다. K는 자기 혼자 남는 것을, 즉 한쪽에선 썰매가, K가 걸어온 다른 쪽 길에선 젊은 나리가 느릿느릿 멀어지는 것을 보았다. K에게 그들을 도로 데려오는 건 그의 능력에 달렸음을 알려주기라도 하려는 듯이.

그에게 그런 능력이 있다고 해도 소용없었을 것이다. 썰매를 다시 부른다는 것은 자신이 쫓겨남을 뜻했다. 그래서 그는 홀로 그 자리를 지키는 자처럼 움직이지 않았는데, 승리치고는 전혀 즐겁지 않았다. 그는 그 나리와 마부의 뒤를 번갈아가며 보았다. 나리는 어느새 K가 처음 마당으로 올 때 지나온 건물의 문에 이르러 다시 한 번 돌아보았는데, 대단한 외고집에 머리를 설레설레 젓는 것 같았으며 그리곤 마침내 딱 단호하게 몸을 돌려 현관으로 들어서자 곧 모습이 사라졌다. 마부는 마당에 좀 오래 머물렀는데 썰매 때문에 일이 많았다. 육중한 마구간 문을 열고 썰매를 뒷걸음질쳐서 제자리에 두고 말을 풀어 여물통으로 데리고 가야 했는데, 곧 타고 나가리란 기대는 아예 버리고, 진지하게, 깊은 생각에 잠긴 채 모든 일을 처리했다. 이렇게 K에게 곁눈질 한번 하지 않고 말없이 손만 놀리는 게 나리의 태도보다 훨씬 신랄한 비난으로 느껴졌다. 그리고 마부가 마구간에서 일을 마치고 천천히 건들거리며 마당을 가로질러 대문을 닫고, 모든 걸 천천히 그리고 눈에 생긴 자신의 자국을 바라보기만 하면서, 돌아와서는 마구간을 잠그고 전등도 다 꺼버려——비춰줄 사람이 누가 있을까?——위의 나무 회랑 틈만 아직 훤한 상태로 두리번대는 시선을 잠시 붙잡았다. K에겐 마치 이제 모든 관계가 끊어지고 어느 때보다 더 자유롭고, 다른 때라면 그에게 허용되지 않는 이곳에서 내내 마음대로 기다려도 되며 이렇게 다른 사람이 얻기 어려운 자유를 획득한 것 같고, 그러니 아무도 그를 건드리거나 쫓아내선 안 되고 아마 말을 거는 것도 안 되는 것 같았지만——그런 확신도 강했다——아울러 이 자유, 이 기다림, 이 불가침성보다 무의미하고 절망적인 것은 없다는 듯이 느껴졌다.

9
심문 반대 투쟁

그래서 그는 뿌리치듯 다시 건물로, 이번에는 담을 따라서가 아니라 눈 쌓인 가운데를 지나 안으로 들어가다가 현관에서 여관 주인을 만났는데, 그가 말없이 인사하며 바 문을 가리키기에 손짓대로 따라갔다. 춥고 사람이 보고 싶었던 것이다. 그러나 거기, 다른 때는 술통으로 족했던 자리에 특별히 가져다 놓은 듯한 탁자 옆에 그 젊은 나리가 앉아 있고 그 앞에는——K로선 부담스러운 장면이었는데——브뤼케 집에서 온 여주인이 서 있는 걸 보고 몹시 실망했다. 페피는 빼기는 태도로, 머리를 젖히고, 줄곧 똑같은 웃음을 짓고, 부동의 지위에 있다는 의식에서, 몸을 돌릴 때마다 땋아 늘인 머리를 흔들며 때론 서두르면서 맥주, 그리고 잉크와 펜을 가져왔다. 그 나리는 앞에 서류를 펼쳐놓고 때론 여기, 때론 탁자 다른 쪽 끝의 서류에서 찾은 자료들을 비교하고 이제 기록하려던 참이었다. 여주인은 선 자리에서 입술을 조금 내민 채 필요한 건 이미 모두 얘기해 제대로 받아들여지기라도 한 듯 조용히 느긋한 태도로 그 나리와 서류들을 바라보고 있었다. K가 들어서자 나리가 짧게 쳐다보며 "측량사님이군, 드디어" 하고는 다시 사무에 몰두했다. 여주인도 무뚝뚝하고 아주 태연한 눈으로 K를 흘긋 쳐다볼 뿐이었다. 그러나 페피는 그가 카운터에 가 코냑을 한 잔 주문했을 때에야 그를 알아본 모양이었다.

K는 거기에 기대어 손으로 눈을 누르며 아무 일도 생각하지 않았

다. 그리곤 코냑을 조금 홀짝이다 맛이 없어 도로 밀어놓았다. 페피는 "모든 나리들이 다 그걸 마셔요"라고만 하고는 남은 술을 비우고 잔을 씻은 다음 선반에다 놓았다. K가 "나리들에겐 더 좋은 것도 있어요"라고 했다. 페피가 "그럴지도 모르죠" 하더니 "그러나 난 없어요" 하며 K를 따돌리고 다시 그 나리의 시중을 들었는데 아무것도 찾지 않아 조심조심 그의 어깨 너머로 서류를 기웃거리며 그의 뒤를 계속 활 모양을 그리며 왔다갔다했다. 그러나 그건 공연한 호기심이자 거드름으로, 여주인도 눈살을 찌푸리며 불만의 뜻을 나타냈다.

그런데 느닷없이 여주인이 잔뜩 귀를 기울이며 허공을 노려보았다. K가 돌아보았지만 별다른 소리는 들리지 않았고, 다른 사람들 역시 아무 소리도 듣지 못한 것 같았는데 여주인은 발꿈치를 들고 성큼성큼 마당으로 통하는 뒤쪽 문으로 가, 열쇠 구멍으로 들여다보며 눈을 크게 뜬 채 흥분한 얼굴로 다른 사람들을 보고 오라고 손을 흔들어 번갈아가며 들여다보게 되었는데, 내내 무척 흥미로워했던 건 여주인이었고 페피도 줄곧 관심을 잃지 않았으며 나리가 가장 덤덤한 편이었다. 페피와 나리는 또 곧 돌아왔지만 여주인은, 무릎을 꿇다시피 몸을 깊이 구부린 채, 여전히 기를 쓰고 들여다보고 있었는데, 그 모양이 마치 지금 열쇠 구멍에 대고 그녀를 넣어달라고 간청하는 듯했다. 구경거리가 없어진 지 이미 오래였던 것이다. 얼마쯤 지나 마침내 그녀가 일어나 손으로 얼굴을 쓸며 머리를 가다듬고 깊은 숨을 들이쉬며 다시 마지못해 눈으로 방과 여기 있는 사람들을 익혔을 때, K는 자기가 알고 있는 걸 확인하려기보다는 공격을 안 받았으면 하는 마음에서——그는 지금 그 정도로 예민한 상태였다——앞질러 "클람이 벌써 떠났군요?" 하고 말했다. 여주인은 그냥 그의 옆을 지나갔는데, 책상 있는 데서 나리가 말했다. "예,

그래요. 당신이 감시를 그만두어 클람이 갈 수 있었지요. 그런데 얼마나 예민하신지 정말 놀랍지요. 주인아주머니, 클람이 불안하게 둘러보는 걸 보셨어요?" 여주인은 그걸 못 본 기색이었지만 나리는 말을 계속했다. "그럼 다행히도 아무것도 볼 수 없었군요. 마부가 눈의 발자국까지 말끔히 쓸었죠." "여주인은 아무것도 못 봤다고." 이건 K가 뭘 기대해서 한 게 아니라 그렇게 단정적이고 논란의 여지없이 들리는 나리의 주장에 화가 나서 한 말이었다. 여주인은 우선 나리를 옹호하기 위해 "방금은 열쇠 구멍에 가보지 않았는데" 하고는 아울러 클람이 옳음을 인정할 셈으로 덧붙였다. "하지만 클람이 그렇게 심히 예민하다는 건 믿지 않아요. 우린 그가 걱정이 되어 그를 보호하려고 클람이 극히 예민하다는 걸 가정하고 일을 시작하지요. 그 나름대로 좋으며 분명 클람의 뜻이에요. 그러나 실제론 어떠한지 우린 몰라요. 클람이 자기가 얘기하고 싶지 않은 자하곤 그자가 아무리 애를 쓰고 억지를 부린다 해도 결코 얘기하지 않을 거란 점은 확실해요. 그러나 클람이 결코 그와 얘기하지 않을 거라는, 결코 대면해주지 않을 거라면 그만인데, 왜 실제로 어느 누굴 보는 걸 못 견디겠어요? 아무튼 증명될 수 없어요. 그걸 시험해 볼 일은 절대 생기지 않을 테니까요." 나리가 고개를 열심히 끄덕였다. 그는 "근본적으론 내 생각도 마찬가지요" 하고서 "측량사님에게 알기 쉽도록 하려고 사실 내가 조금 다르게 표현했소. 그러나 클람이 밖으로 나올 때 서너 차례 좌우로 둘러봤다는 건 사실이지요." K가 "날 찾았는지 모르겠군요" 하고 말했다. "그렇겠지" 하고 나리는 "난 그런 생각을 해본 일이 없소" 하고 말했다. 그러자 모두 웃었는데 일의 전모를 잘 모르는 페피의 웃음 소리가 가장 컸다.

이윽고 나리가 "이제 우리가 이토록 즐겁게 한자리에 모였으니"라고 하더니 "측량사님께선 내 서류를 보완하도록 몇 마디 진술을

해주시길 바랍니다" 하고 말했다. "여기에 쓸 게 많겠군요" 하며 K
가 멀리서 서류 있는 데를 보았다. 나리가 "그래요, 나쁜 습관이죠"
하더니 다시 "그런데 당신은 내가 누군지 전혀 모를 거요. 난 클람
의 마을 비서인 모무스요" 하며 웃었다. 이 말이 끝나자 방 전체가
진지해졌다. 물론 여주인과 페피는 나리를 잘 알았지만 그 이름과
존엄성에 새삼 놀란 기색이었다. 그리고 나리까지도 자신의 이해력
에 비해 지나치게 말했다는 듯, 그리고 추가로 자기 말에 깃들인 엄
숙함을 피하려는 듯 서류에 몰두해 쓰기 시작해 방에는 펜 소리밖
에 들리지 않았다. 얼마쯤 지나 K가 "마을 비서란 게 뭐 하는 겁니
까" 하고 물었다. 자신을 소개한 마당에 그런 설명까지 해주는 게
제격이 아니라 여긴 모무스를 대신해 여주인이 "모무스 씨는 클람
에게 딸린 여느 비서들과 같은 비서지만 그의 관청 소재지와, 내가
잘못 알지 않는다면, 그의 관할 범위는——"라고 했을 때 모무스가
쓰던 일을 멈추고 머리를 힘차게 흔들자 여주인이 고쳐 말했다. "그
러니까 그의 관할 범위는 아니고 그의 관청 소재지만은 마을에 한
정되어 있습니다. 모무스 씨는 마을에 필요한 클람의 사무를 처리
하며 마을에서 클람에게 가는 청원은 모두 우선적으로 받아보십니
다." 일이 이런데도 K가 덤덤하게 여주인을 멍한 눈으로 바라보자
그녀는 반쯤 얼떨결에 덧붙였다. "그렇게 돼 있어요. 성에서 온 나
으리들은 전부 마을 비서가 있어요." K보다 훨씬 주의 깊게 들은
모무스가 여주인의 말을 보충하며 말했다. "마을 비서들은 거의가
한 분만을 섬기는데 난 클람과 발라베네, 두 분을 위해 일하고 있지
요." 여주인도 나름대로 기억을 되살리며 "그래요" 하고는 K를 향
해 "모무스 씨는 클람과 발라베네, 두 분을 위해 일하셔요. 겸으로
마을 비서인 셈이지요" 하고 말했다. "겸임까지" 하며 K는 지금 몸
을 굽히다시피 한 채 그를 빤히 쳐다보고 있는 모무스에게 막 칭찬

을 들은 어린애에게 해주듯 고개를 끄덕여주었다. 거기에 어떤 멸시가 있었다 해도 눈치 채이지 않았을 것이며 달리는 그런 것도 필요했다. 다름 아닌 K, 우연히라도 클람의 눈에 띌 가치조차 없는 그를 앞에 두고, K의 인정과 칭송을 끌어내려는 뻔한 의도에서 클람의 측근으로 있는 사람의 공로가 자세히 설명되었던 것이다. 그런데도 K는 그걸 제대로 알아들을 지각이 없었다. 클람의 눈길을 끌려고 온갖 힘을 기울이고 있는 그는 예컨대 클람의 면전에서 활동해도 되는 모무스의 지위를 높이 치지 않았으며 존경이나 선망은 얼토당토않은 일이었다. 그에겐 클람에게 접근하는 그 자체가 추구할 가치가 있었던 게 아니었으며 그, K가, 딴사람 아닌 오직 그가, 다른 자의 소망이 아닌 자신의 소망을 갖고, 그의 옆에서 편히 쉬기 위해서가 아니라 그를 지나 계속 가기 위해, 성으로, 클람에게 계속 가까이 가려고 했던 것이다.

그리하며 그는 시계를 보고 말했다. "이제 집에 가야겠소." 금방 상황이 모무스에게 유리해졌다. 이자가 "물론 그래야지요" 하며 "학교 소사일이 기다리는군요. 그러나 나를 위해 잠깐만 더 시간을 내야겠소. 간단히 몇 가지 물어볼 게 있소" 하고 말했다. K가 "전혀 흥미 없소" 하고 문으로 가려고 했다. 모무스가 서류를 가지고 책상을 치며 일어났다. "클람의 이름으로 내 질문에 답할 것을 요구합니다." "클람의 이름으로?" 하고 되풀이하며 K가 "그가 내 일에 관심이나 있는 겁니까?" 했다. "그에 대해선" 하고 모무스가 "나로서 뭐라고 평할 말이 없으며 당신은 더욱더 그러시겠지요. 그에 대해선 우리 둘 다 아무 염려 말고 그에게 맡겨둡시다. 그렇지만 클람이 내게 부여한 직책상 당신이 가지 말고 대답할 것을 요구합니다" 하고 말했다. "측량사님" 하고 여주인이 끼여들었다. "난 당신에게 더 이상 조언을 않으려고 조심하고 있어요. 지금까지 내가 선의에서 해준 온갖 충고가 듣도 보지도 못한 식으로 거부되자 관에 당신의 태도와 의도를 그대로 알려 당신이 —숨길 거라곤 없어요— 다시는 내 집에 숙박하는 일이 없도록 하려고 여기 비서님에게 왔을 뿐입니다. 우린 서로 이런 사이지만 더는 변하지 않을 것입니다. 그러니 지금 내가 의견을 말하는 건 결코 당신을 도우려고 그러는 게 아니고 비서님의 힘든 임무, 즉 당신 같은 사람과 교섭하는 일을 조금 도와드리려는 겁니다. 하지만 그렇다 해도 당신은 나의 허심 탄회함 때문에 —당신과는 솔직하게밖에 상대할 수 없는데 탐탁지 않지만 바로 그대로 되고 있어요— 내 말을 하려고만 하면 자신을 위해서도 이용하실 수 있습니다. 그럼 이 경우와 관련 당신에게 일러주는 것은 당신에게 있어 클람에게 이르는 유일한 길은 비서님의 그 조서를 통하는 것입니다. 아니 과장하고 싶진 않아요. 길이 클람에게까지 통하지 않거나 훨씬 앞에서 끝날 수도 있는데 그에 대한 재량은 비서님에게 달려 있지요. 그러나 아무튼 그게 당신에게 있어 적어도 클람 쪽으로 가는 유일한 길이에요. 그런데 당신은 유일한 길을 포기하려는 겁니다, 다름 아닌 고집 때문에.” “아, 주인아주머니” 하고 K가 “그건 클람에게 통하는 유일한 길도 다른 것보다 더 가치 있는 것도 아닙니다. 그리고 비서님, 내가 여기서 말을 하면 그게 클람에게 가야 되는 건지 아닌지 하는 결정을 당신이 한다고요” 하고 말했다. “물론” 하고서 모무스는 자랑스레 눈을 내리깔고 아무것도 보이지 않는 좌우를 둘러보며 “그렇잖으면 내가 왜 비서이겠소” 하고 말했다. K가 “그러면 주인아주머니” 하더니 “클람에게 가야 되는 게 아니라 먼저 비서님께 가야겠군요”했다. 여주인이 “당신에게 그 길을 열어주고 싶었어요” 하며 “내가 오전에 당신 부탁을 클람에게 전해주겠다고 제안하지 않았나요? 그게 비서님을 통해 이루어졌을 텐데. 당신이 거부했지만 이젠 이 길밖에 없어요.

물론 당신이 오늘 아침 벌인, 클람을 기습하려 한 일로 성사될 전망은 별로 없지만. 그러나 이 마지막이자 그야말로 미미하게 꺼져가는, 하기야 전혀 존재하지 않는 희망이 유일한 당신 거라고요"라고 했다. "주인아주머니" 하며 K가 "애초에는 내가 클람에게 다가가는 걸 그렇게 막으려 하더니 이제 내 부탁을 진지하게 여겨 내 계획이 실패하면 내가 졌다고 치려는 것 같으니 어찌 된 셈이오? 내게 일단 진정으로 클람을 만나려 애쓰지 말라고 할 수 있었다면, 지금 역시 진정을 가장해, 비록 말해준 대로 거기까지 통하지 않을지 몰라도 클람에게 가는 길에서, 날 채근한다는 게 있을 수 있어요?" 여주인이 "내가 당신을 채근한다고?" 하더니 "내가 당신의 시도는 가망이 없다고 하는 말이 채근하는 것인가요? 당신이 그런 식으로 책임을 나에게 떠넘기려 한다면 그야말로 뻔뻔스러움이 극에 다다른 거겠죠. 비서님이 계셔서 당신에게 그럴 마음이 생긴 것 아니예요? 그러지 않아요, 측량사님. 절대 당신을 채근하지 않아요. 한 가지는 말해줄 수 있어요. 내가 당신을 처음 봤을 때 좀 과대 평가했다고. 프리다를 재빨리 정복해서 난 깜짝 놀랐죠. 당신이 또 무슨 능력이 있는지도 몰랐고. 다른 불상사를 막으려 했는데 그러려면 당부와 위협을 통해 당신에게 충격을 줄 수밖에 없다고 생각했죠. 그러는 동안 난 모든 걸 느긋하게 생각하는 걸 배웠어요. 당신 마음대로 하세요. 그래봤자 바깥마당의 눈에 깊은 발자국을 남기는 거밖에 더 있겠어요" 하고 말했다. "나로선 모순이 완전히 풀린 것 같진 않지만" 하고 K는 "그걸 일깨운 것으로 만족하겠소. 이제 비서님께서 말씀해주시지요. 당신이 나와 같이 작성하려는 조서 말인데요, 여주인의 말로는 조서의 결과에 따라 내가 클람 앞에 나타날 수도 있다는데 그 말이 맞는지 아닌지. 만일 그렇다면 난 모든 질문에 답할 준비가 되어 있습니다"라고 말했다. 모무스가 "아닙니다" 하며 "그건 상관이 없습니다. 나로선 클람의 마을 문서에 오늘 오후 일을 정확히 기록하는 게 중요할 따름입니다. 기록하는 일은 벌써 끝났으니 당신이 몇 군데 빈곳만 마저 써줘야겠습니다. 형식상으로요. 다른 목적이란 있을 수도 없고 설사 있다 하더라도 달성될 리 없지요" 하고 말했다. K가 말없이 여주인을 바라보았다. 여주인이 "왜 날 보는 거죠?" 하며 "내가 뭘 다르게 말했나요? 그는 늘 이런 식이라니까요. 비서님, 늘 이래요. 들은 말은 왜곡해서 나중에 그릇된 정보를 얻었다고 주장하고. 내가 그에게 그전부터 그리고 오늘도 내내 하는 말인데, 그는 클람에게 받아들여질 가망이 조금도 없어요. 따라서 아무 가망이 없다면 이 조서를 통해서도 안 되겠지요. 아주 뻔하지 않아요? 또한 조서가 그와 클람과의 유일한 공적 접촉이라는 것도 너무나 확실해 의심할 여지가 없는 말이에요. 그런데 그가 내 말을 믿지 않고—무엇 때문인지 모르겠어요—클람에게 나아갈 수 있다고 기대하면 그에겐 그의 생각대로 클람과의 유일한 공적 통로인 이 조서만이 도움이 될 수 있어요. 난 이렇게 말했을 뿐인데 누가 딴전을 부린다면 말을 악의적으로 왜곡하고 있는 거라고요" 하고 말했다. "만일 그렇다면, 여주인님" 하며 K가 "용서해주십시오. 당신을 오해했군요. 난 말이죠, 지금 밝혀진 것처럼 당신이 그전에 한 말을 듣고 아주 미미하지만 내게 희망이 있긴 있구나 하고 잘못 생각했던 겁니다" 하고 말했다. 여주인이 "맞아요" 하고 말했다. "그게 내 의견이긴 하지만 당신은 또 내 말을 곡해하고 있어요. 이번엔 반대쪽으로 말예요. 내 생각으론 당신에게 그런 희망이 있긴 한데 그게 다만 이 조서에 근거한다는 겁니다. 그러나 그건 당신이 '내가 질문에 대답하면 클람을 보러 가도 됩니까' 라는 질문으로 대뜸 비서님을 기습해도 괜찮다는 것과는 경우가 달라요. 어린애가 그렇게 물으면 웃지만 어른이 그러면 관을 모독하는 것이 됩니다. 비서님이 점잖게 대답하셔서 그걸 인자하게 덮어주신 거라구요. 그러나 내가 말한 희망은 당신이 조서를 통해 일종의 관계, 어쩌면 클람과도 관계를 갖는 걸 말합니다. 썩 기대할 만하지 않아요? 당신에게 그런 희망을 얻을 만한 공이 뭐가 있냐고 물으면 아주 하찮은 거라도 내놓을 수 있어요? 물론 이 희망에 대해 자세히 말할 순 없고 특히 비서님은 직무의 성격상 그에 대해 미미하게라도 암시해드릴 수 없을 겁니다. 그에겐 말씀하셨듯이 오늘 오후 일을, 형식상으로, 기록하는 게 중요할 따름이지 당신이 지금 곧 내 말과 관련해 그에 대해 물어본다 해도 더 이상 말을 안 하실 겁니다." "비서님, 과연" 하며 K가 "클람이 이 조서를 읽을까요?" 하고 물었다. 모무스가 "아니오" 하더니 "왜냐고요? 클람이 모든 조서를 읽을 수도 없으려니와 숫제 안 읽어요. '내게 조서 좀 가지고 오지 마!' 하고 말하기 일쑤지요" 하고 말했다. "측량사님" 하며 여주인이 말했다. "당신은 그런 질문으로 내 진을 빼지요. 클람이 이 조서를 읽고 당신의 일거수일투족을 꼭 알아야 됩니까. 그래야 바람직한 거냐고요? 차라리 공손하게 클람에게 조서를 보이지 말라고 청해보는 게 어때요. 하긴 그 이전 부탁처럼——클람에게 뭘 감출 수 없을 테니——어리석긴 마찬가지겠지만 호감을 느끼게 할지도 모르니까. 그런데 그게 이른바 희망이라고 당신이 한 것에 필요한 것인가요? 클람이 당신을 보고 듣지 않더라도 그를 대면할 기회만 있다면 만족할 거라고 당신 스스로 말하지 않았어요? 그러면 이 조서를 통해 최소한 그, 또는 그보다 훨씬 더 얻는 게 아니에요?" "훨씬 더?" 하고는 K가 "어떻게요?" 하고 물었다. "당신이 늘" 하며 여주인이 소리를 높여 "어린애처럼 모든 걸 바로 먹을 수 있도록 차려 내놓길 바라지 않는다면 대체 그런 질문에 대답해줄 사람이 어디 있어요? 조서는 클람의 마을 문서에 실린다고 들었을 것이고 그에 대해 정말이지 그 이상은 해줄 말이 없어요. 그럼 조서나 비서님 그리고 마을 문서의 의미를 다 아시겠지요? 비서님이 당신을 심문하는 게 뭘 의미하는지 아세요? 그 자신은 모를지도 몰라요. 그는 조용히 여기 앉아 자기 할 일을, 그의 말마따나 형식상으로, 하고 있어요. 하지만 그를 클람이 임명했다는 것, 그는 클람을 대리한다는 것, 그가 하는 일이 클람에게까지 가는 일이 없다 해도 애초부터 클람의 승인을 받았다는 것을 명심하세요. 그리고 클람의 정신으로 충만하지 않은 일이 어떻게 그의 승인을 받겠어요. 따라서 세련되지 않게 비서님께 알랑거린다는 건 생각도 못해요. 그가 받아주지도 않을 것이고. 하지만 난 그분 나름의 개성을 놓고 말하는 게 아니예요. 바로 지금처럼 클람의 승인을 받은 그는 누구냐는 거죠. 이경우 그는 클람의 손아래 놓인 도구이지요. 그러니 이에 따르지 않는 자에겐 누구나 화가 있을 것이고" 하고 말했다.

K는 여주인의 위협이 무섭지 않았으며 그녀가 그를 사로잡으려 이용한 희망에 싫증이 났다. 클람은 먼데 있었다. 전에 여주인이 클람을 독수리에 빗대어 K는 우습게 여겼는데 이젠 그렇지 않았다. 그와의 먼 거리, 난공불락의 거처, 들어본 적도 없는 외침에 의해서만 중단되는 묵묵함, 한사코 확인과 부정을 거부하며 내리훑는 눈빛, K가 있는 낮은 곳에서는 쳐부술 수 없고 순간적으로 보일 뿐인 원운동, 그가 위에서 불가해한 법칙에 따라 그리는 원들이 생각났는데——이 모두가 클람과 독수리에게 공통된 점이었다. 그러나 이것과 조서가 상관 있을 리 없었다. 모무스가 지금 막 맥주 안주로 쓰려고 프레첼을 쪼개서 밑에 있던 종이가 온통 소금과 케러웨이씨 투성이였던 것이다.

K는 "안녕히 주무세요" 하며 "심문이라면 질색이오"라 하고 문으로 가는 것이었다. "그가 가고 있잖아요" 모무스가 걱정스럽다는

듯 여주인에게 말했다. 그녀의 "그렇게는 못 할 거예요"라는 말을 듣는 둥 마는 둥, K는 어느새 현관에 와 있었다. 날씨는 춥고 거센 바람까지 불었다. 맞은편 문에서 여관 주인이 오고 있었는데 그는 저기 엿보는 구멍 뒤에서 현관을 지켜본 모양이었다. 그는 윗도리의 자락으로 몸을 덮어야 했는데 바람이 여기 현관에까지 들어 그들을 할퀴어댔던 것이다. 그가 "벌써 가세요 측량사님?" 하고 말했다. K가 "뭐가 이상합니까?" 하고 물었다. 주인이 "그래요" 하며 "심문을 받지 않았나 보죠?" 하고 말했다. "예" 하고서 K는 "내가 심문하지 못하게 했소"라고 말했다. 여관 주인이 "왜요?" 하고 물었다. K가 "모르겠어요" 하더니 "내가 왜 심문을 받아야 하는지, 왜 장난이나 관의 변덕에 날 내맡겨야 하는지 말이에요. 다음에는 내가 마찬가지로 재미로 또는 기분이 내키면 그럴지 모르지만 오늘은 그렇지 않아요"라고 했다. 여관 주인이 "하긴 그래요"라고 했지만 그저 예의로 동의하는 것이지 확신에서 나온 것은 아니었다. 그는 "지금 하인들을 바에 넣어줘야 돼요" 하고는 "진작 들여보냈어야 했는데. 그냥 심문을 방해하고 싶지 않다 보니"라고 말했다. K가 "그게 그렇게 중요하다고 생각하세요?" 하고 물었다. 여관 주인이 "아 그럼요"라고 했다. K가 "그럼 거부하지 말 걸 그랬나요?" 하고 물었다. 여관 주인이 "그래요" 하며 "그러지 말았어야 했어요"라고 했다. K가 말이 없자 그는 K를 위로하려는 것인지 얼른 자리를 뜨고 싶어서인지 "그러나 그 때문에 금방 하늘에서 유황이 떨어지는 건 아니예요" 하고 덧붙였다. K가 "그래요" 하며 "날씨가 그렇게 보이진 않아요"라고 했다. 그리고 그들은 웃으면서 헤어졌다.

10
거리에서

K는 바람이 세차게 부는 계단으로 나와 어둠 속을 바라보았다. 고얀 날씨 같으니. 이와 관련 그가 조서에 응하도록 여주인이 얼마나 노력했는지, 그런데도 그가 넘어가지 않았던 게 생각났다. 그녀가 드러나게 애쓰거나 하진 않았지만 은근히 조서를 못 받게 끌어낸 셈이어서 종국에는 그가 버틴 것인지 무너진 것인지 알 수가 없게 되어버렸다. 멀리 남에게서, 결코 뭔지 알 수 없는 지시를 받아 바람처럼 허튼 짓을 하는 듯 보이는 간사한 인간.

큰길로 몇 발자국 갔을까, 멀리서 등불 두 개가 흔들리는 게 보였다. 이 삶의 징표에 기분이 좋아 그리로 걸음을 서둘렀는데 저쪽에서도 불빛이 그를 향해 너울너울 움직이고 있었다. 그게 조수들임을 알았을 때 왜 그토록 몹시 실망했는지 까닭을 몰랐지만 여하튼 프리다가 보낸 것인지 마중 온 자는 그들이었으며, 왁자지껄한 어둠에서 그를 벗어나게 해준 등은 그의 물건인 듯싶었지만 실망스럽긴 마찬가지였다. 그가 바랐던 건 낯모르는 사람들이었지 이 귀찮은, 구면인 자들을 기대한 게 아니었다. 그러나 조수들만 있는 게 아니고 어둠 속에서 그들 사이로 바르나바스가 나타났다. K가 "바르나바스" 하고 외치고 "나를 보러 왔느냐?" 하며 그에게 손을 내밀었다. 뜻밖의 재회로 일단은 전에 바르나바스 때문에 K에게 생긴 화를 다 잊게 되었다. 전과 다름없이 상냥하게 "당신에게" 하며 바르나바스가 "클람의 편지 한 통을 갖고 왔어요"라고 말했다. K가 머리를 휙 쳐들며 "클람의 편지라고!" 하고는 바르나바스의 손에서 얼른 편지를 낚아챘다. 그가 조수들에게 "불을 비춰라!" 하자 그들이 그의 양옆으로 바짝 다가와 등을 켜들었다. 편지를 읽으려면 큰 종이가 바람을 받지 않도록 아주 작게 접어야 했다. 그리고 나서 K가 읽어 나갔다. "브뤼켄호프의 측량사에게! 당신이 지금까지 수행한 토지 측량 일에 찬사를 보내는 바입니다. 조수들의 업무도 칭찬할 만한데 당신은 그들을 잘 독려할 줄 알더군요. 계속 열심히 하십시오! 좋은 작업 성과가 나오도록 하십시오! 중도에 그치는 일이 생기면 내 노여움을 살 겁니다. 아울러 곧 급료 문제가 결정될 것이니 기운을 내십시오! 당신을 지켜보겠습니다." K는 자기보다 훨씬 느리게 읽고 있던 조수들이 좋은 소식을 축하하려고 만세를 세 번 외치며 등을 흔들자 비로소 편지에서 눈을 떼고 쳐다보았다. 그는 "조용히 해!" 하고는 바르나바스에게 말했다. "이건 오해야." 바르나바스는 이해하지 못했다. K는 거듭 "이건 오해야"라고 했는데, 다시 오후의 피로가 살아나며 학교로 가는 길이 아주 멀게 느껴지고 바르나바스 뒤로 온 집안 식구의 모습이 떠오르는데 조수들이 여전히 그에게 달라붙어 그는 그들을 팔꿈치로 밀어냈다. 그들은 그녀 옆에 남아 있어야 한다고 일러두었는데 프리다는 어찌해서 그를 맞으러 보냈단 말인가. 집으로 가는 길은 혼자서도 찾을 수 있었을 것이며 이렇게 함께하는 것보다 혼자가 더 쉬웠을 터인데. 그건 그렇고, 지금 조수 하나가 목도리를 감고 있었는데 끝이 바람에 제멋대로 나부끼며 K의 얼굴을 서너 번 때리자 다른 조수는 그때마다 그것을 얼굴에서, 길게 뻗은, 쉬지 않고 곰작대는 손가락으로 치우곤 했지만 그걸로 나아진 건 없었다. 그들은 바람과 밤의 불안에 자극받았는지 이렇게 오락가락하는 데 재미까지 느끼는 것 같았다. K가 "꺼져!" 하고는 "날 마중 나온다면서 내 지팡이는 왜 가져오지

않았지? 대체 뭘 가지고 너희들을 집으로 쫓아 보내지?" 하고 소리
쳤다. 그들이 바르나바스 뒤로 몸을 숨겼지만 몹시 겁먹은 건 아니
어서 그들 보호자의 좌우 어깨 위로 등을 올려놓았는데 바르나바스
가 바로 몸을 흔들어 떨어뜨려버렸다. K는 "바르나바스" 하고 말은
했지만 바르나바스가 그를 이해하지 못한 듯하고 평상시에는 그의
웃옷이 멋지게 번쩍였는데 정작 중요한 때에 도움은 되지 못하고
무언의 저항, 그와 맞싸울 수도 없는 저항만 있다는 사실이 가슴을
무겁게 짓눌렀다. 그 자신은 무방비 상태였으며 웃는 표정만 반짝
일 뿐, 여기 아래의 폭풍을 상대하는 하늘의 별들처럼 아무 소용이
없었던 것이다. "나으리가 내게 뭐라고 썼나 보라구" 하며 K가 그
의 얼굴에 편지를 들이댔다. "나리가 잘못 알고 있어. 나는 측량 일
을 하지도 않으려니와 조수들이 얼마나 쓸모 있는지는 너도 봐서
알지 않아. 또 일을 하지 않아 중단되는 일도 없으니 나리의 노여움
을 일으킬 리가 없지. 그런데 내가 칭찬받을 일을 한다는 거야! 그
리고 기운이 날 일도 전혀 없다구." 그 동안 내내 옆에서 편지를 훔
쳐보던 바르나바스가 "그렇게 전하겠습니다"라고 했는데 편지가
얼굴에 바짝 닿아 있어 전혀 읽진 못했을 터였다. K가 "아" 하며
"그렇게 전하겠다고 약속하는데 널 정말 믿어도 될까? 난 믿을 만
한 심부름꾼이 절실히 필요해. 그 어느 때보다도 지금 말이야!" 하
고 말했다. K는 초조한 나머지 입술을 깨물었다. "나으리" 하고 바
르나바스가 고개를 살짝 숙이며 ―다시 이에 넘어가 K는 바르나바
스를 믿을 뻔했다― "그렇게 전하겠습니다. 전번에 제게 하신 말
도 꼭 전하겠습니다" 하고 말했다. K가 "뭐라고!" 하며 "그걸 아직
도 전하지 않았다고? 너 다음날 성에 가지 않았단 말이냐?" 하고
소리쳤다. 바르나바스가 "아니오" 하더니 "보시지 않았습니까. 제
아버지는 연로한데도 일이 무척 많아 제가 도와드려야 합니다. 하

지만 이제 곧 다시 성으로 가겠습니다" 하고 말했다. K가 "이 알다 가도 모를 인간, 넌 대체 뭐 하는 거지" 하고 소리를 지르고는 이마를 쳤다. "클람의 일이 다른 것보다 우선이지 않아? 넌 심부름꾼이라는 귀한 임무를 그렇게 부끄럽게 수행하느냐? 누가 네 아버지 일에 흥미가 있다든? 클람은 소식을 기다리고, 달리다 넘어져야 할 넌 외양간에서 두엄이나 치는 걸 더 좋아하다니." 바르나바스는 태연히 "아버지는 구두를 만드셔요." "브룬스빅에게서 일감을 얻으시죠. 난 아버지의 직공이고요" 하고 말했다. K는 말 한마디 한마디를 영원히 못 쓰게 하려는 듯 "제화공——일거리——브룬스빅" 하고 심술궂게 소리쳤다. "그리고 내내 인적 없는 이 길에서 구두가 필요한 사람이 대체 누구야. 그래 그 제화공 일이 나와 무슨 상관이 있어. 네게 소식을 주어 보낸 건 너더러 구둣방에 앉아서 잊어버려 엉망으로 만들라는 게 아니라 그걸 바로 성에 전하라는 거라고." 클람이 내내 성에서가 아니라 헤른호프에 있었을 거라는 생각이 들자 K는 여기서 조금 마음이 가라앉았다. 그러나 바르나바스가 첫 소식을 잘 간직하고 있다는 걸 보이려고 외기 시작하자 K는 다시 기분이 상했다. K가 "그만, 난 아무것도 알고 싶지 않아" 하고 말했다. 바르나바스가 "나으리, 화내지 마십시오" 하고는 무심결에 K를 꾸짖으려는 양 그에게서 눈길을 거두어 내리깔았는데 K가 소리쳐 당황한 기색이었다. K가 "네게 화가 난 건 아니야"라고 했는데 그때는 불안이 그 자신에게 덤벼들었다. "네게 화난 건 아니야. 하지만 중요한 일과 관련해서 이 따위 심부름꾼만 있다는 것은 나에게 매우 심각한 문제야." 바르나바스가 "하지만" 하고 말을 시작했는데 그는 정도 이상으로 심부름꾼이라는 자신의 명예를 지키려고 말하는 것 같았다. "클람은 소식을 기다리거나 하지 않아요. 내가 가면 짜증까지 내며 '또 새로운 소식이야' 하며 일어서곤 하죠. 멀리서 내가 오는 게 보이면 옆방으로 가서 날 만나주지 않는다고요. 또 제가 바로 소식을 갖고 가야 하는지도 정해져 있지 않아요. 그렇다면 물론 제가 바로 가겠지요. 그러나 그에 대해 정해져 있지 않아 제가 전혀 가지 않아도 그 때문에 주의를 받진 않을 거예요. 제가 어떤 소식을 가져가면 그건 임의로 하는 일이지요." K가 바르나바스를 바라보며 "알았어" 하고는 바르나바스의 어깨 뒤에서 번갈아가며 승강 무대에서처럼 천천히 나타났다가 K가 보는 걸 보고 놀란 양 잽싸게 바람소리를 흉내내어 휘파람을 불며 사라지며 내내 재미있게 노는 조수들로부터 눈을 돌리며 말했다. "클람에게 있어 뭐가 어떤지는 몰라. 네가 거기 사정을 다 잘 알 수 있다고는 믿지 않으며 설사 그렇다 해도 사정이 나아지게 할 순 없을 거야. 그러나 소식을 전하는 일은 네가 할 수 있기에 네게 부탁하는 거야. 아주 짧은 내용이야. 너 내일 그걸 전하고 바로 내일 내게 회답을 말하거나 아니면 널 어떻게 맞아들였는지라도 알려줄 수 있겠니? 너 그 일을 할 수 있으며 할 뜻이 있느냐 말이야? 그게 내겐 매우 귀중한 일인지 몰라. 그리고 내가 네게 그에 맞게 감사할 기회가 생길 수도 있거니와 혹시 지금 내가 들어줄 수 있는 소원이 있는지 모르겠네." 바르나바스가 "당부하신 대로 꼭 수행하겠습니다" 하고 말했다. "그래 가능한 잘하도록 애써 클람에게 직접 내 뜻을 전해서 클람에게서 직접 대답을 받도록 할래, 바로, 모든 걸 바로, 내일 오전 중으로 말이야. 해보겠니?" 바르나바스가 "최선을 다하겠습니다" 하며 "하지만 난 늘 그렇게 해요" 하고 말했다. K가 "이제 그 일을 놓고 다투지 말자" 하고는 "전할 일은 이거야. 측량사 K는 국장님께 개인적으로 국장님을 찾아뵐 수 있도록 허락해주실 것을 청하며, 측량사는 처음부터 그 허가와 관련된 조건은 어느것이라도 받아들인다. 그가 부득이 청을 올리게 된 것은 지금까지 모든 중개인들이 일을 제대로 못했기 때문이다. 그가 지금까지 전혀 측량 작업을 한 적이 없다는 게 그 증거이며 면장이 알려준 바로는 결코 그럴 일이 없을 거라고 한다. 때문에 측량사는 극도로 부끄러운 마음으로 국장님의 최근 편지를 읽었는데 국장님과의 개인적인 면담만이 도움이 될 것이다. 측량사는 그 청이 지나침을 알지만 국장님께 되도록 폐가 되지 않도록 노력할 것이며 어떤 시간적 제약뿐 아니라 면담 때 사용되어야 할 말의 수를 정하는 게 만일 필요하다면 그 역시 감수하는데, 그는 말 열 마디면 충분할 걸로 생각한다고 덧붙인다. 그는 깊은 경외심과 심히 초조한 마음으로 결정을 기다리고 있다"하고 말했다. 말을 할 때 K는 마치 클람의 문 앞에 서서 문지기와 얘기하는 듯이 몰두해 있었다. 그러다가 "생각했던 것보다 훨씬 길어졌구나"하며 말했다. "그렇지만 꼭 구두로 전해야 돼, 편지는 쓰지 않을 것이니, 그러면 다시 한없이 절차만 밟다 말 테니까." 그래서 K는 바르나바스를 위해 조수 한 명의 등에 종이쪽을 대고 다른 자로 하여금 불을 비추게 해 끼적여주었는데, 바르나바스가 조수들의 엉터리 귀엣말에는 아랑곳없이 기억하고 있는 것을 학생처럼 정확하게 외워 K는 그걸 받아적을 수 있었다. K가 "넌 기억력이 뛰어나구나"하며 그에게 종이를 주었다. "하지만 다른 면에서도 비상함을 보여주고. 원하는 건? 없어? 솔직히 말해 네가 뭘 원하는 게 있어야 내 소식의 귀추와 관련하여 내가 안심이 될 텐데." 처음엔 가만있다가 이윽고 바르나바스가 "누이들이 안부를 전하랍니다"라고 했다. K가 "네 누이들이" 하더니 "그 크고 억센 아가씨들 말이지" 하고 말했다. "둘 다 안부를 전하랬어요. 특히 아말리아가" 하며 바르나바스는 "그녀가 오늘도 내게 당신을 위해 이 편지를 성에서 가져다 주었어요" 하고 말했다. 바로 이 말을 놓치지 않고 K가 물었다. "그녀가 내 소식을 성에 가져갈 수도 있지 않을까? 아니면 너희 둘이 가서 각자 운에 맡겨볼 수도 있고." 바르나바스가 "아말리아는 사무실에 들어갈 수 없어요" 하며 "그렇지만 않으면 물론 기꺼이 할 텐데"라고 했다. K가 "내일 너희에게 갈지도 모르겠어" 하고는 "너라도 회답이나 받아와. 학교에서 기다리고 있을 테니까. 누이들에게 내 인사도 전해줘" 하고 말했다. K의 약속이 바르나바스를 무척 기쁘게 했는지 그는 악수를 하고 떠나며 슬쩍 K의 어깨를 건드리는 것이었다. K는 이제 모든 게 마치 바르나바스가 처음 멋지게 주막의 농부들 사이에 나타났던 당시처럼 된 것인 양 그 손길을, 물론 웃으면서, 호의의 표시로 받아주었다. 한층 마음이 누그러진 K는 돌아가는 길에 조수들이 하고 싶은 대로 하도록 내버려두었다.

11
학교에서

　그가 집에 도착했을 때엔 속까지 꽁꽁 얼어붙어 있었으며 사방이 어두컴컴했다. 등의 초가 다 타버렸던 것이다. 그는 이미 이곳에 익숙한 조수들에 이끌려 더듬더듬 교실 안으로 들어가며 ——속으로 클람의 편지를 떠올리며 그는 "너희들이 처음으로 칭찬받을 일이야"라고 했는데 ——프리다가 한쪽 구석에서 반쯤 잠이 들어 있다가 소리쳤다. "K를 자게 놔둬! 방해하지 말고!" 비록 졸음에 짓눌려 그를 기다릴 수는 없었지만 머리 속은 온통 K 생각이었던 것이다. 이제 불이 켜졌는데 불꽃을 크게 키울 수는 없었다. 석유가 아주 조금밖에 없었던 것이다. 갓 차린 살림이라 아직 아쉬운 것 투성이였다. 불을 땠다곤 하나 체육 교실로도 쓰이는 큰방에 ——체조 기구들이 널려 있고 천장에도 매달려 있었다 ——쌓여 있던 장작을 벌써 다 써버려서 매우 훈훈했던 게 다시 식어버렸던 것이다. 광에는 장작이 많이 보관되어 있지만 잠겨 있고 열쇠는 선생이 갖고서 수업 시간의 난방용으로만 장작을 꺼내도록 했다. 파고들 침대라도 있었더라면 참을 만했을 것이다. 하지만 침구라고는 짚자리 한 채뿐이었으며 프리다의 양모 목도리를 깔아 깨끗하기 그지없었지만 깃털 이불도 없고 덮을 거라곤 별로 따뜻하지 않은 뻣뻣한 막이불 둘뿐이었다. 게다가 이 형편없는 짚자리마저 조수들이 탐난다는 듯 바라보고 있었는데 그 위에 눕게 될 가망이 있는 건 아니었다. 프리다가 K를 근심스레 바라보았다. 그녀가 그야말로 형편없는 방이라도 살기 좋게 꾸밀 줄 안다는 것을 브뤼켄호프에서 보여준 바 있었지만 가진 것이 전혀 없는 여기서는 더 이상 할 수가 없었다. 그녀는 눈물을 글썽인 채 간신히 웃음을 지으며 "체조 기구가 유일한 실내 장식이에요" 하고 말했다. 그러나 가장 아쉬운 것들, 즉 잠자리와 난방은 내일 반드시 시정하겠다며 K에게 제발 그때까지만 참으라고 했다. 사실 그 스스로 인정하는 것처럼 그녀를 헤른호프에서뿐 아니라 지금 브뤼켄호프에서 빼낸 것도 K인데도 그녀의 말이나 눈치, 표정 어디를 봐도 가슴에 그저 조금이라도 K를 원망하는 마음을 품고 있는 것 같진 않았다. 그래서 K는 애써 모든 게 견딜 만하다 생각해보았으며 머리 속으론 바르나바스와 거닐며 자신이 전할 말을 —하지만 그가 바르나바스에게 넘겨준 그대로가 아니라 그게 클람 앞에서 어떻게 전달되리라 떠올리며—낱낱이 되뇌고 있었기 때문에 그 또한 전혀 힘들지 않았다. 그러면서도 마음속으론, 프리다가 알코올 버너 위에 끓이고 있는 커피를 기다리며 식어가는 난로에 기대어 그녀가 날렵하고 숙달된 동작으로 교탁 위에 으레 그렇듯 하얀 식탁보를 펴고 커피잔과 옆에 빵과 베이컨 그리고 정어리 통조림까지 차려놓는 걸 지켜보고 있었다. 이제 모든 준비가 끝났는데 프리다 역시 K를 기다리느라 아직까지 식사를 하지 않았던 것이다. 의자가 둘이어서 K와 프리다가 식탁에 앉고 조수들은 그들 발치의 교단 위에 앉았는데 이들은 결코 가만히 있질 못하고 먹으면서도 말썽을 피웠다. 모든 걸 넉넉하게 받아 아직 다 먹으려면 멀었는데도 그들은 상 위에 많이 남아 있는지, 자기 몫이 있는지 확인하려고 이따금씩 몸을 일으켜 보곤 했다. K는 그들을 잊고 있었는데 프리다가 웃어서 비로소 그들에게 눈이 갔다. 그는 상 위에 놓인 그녀의 손을 자기 손으로 어루만지며 작은 목소리로 왜 그들을 여러 가지로 관대히 봐주며 버릇없는 짓까지도 친절하게 받아주느냐고 물었다. 그런 식으로 해서는 절대 그들을 떼버릴 수 없으며 좀 거칠게, 아울러 그들의 행동거지에 걸맞게 대해야 그들을 다잡을 수 있을 것이며, 가능성이 더 많은 좋은 방법은 그들이 일자리에 싫증을 느껴 결국 몰래 도망치도록 하는 거라고 했다. 또 여기 학교 건물에서 아주 편하게 지내긴 글렀고 그래서 오래 살 것도 아니지만 만일 조수들이 떠나고 이 조용한 건물에 단둘이 있으면 모든 게 별로 불편하지 않을 거라고. 정말 그녀는 조수들이 날이 갈수록 뻔뻔스러워지는 것도 모르느냐, 프리다만 있으면 신이 나는데 마치 K가 그녀 앞에선 다른 때처럼 단호하게 대하지 않을 거라고 생각하는 것 같다. 하긴 그들을 당장 별 말썽 없이 아주 간단하게 떼어버릴 수가 있을 성싶은데 혹 여기 사정을 잘 아는 프리다가 아는 건 없는지, 그리고 조수들을 쫓아내는 게 그들에게도 오히려 좋을 거라고 했다. 여기 생활이 매우 편안한 것도 아니며 일을 해야 하기 때문에 지금까지 즐기던 빈둥거림도 부분적이나마 여기서 끝난다는 것이었다. 프리다는 지난 며칠 동안 어수선한 일을 치러 이제 몸을 돌봐야 하며 K는 이 궁지에서 빠져 나갈 방도를 찾는 데 전념하겠다고 했다. 그러나 조수들이 떠나면 안심하고 다른 일과 아울러 학교 소사일까지 쉽게 해낼 수 있을 거라고 했다.

프리다가 주의 깊게 듣고는 천천히 K의 팔을 어루만지며 그녀의 생각도 같지만 그가 조수들의 버릇없는 짓을 지나치게 생각하는 것 같다며 그들은 명랑하고 좀 천진한 젊은이들로 성의 엄격한 교육을 마치고 처음으로 다른 사람을 위해 근무하는 까닭에 늘 조금 들뜨고 놀란 상태여서 가끔 어리석은 짓을 해 물론 화가 나겠지만 웃는 게 현명하다고 했다. 그녀는 웃지 않고는 못 배길 때가 더러 있다고 했다. 하지만 그녀는 그들을 쫓아내고 단둘이 있는 게 최선이라는 데는 전적으로 K와 동감이라고 했다. 그녀는 K에게 다가앉아 그의 어깨에 얼굴을 묻었다. 그리고 그대로 있으면서 말을 했는데 알아들을 수가 없어 K는 그녀를 향해 몸을 굽혀야만 했다. 그녀는 그러나 조수들에게 취할 방법을 알고 있는 게 없으며 K가 제안한 게 모두 실패할까 봐 걱정이라는 것이다. 그녀가 아는 바로는 K 자신이 그들을 원해 데리고 있었으며 앞으로도 그럴 거라고 했다. 가장 좋은 것은 그들을 있는 그대로 대수롭지 않은 무리로 받아주는 것이며 그래야 견디기가 가장 좋다는 것이었다.

대답이 이렇게 탐탁지 않자 K는 반은 농담, 반은 진담으로 그녀가 그들과 한통속이거나 적어도 그들에 대해 대단한 호의를 갖고 있는 것 같다며 귀여운 놈들이긴 하지만 뜻만 조금 있다면 누구라도 떼어버리지 못할 자는 없다면서 조수들을 가지고 그걸 프리다에게 증명해 보이겠다고 했다.

프리다는 그렇게만 된다면 K에게 무척 고마워할 거라고 말했다. 아울러 지금부터 그들을 보고 웃거나 그들과 쓸데없는 말을 나누지도 않겠다고 했다. 이젠 그들 때문에 웃을 일도 없으며 두 사람에게 계속 관찰당하는 것도 대수롭게 볼 일이 아니라는 것, 그녀는 그 둘을 K의 눈으로 보는 법을 배웠다고 했다. 그리고는 조수들이 한편으론 먹을 것이 얼마나 남아 있나 살펴보려고, 한편으론 대체 무슨 이야기를 속삭이는지 알아보려고 재차 일어서자 정말 몸을 조금 움찔거리는 것이었다.

이것을 기화로 K는 프리다가 조수들과 재미있게 지내지 못하도록 하려고 프리다를 자기에게 당겨 함께 붙어 앉아 식사를 마쳤다. 이제 잠자러 가야 했으며 다들 매우 피곤했다. 조수 하나가 밥을 먹다가 잠이 들었는데 다른 녀석은 그게 우스워 주인이 멍청히 잠자는 녀석의 얼굴을 보게 하려 했지만 잘 되지 않았다. K와 프리다는 냉담하게 그냥 위에 앉아 있었다. 그들은 견딜 수 없이 추워져 선뜻 잠자리에 드는 것도 쉽지 않자 K는 결국 불을 때야지 그렇지 않으면 잠들 수가 없다고 말했다. 그는 도끼가 없는지 찾았는데 조수들이 알고 있는 게 있어 그걸 가지고 장작을 쌓아둔 광으로 갔다. 얼마 뒤 가벼운 문이 부서지자 조수들은 그렇게 멋진 일은 처음이라는 듯 서로 정신없이 쫓고 밀며 나무를 교실로 옮겨 높이 쌓고 불을 때며 모두 난로를 중심으로 자리를 폈다. 조수들은 감싸고 잘 수 있는 이불을 한 채 받았는데 그걸로 충분한 것은 한 사람은 늘 자지 말고 불이 꺼지지 않도록 지키기로 했기 때문이다. 난로 가는 곧 이불이 전혀 필요 없을 만큼 따뜻해져 등을 끄고 K와 프리다는 따뜻함과 고요함에 흡족해하며 잠자리에 누웠다.

K는 밤에 무슨 소리 때문에 잠이 깨어 긴가민가 프리다를 더듬어보다가 옆에 프리다 대신 조수 한 명이 누워 있음을 알아차렸다. 갑자기 잠이 깨어 신경이 곤두선 탓인지는 모르지만 지금껏 마을에서 지금보다 더 크게 놀란 적은 없었다. 큰소리와 함께 반쯤 몸을 일으킨 K가 조수에게 대뜸 주먹을 한 대 먹이자 그는 울기 시작했다. 아무튼 전모가 곧 밝혀졌다. 프리다는 큰 동물, 고양이 같은 것이— 어쨌든 그녀에겐 그런 것 같았다—가슴 위로 뛰어올랐다가 곧 달아나는 통에 잠에서 깼다. 그녀는 일어나 촛불을 들고 그 동물을 찾으려고 온 방을 뒤졌다. 조수 하나가 이때다 싶어 잠시 짚자리에서 잠을 즐기려다가 지금 그 값을 톡톡히 치렀던 것이다. 프리다는 아무것도 찾아내지 못했는데, 착각인 모양이었다. 그녀는 K가 있는 데로 돌아오면서 저녁에 한 말을 잊은 듯 웅크리고 낑낑대고 있는 조수의 머리를 어루만져주었다. K는 그에 대해선 아무 말도 않고 다만 조수들에게 불을 그만 때라고 일렀다. 쌓아놓은 나무가 거의 동이 나도록 때어버린 통에 방이 더웠던 것이다.

아침에 잠자리에서 깨어났을 때 그들은 일찍 등교한 학생들의 호기심 어린 눈에 에워싸여 있었다. 그야말로 난처한 것은 지금 아침을 맞아 다시 매서운 한기에 심한 열기가 식긴 했지만 그 때문에 다들 셔츠까지 벗고 있다가 막 옷을 입으려는데 문에 금발에 키가 크고 예쁘지만 조금 까다롭게 생긴 처녀인 여선생 기자가 나타났기 때문이었다. 그녀는 새 학교 소사에 대해 알고 또 남자 선생에게서 행동 지침을 받은 것 같았다. 문턱에서부터 "이건 봐줄 수 없어요. 이게 무슨 꼴이에요. 당신은 교실에서 자도 된다는 허락을 받았지만 내가 당신네 침실에서 수업해야 할 의무는 없어요. 아침 늦게까지 잠자리에서 기지개나 켜는 학교 소사 가족이라니, 쳇"라고 했던 것이다. K는 프리다와 함께——그 일에 조수들은 필요 없었다. 그들은 바닥에 누운 채 여선생과 아이들을 놀라 바라보고 있었다——얼른 평행봉과 안마를 끌어당겨 이불을 덮어 아이들의 눈길을 피해 옷이라도 입을 수 있는 작은 공간을 만들면서, 그렇다면 그에 대해 할말이 좀 있지, 특히 가족과 잠자리에 관해서는, 하고 생각했다. 그러나 그 동안에도 조용할 틈이 없었다. 먼저 세숫대야에 깨끗한 물이 없다고 여선생이 나무랐다——K는 막 자기와 프리다가 쓸 세숫대야를 가져올 참이었지만 여선생을 화나게 하지 않으려고 그 생각을 접어두었는데 그래도 소용없었다. 얼마 지나지 않아 쾅 하는 소리가 났는데, 재수없게도 어제 저녁 식사 때 남은 것을 교탁에 그냥 놔두었는데 그걸 여선생이 자로 치우자 그게 온통 바닥으로 나뒹구는 것이었다. 정어리 기름과 커피 찌꺼기가 쏟아지고 커피포트가 깨지는 것을 신경 쓸 필요는 없었다. 학교 소사가 곧 치울 테니까. 옷을 아직 다 입지 못한 K와 프리다는 평행봉에 기대어 얼마 안 되는 자기네 물건이 망가지는 걸 보았으며 옷 입을 생각조차 않은 듯싶은 조수들은 어린애들의 요란한 구경거리가 되는 줄도 모르고 이불 사이로 엿보고 있었다. 커피포트를 잃어 가장 속상한 사람은 두말할 나위도 없이 프리다로 K가 그녀를 위로할 셈으로 당장 면장에게 가 배상을 청해 받겠다고 하자 비로소 그녀는 평정을 되찾아, 이불만이라도 가져와 더 이상 더럽혀지지 않게 하려고 내의와 속치마 바람으로 울짱에서 달려나왔다. 여선생이 그녀를 겁주려고 자로 계속 정신없이 책상을 두들겼지만 성공이었다. K와 프리다는 옷을 입고서 일어난 사건에 넋이 빠져 있는 조수들에게 옷을 입으라고 명령하고 쥐어박는 것은 물론 한편으론 입혀주기까지 해야만 했다. 이윽고 모두 준비가 끝나자 K는 조수들이 먼저 할 일로 나무를 가져다가, 아마 이미 남선생이 와 있어 큰 위험이 도사리고 있는 다른 교실부터 불을 때라고 시키고 프리다는 바닥 청소를, K는 물을 길어오고 그 밖의 일을 처리하기로 했는데 당장은 아침 식사를 생각할 형편이 아니었다. 하지만 여선생의 기분을 대강 알기 위해 맨 처음 K가 나가보고 다른 사람들은 그가 부르면 따라오도록 했는데 그가 이런 조처를 내린 것은 한편으로 조수들의 어리석은 짓으로 처음부터 상태를 악화시키고 싶지 않아서이고 다른 한편으론 되도록이면 프리다를 아끼려는 뜻에서였다. 왜냐하면 그녀는 포부가 있는데 그는 없으며, 그녀는 감정이 민감한데 그는 그렇지 않았고, 그녀는 눈앞의 대수롭지 않은 역겨운 일들만 생각하지만 그가 생각하는 건 바르나바스와 미래였다. 프리다는 그가 시킨 대로 따르며 그에게서 눈을 떼지 않았다. 그가 나가자마자 여선생이 "그래, 실컷 잤소?" 하고 외치는 소리와 함께 그때부터 아이들이 왁자지껄 웃는 소리가 그칠 줄 몰랐다. 그리고 그게 실제 뭘 묻는 질문도 아니어서 K가 신경 쓰지 않고 세면대로 가는데 여선생이 "내 미체에게 대체 어떻게 했죠?" 하고 묻는 것이었다. 몸집이 크고 나이 들고 통통한 고양이 한 마리가 책상 위에 축 늘어져 있고 여선생은 조금 상처를 입은 듯한 앞발을 살펴보고 있었다. 프리다의 말이 맞긴 맞았다. 이

고양이가 그녀 위를 뛰어간 건 아니었지만. 뛸 수가 없어 그녀 위로 기어간 것인데 평소 아무도 없던 건물에 사람들이 있는 걸 보고 놀라 얼른 숨으려고 서툴게 서두르다가 다쳤던 것이다. K는 그 일을 조용히 설명해주려 했는데 여선생은 결과만을 보고 "아 글쎄, 여기서 고양이를 다치게 한 게 당신네 첫 인사인가. 이것 좀 봐요" 하고 교단을 보고 외치며 그에게 고양이의 발을 보여주더니 어느새인지 그의 손등을 발톱으로 긁어버렸다. 발톱이 날카롭진 않았지만 이번에 여선생은 고양이야 어찌 되었든 상관 않고 그걸 꽉 대고 눌러 길게 빨간 핏자국이 생겼다. 그녀는 "이제 당신 일이나 하세요" 하고 안달하고는 다시 고양이를 굽어보았다. 평행봉 뒤에서 조수들과 함께 보고 있던 프리다가 피를 보더니 소리를 질렀다. K는 아이들에게 손을 보이며 "이걸 봐, 악하고 교활한 고양이가 내게 한 거다"라고 말했다. 그가 이렇게 말한 건 물론 아이들 때문이 아니었다. 그들이 떠들고 웃는 소리는 이미 스스로 힘을 얻어 더 이상 어떤 계기나 자극이 필요 없었으며 어떤 말도 그걸 뚫고 들어가거나 영향을 행사할 수가 없었던 것이다. 그러나 여선생마저 이 모욕을 단 한 번 슬쩍 곁눈질로 응수하고는 내내 고양이만 붙잡고 있어 가혹한 처벌 때문에 처음 생긴 분노가 진정된 것 같아 K는 프리다와 조수들을 불러 일을 시작했다.

K가 구정물이 든 물통을 들고 가서 새로 물을 길어와 교실을 청소하려는 참인데 열두 살쯤 된 아이가 의자에서 나와 K의 손을 잡으며 뭐라고 말했지만 엄청난 소음 속에선 거의 알아들을 수가 없었다. 그때 갑자기 소음이 그쳤다. K가 돌아보았다. 아침 내내 두려워했던 일이 일어난 것이었다. 문에 선생이, 체격이 작은 사람이 양쪽 손으로 조수 멱살을 하나씩 쥐고 서 있었다. 그는 그들이 장작을 가져올 때 붙잡은 듯 크게 소리질렀는데 말마디마다 반드시 조금씩

뜸을 들이곤 했다. "감히 광문을 부수고 장작을 꺼낸 자가 누구냐? 내 그놈을 밟아버려야지, 어디 있어?" 그러자 여선생의 발치에서 열심히 바닥 청소를 하던 프리다가 몸을 일으켜 마치 기력을 찾으려는 듯 K를 쳐다봤는데 말을 할 때의 눈빛과 태도엔 이전의 우월함에서 나온 무언가가 들어 있었다. "내가 했어요, 선생님. 나로선 다른 방도가 없었어요. 아침에 교실을 따뜻하게 하려면 광을 열어야 되는데 차마 밤중에 당신에게 열쇠를 가져올 수가 없었으며, 내 약혼자는 헤른호프에 가 있었는데 거기서 밤을 보낼지도 몰라 나 혼자 결정을 내려야 했어요. 내가 잘못했다면 경험이 없어 그런 것이니 용서해주세요. 약혼자가 무슨 일이 생겼는지 보고는 내게 얼마나 야단을 쳤다고요. 그는 당신이 광문을 잠가놓은 것은 당신이 오기 전에는 불을 때지 말라는 뜻으로 생각했기 때문에 내가 아침에 불을 피우는 것조차 못하게 했다고요. 그러니까 불을 피우지 않은 것은 그의 탓이요 광문을 부순 것은 나 때문입니다." 선생이 그의 손아귀에서 벗어나지 못해 아직도 바둥대고 있는 조수들에게 "누가 문을 부쉈어?" 하고 물었다. 그 둘은 의심하고 말 것도 없이 "주인이요" 하며 K를 가리켰다. 프리다가 웃었는데 이 웃음이 그들의 말보다 더 실증적인 것 같았다. 그리고서 그녀는, 그녀의 설명으로 사건은 끝났으며 조수들의 진술은 나중에 장난으로 한 것일 뿐이라는 듯, 바닥을 닦은 걸레를 물통에 넣고 물을 짜기 시작했는데 다시 일을 하려고 쭈그려 앉으며 비로소 "우리 조수들은 나이는 들었어도 아직은 학교 의자에나 앉아 있어야 될 아이들이지요. 저녁 무렵 나 혼자 문을 도끼로 열었는데 아주 간단하더군요. 그 일에 조수들은 필요 없었어요. 아마 귀찮게 굴기만 했을 겁니다. 그러나 그리고 나서 밤에 내 약혼자가 와 망가진 것을 보고 가능하면 고쳐보려고 나갔을 때 아마 둘이서만 여기 남아 있는 게 무서웠는지 조수들도 함께 가 그이가 부서진 문 때문에 일하는 걸 보았는데 그래서 지금 그런 말을 하는 겁니다——정말 애들이라니까요" 하고 말했다. 조수들은 프리다가 해명하는 동안 내내 머리를 저으면서 계속 K를 가리키며 말없이 얼굴 표정으로 프리다의 말을 막으려 애썼지만 잘 되지 않자 결국 고분고분 프리다의 말을 명령으로 여기고 선생이 재차 묻는 말에는 더 이상 대답하지 않았다. 선생이 "그래" 하더니 "그러니까 너희들이 거짓말을 한 거로군? 아니면 경박하게도 학교 소사 짓이라고 일러바치는 거냐?" 그들은 여전히 말이 없었지만 떨고 겁먹은 눈빛은 죄의식을 내비치는 것 같았다. 선생이 "그렇다면 너희들을 호되게 패줘야겠다" 하더니 한 아이를 다른 방에 보내 회초리를 가져오라고 했다. 얼마 뒤 그가 회초리를 들자 프리다는 "조수들이 한 말은 사실이에요"라고 외치고 될 대로 되라는 듯 걸레를 물통에 던지자 물이 튀었으며 그녀는 평행봉 뒤로 달려가 숨어버렸다. 방금 고양이 발에 붕대를 마저 감아준 여선생이 동물을 품에 안고서 "거짓말쟁이들" 하고 말했는데 고양이는 품에 비해 너무 통통한 편이었다.

선생이 "그럼 소사양반이로군" 하며 조수들을 제치고 그 동안 내내 빗자루를 짚은 자세로 귀담아듣고 있던 K에게 눈을 돌렸다. "이 학교 소사님은 자기가 한 비열한 짓 때문에 다른 사람이 질책받는 걸 비겁하게 묵인하고 계시는군." 처음엔 거침없던 교사의 노여움이 프리다가 끼여들어 수그러든 걸 느낀 K가 "하지만" 하며 말을 시작했다. "조수들이 조금 맞았다 해도 안됐다고 느끼진 않을 겁니다. 그들이 열 번 그래야 마땅한 때에 무사했다면 부당한 때 한 번 죗값을 치르는 것도 괜찮아요. 아무리 그렇다곤 해도 난 당신과의 직접 충돌은 피하고 싶었는데, 선생양반, 그게 당신에게도 좋았을 터이고. 그런데 프리다가 조수들을 위해 날 희생시켰으니"——여기서 K는 잠시 말을 멈추었는데 정적 속에서 프리다가 이불 뒤에서 훌쩍거리는 소리가 들렸다──"이 일을 해명하지 않을 수 없군요." 여선생이 "뻔뻔스럽군" 하고 말했다. 남선생이 "나도 전적으로 동감이에요, 기자 양" 하며 "당신은 두말할 것 없이 이 형편없는 직무 위반으로 인해 즉각 해고되었소. 후속 처벌은 보류하지요. 그러나 지금 당장 당신네 물건을 가지고 꺼져버려요. 그래야 우리가 정말 한숨 돌리고 이제 수업을 시작할 수 있겠소. 자 어서!" K가 "여기서 움직이지 않겠소" 하며 "당신이 상관이긴 하지만 내게 이 일자리를 마련해준 사람은 바로 면장님이며 그가 해고해야만 받아들이겠소. 하지만 이 자리는 내 식구들과 함께 얼어 죽으라고 준 게 아니고 ──당신 스스로 말했듯이──내가 절망에 처해 무모한 행동을 하게 못하게 하려고 준 겁니다. 그러니 날 지금 느닷없이 해고하는 건 바로 그의 의도에 어긋나겠지요. 직접 그의 입에서 이와 반대되는 말을 듣지 않는 한 나는 그렇다고 믿지 않겠소. 하긴 내가 당신의 경솔한 해고에 따르지 않으면 그 역시 당신에게 유리하게 되겠지요." "그러니까 따르지 않겠단 말이지?" 하고 선생이 물었다. K가 머리를 저었다. 선생이 "잘 생각해요" 하며 "당신의 결정이 반드시 최선은 아니니, 이를테면 어제 오후 심문받기를 거부하던 일을 생각해 봐요" 했다. "지금 왜 그 말을 하지요?" 하고 K가 물었다. 선생이 "내 맘이에요" 하며 "그럼 이제 마지막으로 다시 말하겠어요. 나가!" 그러나 이 또한 아무런 효과가 없자 남선생은 교단으로 가 여선생과 소곤소곤 의논했다. 그녀는 경찰을 들먹였지만 선생이 받아들이지 않다가 결국 서로 합의를 보아 선생이 아이들에게 자기 반으로 건너가라고 했다. 거기서 다른 아이들과 함께 수업을 받을 거라고. 모두가 이 변화에 대해 좋아하며 곧 웃고 떠드는 가운데 교실을 빠져 나갔으며 마지막으로 남선생과 여선생이 뒤따라 나갔다.

여선생이 들고 가는 출석부 위에는 통통한 몸집의 고양이가 아주 덤덤한 표정으로 실려갔다. 남선생이 고양이를 그냥 여기 놔두었으면 하는 눈치를 보이자 여선생은 K의 잔인성을 들어 단호히 거부해서 K는 몹시 화를 내며 남선생에게 고양이까지 떠맡겼다. 이 때문인지 남선생은 문간에서 K를 향해 "당신이 고집불통으로 내 해고를 따르지 않고 아무도 그 젊은 처녀더러 지저분한 집안 살림 가운데서 수업하라고 요구할 수 없어 여선생이 아이들을 데리고 이 교실을 떠나는 거요. 그러니 당신은 여기에 남아 점잖은 구경꾼들의 반감에 구애받지 않고 마음대로 살림을 차릴 수 있을 것이오. 하지만 장담하는데, 오래가진 못할 거요" 하고 말했다. 그리고는 쾅 하고 문을 닫았다.

12
조수들

다들 나가자마자 K가 조수들에게 "나가!" 하고 말했다. 그들은 뜻하지 않은 명령에 놀라 그대로 따랐지만 K가 그들 뒤에서 문을 잠그자 되돌아오고 싶어 밖에서 애걸하며 문을 두들겼다. "너희들은 해고됐어" 하며 K가 "너희들을 결코 내 일에 쓰지 않겠어" 하고 소리쳤다. 그들 역시 그걸 그대로 감수하려 않고 손과 발로 문을 쳤다. 그들은 마치 K가 있는 곳이 마른 땅이고 자신들은 바로 그 옆에서 홍수에 가라앉기라도 하는 듯 "나으리, 돌아가겠어요!" 하고 외쳤다. 하지만 K는 동정하지 않고 선생이 시끄러워 견디지 못하고 끼어들 때까지 초조하게 기다렸다. 곧 그대로 되었다. 그가 "저 빌어먹을 조수들을 들여보내!" 하고 소리쳤다. K가 큰소리로 "해고했소" 하고 대꾸했는데 거기에는 부수적으로 선생에게 누가 해고할 뿐 아니라 그 해고를 실천에 옮기고도 남을 만큼 힘이 강하면 일이 어떻게 되는지를 보여주는, 예상치 못한 효과도 있었다. 이제 선생은 상냥하게 여기서 그저 조용히 기다리면 마침내 K가 꼭 다시 들여보낼 거라며 조수들을 달래보았다. 그리고 그는 가버렸다. 만일 K가 재차 그들에게, 이제 이것을 끝으로 해고되었으며 다시 채용될 희망은 조금도 없노라고 외치기 시작하지만 않았어도 그만 조용했을 것이다. 그 말에 그들은 또 전처럼 소란을 피우기 시작했다. 선생이 다시 왔지만 이번엔 그들과 얘기도 나누지 않고 건물 밖으로 쫓아내버렸는데, 아마 무서운 회초리를 가지고 그랬을 것이다.

곧 그들은 체육 교실의 창문 앞에 나타나 유리창을 두드리며 소리쳤지만 말을 알아들을 순 없었다. 그러나 그들은 거기서도 오래 있지 않았는데, 깊은 눈 속에서는 불안한 마음이 시키는 대로 이리저리 뛰어 돌아다닐 수 없었던 것이다. 그래서 학교 울타리로 달려가 멀리서나마 방이 더 잘 보이는 받침돌 위로 뛰어올라 울타리를 꼭 잡은 채 이리저리 왔다갔다하다가 멈춰 서서 두 손을 합장한 채 K쪽으로 뻗고 애원하는 태도를 취했다. 그들은 그렇게 애써보았자 아무 소용 없는데도 그에 아랑곳 않고 그짓을 한참이나 했다. K가 그들이 바라보는 걸 피하려고 창문 커튼을 내려서 벽을 친거나 다름없는데도 포기하지 않는 것 같았다.

그새 어두컴컴해진 방에서 K는 프리다를 보려고 평행봉 있는 데로 갔다. 그의 눈길을 받자 그녀는 일어나 머리를 매만지고 젖은 얼굴을 닦더니 묵묵히 커피를 끓이기 시작했다. 그녀가 모든 걸 알고 있었음에도 K는 그녀에게 딱딱한 태도로 조수들을 쫓아냈다고 알려주었다. 그녀는 고개만 까닥할 뿐이었다. K는 학생 의자에 앉아 그녀의 지친 동작을 바라보았다. 신선함과 단호함이 그녀의 볼품없는 몸을 늘 아름답게 보이도록 했는데 이제 그 아름다움이 사라졌다. K와 함께 지낸 지 며칠 지나지도 않았는데 이렇게 되어버렸던 것이다. 바에서 하는 일이 쉽진 않았지만 그녀에게 그게 더 맞는 일인 듯싶었다. 아니면 클람에게서 떨어져 나온 게 그녀가 쇠해진 원인인가? 클람과 가까이 있는 게 그녀를 굉장히 매력적으로 만들었고 이에 매혹되어 K가 그녀를 낚아챘었는데 그런 그녀가 지금 그의 팔 안에서 시들고 있었다.

K가 "프리다" 하고 말했다. 그녀는 곧 커피 분쇄기를 놔두고 K가 앉아 있는 의자로 왔다. 그녀가 "내게 화났어요?" 하고 물었다. K는 "아니" 하며 "당신으로선 달리 어쩔 수 없잖아. 당신은 헤른호프

에선 만족스레 살았어. 당신을 거기에 그대로 있게 할 걸 그랬어"
하고 말했다. 프리다는 "그래요" 하며 슬픈 눈으로 앞만 바라보았
다. "날 거기에 그냥 내버려두지. 난 당신과 살 자격이 없어요. 내
게 매이지 않으면 당신이 바라는 걸 다 이룰 수 있을 텐데. 내 생각
을 하다 보니 포악한 선생에게 몸을 굽혀 이 알량한 자리를 받아들
이고 클람과 면담하려고 온갖 애를 다 쓰고. 모든 게 나 때문인데
난 당신을 위해 별로 해주는 것도 없으니." "그렇지 않아" 하고 K는
위로하며 팔로 그녀를 감싸안았다. "다 별거 아니고 힘든 것도 없
어. 또 내가 클람에게 가려는 게 꼭 당신 때문만은 아니야. 그리고
당신은 날 위해 온갖 일을 다 했잖아! 당신을 알기 전에 난 여기서
그저 헤매기만 했어. 날 받아주는 자는 아무도 없었고 내가 누굴 사
귀려 들면 얼른 내게서 떠나곤 했지. 그러다 보니 내가 쉴 만한 데
는 또 내가 피하는 사람들이었어. 바르나바스네 같은——" 프리다
가 끼여들며 "당신이 피했다고? 정말이에요? 당신!" 하고 힘차게
외쳤는데 K가 우물쭈물 "그래" 하자 프리다는 다시 피로에 젖어들
었다. 하지만 K에게도 프리다와의 결합으로 모든 일이 어떤 점에서
좋아졌는지 설명할 과단성은 없었다. 그는 그녀에게서 천천히 팔을
풀었고 그들은 한동안 말없이 앉아 있었는데, K의 팔이 그녀에게
필요한 열기를 주었는지 이윽고 프리다가 "여기서 이렇게 사는 건
견딜 수 없어요. 나와 같이 있으려면 남프랑스나 스페인 어디든 이
민을 가야만 해요" 하고 말했다. "이민을 갈 수는 없어" 하고서 K는
"난 여기 남으려고 이곳에 왔어. 난 여기에 있을 거야" 하고 말했
다. 그리고는 모순을 해명할 노력도 전혀 않고 혼자말처럼 덧붙였
다. "여기 머물고 싶은 욕망이 아니라면 대체 무엇 때문에 내가 이
황량한 곳에 마음이 끌렸겠소?" 그리고는 "당신도 여기에 머물고
싶겠지, 당신이 사는 고장이잖아. 다만 당신에게 클람이 없어 절망

적인 생각에 빠지게 하지만" 하고 말했다. 프리다가 "클람이 없다니요?" 하며 "이곳엔 클람 투성이예요, 클람이 너무 많아요. 그에게서 벗어나려고 떠나려는 거예요. 내가 아쉬운 건 클람이 아니라 당신이에요. 당신 때문에 떠나려는 거예요. 모두가 날 탐내는 이곳에서 난 당신 가지고는 만족할 수가 없단 말이에요. 차라리 예쁜 낯짝이 벗겨지고 몸이 볼품없어지면 당신과 평화롭게 살 수 있을 텐데" 하고 말했다. 여기서 K에겐 들린 건 한 가지뿐이었다. 곧 "아직도 클람과 연락하고 있어? 그가 당신을 부른단 말이야?" 하고 물었다. 프리다는 "클람에 대해선 아는 바 없어요" 하며 "지금 다른 사람 말을 하는 거예요. 이를테면 조수들 말예요" 하고 말했다. K가 놀라 "아 조수들" 하며 "그들이 당신을 쫓아다닌다고?" 하고 말했다. 프리다가 "몰랐어요?" 하고 물었다. K는 "그래" 하고는 구체적인 걸 떠올려보았지만 허사였다. "끈덕지고 음탕한 녀석인 건 알겠는데 감히 당신에게 접근했다는 건 눈치채지 못했어." "몰랐다고요?" 하며 프리다가 "그들이 브뤼켄호프의 우리 방에서 나가려 않고 우리 관계에 샘을 내며 지켜보고 하나는 내 짚자리 위에 눕기까지 하다가 이제 당신을 내쫓고 타락시켜 나와 단둘이 있으려고 당신에게 불리한 주장을 한 것도 알아채지 못하고. 이 모든 걸 몰랐단 말이죠?" 하고 말했다. K는 대답을 않고 프리다를 바라보았다. 조수들에 대한 이런 하소연이 틀린 건 아니겠지만 어처구니없고 유치하며 산만하고 제멋대로 구는 그들의 기질로 보아 둘 다 매우 악의 없는 짓으로 해석할 만도 했다. 더구나 그들이 한사코 K와 어디든 가려 하고 프리다 곁에 남아 있지 않으려 한 것도 이 비난에 어긋났다. K가 그런 점을 들었다. 프리다가 "겉으로 그런 거예요"라고 했다. "그걸 간파하지 못했다고요? 만일 그런 까닭이 아니라면 그들을 왜 내쫓은 거죠?" 그리고서 그녀는 창으로 가 커튼을 조금 옆으로 젖히고 내다보다가 K에게 오라고 했다. 조수들은 아직까지 바깥 울타리에 있었는데, 무척이나 지쳐보였지만 이따금 온갖 힘을 모아 학교 쪽으로 팔을 내뻗곤 했다. 하나는 내내 매달려 있지 않아도 되도록 윗옷을 뒤쪽 울타리 지주에 꼭 끼워놓았다.

프리다가 "아유 불쌍해라! 불쌍해!" 했다. K가 "왜 내가 그들을 내쫓았냐고?" 하며 물었다. "직접적으로 계기가 된 것은 당신이야." 프리다가 "나?" 하고 계속 시선을 밖으로 향한 채 물었다. "당신이 조수들을 너무 친절하게 대한 점" 하며 K가 "그들이 버릇없이 굴어도 용서하고, 그들이 하는 짓을 보고 웃고 그들의 머리칼을 어루만져주는가 하면 끊임없이 그들을 동정하고, 또 '아유 불쌍해라, 불쌍해'라고 하지를 않나, 그리고 끝으로 최근 일이 벌어졌을 때 당신은 나를 생각하기보다는 조수들을 매맞지 않게 하려고 했지"라고 했다. 프리다가 "예 그래요" 하고 말했다. "그 말을 하는 거예요. 나로선 계속, 한결같이, 내내 당신 곁에 있는 것보다 더 큰 행복은 모르는데 날 불행하게, 나로 하여금 당신과 거리를 두게 만드는 게 바로 그거라고요. 한편으론 마을이건 어디든 여기 이 땅 위엔 우리가 마음 편히 사랑할 수 있는 곳이 없다는 생각도 해요. 그래서 속으로 무덤을, 깊고 좁은 무덤을 떠올리곤 해요. 우린 거기서 집게처럼 서로 껴안고, 나는 당신에게, 당신은 내게 얼굴을 묻고, 그러면 이제 우릴 볼 사람은 아무도 없을 거예요. 하지만 여기──조수들을 봐요! 그들이 손을 모아 찾는 건 당신이 아니라 나예요." "틀림없어요" 하고 말하며 프리다는 화를 내다시피 했다. "내내 그 이야기라고요. 그렇지 않다면 조수들이 무엇 때문에 날 뒤쫓고 하겠어요. 그들은 클람이 파견한 자들인지도 몰라요──" K가 "클람의 파견자라" 하고 말했지만 이렇게 칭하는 게 물론 아무렇지 않았지만 그래도 무척 기이했다. 프리다가 "클람의 파견자예요, 맞아" 하며 "그렇다 해도 그들은 아직 가르치는 데 매가 필요한 철없는 아이들이기도 해요. 못생기고 지저분한 녀석들이 역겹게도 얼굴은 어른, 말하자면 대학생쯤으로 보이면서 행동은 유치하고 어리석으니. 내게는 그런 게 보이지 않는다고 생각해요? 부끄러워서 그들을 보기가 싫다니까요. 그런데 사실은 그들이 날 지겹게 하는 게 아니에요. 내가 부끄러워하는 것이지. 그래서 늘 그들 쪽을 살피곤 해요. 그들을 보고 화를 내야 할 때 웃고 말아요. 그들이 맞아야 될 때 그들 머리를 쓰다듬어줄 뿐이고요. 더구나 밤에 당신 옆에 누워 있으면 잠을 잘 수 없어 당신 너머로 한 녀석은 이불을 꼭 감고 자고 다른 녀석은 열린 난로문 앞에 쭈그리고 앉아 불을 때는 걸 바라보며 몸을 굽히다 당신을 깨울 뻔하고. 그리고 난 고양이에 놀라지 않아요──아 난 고양이를 알지요. 바에서 불안하게 계속 잠을 설치기도 했고── 고양이 때문에 놀란 게 아니라 내가 제풀에 겁이 난 거예요. 그러니 고양이 같은 괴물은 전혀 없어도 돼요. 난 조그만 소리에도 움찔하니까요. 당신이 깨면 모든 게 끝장이라고 걱정하다가는 다시 벌떡 일어나 당신이 그저 얼른 깨어나서 날 지켜달라고 촛불을 켠 거죠" 하고 말했다. K가 "그런 건 전혀 몰랐어" 하고는 "그냥 뭔가 미심쩍어 그들을 내쫓았을 뿐인데 그들이 갔으니 모든 게 잘된 셈이지" 하고 말했다. 프리다가 "그래요, 드디어 갔어요" 하고 말했지만 괴로워하는, 환하지 않은 표정이었다. "그러나 우린 그들이 누군지 몰라요. 난 속으로 장난 삼아 클람의 파견자라고 부르는데 정말 그럴지도 모르죠. 그들의 눈, 저 천진하면서도 빛나는 눈은 어쩐지 클람의 눈을 떠올리게 해요. 맞아요, 그거예요. 가끔 그들의 눈에서 언뜻 클람의 눈빛이 느껴져요. 그러니 만일 내가 부끄러워서 그들을 보기가 싫다는 건 맞는 말이 아니에요. 그냥 그랬으면 하고 바랄 뿐이죠. 만일 다른 곳에서 다른 사람에게 똑같은 태도를 보였다면 어리석고 볼썽사나울지 몰라도 그들의 경우엔 그렇지 않아요. 난 그들의 어리석은 짓거리를 존경과 감탄하는 마음으로 바라봐요. 그런데 그들이 클람이 보낸 사람이라면 누가 우릴 그들에게서 벗어나게 해줄 것이며 또 그들에게서 벗어나는 게 반드시 좋을 건 뭐예요? 그들이 다시 오면 당신이 얼른 반기며 들여줘야 하지 않겠어요?" K가 "나더러 다시 그들을 받아주라는 거요?" 하고 물었다. "아니, 아니예요" 하며 프리다가 "난 전혀 그럴 마음이 없어요. 그들이 몰려 들어올 때의 모습이라니, 날 다시 만나 기뻐하며 어린애같이 이리저리 뛰놀고 남자처럼 손을 쑥 내밀고. 이 모든 게 조금도 참을 수 없을 지경이에요. 하지만 나중에 당신이 그들에게 가차없이 대하면 클람까지 당신을 만나주려 않는다는 걸 다시 생각하면 무슨 수를 써서라도 당신이 그런 결과에 처하지 않도록 막아야겠어요. 그러므로 그들이 들어오도록 해주세요. 그냥 얼른 그들을 넣어줘요. 내 생각일랑 하지 마세요. 난 상관없어요. 나도 할 수 있는 데까지 날 지키겠어요. 하지만 잘 안 되면 그것도 당신을 위해 그렇게 된 거라고 생각하며 포기하겠어요" 하고 말했다. K가 "당신 말을 들으니 조수들에 관한 내 판단에 확신만 드는군" 하더니 "난 그들을 절대로 들어오지 못하게 할 작정이야. 내가 그들을 내쫓았다는 건 그들을 경우에 따라 지배할 수 있고 또 아울러 그들이 클람과 별 관계가 없음을 말해주지. 어제 저녁에 클람에게서 편지 한 통을 받았는데 거기 보니 클람이 조수들에 대해 아주 엉터리로 알고 있더군. 그 말은 그가 그들에게 전혀 관심이 없다는 뜻으로 볼 수도 있어. 그렇지 않으면 그가 그들에 관해 틀림없이 정확한 정보를 얻을 수 있었을 거라고. 당신은 그들 모습에서 클람을 떠올리지만 그건 아무것도 아니야. 당신이 안타깝게도 여전히 여주인에게 영향을 받아 어디서나 클람을 보기 때문에 그런 거라고. 당신은 아직도 클람의 애인이지 결코 내 아내는 아니야. 그 때문에 가끔 울적해질 때면 모든 걸 다 잃은 것 같아. 마치 막 처음으로 마을에 왔을 때와 같은 기분이야. 그때는 사실 희망에 차 있었던 게 아니라 날 기다리는 건 실망들뿐이며 난 그걸 맨 마지막 앙금까지 하나하나 차례대로 맛봐야 한다는 생각이었지" 하고 말했다. "하지만 자주 그런 건 아니야" 하며 K는 프리다가 그의 말을 듣다가 힘없이 주저앉는 걸 보고 덧붙여 말했다. "그리고 그게 근본적으로 뭔가 좋은 걸 말해주고 있어. 당신이 내게 뭔지를 말이야. 그러니 만일 당신이 지금 내게 당신과 조수들 중 누구를 택하라 한다면 조수들이 지게 마련이지. 당신과 조수들 중 택하라니 웃기는 생각이야. 이제 그들은 두 번 다시 안 볼 거야. 그건 그렇고 우리 둘 다 허약해졌는데 그게 우리가 아직까지 아침을 먹지 않아서 그런 건 아닐까." 프리다가 "그럴지도 모르죠" 하며 힘없이 웃으며 일을 시작했다. K도 다시 빗자루를 잡았다.

13
한스

얼마 뒤 가볍게 문 두드리는 소리가 났다. K가 "바르나바스!" 하고 외치며 빗자루를 내던지고 껑충껑충 문으로 다가갔다. 다른 무엇보다도 프리다는 그 이름에 놀라 그를 바라보았다. 손이 떨려 K는 낡은 자물쇠를 바로 열 수가 없었다. 그는 문 두드리는 사람이 누구냐고 묻진 않고 계속 "열고 있어" 하고 되뇌었다. 그런데 이윽고 활짝 열린 문으로 들어오는 걸 보니 바르나바스가 아니라 전에 K에게 말을 걸려 한 적이 있는 꼬마였다. 그러나 K는 그에 대한 기억을 더듬어볼 기분이 아니었다. 그는 "너 여기 웬일이니?" 하고는 "수업은 옆방에서 하는데"라고 말했다. 아이는 "거기서 오는 걸요" 하고는 커다란 갈색 눈으로 조용히 K를 쳐다보며 팔을 옆구리에 붙인 채 똑바로 서 있었다. "자 무슨 일이지? 어서!" 하며 K는 조금 몸을 구부렸다. 아이가 소리를 낮춰 말했던 것이다. 아이가 "도와드릴까요?" 하고 물었다. K가 프리다를 보고 "얘가 우릴 도와주겠다는데" 하고는 그에게 "그런데 이름이 뭐니?" 하고 물었다. "한스 부룬스빅이에요" 하며 "사학년이고 마델라이네 골목의 제화공인 오토 브룬스빅의 아들이에요" 하고 대답했다. "어럽쇼, 네가 브룬스빅이라고" 하며 K는 이제 그에게 더욱 친절했다. 한스는 여선생이 K의 손을 긁어 빨갛게 핏자국이 난 걸 보고 흥분이 되어 K의 편이 되기로 결심했던 것이다. 심한 벌을 받을 위험을 무릅쓰고 그는 지금 탈주병처럼 제멋대로 옆교실에서 살짝 빠져 나왔던 것이다. 그

는 무엇보다 그런 꼬마다운 생각들로 사로잡혀 있는 듯싶었다. 그
에 걸맞게 그의 모든 행동은 진지하기까지 했다. 처음에만 수줍음
때문에 머뭇거렸을 뿐, 그러나 그는 곧 K와 프리다와 스스럼없이
되었으며 나중에 따뜻하고 맛좋은 커피를 받았을 때는 활달하고 친
한 사이가 되었으며 또 되도록 빨리 요점을 알아내어 K와 프리다를
위해 몸소 결정을 내리려는 듯 열심히 그리고 집요하게 물었다. 그
의 행동엔 무언가 고압적인 데도 있었지만 어린애다운 순진함이 뒤
섞여 있어 반은 진지하게, 반은 장난으로 그의 말을 들어주었다. 아
무튼 그가 관심을 독차지해 모든 일은 중단되고 아침 식사도 매우
길어졌다. 그는 학생 의자에 앉아 있었고 K는 높은 교단에, 프리다
는 그 옆의 의자에 앉아 있었지만 한스가 대답을 확인하고 평가하
는 선생인 것 같았으며 부드러운 입 언저리의 가벼운 웃음으로 미
루어 이 일이 장난에 지나지 않음을 알고 있는 것 같았지만 그래도
문제를 대할 때만큼은 더욱 진지했다. 그건 결코 웃음이 아닌, 입술
을 감도는 유년기의 행복감이었는지도 몰랐다. 한참이 지나서야 그
는 K가 라제만의 집에 들렀을 때부터 K를 알고 있었다고 밝혔다. K
에겐 기쁜 일이었다. "그때 여인의 발치에서 놀고 있었지?" 하고 K
가 물었다. "그래요" 하며 한스가 "제 어머니셨어요"라고 말했다.
이제 그는 그의 어머니 이야기를 해야 될 때였지만 머뭇거리기만
하다가 거듭 재촉을 받고서야 얘기를 꺼냈다. 그는 무엇보다 질문
에서, 미래의 예감인지 또는 초조하고 긴장해서 듣다 보니 착각이
일었는지, 열정적이고 선견지명이 있는 어른 비슷하게 말하는 것
같았지만 그래도 그는 어린아이였다. 그 다음부터는 그저 단순한
학생이었다. 몇몇 질문은 아예 못 알아듣고 남의 말을 잘못 이해하
는가 하면 빈번히 잘못을 지적받고도 어린애처럼 사려 없이 너무
낮은 소리로 말하고, 나중에는 고집을 피우는지 여러 급한 물음에

는 전혀 당황하는 구석도 없이, 어른이라면 결코 그렇게는 못할 텐데, 입을 꼭 다물었고 또 그의 생각으로는 마치 자기에게만 물어볼 자격이 있고 다른 사람이 물으면 무슨 규칙을 어기고 시간 낭비라는 투였다. 그럴 때 그는 몸을 똑바로 세우고 머리는 숙인 채, 아랫입술을 내밀고서 오래도록 가만히 앉아 있을 줄 알았다. 프리다는 그게 마음에 들어 그에게 자주 질문을 하였는데 그녀는 이렇게 해서 그의 입을 다물게 하고 싶었던 것이다. 가끔 그녀 뜻대로 되기도 해 K의 약을 올렸다. 대체로 보아 알아낸 건 거의 없었다. 어머니가 조금 아프다지만 무슨 병인지는 분명하지 않았으며 브룬스빅 부인이 품에 안고 있던 아이는 한스의 누이로 프리다라고 했다. (한스는 자기 누이가 그에게 캐어묻는 여자와 이름이 같다는 것에 대해 퉁명스러운 반응을 보였다.) 그들은 모두 마을에 살지만 라제만의 집에 사는 건 아니며 그들은 라제만이 큰 통을 갖고 있었기 때문에 목욕하려고 거기 들른 것뿐이었다. 그 안에서 목욕하며 이리저리 노는 게 어린애들에겐 퍽 재미있었는데 한스는 거기에 끼지 않았다. 그는 자기 아버지 이야기가 나오면 공경심 또는 두려움을 보였는데 함께 어머니 이야길 않을 때만 그랬다. 어머니에 비해 아버지의 가치는 대단치 않은 것 같았으며, 그 밖에 가정 생활에 대해선 아무리 접근해봤자 일절 대답이 없었고 아버지의 사업에 관해선 그가 이곳에서 가장 큰 양화점을 운영하며 전혀 관계없는 질문에도 그와 견줄 수 있는 자는 아무도 없으며 바르나바스의 아버지 같은 다른 제화공에게도 일을 준다고 여러 번 되풀이했다. 나중에 말한 일은 브룬스빅이 순전히 동정으로 한 것 같았으며 이걸 한스가 의기 양양 고개를 돌리며 암시하는 통에 프리다가 그에게 뛰어 내려가 키스를 했다. 성에 가본 적이 있느냐는 물음을 거듭 되풀이해 듣고서는 '아니오'라고 대답했지만 어머니와 관련해서 같은 질문을 하면 전혀 대답하지 않았다. K도 마침내 싫증이 났다. 그는 그런 물음이 부질 없어보였으며 그 아이가 그러는 게 당연하다고 생각했다. 그리고 에둘러 순진한 아이를 통해 집안의 비밀을 캐내려 한 것도 부끄러 웠는데 더구나 여기서 아무것도 알아내지 못한 건 더 더욱 부끄러 운 일이었다. 그래서 K는 마지막으로 그 아이에게 어떻게 도와줄 셈인지 물었을 때 한스가 남선생과 여선생이 K를 더 이상 야단치지 않도록 그저 여기 일을 도울 생각이란 말을 듣고서도 놀라지 않았 다. K는 한스에게 그런 도움은 필요 없다, 잔소리는 선생의 본성인 지도 모르며 아무리 꼼꼼히 일을 해도 모면하기 힘들 것이다, 일 자 체는 힘들 게 없는데 오늘은 어쩌다가 늦어졌다, 그리고 K는 학생 과 달리 이런 잔소리가 아무렇지도 않으며 훌훌 털어버려 그는 거 의 아무렇지 않다, 아울러 아주 곧 선생과 마주치지 않게 되길 바란 다는 얘기를 했다. 결국 선생에 대비한 도움이 필요했을 뿐이며 K 는 그에 대해 매우 감사한다 하고는 한스에게 다시 돌아가보라고 하면서 벌받는 일이 없길 빈다고 했다. 비록 K가 다른 도움에 관한 문제는 그냥 놔두면서 선생에 대비한 도움만은 필요 없다고 강조하 진 않으면서 그저 본의 아니게 내비쳤을 뿐인데도 한스는 그걸 명 확히 간파하고 혹시 K가 다른 도움이 필요하냐고 묻고 기꺼이 그를 돕고 싶다면서 몸소 할 수 없으면 어머니에게 부탁하면 틀림없이 잘될 거라고 했다. 아버지도 걱정거리가 있으면 어머니에게 도움을 청한다면서. 게다가 어머니는 K에 대해 물어보신 적이 있으며 자신 이 집 밖에 나가는 일은 별로 없고 다만 그땐 예외적으로 라제만의 집에 갔으며 한스는 라제만의 아이들에게 자주 놀러 가는데 어느 날 어머니가 거기에 측량사가 다시 온 적이 있느냐 물었다는 것이 었다. 어머니는 매우 허약하고 지쳐 있기 때문에 쓸데없이 캐물어 선 안 되어서 그는 간단히 거기서 측량사를 못 봤다고 말했을 뿐이고 그 밖의 이야기는 없었다고 했다. 그런데 K를 여기 학교에서 보아 어머니에게 알려드리기 위해선 말을 걸어야 되었다고 했다. 왜냐하면 어머니는 특별히 지시하지 않았는데 그녀의 소원이 이루어지는 것을 가장 좋아한다는 것이었다. 그러자 K는 잠시 이리저리 생각해보고는 도움은 필요 없다, 필요한 건 다 있다, 하지만 한스가 그를 도와주려고 한 건 기특한 일이며 착한 마음에 감사한다, 나중에 뭔가 필요하게 되면 그를 찾겠다, 주소는 갖고 있다고 말했다. 반대로 이번엔 그가, 즉 K가 조금 도울 수 있을지 모르겠다, 한스의 어머니가 아픈데 그 질환을 이해하는 사람이 없어 가슴 아프다, 그렇게 소홀히 하면 본디 심하지 않은 질환이라도 매우 악화될 수가 있다고 했다. 그런데 그, K는 약간의 의학 지식뿐 아니라 더 귀한 환자 치료 경험이 있다고 했다. 의사들이 못한 것을 어쩌다가 해낸 일이 있다고. 고향에서 그의 치료 효과 때문에 그를 쓴 약초라고 불렀다는 것이다. 아무튼 그는 기꺼이 한스의 어머니를 보고 얘기를 나누고 싶다고. 아마 좋은 도움말을 줄 수 있을 것 같은데, 한스를 보고 기꺼이 하는 거라고 했다. 이 제안에 한스의 눈이 번쩍 빛나 K는 마음이 급해졌지만 결과는 만족스럽지 않았다. 한스는 여러 질문을 받고서도 심히 근심하는 기색이 없었으며 어머니는 보살핌이 필요하기 때문에 낯선 사람이 찾아와선 안 된다고 했다. 그때 K가 그녀와 별로 얘기를 하지 않았음에도 그 이후 그녀는 며칠을 누워 있었다고 했다. 그 당시 아버지는 K 때문에 몹시 화가 났으며 K가 어머니에게 오는 걸 결코 허락하지 않을 거라고 했다. 그때엔 K의 행동거지를 벌하기 위해 K를 만나려 했는데 어머니가 겨우 그를 말렸다는 것이다. 그러나 무엇보다 어머니 당신이 대체로 아무와도 얘기하려 않으시며 K에 대해 물어봤다고 예외는 아니며 그 반대라는 것, 정작 그의 말이 나왔을 때 그녀는 그를 보고 싶다는 말을 할 수 있었는데 그렇지 않음으로써 그녀의 뜻을 분명히 표현했다는 것이다. 그녀는 K에 대해 듣고 싶어할 뿐, 그와 얘기할 마음은 없다는 것이었다. 또 그녀는 진짜 병을 앓는 게 아니며 그녀가 처한 상태의 원인을 잘 알고 있는지 가끔 그걸 암시도 하며, 그녀가 못 견디는 건 여기 공기인 것 같은데 아버지와 아이들 때문에 다시 이곳을 떠나려고는 않으시며 전보다는 상태도 더 좋아졌다는 것이었다. K가 알아낸 건 대강 그런 것이었다. 한스는 K를 돕겠다고 해놓고도 어머니를 K로부터 지키려 할 때는 사고력이 두드러지게 향상되었다. 물론 K가 어머니에게 접근하지 못하게 하려는 착한 목적이었지만 더구나 자신이, 이를테면 병에 관해, 앞서 말한 것과 맞지 않는 말도 많았다. 그럼에도 K는 지금 한스가 자신에게 여전히 호의를 갖고 있다는 걸 알아차렸으며 다만 어머니 일로 다른 것을 다 잊어버리는 게 문제였다. 누구든 어머니와 맞서기만 하면 정당성을 인정받지 못하며 지금 K가 그렇게 되었지만 이를테면 아버지라도 그렇게 될 수 있었다. K는 이 마지막 것을 시도해볼 셈으로, 아버지와 관련해서 어머니가 어떤 방해도 받지 않도록 돌보는 것은 정말 현명한 일이며 K가 그때 그런 걸 어렴풋이라도 느꼈다면 틀림없이 어머니에게 말을 걸려 하지 않았을 거라며 뒤늦게나마 이제 집에다 용서를 청한다고 했다. 하지만 K는 한스 말대로 질환의 원인이 그렇게 확실하다면 왜 아버지가 어머니의 전지 요양을 주저하는지 전혀 이해할 수 없다, 그가 그녀를 붙잡는다고 할밖에, 그녀는 다만 아이들과 그 때문에 떠나지 못하는 것이다, 아이들은 데리고 가도 괜찮지만 오랫동안 그리고 또 아주 멀리 갈 필요는 없다, 성이 있는 언덕만 올라가도 공기가 전혀 다르다고 했다. 그런 나들이 비용은 아버지가 걱정할 필요가 없다, 이 고장에서 가장 큰 양화점을 갖고 있을 뿐더러 반가이 맞아줄 그의 또는 어머니의 친척이나 친지가 성에 있을 테니, 그는 왜 그녀를 보내주지 않을까? 그런 질환을 대수롭게 여겨선 안 되는데, K는 어머니를 언뜻 보았을 뿐이지만 유난히도 해쓱하고 허약한 그녀의 모습 때문에 말을 걸지 않을 수 없었으며 그때에도 아버지는 공동 목욕실 및 세탁방의 나쁜 공기 속에 병든 부인을 놔두고 큰소리로 얘기하는 걸 삼가야 한다고 느끼지도 않았다고 했다. 또 아버지는 아마 뭐가 뭔지 모르는 것 같다, 비록 병세가 최근에 좋아졌다고 해도 그런 질환은 변덕스러워 그에 대해 힘을 모아 싸우지 않으면 결국 나중에는 어떤 것도 도움이 되지 않는다고 했다. K가 어머니와 얘기할 수 없으면 아버지와 이야기해 그에게 이 모든 것을 일러주는 것이 좋겠다고도 했다.

한스는 호기심을 갖고 들으며 거의 다 이해했고 그 밖의 알아듣지 못한 데서는 강한 위협을 느꼈다. 그럼에도 그는 K가 아버지와 얘기할 수 없다, 아버지는 그를 싫어하며 아마 선생처럼 그를 대할 것이다, 라고 말했다. K와 관련된 얘기를 할 때 그는 웃는 얼굴로 수줍어했고 아버지 얘기를 할 때는 기색이 경직되고 슬픈 표정이었다. 그럼에도 그는 K가 아마 어머니와, 다만 아버지 모르게, 얘기할 수 있을 거라고 덧붙였다. 그리고서 한스는 마치 벌을 받지 않고 금지된 일을 해보려 궁리하는 여자처럼 멍한 눈으로 잠시 생각에 잠겨 있다가 말했다. 내일이면 괜찮을 것 같다, 아버지는 의논할 일이 있어 저녁에 헤른호프에 가신다, 저녁때 한스가 와 K를 어머니께 데리고 가겠다, 정말 그럴 것 같진 않지만 물론 어머니가 승낙하시면 말이다, 라고 했다. 그녀는 무엇보다 아버지 뜻에 거슬리는 일은 않으며 전적으로, 한스 스스로가 봐도 무분별한 게 뻔한 일에도 그에게 순응하신다라고. 그러니까 한스는 아버지의 뜻을 거스르는 것을 무릅쓰고 K에게 도움을 찾는 셈인데, K를 돕겠다는 걸 보니 뭔가 잘못 생각한 것 같았다. 사실 그는 오랜 이웃 사람들에게선 도움을 얻을 수 있는 사람이 아무도 없어 혹시 갑자기 나타난, 게다가 어머니도 말한 이 이방인이 도움이 될까 알아보려 했던 것이다. 이 아이는 음충맞다 할 만큼 암띤 태도가 배어 있어 그렇다는 걸 그의 겉모습과 말에선 여태까진 알 수가 없었는데 나중에 건성으로, 우연히 또는 의도에 이끌려 나온 고백에서 비로소 그렇다는 걸 깨닫게 되었다. 그리고 지금 그는 K와 긴 대화를 하며 극복해야 될 어려움이 무엇인지 궁리하고 있었는데 한스의 뜻이야 어떻든 거의 극복하기 힘든 것이었다. 그는 생각에 잠겨, 그러면서도 불안스럽게 눈을 깜박거리며 도움을 청하는 눈으로 줄곧 K를 바라보았다. 아버지가 떠나시기 전에 어머니에겐 아무 말도 말아야 하며 그렇지 않고 아버지가 알게 되면 모든 게 허사가 되니 뒤늦게 그 얘길 꺼낼지언정 지금은 어머니를 고려해서라도 곧 갑자기 할 게 아니라 천천히 적당한 기회에 하고, 그때 반드시 어머니의 동의를 구해야 K를 데리러 올 수 있는데 그러면 너무 늦는 게 아닌지, 그새 아버지가 돌아오시진 않을까? 그래, 그건 불가능했다. K는 반대로 불가능하지 않다고 주장했다. 시간이 충분치 않은 데 대해선 걱정할 필요가 없다, 잠깐 얘기하거나 만나기만 하면 되며 한스가 K를 데리러 올 것도 없다, K는 집 근처 어디에 숨어 기다리다가 한스가 신호를 보내면 곧 가겠다고 했다. 한스가 안 돼, K가 집 근처에서 기다려선 안 돼, 라고 하며——이번에도 그는 어머니 때문에 신경 과민에 휩싸여 있었다——어머니 모르게 K가 길을 나서선 안 되며 그렇게 어머니 몰래 K와 약속을 해선 안 된다, 한스가 K를 학교에서 데려와야 하며 그것도 어머니가 알고 허락하시기 전에는 안 된다는 것이었다. K가 좋아, 그렇다면 정말 위험하군, 그리고 아버지가 그를 집에서 붙잡을 수도 있고 그렇게 되지 않는다 해도 어머니가 그럴까 겁이 나 K를 아예 오지 못하게 할 테니 모든 게 아버지 때문에 실패하게 되는 것이지, 라고 말했다. 그에 대해 한스가 다시 그렇지 않다고 우기고 이런 식으로 논쟁이 오고 갔다. K는 벌써 오래 전에 의자에 앉아 있던 한스를 교단으로 불러 무릎 사이로 끌어당겨 가끔 어루만져주곤 했다. 한스가 일시적으로 싫어하기도 했지만 이런 가까움은 의견의 일치를 보는 데 도움이 되었다. 마침내 다음과 같이 의견을 모았다. 한스는 우선 어머니에게 사실을 빠짐없이 말하되 그녀의 동의를 얻어내기 위해 K가 브룬스빅과도, 물론 어머니 때문이 아니라 자신의 문제 때문에, 직접 얘기하려 한다고 덧붙여 말한다는 것이었다. 그게 물론 당연한 것이, 대화를 하는 중에 K는 브룬스빅이 위험하고 못된 사람이라곤 하지만 본디 그의 적은 아니리라는 생각이 떠올랐으며 면장이 일러준 대로라면 정치적인 이유라지만 그는 측량사 초빙을 요청한 자들의 지도자였던 것이다. 그러니까 K가 마을에 도착한 게 브룬스빅으로선 반가운 일임이 틀림없었다. 그렇다고 해도 첫날의 기분 나쁜 환영과 한스가 말한 반감은 어찌된 것인지, 혹시 K가 먼저 그에게 도움을 청하러 오지 않아 브룬스빅이 마음 상한 것은 아닐까, 아니면 말 몇 마디로 풀릴 만한 다른 오해가 있는 건 아닐까. 만일 그렇게만 된다면 K는 브룬스빅에게서 선생은 물론 심지어 면장에 대해서도 지원을 얻는 거나 다름없으며 면장과 선생이 K로 하여금 성의 관청과 접촉하지 못하게 하며 학교 소사직을 떠맡게 한 행정적 술책을 다 밝혀낼 수 있었다. K를 둘러싸고 새로 브룬스빅과 면장 사이에 싸움이 일어나면 브룬스빅은 K를 자기 쪽으로 끌어들여야 할 것이며 K는 브룬스빅네 집의 손님이 될 것이고 면장에게 맞서도록 K에게 브룬스빅이 지닌 권력 수단을 제공할 것이다. 그로 말미암아 그가 어디까지 이르게 될지는 알 수 없지만 아무튼 자주 그 부인 가까이에 있을 것이며──이렇게 K가 꿈을 꾸며 놀고 꿈이 그와 장난치는 동안에 한스는 오직 어머니만 생각하며 심각한 증상에 필요한 대책을 찾느라 깊은 생각에 잠겨 있는 의사에게 하듯이 K의 침묵을 근심스럽게 지켜보았다. K가 브룬스빅과 측량사 자리 문제로 얘기하려 한다는 제안에 한스는 동의했는데 그 까닭은, 그럼으로써 아버지로부터 어머니가 보호되고 또 만일에 있을지 모르는 긴급한 경우를 두고 한 말이었기 때문이었다. 그는 고작 K가 늦은 방문 시간을 아버지에게 어떻게 설명하겠느냐 묻고는 마침내 비록 조금 어두운 얼굴이었지만 K가 견딜 수 없는 학교 소사일과 선생의 모욕적인 대우 때문에 문득 절망감이 들어 이것저것 가릴 수 없었다고 말하겠다는 데 만족했다.

이제 이렇게 보이는 대로 모든 걸 대비해 성공 가능성이 아예 없는 것도 아니자 한스는 무거운 궁리에서 벗어나 기쁜 얼굴로 잠시 어린애처럼 먼저 K와 재잘대고 나중엔, 앉아서 내내 전혀 딴생각을 하다가 이제 비로소 다시 대화에 끼기 시작한 프리다와도 얘기하는 것이었다. 여러 가지가 있었지만 그 가운데 프리다가 뭐가 되겠느냐고 묻자 그는 별로 잘 생각하지도 않고 K와 같은 사람이 되고 싶다고 했다. 그래서 그 까닭을 묻자 물론 대답을 못했으며 학교 소사가 되는 게 어떠냐는 물음에는 단호하게 아니라고 대답했다. 그에게 계속 질문해보고서야 그가 어떤 경유로 그런 소망을 갖게 되었는지 알게 되었다. 지금 K의 형편이 부럽기는커녕 애처롭고 멸시받을 만한 처지라는 걸 한스도 잘 알고 있으며 그걸 깨달으려고 다른 사람을 관찰할 필요가 전혀 없었다. 그로선 당연히 K의 눈길과 말에서 어머니를 지켜드리고 싶었던 것이다. 하지만 그럼에도 그는 K에게 와서 도움을 청했고 K가 그러겠다고 하자 좋아했다. 그건 다른 사람들도 비슷하다고 느꼈지만 그러나 K 얘기는 무엇보다 어머니 스스로 꺼낸 것이었다. 이런 모순으로 말미암아 그의 안에서 지금은 K가 천하고 꺼림칙하지만 언젠가 먼 장래에는 모든 사람들을 능가하리라는 믿음이 생겨났다. 그리고 바로 이 어리석기 짝이 없는 후일과 그리로 가게 되어 있는 자랑스러운 발전이 한스의 마음을 끌었다. 그 대가로 한스는 지금의 K마저도 참고 보아줄 셈이었다. 이런 소망이 유난히 순진하면서 올되다는 것은 한스가 꼬마인 자기 자신의 것보다 장래가 더 넓게 펼쳐진 아이를 대하듯 K를 내려다보는 데에 나타났다. 게다가 프리다의 거듭되는 질문에 그런 사정을 얘기할 때는 석연치 않게 심각하기까지 했다. K가 한스가 무엇을 갖고 싶어하는지 안다, 그것은 한스가 이야기하며 산만하게 가지고 논 책상 위의 예쁜 옹이 지팡이라고 하자 한스는 비로소 기분이 다시 좋아졌다. 그렇군, 그런 지팡이를 만들 줄 아니 그들의 계획이 이루어지면 한스에게 멋진 걸 하나 만들어주지. 한스가 정말로 지팡이만 생각한 게 아닌지 어쩐지는 이제 전혀 분명하지 않았는데 그만큼 그는 K의 약속을 듣고 좋아하며 즐겁게 작별 인사를 했다. K의 손을 꽉 쥐고 "그럼 모레예요"라고 하면서.

14
프리다의 비난

한스는 제때 떠난 셈이었다. 얼마 안 있어 선생이 문을 열어 젖히
며 K와 프리다가 한가로이 책상에 앉아 있는 것을 보고 소리쳤던
것이다. "방해해서 미안하오! 그런데 여기는 대체 언제 치울 거요.
우린 건너편에서 빽빽이 끼어 앉아 수업이 안 되는데 당신들은 여
기 커다란 체육실에서 쭉 늘어져 있으면서 더 많은 자리를 차지하
려고 조수들까지 내쫓았지. 그럼 이제 좀 일어나 움직이시오!" 그
리고는 K에게 "자넨 지금 브뤼켄호프에 가서 새참을 가져오게" 이
렇게 온통 요란스럽게 큰소리를 쳤지만 본디 무례한 '자네' 라는 말
조차 비교적 부드러웠다. K는 바로 그의 말을 따를 참이었지만 선
생의 마음을 떠볼 셈으로 "난 해고되었소" 하고 말했다. 선생이 "해
고됐건 안 됐건 새참을 가져와"라고 했다. "해고되었는지 안 됐는
지 바로 그걸 알고 싶소" 하고 K가 말했다. 선생이 "무슨 군소리
야?" 하며 "자넨 해고를 인정하지 않았잖아?"라고 말했다. K가 "그
걸로 완전히 해고는 무효가 된 건가요" 하고 물었다. 선생이 "난 아
니야" 하며 "난 그렇지 않다고 생각하는 게 좋을 거야. 면장은 그럴
지 모르지, 이해가 안 가지만. 그건 그렇고 뛰어. 그렇지 않으면 자
넨 정말 쫓겨나" 하고 말했다. K는 흡족했다. 선생이 그 동안 면장
과 얘기를 했든지 아니면 전혀 않았으면서 다만 면장의 의견을 예
측한 것인지는 모르나 그게 K에게 유리하게 여겨졌다. 그래서 K가
얼른 새참을 가지러 가려는데, 다만 K의 열성을 별나게 이런 명령

으로 시험해보고 앞으로 이것을 기준 삼으려 한 것인지 아니면 재차 명령하는 데 재미가 생겨 K가 얼른 달리다가 그의 명령을 받고 웨이터처럼 얼른 돌아오는 걸 보고 즐기려는지 선생이 그를 다시 불렀다. K는 나름대로 너무 많이 물러서면 선생의 노예나 야단받이가 될지 모른다는 것을 알고 있었지만 어느 한계까지는 선생의 변덕을 참고 받아줄 참이었다. 알다시피 선생이 비록 그를 해고할 권한이 없다고는 해도 분명 이 일자리를 지겹고 힘들게 만들 수 있기 때문이었다. 그런데 지금 K에겐 바로 이 자리가 전보다 더 중요했다. 한스와 나눈 이야기에서 그에겐 가능성이 없다 치고 근거도 전혀 없지만 결코 잊고 넘길 수 없는 새 희망들이 생겼으며 이로 말미암아 바르나바스네 생각도 거의 가려질 지경이었다. 달리 어쩔 수 없이 그가 희망을 쫓아간다면 모든 힘을 거기에 모으고 그 밖에는, 즉 식사, 거처, 마을 관청, 그리고 프리다까지도 전혀 신경 쓰지 말아야 했다. 더구나 근본적으로는 프리다만 문제일 뿐이었다. 다른 건 모두 프리다와 상관이 있을 때에만 관심이 있었던 것이다. 그랬기 때문에 그는 프리다에게 얼마큼 안정감을 줄 이 자리를 갖고 있어야 했으며 이런 목적 때문인지 다른 때 같으면 선생에 대해 참을 수 없을 일을 더 많이 참는 게 후회스럽지 않은지도 몰랐다. 그 모든 일이 아주 못 견딜 정도는 아닌, 삶에 끊임없이 이어지는 조그만 고통에 속한 것으로 K가 추구하는 것에 비하면 아무것도 아니며 명예롭고 평화로운 삶을 영위하려고 그가 여기 온 것은 아니었다.

그래서 그는 곧장 주막으로 달려가려다가 명령이 바뀌자 여선생이 자기 반을 데리고 다시 건너올 수 있도록 곧 다시 방부터 정리할 준비를 했다. 하지만 아주 빨리 정리가 돼야만 했다. 그리고 나서 K는 새참을 가져와야 했는데 선생이 몹시 배고프고 목이 말랐기 때문이었다. K는 원하는 대로 모두 하겠다고 약속했다. 선생은 잠시 프리다가 교단을 닦고 문지르는 동안 서둘러 잠자리를 치우고 체조 기구를 밀어 제자리로 옮기고 재빨리 방을 쓰는 걸 지켜보았다. 그 열성에 만족했는지 선생은 문 앞에 난방에 쓸 장작 한 더미가 준비되어 있다고 일러주고는——다시는 광에 K를 보내지 않으려는 듯싶었다——곧 다시 와 돌아보겠다고 엄포를 놓고는 아이들 있는 데로 건너갔다.

프리다는 한동안 묵묵히 일만 하다가 K에게 지금 선생에게 그렇게 고분고분한 게 어찌 된 까닭이냐고 물었다. 질문이 염려와 걱정에서 나온 성싶어도 그녀가 본디 그를 선생의 명령과 폭력성에서 지켜주겠다고 약속했는데도 그게 별로 이루어지지 않았으므로 그는 간단히, 일단 학교 소사가 되었으니 직무도 수행할 수밖에 없다고만 했다. 그리고는 이 짧은 대화로 말미암아 프리다가 오래 전부터, 특히 한스와 얘기하는 동안 내내 수심에 잠겨 있던 것 같다는 생각이 K에게 들 때까지 다시 말이 없다가 장작을 날라오며 그녀에게 대체 무슨 생각에 몰두해 있냐고 솔직히 물어보았다. 그녀는 천천히 그를 쳐다보며 별일 아니다, 여주인을 떠올리며 가끔 그녀가 한 말이 사실임을 생각하고 있을 뿐이라고 했다. K가 다그치자 그녀는 몇 번 거부하다가 상세하게, 그러나 그러면서도 일손을 놓지 않고 대답했는데 그 까닭은 일에 전혀 진척이 없는 것으로 미루어 일에 열심이어서가 아니라 그러고 있으면 K를 보지 않아도 되었기 때문이다. 그리고서 그녀는 K가 한스와 대화할 때 처음에는 잠자코 경청한 일, 나중 K의 몇 마디 말에 놀라 그 말의 뜻을 명확히 파악하기 시작했으며 어떻게 그때부터 그녀가 여주인으로부터 얻은, 결코 근거 있다고 믿고 싶지 않았던 경고를 K의 말에서 확인할 수 있었는지를 말해주었다. 잡담에 기분이 상한 데다가 눈물을 글썽이며 하소연하는 목소리에 감동되기보다는 신경이 날카로워져——무엇보다 여주인이 기억을 통해서나마 지금 다시 그의 삶에 끼여들었기 때문인데, 그녀 자신은 지금까지 별 성과가 없었던 것이다──팔에 안고 있던 장작을 바닥에 내던지고 그 위에 앉아 진지하게 모든 걸 털어놓을 것을 요구했다. "벌써 몇 차례나" 하고 프리다가 말을 시작했다. "여주인은 처음부터 내가 당신을 믿지 않게 하려고 애를 썼어요. 그녀는 당신이 거짓말을 한다고 주장하는 게 아니라 반대로 당신이 어린애처럼 솔직하다고 했어요. 하지만 당신은 본질적으로 우리와 달라 설사 당신이 터놓고 얘기한다 해도 우리로선 당신을 좀체로 믿을 수 없으며 만일 좋은 여자 친구가 우릴 일찍 구해주지 않으면 쓰디쓴 경험을 겪고서야 믿게 될 거라고 했어요. 사람을 보는 날카로운 눈을 지닌 그녀도 마찬가지였어요. 그런데 브뤼켄호프에서 당신과 마지막 얘기를 나눈 뒤 그녀는──그녀가 한 악의적인 말만 되풀이해보겠어요──당신의 속을 알았다고 했으니 이제 당신이 아무리 기를 쓰고 의도를 감추려 해도 그녀를 더 이상 속이진 못할 거예요. 그녀는 늘 '그는 아무것도 숨기지 않는단 말이야' 하고 되뇌다가도 '언제 기회가 있으면 그가 하는 말을 귀담아들어봐, 건성으로 말고 정말 귀를 기울여서' 라고 했을 뿐인데 나와 관련해서 다음과 같은 것을 알았어요. 당신이 내게 접근했다고──그녀는 이런 창피스런 말을 사용했는데──, 다만 내가 우연히 당신과 마주쳤는데 싫지는 않았기 때문에, 그리고 당신은 여급을 아주 엉뚱하게도 누구든 손을 내민 손님에게 맡겨진 제물로 생각했기 때문이지요. 뿐만 아니라 당신은 여주인이 헤른호프 주인에게서 들은 대로 무슨 이유에서인지 그때 헤른호프에서 자려고 했는데 그걸 다름 아닌 나를 통해 이룰 수 있었던 거예요. 그날 밤 당신 스스로 나의 정부가 될 계기는 그걸로 충분하고도 남았을 테니까요. 하지만 거기서 더 많은 게 나오려면 필요한 것도 더 많았는데 그게 클람이었어요. 여주인은 당신이 클람에게서 뭘 바라는지 안다고는 않고 당신이 날 알기 전이나 나중이나 클람에게 접근하려고 몹시 애썼다고만 말했어요. 다만 차이가 있다면 전에는 희망이 없었는데 지금은 내게서 실제로, 곧 뻐기면서 클람에게 나아갈 수 있는 믿을 만한 수단을 갖고 있다고 믿는다는 거예요. 당신이 날 알기 전에 여기서 헤맸노라고 오늘 말했을 때—별 까닭 없이 그냥 건성으로 하는 말이었지만—어찌나 놀랐는지. 그건 여주인이 한 말과 거의 같아요. 그녀도 당신이 날 알고 나서부터 비로소 목적 의식을 갖게 되었다고요. 그건 당신이 내가 클람의 애인으로 알고 차지한 까닭에 최고 값을 받아야만 풀어줄 저당물을 잡았다고 생각하는 데서 비롯된 거라고요. 당신은 값을 놓고 클람과 흥정하려고 애쓸 뿐이라고요. 당신에겐 난 아무것도 아니고 값이 중요하기 때문에 나와 관련 뭐든 응할 준비가 되어 있지만 값과 관련해선 굽히지 않는다는 거예요. 그래서 당신은 내가 헤른호프의 일자리를 잃어도, 브뤼켄호프마저 떠나야 하고 힘든 학교 소사일을 하게 되어도 심드렁한 거라고요. 정은커녕 당신은 내게 시간조차 내주지 않아요. 내게 조수들을 맡기고. 당신은 질투도 느낄 줄 모르며, 내가 당신에게 갖는 유일한 가치는 내가 클람의 애인이었다는 것으로 뭘 모르면서 내가 클람을 잊지 않도록 애쓰고 있지요. 아마 결정적 시점이 왔을 때 내가 너무 반항하지 않도록 하려고 말이에요. 그런데도 당신은 혼자서 여주인이 날 당신에게서 빼앗을지 모른다고 생각해서 그녀와도 다투고 그때문에 싸움을 극단으로 끌고 가 나와 함께 브뤼켄호프를 떠나야만 했지요. 나만 놓고 보면 어떤 경우이든 내가 당신 소유임을 당신은 의심하지 않아요. 클람과의 협상을 현찰을 놓고 하는 거래로 생각하고요. 당신은 온갖 가능성을 염두에 두고 있지요. 원하는 가격에 이르면 어떤 일이라도 할 태세이며 클람이 날 원하면 날 그에게 줄 것이고 그가 당신이 내게 그냥 있길 바라면 머물 것이며 날 내쫓길 바라면 날 차버릴 겁니다. 당신은 그러나 유리하다면 연극을 할 마음도 있어요. 그땐 날 사랑한다고 꾸며대겠지요. 그가 시큰둥하면 당신이 하찮은 존재임을 내세워 그로 하여금 당신이 계승자라는 사실에 수치심을 갖도록 하거나 실제 내가 한, 그에 대한 나의 사랑의 고백을 그에게 전해서 그가 날, 물론 값을 치르는 조건으로, 다시 받아들이라고 권하겠지요. 그래도 다른 도리가 없으면 K 부부의 이름으로 곧장 떼를 쓰겠죠. 여주인은 끝으로 말했어요, 당신이 그러나 모든 점에서 잘못 생각하고 있음을 깨닫게 될 거라고. 가정이나 희망, 클람에 대한 상상과 그의 나에 대한 관계를 말이에요. 그러면 내게 지옥이 시작되는 거예요. 난 그러면 당연히 당신이 기댈 유일한 소유물이지만 아울러 쓸모 없음이 밝혀져 그에 상응한 대우를 받게 되겠지요. 당신에겐 나의 주인이라는 기분밖에 없으니까요."

K는 입을 꼭 다물고 열심히 경청했는데 밑에 있던 장작이 굴러 하마터면 바닥에 미끄러질 뻔했는데도 상관하지 않다가 이제야 일어나 교단에 앉아 그에게서 힘없이 빼내는 프리다의 손을 잡고서 말을 했다. "이 이야기에서는 어느 게 당신 의견이고 어느 게 여주인의 의견인지 꼭 구분되지 않는데." "그건 주인아주머니 의견일 따름이에요" 하며 프리다가 말했다. "난 주인아주머니를 존경하기 때문에 모든 걸 다 잘 들었어요. 하지만 내 생애에 그녀의 의견을 온통 물리친 건 그게 처음이었어요. 그녀가 말한 게 다 한심해보이고 우리 둘의 관계를 전혀 이해 못하는 것 같았죠. 오히려 내게는 그녀가 한 말의 정반대가 맞는 것 같았어요. 난 우리가 첫날밤을 보낸 뒤의 울적한 아침 생각이 났어요. 이젠 모든 게 끝났구나 하는 눈으로 당신이 내 옆에 꿇어앉아 있던 모습이. 그리고 이어 과연 어찌하여 내가 그렇게 애를 썼는데도 당신에게 도움이 되지 못하고 방해

만 됐는지. 나로 말미암아 여주인은 당신의 적이 되었으며 당신이 아직도 얕보지만 강적이지요. 날 돌봐야 했기 때문에 당신은 일자리를 빼앗기지 않아야 했고 면장에게 불리한 처지였으며 선생에게 굽혀야 했고 조수들에게 잡혀 있었죠. 그러나 가장 나쁜 것은 나 때문에 클람에게 무례한 짓을 했으리라는 거예요. 당신이 지금 한사코 클람을 만나 어떻게 해서든 그를 무마하려 하지만 그건 헛수고일 뿐이라고요. 그래서 난 나보다 이 모든 걸 훨씬 더 잘 알고 있는 주인아주머니가 그저 너무 심하게 자책하지 말라고 내게 슬쩍 일러주는구나 하고 생각했어요. 호의로 그런 거지만 너무 그럴 건 없었죠. 당신에 대한 나의 사랑으로 난 모든 걸 벗어날 수 있을 테고, 이 마을이 아니고 다른 데라면 마침내 당신을 밀어줄 수도 있을 텐데. 그 힘은 이미 증명되었죠. 당신을 바르나바스네로부터 구해줬으니까요." K가 "그때 당신은 그렇게 반대로 생각했지" 하며 "그런데 그때 이후 달라진 게 뭐지?" 하고 말했다. 프리다는 "모르겠어요" 하고는 자신의 손을 잡고 있는 K의 손을 바라보았다. "아무것도 변하지 않았는지도 몰라요. 당신이 이렇게 내 가까이서 가만히 물으면 아무 변한 게 없다는 생각이 들어요. 하지만 실제론"——그녀는 K에게서 손을 빼고서 그와 마주앉아 얼굴을 내놓고 울었다. 그녀가 그에게 눈물로 범벅이 된 얼굴을 내보였는데, 마치 자기 때문에 우는 게 아니어서 감출 것도 없으며 그녀가 우는 까닭은 K의 배신 때문이며 그래서 K가 그녀의 처량한 모습을 보는 게 당연하다는 투였다——"그러나 실제로는 당신이 그 아이와 얘기하는 걸 들은 이후 모든 게 변했어요. 처음부터 순진하게 이것저것 집안 사정을 묻는 모습이라니, 당신이 막 바에 들어오는 듯했어요. 다정하게, 거리낌 없이, 그리곤 애처럼 열심히 내 눈길을 찾았지요. 그때와 전혀 다른 게 없었으며 난 주인아주머니가 여기 와 당신 말을 귀담아듣고 자기 견해를 좀 확인해주었으면 싶었지요. 그러다가 문득, 어떻게 그렇게 되었는지 모르지만, 당신이 무슨 의도로 그 애와 얘기하는지 알았어요. 당신은 동정하는 말로 만만찮은 그의 신뢰를 얻어 당신의 목표를 향해 나아가려 한다는 것을 더욱더 잘 깨닫게 되었어요. 목표는 그 부인이었지요. 말로는 그녀를 걱정하는 척하며 당신은 온통 당신 일만 생각하는 게 뻔히 보이더군요. 당신은 그 부인을 얻기도 전에 그녀를 속인 셈이죠. 당신이 하는 말을 듣고 있으니 내 과거뿐만이 아니라 내 앞날도 알겠더군요. 마치 주인아주머니가 내 옆에 앉아 내게 모든 걸 설명해주는 것 같아 그걸 물리치려고 안간힘을 다 썼지만 그런 노력들은 부질없기 마련이죠. 그럼에도 난 속은 게 아니었어요. 난 결코 속은 적이 없으며 속은 건 낯모르는 그 여자예요. 내가 벌떡 일어나 한스에게 뭐가 될 거냐고 묻자 그는 당신과 같은 사람이 되고 싶다고 했는데, 즉 완전히 당신 손에 든 셈이죠. 그래 여기서 이용당한 그 착한 아이와 당시, 바에 있던 나와 지금 큰 차이가 있나요?"

"모두" 하며 비난에 익숙해져 평정을 되찾은 K가 말했다. "당신이 한 말은 어떤 의미에서 맞아. 옳지 않은 건 아니지만 악의적이야. 당신은 그게 당신 자신의 생각이라고 믿을지 모르나 그건 나의 적인 여주인의 생각이야. 그래서 내게 위로가 돼. 하지만 유익해. 여주인에게선 배울 게 많지. 나를 봐줄 사람은 아닌데도 그녀는 내게 대고 그 말은 안 했어. 그녀가 당신에게 그 무기를 맡긴 건 당신이 그걸 내가 특히 곤란하거나 판단할 게 많은 때에 이용하길 바라는 마음에서인 것이 확실해. 내가 당신을 이용한다면 그녀도 당신을 이용하는 셈이지. 하지만 이제 생각해봐, 프리다. 설사 모든 게 여주인이 말한 대로라고 해도 문제가 되는 건 한 가지 경우뿐이야, 당신이 날 좋아하지 않을 경우 말이야. 그렇다면 이 소유물을 가지고 한몫 잡으려고 내가 타산과 술수를 써 당신을 얻은 게 되지 않겠어. 그렇다면 당시에 당신의 동정심을 유발하려고 올가와 팔짱을 끼고 당신 앞에 나타난 것도 내 계획에 들어 있었단 말이 되는데 여주인이 그걸 내 죄목으로 넣는 걸 잊어버린 거로군. 그러나 그게 문제될 게 없다면 그리고 그때 약삭빠른 짐승이 당신을 낚아챈 게 아니고 내가 당신을 맞듯이 당신이 날 맞아주어 서로 만났고 둘이 자신을 잊은 채, 프리다, 그리곤 어찌 되었지? 그리고 난 내 일을 당신 일처럼 처리하며 여기엔 어떤 구분도 없고 적인 여주인만 그럴 수 있어. 그런 건 어떤 일, 한스와 관련해서도 마찬가지야. 더욱이 한스와 나눈 이야기를 평하면서 당신은 여린 감정으로 매우 과장하는데 만일 한스와 나의 의도가 완전히 일치하지 않는다면 거기에 반대되는 점도 없진 않을 것이며 한스에게 우리 사이의 불일치가 숨겨지지도 않았을 거야. 당신이 그렇게 생각한다면 이 조심스러운 꼬마를 아주 얕잡아보는 것이며 설사 그에게 모든 게 감춰졌다 해도 그 때문에 누구에게 부당한 일은 생기지 않을 거라고 생각해."

프리다가 "정말 갈피를 못 잡겠어요, K" 하며 한숨을 지었다. "당신에 대한 불신은 없었고 비슷한 게 주인아주머니에게서 내게 옮아왔지만 기꺼이 팽개치고 당신에게 무릎을 꿇고서 용서를 빌겠어요. 그렇게 못된 말인데도 내가 대체 어찌 되어 내내 그렇게 했는지 말이에요. 그러나 당신이 내게 감춘 게 많다는 건 사실이에요. 당신이 오고 가고, 난 어디서 와 어디로 가는지 모르고. 심지어 한스가 문을 두드렸을 때 당신은 바르나바스 하고 이름을 불렀죠. 그때 까닭 없이 싫은 그 이름을 부를 때처럼 날 한 번이라도 그렇게 사랑스럽게 불러주었으면. 당신이 날 못 믿으시는데 어찌 내게 불신이 생기지 않을까요. 그래서 난 완전히 주인아주머니 손에 맡겨진 건데 당신 태도를 보니 그녀가 맞는 것 같군요. 그러나 모든 점에서 그런 건 아니예요. 당신이 모든 점에서 그녀를 시인해주고 있다는 뜻이 아니라고요. 당신은 어쨌든 나 때문에 조수들을 쫓아내지 않았나요? 아, 내가 얼마나 열렬히 당신의 행동과 말에서, 그게 내게 괴로운 것이라도, 내게 좋은 점을 찾는지 안다면." "무엇보다도, 프리다" 하며 K가 "당신에게 숨기는 건 전혀 없어. 여주인이 얼마나 나를 미워하고 있고 당신을 내게서 빼앗으려고 얼마나 애쓰는지 그리고 어떤 비열한 방법으로 그런 짓을 하는지 그리고 당신이, 프리다, 당신이 그녀에게 굽히는 모습이라니. 내가 당신에게 뭘 숨기고 있다는 거야? 내가 클람을 만나려 한다는 걸 알고 그 일에 당신이 도움이 되지 않으며 그래서 나 혼자 힘으로 이루어야 한다는 것도 당신은 알지. 보다시피 아직까지 성공하지 못했고. 이미 사실 쓸데없는 시도들 때문에 내 콧대가 상당히 낮아졌는데 지금 그걸 얘기해 거듭 자존심을 상해야겠어? 클람의 썰매 문에서 떨며 오후 내내 기다리다 허탕친 걸 자랑이라도 하란 말이야? 그런 일들을 생각하지 않아도 되는 게 좋아서 당신에게 달려왔는데 그게 다시 당신에게서 나와 덤벼드는군. 그리고 바르나바스? 그래, 난 그를 기다리고 있어. 그는 클람의 심부름꾼이지. 내가 그렇게 만든 게 아니야" 하고 말했다. "또 바르나바스로군" 하며 프리다가 "난 그가 좋은 심부름꾼이라곤 생각지 않아요" 하고 외쳤다. "당신 말이 옳을지도 몰라" 하며 K가 "하지만 그는 내게 오는 유일한 심부름꾼이야"라고 말했다. "그럴수록 더 나빠요" 하며 프리다가 "그럴수록 당신은 그를 조심해야 돼요"라고 했다. K는 웃으며 "그는 여태까지 그럴 만한 일을 만든 적이 없어" 하고는 "어쩌다가 오고, 가져오는 것도 별것 아니었어. 그게 직접 클람에게서 온다는 게 가치 있을 뿐이고"라고 말했다. 프리다가 "어어 참" 하고 말했다. "당신의 목표는 결코 클람이 아니군요. 그래서 내가 가장 걱정스러워하는지 몰라요. 당신이 날 거쳐 클람에게 나아가려는 건 좋지 않았는데 지금 그것을 포기하는 듯한 건 더 나빠요. 그건 주인아주머니가 미리 예견 못한 일이에요. 주인아주머니 말로 내 행복, 긴가민가하면서도 정말 사실인 내 행복은 마침내 당신이 클람에게 거는 기대가 헛됨을 깨닫는 날로 끝이라는 거예요. 그런데 당신은 이날을 기다리기는커녕 난데없이 웬 꼬마가 들어오자 마치 생명에 필요한 공기를 위해 싸우기라도 하는 양 개와 그의 어머니를 놓고 다투기 시작하고." K는 "나와 한스가 한 얘기를 제대로 알아들었군" 하며 "그건 사실이야. 하지만 당신에겐 이전의 삶이 다 망가져(더 이상 굴러 떨어질 곳도 없는 여주인 수준까지 말이지), 특히 아래 깊은 데서 올라온 사람이 출세하려면 어떻게 싸워야만 하는지조차 모르겠단 말이지? 무얼 어떻게 사용해야 될지, 무슨 희망이 있는지를? 그런데 그 부인이 성에서 왔어. 첫날 길을 잃고 라제만의 집에 가게 되었을 때 내게 그녀가 직접 말했어. 그녀에게 조언이나 도움을 청하는 게 당연하지. 여주인이 오직 클람에게 가는 걸 가로막는 장애물들을 아주 잘 안다면 그 부인이 길을 알고 있을지도 몰라. 그녀 스스로 그 길을 내려왔으니까 말이야"라고 했다. 프리다가 "클람에게 가는 길을?" 하고 물었다. K가 "물론 클람에게지. 그렇지 않으면 어디겠어"라고 했다. 그리고는 벌떡 일어났다. "자 그럼 늦기 전에 새참을 가지러 가야겠어." 그가 그냥 있어야 그녀에게 한 위로가 증명되기라도 하는 양 프리다는 까닭 없이 그에게 가지 말라고 간청했다. 하지만 K는 선생을 상기시키고 언제라도 쿵 하며 요란스레 열릴지 모를 문을 가리키며 곧 오겠다고 약속하고는 그녀에게 절대 불을 피우지 말라, 그 자신이 처리하겠다고 했다. 마침내 프리다는 묵묵히 하라는 대로 했다. K는 밖에 나와 터벅터벅 눈길을 헤쳐가다가——벌써 눈을 치웠어야 했는데 일은 이상하리만큼 진척되지 않았다——울타리

성 189

에 조수 한 명이 죽은 듯 매달려 있는 게 보였다. 하나뿐이네, 다른 놈은 어디 있지? 그렇다면 한 놈의 끈기만은 꺾은 건가? 이 점에 있어 여기 남아 있는 자는 아직도 열성이 충분했다. K의 모습을 보자 그는 기운이 나 얼른 다시 손을 내밀고 안타깝게 눈알을 굴리기 시작했던 것이다. K는 '끈질긴 건 알아줘야겠군' 하고 중얼대다 '그렇게 하다간 울타리에서 얼어 죽지' 하고 덧붙이고 말았다. 그러나 K는 내색을 않고 주먹으로 가까이 오는 건 절대 안 된다고 위협만 했는데도 조수는 겁에 질려 성큼 뒤로 물러났다. 바로 이때 프리다가 K와 이야기한 대로 불을 피우기에 앞서 환기를 시키려고 창문을 열었다. 조수는 얼른 K를 놔두고 살금살금──끌리는 마음을 억제할 수 없어──창으로 갔다. 조수를 보면 다정한 마음에, K를 보면 애절한 마음에 어쩔 수 없어 일그러진 얼굴로 프리다는 창 밖으로 손을 내밀어 살짝 흔들었는데 가라는 건지 인사인지 분명치 않았으며 조수는 그에 개의치 않고 계속 가까이 왔다. 그러자 프리다가 서둘러 바깥 창을 닫았지만 손잡이를 잡고, 고개를 갸우듬히 기울인 채, 눈은 크게 뜨고 멍하니 웃으며 그냥 그 뒤에 서 있었다. 그러면 조수를 놀라 물러가게 하는 게 아니라 오히려 유혹하는 것임을 그녀는 알 텐데? 하지만 K는 더 이상 돌아보지 않았다. 그보다는 차라리 될 수 있는 한 빨리 갔다가 빨리 돌아오려고 했다.

15
아말리아와 함께

마침내——어둠이 꽤 짙어진 늦은 오후였다——K는 눈을 치워 교정의 길을 내고 길 양쪽에 높이 쌓아 올려 다짐으로써 하루 일을 끝냈다. 그리고 정원 입구에 서 있었는데 넓은 주위에 사람이라곤 그 혼자뿐이었다. 몇 시간 전 조수를 몰아 먼데까지 쫓아냈는데 정원과 오두막들 사이 어딘가에 숨었는지 이젠 찾을 수가 없었으며 그 뒤로는 나타나지도 않았다. 프리다는 집에서 빨래를 하든지 아니면 여전히 기자의 고양이를 씻겨주고 있을 것이다. 프리다에게 그 일을 맡긴 건 기자로서 큰 신뢰의 표시였지만 아무튼 역겹고 온당치 않은 일로, 여러 가지로 직무를 태만히 한 뒤 기자에게 생색낼 만한 기회는 다 이용하는 게 매우 바람직하다는 생각만 않았다면 그 일을 맡도록 놔두지 않았을 것이다. 기자는 K가 다락에서 조그마한 아이들 목욕통을 가져와 물을 데우고 마지막으로 조심스럽게 고양이를 통 안에 넣는 것을 흐뭇이 바라보았었다. 그때부터 고양이는 전적으로 프리다가 돌보게 되었다. K가 첫날 저녁 알게 된 슈바르처가 와서 K에게 그날 밤에 비롯된 경계심과 학교 소사에게 걸맞는 심한 업신여김이 뒤섞인 태도로 아는 체를 하고는 기자와 함께 다른 방으로 가버렸던 것이다. 그 둘은 아직도 거기에 있었다. K가 브뤼켄호프에서 들은 바로 슈바르처는 집사의 아들이면서도 기자를 사랑해 오랫동안 마을에 살고 있으며 연줄에 힘입어 면에서 보조 교사로 임명을 받았지만 주로 하는 일은 기자의 수업 시간에 거의 빠짐없이 아이들과 같이 의자에 앉아 있거나 즐겨 교단 가까이 기자의 발치에 앉아 있는 것이었다. 그가 방해하는 건 전혀 없었으며 아이들도 이미 익숙해져 있었는데, 그건 슈바르처에게 아이들에 대한 애정도 이해도 없었고 그들과 이야기도 별로 하지 않았으며 다만 기자에게서 체육 수업만 떠맡고 그 밖에는 기자 가까이서 그녀의 숨결, 온기를 느끼며 사는 것으로 만족해서 더 쉽게 그렇게 되었는지 모른다. 그의 가장 큰 즐거움은 기자 옆에 앉아 그녀와 함께 공책의 틀린 곳을 고쳐주는 일이었다. 오늘도 그들은 그 일을 하고 있었다. 슈바르처가 공책을 한 무더기 가져다 놓았는데, 남선생은 종종 자기 것까지 그들에게 주었던 것이다. 날이 밝은 동안에는 그 둘이 창가의 작은 책상에서 머리를 맞댄 채 꼼짝도 않고 일하는 게 보였었다. 지금은 그곳에 촛불 둘만 아롱거리고 있었다. 이 둘을 이어주는 것은 진지하고 말없는 사랑이었으며 이 분위기를 이끄는 건 바로 기자였다. 가끔 그녀의 굼뜬 성격이 사나워져 모든 한계를 깨기도 하지만 비슷한 일이 다른 때 다른 사람에게 생기면 결코 쉽게 넘어가지 않을 것이다. 그래서 활달한 슈바르처도 그에 따라 천천히 걷고 천천히 말하며 조용히 지내야 했지만 그에 대한 보상은 보다시피 기자가 그냥 가만히 앞에 있는 것으로 충분했다. 이럴 때의 기자를 보면 그를 전혀 사랑하지 않는 것 같았는데, 아무튼 둥근 잿빛의, 그야말로 결코 깜박거리지 않고 오히려 눈동자가 안에서 움직일 것 같은 눈은 그런 질문에 어떤 대답도 주지 않았으며 다만 그녀가 슈바르처에게 가탈부리지 않고 가까이 있도록 한다는 것을 보여주었지만 집사 아들의 사랑을 받는 영예로움은 안중에 없다는 듯, 슈바르처의 눈이 그녀를 좇든 말든 상관없이 터질 듯이 풍만한 몸을 이끌고 유유히 돌아다녔다. 하지만 슈바르처는 그녀를 위해 늘 마을에 머물러 있는 수고를 치렀다. 아버지가 여러 차례 그를 데려오라고 심부름꾼을 보냈지만 그는 그들로 말미암아 성 일이라든지 자식 된 도리를 잠시나마 떠올리는 게 마치 그의 행복을 심히, 돌이킬 수 없이 방해한다는 듯 몹시 화를 내며 그들을 내쫓았다. 그러나 자유로운 시간은 본디 넉넉했다. 기자가 그에게 얼굴을 보이는 건 대개 수업 시간과 공책을 검사할 때뿐이었는데 이기심에서 그런 게 아니고 편안함과 그에 딸린 고독을 무엇보다 좋아하며 집에서 그야말로 자유롭게 긴 안락 의자에 몸을 뻗고 있을 수 있을 때 가장 행복했기 때문이었다. 그래서 슈바르처는 하루의 대부분을 하릴없이 돌아다녔는데도 싫은 건 없었다. 그럴 때면 그는 기자가 사는 뢰벤 골목의 다락방에 올라가 늘 잠겨 있는 문에 귀를 대보고 방에 예외 없이 괴이한 정적뿐임을 확인하고 돌아왔다. 그러나 그에게 이런 생활로 말미암아 이따금, 기자가 있는 데선 결코 그렇지 않았지만, 관료적인 거만함이 되살아나 순간적으로 어처구니없게 분출되는 수도 있었는데, 물론 지금 그의 위치에서는 얼토당토않은 것이었다. K도 겪은 것처럼 그런 경우 대체로 끝도 매우 좋지 않았다.

그런데 이상하게도 브뤼켄호프에서는 슈바르처에 관해선 존경스럽다기보다 우스꽝스러운 일인 경우에도 뭔가 존경심을 갖고 얘기하며 기자도 이에 함께 포함되어 있었다. 그렇다고 해도 만일 슈바르처가 보조 교사로서 K보다 특별히 뛰어나다고 생각한다면 잘못이며 그런 우월함은 없었다. 학교 소사는 모든 교사, 특히 슈바르처 따위의 교사에겐 매우 중요한 사람으로 그를 무시해서 이익 볼 게 없으며, 신분 관계로 그럴 수밖에 없으면 마땅한 보답물로 달래줘야 한다. K는 언젠가 그걸 생각해보려 했는데, 사실 슈바르처는 그에게 첫날 저녁부터 빚을 졌으며 그날 이후 슈바르처의 대접이 정당한 것으로 인정되었다고 해서 그 빚이 줄어드는 건 아니었다. 그러나 여기서 잊어서는 안 되는 게 있었다. 그것은 그 대접으로 말미암아 다음 모든 일의 방향이 정해졌을 거라는 점이다. 슈바르처 때문에 K는 어처구니없게도 첫 순간부터, 마을 물정도 전혀 모르고 아는 사람이나 기댈 곳도 없이 도보 여행에 기진맥진해 전혀 의지할 바 없이 짚자리에 누워 있다가 관의 손에 넘겨지면서, 온갖 관의 관심을 끌게 되었던 것이다. 하룻밤만 지난 뒤였더라도 모든 게 다르게, 조용히, 다른 사람에게 눈치 채이지 않게 지나갈 수 있었을 텐데. 아무튼 그에 대해 아무도 모르며, 전혀 수상쩍게 생각하지 않고, 그를 날품팔이 직공으로 보고 선뜻 하루 머물게 해주었더라면 그의 쓸모와 믿음성을 보고 이웃에 이야기가 퍼져 어쩌면 바로 어딘가에서 머슴으로 받아들여주었을 텐데. 관에 들키지 않을 수는 없었겠지. 그러나 한밤중에 자기 때문에 본부 또는 누구든 전화 옆에 있던 사람을 흔들어 깨워 즉각 결정해달라고, 겉으론 공손해보여도 귀찮게 완강히, 더구나 위에서 싫어하는 슈바르처가 요구하는 것과 그 대신 K가 다음날 집무 시간에 면장 집을 찾아 격에 맞게 마을 누구의 집에 머물고 있는 날품팔이 직공이라 신고하고——아주 뜻밖에 일이 생겨, 물론 며칠뿐이고 더 길게는 결코 머물 생각이 없기 때문에 여기서 일감이 생기지 않을 경우——내일 다시 이동할 거라고 하는 것에는 근본적으로 차이가 있었다. 슈바르처가 아니었다면 일이 이와 엇비슷하게 되었을 것이다. 관에선 계속, 그러나 조용히, 공적 경로를 밟아, 아마 관이 무엇보다 싫어하는 사건 당사자의 초조함에 구애받지 않고 일을 다루었을 것이다. 그러면 모든 일의 잘못이 K에게 있지 않고 슈바르처에게 있는 것이지만 슈바르처는 집사의 아들이며 겉으로 봐선 잘못 처신한 게 없기에 K만 대가를 치를 수밖에 없었던 것이다. 그러면 이 모든 어처구니없는 일의 원인은? 그날 기자의 불편한 심기 때문에 슈바르처가 밤에 자지 않고 돌아다니다가 K에게 분풀이한 것은 아닐지. 물론 다른 관점에서 보

면 K가 슈바르처의 이런 행동에 아주 크게 덕을 보고 있다고 할 수
도 있었다. 그로 말미암아 혼자서는 결코 이루지 못할 일, 이루려는
마음조차 갖지 않았으며 관에서도 좀처럼 허용하지 않았을 일, 즉
그가 처음부터 술책 부리지 않고, 관과 대등하게 맞서 싸우는 게 가
능했던 것이다. 하지만 그건 좋은 선물이 아니었다. 그 덕분에 K는
거짓말이나 슬쩍 속임수를 많이 쓸 필요가 없었지만 아울러 대들
힘도 거의 없어져 결국 싸움에서 불리해졌으며, 그와 관의 힘의 차
이가 어마어마해 그가 할 수 있는 모든 거짓과 계략으로도 그 차이
를 자기에게 유리하게 낮출 수는 없고, 상대적으로 늘 눈치 채이지
나 말아야 된다고 스스로 생각하지 않았다면 싸움을 포기해버렸을
것이다. 그러나 이건 K 스스로 위로하는 생각일 뿐, 그래도 원인은
그대로 슈바르처에게 있었다. 그가 그때 K에게 해를 입혔다면 다음
번에는 도와줄 가능성도 있었다. 더군다나 K에게 도움이 필요할 만
한 곳도 극히 사소한 일, 맨 처음 선결 조건에서였다. 그러고 보니
예컨대 바르나바스 일도 다시 틀어지는 모양이다. K는 바르나바스
의 집으로 가서 알아보고 싶었지만 프리다 때문에 하루 종일 머뭇
거렸다. 프리다 앞에서 그를 맞지 않으려고 지금 여기 밖에서 일을
했으며 일이 끝난 뒤에도 바르나바스가 올지 몰라 기다렸지만 바르
나바스는 오지 않았다. 이젠 그 자매들에게 가 아주 잠깐, 문턱에서
물어만 보고 곧 돌아올 셈이었다. 그래서 그는 삽을 눈에 처박고는
달려갔다. 헐레벌떡 바르나바스 집에 이르러 문을 짧게 두드린 뒤
열어 젖히고 방안이 어떤지 살펴보지도 않고 물었다. "바르나바스
는 아직도 오지 않았나요?" 그제서야 올가는 없고 멀리 떨어진 탁
상 옆에 두 노인네가 몽롱하게 앉아 문에서 무슨 일이 있는지 미처
알아차리지 못하고 천천히 이쪽으로 얼굴을 돌리고 있고, 그리고
아말리아가 난로 옆 의자에 이불을 덮고 누워 있다가 K가 나타난

걸 보고 깜짝 놀라 얼른 일어나 정신을 차리려고 이마에 손을 대고 있는 게 보였다. 올가가 여기 있었다면 바로 대답을 해주어서 K는 다시 떠날 수 있었을 텐데, 그는 할 수 없이 아말리아 쪽으로 몇 걸음이나마 옮겨가 그녀에게 손을 내밀고——그녀는 말없이 악수했다 ——흠칫 놀란 부모님이 움직이지 않도록 그녀에게 부탁하자 그녀는 몇 마디 하면서 그렇게 했다. K는 올가가 마당에서 장작을 패고 있고 아말리아는 지칠 대로 지쳐——그녀는 이유를 말하지 않았다 ——얼마 전부터 누워 있어야 했으며 바르나바스는 아직 오지 않았지만 성안에서 밤새는 일은 없으므로 틀림없이 금방 돌아온다는 것을 알았다. K는 알려줘서 고맙다 하고는 돌아갈 수 있었는데 아말리아가 올가도 기다릴 생각이 아니었느냐고 물어 시간이 없을 것 같다고 했다. 아말리아가 오늘 올가와 얘기한 적이 있는냐고 물어 놀란 얼굴로 아니라 대답하고 올가가 그에게 특별히 전할 말이 있는지 물었다. 아말리아는 조금 화가 난 듯 입을 비죽이곤 K에게 말없이, 분명 작별 인사로, 고개를 끄덕이고 다시 드러누웠다. 누운 자세로 그녀는 그가 아직 거기 있는 게 이상하다는 듯 그를 살펴보았다. 그녀의 눈은 차고 맑고 여느 때처럼 움직임이 없었으며 똑바로 관찰 대상을 향해 있는 것이 아니라 살짝, 알아챌 수 없을 정도로, 그러나 확실하게 스쳐 지나갔는데——그 때문에 심란했다——그건 약함이나 당황함, 꾸밈에서가 아니라 다른 감정을 뛰어넘는, 고독을 바라는 끊임없는 욕망에서 비롯된 것으로, 그녀 자신에겐 다만 그런 식으로 느껴지는 모양이었다. K는 그 첫날 저녁부터 이 눈초리에 마음을 빼앗겼다는, 이 가족에게서 직접 받은 아주 불쾌한 인상은 아마 이 눈초리, 즉 그 자체가 보기 싫다기보다 당당하고, 말수가 없는 가운데 솔직한 이 눈초리에서 비롯된 성싶다는 생각이 떠올랐다. K가 "늘 그렇게 어두운 얼굴이군, 아말리아" 하며 "뭐 괴로운 일이 있니? 말할 수 없는 거야? 난 너 같은 시골 처녀는 본 적이 없어. 오늘, 지금에야 비로소 그런 느낌이 들었어. 이 마을 출신이니? 여기서 태어났어?" 하고 물었다. 아말리아는 K가 맨 나중 질문만 했다는 듯 그렇다고 대답하고는 "그러니까 올가를 기다리는 거군요?"라고 했다. K는 "왜 계속 똑같은 질문을 하는지 모르겠어" 하고는 "더 이상 기다릴 순 없어. 집에서 약혼녀가 기다리거든" 하고 말했다. 아말리아는 팔꿈치에 몸을 괴며 약혼녀 이야기는 모른다고 했다. K가 이름을 댔지만 아말리아는 알지 못했다. 아말리아는 약혼에 대해 올가도 알고 있는지 물었는데 K는 그럴 거라며 그가 프리다와 함께 있는 걸 올가가 보았으며 또 마을에는 그런 소문이 빨리 퍼진다고 했다. 그러나 아말리아는 K에게 올가는 그 사실을 모르고 있으며 그걸 알게 되면 몹시 슬퍼할 거라 주장했는데 그 까닭으로 그녀가 K를 사랑하는 것 같다고 했다. 그녀는 매우 소극적이기 때문에 드러내놓고 그 얘길 하진 않았다는 것, 그러나 사랑은 자기도 모르게 드러난다고 했다. K는 아말리아가 확실히 잘못 알고 있다고 생각했다. 아말리아가 웃었는데 그게 비록 슬픈 웃음이었지만 어둡게 찌푸린 얼굴을 밝히며 다물고 있던 입을 열고 낯선 느낌을 친근하게 바꾸는 일종의 비밀 누설로, 다시 회수는 가능하지만 결코 전부 다 거두어들일 수가 없어 지금껏 지켜왔던 소유물을 내놓은 것이었다. 그녀는 결코 잘못 알고 있는 게 아니며 더많은 것도 알고 있는데, K 역시 올가에게 호감을 갖고 있으며 바르나바스의 소식을 구실로 그가 찾아온 것도 사실은 오직 올가 때문이라는 것이었다. 그러나 이제 아말리아가 모든 걸 알고 있으니 K는 더 이상 따지지 말고 자주 와도 좋다고 했다. 그녀가 그에게 하려던 말은 이것뿐이라는 것이다. K는 고개를 흔들며 그의 약혼을 상기시켰다. 아말리아는 이 약혼에는 별 신경을 쓰는 것 같지 않았으며 그녀에겐 앞에 혼자 서 있는 K의 직접적인 인상이 결정적으로, 그녀는 K가 마을에 온 지 며칠밖에 되지 않았는데 그 아가씨를 대체 언제 알았느냐, 라고만 물었다. K가 헤른호프에서의 그날 저녁 이야기를 하자 아말리아는 그냥 간단하게 그를 헤른호프에 데리고 가는 데 정말 반대였다고 했다. 그녀는 그 증인으로 마침 한쪽 팔에 장작을 가득 들고——전에 방에 힘들게 서 있던 것에 비해 일 때문에 달라진, 즉 발랄하고 찬바람에 탄, 원기 왕성한 모습으로——들어오는 올가를 불렀다. 그녀는 장작을 내던지고 K에게 천연스레 인사하더니 곧장 프리다에 대해 물었다. K는 아말리아에게 눈짓으로 알려주었지만 그녀는 자신의 주장이 반증되었다고는 여기지 않는 듯했다. K는 그 때문에 조금 흥분해 보통 때보다 더 자세하게 프리다 이야기를 하며 그녀가 얼마나 어려운 상황에 처해 학교에서 그나마 살림을 꾸려가고 있는지 설명하고 서둘러 이야기하다가——그는 바로 집에 갈 생각이었다——자제력을 잃고 작별 인사로 자매들에게 한번 방문해달라 초대하고 말았다. 그제서야 그는 깜짝 놀라 말을 멈추었는데, 아말리아가 그에게 달리 말할 시간도 주지 않고 바로 초대를 받아들인다고 밝히자 올가도 끼여들며 동의했다. 그러나 K는 계속 서둘러 떠나야 한다는 생각과 아말리아의 눈길에 안절부절못하다가 그 초대는 잘 생각하지 않고 개인적 감정으로 무심코 말한 것이다, 하지만 프리다와 바르나바스네 집안 사이에 자기로선 전혀 이해할 수 없는 심한 적대 관계가 있으므로 유감이지만 초대한 걸 지킬 수가 없다, 하며 계속 속을 보이고 말았다. "그건 적대 관계가 아니예요" 하고 아말리아가 의자에서 일어나 이불을 뒤쪽으로 던지며 "그렇게 대단한 건 아니고 일반 사람들의 생각을 멋모르고 따라하는 것뿐이에요. 그럼 가요. 당신 약혼녀에게 가세요. 서두르는 게 보여요. 우리가 올까 걱정하지 마세요. 난 처음

부터 농담으로, 곯려주려고 한 것뿐이니까. 하지만 당신은 우리에
게 자주 와도 괜찮아요. 방해되는 건 없을 테니까. 언제라도 바르나
바스의 소식 때문이라고 핑계를 대세요. 난 바르나바스가 성에서
당신에게 전할 게 있다고 해도 당신에게 알려주려고 다시 학교까지
가지 않도록 말해서 당신을 도와드리죠. 걔는 그렇게 쏘다니면 안
되는데, 불쌍한 애 같으니, 근무한다고 몸이 다 쇠하고. 소식을 가
지러 당신이 몸소 와야겠어요" 하고 말했다. K는 아말리아가 이렇
게 많은 얘기를 연달아 하는 걸 들은 적이 없었는데, 그 속엔 평소
의 구변과는 다른 고고함이 있었으며 K뿐 아니라 그녀에게 친숙한
언니 올가도 그걸 느낀 것 같았다. 그녀는 조금 떨어져 손을 앞에
모으고, 지금은 다시 여느 때처럼 다리를 벌린 채 약간 구부정한 자
세로 서 있었으며, 눈은 아말리아가 K만을 바라보고 있는 동안 그
녀 쪽으로 향해 있었다. K가 "그건 착오인데" 하고 말했다. "내가
바르나바스를 기다리는 게 진심이 아니라고 생각한다면 크게 잘못
생각한 거야. 관청과의 문제를 정상화하는 게 내 최고의, 사실 하나
밖에 없는 소원이거든. 그러려면 바르나바스가 그렇게 되도록 날
도와줘야 하며 바르나바스에겐 많은 희망이 실려 있어. 그는 이미
날 몹시 실망시킨 적이 있지만 그건 그의 잘못이라기보다는 내 잘
못이었어. 처음이라 뭐가 뭔지 몰라 그렇게 되었는데, 난 그때 잠깐
저녁 산책만 하면 모든 게 이루어질 수 있다고 생각했다가 불가능
이 불가능으로 나타나자 그의 탓이라 생각했었지. 너희 가족, 너희
들에 대한 평가도 그 영향을 받았어. 이젠 지나간 일로 난 이제 너
희들을 잘 이해한다고 생각해. 게다가 너희들은"——K는 적당한 말
을 찾았지만 얼른 찾지 못하고 다음과 같이 덧붙이는 걸로 만족했
다——"너희들은 내가 아는 마을 누구보다도 좋은 사람들인 것 같
아. 그런데 아말리아, 네가 오빠의 업무, 즉 그게 나에게 갖는 의미

를 과소 평가하니 내가 다시 혼란스럽군. 아마 바르나바스의 일을 잘 모르는가 본데. 그래, 좋아, 그건 그렇다 치고. 하지만 잘 알고 있다면—난 그렇다는 느낌이야—그게 문제야. 그건 네 오빠가 날 속인다는 뜻이 될 테니까." 아말리아가 "가만히 있어요" 하더니 "난 내막을 몰라요. 무엇으로도 날 개입시킬 수는 없어요. 무엇으로도. 당신 체면 가지고도 안 돼요. 당신을 위해 많은 일을 해주고 싶지만 말이에요. 당신 말마따나 우린 사람이 좋아요. 하지만 내 동생 일은 그의 것이고 본의 아니게 어쩌다 듣게 되는 것말고는 아는 바가 없어요. 그러나 올가는 당신에게 모든 걸 알려줄 수 있어요. 그와 친한 사이니까요"라고 했다. 그리고서 아말리아는 자리를 떠 먼저 부모에게 가서 소곤소곤 얘기해주고는 부엌으로 갔다. 그녀는 마치 그가 오래도록 머물 걸 알아 작별 인사가 필요 없다는 듯 K에게 인사도 않고 가버렸다.

16

K가 놀란 얼굴로 그냥 그 자리에 있는데 올가가 그를 보고 웃으며 난로 옆자리로 끌고 갔다. 그녀는 이제 그와 단둘이 여기 있을 수 있는 게 정말 행복한 듯했는데, 그건 평화로운 행복으로 질투심 따위는 배어 있지 않았다. K 역시 바로 이렇게 질투 및 그에 따른 모든 엄격함과 거리가 있는 게 좋아 이 푸른, 유혹적이거나 위압적이지 않고 얌전한, 숫기 없이 가만있는 눈을 즐거이 들여다보았다. 이 모든 것에 대한 프리다와 여주인의 경고가 효과를 보지 못하고 그를 더 주의 깊고 눈치 빠르게 만든 건 아닐까. 그런데 그가 무슨 까닭에서 다름 아닌 아말리아를 온순하다고 했는지, 올가는 궁금하게 생각해 함께 웃고 있었다. 아말리아는 여러 면을 갖고 있지만 무던한 건 아니라고 했다. 그러자 K가 그 찬사는 물론 올가에게 해당되는 거라고 설명하고 아말리아는 위압적이어서 그녀가 있는 데서 얘기된 것뿐만이 아니라 그녀에게 알아서 일러준 것도 다 제 것으로 만든다고 했다. 올가가 심각해지며 "그건 사실이에요" 하고는 "생각하신 것 이상이에요. 아말리아는 나보다 어리고 바르나바스보다도 어리지만 집안일은 그녀가 결정해요. 좋든 나쁘든 말예요. 물론 다른 사람보다도, 좋으나 궂으나, 더 짐이 많죠"라고 했다. K는 과장이라 생각했다. 방금 아말리아가 예컨대 오빠의 일에 신경 쓰지 않으며 반대로 올가가 그에 관해 모든 걸 안다고 하지 않았던가. "그걸 어떻게 설명해야 할까요?" 하며 올가가 말했다. "아말리아는

성 201

바르나바스나 내게 신경을 쓰지 않아요. 부모님말고는 원래 아무에게도 신경 쓰지 않지요. 그녀는 밤낮으로 부모님을 돌보며 지금도 부모님이 원하는 게 뭔지 여쭤보고 음식을 만들려고 부엌으로 들어갔는데 부모님 때문에 일부러 일어난 거예요. 낮부터 편치 않아 여기 긴 의자 위에 누워 있었거든요. 그러나 그녀가 우리에게 신경을 쓰지 않아도 우린 마치 그녀가 맏이라도 되는 양 그녀에게 매여 있어요. 그래서 그녀가 우리 일에 뭐라고 하면 우린 틀림없이 그녀 말을 따르겠지만 그녀는 그러지 않아요. 우린 개와 가깝지 않아요. 사람 경험도 많고 타곳에서 오셨는데 그녀가 유달리 영리해보이지 않아요?" K가 "내겐 유달리 불행해보이는데" 하고는 "그런데 가령 바르나바스가 하는 심부름꾼 노릇을 아말리아가 찬성하지 않을 뿐더러 무시하기까지 하는 것 같은데 이건 그녀에 대한 너희들의 존경심과는 어떻게 다른 거지" 하고 말했다. "만일 그가 달리 무슨 일을 해야 할지 안다면 재미라곤 전혀 없는 심부름꾼 일을 당장 그만두었을 거예요." K가 "그는 견습을 마친 제화공이 아닌가?" 하고 물었다. 올가가 "맞아요" 하며 "그는 틈틈이 브룬스빅의 일을 해주고 있으며 원컨대 밤낮으로 일이 있다면 상당한 수입을 얻을 수 있을 건데"라고 했다. "그래 그러니까" 하며 K는 "그는 심부름꾼 일을 벌충할 일이 있는 셈이군" 하고 말했다. 올가가 "심부름꾼 일을 벌충한다고요?" 하며 "그가 수입 때문에 그 일을 맡았다는 거예요?" 하고 물었다. K가 "그럴지도 모르지" 하며 "그가 그 일에 만족하지 못한다고 하고선" 하고 말했다. 올가는 "그가 여러 가지 이유로 만족하지 못하는 건 사실이에요" 하며 "하지만 아무리 그래도 성의 일인데, 일종의 성의 일이라 할 만도 한데" 하고 말했다. K가 "뭐?" 하며 "너희는 그것도 잘 모르고 있어?" 하고 말했다. 올가가 "글쎄" 하며 "그런 건 아니예요. 바르나바스는 사무국으로 가 하인배들과 어울리다가 멀리서 몇몇 관리들도 보고, 비교적 중요한 편지를 받으며 심지어 구술 소식을 맡기도 하는데 정말 대단해요, 젊은 나이에 그렇게 출세한 게 자랑스러울 정도예요" 하고 말했다. K가 고개를 끄덕였다. 이제 더 이상 집에 갈 생각은 하지 않았다. K가 "그는 자기 제복도 갖고 있니?" 하고 물었다. "윗도리 말인가요?" 하고 올가가 말했다. "아니오, 그건 아말리아가 심부름꾼이 되기 전에 만들어줬어요. 하지만 아픈 데를 건드리시는군요. 그는 이미 오래 전부터 제복이 아니라, 성엔 제복이 없어요, 관에서 정장 한 벌을 받기로 되어 있었어요. 그런데 이런 점에 있어서 성에선 일이 매우 느리며 문제는 이렇게 느린 게 뭘 뜻하는지 전혀 모른다는 거예요. 그게 절차에 따라 진행 중이라는 뜻이거나 이 조처가 시작조차 안 됐다는, 그러니까 바르나바스를 여전히 시험해보겠다는 뜻일 수도 있어요. 또 끝으로 그 조처가 이미 끝났다는, 무슨 이유에선지 약속을 취소해 바르나바스가 결코 옷을 받지 못함을 뜻할 수도 있어요. 더 자세한 건 알 수 없거나 아니면 한참 뒤에나 알게 되죠. 이런 말이 있는데 아시는지 모르겠네요. '관의 결정은 수줍은 소녀 같다.'" K가 "잘 봤어" 하며 올가보다 더 진지하게 받아들였다. "잘 봤어. 결정과 소녀는 다른 공통된 특성들이 있지." 올가가 "그렇겠죠" 하며 "뭘 말하는지는 모르지만요. 혹 찬사로 그러는 건 아닌가요. 하지만 관복 이야기를 하면 그건 바로 바르나바스의 걱정거리 가운데 하나이자 우리 모두의 근심, 내 근심이기도 해요. 우린 서로에게 그는 왜 관복을 못 받을까 하고 묻지만 하릴없는 짓이지요. 그렇지만 이모든 게 간단하지 않아요. 가령 관리들은 아예 관복이 없는 것 같거든요. 우리가 알기로 그리고 바르나바스가 얘기한 바로 관리들은 멋지긴 하지만 평범한 옷차림으로 돌아다녀요. 참, 클람을 봤잖아요. 관리라니, 바르나바스는 최하급 관리도 아니며 분수에 넘치게 그러고 싶은 생각도 없어요. 그런데 바르나바스 말로는 여기 마을에선 전혀 볼 수가 없는, 좀 급이 높은 하인들도 관복이 없다는 거예요. 조금 위로가 된다고 처음부터 말할 수 있겠지만 그건 착각이죠. 바르나바스가 급이 높은 하인인가요? 아니죠. 그에게 아주 큰 애착이 있어도 그렇게 말할 순 없어요. 그는 급이 높은 하인이 아니며 마을에 와 여기 사는 게 바로 그 반증이에요. 높은 하인들은 관리들보다 더 조심스러운데 당연한 거 아니겠어요. 그들은 어떤 관리보다 더 높은지도 몰라요. 어떤 점에선 그렇게 말할 수도 있는 것이 그들은 일을 적게 하며 바르나바스 말로 이 빼어난 건장한 사내들이 천천히 복도를 걷는 광경은 기가 막힙니다. 바르나바스는 늘 살그머니 그들 옆을 지나다니지요. 요컨대 바르나바스가 높은 하인이라니 될 법이나 한 소린가요. 그럼 급이 낮은 하인배 중 하나일 수 있겠지만 이들은 마을에 내려올 때만이라도 관복을 입고 있는데 그걸 제복이라 할 수는 없어요. 차이점도 많고요. 하지만 어떤 경우든 성에서 온 하인들은 옷으로 알아볼 수 있어요. 헤른호프에서 그런 사람들을 보았잖아요. 그 옷에서 가장 두드러진 점은 대개 몸에 꼭 낀다는 것으로 농부나 직공에게 그런 옷은 필요 없겠죠. 그런데 바르나바스에게는 그 옷이 없다는 사실, 그건 창피스럽거나 체면이 상하는 정도가 아니예요, 모든 걸——특히 우울한 때에는, 우리, 즉 바르나바스와 난 드물지 않게 그럴 때가 있어요——의심하게 한다니까요. 그럴 때면 바르나바스가 하는 일이 과연 성의 일인가 하고 묻게 되죠. 그가 사무국에 가는 건 사실이에요. 그런데 사무국이 정말 성인가? 그리고 설령 사무국이 성에 속한다 해도 그 사무국들은 바르나바스가 출입해도 되는 부서인가? 그가 사무국에 가도 그건 전체 중의 일부일 따름이며 계속 장애물들이 있고 그 뒤엔 또 다른 사무국이 있고. 그가 계속 나아가는 걸 못하게는 않지만 그가 벌써 자기 상관들을 찾았거나 그들이 용무를 끝내고 그를 내쫓으면 더 이상 나아갈 수가 없죠. 더구나 그곳에선 늘 누가 살펴보고 있다는 생각을 해요. 설혹 그가 나아간다고 해도 거기에 공무가 없는 불청객이라면 무슨 소용이겠어요. 이 장애물을 특정한 경계라고 생각하지도 마세요. 이에 대해 바르나바스도 내게 거듭 주의를 시켰어요. 장애물은 그가 들어가는 사무국에도 있으니 그가 통과하는 장애물도 있는 것이며 그건 그가 아직 거치지 않은 것과 모양이 다르진 않아요. 그러니까 처음부터 이 마지막 장애물 뒤에 바르나바스가 이미 가본 저 사무국들과 본질적으로 다른 데가 있으리라 가정하진 마세요. 단지 마음이 그토록 우울한 때에만 그렇게 생각해요. 그러면 자꾸 의심이 생겨서 도저히 막아낼 도리가 없어요. 바르나바스는 관리들과 이야기해요. 바르나바스는 전할 말을 받죠. 그런데 그게 무슨 관리이고 무슨 연락인지. 그의 말로는 이제 그는 클람에게 배치되어 클람에게 직접 심부름을 받는다고 해요. 그렇다면 그건 정말 대단한 거죠. 높은 하인들조차 그렇게까진 못해요. 제법 대단하다 하겠는데 그래서 걱정이 돼요. 직접 클람에게 배치되었다, 그와 맞대고 얘기한다는 걸 생각이나 해보세요. 그런데 그게 정말일까요? 글쎄, 그대로예요. 그런데 바르나바스는 왜 거기 클람이라 불리는 관리가 정말 클람이라는 것을 의심하는 거죠?"라고 했다. K가 "올가" 하며 "농담하는 건 아니겠지. 클람의 생김새에 대해 어찌 의심할 게 있겠어. 그가 어떻게 생겼는지는 잘 알려져 있는데. 나도 그를 보았고" 하고 말했다. "물론 아니예요, K"라고 하면서 올가가 "농담이 아니고 더없이 심각한 고민이라구요. 그러나 내 마음을 가볍게 하고 당신 마음을 무겁게 하려는 게 아니라 당신이 바르나바스에 대해 물어보길래 그 얘길 한 거예요. 아말리아가 내게 이야기해주라고 시켰고 당신이 자세한 걸 아는 게 당신에게도 좋을 것 같았어요. 바르나바스 때문에도 그래요. 당신이 그에게 너무 큰 기대를 걸지 않고, 그가 당신을 실망시켜 당신이 실망하는 걸 보고 스스로 괴로워하지 않도록 말이에요. 그는 마음이 매우 여려요. 이를테면 그는 당신이 어제 저녁 그에게 불만이었다고 어젯밤에 잠을 못 잤어요. 당신에게 바르나바스 '같은 심부름꾼만' 있어 아주 골치 아프다고 했다면서요. 그 말이 그의 잠을 앗아갔는데 당신 스스로는 그가 흥분한 걸 별로 눈치채지 못했을 거예요. 성의 심부름꾼은 자제력이 많아야 하지요. 하지만 그건 쉽지 않아요. 당신과도 그렇고. 당신 나름대로는 그에게 요구하는 게 별로 많지 않겠죠. 심부름꾼 일에 대해 일정한 생각을 가지고 그에 따라 당신의 요구 사항들을 정하고. 하지만 성에서는 심부름꾼의 일에 대해 생각이 다르며 비록 바르나바스가, 안타깝게도 그는 가끔 그럴 태세였어요, 업무에 전적으로 헌신한다고 해도 당신 생각과 합치될 수가 없죠. 그가 하는 게 정말 심부름꾼 일인지 하는 물음만 아니라면 그대로 둬야지 뭘 반대해선 안 되겠지요. 물론 당신 앞에선 이에 대해 어떤 의심도 표현해선 안 되죠. 만일 그렇게 한다면 자기 자신의 생계를 망치고 자신이 지배받는 법칙을 어기는 거나 다름없어요. 그리고 그는 나에게도 잘 털어놓지 않아 그를 얼러 뭘 의아하게 생각하는지 알아내고 키스를 퍼부어주는데 그래도 그는 의혹이 의혹이라는 걸 인정하지 않고 버티고 있어요. 그에게는 선천적으로 아말리아와 비슷한 면이 있어요. 그래서 내가 유일하게 친한 사람인데도 내게 모든 걸 말하는 일은 없어요. 그러나 클람 이야기만은 가끔 하는데 알다시피 난 아직 클람을 본 적이 없어요. 프리다는 날 좋아하지 않아 그의 모습을 한 번도 보여주지 않았어요. 그러나 그의 외모는 마을에 잘 알려져 있으며 그를 본 사람도 몇 있고 그에 관해선 다들 들었죠. 그리하여 보고 들은 이야기에 또 여러 가지로 엉터리 속셈

을 가지고 클람의 상을 만들었는데 주요한 점에선 일치하는 성싶어
요. 하지만 주요한 점에서만이지요. 그 밖엔 일정하지 않은데 클람
의 실제 모습처럼 잘 변하진 않을 거예요. 그는 마을에 올 때 전혀
다른 모습이고 떠날 때 다르며 맥주를 마시기 전에 다르고 마신 뒤
에 다르고, 깨어 있을 때 다르고 자고 있을 때 다르며 혼자 있을 때
다르고 이야기 중일 때 다르다고 해요. 따라서 저 위 성에선 거의
근본적으로 다르다는 걸 알 수 있죠. 그리고 마을 안에서 나도는 차
이점들에도 꽤 큰 차이가 있어요. 신장, 자세, 몸집, 수염에 있어선
차이가 있지만 다행히도 옷에 대해서만은 이야기가 일치해요. 그는
늘 같은 옷, 긴 옷자락이 달린 재킷을 입어요. 그렇다고 이 모든 차
이가 무슨 요술에서 비롯된 게 아니라 구경꾼이 처해 있는 순간적
기분, 흥분의 정도, 희망 또는 절망의 수많은 등급에서 생기는 것으
로 알 수 있어요. 구경꾼은 대개 그냥 순간적으로 클람을 보도록 되
어 있거든요. 난 바르나바스가 내게 가끔 설명해준 대로 모든 걸 다
시 얘기해주고 있는데, 개인적으로 직접 이 일과 관련이 없는 사람
은 대체로 마음 편히 있을 수 있어요. 우린 그럴 수 없어요. 정말 클
람과 얘기하는가 아닌가는 바르나바스에겐 중대한 문제거든요" 하
고 말했다. K가 "나로서도 그 못지않아"라고 하면서 그들은 난로
옆 의자에서 더 가까이 다가앉았다. K는 사실 올가가 말해준 온갖
좋지 않은 정보 때문에 당황했지만 여기서 겉으로나마 자신과 처지
가 매우 비슷한, 그래서 한패가 되고 프리다처럼 몇 가지에서만이
아니라 여러 면에서 서로 통할 수 있는 사람들을 발견함으로써 대
부분 상쇄되었다. 그는 점점 바르나바스의 소식이 뭘 가져다 주리
라는 희망을 잃었는데, 그러나 위에서 바르나바스의 상황이 나빠질
수록 그는 여기 아래 있는 K와 가까워졌다. 그는 바르나바스와 그
의 누나의 시도처럼 불행한 일이 마을에서 벌어지리라곤 생각조차

하지 못했다. 이 일은 아직 전혀 해명되지 않은 상태여서 맨 나중에 사실이 뒤바뀔 수도 있었으며, 올가의 순진 무구한 성격에 곧장 넘어가 바르나바스의 성실성까지 믿어선 안 되었다. "클람의 모습에 대한 이야기는" 하고 올가는 말을 계속했다. "바르나바스가 매우 잘 알죠. 많이 모으고 비교도 많이 했으니까요. 너무 많은지도 몰라요. 그는 마을에서 마차의 창을 통해 클람을 직접 봤고 또는 봤다고 믿고 있으니 그를 충분히 알아보고도 남을 텐데——이건 어떻게 설명하시겠어요?——성안의 어느 사무국에 이르러 누가 여러 관리들 가운데 하나를 가리키며 이 사람이 클람이라고 했을 때 그를 알아보지 못했을 뿐더러 나중에도 내내 그가 클람이라는 데 익숙해지지 못했어요. 그러니 당신이 막상 바르나바스에게 이 사람과 클람에 대한 세간의 생각이 어떻게 다르냐고 물으면 대답을 못하고 오히려 성에서 본 관리의 모습에 대해 말할 거예요. 그런데 그 설명이 우리가 아는 클람에 대한 설명과 똑같아요. 난 '그럼 바르나바스' 하며 '왜 의심하는 거니, 왜 괴로워해'라고 하죠. 그러면 그는 곤란한 표정으로 성에서 본 관리의 특징들을 늘어놓기 시작하는데 본 걸 말한다기보다 꾸며댄다는 느낌이 들어요. 그나마도 진지하게 받아들일 수 없을 만큼——이를테면 특이하게 고개를 끄덕인다거나 단추가 풀린 조끼처럼——시시하기 짝이 없지요. 내겐 클람이 바르나바스를 대하는 태도가 더 중요한 것 같아요. 종종 바르나바스는 내게 그걸 설명했죠. 그림까지 그리면서. 대개는 큰 사무실로 들어오라하는데 클람의 사무실, 결코 어느 개인의 사무실은 아니예요. 이 방은 세로로 한쪽 벽에서 다른 쪽 벽까지 이어지는 높은 책상에 의해 두 부분으로 나뉘어 있어요. 한쪽은 좁아서 두 사람이 겨우 비켜갈 수 있는데 관리들이 있는 곳이며 다른 넓은 곳은 민원인, 구경꾼, 사환, 심부름꾼들이 있는 곳이죠. 책상에는 커다란 책들이 줄줄이 펼쳐져 있으며 대개는 옆에 관리들이 서서 읽고 있어요. 그러나 늘 같은 책에 붙어 있진 않으며 그렇다고 책을 바꾸는 게 아니라 자리를 바꾸는데 바르나바스가 가장 놀란 것은 그렇게 자리를 옮길 때 서로 비비적거리며 지나가야 한다는 거예요. 장소가 좁아서죠. 높은 책상 바로 앞에는 낮은 책상들이 있는데 여기에 서기들이 앉아, 관리들이 명령하면 그들이 부르는 대로 받아 적어요. 바르나바스는 어찌 그럴 수 있을까 하고 늘 궁금해하죠. 특별히 명령하거나 큰소리로 구술하지도 않아 받아쓰기를 하고 있다기보다는 관리가 여전히 뭘 읽는 것처럼 보이죠. 그러다가 뭘 소곤대면 서기가 들을 뿐이고요. 관리의 구술은 대개 소리가 너무 작아 서기가 앉아서는 전혀 들을 수 없기에, 늘 벌떡 일어나 뭐라고 했는지 대강 파악하고선 얼른 앉아 적고, 다시 일어나고 따위를 해야 돼요. 얼마나 볼 만한지! 좀처럼 이해되지 않는 일이에요. 바르나바스는 이 모든 걸 관찰할 시간이 많아요. 구경꾼이 머무는 방에서 클람의 시선이 그에게 떨어질 때까지 몇 시간, 또는 가끔은 며칠을 서 있으니까요. 설사 클람이 그를 봐 바르나바스가 차려 자세로 서 있어도 여전히 결정된 건 없어요. 클람이 눈길을 그에게서 다시 책으로 옮겨 그를 잊어버리는 수가 종종 있으니까요. 그 따위 것이 무슨 심부름꾼 일이냐고요? 바르나바스가 아침에 성에 간다고 말할 때면 애처로운 마음이 들어요. 도무지 부질없어보이는 걸음, 하루를 공치고 쓸데없는 기대를 한다 싶기도 하고. 이게 다 무슨 짓일까? 이렇게 구두 만드는 일은 쌓여 있는데 일하는 사람은 없고 브룬스빅은 재촉하는데." K가 "그래 좋아" 하며 "바르나바스가 할 일을 받을 때까지 오래오래 기다려야 한단 말이지. 알겠어. 여긴 직원이 엄청나게 많은 것 같군. 모든 사람이 날마다 할 일을 얻을 순 없지. 너희들뿐이 아니야. 누구든 그 일로 한탄해선 안 될 거야. 하지만 바르나바스는 결국 임무를 받지 않았어. 내게도 벌써 편지를 두 통이나 가져왔는데" 하고 말했다. "어쩜" 하고 올가가 말했다. "우리, 특히 내가 모든 걸 소문으로만 알고 여자로서 바르나바스처럼 잘 알 수도 없으면서 한탄하는 건 잘못인지 몰라요. 그는 아직도 말하지 않은 게 몇 가지 또 있지만. 그러나 그 편지들, 이를테면 당신에게 보낸 편지들에 관해선 나도 들었어요. 그는 이 편지를 클람에게 직접 받는 게 아니라 서기에게서 받아요. 어느 날 어느 시간이고 내키는 대로——그래서 쉬워 보이는 그 일이 실은 몹시 힘들어요——서기가 그를 기억하고 손짓을 하는지 바르나바스가 계속 지켜봐야 하니까요. 클람이 그렇게 시킨 것 같진 않아요. 그는 조용히 책을 읽으며 다른 때에도 자주 코안경을 닦아요. 바르나바스가 바로 그럴 때 오는 수도 있으며 이때 클람이 그를 바라볼지 모르죠. 코안경이 없어도 보인다면 말이에요. 바르나바스는 그렇게 생각하지 않아요. 클람이 어느새 눈을 감았는지, 잠을 자며 꿈결에 안경을 닦는 것처럼 보이죠. 그 사이에 서기는 책상 밑에 있는 수많은 서류와 우편물에서 당신과 관련 있는 편지 한 통을 찾아내는데, 봉투 겉모습으로 보아 그가 막 쓴 것이 아니고 이미 오래 전부터 거기 있던, 매우 오래된 편지임을 알 수 있어요. 그게 오래된 편지라면 왜 바르나바스를 그렇게 오래 기다리게 한 것일까요? 그리고 당신도 말이에요. 그리고 결국에는 편지까지도 쓸데없이 묵혀버리다니. 또 바르나바스는 그 때문에 형편없이 느린 심부름꾼이란 소리를 듣게 되고. 서기로선 복잡할 게 없어요. 바르나바스에게 편지를 주며 '클람에게서 K에게' 하고 바르나바스를 보내면 그만이니까. 이윽고 바르나바스가 숨가쁘게, 어렵사리 받아낸 편지를 맨몸에 걸친 셔츠 밑에 지니고, 집에 와 지금처럼 여기 의자에 앉은 우리에게 이야기를 하면 우린 모든 걸 하나하나 확인하고 그가 뭘 얻었는지 나름대로 평하는데 결국은 별게 아니라는 그리고 그나마도 미심쩍다는 생각이 들고, 바르나바스는 편지를 치우고 그걸 배달할, 잠자리에 들고 싶은 마음도 없어 구두 수선에 착수해 저기 걸상에서 밤을 보내요. 이렇다구요, K. 이게 내 비밀인데 아말리아는 그걸 모른 체하는 게 궁금하지도 않은가 봐요." K가 "그럼 편지는?" 하고 물었다. "편지요?" 하며 올가가 말했다. "그게 며칠 또는 몇 주일이 지나갈 수도 있는데 하여튼 얼마쯤 지나 진절머리나게 바르나바스를 조르면 그는 편지를 들고 배달하러 가요. 그런 형식적인 면에서 그는 내 말을 잘 들어요. 그가 한 이야기의 첫인상을 이겨내면 난 다시 평정을 찾게 되는데 그는 아마 더 많이 알아서인지 그렇지 못해요. 그래서 난 그에게 늘 거듭 말해주죠. '대체 뭘 원하는 거야 바르나바스? 어떻게 출세할 거니, 어떤 목표를 꿈꾸고 있어? 혹시 우릴 완전히 떠나게 되었으면 하는 거니? 그게 네 목표니? 그렇게 생각하지 않으면 네가 이미 이룩한 일에 왜 그렇게 불만이 많은지 이해가 안 되는걸? 우리 이웃에 그만큼 이룬 사람이 있는지 좀 둘러봐. 물론 그들은 우리와는 처지가 달라 가정 형편 이상으로 애쓸 이유가 없지. 비교하지 않아도 넌 모든 게 아주 잘되고 있다는 걸 알 수 있어. 장애물, 미심쩍거나 기대에 어긋나는 일들이야 있지만 그건 우리가 이미 아는 대로 네게 거저 주어지는 건 없다는 것, 오히려 사사로운 것 하나라도 스스로 쟁취해야 한다는 걸 뜻하며 자부심을 가질지언정 낙담할 이유는 없어. 게다가 네가 싸우는 건 우릴 위한 것도 되지 않니? 그게 네겐 아무 의미가 없니? 거기서 새로 힘이 생기지 않아? 그리고 내가 그런 동생을 둔 게 기뻐 우쭐한 마음이 들 지경인데 넌 그래도 확신이 생기지 않니? 사실 난 네가 성에서 뭘 해냈는가에 대해 실망하진 않아. 내가 네게서 뭘 얻었는지에 실망하는 것이지. 넌 성에 들어갈 수 있는, 사무국의 정식 출입자로 며칠이고 클람과 같은 방에서 보내며 공인된 심부름꾼으로 관복을 청구할 수 있으며 중요한 우편물의 배달 임무를 받지. 이게 바로 너야. 이 모든 일을 할 자격이 있는데 내려와서는 기쁨에 겨워 서로 얼싸안기는커녕 넌 내 모습에 기운이 더 빠지나 봐. 모든 것을 회의적으로 생각하고, 구둣골에만 마음이 가는지 우리 미래의 보증인 편지는 내버려두고.' 그에게 이렇게 말하고 이 말을 며칠 간 되풀이하면 언젠가는 한숨을 쉬며 편지를 들고 나가요. 그러나 그건 결코 내 말발 때문이 아니고 그저 본능적으로 성에 다시 가는 것인데, 임무를 이행하지 않고 가려 하겠어요." K가 "네가 그에게 한 말은 정말 모두 맞는 말이야" 하며 "모든 걸 제대로 요약하다니 감탄이 나올 지경이야. 그렇게 명쾌하게 생각하다니, 대단해!"라고 했다. 올가가 "그렇지 않아요" 하며 "잘못 보신 거예요. 그리고 내가 그를 그렇게 헷갈리게 하는지도 몰라요. 그가 성취한 게 도대체 뭐가 있어요? 사무국에 들어갈 수 있다지만 그건 사무국이기보다는 대기실, 아니 그것도 아니고 진짜 사무국에 들어갈 수 없는 자들을 잡아두는 방인 듯싶으니. 그가 클람과 얘기하면 그게 정말 클람일까요? 그냥 클람과 비슷한 다른 사람이 아닐까요? 기껏해야 클람과 조금 비슷하게 생긴, 그와 더 닮게 보이려고 애쓴 나머지 클람처럼 아직 잠이 덜 깬 듯이 몽롱한 태도로 거드름피우는 비서는 아닐지. 그의 특징에서 이 점이 가장 흉내내기 쉬워 그걸 갖고 더러 시험해보기도 하는데 다른 면은 심사숙고 손을 대지 않아요. 그리고 그렇게 많은 사람들이 동경하는데도 만나기 힘든 클람 같은 사람일수록 사람들은 갖가지 모습으로 상상하기 마련이죠. 그 보기로, 클람에겐 모무스란 마을 비서가 있어요. 예? 아시죠? 그도 행동이 매우 신중한데 그래도 그를 몇 번 봤어요. 젊고 건강한 분, 그렇죠? 그러니까 클람과는 전혀 비슷하지 않아요. 그런데도 아마 마을에서 모무스가 다름 아닌 클람이라고 맹세라도 할 사람들을 보실 수 있을 거예요. 이렇게 사람들은 스스로 혼란을 만들어내죠. 성안이라고 다르겠어요? 누가 바르나바스에게 저 관리가 클람이라고 했고 둘 사이에는 정말 비슷한 점이 있지만 그건 바르나바스가 끊임없이 의심했던 점이었어요. 그리고 모든 게 그의 의구심을 말해주는 거예요. 클람이 이렇게 공공연한 곳에, 다른 관리들과 뒤섞여, 머리 뒤엔 연필을 꽂은 채 비비대기쳐야 한다는 것인지? 그야말로 있을 수 없는 일이죠. 바르나바스는 조금 어린애답게 가끔——이럴 때는 분명 낙관적인 기분이죠——말하곤 해요. '이 관리는 클람과 몹시 비슷한데, 그가 자기 자신의 사무국, 자기 책상에 앉아 있고 문에 그의 이름이 붙어 있다면——난 이제 의심할 게 없겠지' 하고. 어린애 같으면서도 영리하죠. 만일 바르나바스가 위에 가 있을 때 바로 여러 사람들에게 어떤 사정이 있는지 알아보면 물론 훨씬 더 영리한 일이겠지요. 그의 말로는 방안은 여기저기에 사람들로 가득하답니다. 그런데 이들의 정보가 묻지 않았는데도 그에게 클람을 가리켜준 자의 정보보다 훨씬 믿을 만하지 않을까, 적어도 그 다양함에서 반드시 어떤 근거나 비교점들이 나타날 듯싶은데. 이건 내가 떠올린 게 아니고 바르나바스의 생각이에요. 하지만 그는 그걸 실행하려고 하지 않아요. 혹시나 마음에도 없이 잘 모르는 규칙을 범해 일자리를 잃지 않을까 겁이 나서 아무에게도 말을 걸려 하지 않는 거죠. 그는 이렇게 불안해요. 어떤 설명도 이 무섭기 짝이 없는 불안만큼 그의 위치를 분명하게 보여주진 않아요. 거기서 해가 없는 물음을 놓고 입을 열 엄두조차 못낼 때 모든 게 얼마나 미심쩍고 위협적으로 보이겠어요. 잘 생각해보니 겁이 많다기보다는 모험적인 편인 그가 거기서 그렇게 공포에 떨 수밖에 없도록 혼자 낯모르는 방에 있도록 한 건 내 탓이에요"라고 했다.

K가 "여기서 결정적인 말을 하는군" 하며 "바로 그거야. 네가 얘기한 게 이제 다 분명하게 모이는 것 같아. 바르나바스는 이 임무를 맡기에 너무 어려. 그가 얘기한 건 어떤 것도 그냥 그대로 진지하게 받아들일 수 없어. 저기 위에서 겁에 질려 보내기 때문에 관찰할 수가 없는데도 여기선 그에게 보고를 하라고 해 종잡을 수 없는 엉터리 이야기나 듣거든. 이상할 건 없어. 여기 사람들은 본디부터 관을 경외하는 마음이 있는데, 사는 동안 내내 아주 다양하게 모든 면에서 주입되며 너희들 스스로도 나름대로 그 일에 가세하지. 그렇다고 내가 그에 대해 근본적으로 뭐라는 건 아니야. 관이 좋으면 왜 우러르지 않겠어. 하지만 바르나바스같이 마을 밖으론 나가본 적이 없는, 뭘 모르는 아이를 불쑥 성으로 보내 그에게 진실한 보고를 하길 바라고 그의 말 한마디 한마디를 계시의 말씀처럼 분석하고 그 해석에 자신의 삶의 행복을 관련시켜서는 안 되지. 그보다 잘못된 건 없어. 나도 물론 너와 마찬가지로 그에게 현혹되어 그에게 기대도 걸고 그 때문에 실망도 했는데 둘 다 오로지 별로 근거도 없는 그의 말에서 비롯된 것이었어" 하고 말했다. 올가는 아무 말이 없었다. K가 "내 마음이 편치는 않은데" 하고는 "네가 동생을 얼마나 사랑하는지 그리고 그에게서 뭘 기대하는지 아는 마당에 동생을 믿는 마음에 혼란을 줘서. 특히 너의 사랑과 기대 때문에 그럴 수밖에 없어. 그런데 말이지, 늘 무엇 때문인지 —그게 뭔지 난 모르지만— 넌 바르나바스가 성취한 건 없어도 뭔가 받은 게 있다는 점을 완전히 깨닫지 못하고 있어. 그는 사무국, 넌 대기실이라고 하지, 그래 대기실에 들어가도 돼. 그러나 계속 문과 장애물들이 이어져 있는데, 그거야 재주가 있으면 지나갈 수 있지. 이 대기실 말인데, 난 적어도 당분간은 통행이 안 돼. 난 거기서 바르나바스가 누구와 얘기하는지 몰라. 아까 그 서기가 사환인지, 그러나 그가 사환일지라도

다음 높은 자에게 통할 수 있으며, 그렇게 못하면 최소한 이름이라도 말해줄 수 있고, 그의 이름마저 말해줄 수 없다면 이름을 말해줄 수 있는 자를 누구 일러줄 수 있겠지. 클람이라 불리는 자가 진짜와 조금의 공통점도 없을지 몰라, 비슷한 건 흥분으로 눈이 먼 바르나바스에게만 보일 테고. 그는 최하급 관리, 아니 결코 관리가 아닐 수도 있어. 하지만 높은 책상에서 하는 일은 있어. 큰 책에서 뭔가를 읽고 서기에게 뭐라고 속삭여주고, 한참이 지나 바르나바스에게 눈길이 닿을 만하면 뭔가 생각하고. 또 설사 이 모든 게 사실이 아니고 그와 그의 행동이 전혀 무의미하다 할지라도 누군가가 그를 거기에 서 있게 했는 데엔 뭔가 의도가 있어. 이 모든 걸로 볼 때 무언가가 있어. 바르나바스에게 뭔가, 적어도 뭐가 주어지고 있어. 그런데 만일 그가 그걸 가지고 의심, 불안, 실망만을 얻는다면 그건 바르나바스의 잘못이야. 지금 이렇게 보니 내 일은 애초부터가 아주 불리하면서도 참말 드문 경우였군. 우리가 갖고 있는 편지들 있지, 사실 크게 생각은 않지만 바르나바스의 말보다는 기대가 더 커. 비록 그게 똑같이 가치 없는 편지 더미에서 되는 대로 집어낸 가치 없는 편지라고 해도. 마치 카나리아가 대목장에 모인 무리 중 아무나 골라 그의 팔자를 읊어댄다고 애쓰는 것보다도 더 지각없이 말이지. 비록 그렇다 해도 이 편지들은 아무튼 내 이익과 관련이 있다고. 설령 내 이익에 맞지 않을지 몰라도 그건 확실히 나와 관련이 있어. 면장과 그 부인이 클람이 손수 작성했음을 확인했지. 또 면장에 따르면 비록 사적이고 내용도 불분명하지만 큰 의미가 있어"라고 했다. 올가가 "면장이 그렇게 말했나요?" 하고 물었다. K가 "그래" 하고 대답했다. 올가는 얼른 "바르나바스에게 얘기해줘야지" 하며 "그는 매우 신이 날 거야"라고 말했다. K는 "하지만 그에게 필요한 건 활기가 아니야" 하고는 "그의 기운을 북돋워주려면 그에게 그가 옳다, 그저 지금까지 하던 식으로 계속하라는 말인데 그는 그런 식으론 결코 뭘 성취하지 못해. 누구에게나 눈을 보자기로 가리고 그것을 뚫어지게 보라고 격려해봐. 아무것도 못 볼 거야. 그에게서 보자기를 떼야 비로소 볼 수 있지. 바르나바스에게 필요한 건 도움이지 격려가 아니야. 생각 좀 해봐. 저기 위에 있는 관청은 얼마나 큰지 종잡을 수조차 없고—여기 오기 전엔 그에 대해 대충 그려보기도 했는데 그게 모두 얼마나 순진한 생각이었는지—다시 말해 저기 관청이 있고 바르나바스가 그와 상대하는데 그말고는 아무도 없이, 불쌍하게 혼자서, 평생은 아니지만 어두운 사무국 한구석에 숨어 웅크리고 지낸다면 그에게 과분한 영광이지"하고 말했다. 올가가 "그렇지 않아요, K" 하며 "우리가 바르나바스가 맡은 임무의 중요성을 과소 평가한다고 생각하진 마세요. 당신도 말했죠. 우리에겐 관에 대한 경외심이 부족하지 않다고"라고 말했다. K가 "그러나 그건 그릇된 경외심이야" 하며 "경외심이라니 당치않게, 그런 경외심은 그 대상의 품위를 떨어뜨려. 바르나바스가 저 방에 출입해도 되는 은전을 거기서 빈둥빈둥 세월을 보내는 데 잘못 이용한다면, 또는 내려와서 방금 자신이 그 앞에서 벌벌 떨었던 이들에 대해 의혹을 품고 헐뜯거나, 절망 또는 졸음 때문에 편지를 바로 배달하지 않고 맡겨진 소식을 바로 전하지 않는다면 그걸 경외심이라 할 수 있을까? 그걸 경외심이라 할 수야 없겠지. 그러나 아직 비난이 끝난 건 아니야. 너도 해당돼, 올가. 너라고 봐줄 순 없어. 관에 경외심이 있다고 믿고 있으면서도 넌 바르나바스가 아직 어리고 약하며 혼자뿐인데도 성으로 보냈지. 말리기라도 했어야 되는데"라고 했다.

"내게 하는 비난을" 하며 올가가 말했다. "나 역시 그전부터 스스로에게 해요. 하지만 내가 바르나바스를 성에 보냈다고 날 비난할 순 없어요. 내가 보낸 게 아니라 그 스스로 간 거예요. 하지만 난 그를 온갖 수단을 다해 설득하거나, 꾀 또는 힘으로라도 그를 말렸어야 되는 건데. 내가 그를 말려야 했어요. 그러나 오늘이 그날, 그 결정적인 날이고 내가 바르나바스의 고초, 우리 가족의 고초를 그때나 지금이나 느낄 수 있었더라면, 그리고 바르나바스가 다시 모든 책임과 위험을 명확히 알고 웃으며 조용히 내게서 떠나간다면 아무리 그 동안 경험이 있더라도 오늘 역시 그를 붙잡지 않았을 거예요. 그리고 내 처지가 된다면 당신이라고 해도 달리 어쩔 수 없었을 거예요. 당신이 우리의 고초를 모르니까 우리, 특히 바르나바스를 부당하게 보는 거예요. 우린 오늘보다는 그때 희망이 더 많았죠. 하지만 그때도 우리 희망은 크지 않았어요. 다만 우리의 고초가 컸는데 여전해요. 프리다가 우리에 대해 아무것도 얘기해주지 않았나요?" "뭔가 넌지시 내비치긴 했는데" 하며 K는 "특별한 건 없었어. 그러나 너희 이름만 들어도 그녀는 흥분해"라고 말했다. "그럼 주인아주머니도 아무 얘기 안 했어요?" "응, 없었어." "또 다른 사람은?" "아무도." "당연해요. 누가 무슨 얘길 할 수 있겠어요! 우리에 관해 모두 뭔가 알고 있어요. 사람들이 사실에 접근할 수 있다면 몰라도 그렇지 않으면 단지 뭔가 얻어들었거나 대개는 스스로 꾸며낸 소문이죠. 그리고 모두 필요 이상으로 우리 생각을 하지만 그걸 얘기하진 않아요. 이런 일을 입에 담길 꺼리는 거죠. 하기야 그게 옳아요. K, 이 얘길 끄집어내기란 당신에게도 쉽지 않아요. 그리고 당신과 별 관계 없어 보이긴 하지만 당신이 이걸 들으면 여길 떠나 우리에 관해 더 이상 알려 하지 않을지도 몰라요. 그럼 우린 당신을 놓쳐요. 솔직히 말해 당신은 지금 내게 지금까지 바르나바스가 한 성의 근무보다도 더 중요하다 할 수 있어요. 그러나—난 이 모순 때문에 밤새 괴로워하죠—알아야 돼요. 그렇지 않으면 우리 사정을 한 눈에 알지 못할 테니까요. 바르나바스에게 부당히 굴까 봐 특히 괴로워요. 우리에겐 완전한 일치가 필요한데, 그게 없으면 당신이 우릴 도울 수도, 우리의 사적인 도움을 받을 수도 없을지 몰라요. 그런데 또 물어볼 게 있네요. 뭔지 궁금하지도 않으세요?" K가 "그걸 왜 물어?" 하더니 "필요한 것이면 알고 싶어. 그런데 왜 그렇게 묻지?" 하고 말했다. 올가가 "망령된 생각이 들어요" 하고는 "당신이 우리 일에 말려들게 되거든요. 순진하게, 바르나바스보다 죄가 없으면서 말이에요"라고 했다. K가 "어서 얘기해" 하며 "난 겁나지 않아. 너도 여자라고 조바심 때문에 사실 이상으로 지겹게 구는구나" 하고 말했다.

17
아말리아의 비밀

올가는 "스스로 판단하세요" 하더니 "더구나 매우 단순해보여 그게 대단한 의미가 있을 거라고는 곧바로 이해하지 못하죠. 성에 조르티니라는 관리가 있어요" 하고 말했다. K가 "그에 대해 들었어" 하며 "그는 날 초빙하는 데 관계가 있었어" 하고 말했다. 올가가 "그렇지 않을 거예요" 하더니 "조르티니는 좀처럼 사람들에게 모습을 보이지 않거든요. 'ㄷ'으로 쓰는 조르디니와 혼동하는 것 아니예요?" 하고 말했다. K가 "맞아" 하며 "그건 조르디니였어"라고 했다. 올가가 "그래요" 하며 말했다. "조르디니는 많은 사람들로부터 극히 성실하다는 말을 듣는, 아주 잘 알려진 관리죠. 이와 달리 조르티니는 혼자 틀어박혀 지내기 때문에 거의가 몰라요. 내가 처음이자 마지막으로 그를 본 지 벌써 세 해가 넘었군요. 칠월 삼일 소방대 행사에서였죠. 성에서도 참가해 새 소화기 한 대를 기증했어요. 조르티니는 부분적으로 소방대 사무를 맡고 있었다고 해요. 거기엔 그냥 대신 와서—관리들은 서로 대리 참석하는 일이 많아 어느 관리가 뭘 담당하는지 알기 어려워요—소화기의 인계차 참석한 것 같았는데 성에선 물론 다른 관리들과 하인배도 나왔으며 조르티니는 그의 성격에 걸맞게 맨 뒷전에 있었어요. 그 어른은 작고 연약하며 생각에 잠겨 있는 모습이었는데 그를 본 사람이면 모두 그가 이맛살을 찌푸릴 때 모양이 유별남을 느꼈죠. 모든 주름살이—마흔을 넘지 않았을 텐데 매우 많았어요—곧장 부채꼴로 이마를 지나 코밑으로 내리뻗는 모양이라니, 난 그런 걸 본 적이 없어요. 그건 그렇고 그 축제 말이에요. 우리, 즉 아말리아와 나는 수주일 전부터 그걸 기다렸죠. 나들이옷을 부분적으로 새로 손을 봤는데 무엇보다 아말리아의 옷은 정말 예뻤어요. 하얀 블라우스는 레이스 줄을 포개 앞을 불룩 냈는데 어머니가 그러라고 레이스를 전부 빌려주셨죠. 난 그때 샘이 나서 운다고 축하 행사 전날 밤에 반밖에 못 잤어요. 비로소 아침에 브뤼켄호프 주인아주머니가 우리 모습을 보러 왔을 때에——”"브뤼켄호프 여주인이?" 하고 K가 물었다. 올가가 "그래요" 하며 "우리와 아주 친했어요. 아무튼 그녀가 왔는데 아말리아가 낫다는 걸 인정하지 않을 수 없었거든요. 그래서 날 달래려고 내게 자신의 보헤미아산 석류석으로 만든 목걸이를 빌려주었어요. 이윽고 우린 외출 채비가 끝나 아말리아가 내 앞에 서 있는데 그때 난 까닭 모르게 나의 자랑거리인 목걸이를 벗어 아말리아에게 걸어주었어요. 시기심이라곤 아예 없었죠. 내가 고개 숙여 그녀의 승리를 인정한 것으로 모두 그녀에게 허리를 굽혀야 한다고 생각했어요. 그녀가 보통 때와 다르게 보여 그때 우리가 놀랐는지도 몰라요. 그녀가 본디 예쁜 것은 아니었거든요. 하지만 그녀가 그때부터 지녔던 그런 어두운 눈빛이 우리를 스쳐 지나가면 거의 자기도 모르게 고개를 숙이게 되죠. 모두들 그렇게 느꼈어요. 우릴 데리러 왔던 라제만과 그 부인까지도" 하고 말했다. "라제만?" 하고 K가 물었다. "예, 라제만요" 하고 올가는 "우린 꽤 지체가 높았으며 이 축하 행사 같은 것도 우리 없인 시작 못할 정도였죠. 아버지는 소방대의 셋째 훈련 책임자였으니까요"라고 했다. K가 "아버지가 그렇게 정정하셨어?" 하고 물었다. 올가는 전혀 이해되지 않는다는 듯이 "아버지요?" 하고 물었다. "세 해 전만 해도 젊은 축에 드셨죠. 예컨대 헤른호프에 불이 났을 때 갈라터라는 뚱뚱

220

한 관리를 등에 업고 걸어 나왔어요. 나도 현장에 있었죠. 사실 화재 위험은 없었고 난로 옆의 마른 장작에서 연기가 나기 시작했을 뿐인데 갈라터가 겁을 먹고 창 밖으로 구원을 청해 소방대가 오고 아버지가 그를 메고 나왔죠. 갈라터는 뒤룩뒤룩 몸이 둔한 사람이라 그런 일이 생기면 조심해야 했거든요. 이 이야길 하는 건 다만 아버지 때문이에요. 그로부터 세 해도 지나지 않았는데 저기 앉아 있는 모습이라니." 이제 보니 아말리아가 어느새 다시 방으로 들어와 멀리 양친의 식탁 옆에서 류머티즘에 걸려 팔을 움직이지 못하는 어머니에게 음식을 먹이면서 아버지에게 조금만 참고 기다리면 그에게도 곧 먹을 것을 주겠다고 일러주고 있었다. 하지만 그런 말은 소용이 없었다. 어느새 국을 보고 게걸이 든 아버지가 허약함을 이겨내고 국을 숟가락으로 쩝쩝대거나 바로 접시째 마시려 했는데, 이것저것 되지는 않고 숟가락이 입에 닿기도 전에 비워지고 입 대신 축 늘어진 수염만 늘 국에 빠지며 입을 피해 사방으로 뚝뚝 국물이 튀기만 하자 화를 내며 투덜대고 있었다. K가 "삼 년 사이에 저렇게 되셨어?" 하고 물었지만 노인네와 저기 가족 식탁 모퉁이를 보고도 동정심은 없이 역겨운 마음뿐이었다. 올가가 천천히 "삼 년 만에" 하다가 "더 정확히는 축하 행사 몇 시간 만이에요. 행사는 동네 들머리의 둔치에서 있었는데 이웃 마을에서도 많은 사람들이 와 시끌시끌했어요. 우린 먼저 아버지를 따라 소화기 있는 데로 갔죠. 아버지는 그걸 보자 기뻐 소리 내어 웃으셨어요. 새 소화기를 보고 기뻤던 거예요. 아버지는 그걸 만지며 우리에게 설명하기 시작했어요. 다른 사람이 이의를 대거나 제지하는 건 허용하지 않았으며 소화기 밑에 볼 게 있으면 우린 모두 등을 구부리고 소화기 밑을 기다시피 해야만 되었어요. 그때 바르나바스가 앙탈을 부리다 매를 맞았죠. 아말리아만은 소화기에 아랑곳 않고 예쁜 옷차림으로 꼿꼿이

서 있었는데 아무도 그녀에게 뭐라고 하려 들지 않았어요. 난 가끔 그녀에게 달려가 그녀와 팔짱을 끼었지만 그녀는 가만있었어요. 난 오늘도 어떻게 우리가 그토록 오래 소화기 앞에 서 있었으면서 아버지가 거길 떠날 때야 비로소 그 동안 내내 소화기 뒤에서 소화기 손잡이에 기대어 있던 조르티니를 알아보게 되었는지 설명할 수가 없어요. 물론 여느 축제 때와 마찬가지로 엄청나게 시끌시끌했죠. 성에서 소방대에 또 트럼펫 몇 대를 기증했는데 조금만 힘을 쓰면, 어린애라도 할 수 있어요, 요란한 소리를 낼 수 있는 특이한 악기였어요. 그 소릴 들으면 터키 사람들이 왔구나 하는 생각이 들었으며 그에 적응되지 않아 새로 불 때마다 깜짝 놀라곤 했죠. 그리고 새 트럼펫이어서 모두 불어보려 했으며 더구나 주민 축제이기에 그러라고 했어요. 아말리아가 꼬여들였는지 바로 우리 주위에서 몇 사람이 그렇게 불어대고 있었는데 그땐 정신을 차리기가 어려웠으며 아울러 아버지의 명에 따라 소화기에 주의하려면 안간힘을 써야 했기에 우리와 전에 면식이 전혀 없는 조르티니를 그렇게 한참이나 모르고 지나쳤던 거예요. 나도 옆에 서 있었는데, 마침내 라제만이 아버지에게 '저기 조르티니가 있어요' 하고 속삭였어요. 아버지는 허리를 깊이 숙이고는 들뜬 모습으로 우리에게도 절을 하라고 신호를 했어요. 지금껏 그를 몰랐지만 아버지는 그전부터 조르티니를 소방 문제 전문가로서 존경했으며 집에서도 자주 그의 얘기를 했어요. 그래서 지금 실제로 조르티니를 보는 게 우리로선 뜻밖이면서도 뜻 있는 일이었어요. 하지만 조르티니는 우리에게 신경 쓰지 않았는데 그건 조르티니의 버릇이 아니예요. 관리들은 거의가 여러 사람들 있는 데서는 덤덤한 얼굴이지요. 또 그는 지쳐 있었으며 그저 맡은바 직무 때문에 여기 내려와 있었던 거예요. 바로 이렇게 공공 행사에 참석하는 일을 지겹게 여긴다고 가장 나쁜 관리는 아니며 이와는 달리 일단 온 이상 주민들과 섞여 어울리는 관리와 하인들도 있어요. 그러나 그는 소화기 옆에 머물러 있었는데 그에게 무슨 부탁이나 아첨하는 말을 가지고 접근하려고 하면 침묵으로 쫓아냈지요. 그래서 그는 우리가 그를 알아본 것보다 늦게 우리를 보게 되었던 거예요. 그는 우리가 공손하게 절을 하고 아버지가 우릴 변명해주려고 하자 비로소 우리 쪽으로 눈길을 보내 차례대로 한 사람씩, 마치 한 사람 옆에 계속 다른 사람이 이어지는 데 지쳐 한탄하는 듯 바라봤는데 이윽고 아말리아에게 이르러서는 멈춰 쳐다봐야만 했어요. 그녀가 그보다 훨씬 키가 컸던 거예요. 순간 그는 흠칫하더니 아말리아에게 가까이 가려고 끌채 위로 뛰어넘는 거예요. 처음 우리는 잘못 생각하고 아버지를 따라 그에게 다가가려 했는데 그가 손을 들어 우릴 막았다가 곧 가라고 손짓했어요. 그게 다예요. 그 뒤 우린 아말리아가 정말로 신랑을 만났다고 많이 놀려댔으며 어리석게도 오후 내내 즐겁게 지냈는데 아말리아는 전보다 더 말수가 적었어요. 평소 본데없고 아말리아 같은 사람에 대해 이해력이라곤 전혀 없는 브룬스빅이 '조르티니에게 홀딱 반해버렸군' 하고 말했는데 이번만은 그의 말이 거의 맞는 것 같았어요. 우린 그날 정말로 기뻐 정신이 없었으며 자정이 지나 집에 왔을 때에는 아말리아만 제외하고 모두 성에서 낸 달콤한 포도주에 취해 있었어요" 하고 말했다. "그래 조르티니는?" 하고 K가 물었다. "예, 조르티니요" 하고 올가는 "축제 동안에도 난 조르티니를 지나가며 자주 봤는데 그는 끌채 위에 앉아 팔짱을 낀 채 성에서 그를 데리러 마차가 올 때까지 내내 그대로 있었어요. 당시 아버지는 조르티니가 바라본다는 희망으로 소방대 훈련에서 같은 연배의 남자들보다 뛰어난 활약을 하셨는데 그는 거기에 오지도 않았어요" 하고 말했다. "그래 그걸로 그에 관한 너희 이야기는 끝난 거니?" 하고 K가 물었다. "조르티니에 대한 네 존경심이 대단한 것 같은데." "그래요, 존경해요" 하며 올가는 "그래요, 또 그에게서 우리에게 소식도 있었고요. 이튿날 아침 우린 아직 술에 취해 자고 있다가 아말리아가 소리를 지르는 통에 깨어났는데 다른 사람은 곧 다시 침대에 파고들었지만 난 완전히 잠이 깨어 아말리아에게 달려갔죠. 그녀가 창가에, 손에는 방금 웬 남자가 그녀에게 창으로 건네준 편지 한 통을 들고 서 있고 그자는 답을 기다리고 있더라고요. 이미 읽은 편지는——길지 않았어요——아말리아가 손을 축 늘어뜨린 채 들고 있었어요. 그녀가 그렇게 지쳐 있을 때면 얼마나 사랑스러운지. 난 그녀 옆에 무릎을 꿇고 편지를 읽어봤어요. 내가 다 읽자마자 아말리아는 날 힐끗 보더니 그걸 다시 집더니 차마 읽을 생각은 못하고 갈기갈기 찢어 그 조각들을 밖에 있는 남자의 얼굴에 뿌리고는 창을 닫아버렸어요. 바로 그 결정적인 아침에 벌어진 일이에요. 그걸 결정적이라 하긴 하지만 전날 오후의 순간도 매한가지로 결정적인 것이었죠" 하고 말했다. "편지에 뭐라고 적혀 있었는데?" 하며 K가 물었다. "그래요, 아직 그 얘기는 안 했죠" 하며 올가는 "편지는 조르티니에게서 왔고 석류석 목걸이를 한 처녀에게 보낸 것이었어요. 내용은 말해줄 수 없어요. 아말리아에게 그가 있는 헤른호프로 오라고 요구하는 것으로 더구나 당장 와야 된다는 것이었어요. 반시간 뒤 조르티니가 떠난다고. 편지는 내가 들어본 적이 없는 상스러운 표현 투성이로 난 문맥을 보고 뜻을 반쯤 짐작했을 뿐이었어요. 아말리아를 모른 채 누가 그 편지만 읽었다면 설령 아무 접촉이 없었다 해도 감히 이렇게 쓴 걸로 봐 그녀가 틀림없이 욕을 봤다고 여겼을 거예요. 그러니까 그건 연애 편지가 아니었으며 그 안에 알랑거리는 말은 없었어요. 조르티니는 오히려 아말리아의 모습에 사로잡혀 자기 일을 못 보게 한 것에 화가 난 듯했어요. 나중에 생각해보니 조르티니는 아마 바로 그날 저녁 성으로 되돌아가려다가 다만 아말리아로 말미암아 마을에 머물렀는데 밤에도 아말리아를 잊을 수가 없게 되자 아침에 잔뜩 화가 나 그 편지를 썼지 않나 싶더군요. 아무리 냉철한 자라도 그 편지에 대해 우선은 분통이 터지겠지만 아말리아가 아닌 다른 여자의 경우 곧 사뭇 위협적인 말투에 대한 두려움에 압도되었을 텐데 아말리아는 여전히 분노한 상태였어요. 그녀는 두려움을 몰랐어요. 자신이나 다른 사람과 관련해서도. 내가 다시 잠자리에 기어들어 '너 그럼 곧 오는 거지, 안 그랬다간──' 하고 단절된 끝 문장을 되뇌고 있는 동안에도 아말리아는 마치 다른 심부름꾼을 기다리며 누구든지 처음 왔던 자와 똑같이 대해주겠다는 듯 여전히 창턱에서 밖을 내다보고 있었어요" 하고 말했다. K는 "관리들이란 그렇다니까" 하고는 머뭇머뭇 "그런 놈들도 있지. 아버진 어떻게 하셨어? 더 간단하고 확실하게 헤른호프로 가는 길을 택하지 않았으면 해당 부서에다 조르티니에 대해 강력하게 항의는 했겠지. 이 사건에서 가장 불쾌한 것은 아말리아의 명예 훼손이 아니야. 그건 쉽게 고칠 수 있어. 난 네가 왜 그 일에 그렇게 지대한 비중을 두는지 모르겠어. 조르티니가 왜 그런 편지를 가지고 아말리아를 영원한 웃음거리로 만들었을까. 네 이야기대로라면 그렇게 생각할 수 있지만 그건 그렇지 않아. 아말리아의 명예를 회복시켜주는 건 어렵지 않으며 며칠만 지나면 그 사건은 잊혀져. 조르티니 때문에 웃음거리가 된 건 아말리아가 아니고 자기 자신이야. 난 조르티니가 무서워. 그렇게 권력 남용을 할까 봐. 이번에 아말리아가 우월한 상대임이 명명백백 드러나 그렇게 되지 않았지만 다른 경우라면 그저 조금만 형편이 불리해도 천이면 천 그렇게 되어 당한 사람까지 모두 지나치고 말았을 거야" 하고 말했다. "조용히" 하고 올가가 말했다. "아말리아가 이쪽을 봐요." 아말리아는 부모에게 식사 챙겨주는 걸 마치고 지금은 어머니의 옷을 벗기는 참이었는데 막 치마끈을 풀고 어머니 팔을 자기 목에 두르게 하고 그대로 조금 잡아 올려 치마를 벗기고는 다시 살포시 내려놓았다. 아버지는 어머니가 분명 더 몸놀림이 자유롭지 않아 어머니부터 시중을 들게 된 것뿐인데도 내내 불만이었는데다 딸이 꾸물댄다는 생각이 들어 그걸 응징하려는 듯 손수 옷을 벗으려 했지만 가장 불필요하고 쉬운 데, 즉 발에 그저 느슨하게 걸려 있는 커다란 슬리퍼부터 시작했는데도 도무지 마음대로 되지 않자 씩씩거리며 곧 어쩔 수 없이 그 일을 포기하고 다시 뻣뻣한 자세로 자기 의자에 기대어 앉았다. 올가는 "결정적인 건 모르는군요" 하며 "당신 말이 모두 일리 있을지 모르나 결정적인 건 아말리아가 헤른호프에 가지 않았다는 거예요. 심부름꾼을 어떻게 대했느냐 하는 점은 눈감아주고 덮어둘 수 있을지 몰라요. 그러나 그녀가 가지 않음으로써 우리 집안에 저주가 내리면서 그렇게 심부름꾼을 대한 것도 용서할 수 없는 것으로 돼 세간에 알려지게 되었거든요" 하고 말했다. K는 "뭐!" 하고 소리치다가 올가가 손을 들어 말리자 곧 소리를 죽여 "언니가 되어가지고 아말리아가 조르티니 말을 따라 헤른호프로 달려갔어야 마땅했다는 말을 하는 건 아니겠지?"라고 했다. 올가가 "아니에요" 하며 "그런 혐의는 받지 않아야 되는데 어찌 그런 생각을 할 수가 있죠. 난 자기가 하는 모든 일에 있어 아말리아만큼 당당한 사람은 못 봤어요. 그녀가 헤른호프에 갔다 해도 난 마찬가지로 그녀가 잘했다고 했을 거예요. 그러나 그녀가 가지 않은 건 영웅적이었어요. 솔직히 말해, 내가 만일 그런 편지를 받았다면 난 갔을 거예요. 닥칠 일에 대한 두려움을 견디지 못했을 터이고. 아말리아는 그럴 수 있었어요. 물론 몇 가지 방편이 있었어요. 이를테면 아주 예쁘게 치장을 하고 얼마 지난 뒤 헤른호프에 가면 조르티니가 이미 떠났다고, 심부름꾼을 보내자마자 떠나버렸다고 듣게 될는지 몰라요. 그 높은 분들은 기분이 변덕스럽기 때문에 그럴 가망도 크죠. 하지만 아말리아는 그렇게는커녕 그와 비슷하게도 안 했어요. 너무 심한 모욕을 받고 주저 않고 반응한 거죠. 겉으로 따르는 척만 했더라도, 헤른호프의 문턱만 그때 막 밟고 지나갔더라도, 액운을 피할 수 있었을 텐데. 여기엔 뭐든 무에서 원하는 대로 만들 줄 아는 수완이 뛰어난 변호사들이 있는데 이 경우에는 아예 그 유리한 무조차 없었어요. 더구나 조르티니의 편지와 심부름꾼을 모욕한 일은 그대로 있는데" 하고 말했다. K는 "그런데 대체 어떤 액운이고 무슨 변호사들이지" 하며 "조르티니의 악질적인 행위 때문에 아말리아를 고발하거나 처벌할 수는 없는 것 아니야?" 하고 말했다. 올가가 "그렇지 않아요" 하며 "그렇게 할 수 있어요. 정식 재판에 의한 건 아니지만, 또 직접은 아니더라도 다른 방법으로 처벌할 수 있어요. 그녀와 우리 집안 전체를. 이 벌이 얼마나 무거운지 아마 이제 아시게 될 거예요. 당신에겐 부당하고 터무니없이 보일 성싶은데 마을에서 그렇게 생각하는 사람은 매우 드물어요. 그런 의견은 우리에게 매우 호의적이니 위로가 되어야겠죠. 만일 그게 분명하게 오류에서 비롯된 게 아니라면 말이에요. 난 그걸 간단히 증명해줄 수 있어요. 이 일로 프리다 이야기를 해도 용서하세요. 그게 결국 어떻게 되었는가는 제쳐놓고 프리다와 클람 사이에 아말리아와 조르티니 사이에 있었던 것과 아주 비슷한 일이 일어났으며 당신이 처음엔 깜짝 놀랐는가 싶었는데 지금은 그걸 제대로 보는군요. 그런데 그게 익숙해졌음을 뜻하진 않아요. 간단한 판단이 문제일 때 습관으로 인해 감각이 무디어지진 않아요. 그래야 오류들이 밝혀지는 거라고요" 하고 말했다. K는 "아니야, 올가" 하며 "난 네가 왜 프리다를 이 일에 끌어들이는지 모르겠어. 전혀 경우가 다른데 말이야. 이렇게 전혀 다른 것을 뒤섞지 말고 얘길 계속해"라고 했다. "제발" 하며 올가가 "내가 그냥 비교해도 나쁘게 여기지 마세요. 당신이 그녀가 비교되어선 안 된다고 생각하신다면 그 역시 프리다와 관련된 오류들이 남아 있어 그런 거예요. 그녀는 변명해줄 게 전혀 없어요. 칭찬할 것뿐이지. 그 일들을 비교하고 똑같다고는 안 해요. 그 관계는 하양과 검정과 같은데 하얀 게 프리다예요. 최악의 경우 내가 못되게 바에서 한 것처럼 ─그리고 나서 난 몹시 후회했어요─프리다를 비웃을 수는 있어요. 여기서 웃는 자는 악의나 시기심이 있는 사람이지만 아무튼 웃을 수 있어요. 그러나 아말리아는 혈연 관계가 아닌 이상 경멸할 수밖에 없어요. 그렇기 때문에 이들 경우는 당신 말처럼 전연 다르면서도 비슷해요" 하고 말했다. K가 "비슷한 것도 아니야" 하며 분연히 고개를 저었다. "프리다는 언급하지 마. 프리다는 아말리아가 조르티니에게 받은 것 같은 그렇게 지저분한 편지를 받은 적이 없고 또 프리다는 클람을 정말로 사랑했어. 그걸 못 믿겠다면 프리다에게 물어봐도 돼. 아직도 그를 사랑하고 있어." "하지만 그게 그렇게 큰 차이가 있나요?" 하고 올가가 물었다. "클람이라고 프리다에게 그렇게 쓰지 않았을 줄 아세요? 책상에서 일어서면 다 나리들은 똑같아요. 사회적으론 어쩔 줄을 몰라요. 그래서 당황한 나머지 다는 아니지만 많은 사람들이 아주 상스러운 말을 하고 말아요. 아말리아에게 온 편지는 무심코, 정말 뭘 적는지 별로 주의하지 않고 종이에 내갈긴 것인지도 몰라요. 우리가 어찌 나리들 생각을 알겠어요! 클람이 프리다에게 어떤 투로 대했는지 직접 듣거나 얘기해준 걸 들은 적은 없나요? 클람은 매우 거칠고 몇 시간이고 전혀 아무 말도 않다가 갑자기 오한이 느껴질 정도로 상소리를 한다고 하지요. 조르티니에 대해선 그런 게 알려져 있지 않아요. 그에 대해선 도무지 알려진 게 없다구요. 우리가 아는 거라고는 그의 이름이 조르디니와 비슷하다는 것뿐이에요. 이렇게 이름이 비슷하지 않다면 아마 그를 전혀 몰랐을 거예요. 또 소방대 전문가로서 그를 조르디니와 혼돈하는 모양이죠. 원래 조르디니가 전문가이지만 이름이 비슷한 걸 이용해 무엇보다 대표 의무를 조르티니에게 떠넘기고 자신은 방해받지 않고 계속 일하는 거죠. 그런데 이렇게 조르티니처럼 사람 사귀는 데 서투른 사람이 갑자기 마을 처녀에 대한 사랑에 사로잡힐 때는 이웃 소목장 견습공이 사랑에 빠질 때와는 모양이 다르지요. 또 관리와 제화공의 딸 사이에는 어떻게든 해소해야 될 큰 간격이 있음을 고려해야 돼요. 조르티니는 그걸 이런 식으로 시도했어요. 딴사람은 다르게 할지 모르지만. 우리 모두는 성에 소속되어 있으며 전혀 거리가 없어 해소해야 될 게 없다고 하는데 거의 일반적인지 모르지만 정작 문제가 되면 전혀 그렇지 않다는 걸 유감스럽게도 우리가 보게 되었으니. 아무튼 이 모든 걸 볼 때 조르티니의 태도가 납득이 가지 터무니없이 보이진 않을 거예요. 사실 클람과 비교하면 훨씬 이해가 잘되며 밀접한 관련이 있는 사람도 더 견딜 만해요. 클람이 정감 어린 편지를 쓰다니, 그건 조르티니의 아주 상스러운 편지보다 난처한 일이에요. 그렇다고 내 말을 잘못 알아듣지 마세요. 내가 감히 클람에 대해 평하는 게 아니니까. 당신이 비교를 거부해 비교하는 것뿐이에요. 클람은 여자들의 대장인 셈이죠. 어떤 때는 이 여자, 어떤 때는 저 여자를 오라고 하는데 오래 데리고 있지도 않으며 가라고 명하는 것도 오라고 할 때와 마찬가지예요. 아, 클람이 힘들여 편지 쓰는 일은 아예 없을 거예요. 이런 마당에 이에 비해 여자들과의 관계만큼은 전혀 알려진 게 없이, 꼭 틀어박혀 사는 조르티니가 앉아 멋진 공문서체로 추잡한 편지를 쓴다는 게 어찌 대단한 일이 아니겠어요. 그런데 이 비교에서 클람에게 유리한 게 없고 오히려 그 반대라면 그게 프리다의 사랑 때문이란 말인가요?

관리에 대한 여자들의 관계를 판단하기란 매우 어렵지만 또 반대로
매우 쉽다고 생각해요. 여기엔 사랑이 없는 경우는 결코 없어요. 관
리와의 불행한 사랑은 존재하지 않아요. 이런 점에서 어떤 처녀에
대해 말하면서 그녀가 관리를 사랑한다는 이유 하나로 그에게 자신
을 내맡겼다면——난 여기서 프리다만을 놓고 얘기하는 게 아니예
요——그건 칭찬하는 말이 아니예요. 사실 그녀는 그를 사랑해 그와
관계를 맺었지만 거기서 칭찬받을 건 없어요. 그러나 아말리아는
조르티니를 사랑하지 않았다고 이의를 다시겠죠? 하기야 그를 사
랑하진 않았죠. 아니 그를 사랑했는지도 몰라요. 누가 그걸 판단할
수 있죠? 그녀 스스로는 절대 못해요. 아직까지 관리가 퇴짜맞은
일은 없을 텐데 그녀가 그를 그렇게 노골적으로 물리쳤다면 어찌
그를 사랑한다는 생각을 하겠어요. 바르나바스 말로는 그녀가 지금
도 가끔 삼 년 전 창문을 쾅 닫았을 때의 움직임에 몸을 떤다고 해
요. 그 또한 사실이며 그래서 그녀에게 묻지를 못해요. 그녀와 조르
티니와의 관계는 끝났으며 그녀가 알고 있는 건 그뿐이고. 그를 사
랑했는지 아닌지는 몰라요. 하지만 우린 알아요. 여자들은 관리들
이 일단 자신들 쪽을 보면 그들을 사랑할 수밖에 없다는 것을. 뿐만
아니라 그들이 아무리 그걸 부정하려고 해도 그들은 관리들을 지레
사랑한다고요. 그런데 조르티니는 아말리아 쪽으로 보기만 한 게
아니라고요. 아말리아를 보자 끌채 위로 뛰어넘어 왔어요. 책상에
서 일하느라 뻣뻣해진 다리로 끌채 위를 넘어왔다고요. 그러나 아
말리아는 예외야, 라고 하시겠지요. 예, 그래요. 그건 그녀가 조르
티니에게 가길 거부했을 때 증명되었으니 예외가 되고도 남지요.
그런데 이제 와서 그녀가 조르티니까지 사랑하지 않았다고 하는 것
은 예외치고는 너무 지나친 편이 아닌지, 전혀 이해가 되지 않을 거
예요. 정말이지 우린 그날 오후 눈이 멀었었죠. 그러나 그 당시 우

리가 어렴풋이나마 아말리아가 연애 중임을 눈치챘다고 생각하는 걸 보니 정신이 조금 있긴 있었나 봐요. 그러나 이 모든 걸 함께 비교해볼 때 프리다와 아말리아 사이에 무슨 차이가 남아 있나요? 유일한 건 아말리아가 거부한 걸 프리다가 했다는 것뿐이지." K가 "그런지도 몰라" 하며 "그러나 나로선 프리다는 내 약혼녀이고 아말리아는 근본적으로 성의 심부름꾼인 바르나바스의 누이로서 그녀의 운명이 바르나바스의 업무와 서로 얽혀 있을 수 있다는 점에서 내 관심을 끌 뿐이라는 중요한 차이가 있어. 네가 얘기한 걸 듣고 처음 느낀 것처럼 만일 그녀에게 어떤 관리가 명백한 잘못을 저질렀다면 난 그 일에 온통 마음을 빼앗겼을 거야. 사실 그건 아말리아의 개인적인 불행이라기보다 공적인 문제이거든. 지금 네 이야기를 듣고 다 이해되는 건 아니지만 네가 얘기했기 때문에 인상이 바뀌어 꽤 그럴듯하다고 느껴져 그냥 이 일을 팽개쳐버리고 싶은 마음이야. 난 소방수가 아냐. 조르티니가 무슨 상관이야. 그런데 프리다에게 마음이 쓰이면서도 내가 전적으로 믿고 또 늘 믿고 싶은 네가 아말리아를 통해 슬며시 프리다를 계속 공격해 내게 의심스러운 마음이 들도록 하니 이상야릇하군. 네가 일부러 또는 심지어 악의를 가지고 그런다고는 생각 안 해. 그렇다면 나는 벌써 갔어야 했겠지. 일부러 그러는 게 아니고 어쩌다 그렇게 된 거야. 넌 아말리아를 사랑하는 마음에서 그녀를 모든 여자들 위에 떠받들려다가 정작 아말리아에게 이 목적에 알맞는 훌륭한 점이 보이지 않자 할 수 없이 다른 여자들을 과소 평가하는 거라고. 아말리아의 행위가 특이하긴 하지만 네가 그 행위에 대해 얘기를 하면 할수록 그게 대단한 건지 별게 아닌지, 영리한 건지 미련한 건지, 대담한 건지 겁 많은 것인지 구분되지가 않아. 아말리아는 그 동기를 가슴에 묻어두고 있어 아무도 그걸 빼내지 못할 거야. 이와는 달리 프리다는 결코 별

난 일을 하지 않았어. 자신의 마음에 따랐을 뿐이지. 호의를 갖고 보면 확실해. 누구든지 확인해볼 수 있으니 군말할 게 어디 있어. 하지만 난 아말리아를 깎아 내리거나 프리다를 옹호하려는 게 아니고 다만 나와 프리다가 어떤 관계이며 프리다를 공격하는 건 동시에 내 존재에 대한 공격임을 네게 명백히 해두고 싶어. 난 자진해서 이곳에 왔으며 여기에 꽉 붙어 있지만. 그때부터 벌어진 모든 일과 특히 내 장래에 대한 전망들——비록 불투명하다고는 해도 존재하는 건 사실인데——이게 다 프리다 덕으로, 토론한다고 해결될 문제는 아니야. 사실 난 측량사로 채용되었지만 겉으로만 그럴 뿐 날 멋대로 가지고 놀아. 집집마다 날 쫓아내며 요즘도 날 가지고 놀아. 하지만 그게 얼마나 힘들다고. 어느 정도 나아졌지만, 대단한 거지. 모두 별것 아니지만 내겐 벌써 가정과 일자리와 실제 하는 일이 있으며 내게 다른 일이 생겼을 때 내 업무를 덜어줄 약혼녀도 있어. 난 그녀와 결혼해 마을 사람이 될 거야. 아직 써먹을 수는 없었는데 클람과는 공적 외에도 사적인 관계가 있어. 대단하잖아? 그럼 내가 너희들에게 올 때 너희가 맞아들이는 사람이 누구인지 알겠니? 넌 누구에게 너희 집안 이야기를 털어놓고 있니? 비록 조그맣고 있을 성싶지 않더라도 누구에게서 무슨 도움을 받을 가능성을 기대하는 거니? 아마 예컨대 불과 일주일 전에 라제만과 브룬스빅이 강제로 자기네 집에서 쫓아낸 측량사인 나는 아니고 이미 어떤 권력 수단을 갖고 있는 자에게서 기대하고 있는 모양인데, 그러나 이 권력 수단은 바로 프리다 덕에 생긴 거라고. 어찌나 얌전한지 네가 그런 걸 물어본다 해도 틀림없이 그에 대해 조금도 아는 척하지 않을 프리다 때문에. 그래서 그런지 이 모든 걸로 봐 몹시 거만한 아말리아보다 프리다가 순진한 가운데 이룬 것이 더 많은 것 같단 말이야. 참 그런데, 난 네가 아말리아에게 필요한 도움을 찾는다는 인상이 드는데. 대체 누구에게서지? 프리다말고는 없을 텐데" 하고 말했다. "내가 프리다에 관해 정말 그렇게 나쁘게 말했나요" 하더니 올가는 "결코 그런 뜻은 없었으며 그랬다는 생각도 들지 않아요. 그럴 수는 있지만. 우린 온 세상 사람들과 틀어져 있는 처지로 불평하기 시작하면 거기에 정신이 팔려 어디로 가는지 모르죠. 당신 말도 맞는 것이 지금은 우리와 프리다 사이에 커다란 차이가 있으니 일단 강조할 만해요. 삼 년 전 우린 시민 계급의 딸이었으며 프리다는 고아로 브뤼켄호프의 하녀였죠. 우린 그녀 옆을 지나가면서 그녀를 거들떠보지도 않았어요. 사실 너무 거만했었지만 우린 그렇게 교육받았었죠. 그날 저녁 헤른호프에서 당신이 지금 상태를 알아챈 모양이죠. 손에 채찍을 든 프리다와 하인 무리 속의 나를. 하지만 더 기분 나쁜 게 있어요. 프리다가 우릴 업신여기고 있는지는 모르겠는데, 그녀의 지위에 맞는 일이에요. 실제 사정 때문에 어쩔 수 없어요. 하지만 우릴 업신여기지 않는 사람이 어디 있어요! 우릴 업신여기려고 마음먹으면 바로 최대 패거리에 든 거죠. 프리다의 후임자를 아세요? 페피라고 하는. 그제 저녁에 처음 알게 되었는데 지금까지 그녀는 객실 하녀였어요. 그녀가 날 무시하는 건 정말이지 프리다 이상이죠. 내가 맥주를 가지러 가자 창으로 날 내다보다가 문으로 달려와 잠가버려 내가 한참 사정하다가 매고 다니던 머리띠를 준다는 약속을 하니까 문을 열어주었어요. 그러나 그녀에게 그걸 주자 구석에 던져버리더군요. 글쎄, 날 무시할 테면 하라지요. 부분적이지만 난 그녀의 호의가 필요하니까. 그녀는 헤른호프의 술 판매대 담당이니까. 물론 임시일 뿐이며 거기 계속 고용되는 데 필요한 자질은 분명 없어요. 그저 주인이 페피와 어떻게 얘기하는지 들어보고 그가 프리다와 얘기했던 것과 비교하면 돼요. 하지만 그런 주제에 페피는 아말리아까지 업신여기죠. 아말리아가 보기만 하면 아무리 머리를 땋고 나비 리본을 맸어도 페피쯤은 금방 방에서 내칠 수 있을 텐데. 자신의 통통한 다리만 가지고선 결코 그렇게 못할 거예요. 어제 또 난 그녀에게서 지겹게 아말리아에 대한 험담을 들어야 했죠. 손님들이 날 상대해줄 때까지요. 당신이 본 것처럼 말이에요" 라고 했다. K가 "겁먹지 마" 하며 "난 프리다를 그녀에게 걸맞는 자리에 두었을 뿐이지 지금 네가 생각하는 것처럼 너희들을 깔보려는 건 아니었어. 이미 내색을 했는데 너희 가족은 나에게도 뭔가 특별해. 그런데 이런 특별함이 어떻게 업신여기는 계기가 될 수 있는지 이해가 되지 않아" 하고 말했다. 올가는 "아, K" 하더니 "당신도 그건 이해가 될 텐데요. 조르티니에 대한 아말리아의 태도가 이 경멸의 계기였음을 아무래도 이해할 수 없단 말인가요?" 하고 말했다. K는 "그건 너무 이상하지 않아" 하며 "탄복하거나 꾸짖을 수는 있겠지만 그 때문에 아말리아를 경멸하다니? 그리고 내가 이해할 수 없는 감정에서 정말로 아말리아를 경멸한다면 그걸 왜 죄 없는 너희 가족들에게까지 확대하지? 이를테면 페피가 널 경멸하는 건 도가 지나쳐. 내가 언제 헤른호프에 다시 가면 그녀에게 갚아주겠어" 하고 말했다. 올가가 "K" 하며 "우릴 경멸하는 자들의 태도를 모두 바꿔놓으려나 본데 힘들 걸요. 모든 게 성에서 비롯되거든요. 아직도 그날 아침에 이어 그때 오후를 자세히 기억하고 있어요. 여느 날이나 다름없이 당시 우리 조수였던 브룬스빅이 와, 아버지는 그에게 일거리를 나눠줘서 집으로 보냈었죠. 그 후 우리는 앉아 아침을 먹고 있었으며 아말리아와 나만 빼고는 모두들 아주 명랑했어요. 아버지는 계속 축제 얘기를 하셨는데 소방대와 관련 여러 가지 계획을 갖고 계셨으며 성에는 독자적인 소방대가 있어 이 행사에 파견단까지 보내 이들과 여러 가지를 상의했어요. 성에서 온 분들은 우리 소방대의 활동을 보고 매우 유리한 평을 했으며 성의 소방대와 비교했는데 결과는 우리에게 유리했어요. 성의 소방대를 개편할 필요성이 있다는 말이 나왔는데 그럴려면 마을의 교관이 필요했어요. 그 때문에 몇 사람이 물망에 올랐는데 아버지는 당신이 선택될 걸로 기대하셨죠. 아버지는 그 얘길 하시던 참으로 늘 그러시던 것처럼 식탁에서 몸을 쭉 펴고 팔로는 식탁을 반쯤 감싼 채 앉아 계셨으며 열린 창으로 하늘을 바라보는 얼굴이 정말 젊고 희망에 차 있었는데 그런 모습을 이제 다시는 볼 수 없게 되어버렸죠. 이때 아말리아가 거만하게——그녀에게 그런 점이 있다는 건 몰랐어요——말했어요. 그분들이 그렇게 하는 말은 믿을 게 아니다, 그분들은 그런 때에 뭔가 마음에 솔깃한 말을 하곤 하는데 그건 별로 또는 전혀 의미가 없으니 말이 나오면 영원히 잊어버려라, 물론 그 다음에도 사람들은 그들의 속임수에 걸려든다고. 어머니가 그런 말을 한다고 그녀를 나무라셨지만 아버지는 오직 그녀가 올되고 박식한 것만 보고 웃다가 흠칫 놀라 뭘 찾다가 그제서야 무언가가 없다는 걸 느끼셨지만 이상이 없자 브룬스빅이 웬 심부름꾼과 무슨 찢어진 편지 이야기를 했다면서 혹 우리가 그에 대해 뭘 아는지 누구와 관련이 있으며 무슨 일이냐고 물으셨어요. 우린 잠자코 있었으며 당시 새끼 양처럼 어린 바르나바스가 뭔가 몹시 미련한, 되지도 않은 말을 했는데 우리가 다른 이야기를 해 그 일은 잊혀지게 되었죠."

18
아말리아의 벌

 "그러나 그 뒤 곧 편지 일로 사방에서 우리에게 질문이 쏟아졌으며 친구와 적, 아는 사람과 모르는 사람들이 찾아왔지만 오래 머물지 않았어요. 아주 친한 친구들이 가장 서둘러 떠나더군요. 평소 더디고 점잖던 라제만은 들어와 방의 크기를 살펴보려는 듯 한 번 둘러보고는 그걸로 끝이었어요. 마치 지겨운 어린애 장난 같았죠. 라제만이 달아나 아버지는 다른 사람들을 놔두고 그의 뒤를 쫓아 집 문턱까지 갔다가 포기했는데 이번에는 브룬스빅이 와서 아버지에게 그만두겠다며 아주 솔직하게 자립하겠다고 말했어요. 영리하게 때를 이용할 줄 아는 사람이죠. 단골 손님들이 와서 아버지의 창고에서 수선하려고 놓아두었던 장화를 찾아냈어요. 아버지는 우선 고객들의 마음을 돌려보려 했지만—우리도 모두 힘닿는 대로 거들어드렸죠—얼마 뒤에는 그걸 포기하고 사람들이 찾는 걸 말없이 도와주셨어요. 주문 장부에는 하나하나 줄이 그어지며 사람들이 우리 집에 맡겨두었던 가죽을 내가고 빚이 있으면 갚았어요. 모든 게 아주 사소한 다툼도 없이 진행되었는데 우리와의 관계가 얼른 완전하게 끊어지게 되면 만족했으며 이때 손해가 있어도 개의치 않았어요. 그리고 마침내 예상했던 대로 소방대장인 제만이 나타났어요. 아직도 눈에 선해요, 크고 건장한, 그러나 조금 구부정하고 폐병에 걸린 제만. 그는 늘 진지한 얼굴로 웃을 줄 모르며 아버지를 경탄해 왔는데 둘만 있을 때 부대장 자리를 약속하기도 했어요. 그런 그가

236

아버지 앞에 서서 협회에서 그를 면직하고 상장 반환을 요구한다는 말을 전하러 온 거예요. 때마침 우리 집에 왔던 사람들은 일을 놔두고 두 사람을 에워쌌어요. 제만은 아무 말도 못했는데, 자신이 해야 될 말이 떠오르지 않자 그것을 아버지에게서 두들겨 털어내려는 듯 아버지의 어깨만 계속 두들기는 거예요. 그러면서 계속 웃었는데 그럼으로써 자신과 모든 사람들을 안심시키려는 모양이었지만 그는 웃을 줄을 모르고 그가 웃는 걸 한 번도 들은 적이 없어 누구에게도 그게 웃음이란 생각이 들지 않는 거예요. 하지만 아버지는 그날 일로 너무 지치고 실의에 잠긴 나머지 제만을 도울 형편이 아니었을 뿐더러 뭐가 문제인지 곰곰이 생각하기에도 너무 지쳐 있는 것 같았어요. 우린 모두가 하나같이 실의에 빠져 있었어요. 그러나 우린 젊어서인지 그렇게 완전히 좌절한다는 건 믿을 수가 없었으며 많은 방문객 속에서 결국 모든 걸 중단시키고 다시 되돌리게 할 사람이 나타날 거라 내내 생각했어요. 어리석게도 우리에겐 제만이 그 일에 아주 제격인 것 같았죠. 우린 마음을 조이며 그 끊임없는 웃음에서 마침내 분명한 말이 나오길 기다렸어요. 이제 웃을 일이 뭐 있을까, 우리에게 일어난 어리석은 부당 행위말고 말이에요. 우린 대장님, 대장님, 이제 사람들에게 그 말씀이나 해주세요, 하고 생각하며 그에게 다가갔지만 그로 하여금 이상한 선회 운동만 하도록 했죠. 그가 드디어 말을 시작했는데 그건 우리가 품고 있는 소원들을 들어주기 위해서가 아니라 사람들이 격려하는 또는 짜증내는 소리 때문이었어요. 우린 여전히 희망이 있었어요. 그는 아버지를 거창하게 칭찬하는 말부터 꺼냈어요. 아버지를 협회의 자랑, 후진들의 본보기라면서 그가 탈퇴하면 협회가 와해될지 모를 정도로 없어서는 안 될 회원이라고 했어요. 그가 여기서 끝냈다면 모든 게 아주 좋았을 거예요. 그런데 그가 말을 계속했어요. 그러나 그럼에도 협회가 당분간이나마 아버지에게 떠나주길 요청하는 결정을 했을 때에는 협회가 왜 그럴 수밖에 없는지 그 심각성이 인식될 거라고. 어제 행사만 해도 아버지의 빛나는 업적 없이는 결코 그만큼 되지 않았을 것이지만 바로 이 업적이 관의 관심을 유난히 불러일으켜 지금 협회는 잔뜩 주목을 받고 있어 전보다 결백성에 더욱 마음을 쓸 수밖에 없다는 것이었어요. 더구나 심부름꾼을 모욕한 일이 일어난 판이라 협회로선 다른 방편이 없어 제만 자신이 그걸 알려주는 어려운 일을 맡았다고요. 아버지 때문에 자신이 더 난처해지지 않았으면 좋겠다고요. 제만은 그걸 다 말하고 나선 얼마나 즐거웠는지 그에 만족한 나머지 이젠 별 조심성도 없이 벽에 걸린 상장을 손가락으로 가리키며 가져오라고 했어요. 아버지는 고개를 끄덕이고 그걸 가지러 갔지만 손이 떨려 고리에서 떼어낼 수가 없어 내가 의자 위에 올라 도와드렸죠. 그리고 그 순간부터 모든 게 끝이었어요. 아버진 틀에서 상장을 빼지도 않고 제만에게 그대로 주셨어요. 그리곤 의자에 앉아 꼼짝을 않고 누구하고도 말을 하지 않아 우린 우리끼리 사람들과 적당히 타협해야만 했어요." "그런데 여기어디에 성의 영향이 있다는 거니?" 하고 K가 물었다. "우선은 성에서 관여하지 않은 것 같은데. 네가 여태까지 얘기한 것은 사람들이 괜히 겁을 먹고 있으며 이웃의 불행을 고소해한다든가 믿을 수 없다는 우정 이야기로서 어디서나 볼 수 있는 일이며 아버지 쪽에서봐도——내겐 그런 생각이 들어——별게 아니야. 그 상장 말인데, 그게 어쨌다는 거야? 능력을 증명하는 것으로 그건 갖고 있었고, 능력 때문에 더 더욱 필요한 인물이고. 그가 대장이 두번째 말을 할때 그자의 발 앞에 상장을 그냥 던져버렸더라면 사실 그자는 일이 난처했을 거야. 그런데 네가 아말리아는 전혀 문제 삼지를 않아 특이한 느낌이 들어. 이 모든 게 아말리아 때문인데도 조용히 뒷전에

서 재난을 바라보았단 말이야?" "아니, 그렇지 않아요" 하며 올가
는 "아무도 비난해선 안 돼요. 누군들 어쩔 수가 없었어요. 이 모든
게 성의 영향을 받은 거라고요"라고 말했다. "성의 영향" 하며 눈에
띄지 않고 마당에서 들어온 아말리아가 되받았다. 그녀의 부모는
이미 잠자리에 누워 있었다. "성 이야기를 하는 거예요? 아직까지
함께 앉아 있어요? K, 곧바로 떠나려 하지 않았어요? 벌써 열시가
되어가는데. 대체 그런 얘기가 무슨 상관 있어요? 이곳엔 그런 얘
기를 먹고 사는 사람들이 있어 여기 당신네처럼 함께 앉아 서로 시
비를 벌이죠. 내가 보기에 당신은 그런 사람이 아닌 것 같은데." K
가 "그렇지 않아" 하더니 "나도 그런 사람들과 한통속이지. 반면에
그런 이야기에는 관심을 보이지 않고 다만 다른 사람으로 하여금
신경을 쓰게 하는 사람은 내게 별다른 인상을 못 줘" 하고 말했다.
아말리아가 "글쎄" 하며 "하지만 사람들의 관심은 가지각색이죠.
언젠가 밤낮으로, 다른 건 제쳐두고, 성에 관한 생각에 빠져 있는
어느 젊은이 얘기를 들은 적이 있어요. 그의 정신이 온통 성 위에
가 있었기 때문에 외곬으로 될까 봐 걱정했어요. 하지만 마침내 그
가 본디 마음에 두고 있었던 건 성이 아니고 사무국에서 설거지하
는 여자의 딸이라는 게 밝혀졌으며 그래서 그 딸을 얻게 되어 그 다
음엔 모든 게 다시 잘 되었죠" 하고 말했다. K가 "어쩐지 그 사람에
게 호감이 가는데" 하고 말했다. "그 사람에게 호감이 간다는 말은
믿지 않아요" 하더니 아말리아는 "그의 부인이겠죠. 그러나 저러나
그만 방해하고 나도 자러 가야지. 부모님 때문에 불을 꺼야겠어요.
금방 푹 잠이 드시긴 하지만 정작 주무시는 건 한 시간으로 끝나 그
때부터는 불빛이 조금만 비쳐도 못 주무셔요. 잘 자요"라고 했다.
그리고 정말 곧 컴컴해졌으며 아말리아가 부모의 침대 옆 바닥 어
딘가에 자리를 펴는 모양이었다. "그녀가 말한 젊은이는 누구야?"

하고 K가 물었다. 올가가 "몰라요" 하며 "브룬스빅인지도 모르겠어요. 꼭 일치하는 건 아니지만. 또 어쩌면 다른 사람일 수도 있고. 걔가 비꼬는 것인지 진지하게 말하는 것인지 알지 못할 때가 많아 정확히 이해하기가 쉽지 않아요. 대개는 진지하지만 비꼬는 투거든요"라고 했다. K가 "설명은 그만둬!" 하고 말했다. "대체 어떻게 해서 그녀에게 이토록 심하게 매이게 되었지? 그 큰 재난이 있기 전에도 그랬어? 아니면 나중인가? 그리고 그녀에게서 벗어나고 싶다는 생각은 없어? 이런 예속이 어떤 합리적 근거가 있느냐 말이야? 그녀가 가장 어리니 막내로서 순종해야지. 잘못이 있든 없든 그녀는 집안에 재난을 불러왔어. 날마다 너희들 모두에게 되풀이해서 용서를 청하기는커녕 다른 사람보다 머리를 높이 쳐들고 겨우 선심 쓰듯 부모를 돌보는 것말고는 아무 일에도 신경 쓰지 않으며 그녀가 말한 대로 아무것도 알려고 않는데, 일단 너희와 말을 할 때엔 '대개는 진지하지만 비꼬는 투'고. 혹 그녀는 네가 몇 차례 언급한 아름다움을 가지고 지배하는 건 아니니. 사실 너희 셋은 모두 매우 닮았는데 막상 그녀를 너희 둘과 구별하면 그녀에게 불리한 점뿐이야. 그녀를 처음 봤을 때 난 그녀의 무관심하고 무뚝뚝한 눈빛에 깜짝 놀랐지. 또 그녀가 막내라는데 외모로는 전혀 그렇게 보이지 않아. 그녀는 나이 티가 나지 않는 여자의 모습이야. 나이를 먹는 일은 없지만 젊었던 적도 없는 여자들같이 말이야. 넌 날마다 그녀를 봐와서 그녀의 딱딱한 표정을 전혀 모르지. 그래서 잘 생각해보면 조르티니의 애착도 결코 진지하게 받아들일 수가 없어. 그는 그녀를 편지로 벌을 주려 했을 뿐이고 부를 마음은 없었는지도 몰라." 올가가 "조르티니에 대해선 말하고 싶지 않아요" 하더니 "성의 어른들에겐 아주 예쁜 여자애든 못생긴 아이든 모든 게 가능해요. 하지만 그말고는 아말리아 때문에 전적으로 잘못 생각하고 있어요.

자, 아말리아 문제로 당신을 꼭 내 편으로 만들어야 할 까닭은 없지만 그래도 그렇게 해보려고 해요. 오직 당신 때문이에요. 어찌 되었든 아말리아가 우리들 불행의 원인인 건 틀림없어요. 하지만 그 불행에 가장 심하게 충격을 받았고 할말을 결코, 집에선 전혀, 잘 참지 못했던 아버지조차 아주 어려운 때인데도 비난은 한마디도 하지 않으셨어요. 그러나 결코 아말리아의 행동에 동의했기 때문에 그런 건 아니예요. 조르티니의 예찬자인 아버지가 어떻게 그것에 동의할 수 있겠어요. 어림도 없지. 아버지는 당신과 당신이 가진 모든 것을 조르티니를 위해 기꺼이 희생했을 거예요. 물론 지금 실제로, 아마 조르티니의 노여움을 사, 일어난 것처럼은 말고요. 다분히 노여움인 것이, 우린 조르티니에 관해 더 이상 아무것도 못 들었거든요. 그가 지금까지 물러나 있었다면 이제부터 그는 아예 없는 거나 같아요. 그러나 저러나 그 당시 아말리아를 당신이 봤어야 하는 건데. 우린 모두 이렇다 할 처벌이 오진 않을 것임을 알고 있었어요. 사람들이 우리에게서 떠나기만 했지. 성과 마찬가지로 여기 사람들도. 사람들이 철수하는 건 눈치챘지만 성에 대해선 전혀 아무것도 알아채지 못했어요. 전에도 성의 보살핌을 알아채지 못했는데 우리가 어찌 지금이라고 무슨 급변화를 알아챌 수 있겠어요. 이런 고요함이 가장 골치였어요. 사람들의 철수와는 비할 바가 아니고. 그들이 어떤 신념에서 그런 건 아니며 또 우리에 대해 아마 심각할 일은 결코 없었으니까요. 요즘 같은 멸시는 아예 없이 다만 두려움 때문에 그렇게 하고는 일이 앞으로 어찌 되어가나 기다린 거예요. 가난을 걱정할 필요도 없었어요. 빚을 진 사람들은 모두 우리에게 갚았으며 계산 결과도 유리했어요. 우리에게 식료품이 없으면 친척들이 몰래 도와주었어요. 그건 수확기라 어렵지 않았죠. 그러나 우린 밭이 없었으며 우리에게 일을 시켜주는 곳은 어디에도 없었어요. 난

생 처음으로 빈둥거리는 팔자가 된 셈이죠. 그리하여 우린 칠팔월 더위에도 창을 닫은 채 함께 앉아 지냈어요. 아무 일도 없었어요. 소환이나 소식, 찾아오는 사람, 아무것도 없었어요" 하고 말했다. K 가 "그래" 하며 "아무 일도 생기지 않고 이렇다 할 벌도 없는데 너 흰 뭐가 두려웠지? 대체 어떻게 된 사람들이야!"라고 했다. 올가가 "어떻게 설명해야 할까요?" 하고 말했다. "우린 앞일을 두려워하지 않았어요. 우린 이미 바로 닥친 일에 시달리며 처벌을 받는 중이었어요. 마을 사람들은 우리가 자기들에게 오기만을 기다렸어요. 아버지가 다시 작업장을 열기를, 멋진 옷을 지을 줄 아는 아말리아가, 오로지 지체 있는 분들에게 해당될 뿐이지만, 다시 주문을 받으러 왔으면 하고요. 자기들이 한 것 때문에 모든 사람들은 안타까운 마음이었죠. 마을에서 이름있는 집안이 갑자기 배척되면 누구에게나 그 때문에 무슨 손해가 있어요. 그들은 우리와 결별하면서 응당 할 일을 한다고만 생각했고 우리가 그들 처지라도 역시 그대로 했을 거예요. 또 그들은 무슨 일인지 잘 알지도 못했죠. 심부름꾼이 왔다가, 손에 가득 종이 조각을 들고 헤른호프로 되돌아갔다는 것밖에. 그가 나갔다가 다시 온 걸 프리다가 보았고 그와 몇 마디 얘기도 나눴는데 그녀는 알게 된 걸 바로 퍼뜨려버렸어요. 그러나 결코 우릴 미워해서가 아니라 마찬가지일 경우 누구나 그래야 하는 것처럼 단지 의무감에서. 이래저래 사람들은 내가 이미 말한 것처럼 이 모든 게 잘 해결되길 무척 고대했을 거예요. 우리가 불쑥 모든 게 다 잘되었다, 그건 오해였을 뿐 그새 모두 해명되었다는 둥, 또는 사실 위반한 게 있었지만 이미 행동으로 보상했다거나 아니면—이것만으로 사람들에겐 충분했을 것이지만—성에 있는 연줄을 통해 사건이 기각될 수 있었다는 소식을 갖고 나타났더라면 정말이지 우릴 팔을 벌려 다시 받아들여 키스하고 얼싸안으며 축제가 벌어졌을 거예요. 난 비슷한 일을 다른 사람에게서 몇 번 봤어요. 하지만 그런 소식조차 필요 없었는지 몰라요. 우리가 그냥 스스럼없이 와서 편지 이야기로 한마디라도 허비하는 일 없이 옛 관계를 다시 시작하자고 제안했으면 그걸로 족했을 거예요. 모두가 기꺼이 그 일을 거론하길 그만두었을 거예요. 사람들이 우리와 관계를 끊은 건 두려움 때문이기도 하지만 무엇보다 일이 난처했기 때문이었죠. 그냥 그 일에 대해 아무것도 듣고 얘기하고 생각하지 않으며 어떻게 해서든 관련되지 않으려고요. 프리다가 이 일을 누설한 것은 그게 재미있어서가 아니라 자신과 모두를 그 일에서 지키기 위해서였죠. 마을 사람들에게 여기 어떤 일이 생겼으니 가까이 가지 않도록 조심하라고 일러주려고요. 우린 여기서 가족으로서가 아니라 다만 사건으로서 문제가 되었으며 우린 단지 우리가 얽힌 사건 때문에 문제가 되었어요. 말하자면 우리가 다시 나타나 과거 일을 가만 놔두고 우리의 태도로, 방법이야 어떻든, 그 일을 극복했음을 보여주었으면, 그리고 그렇게 세간의 확신을 얻어 그 일이 어떤 일이었건 간에 다시는 논의되지 않게 되었다면 만사가 다 잘 되어 설사 우리가 그 일을 완전히는 잊지 못했다 해도 우린 어디서고 전날의 친절을 볼 수 있었을 텐데. 사람들은 그걸 이해하고 우리가 그 일을 완전히 잊도록 도와주었을 것이고. 하지만 그러는 대신 우린 집에 앉아 있었어요. 난 우리가 뭘 기다렸는지 모르겠어요. 아마 아말리아의 결심인 성싶어요. 그녀는 그때 그날 아침 집안의 운영권을 빼앗아 붙잡고 놓지 않았어요. 별다른 행사나 명령, 부탁 없이 거의가 오직 침묵을 통해서요. 다른 사람들은 많은 의논을 해야 했기에 아침부터 저녁까지 쉬지 않고 수군댔는데 이따금 아버지가 문득 마음이 불안해져 날 오라고 하면 난 침대 모서리에서 밤을 반쯤 보내곤 했어요. 또 어떤 때는 바르나바스와 함께 죽치고 앉아 지냈으며 바르나바스는 여전히 전모를 거의 모른 채 계속 아주 줄기차게 똑같은 설명을 거듭거듭 원했어요. 그는 자기 또래들이 바라는, 걱정 없는 시절이 이제 자기에겐 없다는 걸 알았던 모양이죠. 그래서 우린, K, 지금 우리 둘처럼 꼭 비슷하게 앉아 밤이 되고 또 아침이 되는 줄도 잊고 지냈어요. 우리 중에서는 공동의 불행뿐만이 아니라 또 개별적인 고통까지 함께 괴로워했기 때문인지 어머니가 가장 약했어요. 그래서 우린 그녀에게서 일어나는 변화를 감지하고는 깜짝 놀랐어요. 우리가 예감했던 게 온 가족에게 닥친 거예요. 어머니는 등받이가 있는 한쪽이 긴 의자에 앉아 있길 특히 좋아하셨는데 우리 집에서 없어진 지 벌써 오래되죠. 브룬스빅의 큰방에 있어요. 어머니는 거기에 앉아 졸거나—뭔지 잘 모르지만—입술이 움직이는 걸로 보건대 오래도록 혼자 중얼대곤 하셨어요. 당연히 우리는 계속 편지 일을 논의했지요. 확실한 세부 사항과 불확실한 가능성 모두를 놓고 이모저모를. 그러니 잘 해결할 방법을 짜내는 데에는 우리가 늘 뛰어날밖에요. 그건 으레 당연한 것이지만 좋은 건 아니었어요. 우린 그로 말미암아 계속 우리가 헤어나려 한 것 속으로 더 깊이 들어갔으니까요. 또 그렇게 뛰어난 생각이 무슨 소용이겠어요. 아말리아 없인 아무것도 실행할 수가 없는데. 모든 게 사전 궁리일 뿐, 그 결과가 아예 아말리아에게까지 가질 않아 의미가 없었어요. 설령 그랬다 해도 그저 침묵에 부딪혔을 테고. 그러나 난 다행히도 요즘은 아말리아를 그때보다 더 잘 이해해요. 그녀는 우리 모두보다 더 힘들어요. 그걸 어떻게 견디며 우리와 함께 사는지 신기해요. 우리의 고통은 어머니가 다 지시는가 싶었어요. 그게 당신에게 들이닥쳤기 때문에 떠맡았지만 오래 견디지 못하셨어요. 아무튼 요즘도 고통을 지고 사시는 건 아니예요. 어머니는 그때 벌써 제정신이 아니셨거든요. 하지만 아말리아는 고통을 지고 있으면서도 그걸 꿰뚫어 보는 이성까지 지니고 있어요. 우린 결과만 보지만 그녀는 원인을 보며 우리가 하찮은 수단에 희망을 걸고 있을 때 그녀는 모든 게 판가름났음을 알고 있었어요. 우리에겐 소곤대는 일만, 그녀에겐 침묵만이 있었어요. 그녀는 똑바로 진실을 마주보고 지내며 그때나 요즘이나 이런 생활을 견뎌내고 있어요. 우리의 고초가 아무리 크다고 해도 그녀에 비하면 훨씬 나아요. 우린 집을 비워줘야 했으며 브룬스빅이 입주하고 우리에겐 이 오두막을 배정해줘 우린 손수레를 가지고 여러 차례 나누어 우리 물건을 이리로 날랐죠. 바르나바스와 내가 끌고 아버지와 아말리아는 뒤에서 도와주었으며 우리가 먼저 이리 모셔온 어머니가 우릴 맞아주셨죠. 궤짝 위에 앉아 낮은 소리로 계속 투덜거리며. 그러나 우린 힘들게 짐을 나르는 동안에도—무척 창피스러운 일이기도 했죠. 때때로 추수한 곡식을 실은 수레들과 마주쳤는데 일행이 우리 앞에서 입을 다물고 눈을 돌렸으니까요—우리, 즉 바르나바스와 나는 이렇게 짐을 나르는 동안에도 우리의 걱정거리와 계획에 대한 얘기를 그만둘 수가 없었으며 얘기를 나누다 가끔 멈춰 서버려 아버지가 야, 하고 우리 할 일을 다시 일깨워주셨던 일이 생각나요. 하지만 온갖 논의가 이사 뒤의 우리 생활까지 바꿔주는 건 아니었으며 우린 점점 가난까지 느끼기 시작했어요. 친척들의 보조가 끊어지고 돈이 거의 바닥난 바로 그때 당신이 알고 있는 것과 같은 우리에 대한 멸시가 생겨나기 시작했어요. 우리가 편지 사건에서 헤어나올 힘이 없음을 알아채고 그걸 몹시 나쁘게 생각한 거죠. 사람들이 비록 우리가 처한 운명을 정확히 알지는 못했지만 그 무게를 낮춰 생각하진 않았어요. 우리가 그걸 이겨냈더라면 우린 그만큼 존경을 받았을 거예요. 그런데 우리가 그러질 못해 사람들이 지금까지 일시적으로만 했던 일을 마침내 한 거죠. 우린 모든 모임에서 쫓겨났어요. 그들 스스로 이 시련을 우리보다 더 잘 견디어내지 못하리라는 걸 알고 있었지만 그 때문에 우리와 완전히 결별하는 게 더욱 절실했어요. 그리하여 사람들은 얘기할 때 우릴 사람으로 보지도 않고 더 이상 우리의 성씨를 부르지도 않았어요. 부득이 우리 이야기를 할 때면 우리 가운데 가장 천진무구한 바르나바스로 대신해서 불러요. 우리 오두막마저도 소문이 나빠졌어요. 잘 생각해보세요. 당신도 처음 들어섰을 때 그런 멸시가 정당함을 느꼈다고 고백할 겁니다. 뒷날 사람들이 이따금 다시 우리에게 왔을 때엔 작은 석유등이 저기 식탁 위에 걸려 있다는 등 아주 하찮은 일에도 코를 찡그리는 거였어요. 대체 식탁 위가 아니라면 달리 어디에 걸어야 하지요. 하지만 그들에겐 그게 견딜 수 없었는가 봐요. 그러나 우리가 등을 다른 데 걸어도 그들의 혐오감에 달라지는 건 없어요. 우리가 무엇이든 그리고 가진 게 무엇이든 모두 똑같은 멸시를 받았어요."

19
탄원

"그러면 우리는 그 동안 뭘 했을까요? 우리가 했어야 되는데 정말 곤란했던 일은, 실제 당한 것보다 더 멸시당해도 어쩔 수 없는 일인데, 아말리아를 배신한 거였지요. 그 애의 침묵의 명령에서 빠져나온 거죠. 그렇게는 더 이상 살 수 없었어요. 우린 희망이 전혀 없이는 살 수가 없어 각자 나름대로 성에 애원하거나 졸라대기 시작했어요. 우릴 용서해달라고요. 우린 사실 뭘 제대로 처리해야 할지 알지 못했고 우리가 성과 가진 유일한 연줄, 즉 우리 아버지에게 호의적인 관리인 조르티니와의 관계가 바로 그 사건들로 말미암아 서먹서먹해졌지만 그래도 우린 일에 착수했어요. 아버지가 나서서 면장과 비서들, 변호사와 서기들에게 무의미한 탄원을 내기 시작했지만 대부분 상대해주지 않았는데 계략에 의해 또는 우연히 맞아준다 해도——그런 소식을 들으면 몹시 환호하며 서로 손을 비벼댔죠——곧장 내쫓기고 다시는 받아들여지지 않았어요. 그에게 회답하는 것도 너무 쉬웠는데 성으로선 언제나 아주 간단한 일이죠. 대체 뭘 원하는 거야? 그에게 무슨 일이 생겼지? 무엇에 대해 용서를 청하는 것이지? 언제 그리고 성의 누가 그에게 손가락 하나라도 건드렸단 말인가? 그가 가난해졌고 고객을 잃은 등등의 일은 사실이지만 그건 늘 일어나는 일로 수공업과 장사 문제인데 성에서 모든 걸 돌봐줘야 한단 말인가? 사실 성에서 모든 걸 돌봐주긴 하지만 단지 한 사람에게만 유리하도록 할 셈으로는 일의 진행에 함부로 개입할 수야 없지. 성에서 관리라도 보내 이들로 하여금 아버지의 손님들을 뒤쫓아가 억지로 되돌아오도록 해야 한단 말인가? 그래서 아버지가 이의를 달았는데——우린 미리 그리고 나중에도 이런 일들을 집에서 논의했어요. 아말리아의 눈을 피해 한쪽 구석에 숨어서. 그녀는 모든 걸 알면서도 내버려두었죠——그래서 아버지가 이의를 달았어요. 가난해졌다고 불평하는 게 아니다, 여기서 잃은 건 모두 다시 신속히 만회하겠다, 용서만 받는다면 이 모든 건 중요치 않다고. 그러나 아버지에게 뭘 용서해주어야 되는냐? 라는 대답이었어요. 지금까지 고소가 접수되지 않았다, 아직은 조서에도, 적어도 변호계에서 통용되는 조서에는 올라 있지 않다, 따라서 확인된 바로는 아버지에 대해 뭘 착수된 것도 진행 중인 것도 없다고. 혹 관에서 내린 명령이 무엇인지 말할 수 있는가? 이에 아버지는 말문이 막혔어요. 또는 어느 기관이 개입했는가? 그에 대해 아버지는 아는 게 없었어요. 그럼 이렇게 아무것도 모르고 아무 일도 일어나지 않았다면 대체 바라는 게 뭐지? 뭘 용서하란 말이야? 기껏해야 지금 괜히 관을 귀찮게 구는 것인데 그러나 이건 용서가 안 된다는 거예요. 아버지는 물러서지 않았어요. 아버지는 당시만 해도 매우 정정했고 억지로 놀고 먹는 신세라 시간이 많았어요. 아버지는 그날 내내 '아말리아의 명예를 되찾아주겠어. 조금만 지나면 될 거야' 하고 바르나바스와 내게 여러 번, 그러나 목소리를 낮춰 말해주었어요. 아말리아가 듣지 않도록 말이죠. 하지만 그렇게 말한 건 단지 아말리아 때문이었어요. 왜냐하면 아버지는 명예를 되찾는 건 생각지도 않고 용서받는 일만 생각했으니까요. 그러나 용서를 받으려면 먼저 죄가 확실해야 되는데 관에선 그걸 인정해주질 않으니. 아버지는 당신이 돈을 충분히 주지 않아 사람들이 당신에게 죄를 감춘다는 생각에——이로 보아 아버지는 이미 정신적으로 약해져 있었던 거예요──사로잡혔어요. 아버지는 여태까지 정해진 요금만 지불했는데 우리 형편엔 그것도 꽤 부담이 되었죠. 그런데 이제 더 많이 내야 된다고 생각했는데 물론 올바른 생각이 아니었어요. 이곳 관청에선 필요 없는 얘기들을 피하기 위해 비록 편의상 뇌물을 받긴 하지만 사실 그래가지고 뭘 얻어내진 못하거든요. 그러나 그게 아버지의 희망이라면 우리가 그걸 못하게 하고 싶지는 않았어요. 우리는 아버지에게 조사 비용을 마련해드리려고 아직까지 갖고 있던 걸──거의가 없어선 안 되는 것들뿐이었죠──팔았으며 한동안 아침마다 아버지가 길을 떠나실 때 늘 엽전 몇 잎이라도 주머니에서 쩔렁이면 만족해했어요. 우린 물론 종일 굶고 지냈는데 우리가 자금 공급으로 유일하게 더 얻어낸 것은 아버지가 어떤 희망에 가득 차 지낸다는 것이었어요. 그러나 그게 그다지 좋은 건 아니었죠. 아버지는 쏘다니시느라 고생하셨으며 사실 돈이 없었다면 금새 끝났을 일이 그 때문에 더뎌졌어요. 돈을 많이 내도 실제로는 특별한 걸 해줄 수가 없었으므로 어쩌다 서기가 마지못해 뭘 해주는 것처럼 하며 조사를 약속하고, 이미 어떤 흔적이 발견되었는데 의무 때문이 아니라 아버지를 위해 그걸 추적할 거라고 넌지시 알려주면 ──아버지는 의심하는 게 아니라 더욱 믿게 되고. 아버지는 마치 집에 또다시 복을 가득 가져오기라도 하는 양 그렇게 터무니없는 약속을 받아 돌아와서는 늘 아말리아의 등뒤에서 일그러진 웃음을 지으며 눈을 크게 뜨고 아말리아를 가리키며 우리에게, 누구보다 아말리아 자신이 가장 놀라겠지만, 그녀의 구제가 자신이 애쓴 덕분에 아주 임박해 있지만 아직은 모든 게 비밀이니 우린 그걸 철저히 지켜야 한다고 일러주려 하셨는데 정말 보기가 딱했어요. 우리가 끝내 아버지에게 전혀 돈을 드릴 수 없게 되지만 않았다면 틀림없이 아주 오래도록 그렇게 계속되었겠죠. 그 사이에 바르나바스가 끊임없이 사정한 끝에 브룬스빅에 의해 조수로 채용되었지만 어두운 밤에 일감을 받아가 다시 어두울 때 일한 걸 다시 가져다 주는 방식에 한한 것이었죠——여기서 브룬스빅은 우리 때문에 사업에 상당한 위험을 감수한다 할 수 있지만 대신 바르나바스에게 주는 건 아주 적었어요. 바르나바스의 솜씨는 나무랄 데가 없는데——그러나 그 품삯을 가지고는 우린 간신히 굶주림이나 면할 정도였죠. 많은 심려와 준비 끝에 우린 아버지에게 금전 지원을 중단한다고 통지했는데 그저 잠자코 받아들이시더군요. 아버지는 이성을 가지고는 당신이 개입한 일의 전망이 없음을 더 이상 분간할 수가 없었는데, 끊임없는 실망으로 지쳐 있었던 거예요. 아버지는——이젠 말하는 것도 전처럼 분명하지 않았어요. 말이 너무 똑똑하다 할 정도였는데——돈이 조금만 더 있으면 내일, 아니 오늘 벌써 모든 걸 알게 되었을 텐데 이제 모든 게 허사다, 단지 돈 때문에 일이 틀어졌다는 등 말은 그렇게 하셨지만 어투로 보아 이 모든 걸 믿고 있지 않다는 것을 알 수 있었죠. 그러면서도 아버지는 엉뚱하게 새로운 걸 계획했어요. 죄를 증명할 수 없고 따라서 앞으로 관을 통해서 이루어낼 게 아무것도 없자 아버지는 오직 탄원에 의존해 직접 관리들에게 매달릴 수밖에 없었어요. 물론 그들 중에는 좋은 사람들도 있죠. 비록 근무 중에 인정에 기울어져선 안 되지만 근무가 없는 적당한 시간에 불쑥 찾아가면 어쩔지 모르죠."

여기서 지금까지 몰두해 올가의 말을 듣고 있던 K가 올가의 얘기를 끊고 물었다. "그럼 그게 잘못이란 말이니?" 물론 얘기가 계속되면 그에 대한 대답이 나오련만 그는 그걸 당장 알고자 했다.

"예" 하며 올가는 "인정이니 어쩌니 하는 건 결코 말이 안 돼요. 우리가 비록 어리고 경험이 없지만 그런 건 알고 있었으며 아버지도 당연히 알고 계셨어요. 다른 모든 일처럼 그걸 잊어버리신 거죠.

아버지는 계획을 세우셨어요. 관리들의 마차가 지나가는 성 근처의 큰길에 지켜 서서 기회를 보아 용서를 청하는 글을 제출한다는. 솔직히 말해 분별없는 계획이었죠. 설령 불가능한 일이 일어나 탄원이 정말 어느 관리의 귀에까지 간다고 해도 말이에요. 그게 관리 개인이 용서할 수 있는 일인가요? 기껏해서 관 전체의 문제라 해도 아마 관이 할 수 있는 건 용서가 아니예요. 판결일 뿐이지. 설령 어떤 관리가 차에서 내려 문제를 다루려 해도 가난하고 지친 늙은이가 그에게 중얼대는 걸 가지고 무슨 일인지 구체적으로 파악할 수 있겠어요? 관리들은 많은 교육을 받았지만 한쪽에만 치우쳐 있어 전문 분야에선 말 한마디만 가지고도 금방 전체 생각의 맥락을 알아채지만 다른 부서의 일은 여러 시간 설명해주어도 점잖게 고개를 끄덕일 뿐이고 이해한 건 한마디도 없을 겁니다. 모든 게 당연하다구요. 자기와 관계 있는 조그마한 관청 일을 직접 찾아보세요, 사소한 일을. 관리가 어깨를 한 번 움직여 처리하지요. 그러나 이걸 철저히 이해하려면 평생이 걸려도 다 못할 거예요. 그러나 아버지가 어쩌다 담당 관리를 만났다 해도 관리는 접수 서류가 없으면 아무것도 처리할 수 없죠. 더구나 큰길에서는. 그가 용서할 수 있는 것도 아니고 다만 행정적으로 처리할 수 있을 뿐인데 그러기 위해선 다시 공식 절차를 일러줄 수밖에요. 하지만 아버지는 이런 경로를 거쳐 뭘 해내는 데 완전히 실패하신 거라고요. 일이 어느 정도 진척되었기에 아버지는 어떻게든 이 새로운 계획을 성공시키려 했어요. 그저 조금이라도 그런 가능성이 있었으면 탄원자들이 큰길에서 우글거렸을 텐데 그게 초등 교육만 받아도 잘 알 만큼 불가능한 일이니 그곳엔 아무도 없는 거예요. 어쩌면 그 점이 아버지의 기대를 북돋워줘 아버지가 여러 가지로 그걸 키웠는지도 모르죠. 여기서도 그게 몹시 필요했고요. 제정신이 아니고서야 어찌 그처럼 대단한 궁리를 시작했겠어요. 언뜻 보기에도 불가능하다는 게 뻔한데. 관리들이 마을에 오거나 성으로 돌아가는 건 놀러 다니는 게 아니예요. 마을과 성에는 일이 기다리고 있어 고속으로 달리는 거예요. 그들에겐 차창 밖을 내다보고 바깥의 탄원자를 찾는다는 것은 생각조차 못해요. 마차에는 관리들이 조사 중인 서류 뭉치로 꽉 차 있거든요"라고 말했다.

"그런데 말이야" 하더니 K가 "관리가 타는 썰매 안을 본 적이 있는데 서류는 없었어" 하고 말했다. 올가의 이야기에서 커다란, 좀처럼 믿어지지 않는 세계가 나타나 그는 그것뿐만이 아니라 자신의 존재까지 분명하게 확인하려는 마음에서 자신의 얼마 안 되는 체험을 가지고 그걸 건드리고 싶어 견딜 수가 없었던 것이다.

올가는 "그럴지도 모르죠" 하더니 말했다. "그러나 그렇다면 더 심각해요. 그건 들고 다니기에 서류가 너무 귀중하든지 아니면 너무 부피가 클 정도로 중요한 용건이 관리에게 있는 경우예요. 그럴 때 관리들은 전속력으로 달리게 해요. 그러니 아버지를 위해 시간을 내줄 수가 있겠어요. 또 아울러—성으로 통하는 길은 여럿 있어요. 어떤 때 그 중 하나가 유행이면 대부분 그리로 가고 또 다른 게 유행이면 모두 그리 몰리죠. 어떤 규칙에 따라 이게 바뀌는지는 아직 밝혀지지 않았어요. 한 번은 모두 아침 여덟시에 어느 길로 가고 반시간 뒤에는 다시 모두 다른 길로, 십 분 뒤에는 다시 셋째 길로, 반시간 뒤면 다시 첫째 길로 와 온종일 변하지 않을지도 몰라요. 하지만 순간적으로 바뀔 가능성이 있죠. 물론 모든 통행로는 마을 근처에서 한데 합쳐지지만 거기서도 마차가 달리긴 마찬가지며 성 가까이에선 속도를 조금 줄이죠. 하지만 발차 체계가 길과 관련해 규칙적이지 않아 파악할 수 없는 것처럼 마차 수도 마찬가지예요. 종종 마차를 한 대도 볼 수 없는 날이 있는가 하면 마차들이 떼지어 가는 때도 있어요. 그럼 이제 이 모든 것에 아버지를 놓고 생각해봐요. 가장 좋은 옷을 입고——얼마 뒤 그것만 남아요——아침마다 우리에게서 행운의 인사를 받으며 집을 나가는 모습 말이에요. 원래 갖고 있어선 안 되는, 조그만 소방대 배지를 갖고 가요. 마을 밖에서 달려고요. 두 발짝만 떨어져 있어도 보이지 않을 만큼 작은 거지만 마을에서는 보이지 않으려고 조심하죠. 그런데 아버지 생각으로는 그게 지나가는 관리의 관심을 끄는 데 안성맞춤이라는 거예요. 성으로 가는 통로에서 멀지 않은 곳에 채소 농장이 있는데 베르투흐라는 자가 주인으로 성에 채소를 공급해요. 아버지는 그곳 농장 울타리의 좁은 받침돌 위에다 자리를 잡았어요. 베르투흐가 그러라고 했는데 전에는 아버지와 잘 알던 사이일 뿐더러 단골이었죠. 그는 한쪽 발이 성치 않았는데 아버지만이 그에게 맞는 장화를 만들 수 있다고 생각했어요. 그리하여 아버지는 날마다 거기에 앉아 계셨어요. 침침하고 비 오는 가을날인데도 날씨에는 전혀 아랑곳 않고 아침이면 똑같은 시간에 문의 손잡이를 잡고 서서 우리에게 간다고 끄덕이셨는데 저녁에 보면 허리는 날마다 더 굽어지시는 것 같았으며 흠뻑 젖은 몸으로 돌아와 한쪽 구석에 몸을 던지시곤 했어요. 처음엔 우리에게 소소하게 겪은 일들을 얘기해주었어요. 베르투흐가 그에게 동정심과 옛 친분 때문에 울타리 너머로 이불 한 장을 던져주었다든가 지나가던 마차에서 이러저러한 관리를 본 것 같다라든가 자기를 가끔 다시 어떤 마부가 알아보고는 장난 삼아 가죽 채찍으로 살짝 건드리더라고. 얼마 뒤 이런 이야기를 그만두셨는데 거기서 뭘 얻으리라곤 기대조차 않지만 나가서 종일 보내는 것만이 자신의 의무, 자신의 황량한 직업이라 생각하신 모양이죠. 류머티즘으로 인한 고통은 그때 시작된 거예요. 겨울이 가까워지더니 일찍 눈이 내렸어요. 우리가 사는 데는 곧바로 겨울이 와요.

그러니까 아버지는 전에는 비에 젖은 돌 위에 앉아 계셨는데 이제 다시 눈까지 맞게 되었어요. 밤에는 아파서 끙끙 앓으셨는데 아침이면 가끔씩 가야 할지 말아야 할지 망설이다가도 자신을 이겨내고 가셨어요. 어머니가 아버지에게 매달려 가지 못하게 말렸지만 사지가 더 이상 말을 듣지 않은 때문인지 소심해진 아버지는 그녀의 동행을 허락하셔서 드디어 어머니까지 아프시게 되었죠. 우린 종종 두 분이 있는 데에 가봤어요. 먹을 것을 가져다 드리거나 그냥 들러보거나, 또는 집에 돌아가자고 설득하려고요. 그때마다 부모님은 거기, 비좁은 자리에 주저앉아 서로 기댄 채, 감싸기에도 모자라는 얇은 이불 속에서 웅크리고 앉아 계셨는데 주위는 온통 눈과 안개로 침침했으며 멀리 어디든 그리고 며칠이고 사람이나 마차 하나 없는 광경이라니, K, 기가 막혀! 그러다가 어느 날 아침 아버지는 뻣뻣한 다리를 침대에서 내릴 수가 없었어요. 절망적이었죠. 열에 시달리며 아버지는 위쪽 베르투흐 집 근처에서 마차가 멎더니 막 관리 한 사람이 울타리에서 아버지를 찾다가 머리를 저으며 화가 나 마차를 되돌려 가는 걸 보고 있다고 착각하고 있었으니. 그러면서 아버지는 여기서 위에 있는 관리가 자신을 알아보도록 해 그 자리에 없는 게 자기 탓이 아니라고 설명하려는 듯 소리를 질러댔어요. 그리고 오래도록 그 자리에 가지 못했어요. 아니 다시는 돌아가지 못하고 수주일 동안 자리에 누워 지내셔야 했죠. 시중, 간호, 치료는 모두 아말리아가 맡아 중간에 쉬기도 했지만 오늘까지 지속되어왔어요. 그녀는 통증을 진정시키는 약초들을 알고 있으며 거의 잠이 없어요. 결코 놀라는 일이 없으며 아무것도 무서워하지 않아요. 결코 조바심 내지 않으며 부모님을 위해 모든 일을 다 했어요. 우리는 아무 도움도 되지 못하면서 안절부절못하고 서성댔는데 그녀는 무슨 일에도 내내 침착하고 차분했어요. 그러나 고비를 넘기

며 아버지가 조심스럽게 좌우 부축을 받으며 다시 침대에서 내려올
수 있게 되자 아말리아는 곧 뒤로 물러나 아버지를 우리에게 맡겼
어요."

20
올가의 계획

"그래서 또 아버지가 할 수 있는 소일거리를 물색해드리지 않으면 안 되었어요. 그가 적어도 가족의 죄를 벗기는 데 도움이 된다는 믿음을 지니게 해줄. 그런 일을 찾기란 그다지 어렵지 않았어요. 사실 베르투흐네 농장 앞에 앉아 있는 일처럼 다 괜찮았지만 난 내게 조금이나마 희망을 주는 일을 찾아냈어요. 관청 또는 사무실 또는 다른 곳에서 우리 죄에 대해 이야기가 나오면 늘 언제나 조르티니의 심부름꾼을 모욕한 것만 언급되고 아무도 더 깊이 들어가려고는 않았죠. 그래서 난 혹시나 세간에서 심부름꾼을 모욕한 것에 대해서만 알고 있다면 심부름꾼을 무마해 행여 모든 게 다시 복구될 수 있을지도 모른다는 생각을 했어요. 고발이 들어오지 않았다, 하고 따라서 관할 관청도 없는 것이니 용서하는 건 심부름꾼에게 달려 있는 거지요. 자기 자신에만 관해서, 더 이상은 말고요. 그게 다 무슨 결정적이 의미가 있었겠어요. 다만 그렇게 보일 뿐 결과 역시 마찬가지였지만 아버지에겐 그게 기쁨이 되고 아울러 보상으로 아버지를 심히 괴롭히던 조언자들은 조금 궁지에 몰리는지도 모르죠. 물론 우선은 심부름꾼을 찾아야 했어요. 아버지에게 나의 계획을 말씀드리자 처음엔 몹시 화를 내셨는데 몹시 고집이 세지셨더군요. 병중에 그렇게 되신 건데, 아버지는 우리가 최종 성사 단계에서 — 처음엔 자금 지원을 중단함으로써, 지금은 침대에 붙잡아둠으로써 — 늘 당신을 방해했다고 믿으시거나 아니면 남다른 생각을 온전히 받아들일 능력이 전혀 없으시든지 반반이었어요. 내가 미처 얘기를 끝내기도 전에 내 계획은 거부되었어요. 아버지 생각은 베르투흐네 농장 근처에서 계속 기다려야 한다는 것이었으며 이젠 분명당신이 매일 나가실 수가 없으니 우리가 손수레에 싣고 가야 될 형편이었죠. 하지만 내가 포기하지 않자 아버지는 조금씩 생각을 굽히셨는데 그러면서도 이 일에서 내게 완전히 예속되어 있었다는 것만은 언짢아하셨어요. 그 당시 심부름꾼을 본 사람은 나뿐이었고 아버지도 그를 몰랐으니까요. 그러나 하인들은 서로 생김새가 비슷해 그자를 다시 알아보게 될지는 나 역시 아주 자신 있는 건 아니었죠. 이윽고 우린 헤른호프에 가 거기 하인배들에 끼어 알아보기 시작했어요. 과연 조르티니에겐 하인이 하나 있었으며 조르티니는 이미 마을에 오지 않았어요. 나리들은 하인들을 자주 바꿔 그가 다른 분의 무리 속에서 발견될 수도 있었으며 또 당사자를 찾아내지 못한다 해도 다른 하인들로부터 그에 대한 소식은 들을 수는 있었겠죠. 그렇게 하려면 저녁마다 헤른호프에 가야 했는데, 그런 곳에 처음 가면 그렇듯, 어디서고 우릴 반겨주지 않았어요. 우린 돈을 쓰면서 손님으로 나갈 수도 없었으니까요. 하지만 우리가 필요한 면도 있었어요. 하인배들이 프리다에게 얼마나 골칫거리였는지 아실 텐데요. 쉬운 일에 나쁜 타성이 붙어 해이된 상태지만 근본적으론 거의가 얌전한 자들이지요. '팔자가 하인같이만 되어라' 라는 관리들의 축하 말이 있으며 사실 호강스럽기로 보건대 진짜 성의 주인은 하인들이라 할 만하죠. 그들도 그 점을 인정할 줄 아는지 성에서 규율에 따라 움직일 때는 조용하고 점잖다는 건 내가 누차 확인한 사실이며 여기 하인들 가운데 아직 그 흔적이 편린이나마 남아 있기도 하지만 그 외엔 성의 규율이 마을에선 완전히 통용되지 않는 탓에 사람이 변하는 것 같아요. 거칠고 반항적이고 규율보다는 끝없는 충동의 지배를 받는 무리로 말이에요. 그들의 파렴치함은 끝이 없으며, 그들이 명령을 받아야만 헤른호프를 떠날 수 있다는 것은 마을로 봐서 다행이지만 헤른호프에서만큼은 그들과 잘 지내야만 해요. 좌우간 프리다에겐 그게 매우 힘들었는데 마침 날 하인들을 달래는 데 이용할 수 있게 되어 그녀로선 아주 잘 된 거죠. 내가 마구간에서 하인들과 일주일에 두 번씩 밤을 보낸 지도 두 해가 넘어요. 전에, 아직 헤른호프에 같이 가실 수 있었을 때 아버지는 바 어딘가에서 주무시며 내가 일찍 소식을 가져오길 기다리셨죠. 별게 없었어요. 심부름꾼은 오늘까지도 찾아내지 못했으며 그를 매우 높이 평가하는 조르티니에게서 근무하고 있으며 조르티니가 먼 근무처로 돌아가자 그를 따라갔다고 해요. 우리처럼 하인들도 거의가 그를 오래도록 보지 못했으며 누가 그 동안에 그를 보았다고 주장하면 그건 착오일 겁니다. 그러니까 내 계획은 실패한 셈이지만 완전히 그런 건 아니예요. 우리는 그 심부름꾼은 찾아내지 못했으며, 아버지는 헤른호프에 가 거기서 밤을 지새운데다가 그래도 기력이 있으면 나와 같이 괴로워하느라 완전히 망가지셔서 당신이 본 대로 거의 이 년 전부터 이런 상태이신데 그래도 어머니보다는 훨씬 괜찮은 편이에요. 어머닌 날마다 오늘내일 하는데 아말리아의 초인적인 열성으로 연명하실 따름이죠. 그러나 난 헤른호프에서 성과 어떤 연줄을 얻어냈어요. 내가 한 일에 대해 후회하지 않는다고 말해도 날 무시하지 마세요. 그게 무슨 대단한 연줄이냐고 생각하실지 모르겠네요. 맞아요. 대단한 연줄은 아니예요. 난 이제 많은 하인들을, 지난 몇 해에 마을에 온 모든 나으리들의 하인들을 거의 다 알지만 내가 성에 가면 거기서 낯설어할 거예요. 하기야 그들은 마을에서만 하인이고 성에선 아주 달라 거기선 아무도, 특히 마을에서 알고 지낸 사람은 알아보지 못해요. 그들이 마구간에서 정말 기꺼이 성에서 다시 만나길 수백 번 맹세했다고 해도. 또 난 그런 약속 들이 별 의미가 없다는 것도 알게 되었죠. 하지만 그건 전혀 중요하 지 않아요. 내겐 하인들을 통한 성과의 연줄만 있는 게 아니예요. 아마 바라건대 위에서 내가 뭘 하는지 바라보고는——물론 많은 하 인배를 관리하는 건 관의 일 중 아주 중요하고 신경이 많이 쓰이는 부분이지요——날 관찰한 사람이 어쩌면 다른 사람보다 나에 대해 더 후한 평가를 갖게 되고 혹 내가 더구나 비참하게 가족을 위해 갖 은 애를 쓰며 아버지의 노력을 이어가고 있다는 것을 아는지도 몰 라요. 만일 그렇다면 내가 하인들로부터 돈을 받아 우리 식구를 위 해 쓰는 것도 용서할 거예요. 그리고 다른 것도 얻어냈는데 당신은 그걸 내 잘못이라 하시겠죠. 난 하인들로부터 어떻게 하면 우회적 으로, 복잡하고 몇 년이나 걸리는 공적 채용 절차를 거치지 않고 성 에서 근무할 수 있는지 몇 가지 알아낸 게 있어요. 그렇게 되면 공 적인 직원도 아니고 남몰래 반쯤 용인받은 자일 뿐, 권리도 의무도 없는데 의무가 없어 곤란하지만 그래도 모든 일에 가까이 있어 유 리한 기회를 인식하고 이용할 수 있다는 점이 있죠. 직원은 아니지 만 어쩌다가 무슨 일을 얻을 수가 있어요. 마침 직원이 없는데 찾는 소리가 나면 달려가는 거예요. 그러면 방금 전까지도 아니었던, 직 원이 돼버리는 거죠. 하지만 언제 그런 기회가 있느냐고요? 어떤 땐 금방, 가자마자, 찾자마자 벌써 기회가 와 있어요. 처음 온 사람 이 곧 냉정함을 찾는 건 정말 드물죠. 하지만 다음 번에는 다시 공 적 채용 절차보다도 여러 해가 걸리며 그렇게 반쯤 용인받은 자는 아예 정식으로 채용될 수가 없어요. 여기에 대해 의아심이야 많죠. 하지만 공적 채용 때는 아주 면밀한 선정이 이루어지며 뭔가 평판 이 나쁜 집안 식구는 처음부터 배척된다는 것에 대해서는 입을 다 물죠. 그런 자가 가령 이런 절차를 밟게 되면 몇 해 동안 결과 때문에 안절부절못하죠. 놀란 나머지 사방에서 첫날부터 그에게 어찌 그렇게 가망 없는 일을 시도할 수 있었느냐고 묻는데, 그럼에도 그는 달리 어떻게든 살 수 있지 않을까 하고 희망을 품지만 많은 세월이 흘러 백발 노인이 되어서야 부결되었음을, 모든 게 끝장났으며 그의 삶이 헛된 것이었음을 알게 되죠. 여기에도 물론 예외는 있으며 바로 그 때문에 쉽게 유혹에 빠져요. 막판에 평판이 나쁜 사람들이 채용되는 일도 생기는데 관리들 중에는 자신의 뜻과는 달리 정말로 그런 사냥감의 냄새를 좋아하는 사람도 있어 채용 시험 때 킁킁 냄새를 맡고 입을 삐죽이며 눈을 굴리기도 하죠. 그들은 그런 자에게 제법 엄청나게 입맛이 당기는 모양인지 그에게 넘어가지 않으려면 온통 법전에만 매달려 자제할 수밖에 없어요. 더러는 그게 그자의 채용에 도움이 되지 않고 그저 채용 절차가 한없이 연장되어 그 뒤론 전혀 결말을 보지 못하다가 그자가 죽은 뒤에 그냥 중단되기도 해요. 아무튼 적법한 채용과 다른 것 모두 드러났든 드러나지 않았든 어려움 투성이며 그런 데 끼여들기 전에 모든 걸 면밀히 검토하는 게 바람직하죠. 그 점에서도 우리, 바르나바스와 나는 그냥 있지 않았어요. 헤른호프에 오면 난 언제나 함께 모인 자리에서 내가 새로 알아낸 걸 얘기해주었어요. 우린 그걸 놓고 며칠이고 논의를 했으며 바르나바스에게 맡겨진 일이 제때 수행되지 못하는 일도 종종 있었어요. 그러고 보니 이 점에서는 말씀하신 대로 내게 잘못이 있는지도 모르죠. 아무튼 난 하인들의 얘기가 별로 믿을 게 없다는 걸 알았어요. 그들은 결코 성에 대해서 내게 말해줄 마음은 없고 얘기를 늘 다른 데로 돌려 말 한마디 한마디를 주워들으려고 애걸해야 했지요. 그러다 기분이 동하면 욕지거리와 허튼소리나 지껄이고 허풍을 떨며 서로 앞다퉈 과장과 허구를 일삼아, 그 어두운 마구간에서 끊임없이 이어지는 고함 소리에 들어 있는 건 아마 고작해야 가냘프게 진실을 암시하는 몇 마디뿐이지 않았나 싶었죠. 그래도 내가 바르나바스에게 느낀 대로 모두 다시 얘기해주면 아직 참과 거짓을 전혀 분간할 줄은 모르면서 우리 집안 사정으로 말미암아 그런 사실을 찾느라 목이 말라 죽을 지경이 된 그는 모든 걸 속으로 들이마시고 다음 것을 얻으려는 열망에 달아올랐어요. 그리고 사실 내 새로운 계획은 바르나바스를 토대로 삼았죠. 하인들에게서는 더 이상 아무것도 얻어낼 수가 없었어요. 조르티니의 심부름꾼은 찾을 수가 없었으며 결코 발견되지 않을 성싶어요. 조르티니는 물론 그 심부름꾼마저도 더 멀리 숨어버렸는지 그들의 생김새와 이름마저 잊혀진 경우가 있어서 할 수 없이 종종 오랜 시간 그들 모습을 묘사도 해보았지만 그래보았자 성과는 없었어요. 간신히 그들을 기억하게만 했을 뿐이고 그 밖에 그들에 대해 내게 들려줄 말은 없었죠. 그리고 하인들과 같이한 내 생활과 관련해서 어떤 평을 듣게 될지, 그에 대해 난 영향력이 없으며 사람들이 있었던 그대로 받아들이고 그 대신 우리 집안의 죄를 조금이라도 덜어주었으면 하고 기다릴 수밖에 없었는데 아무리 보아도 그런 징후는 없었어요. 그러나 난 그대로 있었어요. 내가 성에서 우리에게 필요한 뭔가를 얻어낼 다른 가능성이 보이지 않았으니까요. 하지만 바르나바스라면 그럴 수가 있다고 봤어요. 내가 그럴 의욕을 갖고, 그리고 싶은 마음이야 가득했죠. 하인들이 한 이야기에서 알아낸 것인데 성의 일을 맡게 되면 자기 집안을 위해 아주 많은 걸 얻어낼 수가 있다고 해요. 하긴, 그런 이야기에 뭐 믿을 만한 게 있었겠어요? 그건 확인할 수가 없었어요. 분명 별것 아니라는 것말고는. 예컨대 내가 결코 다시 보지도 않겠지만 설령 다시 보게 되어도 좀처럼 알아보지 못할 어떤 하인이 나에게 동생이 성에 취직되도록 손써주겠다라든가 바르나바스가 어떻게든 성에 오게 되면 적어도 그를 도와주겠다,

즉 격려해주겠다고 장담하며 ——하인들 얘기로는 친구들이 돌봐주지 않으면 취업 후보자들이 너무 오래 기다리면서 기절하거나 혼란 상태가 되어 탈락한다는 것이었어요——이런저런 얘길 늘어놓았을 때 그게 경고로서 일리야 있겠지만 거기 딸린 약속들은 전혀 무의미한 것이었어요. 바르나바스는 그게 아니었어요. 그에게 그 말들을 믿지 말라고 내가 주의를 주었는데도, 그의 마음을 내 계획에 끌어들이는 데는 그에게 그 약속들을 얘기해주는 걸로 충분했어요. 그에겐 내 자신이 그것 때문에 언급한 것보다는 주로 하인들의 얘기가 먹혀들었어요. 이렇다 보니 내가 의지할 데라곤 전적으로 나 혼자였으며 아말리아말고는 전혀 아무도 부모님과 의사 소통을 할 수가 없었어요. 내가 아버지의 옛 계획들을 내 식으로 밟아 나갈수록 아말리아는 나에게서 멀어져갔죠. 당신이나 다른 사람 앞에선 나와 말을 하지만 혼자일 때는 절대 그러지 않아요. 헤른호프의 하인들에게 나는 마구 부수려고 애쓰는 장난감이었으며 두 해 동안 그들 중 누구와도 다정한 말 한마디 해본 적이 없어요. 능청떨거나 지어낸 얘기 아니면 실성한 소리뿐이었지. 그러니 내게 남은 건 바르나바스뿐이었는데 그는 아직 어리고. 바르나바스는 그때 이후 내가 설명할 때면 눈에서 빛이 났는데 난 그걸 보고 깜짝 놀랐지만 포기하지 않았죠. 너무 큰 게 걸려 있다는 느낌이었어요. 물론 아버지처럼 크고 허망하기까지 한 계획은 없었죠. 내겐 남자들의 단호함이 없었어요. 심부름꾼의 훼손된 명예를 보상하면 그만이라는 생각이었으며 심지어 이런 겸손을 공으로 인정해주길 바랐죠. 그러나 혼자서 실패한 일을 이제 바르나바스를 통해 다른 확실한 방법으로 이룰 셈이었어요. 우리가 심부름꾼을 욕보여 앞의 사무실에서 내쫓았으니 바르나바스라는 새 심부름꾼을 제공해 바르나바스로 하여금 모욕당한 심부름꾼의 일을 수행하도록 하고 욕먹은 자는 원하는 기간 동안, 모욕을 잊는 데 필요한 만큼 멀리서 조용히 있도록 해주는 것 이상으로 더 합당한 게 어디 있을까. 이 계획이 아무리 겸손하다고 해도 거기에 역시 주제넘은 게 있다는 건 잘 알고 있었어요. 우리가 관에 인사 문제를 어떻게 처리해야 할지 강요하고 관이 자진해서 최선의 조처를 할 수 있을지, 그리고 벌써 우리가 여기서 뭐가 행해질까라는 생각을 하기 오래 전에 그렇게 지시했는지조차 의심한다는 인상을 불러일으킬 수 있었으니까요. 그러나 그 다음 난 다시 생각했죠. 관에서 그렇게 날 오해할 리가 없으며 만일 그런다면 일부러 그럴 것이다. 즉, 그렇다면 내가 하는 일은 애초부터 자세한 검토도 없이 다 기각돼버린 거라고요. 그래서 난 그만두지 않았는데 바르나바스의 공명심이 제구실을 했죠. 이 준비 기간 동안 바르나바스는 어찌나 시건방져졌는지 구두 수선일이 미래의 관청 직원인 자신에게 너무 지저분하다고 여겼으며 아말리아가 참으로 어쩌다 한마디라도 하면 대들기까지 했죠. 그것도 원칙을 따지며. 난 그가 잠시 그런 즐거움을 누리도록 놔두었어요. 그가 성에 간 첫날 그 즐거움과 건방짐은 곧 끝이라는 게 쉽게 예상되었으니까요. 그래서 내가 이미 당신에게 얘기한 저 허울뿐인 근무가 시작되었죠. 바르나바스가 어떻게 어려움 없이 처음으로 성, 아니 더 정확히 말해 이른바 자기 근무실이 되어버린 저 사무실에 들어갔는지 놀라운 일이었어요. 그때 그 성공으로 난 좋아 미칠 지경이었죠. 저녁에 바르나바스가 집에 돌아오면 내게 그걸 속삭여줘 난 아말리아에게 달려가 그녀를 잡아 구석으로 밀고 가 그녀에게 입술과 이로 키스를 해 그녀는 고통과 놀라움에 울었어요. 흥분 때문에 난 전혀 말을 할 수가 없었으며 우리도 이미 오랫동안 서로 아무 말도 않고 지내던 사이라 난 그걸 다음날로 미루었죠. 그러나 며칠이 지나도 할말이 전혀 없었어요. 일도 그렇게 빨리 성취한 그대로였고. 바르나바스는 두 해 동안 이 단조롭고 가슴 조이는 생활을 했어요. 하인들은 전혀 소용이 없었어요. 난 바르나바스에게 편지를 주어 보냈죠. 하인들의 배려를 부탁하고 아울러 그들의 약속을 상기시키는. 바르나바스는 하인을 볼 때마다 편지를 꺼내 내밀었는데 날 모르는 하인들을 만나는 일도 더러 있었으며 비록 아는 사람들이라도 말없이 편지를 내보이는 태도는——그는 위에 가선 말을 하려 하지 않았으니까요——불쾌하고 뻔뻔스럽기도 해서인지 아무도 그를 도와주지 않았어요. 그리고 우리가 몸소, 그것도 벌써 그렇게 할 수도 있는 일이었는데, 편지 때문에 이미 몇 차례 억지를 당했을 성싶은 어떤 하인이 그걸 꾸겨 쓰레기통에 버림으로써 결말이 났죠. 그러면서 그가 이렇게 말했는지도 모르겠다는 생각이 들었어요. '너희들도 편지를 이렇게 다루잖아' 라고. 이 모든 세월이 무익했지만 바르나바스에게는 좋다면 좋은 면이 있었어요. 일찍 나이가 들고 어른이 되었으며 여러 가지 점에서 어른 이상으로 진지하고 명석해졌으니까요. 그를 보고 두 해 전 소년이었던 때와 비교하면 종종 몹시 슬픈 마음이 들었어요. 게다가 그에게서 남자로서 얻을 수 있을 법한 위로나 의지가 전혀 없어요. 내가 없었으면 그는 성에 가지 못했을 텐데 거기 간 이후부터 그는 나에게 기대지 않아요. 내가 그의 유일한 친구인데도 그는 내게 속에 품고 있는 아주 일부만 얘기하죠. 내게 성에 대한 얘기를 많이 하지만 그가 내게 전하는 얘기들, 평범한 사실들을 가지고는 성이 어떻게 그를 그처럼 변화시켰는지 전혀 이해할 수가 없어요. 특히 우리 모두가 절망했을 때 갖고 있던 소년 시절의 용기를 어떻게 해서 어른이 된 지금 저 위에서는 완전히 잃어버렸는지 이해할 수가 없어요. 물론 날마다 쓸데없이, 늘 새로운 변화에 대한 기대도 전혀 없이 서서 기다리다 보면 진이 다 빠지고 회의적이 되어 마침내 이렇게 필사적으로 서 있는 것밖엔 할 줄 아는 게 없게 되죠. 그런데 왜 그 전에라도 아무런 저항을 하지 않았을까요? 특히 곧 내가 옳았으며 우리 집안 형편의 개선과 관련해서는 어떠할지 모르지만 공명심과 관련해선 거기서 얻어올 게 아무것도 없다는 것을 깨달았을 때에 말이에요. 하인들의 변덕은 예외지만, 거기선 모든 게 무리 없이 진행되죠. 공명심은 거기 일에서 만족을 찾고 그러다 보니 일 자체의 중요성이 커져 완전히 사라지죠. 거기에 순진한 소원이 있을 자리는 없어요. 그런데도 바르나바스 얘기로는 그가 있게 된 방에 있는 그 의심스럽기 짝이 없는 관리들조차 대단한 권력과 지식을 지녔음을 똑똑히 보았다고 생각하는 눈치였어요. 재빨리, 눈을 반쯤 감고, 손을 살짝 움직이며 구술하는 그들의 모습, 아무 말도 않고 그냥 집게손가락만 가지고 불퉁거리는 하인들을 처리하는 모습, 그리고 그럴 때면 숨을 식식거리며 행복하게 웃는 하인들, 또는 그들이 책에서 중요한 데를 찾아 활짝 펴고 그 좁은 곳이 허락하는 한 다른 사람들을 부르면 그리로 목을 길게 빼는 모습을. 이런저런 걸 보고 바르나바스는 그 관리들에 대해 많은 상념을 갖게 되었으며 그들 눈에 띄어 그들과 남이 아닌 관청 동료로서, 물론 아랫사람으로서, 몇 마디라도 할 수 있게 된다면 우리 가족이 예상 못한 걸 얻게 될지도 모른다고 느끼고 있었어요. 그러나 일이 그렇게까지는 되지 않았으며, 거기에 가까이 다가갈 일도 시도하지 않는 거예요. 비록 젊은 나이에 우리 가정의 불행한 처지로 말미암아 가장이라는 책임이 무거운 자리에 스스로 올라갔으면서요. 이제 마무리 얘기를 하겠어요. 일주일 전에 당신이 왔죠. 헤른호프에서 누가 말하는 걸 들었지만 난 관심을 두지 않았어요. 웬 측량사가 왔다는데 난 그게 뭔지도 몰랐죠. 그런데 다음날 저녁 바르나바스가 다른 때보다 일찍——난 일정한 시간에 그를 한 구간쯤 마중 나가곤 했어요——집에 와 아말리아가 방에 있는 걸 보고 날 밖으로 끌어내더니 내 어깨에 얼굴을 대고 몇 분 동안이나 우는 거예요. 그는 다시 옛날처럼 어린 소년이더군요. 뭔가 그가 감당할 수 없는 일이 그에게 일어난 거예요. 갑자기 그 앞에 전혀 새로운 세계가 열린 듯했으며 그는 이 새로운 게 지니고 있는 행복과 걱정들을 견딜 수 없어했어요. 하지만 별건 아니었어요. 당신에게 전달할 편지 한 통을 받은 것일 뿐. 그러나 그게 그가 얻은 최초의 편지, 최초의 일이지만요."

올가가 말을 그쳤다. 답답하게, 이따금 그르렁거리는 부모의 숨소리를 제외하곤 조용했다. 올가의 얘기를 보충하려는 듯 K는 그저 나오는 대로 말했다. "너희들은 나에게 연극을 했구나. 바르나바스는 오래된, 몹시 바쁜 심부름꾼처럼 편지를 가져오고 너나 이번엔 한통속인 아말리아는 함께 심부름꾼 일과 편지가 그저 부차적인 듯 행동하고." "당신은 우릴 같이 보면 안 돼요"하며 올가가 말했다. "바르나바스는 자기가 하는 일에 의구심도 많았는데 편지 두 통 때문에 다시 행복한 아이가 되었어요. 그 의구심은 자신과 나에 대한 것이고 당신에 대해선 그가 진짜 심부름꾼은 이렇게 행동한다고 상상하던 대로 진짜 심부름꾼으로 나타나는 걸 명예로 알고 있어요. 그래서 난, 지금 그의 희망은 관복으로 높아졌지만, 그에게 예컨대 두 시간 내에 바지를 고쳐 몸에 달라붙는 관복 비슷하게 만들어줘야 했죠. 그 차림이 당신 눈을 통과할 수 있게요. 이런 면에서 당신은 쉽게 속을 수 있다고요. 이게 바르나바스예요. 그러나 아말리아는 심부름꾼 일을 정말 업신여기고 있으며 지금 조금 성과가 있는 것처럼 보이자, 그건 바르나바스와 나 그리고 우리가 함께 앉아 몰래 쑥덕거리는 걸 보고 쉽게 알 수 있죠, 그 일을 전보다 더 경멸해요. 그녀는 사실을 말하니 그걸 의심해 착각하는 일이 없도록 하세요. 그러나 K, 내가 몇 번 심부름꾼 일을 멸시했다면 그건 당신을 속일 의도에서 그런 게 아니고 불안해서 그랬던 거예요. 지금까지 바르나바스의 손을 거쳐 온 두 통의 편지는 아직 미심쩍기 짝이 없지만 우리 가족이 삼 년 만에 처음 받는 은총의 표시예요. 이게 전환이고 착각이 아니라면 이 전환은——전환보다 착각이 더 빈번하죠——당신이 여기 온 것과 관련이 있죠. 우리 운명이 얼마쯤 당신에게 예속된 거라고요. 이 두 편지는 시작일 뿐이고 바르나바스의 활동이 당신과 관련된 심부름 이상으로 확대될지도 모르지만——우리가 그대로 괜찮다면 그렇게 되길 기대하겠어요——당분간은 모든 게 오직 당신에게 집중되어 있죠. 아무튼 저 위에서는 주어진 일에 만족해야만 하지만 여기 아래에서는 지금 같은 일까지 해도 괜찮을 거예요. 즉, 당신의 호의를 우리 것으로 만들거나 적어도 당신이 우리를 싫어하지 않도록 하든가 하는, 또 더 중요한 것은 우리의 힘과 경험을 다해 당신을 보호하는 것, 그럼으로써 당신이 성과의 연줄을——우린 그 때문에 사는지도 몰라요——잃지 않도록 말이에요. 그런데 이 모든 걸 어떻게 해야 가장 잘 이끌어내느냐고요? 우리가 당신에게 접근하면 우리에 대해 의심을 품지 마세요. 당신은 여기 물정을 몰라 모든 면에서 의심 투성이일 게 틀림없는데, 당연한 거예요. 더군다나 우린 무시받는 처지이고 당신은 세간에서 하는 말, 특히 당신 약혼녀에게서 영향을 받는데 우리야 전혀 그럴 마음이 없다 해도 어찌, 예컨대 당신의 약혼녀와 대립해 당신 마음을 상하게 하지 않으면서, 당신에게 접근하겠어요. 그리고 그 전갈 말예요, 당신이 받기 전에 내가 자세히 읽어보는데——바르나바스는 심부름꾼이라 그럴 수 없어요——첫눈에 봐도 썩 중요하지 않은 것 같았어요. 오래되었고. 그런데 당신보고 면장에게 가서 물어보라고 해 중요성이 생긴 거예요. 그러니 이런 점에서 우리가 당신에게 어떤 태도를 보여야 했을까요? 중요성을 강조하면 우리가 아주 사소한 걸 과대 평가했다는, 우릴 당신에게 그런 소식을 전달하는 자로 선전했다는, 당신의 목적이 아니라 우리의 목적을 추구한다는 의심을 샀는데. 그러면 당신 눈에 전갈 자체까지 과소 평가를 받게 되고 전혀 본의 아니게 당신을 속이는 게 되었을 텐데. 그러나 편지에 별 가치를 두지 않았어도 마찬가지 의심을 받았겠죠. 그렇다면 우리가 무엇 때문에 그렇게 중요하지도 않은 편지 배달에 몰두했는지, 우리의 행동과 말이 왜 서로 맞지 않았는지, 무엇 때문에 우리가 수취인인 당신뿐만이 아니라 위임자까지 속였냐고요. 분명 우리가 수취인에게 설명을 해 가치를 떨어뜨리라고 우리에게 편지를 맡긴 건 아니었는데. 사실 도가 지나친 행동 사이에서 중도를 지키는 일, 즉 편지에 대해 올바른 평가를 한다는 건 불가능하거든요. 그 스스로 끊임없이 가치를 바꾸며 편지에서 비롯된 생각들도 끝이 없으며 생각을 멈추는 곳 또한 오로지 우연에 의해 정해질 따름이니 이 의견도 우연한 것인 셈이죠. 게다가 당신에 대한 걱정이 끼여들면 모든 게 어지럽죠. 내 말을 너무 냉혹하다고 여기면 안 돼요. 이를테면 저번처럼 당신이 심부름꾼을 탐탁해하지 않아 바르나바스가 우선 놀란 마음에다 또 심부름꾼의 예민함까지 보이며 이 일을 그만두겠다는 소식을 갖고 오면, 난 잘못된 걸 벌충하려고 속이고 거짓말을 하고 기만하는 등, 도움이 된다면 온갖 나쁜 짓을 다할 마음이에요. 적어도 그게 당신이나 우리에게 좋다는 생각이 들면 말이에요."

문 두드리는 소리가 났다. 올가가 달려가 문을 열었다. 어둠 속으로 각초롱 불빛이 스며들었다. 밤늦게 찾아온 방문객의 나지막이 묻는 소리에 나지막이 대답해주었는데 그는 이에 만족해하지 않고 방안으로 들어오려고 했다. 더 이상 그를 막을 수가 없었는지 올가가 아말리아를 불렀는데, 부모의 잠을 깨우지 않도록 하려고 아말리아가 모든 짓을 다해 방문객이 못 들어오게 해주길 바라는 성싶었다. 아닌게아니라 그녀가 달려가 올가를 옆으로 밀치고 길로 나가더니 뒤로 문을 닫았다. 어느새 그녀가 다시 돌아왔는데 올가에게 불가능했던 일을 그녀는 이렇게 금방 해치웠다.

K는 곧 올가를 통해 방문이 그와 관련이 있다는 것, 조수 하나가 프리다의 명을 받고 그를 찾고 있다는 것을 알게 되었다. 올가는 K를 조수에게 들키지 않도록 하려고 했던 것이다. K가 나중에 프리다에게 여기에 와 있었음을 털어놓으려 하면 할 수 없다지만 조수에게 발견되어서는 안 되었다. K가 수긍했다. 그러나 여기서 밤을 보내며 바르나바스를 기다리라는 올가의 제안은 거부했다. 근본적으로는 그걸 받아들일 만도 했다. 왜냐하면 이미 늦은 밤이었고 원하든 원하지 않든 그가 이 집안과 이렇게 연결되어 있어 여기서 잠자리를 갖는 게 다른 이유에서 보면 난처한 일이지만 이 관계를 고려하면 마을을 통틀어 그에게 가장 자연스러운 것처럼 보였기 때문이다. 그럼에도 불구하고 그는 거절했다. 조수가 찾아온 것에 놀라 동요되었던 것이다. 자기 뜻을 아는 프리다와 K가 무섭게 혼내준 조수들이 어떻게 다시 만나게 되었는지, 프리다가 어찌 감히 조수를 시켜 K를 찾으러 보냈는지, 그것도 다른 자는 그녀 곁에 있는지 한 명만 온 것은 이해되지 않았다. 그는 올가에게 채찍이 있는지 물었지만 그건 없었고 쓸 만한 버드나무 가지가 하나 있어 그걸 집어들었다. 그리곤 집에서 나가는 다른 문이 있느냐고 묻자 뜰로 통하는 문 같은 게 있긴 한데 길에 이르려면 이웃집 정원 울타리를 기어올라 그 정원을 지나야 한다고 했다. K는 그렇게 할 작정이었다. 올가가 그를 뜰을 지나 울타리로 데리고 가는 동안 K는, 걱정하는 그녀를 얼른 안심시키려고 그는 이야기 중에 나온 그녀의 잔꾀 때문에 화가 난 건 결코 아니며 그녀를 잘 이해한다고 말하고, 그녀가 그에게 갖고 있는 그리고 이야기들을 통해 보여준 신뢰에 감사하

고, 그녀에게 바르나바스가 돌아오면 밤이라도 곧 학교로 보내라고 당부했다. 사실 바르나바스의 소식이 그의 유일한 희망은 아니며 그렇다면 그는 곤란한 상황에 처한 셈이지만 결코 포기하지 않고 그에 매달릴 작정이며 아울러 올가를 잊지 않겠다고 했다. 그에겐 소식보다는 올가 자신이 더 중요하기 때문이라고, 그녀의 씩씩함, 그녀의 사려 깊음, 영리함, 가족을 위한 헌신. 올가와 아말리아를 두고 골라야 한다면 많은 생각이 필요 없을 거라고 했다. 그리고는 이웃집 정원의 울타리 위로 사라지면서 그는 다정하게 그녀의 손까지 잡아주었다.

한길에 이르러 보니 침침한 밤이었지만 조수가 여전히 저 위 바르나바스의 집 앞에서 왔다갔다하는 게 보였다. 그는 이따금 걸음을 멈추고는 가려진 창으로 방을 비춰보려고 했다. K가 그를 불렀다. 별로 놀란 기색도 없이 그는 집의 동정 살피기를 그만두고 K 쪽으로 왔다. "누굴 찾고 있는 거야?" 하고 물으며 K는 허벅지에 대고 버드나무 가지가 낭창낭창한지 확인해보았다. "당신이요." 조수가 다가오며 말했다. K가 불쑥 "넌 누구야?" 하고 물었다. 조수가 아닌 것 같아서였다. 나이도 더 들고 지치고 주름도 더 많았지만 얼굴은 포동포동해보였으며 걸음걸이 또한 잽싸고 관절에 전기가 통하는 듯한 조수들의 걸음과는 전혀 달리 느리고 조금 절룩거렸으며 몹시 힘이 없었다. 그자가 "날 모른다고?" 하고 물었다. "예레미아스, 옛 조수인데." "그래?" 하며 K는 등뒤에 숨겼던 버드나무 가지를 다시 조금 끌어당겼다. "하지만 전혀 다른 사람 같은데." "그건 내가 혼자라서 그래" 하고 예레미아스가 말했다. "혼자 있으면 즐거운 청춘도 사라져." "아루투어는 어디 있지?" 하고 K가 물었다. "아루투어?" 하고 예레미아스가 물었다. "그 귀여운 애 말이지? 그는 일을 그만두었어. 당신 역시 우리에게 좀 지나치게 가혹했어. 마음이 여려 견디지 못하고 그는 성으로 되돌아가 당신에 대한 불평을 하고 다녀.""그럼 너는?" 하고 K가 물었다. 예레미아스는 "난 남아 있을 만했어" 하며 "아루투어는 내 일도 대신 하소연하고 있어" 하고 말했다. "대체 뭐가 불만인데" 하고 K가 물었다. 예레미아스가 말했다. "그건, 당신이 장난을 이해 못하는 데 대해서. 우리가 한 게 뭔데? 익살 좀 떨고 조금 웃고 당신 약혼녀를 좀 놀려댔지. 그것도 모두 임무에 따라서. 갈라터가 우릴 당신에게 보낼 때—" "갈라터?" 하고 K가 물었다. "그래 갈라터" 하고 예레미아스가 "그는 당시 클람 일을 대신하고 있었어. 그는 우리를 당신에게 보내며 말했지—난 그걸 명심해두었지. 우리가 근거로 삼는 건 그거니까—: 너희들은 측량사의 조수 노릇을 하러 가라. 우린 말했지: 하지만 그 일에 대해 아는 게 없는데요. 그러자 이에 대해: 가장 중요한 건 그게 아니다. 필요하면 그가 너희에게 가르쳐줄 것이다. 그러나 가장 중요한 것은 그를 좀 흥겹게 해주는 것이다. 내가 듣기로 그는 모든 걸 아주 심각하게 생각한다. 지금 마을에 왔는데 그게 사실 아무것도 아니지만 그로선 큰 사건이나 같다. 그걸 그에게 가르쳐주어야 한다라고 했어" 하고 말했다. K는 "그래" 하며 "갈라터 말이 옳았기 때문에 임무를 수행했단 말이지?" 하고 말했다. 예레미아스는 "그건 모르겠어"라고 했다. "짧은 시간에는 그 역시 불가능했을 테고. 내가 아는 건 당신이 매우 우악스럽다는 것뿐이며 그 점을 우리가 하소연하는 거라고. 난 당신도 한낱 고용인이면서, 그렇게 근무하는 게 힘들며 당신이 한 것처럼 짓궂게, 어린애나 다름없이, 일하는 사람을 힘들게 하는 게 정말 옳지 않다는 걸 깨닫지 못한다는 사실이 이해되지 않아. 우리를 울타리에 매달려 얼어붙게 한, 못된 말 한마디에 며칠이고 앓는 사람인 아루투어를 매트리스 위에서 주먹으로 때려죽일 뻔했고 또 당신이 날 오후에 눈 속을 이리저리 몰아 그 뒤 그 허겁지겁한 상태에서 회복하는 데 한 시간이나 걸리도록 한 그 무심함. 더구나 나는 젊지도 않은데!" K가 "여보게 예레미아스" 하며 말했다. "모든 점에서 네가 옳아. 그러나 그 얘기는 갈라터에게 하라구. 그가 자진해서 너희들을 보낸 거지 내가 그에게 너희를 부탁한 게 아니야. 그리고 내가 너희를 요청하지 않았으니 너희를 다시 돌려보낼 수도 있었고, 강제로 할 게 아니라 차라리 조용했으면 좋았을 테지만. 그건 그렇고 너희들이 내게 왔을 때 넌 왜 지금처럼 솔직히 말하지 않았니?" "그야 뻔하지" 하며 예레미아스는 "근무 중이었기 때문에"라고 말했다. K가 "그럼 지금은 근무 중이 아니고?"라고 물었다. 예레미아스는 "이제는 아니야" 하며 "아루투어가 성에서 그만 근무하겠다고 통고했어. 아니 적어도 우리에게 근무를 면하게 해줄 최종 절차가 진행 중이야" 하고 말했다. "하지만 넌 근무 중인 것처럼 아직도 날 찾고 있지 않아" 하고 K가 말했다. "아니" 하더니 예레미아스는 "내가 당신을 찾아다닌 건 단지 프리다를 안심시키기 위해서라고. 당신이 바르나바스네 여자애들 때문에 떠났을 때 그녀는 몹시 슬퍼했어. 당신을 잃어서가 아니고 배신 때문에. 오래 전부터 그렇게 될 줄 알았지만 그 때문에 무척 괴로워했지. 당신이 혹 제정신을 차렸는지 알아보려고 난 다시 한 번 교실 창문으로 갔어. 그런데 당신은 없고 프리다만 교실 의자에 앉아 울고 있더군. 그래서 난 그녀에게 갔고 우린 하나가 되었지. 모든 게 이미 다 처리되었어. 내 일이 성에서 처리되지 않은 동안만 난 헤른호프의 객실 서비스를 그리고 프리다는 다시 바에서 일해. 프리다에겐 그게 더 좋지. 그녀가 당신 마누라가 된다는 게 말이나 되는 일이야. 당신 역시 그녀가 치르고자 한 희생을 제대로 알아보지 못했고. 그러나 지금 그 착한 여자는 당신이 잘못되지나 않나, 당신이 바르나바스네 집에 가 있지나 않는지 아직도 가끔 염려하고 있어. 당신이 어디 있었는지 물론 전혀 의심할 바가 없었지만 난 최종적으로 확인하려고 갔지. 프리다는 온갖 심란함을 뒤로하고 일단 조용히 자야 했으며 나도 마찬가지였고. 난 그래서 간 것인데 그냥 당신만 찾아낸 게 아니고 아울러 계집애들이 당신을 아무 거리낌 없이 따르는 걸 볼 수 있었어. 특히 검은 애가, 진짜 도둑고양이더군. 당신에게 정성을 다하던데. 하긴 누구나 제멋대로 사는 거지. 하지만 당신이 이웃집 정원을 돌아 나올 필요는 없었어. 그 길을 알고 있거든" 하고 말했다.

21

그러니까 결국 예상은 했었지만 막을 수는 없었던 일이 일어난 것이었다. 프리다가 그를 버렸던 것이다. 그건 결정적인 것은 아니었으며 그렇게 곤란하지도 않았다. 프리다는 탈환할 수 있었다. 그녀는 모르는 사람에게, 심지어 프리다의 지위를 자기네와 비슷하게 본 조수들에게도 쉽게 영향을 받았던 것이다. 그리고 이제 그들은 직무를 그만두었으며 프리다까지 그렇게 하도록 했지만 K는 그녀 앞에 나타나 그에게 도움이 되는 것을 모두 상기시키기만 하면 되었다. 혹 그가 그 여자애들 집에 간 일을 그들에게서 얻은 성과를 가지고 해명할 수만 있다면 그녀는 다시 뉘우침과 동시에 자기 것이었다. 하지만 프리다 때문에 이런 궁리들을 하며 마음을 달래보았지만 안심이 되질 않았다. 조금 전만 해도 그는 올가에게 프리다 자랑을 하며 의지할 데는 그녀뿐이라고 했는데 이제 보니 확고부동한 게 아니었다. K에게서 프리다를 빼앗는 데는 힘센 자가 손을 댈 것도 없이 이 입맛 떨어지는 조수, 이따금 썩 신선하진 않구나 하는 느낌을 주는 이 살덩어리로도 충분했던 것이다.

예레미아스가 벌써 떠나려고 해 K는 그를 도로 불렀다. 그는 "예레미아스" 하고는 "네게 아주 솔직히 말할 테니, 내가 묻는 것에도 정직하게 대답해줘. 우린 이제 주종 관계가 아니야. 너뿐 아니라 나도 기쁘다고. 그러니까 우린 서로 속일 이유가 없단 말이야. 여기 네 눈앞에서 너에게 사용하려 한 이 매를 부러뜨리겠어. 내가 정원으로 통하는 길을 선택한 건 네가 두려워서가 아니야. 널 습격해 회초리를 몇 번 휘두르려고 그랬지. 그러니 더 이상 나쁘게 생각하지 마. 다 지나간 일이야. 네가 관에서 내게 떠맡긴 하인이 아니고 그냥 아는 사이였다면 비록 네 생김새가 조금 거슬릴 때도 더러 있지만 틀림없이 우린 아주 사이 좋게 지냈을 거야. 그럼 그 때문에 우리가 못했던 게 있다면 이제 보완할 수 있지 않겠어" 하고 말했다. "그렇다고 생각해?" 하고 조수는 하품과 동시에 지친 눈을 비비며 "당신에게 사실을 더 자세히 설명해줄 수 있지만 시간이 없군. 프리다에게 가야 하거든. 그녀는 아직 근무를 시작하지 않았어. 주인이 내 말을 받아들여——그녀는 잊어버리고 싶어서인지 바로 일에 덤벼들려 했지만——그녀에게 휴양 기간을 주어 우린 잠시나마 함께 지낼 작정이야. 당신 제안과 관련해서 당신을 속이거나 당신에게 뭘 털어놓을 이유가 없다고. 나와 당신은 처지가 다르단 말이야. 내가 당신과 고용 관계였을 동안에 당신은 내게, 당신의 신분 때문이 아니라 위임받은 직무 때문에, 매우 중요한 사람이었기에 당신을 위해 당신이 원하는 거라면 다 했을 테지만 이제 당신은 나와 상관이 없어. 회초리를 부러뜨린다고 해도 내 마음은 움직이진 않아. 주인이 얼마나 난폭했는지 생각나게나 할 뿐, 내 환심을 사는 데는 적당하지 않아" 하고 말했다. "내게 그런 식으로 말하다니" 하며 K는 "그야말로 날 두려워할 일이 결코 없을 것처럼 말이야. 그러나 그렇지 않아. 넌 아직도 내게서 벗어나지 못했을 텐데. 여기선 그렇게 빨리 해결되는 일은 없어——" 하고 말했다. "때로는 더 빨라" 하고 예레미아스가 불쑥 말했다. K가 "때로는이라" 하더니 "그러나 이번 일이 그렇게 되었다는 증거는 없어. 너와 나 모두 문서로 처리된 걸 손에 갖고 있지 않아. 이제야 절차가 진행 중이란 뜻이며 난 아직까진 연줄을 통해 손을 써보질 않았는데 그렇게 해보아야겠어. 결과가 네게 불리하게 나오면 네가 윗사람의 호감을 받을 만큼 준비를 많이 하지 않았다는 말이니 버드나무 가지를 부러뜨릴 필요까지도 없었을 거야. 그리고 프리다를 데려가놓고 몹시 우쭐대는데 내가 아무리 너라는 사람을 높이 봐주어도, 넌 내게 전혀 경의가 없지만, 프리다에게 내 말 몇 마디를 전하기만 하면 네가 프리다를 잡을 때 쓴 거짓말을 까발릴 수 있다고. 하기야 거짓말이 아니었다면 프리다를 내게서 등지게 할 수 없었을 테지" 하고 말했다. 예레미아스는 "그런 협박에 내가 놀랄 줄 알아" 하더니 "당신은 날 조수로 쓸 마음이 조금도 없어. 당신은 내가 조수인 게 무서운 거야. 조수라면 다 무서운 거야. 오직 두려움 때문에 그 착한 아르투어를 때렸어" 하고 말했다. K는 "아마" 하며 "그래서 덜 아팠겠네? 아마 그런 식으로 너에 대한 나의 두려움을 종종 나타낼 수 있겠지. 네가 조수 노릇을 좋아하지 않는 걸 보니 새삼스럽게 모든 두려움을 뛰어넘어 너에게 그렇게 하도록 시키면 재미가 엄청나겠군. 그것도 이번에는 아르투어는 빼고 너 혼자만 하도록 손을 써야겠어. 그래야 네게 더 많은 관심을 보일 수 있을 테니까" 하고 말했다. "당신은" 하고 예레미아스는 "내가 그런다고 겁먹을 것으로 생각해?" 하고 말했다. "아마" 하며 K가 "틀림없이 조금은 겁을 먹겠지. 네가 영리하다면 많이" 하고 말했다. "그렇지 않다면 왜 진작 프리다에게 가지 않았겠어? 말해봐. 그녀를 좋아하니?" 예레미아스가 "좋아하느냐고?" 하며 "그녀는 착하고 영리한 처녀야. 클람의 옛 애인이니 아무튼 존경받을 만해. 그녀가 내게 당신에게서 풀려나게 해달라고 하는데 내가 어찌 그녀를 도와주지 않겠어. 더구나 당신은 대신 빌어먹을 바르나바스네를 위안으로 삼고 있어. 당신에게 무슨 고통을 주는 것도 아닌데"라고 했다. K가 "이제 너의 두려움을 알겠어" 하며 "아주 지독한 두려움이지. 넌 날 거짓말로 사로잡으려 하고 있어. 프리다가 바란 건 한 가지, 난폭해진데다 더럽게 음탕한 조수들로부터 해방되는 것뿐이었어. 안타깝게도 그녀의 부탁을 들어줄 시간이 없었는데 지금 내가 소홀히 한 결과가 나타난 거야" 하고 말했다.

"측량사님! 측량사님!" 하고 골목에서 누가 부르는 소리가 났다. 바르나바스였다. 숨을 헐떡이며 도착했지만 그는 K에게 잊지 않고 절을 했다. 그가 "됐어요"라고 말했다. "뭐가 됐다는 거니?" 하고 K가 물었다. "내 청을 클람에게 전한 거니?" 바르나바스는 "그건 안 됐어요" 하며 "무척 애를 썼지만 불가능했어요. 밀치고 들어가 그러라고도 하지 않았는데 종일 서 있었어요. 책상에 바짝 붙어 있었는데 한 번은 내가 빛을 가린다고 서기가 밀어내더군요. 클람이 쳐다보면, 금지 사항이지만 내게 손을 들어 알리고, 사무실에 가장 오래 남아 있으니까 거기에 하인들하고만 있게 되었어요. 한 번은 클람이 되돌아오는 걸 보고서 기뻐했는데, 하지만 나 때문이 아니었어요. 단지 얼른 책에서 뭘 찾아보러 왔다가 곧 돌아갔는데, 내가 여전히 꼼짝도 하지 않으니까 마침내 하인이 비를 가지고 날 문밖으로 쓸어내다시피 했어요. 당신이 다시는 나의 활동 결과를 두고 불만을 갖지 않도록 모든 걸 다 털어놓습니다" 하고 말했다. "만일 그게 전혀 성과가 없으면" 하며 K가 "네 모든 열성이 내게 무슨 소용이 되겠어" 하고 말했다. "하지만 성과가 있었어요" 하고 바르나바스가 말했다. "내 사무실을 나오다 보니—난 거길 내 사무실이라고 해요—복도 안쪽에서 어떤 분이 천천히 나오고 있었는데 다른 사람은 아무도 없었어요. 정말 매우 늦은 때였으니까요. 난 그를 기다리기로 마음먹었어요. 거기 남아 있기엔 좋은 기회였죠. 난 정말이지 당신에게 나쁜 소식을 가져오지 않도록 아예 거기에 남아 있고 싶더군요. 그분을 기다린 보람도 있었는데, 그는 에어랑어였어요. 그를 모르세요? 클람의 수석 비서 중 한 사람이에요. 몸이 가 날프고 작은 분으로 조금 절뚝거려요. 날 금방 알아봤는데, 그는 기억력과 사람을 잘 알아보는 걸로 유명하죠. 눈썹을 모으기만 하면 누구든 알아볼 수 있어요. 종종 한 번도 본 적이 없이 어디서 듣거나 읽기만 한 사람들까지도. 나의 경우도 그는 아마 전혀 본 적이 없을 거예요. 하지만 그럼에도 그는 어떤 사람이든 곧 알아봐요. 처음엔 미심쩍은 듯 묻죠. 나를 보고 '너 바르나바스 아니니?' 하고 말했어요. 그리고서 '측량사를 알지?' 하고 말했어요. 그리고는 '마침 잘됐어. 난 지금 헤른호프에 가는 중이야. 측량사에게 그리 날 찾아오라고 해. 난 15호실에 있어. 그에게 지금 바로 와야 된다고 해. 난 거기서 몇 가지만 논의하고 새벽 다섯시에 다시 돌아가. 내겐 그와 얘기하는 게 중요하다고 그에게 말해' 하고요."

갑자기 예레미아스가 달려가기 시작했다. 흥분한 나머지 여태까지 그에게 별로 신경을 쓰지 않고 있던 바르나바스가 물었다. "예레미아스가 대체 왜 그래요?" "날 앞질러 에어랑어에게 가려는 거지" 하고 K도 예레미아스의 뒤를 쫓아가 붙잡고는 그의 팔에 매달리며 말했다. "갑자기 프리다에 대한 그리움이 네 마음을 사로잡은 거니? 내 마음도 그에 못지않으니 같이 걸어가지."

컴컴한 헤른호프 앞에는 많지 않은 남자들이 모여 있었으며 두세 사람이 손에 등을 갖고 있어 몇몇은 얼굴을 알아볼 수 있었다. K가 아는 사람은 마부인 게어슈태커뿐이었다. 게어슈태커가 "아직도 마을에 있소?" 하고 물으며 그를 맞았다. K는 "예" 하며 "난 오래 있을 생각을 하고 왔소"라고 했다. 게어슈태커는 "하긴 나와는 아무 상관 없지"라 말하고 심하게 기침을 하며 다른 사람 쪽으로 몸을 돌렸다.

알고 보니 모두들 에어랑어를 기다리고 있었다. 에어랑어는 이미 도착해 있었지만 민원인들을 만나기 앞서 모무스와 협의를 했다.

이구동성으로 하는 이야기는 건물 안에서는 안 되고 여기 바깥의 눈 속에 서서 기다려야 한다는 것이었다. 날씨가 비록 매우 춥지는 않다지만 그렇다 해도 민원인들을 몇 시간이 될지도 모르는데 밤에 건물 앞에 있게 한다는 건 무심한 일이었다. 그게 물론 에어랑어 탓은 아니었으며 그는 오히려 매우 호의적인 사람으로 그것에 대해선 모르고 있었으며 그가 그걸 들었다면 분명 매우 화를 냈을 것이다. 그건 그야말로 병적으로 우아함을 추구하는 헤른호프 여주인이 많은 민원인들이 한꺼번에 헤른호프에 오는 걸 싫어한 데서 비롯된 것이었다. "할 수 없이 와야 된다면" 하며 그녀는 "제발 꼭 한 사람씩 한 사람씩"이라고 말하곤 했다. 그리고 그걸 관철시켜 민원인이 처음에는 그냥 복도에서, 나중엔 계단에 이어 현관에서, 맨 나중엔 바에서 기다렸는데 결국 골목길로 밀려나고 말았다. 그러나 그렇게 하고서도 아직 성이 찬 건 아니었다. 그녀는 그녀의 표현처럼 자기 집이 끊임없이 "포위되는 게" 견딜 수 없었다. 대체 무엇 때문에 민원인들이 왕래하는 것인지 그녀로선 이해가 되질 않았다. 그녀의 물음에 "집 앞의 계단을 더럽게 하려고"라고 어느 관리가, 아마 기분이 상해, 대답한 적이 있는데 그게 그녀에겐 시사하는 바가 컸는지 그녀는 그 말을 즐겨 인용하곤 했다. 그녀는 헤른호프 맞은편에 민원인들이 기다릴 수 있는 건물을 짓도록 노력했는데 그게 민원인들의 소원과 일치했던 것이다. 그녀로선 민원 상담과 심문도 헤른호프 바깥에서 행해지는 게 가장 좋았지만 관리들이 반대했으며, 비록 여주인이 부수적인 문제에서 끈덕지고 그러면서도 여자답게 은근한 열의를 바탕으로 시시콜콜 전횡을 행사했지만 만일 관리들이 심하게 반대하면 물론 성사되지 않았다. 그러나 여주인은 앞으로도 계속 헤른호프에서 상담과 심문이 행해지는 걸 감수해야 하리라. 성에서 온 분들이 마을의 공무와 관련해서 헤른호프를 떠나려

하지 않았기 때문이다. 그들은 늘 바빴고 그야말로 마지못해 마을에 있었으며 꼭 필요한 것 이상으로 체류를 연장할 마음은 조금도 없었다. 그러니 그들에게 오로지 헤른호프의 평화를 생각해 한시적이나마 서류를 다 가지고 길을 건너 다른 건물로 옮겨가 그렇게 시간을 빼앗기라고 요구할 수는 없는 일이었다. 관리들에게 가장 좋은 건 일어나기가 너무 힘들어 침대에서 몸을 좀 편히 하고 싶을 때바나 자기네 방에서, 식사를 하며 아니면 취침 전이나 아침에 침대에서, 공무를 처리하는 것이었다. 반면에 대기실 건축 문제는 유리하게 해결될 것 같다가 바로 대기실 문제로 많은 논의가 필요하고 건물의 복도가 별로 텅 빌 사이가 없는 것은 여주인에게 가혹한——그 일로 사람들이 웃었다——벌이었다.

이런 일을 놓고 대기자들은 목소리를 낮춰 얘기를 나누고 있었다. K는 에어랑어가 한밤중에 민원인들을 오라고 해 불만이 만만치 않았는데도 이에 아무도 이의를 달지 않는 게 이상했다. 그에 대해 문자 오히려 그에 대해 에어랑어에게 감사해야 한다는 답이었다. 그가 마을에 오게 된 건 오로지 그의 호의와 숭고한 직무관 때문이며 그가 하려고 하면——그리고 그게 아마 규정에 더 맞는지도 모르는데——하급 비서를 한 사람 보내 그에게 조서를 받도록 할 수 있다는 것이었다. 하지만 그는 대개 그렇게 않으려고 하며 몸소 모든 걸 보고 들으려 하는데 그럴 때에는 이 목적 때문에 여러 밤을 희생해야 한다고 했다. 그의 사무 일정에는 마을 출장 계획이 없기 때문이라는 것이다. K가, 하지만 클람도 낮에 마을에 와 심지어 여러 날을 여기서 머무르지 않느냐며 이의를 댔다. 그럼 비서에 불과한 에어랑어가 위에서 더 절대적으로 필요한 사람인지? 몇몇은 사람 좋게 웃었고 다른 사람들은 놀라 입을 다물었는데 이런 자들이 우위여서 K는 대답을 듣지 못했다. 다만 한 사람이 머뭇거리며, 성에서

나 마을에서나 클람이 당연히 없어서는 안 될 사람이라고 말했다.

이때 현관문이 열리며 등을 든 두 하인 사이로 모무스가 나타났다. 그는 "에어랑어 비서님을 뵙게 될 첫 사람은" 하고는 "게어슈태커와 K. 두 사람 여기 있소?" 하고 물었다. 그들이 예, 하고 나섰지만 그들 앞을 예레미아스가 "난 이곳 객실 서비스 담당입니다" 하며 ─ 모무스가 웃으면서 어깨를 치며 하는 인사를 받으며 ─ 잽싸게 집안으로 들어갔다. "예레미아스에게 더 신경을 써야겠군" 하고 K는 중얼댔는데, 아마 예레미아스가 성에서 그에게 불리한 일을 하고 있는 아르투어보다 훨씬 위험하다는 느낌이 들었던 것이다. 어쩌면 조수로서의 그들에게 시달리는 것이 저렇게 통제 없이 쏘다니며 특별한 소질이 있어보이는 계략을 마음대로 쓰게 하는 것보다 더 현명한 일인지도 몰랐다.

K가 모무스 옆을 지날 때 이자는 그제서야 그가 측량사라는 걸 알아보는 것처럼 굴었다. 그는 "아, 그 측량사!" 하며 "그토록 심문 받기를 싫어하던 사람이 심문을 받으려고 애쓰는군. 그때 내게서 받았더라면 간단했을걸. 하긴, 맞는 심문을 골라잡기는 어렵지"라고 했다. 이런 말을 듣고 K가 멈춰 서려고 하자 모무스가 말했다. "가요, 가! 당신 대답이 필요한 건 그때였지 지금은 아냐." 그럼에도 K는 모무스의 태도에 흥분해 말했다. "당신들은 자신들만 생각하지. 그때나 지금이나, 공무라는 이유만으론 대답하지 않겠소." 모무스가 말했다. "그럼 우리가 누굴 생각해야 한다는 거지? 그렇다면 여기에 대체 누가 있어? 가요!"

문간에서 하인 하나가 그들을 맞아 K가 이미 아는 길을 거쳐 마당을 지나 그리고 대문을 통과해 낮게 조금 내리막인 통로로 데리고 갔다. 위층엔 아마 높은 어른들만 묵고 반면에 비서들은, 그들 가운데선 에어랑어가 아주 높은 축이지만 그 역시, 이 통로에 묵고 있는 모양이었다. 하인이 등을 껐다. 그곳엔 밝은 전등이 비치고 있었던 것이다. 여기에는 모든 게 작았지만 예쁘게 만들어져 있었다. 공간이 아주 잘 활용되고 있었다. 통로는 겨우 똑바로 서서 걸어갈 정도였다. 옆에는 거의 연달아 문이었다. 벽이 천장까지 닿아 있지 않았는데 아마 환기를 고려한 것 같았다. 여기 깊은 지하실 같은 통로에 있는 방에는 창문이 없어서 그랬을 것이다. 이렇게 완전히 막아놓지 않은 벽의 단점은 통로와 필연적으로 방까지도 소란스럽다는 것이었다. 많은 방에 사람들이 들어 있는 것 같았는데 대부분 아직 자지 않고 있었으며 말소리와 망치 두드리는 소리, 유리잔 부딪히는 소리가 들렸다. 그렇다고 특별히 재미있다는 느낌은 없었다. 소리를 죽여 말을 해 어디서고 한마디도 알아듣기가 어려웠는데 환담을 나누는 것 같지도 않았으며 그냥 누가 뭐라고 구술하거나 낭독하는 것 같았다. 유리잔과 접시 부딪히는 소리가 났던 방들에선 아무 말도 들리지 않았으며 망치 소리는 K가 어디서 들었던, 어떤 관리들은 계속되는 정신적 피로를 풀려고 잠시 목공일이나 정밀 기계 작업 따위에 몰두한다는 말을 생각나게 했다. 통로에는 아무도 없었고 다만 어느 문 앞에만 창백하고 삐삐 마르고 키가 큰 나리가 모피 옷을 입고 앉아 있었는데 그 밑으로 잠옷이 삐져 나와 있었다. 방에 있는 게 너무 답답했는지 밖에 앉아 거기서, 그러나 건성으로, 신문을 읽고 있었는데 이따금 하품을 하며 읽기를 멈추더니 몸을 앞으로 굽혀 통로 쪽을 살펴보았다. 오라고 한 민원인이 꾸물대 기다리는 모양이었다. 그들이 그의 옆을 지났을 때 하인이 그분에 관해 게어슈테커에게 말했다. "핀츠가우어예요!" 게어슈테커가 머리를 끄덕이며 "내려오지 않은 지도 꽤 오래되었는데" 하고 말했다. "무척 오랜만이지요" 하고 하인이 맞장구쳤다.

그들은 마침내 다른 것과 마찬가지로 생긴 어느 문 앞에 이르렀는데 안에 에어랑어가 있다고 하인이 일러주었다. 하인은 K에게 어깨로 받치라고 하더니 위의 빈틈으로 방을 들여다보았다. 내려오면서 "누워 계셔" 하고 하인이 말했다. "침대에, 하지만 옷은 입은 채로. 주무시는 모양인데. 여기 마을에 와 생활 방식이 바뀌어 저렇게 가끔 피로에 휩싸일 때도 있죠. 기다릴 수밖에 없겠는데. 깨어나시면 종을 울릴 거예요. 물론 마을에 머무는 동안 내내 잠만 자다가 깨어나선 다시 성으로 곧 돌아가야 했던 적도 있었어요. 그가 여기서 하는 일은 자발적인 것이니까." "지금 아예 끝까지 주무셨으면 좋겠어" 하며 게어슈태커는 "왜냐하면 깨어나서 일할 시간이 조금 있으면 잠잔 것을 매우 언짢아하고 그래서 모든 걸 서둘러 처리하려 하면 할말도 거의 못할 테니 말이야" 하고 말했다. "당신은 건축 일에 짐수레를 내주는 문제로 오신 거죠" 하고 하인이 물었다. 게어슈태커는 고개를 끄덕이고 하인을 옆으로 끌고 가 그에게 낮은 소리로 얘기했지만 하인은 듣는 둥 마는 둥하며 자기보다 머리 길이만큼 작은 게어슈태커 너머를 바라보며 진지한 표정으로 천천히 머리를 쓰다듬었다.

22

    이때 K는 막연히 두리번거리다가 멀리 통로 모퉁이에 프리다가
있는 걸 보았다. 그녀는 K를 못 알아보는 척, 그저 물끄러미 그를
보고 있었으며 손에는 빈 그릇과 쟁반을 들고 있었다. K는 하인에
게 말을 했지만 그가 전혀 주의하지 않아——하인은 말을 걸면 걸수
록 더 얼이 빠져가는 듯이 보였다——곧 돌아오겠다고 하고는 프리
다에게 달려갔다. 그녀에게 이르러 그는 마치 그녀를 다시 자기 소
유로 취하려는 듯이 그녀의 어깨를 잡고 무의미한 질문을 하며 그
녀의 눈을 살펴보았다. 그러나 그녀의 뻣뻣한 태도는 그다지 누그
러지지 않았으며 건성으로 쟁반 위의 그릇을 몇 번 옮겨보고는 말
했다. "내게서 뭘 바라는 거죠? 그들에게나 가요——그들이 누군지
아시겠죠. 바로 그들에게서 오면서. 그렇다고 당신에게 써 있는걸
요." K는 얼른 딴전을 피웠다. 그렇게 이야기가 느닷없이 나와서도
그리고 아주 나쁜, 그에게 몹시 불리한 것에서 시작되어서도 곤란
했기 때문이다. K가 "난 네가 바에 있는 줄 알았는데" 하고 말했다.
프리다가 놀라 그를 바라보고는 다정하게, 노는 손으로 그의 이마
와 볼을 쓰다듬었다. 마치 그의 모습을 잊어버려 다시 되살리는 것
같았으며 그녀의 눈에도 고통스러운 기억이 아스라이 나타나 있었
다. 그리고서 그녀는 "난 바에 다시 채용되었어요" 하며 마치 그녀
의 말은 중요하지 않으며 그 말을 하며 K와 대화를 하고 그것이 가
장 중요하다는 듯 천천히 "이 일은 내게 맞지 않아요. 이건 누구라

도 해낼 수 있어요. 잠자리를 갈고 친절한 표정을 지을 줄 알며 손님들이 귀찮게 구는 걸 싫어하지 않고 오히려 그렇게 하도록 부추기는 사람은 누구나 객실 하녀가 될 수 있어요. 그러나 바는 사정이 조금 달라요. 당시 썩 명예롭게 바를 떠난 것이 아닌데도 난 금방 바에 다시 채용되었어요. 물론 그때 후원이 있었죠. 그러나 주인은 내게 후원이 있어 그 때문에 날 다시 고용하기가 쉬웠다고 좋아했어요. 그 직책을 받아들이라고 날 독촉이라도 해야 될 판이었으니까요. 바가 내게 무얼 상기시켜주는지 깊이 생각해보면 당신은 이해할 거예요. 난 마침내 그 직책을 받아들였어요. 여기는 임시로 있을 뿐이죠. 페피가 창피스럽게 곧장 바를 떠나지 않도록 해달라고 부탁해서 우린 그녀가 부지런했고 그저 자신의 능력을 다해 모든 걸 처리했기 때문에 이십사 시간을 유예시켜주었어요" 하고 말했다. "모든 게 아주 잘 조정되었군" 하고서 K는 "그러나 전에 일단 나 때문에 바를 떠났는데 이제 우리 결혼을 바로 앞두고 다시 그리로 돌아간다고?" 하고 말했다. "결혼식은 없을 거예요" 하고 프리다가 말했다. "내가 부정한 사람이라?" 하고 K가 물었다. 프리다가 고개를 끄덕였다. "이봐, 프리다" 하고 K가 말했다. "부정이라는 것에 대해선 우리가 이미 여러 번 얘기했고 그때마다 당신은 결국 그 혐의가 부당했다는 걸 알게 되지 않았어. 그때 이후 내 쪽에 변한 건 아무것도 없어. 모든 게 여전히 결백하며 전에도 그랬고 앞으로도 달라지지 않아. 그리고 보니 당신 쪽에 뭔가 변한 게 틀림없어. 남의 부추김을 받았거나 등등으로. 아무튼 내게 잘못한 줄 알아. 대체 그 두 여자애들이 어쨌다는 거야? 한 애는, 거무스레한 애 말이야——이렇게 낱낱이 변명해야 하는 게 부끄러울 지경이지만 당신이 그걸 요구한다고——그 거무스레한 애가 어쩌면 당신 못지않게 귀찮은 존재인지 몰라. 그녀에게서 떨어질 수만 있다면 그렇게 하지. 그러면 그녀 마음도 가벼워질 거야. 그녀보다 얌전한 사람은 없어." "맞아요" 하는 프리다의 외침, 그녀는 엉겁결에 그런 말을 하고 말았다. K는 그녀의 생각이 딴 데로 돌려진 것을 보니 즐거웠다. 그녀는 스스로 원한 것과는 다른 상태였다. "그런 애를 얌전하다고, 누구보다 뻔뻔한 애를 그렇게 말하다니, 이럴 수가, 정말. 연극으로 그러는 게 아니네. 브뤼켄호프 여주인이 당신에 대해 한 말이 있어요. 그를 좋아하지 않지만 그를 떠날 수도 없어. 아직 잘 걷지도 못하면서 멀리 나가려는 어린아이를 볼 때처럼 참고 있을 수가 없어 간섭하고 말지." K가 웃으면서 "이번에는 그녀의 충고를 받아들여"라고 하고는 "그러나 얌전하든 뻔뻔스럽든 그 여자애 이야기는 제쳐두는 게 어때. 그녀에 대해 아무것도 알고 싶지 않아" 하고 말했다. "그런데 왜 그녀를 얌전하다고 하는 거죠?" 하고 프리다가 굽히지 않고 물었는데, K는 이 관심을 그에게 유리한 징조로 보았다. "당신이 확인해봤어요. 아니면 그렇게 해서 남을 비난하려는 건가요?" K는 "둘 다 아니야" 하고는 "그녀가 그렇다는 건 고마움에서야. 내가 마음 편히 그녀를 지나치고, 설령 그녀가 내게 자주 말을 건다고 해도 다시 가지 않아도 되니까. 그러면 내게 큰 손해일지도 모르지만. 당신도 알다시피 난 우리 둘의 장래를 위해 가야 돼. 그래서 다른 여자애와도 이야기를 해야 하는 거야. 그녀의 능력, 사려 그리고 이타성은 높이 치지만 그러나 그녀가 매혹적이라고 할 수는 없어" 하고 말했다. "하인들은 다른 의견이에요" 하고 프리다가 말했다. "그 점에서만이 아니라 다른 여러 가지 점에서도 그렇겠지" 하고 K가 말했다. "하인들의 정욕을 보고서 내 부정을 추정할 셈이야?" 프리다는 말이 없었으며 K가 그녀의 손에서 쟁반을 빼앗아 바닥에 놓고 팔을 그녀의 겨드랑이에 넣고서 좁은 공간에서 천천히 그녀와 이리저리 걷기 시작해도 그녀는 가만있었다. "당신은 신의

라는 게 뭔지 몰라요" 하고는 그와 가까워지지 않도록 하면서 "당신이 그 계집애들에게 어떻게 행동하든 그건 크게 중요하지 않아요. 당신이 그 집에 가고 돌아오고 옷에 그들 방 냄새를 묻혀오는 것 그 자체가 나로선 견딜 수 없는 수치란 말이에요. 그리고 학교에서 나가면서도 아무 말도 않고. 그뿐 아니라 그네들 집에서 밤늦게까지 지내다 오고. 또 당신이 있는지 물으니까 계집애들에게 없다고 하게 하고, 특히 비할 데 없이 얌전한 애에게 매섭게 잡아떼라고 하고. 모르는 길로 살그머니 집을 빠져 나온 것도 그 계집들의 평판을 지켜주려고 그런 모양이죠. 계집들의 평판을! 그래요, 그 이야긴 더 이상 하지 맙시다!" 하고 말했다. K가 "그 애 이야긴 그만 해" 하더니 "그러나 프리다, 다른 애는 말이지. 먼저 애에 대해서도 할 이야기는 없어. 내가 왜 가야만 했는지 당신도 알지 않아. 마음이 내키질 않지만 난 참고 가는 거야. 있는 그대로 알고 날 더 힘들게는 하지 말아야 할 것 아냐. 오늘 난 그저 잠깐 그리로 가 물어볼 생각이었어. 벌써 진작 중요한 소식을 가져왔어야 되는데 바르나바스가 왔느냐고. 그가 와 있는 건 아니지만 틀림없이 금방 올 거라고 내게 장담했는데, 사실 또 그럴 것 같았어. 그가 당신에게 나타나면 당신에게 폐가 될까 봐 그에게 날 학교로 찾아오게 하고 싶지는 않았지. 시간은 흘러가는데 안타깝게도 그는 오지 않더군. 그런데 다른, 내가 보기 싫어하는 자가 왔어. 난 그에게 날 찾아내게 하고 싶지가 않아 이웃집 정원을 지나갔는데, 물론 그에게 날 숨길 생각은 없어 난 얼마 뒤에 길에서 스스로 그가 있는 데로 갔지. 솔직히 말해 아주 낭창낭창한 버드나무 가지 하나를 갖고 있었어. 이게 전부이며 이에 대해선 더 이상 말할 게 없어. 다른 거라면 모르지만. 그래 조수들과는 어떤 사이지? 당신에게 그 집 이야기가 그런 것처럼 그자들 말은 꺼내는 것조차 역겨울 지경인데. 나와 그 집안과의 관계처럼 당신과 그들의 관계를 비교해봐. 난 그 가족에 대한 당신의 반감을 알며 그걸 공감할 수 있어. 내가 그들에게 가는 건 꼭 볼일이 있어서이며 가끔 내가 그들에게 못할 짓을 한다, 그들을 이용한다는 느낌이 들 정도야. 반면에 당신과 조수들은. 당신은 그들이 당신을 노려 쫓아다닌다는 걸 결코 부인하지 않고 그들에게 끌린다고 고백했지. 그 일로 당신에게 화를 내진 않았어. 난 여기에 당신에게 벅찬 힘이 작용하고 있다는 걸 깨달았으며 당신이 최소한 저항한 것만으로도 기뻐하고 스스로 방어하는 걸 도와주었으며 당신의 성실함에 대한 믿음과, 또 아울러 집은 틀림없이 잠겨 있으며 조수들은 마침내 도망쳐버렸다는 확신에 다만 몇 시간을 방심한 때문에 ──내가 그들을 여전히 과소 평가하는 건 아닌지 몰라──단지 몇 시간을 방심한 것과 자세히 보면 썩 건강한 것도 아니고 제법 나이가 든 저 예레미아스란 녀석이 감히 창에 다가가는 바람에 내가 프리다, 당신을 잃게 되고 인사로 '결혼식은 없을 거예요' 라는 말이나 듣게 되다니. 비난을 해도 시원찮은 사람은 나일 것인데도 난 그렇지 않고 있어, 아직도 말이야" 하고 말했다. K는 프리다의 생각을 조금 딴 데로 돌린 게 새삼 즐거운 듯 그녀에게 낮부터 아무것도 먹지 못했다며 먹을 것을 조금 갖다 달라고 했다. 이 부탁에 완연히 안도하며 프리다는 고개를 끄덕이고 뭘 가지러 갔는데 K가 부엌이 있다고 짐작한 먼 복도가 아니라 옆으로 서너 계단을 내려가는 것이었다. 그녀는 곧 얇게 썬 고기와 치즈 한 접시와 포도주 한 병을 가져왔는데 아마 식사 때 남은 것을 표 안 나게 하나씩 새로 차린 것 같았다. 거기엔 심지어 잊고 놓아둔 소시지 껍질도 있었으며 술병은 사분의 삼 가량 비어 있었다. 그런데도 K는 그에 대해 아무 말 않고 입맛을 돋우며 음식에 손을 댔다. 그가 "부엌에 갔었어?" 하고 물었다. 그녀가 "아니, 내 방에" 하고 "여기 아래에 내 방이 있어요"라고 말했다. "날 데리고 가지 그랬어" 하며 K는 "내려가 잠깐 앉아서 먹어야겠어" 하고 말했다. 프리다가 "의자를 가져올게요" 하며 벌써 가려는 참이었다. K가 "됐어" 하고 그녀를 잡았다. "난 내려가지도 않을 것이며 의자 따윈 필요 없어." 프리다는 그가 붙잡는 걸 뻣뻣이 견디며 고개를 푹 숙이고 입술을 깨물었다. 그녀는 "됐어요. 아래에 그가 있어요" 하고 말했다. "그렇지 않을 걸로 기대했어요? 내 침대에 누워 있어요. 밖에서 감기에 걸려 우들우들 떨고 있어요. 거의 먹지도 못하고. 사실 모든 게 당신 탓이에요. 당신이 조수들을 내쫓지 않고 그리고 그자들의 꽁무니를 따라다니지만 않았어도 우린 지금 평온하게 학교에 앉아 있을 거예요. 우리 행복을 망친 건 바로 당신이에요. 예레미아스가 근무 중인데도 감히 날 꾀어냈을 거라고 생각해요? 그렇다면 당신은 여기 체제를 철저하게 잘못 알고 있는 거예요. 그는 나에게 오려고 했어요. 고통스러워하며 날 애타게 기다렸어요. 하지만 그건 장난일 뿐이었어요. 배고픈 개가 장난을 치면서도 감히 식탁 위에 뛰어오르진 않는 것과 같은. 나도 마찬가지였죠. 난 그와 가까워졌어요. 그는 어릴 적 소꿉동무예요──우린 함께 성 언덕에서 놀았죠. 즐거운 시절이었는데 당신은 한 번도 내 과거를 물어보지 않았죠──하지만 예레미아스가 근무 관계에 매여 있는 한 그런 건 결정적이지 않았어요. 장차 당신의 아내로서 난 내 의무를 알고 있었으니까요. 그런데 얼마 지나지 않아 당신이 조수들을 쫓아내더니 날 위해 뭔가 한 것처럼 으스대더군요. 사실 어떤 의미에선 맞아요. 아루투어에겐 당신의 의도가 성공했어요. 그저 일시적이지만. 그는 여려요. 예레미아스처럼 조그마한 어려움은 두려워하지도 않는 억척스러운 구석이 없어요. 게다가 당신은 밤에 그를 주먹으로──그 주먹질 역시 우리의 행복에 역행하는 것이었어요──박살내다시피 해 그는 성으로 달아나 고발했어요. 곧 되돌아올지도 모르지만 아무튼 지금 그는 가서 없어요. 하지만 예레미아스는 남았어요. 근무 중일 때엔 윗사람이 눈만 한번 깜짝해도 어려워하지만 근무가 끝나면 아무것도 무서워하지 않아요. 그가 와서 날 차지했어요. 당신에겐 버림받고 그, 옛날 친구에게 붙잡힌 난 버틸 수가 없었어요. 교문을 열어주지 않자 그는 창을 부수고 날 끌어냈어요. 우린 이리로 내뺐는데 주인이 그를 중시하더군요. 사실 손님들로선 그런 객실 웨이터 이상 바랄 게 뭐 있겠어요. 그래서 우린 채용되었어요. 그가 내 방에 묵는 게 아니예요. 우린 한 방에 같이 있어요." "아무리 그렇다 해도" 하며 K가 말했다. "조수들을 해고한 걸 후회하진 않아. 당신 말마따나 그런 관계이고 따라서 당신의 절개가 조수들의 직무상 제약에 의해서만 유효할 뿐이라면 모든 게 잘 끝났어. 채찍을 들어야만 굽실대는 두 마리 맹수에게 둘러싸인 결혼 생활이 얼마나 행복하겠어. 그러고 보니 무심코 우리가 갈라지도록 제 몫을 한 그 집 사람들까지 고마운데." 지금 누가 먼저 그랬는지는 모르지만 그들은 말없이 다시 나란히 서서 왔다갔다했다. K 옆의 프리다는 그가 그녀의 겨드랑이를 끼지 않아 기분이 상한 것 같았다. K가 "그럼 모든 게 잘된 셈이니" 하며 "우리가 작별을 하고 당신은 주인인 예레미아스에게 가는 게 좋겠어. 교정에서 감기에 걸린 모양인데 그런 점을 고려하면 너무 오래 혼자 놓아뒀어. 난 혼자 학교에 가든지 아니면 당신이 없으면 거기서 할 게 없으니 다른 데 날 받아주는 곳으로 가고. 그런데도 내가 망설이는 것은 당신이 이야기한 게 아무래도 여전히 좀 의심스러워서야. 난 예레미아스에게 반대되는 느낌을 받았어. 그는 근무 중일 때 당신 뒤를 쫓아다녔으며 난 그가 직무 때문에 그 동안 내내 정말 당신을 범하지 않고 자제했으리라고는 생각 안 해. 그러나 지금, 그가 직무가 없어졌다고 여기면서부터는 상황이 달라. 내 나름대로 다음과 같이 설명해볼 테니 용서해. 당신이 더 이상 주인의 약혼녀가 아닌 이상 그때부터 당신은 그에게 전과 같이 그렇게 매력적이지 않아. 당신이 그의 어릴 적 친구이긴 하지만 그는——오늘 저녁 그저 잠깐 대화를 해 그를 알게 되었지만——내가 볼 때 그런 감정적인 문제에 별 가치를 두지 않아. 그가 왜 당신 눈에 열정적인 인간으로 보이는지 모르겠어. 내가 볼 때 그의 사고 방식은 오히려 무척 냉정한 편이야. 그는 나와 관련해서 갈라터로부터 아마 뭔가 내게 별로 유리하지 않은 명령을 받아 그걸 수행하려 애쓰고 있는데——그런 근무 열의는 여기서 아주 흔해빠진 거지만——열성만은 인정할 만해. 거기엔 우리 관계를 망가뜨리는 게 포함되어 있어. 그는 여러 가지 시도를 해본 모양이야. 하나는 당신을 색정적으로 안달이 나게 해 유혹하려 한 것이고 다른 것은 여주인이 지원한 것으로 나의 부정을 꾸며대는 것인데 그의 흉계가 성공했어. 그에게서 뭔가 클람에 대한 추억이 풍기는 것도 함께 작용했는지도 몰라. 그가 사실 일자리를 잃었다고 하지만 그건 아마 그게 더 이상 필요 없는 순간에 그랬어. 지금 그는 자기 일의 성과를 거두며 당신을 학교 창문에서 빼낸 거야. 그런데 일이 이렇게 끝나고 근면함이 빠져 나가며 피곤해지자 전혀 불평 없이 칭찬과 새로운 일거리를 가져오는 아루투어가 부러운 거야. 그러나 일의 추이를 지켜보려면 누군가 남아 있긴 있어야 되고. 그는 당신을 보살피는 의무가 조금 귀찮은 거야. 당신에 대한 사랑 같은 건 전혀 없어. 클람의 애인으로서 당신은 그에게 그야말로 존경할 만하다고 내게 솔직히 털어놨어. 당신 방에 눌러 붙어 작은 클람으로 행세하면 기분이 무척 좋겠지. 하지만 그게 다야. 당신 자신은 지금 그에게 아무 의미가 없어. 당신을 이곳에 데려다 놓은 건 자신의 주임무에 대한 보완일 뿐이야. 당신이 불안해할까 봐 그 자신도 남아 있는 거야. 그러나 당분간, 성에서 새로 기별이 없고 당신에 의해 감기가 완전히 치유되는 동안일 뿐이야" 하고 말했다. 프리다가 "그를 모략하고 있어요!" 하고는 조그마한 주먹을 마주 부딪쳤다. K가 "헐뜯는다고?" 하고는 "아냐, 그를 모략하는 게 아냐. 어쩌면 내가 그를 잘못 알고 있는지 몰라. 그럴 수도 있지. 내가 그에 대해 말한 게 겉으로 확실히 드러난 건 아니니까. 그건 다르게도 해석될 수 있어. 하지만 모략이라니? 모략에는 그에 대한 당신의 사랑에 맞서 싸운다는 목적만이 있을 것인데. 그럴 필요가 있고 모략이 적절한 수단이라면 그를 주저 않고 모략하겠어. 그 때문에 날 비난할 사람은 없을 거야. 그는 그의 주인 덕분에 나를 상대하기에 그토록 유리한 처지이니 스스로의 힘밖에는 의지할 게 없는 내가 모략을 좀 해도 괜찮을 거야. 그건 비교적 악의 없는 그리고 결국 무기력하기까지 한 방어 수단이 아니겠어. 그러니 주먹을 가만 놔둬" 하고 말했다. 그리고 K는 프리다의 손을 제 손 안으로 가져갔다. 프리다는 그에게서 손을 빼내려 했는데 웃고 있었으며 크게 용을 쓰는 건 아니었다. K는 "하지만 내가 모략할 필요는 없지" 하며 말했다. "당신은 그를 사랑하는 게 아니라 그렇게 믿을 뿐이니까. 당신을 그 망상에서 벗어나게 해주면 내게 고마워할걸. 누가 내게서 당신을 떼어놓을 계획이라면, 무리하지 않고 되도록 치밀하게 계산을 해서, 그렇다면 그건 두 조수를 이용할 수밖에 없어. 보기에 착하고 순진하며 명랑하고 책임감을 모르는, 저 성에서 내려보냈고 어린 시절 추억도 조금 지니고 있는 자들이라 모든 게 사랑스럽기 짝이 없어. 하지만 난 그와 반대로 줄곧 당신이 납득하기 어려운 일만 쫓아다니고 그러면서 기분이 상하도록 당신이 미워하는 사람들과 사귀니 내가 아무리 결백하다 해도 그게 조금은 내게까지 전파되지. 모두가 우리 사이의 약점을 악의적으로 그리고 아주 교묘하게 이용한 것일 뿐이야. 모든 관계는 약점이 있지, 우리에게도. 우린 각자 아주 다른 세계에서 온 사람인데 같이 만났으며 서로 알게 된 때부터 우리 각자의 삶은 전혀 새로운 길을 들어선 거야. 우린 아직도 불안해하지. 너무 새로우니까. 내 이야기를 하는 게 아냐. 그건 그렇게 중요하지 않아. 당신이 처음으로 내게 눈길을 돌린 이후부터 난 사실 줄곧 얻기만 했지. 받는 데 익숙해지는 건 별로 어렵지 않아. 다른 건 다 차치하고, 당신을 클람에게서 떼어놓았지. 그게 뭘 의미하는지 잘 알 수는 없지만 차츰 짐작이 생겼어. 비틀비틀하며 갈피를 잡을 수 없지. 내가 당신을 받아들일 태세가 돼 있을 때마다 내가 꼭 그 자리에 있었던 건 아니며 내가 그 자리에 있을 때에 당신은 몽상이나 더 구체적인 것, 이를테면 여주인에게 사로잡혀 있었어──한동안 당신이 내게서 눈을 돌리며 반쯤 막연한 것을 그리워하는 증상도 생겼지. 불쌍하게, 그리고 그런 사이에 당신이 바라보는 쪽에 적당한 사람들이 배치되면 당신은 그들에게 빠졌지. 그래서 순간, 허깨비, 옛추억에 불과한 것으로 사실 지나간 그리고 여전히 사라져가고 있는 일시적인 삶을 아직도 지금 현재의 삶이라는 착각에 사로잡혀 있는 거야. 착오야, 프리다. 우리의 영원한 결합을 막는 마지막, 잘 살펴보면, 무시해도 괜찮은 어려움일 따름이야. 정신을 차리고 마음을 다잡아. 당신은 그 조수들을 클람이 보냈다고 생각했지만──그건 전혀 사실이 아니야. 그들은 갈라터가 보냈어──그리고 그들이 그런 착각을 이용해 마치 누가 실제 거기에 있다 해도 사실 거기서는 결코 찾을 수가 없을 텐데 두엄 더미에서 언젠가 잃어버린 보석을 보고 있다고 믿듯이 그들은 당신이 그들의 더러움과 문란함에서 클람의 흔적을 찾도록 당신을 현혹시킬 수 있었지만──그들은 마구간에 있는 하인들과 종류가 같은 녀석들이라고. 다만 그들처럼 건강하지 않아 조금만 맑은 공기를 쐬어도 병이 들어 쓰러지는데 그러나 침대 찾아내는 데는 하인들처럼 재주가 있지." 프리다는 K의 어깨에 머리를 기대고 있었으며 그들은 서로 팔짱을 끼고 말없이 왔다갔다했다. "만일 우리가" 하며 프리다는 마치 K의 어깨에 기대어 쉬는 시간이 아주 잠깐밖에 없다는 걸 알고 그걸 마지막까지 즐기려는 듯 천천히, 차분하고 느긋하게 말했다. "우리가 바로 그날 밤에 이민을 떠났다면 어디서건 안심하고 살 수 있을 텐데. 늘 함께, 당신 손을 잡을 만큼 늘 가까이 두고. 당신을 알고 나서부터 얼마나 당신 곁이 필요했으며 당신이 곁에 없어 외로운지 몰라요. 당신 곁에 있는 게 내가 바라는 유일한 꿈일 뿐, 다른 건 없어요."

이때 옆 통로에서 부르는 소리가 나서 보니 예레미아스였다. 그는 그곳 맨 아래 계단에 서 있었으며 속옷 바람으로 프리다의 숄을 두르고 있었다. 그가 거기 서 있는 꼴이라니. 헝클어진 머리칼, 비 맞은 듯 듬성듬성한 수염, 애원과 원망을 담은 채 힘겹게 부릅뜬 눈, 거무스레한 뺨은 붉은빛을 띠었지만 살이 너무 처져보였고 맨 다리가 추위에 떨어 숄에 길게 달린 술도 함께 흔들리는 모양이 마치 병원에서 도망쳐 나온 환자 같아 그를 다시 침대로 돌려보내는 수밖에는 다른 도리가 없었다. 프리다 역시 그렇게 파악하고 K에게서 벗어나 곧 아래에 있는 그에게로 갔다. 그녀가 곁에 있고, 숄로 그를 감싸주는 정성스러움, 서둘러 방으로 다시 데리고 가려는 태도에 그는 조금 힘이 난 것 같았다. 그는 이제야 K를 알아본다는 듯 "아, 측량사님이시군" 하고는 아무 얘기도 못 나누게 하려는 프리다를 달래주려고 뺨을 어루만지며 말했다. "방해해서 미안합니다. 난 몸 상태가 아주 좋지 않아요. 양해해주시겠죠. 열이 나는 것 같아 차를 들고 땀을 내야겠어요. 그 빌어먹을 학교 울타리 생각을 또 하게 되다니, 그리고 감기가 들었는데도 지금까지 밤에 돌아다녔으니. 사실 아무 가치도 없는 일로 건강을 희생하면서도 당장은 그걸

294

알아채지 못한다니까. 하지만 측량사님, 난 신경 쓰지 말고 우리 방으로 들어와 문병을 하시면서 할말이 더 있으면 프리다에게 마저 하세요. 내내 같이 있던 두 사람이 갈라지면 마지막 순간에는 침대에 누워 차를 기다리는 제삼자가 이해하기 어려울 만큼 할 얘기가 많은 법이죠. 어서 들어오세요. 난 그저 잠자코 있을 테니." 프리다가 "그만, 됐어" 하고 그의 팔을 잡아당기며 말했다. "그는 열이 있어 무슨 말을 하는지 몰라요. 하지만 K, 부탁이니 따라오지 마세요. 나와 예레미아스의 방, 아니 단지 내 방이에요. 당신에게 같이 들어오는 걸 금하겠어요. 날 쫓아오는데, 아 K, 왜 날 쫓아와요. 절대, 당신에겐 절대로 돌아가지 않겠어요. 그런 가능성만 생각해도 소름이 끼쳐. 당신은 그 계집애들에게나 가요. 난로 가 의자에 속옷 차림으로 당신 옆에 앉아 있으면서 누가 당신을 데리러 오면 야단을 친다지요. 그렇게도 몹시 마음이 끌리다니 당신 집이 거기인 모양이지. 난 줄곧 당신이 그리로 가지 못하게 했지만 별 효과가 없었어요. 그러나 그것도 지나간 일로 당신은 자유예요. 당신 앞에 멋진 생활이 기다리고 있어요. 한 여자애 때문에 하인들과 싸울 일이 좀 있을지 모르지만 둘째 것을 가지곤 당신을 시샘하는 자는 하늘이고 땅이고 없어요. 애초부터 축복받은 연분이에요. 그에 대해 아무 말도 말아요. 반박할 테면 얼마든지 해보세요. 나중에 보면 전혀 반증된 게 없다고요. 예레미아스, 생각 좀 해봐. 그가 다 반증했다는데!" 그들은 머리를 끄덕이고 웃으며 서로 뜻을 주고받았다. "그러나" 하고 프리다가 계속했다. "그가 모든 걸 반박했다 치더라도 그래서 이룬 게 뭐죠? 그게 나와 무슨 상관 있어요? 저기 그네들 집에서 어떻게 지내든 그건 전적으로 그들과 그의 일이지 나와는 상관없어요. 내 일은 당신을 옛날, K가 나 때문에 당신을 괴롭히기 전처럼 건강해질 때까지 보살피는 거예요." 예레미아스가 "그래 정말

같이 가지 않겠소, 측량사님?" 하고 물었지만 프리다가 K 쪽은 아예 돌아보지도 않고 결국 그를 끌고 갔다. 아래에는 여기 복도 문보다 더 낮은, 작은 문이 있었는데 예레미아스는 물론 프리다까지도 들어갈 때 허리를 구부려야 했다. 안은 밝고 따뜻해보였는데 잠시, 아마 예레미아스를 침대로 데려가려고 다정하게 설득하는 듯, 소곤대는 소리가 들리더니 곧 문이 닫혔다.

23

그제서야 K는 복도가 조용해졌음을 깨달았다. 그가 프리다와 같이 있었던, 아마도 관리실에 속하는 복도 이쪽 부분뿐만이 아니라 아까 그렇게도 활기 있던 방들이 달린 긴 복도까지. 그러니까 성에서 온 분들이 드디어 잠이 들었다는 뜻이다. K도 매우 지쳐 있었으며 피로 때문에 변변히 예레미아스에게 맞서지 못했는지도 몰랐다. 어쩌면 감기 든 걸 두드러지게 떠벌린 예레미아스처럼 하는 게—그런 궁상은 감기에서 비롯된 게 아니고 타고난 것으로 어떤 건강차로도 퇴치할 수 없었다—더 영리했는지도 몰랐다. 예레미아스처럼 정말 심한 피로를 내비치며 여기 복도에 쓰러졌더라면 그것만으로도 확실히 도움이 되었을 텐데, 조금 졸고 그러면 또 잠깐 간호를 받았을지도 모르는데. 이렇게 동정을 얻어내는 경쟁뿐 아니라 다른 싸움에도 아마 틀림없이 예레미아스가 이길 게 당연하지만 일이 그 경우처럼 반드시 유리하게 끝난다는 법은 없었다. 그 방들 가운데 틀림없이 빈 것도 있으련만 K는 너무 지쳐 있어 그 중 한 곳에 들어가 좋은 침대에서 푹 쉬어본다는 건 생각도 못했다. 그가 생각하기로 그건 많은 것의 보상이 될 수 있었다. 그는 잠자리에서 마실 술도 갖고 있었다. 프리다가 바닥에 놓아둔 쟁반에는 작은 럼주 한 병이 있었다. K는 수고를 마다 않고 되돌아가서 병을 비웠다.

그제야 그는 에어랑어 앞에 나설 기운이 조금이나마 생긴 느낌이었다. 에어랑어의 방을 찾았지만 그 하인과 게어슈태커는 보이지 않고 문들이 모두 똑같아 찾을 수가 없었다. 그래도 복도 어느 자리쯤에 문이 있었는지는 기억날 것 같아 그가 봐서 여기다, 라고 생각되는 문을 열어보기로 했다. 그렇게 해봐도 그다지 위험스러울 건 없었다. 그게 에어랑어의 방이면 그가 맞아줄 것이고, 다른 사람의 방이면 사과하고 다시 나오면 될 것이며, 손님이 자고 있으면, 그럴 가망이 가장 큰데, K가 찾아온 걸 전혀 눈치채지 못할 것이다. 곤혹스러워지는 건 방에 아무도 없을 때뿐으로, 그럴 경우 K는 침대에 누워 끝없이 자고 싶은 유혹을 좀처럼 이겨낼 성싶지 않았기 때문이다. 그는 그에게 정보를 주어 이런 쓸데없는 짓을 않아도 되도록 누가 좀 오지 않나 복도 좌우를 다시 한 번 죽 살펴보았지만 긴 복도는 조용하고 거기엔 아무도 없었다. 그래서 K는 문에 귀를 대고 엿들어봤지만 역시 아무 소리도 없었다. 그는 잠자는 사람이 깨지 않을 만큼 가만히 문을 두들겨보았지만 이번에도 아무 반응이 없자 아주 조심해서 문을 열었다. 그러자 나지막하게 외치는 소리가 그를 맞았다. 방은 작았으며 반 이상을 넓은 침대가 차지했는데 침대 옆 탁상에는 전등이 켜져 있었으며 그 옆에는 여행 가방이 하나 놓여 있었다. 침대에서, 이불 밑에 몸을 꼭 숨긴 채 누군가 불안하게 움직이며 이불과 시트 사이 틈으로 나지막하게 "누구요?" 하고 물었다. 이렇게 되자 K는 그냥 떠날 수가 없어 두툼한, 그러나 누가 있는 침대를 불만스럽게 바라보다가 질문받은 것이 생각나 자기 이름을 댔다. 그게 좋은 효과가 있었는지 침대 속의 남자는 얼굴에서 이불을 조금 끌어내렸는데 몹시 겁을 먹은 채 밖에 뭔가 이상한 낌새라도 있으면 당장이라도 다시 이불을 뒤집어쓸 태세였다. 그러다가 그는 거리낌없이 이불을 걷어내고 똑바로 앉았다. 분명 에어랑어는 아니었다. 그는 작고 잘생긴 양반으로 뺨은 어린애처럼 포동포동하고 눈은 어린애처럼 명랑했지만 높은 이마, 뾰족한 코, 입술이 붙지 않을 정도로 얄팍한 입, 거의 모양이 사라질 성싶은 턱은 전혀 어린애답지 않고 뛰어난 사고력을 보여주고 있어 자체 내에 뭔가 모순된 인상을 풍겼다. 그에게 어린애다운 건강함을 지니게 한 것은 그에 대한, 자기 자신에 대한 만족인 성싶었다. "프리드리히를 압니까?" 하고 그가 물었다. K가 아니라고 대답했다. "하지만 그는 당신을 알던데" 하고 나리가 웃으며 말했다. K가 고개를 끄덕였다. 그를 아는 사람들은 흔했으며 그것은 자신의 행로에 있어 주된 장애들 중 하나였다. "난 그의 비서요" 하고 나리가 말했다. "이름은 뷔르겔이고." "용서하십시오" 하고 K는 손잡이로 손을 뻗었다. "방문을 혼동했습니다. 에어랑어 비서가 오라고 했거든요." "정말 유감인데!" 하고 뷔르겔이 말했다. "당신이 다른 데로 가야 돼서 그런 건 아니고 문을 혼동한 게 그렇소. 난 한번 깨어나면 결코 다시 잠을 못 잔단 말이오. 나 원, 그러나 그렇게까지 풀이 죽을 건 없소. 내 개인의 불행이니까. 왜 여기 문들은 잠글 수가 없는지, 안 그래요? 물론 까닭이 있지만. 옛 격언에 있듯이 비서들의 문은 늘 열려 있어야 하는 거요. 하지만 그걸 그렇게 말 그대로 받아들이지는 말았어야지." 뷔르겔은 K를 미심쩍으면서도 다정한 얼굴로 바라보았는데, 그런 푸념과는 반대로 그는 대단히 잘 쉰 것 같았으며 결코 지금의 K처럼 피곤하진 않았던 모양이다. "이제 어디로 갈 거요?" 하고 뷔르겔이 물었다. "네시인데. 누구든 당신이 가는 데마다 깨워야 될 텐데 누구나 나처럼 방해받는 데 익숙하진 않으며 그렇게 참을성 있게 받아주지도 않소. 비서들은 신경질적인 사람들이오. 그러니 잠시 그냥 있어요. 다섯시쯤이면 여기서 일어나기 시작하니 그때 호출에 응하기가 가장 좋을 거요. 그럼 이제 손잡이를 놓고 어디 좀 앉아요. 여기는 장소가 옹색하니 침대 모퉁이에 앉는 게 가장 좋겠소. 여기에 의자도 책상도 없는 게 이상한가 보지? 당연해. 난 좁은 호텔 침대에 실내 가구 일체를 받든지 아니면 이 큰 침대에 세면대만 받든지 선택하게 되어 있었소. 난 큰 침대를 선택했소. 침실에는 침대가 가장 중요하니까. 아, 몸을 쭉 뻗고 잘 잘 수 있는, 그렇게 잠을 잘 자는 사람에겐 이 침대가 정말 소중하겠지. 그러나 나같이 늘 잠을 잘 수 없을 정도로 피곤한 사람에게도 도움이 되는데, 난 이 안에서 하루의 대부분을 지내며 온갖 서신 왕래를 처리하고 민원인 심문도 하지요. 참 잘 돼요. 민원인들은 앉을 데가 없어도 견디지. 자기네로서도 서 있어서 조서 작성인의 기분이 좋으면 편하게 앉아 있다 잔소리 듣는 것보다 더 즐겁거든. 그럴 때 내가 내줄 수 있는 자리는 여기 침대 모퉁이뿐인데 그건 업무용이 아니고 다만 밤에 담소하는 자리일 뿐이지요. 그런데 아주 소리가 없으신데 측량사님." 이런 재촉에 침대에 앉아 침대 기둥에 기대어 있던 K는 대뜸, 버릇없이, 불손하게, "난 몹시 피곤해요" 하고 말했다. "그러시겠죠" 하고 뷔르겔이 웃으며 말했다. "여기선 누구나 피곤해요. 예컨대 난 어제 그리고 오늘도 일을 했는데 적잖은 일이었소. 지금 내가 잠들 가망은 전혀 없는데 만에 하나 그런 불가능한 일이 생겨 그 동안 당신이 여기서 잠을 청하려면 문도 열지 말고 조용히 있길 바랍니다. 그러나 염려 마시오. 난 틀림없이 잠들지 않으며 그렇다 해도 기껏해야 겨우 몇 분일 테니. 난 그런 사람이지요. 민원인을 상대하는 데 무척 익숙해서인지 난 말상대가 있으면 그럼에도 아주 금방 잠이 들지요." 이런 암시를 받고 기뻐 K는 "어서 주무십시오, 비서님" 하며 "허락하신다면 저도 조금 자겠습니다" 하고 말했다. "아니, 아니오" 하고 뷔르겔이 다시 웃었다. "재촉만 해서 내가 잠들 수 있으면 좋겠지만, 그런 기회는 대화가 진행되는 중에만 생기지요. 날 가장 빨리 잠들게 해주는 건 대화예요. 그래요, 우리 업무를 하다 보면 신경이 피곤해요. 이를테면 연락 비서인 나도 그래요. 그게 뭔지 압니까? 그러니까, 난 아주 강력한 관계를 만들어주는 사람이지요."——그러면서 그는 타고난 명랑함을 보이며 얼른 손을 비벼댔다——"프리드리히와 마을 사이에서. 난 성에서 일하는 그의 비서와 마을 비서들을 연결시켜주며 대개는 마을에 있는데 늘 그렇진 않지만 어느 순간에라도 성으로 올라갈 태세가 되어 있지 않으면 안 돼요. 여행 가방이 보이죠. 불안한 생활로 누구에게나 맞는 건 아니죠. 다른 한편으로 난 이런 일이 없으면 사실 견딜 수가 없을 거예요. 다른 일들은 재미가 없어보이고. 측량 일은 어때요?" K는 "난 그런 일을 하지 않아요. 난 측량사로 고용된 게 아니예요" 하고 말했지만 정신은 다른 데 있었다. 그는 사실 뷔르겔이 잠들기만을 빌고 있었는데 그나마도 오직 자기 자신에 대한 어떤 의무감에서 나온 거였다. 그는 적어도 뷔르겔이 잠드는 게 아직 막연하다고 인식하는 것 같았다. "거 이상하군" 하고 뷔르겔이 세차게 고개를 저으며 이불 밑에서 뭔가 기록하려고 잡기장을 꺼냈다. "측량사인데 측량사 일은 하지 않는단 말이죠." K가 기계적으로 끄덕이고 있었는데 그는 침대 기둥 위에 왼팔을 뻗어 머리를 그 위에 올려놓은 모습이었다. 그는 여러 가지로 편한 자세를 취해보았지만 이 자세가 모든 것 중 가장 편안했으며 이제 뷔르겔이 한 말에도 더 잘 유념할 수가 있었다. "난" 하고 뷔르겔이 말을 계속했다. "이 문제를 계속 지켜볼 작정이오. 우리가 사는 이곳에서는 전문 인력을 이용하지 않고 내버려두는 일은 결코 있을 수 없어요. 그리고 그건 당신에게도 분명 마음 상하는 일이겠는데, 그 일로 괴로워하고 있지 않소?" "괴로워하고 있어요" 하고 K는 천천히 말하고 혼자 웃었다. 바로 지금은 조금도 그 일로 괴로워하지 않았기 때문이었다. 또 뷔르겔의 제안도 별 감명을 주지 않았다. 그야말로 어줍었다. 그는 어떤 상황에서 K의 초빙이 이루어졌는지, 그게 마을과 성에서 어떤 어려움에 부딪혔는지, K가 여기 체류하는 동안 생긴 또는 예기된 분규에 대해 조금도 알지 못한 채——이 모든 것에 대해 뭘 알지 못하면서, 더욱이 비서라면 으레 있을 것으로 가정했었는데 그에 대해 적어도 눈치로 알고 있다는 걸 보여주기는커녕 그는 즉흥적으로 조그마한 잡기장을 이용해 이 문제를 해결하겠다고 나섰던 것이다. "실망한 일이 이미 몇 차례 있었는가 보군요" 하고 뷔르겔이 말하면서 재차 자신의 사람 보는 능력을 드러내 보였으며 K는 이 방에 들어선 이래 뷔르겔을 얕잡아 보지 말자고 간간이 다짐했지만 지금 상태로는 자신의 졸음 이외에 다른 것을 제대로 평가하기가 어려웠다. "아니죠" 하고 뷔르겔은 마치 K의 생각에 대답하며 그에게 말하는 수고를 면해주려는 듯이 말했다. "실망 때문에 기죽어선 안 됩니다. 여기선 그야말로 여러 가지로 기죽지 않을 수 없게 되어 있는 것처럼 보여요. 더구나 새로 여기에 오면 도저히 난관을 뚫지 못할 것처럼 보이죠. 대체 어떻게 된 영문인지 조사는 않을 생각이오. 어쩌면 외견과 실제가 정말 일치할지 모르겠는데 내 위치에선 그걸 확인하기에 알맞는 거리가 있어야겠어요. 그러나 정신을 차려요. 그러면 가끔씩 전반적 상황과는 거의 같지 않은 기회가 다시 생기니까. 말 한마디, 눈빛, 신뢰의 표시 한 번으로 평생 진빠지는 노력으로 이룩한 것보다 더 많은 걸 이룰 수 있는 기회 말이오. 그래요, 사실이에요. 그러니까 그 기회가 한 번도 이용되지 않는다는 점에서 다시 전체 상황과 일치되는 겁니다. 그런데 대체 왜 이용되지 않을까, 하고 난 늘 되묻지요." K는 몰랐다. 뷔르겔이 말한 게 아마 자신과 큰 관련이 있다고 느꼈지만 그는 지금 자신과 관련된 모든 일에 심한 반감을 갖고 있었다. 그는 뷔르겔의 질문에 길을 비켜줘 더 이상 그것과 맞대지 않으려는 듯 머리를 약간 옆으로 돌렸다. "그걸" 하고 뷔르겔이 계속하며 그의 말의 진지함과는 당혹스러울

만큼 모순되게 팔을 쭉 뻗고 하품을 했다. "비서들은 줄곧 하소연해
요. 마을 심문의 대부분을 밤에 수행할 수밖에 없다고 말이에요. 그
런데 왜 그에 대해 불평하겠어요? 너무 힘들게 한다고? 차라리 밤
중에 자고 싶어서? 아니죠. 그에 대해선 결코 불평하지 않아요. 물
론 비서들 가운데에는 어디서나 마찬가지로 부지런한 자와 덜 부지
런한 자가 있지만 그들 중 너무 고되다고 하소연하는 자는, 일반적
으로, 아무도 없어요. 한마디로 우리 식이 아니예요. 이런 점에서
우린 평상시와 근무시를 구분하지 않아요. 그런 구분은 우리에게
생소해요. 그러면 무엇 때문에 비서들이 밤 심문을 싫어하는 거냐
고요? 혹 민원인을 배려하는 건 아닐까? 아니, 아니예요. 그런 것
도 아니예요. 비서들은 민원인들에게 가차없죠. 그렇다고 결코 자
기 자신에 대해서보다 가차없진 않지만 가차없긴 마찬가지예요. 사
실 이 가차없는 태도, 즉 직무의 엄격한 준수와 수행은 민원인들이
그저 바라 마지않는 것으로 최대의 배려인 셈이죠. 이것은 애초부
터──물론 건성으로 관찰하면 그걸 알아채지 못해요──충분히 인
정된 것이기도 합니다. 이를테면 바로 민원인들에게 환영받는 밤
심문이 이 경우에 해당되죠. 밤 심문에 대해 원칙상 이의가 접수되
거나 하진 않아요. 그렇다면 왜 비서들이 싫증을?" K는 그것도 몰
랐다. 그는 별로 아는 게 없었으며 뷔르겔이 진정으로 아니면 그냥
건성으로 대답을 요구하는지조차 구분하지 못했다. 그는 '날 당신
침대에 눕도록 해주면' 하며 '내일 낮, 아니 더 좋은 건 밤에, 모든
질문을 대답하겠소' 하고 생각했다. 그러나 뷔르겔은 그에게 주의
하지 않는 것 같았으며 그의 온 정신은 자신이 제기한 질문에 쏠려
있었다. "내가 파악하고 스스로 겪은 바로 비서들은 밤 심문에 대해
대략 다음과 같은 사고를 갖고 있소──밤에는 심문의 공적 성격을
제대로 유지하기가 어렵거나 아예 불가능하기 때문에 밤은 민원인

들을 심문하기에 적합치 않다. 그것은 외적인 것 때문이 아니며 형식이야 밤에도 낮과 똑같이 마음대로 엄하게 지킬 수 있다. 그러니 그건 문제가 아니며, 그 대신 밤에는 관의 판정이 해를 입는다. 밤에는 무심결에 사적인 관점에 기울어 일을 판단하기 마련이고 민원인들의 주장은 그에 걸맞는 이상의 비중을 얻으며 판정하는 데 필수적이 아닌 민원인들의 다른 사정, 그들의 고초와 걱정거리에 관한 검토가 끼여들어 민원인과 관리 사이에 필요한 담이 겉으로는 멀쩡할지 모르지만 흔들리며 그 밖에는 당연히 질문과 답변만이 오고 가는데 가끔은 배역이 이상하게, 전혀 엉뚱하게 바뀌는 느낌이 든다——비서들, 그러니까 직무상 그런 일에 아주 특출난 감수성을 지닌 사람들만큼은 그렇게 말하죠. 하지만 그들조차도——이건 우리들끼리 이미 여러 번 한 얘기인데——밤 심문 동안 저 불리한 영향을 알지 못하고 반대로 처음부터 그걸 저지하려 애쓰며 이윽고 아주 대단한 일을 해냈다고 생각하죠. 그러나 나중에 조서들을 다시 검토하고는 명백히 드러난 결점을 보고 놀라는 일이 잦아요. 사실 그건 실수이며 민원인들은 그때마다 번번이 반쯤 부당하게 이득을 보는 것이지만 우리 규정으로는 통상적인 간단한 방법으로 더 이상 만회할 수가 없어요. 물론 그게 언젠가 틀림없이 감독 기관에 의해 개선되겠지만 그래보았자 법에나 도움이 될 뿐이고 민원인들에게는 손해가 될 수 없죠. 이런 상황에서 비서들이 하소연하는 게 정말 당연하지 않아요?" K는 그새 아주 잠깐 반쯤 잠이 들었다가 다시 깨었다. 그는 '도대체 왜 그러지? 그런 게 무슨 상관이야?' 하고 스스로 물으며 감기는 눈꺼풀 밑으로, 그와 어려운 문제를 놓고 얘기하는 관리로서가 아니라 그의 잠을 방해하는 무엇일 뿐 아무래도 다른 의미는 찾을 수 없는 것으로 여기고 뷔르겔을 바라보았다. 그러나 뷔르겔은 잇단 생각에 빠져, 막 K를 조금 헷갈리게 하는 데 성공했다는 듯 웃고 있었다. 그러면서도 그는 K를 곧 다시 옳은 길로 데려다 줄 태세였다. 그는 "뭐" 하더니 "이런 하소연을 그냥 다시 아주 지당하다고 일컬을 수도 없지. 사실 밤 심문은 어디에도 규정되어 있진 않으며 그걸 회피하려 해도 규정을 어기는 건 아니지만, 그러나 일이 넘친다든가 성안에서 일하는 관리의 근무 방식, 일을 손쉽게 놓을 수가 없는 여유, 민원인 심문은 다른 조사를 마무리한 뒤에, 그러나 곧바로 이루어져야 된다는 규정 따위의 이런저런 사정들로 말미암아 밤 심문은 절대 필요 불가결한 것이 되었지요. 이제 그게 필수적인 것이 되었다면——그렇게 말해——그건 또한, 간접적으로나마, 규정에서 나온 결과이며 밤 심문 제도에 불평한다는 것은——물론 내가 좀 과장하는데, 그러니 그걸 과장해 표현해도 괜찮겠지요——그것은 얼추 규정에 대해 불평하는 것이나 마찬가지입니다. 이에 반해 규정 내에서 밤 심문과 단순히 표면적일 수 있는 손해에 대해 될 수 있는 한 자신을 지키려 하는 것은 여전히 비서들의 권한이겠죠. 사실 그들은 최대한 그렇게 하고 있죠. 그런 뜻에서 그들은 되도록 별로 두려워하지 않아도 되는 심의 대상만을 받아들이며 심문에 들어가기 전에 자세하게 스스로를 살펴봐요. 점검 결과 필요하면 마지막 순간에라도 모든 심문을 취소하며 종종 민원인을 실제로 심문하기 전에 열 번이나 오게 하면서 기운을 차리고, 해당 사건 담당이 아니기 때문에 일을 아주 건성으로 취급할 수 있는 동료들에게 대신 맡기기도 하며 심문을 밤에 일찍 또는 끝 무렵에 시작해 중간 시간을 피하고——그런 조처들은 많아요. 비서들은 만만하지 않아요. 그들은 예민한 만큼이나 저항력도 있는 편이죠." K는 자고 있었다. 진짜 자는 게 아니라 어쩌면 전에 녹초 상태로 깨어 있을 때보다 뷔르겔의 말을 더 잘 듣고 있었으며, 한마디 한마디가 그의 귓전을 두들겼지만 귀찮게 굴던 감각이 사그라져 가뿐한 느낌이었다. 뷔르겔은 이제 그를 붙잡지 않았으며 K만 이따금씩 뷔르겔 쪽을 더듬거릴 뿐이었다. 그는 아직 깊은 잠에 빠지진 않았지만 잠에 취해 있는 상태였으며 이젠 누구에게도 잠을 빼앗기지 말아야 했다. 그것으로 그는 마치 커다란 승리를 거둔 느낌이었고, 그걸 축하해줄 손님도 이미 와 있었으며 그인지 아니면 다른 누군가가 승리의 영광을 위해 샴페인잔을 쳐들었다. 그리고 무슨 일인지 모두 알라는 뜻으로 싸움과 승리가 다시 한 번 되풀이되었으며, 아니 되풀이되는 게 아니고 이제 비로소 벌어지고 있으며 축하연은 이미 전에 있었으며 다행히 결말이 정해져 있어 축하가 취소되지는 않았다. 웬 벌거벗은, 그리스 신의 조각상과 매우 비슷하게 생긴 비서가 K와의 싸움에서 곤경에 몰려 있었다. 그게 몹시 우스꽝스러워 K는 잠결에 살며시 웃었다. 비서가 우쭐한 태도로 있다가 K의 돌진에 벌떡 일어나 얼른 알몸을 가린다고 손을 쳐들고 주먹을 휘둘러 보았지만 그 역시 느려서 소용이 없었다. 싸움은 오래 걸리지 않았으며 K는 한걸음 한걸음, 아주 큰 보폭으로 나아갔다. 무슨 싸움이 이래? 참다운 저항은 없고 이따금씩 비서의 킥킥거리는 소리가 날 뿐이었다. 이 그리스 신은 소녀를 간질일 때처럼 새된 소리를 냈다. 그리고 마침내 사라져 큰방에는 K 혼자뿐이었다. 그는 싸울 자세를 하고 주위를 돌며 적을 찾았지만 거기엔 아무도 없었으며 모인 사람들도 흩어져 샴페인잔만 깨진 채 땅 위에 놓여 있어 K는 발로 마저 짓뭉개버렸다. 그러나 깨진 조각들이 박혀 몸을 움찔하며 다시 깨어났는데 잠에서 깬 어린아이처럼 기분이 좋지 않았다. 그러나 뷔르겔의 맨 가슴을 보자 꿈결에 이런 생각이 스쳐갔다. "여기에 네 그리스 신이 있다! 그를 이불에서 끌어내라." "그러나 말이죠" 하고 뷔르겔은 기억에서 보기들을 찾다가 찾을 수가 없는지 생각에 잠긴 얼굴로 천장을 쳐다보며 말했다. "그러나 이 모든 예방 조치에도 불구하고 민원인들에겐 이 비서들의 약점을——항상 그게 약점이라는 전제가 있어야 하지만——자신을 위해 이용할 가능성은 있어요. 물론 아주 드문, 아니 더 구체적으로 말해 거의 있을 수 없는 가능성이긴 하지만. 그건 민원인이 한밤중에 불쑥 오는 겁니다. 그게 그렇게 쉬워보여도 좀처럼 일어나지 않는 걸 보고 의아해할 거요. 하긴, 당신은 여기 사정을 잘 모르지. 하지만 당신에게도 관 조직의 철저함은 이미 눈에 띄었을 거요. 그러나 그렇게 철저한 데서도 무슨 용건이 있거나 그 밖의 이유로 뭘 놓고 심문받을 일이 있는 사람이 바로, 지체없이, 대개는 스스로 사건에 대해 준비도 되어 있지 않고 그 자신은 그에 대해 아직 알지도 못하는데 소환받는 일이 생겨난다니까요. 이런 경우 그는 심문을 받지 않아요. 대체로 그래요. 아직 그 문제를 다룰 때가 아닌데 소환장을 들고 예고 없이, 다시 말해 불쑥 찾아올 수는 없는 일이죠. 그러나 공교로운 때에 올 수가 있는데 그럴 경우 그에게 소환 날짜와 시간을 일러주며 그가 때맞춰 다시 오면 대개 쫓아냅니다. 어려울 것 없어요. 민원인 손에는 소환장이, 그리고 서류에는 메모, 이건 비서들에게 충분하진 않아도 강력한 방어 무기인 셈이지요. 물론 이건 사건 주무 비서에게나 해당되는 말이고 밤중에 다른 비서에게 들이닥치는 건 그래도 가능해요. 그러나 그럴 사람은 없을 거예요. 거의 무의미하니까요. 우선 그 때문에 담당 비서가 노하게 될 거요. 우리 비서들은 서로 일 때문에 샘을 내지 않으며 누구나 지나치게 산정된, 그야말로 빈틈없이 부과된 일을 짊어지고 있는데 민원인들에 대해선 관할권 간섭을 결코 용납하지 않아요. 승부에 진 사람도 몇 있는데 그건 관할 부서에서 성과를 거두려 하지 않고 관할이 아닌 데서 살짝 빠져 나갈 생각을 했기 때문이오. 또 그런 시도들은 담당이 아닌 비서가 밤에 기습을 받아 도와줄 마음이 있어도 권한이 없어 그 어떤 변호사보다 아니 실제로는 그 이상으로 힘을 쓸 수가 없어서도 실패하고 맙니다. 그에겐 말이죠, 설령 그가 모든 변호사님들보다 법의 은밀한 방법들을 더 잘 알아 다른 뭔가를 할 수 있다 해도—그에겐 아예 자기 담당이 아닌 일을 할 시간이 없어 한순간도 그 일에 쓸 수가 없어요. 전망이 이러한데 그래 누가 관할권이 없는 비서를 찾아다니며 밤 시간을 보내겠어요. 민원인들도 여타 직업 외에 관할 관청의 소환과 지시에 응하려면 일이 벅찰 텐데. 물론 민원인의 견해에서 '일이 벅차다'는 것은 비서들이 말하는 '일이 벅차다'는 것과는 전혀 같지 않아요." K는 웃으며 고개를 끄덕였다. 그는 이제 모든 게 잘 이해되는 것 같았다. 걱정스러워서가 아니라 이제 다음 순간 완전히, 이번엔 꿈도 꾸지 않고 방해도 받지 않고 잠들 거라고 확신되었기 때문이었다. 한쪽엔 담당 비서들 그리고 다른 쪽엔 관할권이 없는 비서들 사이에서 그리고 일에 매인 민원인 무리를 보면서 그는 깊은 잠에 빠져 이런 방법으로 모든 사람들에게서 벗어나게 될 거라고. 그는 이제 낮게 혼자 흐뭇해하며 스스로 잠이 들기 위해 마냥 헛수고하는 뷔르겔의 목소리에 익숙해졌기 때문에 잠을 방해받기는커녕 오히려 더 잘 들 것 같았다. K는 '덜거덩대라 물레방아 덜거덩덜거덩' 하며 '네가 떠드는 건 오직 나를 위해서지' 하고 생각했다. "그렇다면 어디에" 하고 뷔르겔은 두 손가락으로 아랫입술을 만지작거리며 마치 고된 방랑 끝에 멋진 우위에 다가가는 듯 눈을 크게 뜨고 목을 쑥 뺀 채 말했다. "그렇다면 앞서 말한, 드물고 좀체 생기지 않는다는 가능성은 어디 있는 것일까요? 그 비밀은 관할권에 관한 규정에 있소. 사건 하나하나에 특정 비서 한 사람씩 담당이 있는 것은 아니며 크게 활동적인 조직체에서 그럴 수는 없죠. 주무는 한 사람이지만 다른 많은 이들에게도 조금이나마 어느 정도 권한이 있어요. 아무리 대단한 일꾼이라 해도 누가 혼자, 비록 아주 하잘것없는 사건일지라도, 모든 관계를 자기 책상 위에 모아둘 수 있겠습니까? 내가 주무란 말을 한 것 자체가 지나친 거죠. 아주 하찮은 권한이지만 그 안에 이미 모든 게 들어 있는 건 아닌지? 여기서 결정적인 건 어떤 열정을 갖고 일에 덤벼드느냐가 아닐까요? 그리고 그건 언제나 똑같고 언제나 강렬한 상태이지 않아요? 전반적으로 비서들 사이에는 차이가 있을지 모르며 그런 차이는 수없이 많지만 열정에 있어선 그렇지 않아요. 자기가 조금이라도 관여할 권한이 있는 사건을 다루어달라는 요청이 오면 아무도 가만있을 수가 없을 겁니다. 물론 겉으로나마 체계적인 심사 가능성을 마련해야 하므로 민원인들을 위해 그들이 공무상 의지할 특정 비서를 앞에 내세우고요. 그러나 그게 반드시 그 사건에 가장 관할권이 큰 자여야 되는 건 아니며 여기서는 조직이 나름대로 순간적 필요에 따라 결정합니다. 이런 실정이에요. 그러니 이제 측량사님은 민원인이 어떻게 해서든, 이미 당신에게 설명해준, 대체적으로 만만찮은 장애물이 있음에도 불구하고, 한밤중에 해당 사건에 어느 정도 권한을 가진 비서를 불쑥 습격하는 가능성을 고려해보세요. 아직 그런 가능성은 생각해보지 않았나요? 그럴 거라 생각합니다. 그런 일은 좀처럼 생기지 않으니 그런 생각은 할 필요조차 없지요. 그런 민원인이 그 더할 나위 없는 체를 빠져 지나가려면 이상하고 아주 특별하게 생긴, 작고 재치 있는 알갱이여야 되지 않겠어요. 그건 결코 있을 수 없다는 생각인가요? 맞아요. 그건 결코 있을 수가 없어요. 그러나 그런 일이 ─누가 모든 걸 장담할 수 있겠소?─생기는 밤이 있어요. 내가 아는 사람들에겐 아무에게도 그런 일이 일어나지 않았다지만, 그게 별 증거는 되지 않죠. 내가 아는 사람들은 여기 참고 대상이 된 수에 비하면 제한되어 있을 뿐더러 무슨 일이 생긴 비서가 그걸 솔직히 말한다는 보장도 없으니 아주 개인적인 문제이지만 어떤 의미에선 관외 수치심과도 바짝 닿아 있는 셈이죠. 아무튼 내 경험으로 말하건대 그건 아주 드문, 원래 풍문에 의해 존재할 뿐이고 달리 확인되지는 않은 문제이므로 그에 겁을 낸다는 건 너무 지나친 것 같소. 실제 그런 일이 일어난다 해도 아주 쉬운 것이 이 세상엔 그것을 위한 자리가 없음을 보여줌으로써 절대——믿을 수밖에 없는 일이지만——탈나지 않게 할 수 있답니다. 아무튼 간에 그 일을 두려워해서 이불 밑에 숨어 내다볼 염두도 못 낸다면 그건 병이에요. 그리고 설령 전혀 일어날 것 같지 않은 게 갑자기 구체화되면 모든 게 다 끝장일까요? 정반대예요. 만사가 끝장난다는 건 가장 일어날 성싶지 않은 일보다 더 일어날 수 없는 일이에요. 하지만 만일 민원인이 방에 있으면 일은 매우 곤란해요. 가슴이 답답하죠. '얼마나 버틸 수 있을까?' 하고 미심쩍은 생각이 들고. 그러나 그게 결코 저항이 아니라는 건 알고 있어요. 상황을 올바로 상상해 보세요. 한 번도 본 적이 없이 늘 기다린, 참으로 목마르게 기다리며 언제나 이성적인 생각으로 만날 수 없다고 여긴 민원인이 앉아 있는 걸 말이에요. 잠자코 있으면서 그는 그의 가엾은 불쌍한 삶 속으로 뚫고 들어와달라고, 그 삶을 자기 자신의 것인 양 생각하고 이것저것 알아보고 그리고 거기서 헛된 요구들을 함께 고민해달라고 청하는 겁니다. 이런 고요한 밤의 초대는 매혹적이죠. 그걸 따른다는 건 관리이길 그만둔 거나 다름없어요. 그건 바로 어떤 청을 거절할 수 없는 상태니까요. 엄밀히 말해 포기 상태지만 더 엄밀히 말하자면 몹시 행복해요. 자포자기는 이 무방비 상태와 관계가 있습니다. 무방비 상태로 여기 앉아 민원인의 부탁을 기다리다가 그게 일단 입 밖에 나오면 그걸 들어주지 않을 수 없거든요. 적어도 우리가 자체적으로 파악한 바로는 공무 조직이 그 때문에 상당히 파괴돼버리는 일이 있더라도——실제로 부딪히는 것으로 가장 심각한 문제는 바로 이것일 겁니다. 특히—다른 건 다 차치하고—여기서도 이 순간 자신을 위해 막무가내로 모든 상상을 뛰어넘는 신분 상승을 요구하고 있기 때문입니다. 지위를 놓고 볼 때 우리에겐 여기서 얘기하고 있는 부탁을 들어줄 권한이 전혀 없는데 밤에 찾아온 민원인이 가까이 있음으로써 우리의 직무 능력도 커져 우리는 영역 밖의 일을 떠맡게 되어 그걸 수행하기도 합니다. 밤에 민원인은 숲 속의 강도처럼 우리가 다른 때 같으면 결코 감당할 수 없을 법한 희생을 우리에게 강요하죠—나 참, 그래요. 민원인이 와 우리의 힘을 북돋우고 억지를 부리고 격려하고 그래서 만사가 반쯤 정신없이 진행된다면 나중에 일이 끝나 민원인이 흡족해하며 홀가분하게 우릴 떠나고 우리만, 우리의 직권 남용을 눈앞에 보면서도 그냥 서 있다면 그게 어쩔 것 같소—아예 상상이 안 되는 일이지. 하지만 그럼에도 우린 행복해요. 행복이 얼마나 위태로울 수 있는지. 안간힘을 써야 민원인에게 참된 상황을 비밀에 부칠 수 있을 테고. 그 스스로는 눈치챌 게 거의 없어요. 스스로 생각건대 그는 아마 어떤 대수롭지 않고 우연한 이유로 기진맥진, 실망한데다 너무 지치고 절망한 나머지 무작정 아무렇게나 마음내킬 때 남의 방에 들어간 거예요. 그는 거기 멋모르고 앉아 생각에 몰두해 있는데 주로 오류에 빠지거나 또는 조는 게 일이죠. 그를 그대로 내버려둘 순 없을까? 그럴 수는 없어요. 행복한 자의 수다스러움을 빌려 그에게 모든 걸 설명해줘야 돼요. 조금도 자신을 돌볼 수 없을 정도로 그에게 무슨 일이 있었는지 그리고 무슨 이유로 그게 일어났는지, 얼마나 특별한 그리고 둘도 없이 대단한 기회인지 상세하게 알려주고 그가 비록 민원인말고는 다른 어떤 인간도 도와줄 수 없는 난처한 상황에 빠져들었지만 이제 하려고만 하면, 측량사님, 모든 걸 이겨낼 수 있으며 그러려면 그의 청을 어떻게든 표현해야만 한다고, 그렇게 고

대한 그의 청을 들어줄 태세가 되어 있다고 가르쳐줘야 됩니다——
이 모든 걸 가르쳐줘야 하니 관리로선 힘든 시간이지요. 그러나 그
렇게 하고 나면, 측량사님, 당연한 일이 생기니 참고 기다려야지
요."

　K는 더 이상 듣지 않고, 일어난 모든 일에 아랑곳 않고 잠을 잤
다. 처음 그는 침대 기둥 위에 왼팔을 얹고 그 위에 머리를 올려놓
고 있었는데 머리가 잠결에 미끄러져 축 매달려 있어 이제 위에 있
는 팔베개만으로는 되지 않았다. 자기도 모르게 K는 오른손으로 덧
이불을 받쳐 새로 베개로 하다가 우연히 이불 밑에 삐져 나온 뷔르
겔의 발을 붙잡았다. 뷔르겔은 그를 바라보고는 귀찮은 생각이 들
었지만 그에게 발을 내맡겼다.

　이때 벽에서 서너 번 세게 문 두드리는 소리가 나 K가 깨어나 벽
을 쳐다보았다. "거기 측량사 없소?" 하고 묻는 소리가 났다. 뷔르
겔이 "있습니다" 하며 K에게서 발을 빼며 갑자기 어린 소년처럼 함
부로 그리고 제멋대로 몸을 뻗었다. 다시 "그럼 이제 이리 오라고
해요" 하는 소리가 들렸는데 뷔르겔에 대해 또는 그가 K를 더 필요
로 하지 않을까 따위에 대해선 전혀 고려하지 않았다. "에어랑어
야" 하고 뷔르겔이 속삭였다. 에어랑어가 옆방에 있다는 게 놀랍지
않다는 듯 "바로 그에게 가시오. 이미 화가 났나 보오. 그를 진정시
켜보시오. 그가 잘 자고 있는데 우린 너무 큰소리로 얘기를 나눴소.
어떤 일에 대해 얘기하다 보면 자제하며 목소리를 억제할 수가 없
어요. 자, 어서 가요. 전혀 잠에서 빠져 나올 수 없는 것처럼 보이는
군. 가요, 여기에 무슨 볼일이 더 있소? 아니, 졸음 때문에 사과할
것은 없고, 그래 왜 그래요? 체력에는 일정한 한계가 있으며 바로
이 한계가 또 중요한 걸 어떻게 하겠소. 아니, 아무도 어쩔 수 없어
요. 이렇게 세상일도 운행 중에 자신을 바로잡으며 균형을 유지한

답니다. 비록 다른 관점에선 삭막해보이지만 그야말로 훌륭한, 언제고 상상할 수 없는 훌륭한 장치이지요. 자 가시오. 왜 날 그렇게 바라보는지 모르겠소. 당신이 오래 머무적거리면 에어랑어가 건너올 텐데 정말이지 그것만은 피하고 싶소. 어서 가요. 건너편에서 무엇이 당신을 기다리고 있을지 압니까. 여긴 모든 기회가 있으니까. 다만 이용하기에 너무 큰 듯한 기회가 있는가 하면 자기 자신으로 인해 좌절되는 일도 있어요. 그래요. 놀라운 일이죠. 그건 그렇고 난 이제 잠 좀 잘 수 있었으면 좋겠소. 물론 이미 다섯시이고 곧 소음이 시작되겠지. 어쨌든 당신만이라도 나가줘야겠소!"

　깊은 잠에서 갑자기 깨어 멍하고 한없이 졸린데다가 불편한 자세 때문에 온몸이 아파 K는 일어나야 할지 오래도록 결정을 못한 채 이마를 짚고 무릎을 내려다봤다. 계속 이어지는 뷔르겔의 작별마저도 그를 떠나게 할 수 없었을 테지만 단지 이 방에 더 머물러봤자 아무 소용 없다는 느낌 때문에 그는 그렇게 하고 말았다. 그 방은 황량하기 짝이 없어보였다. 그렇게 되어버린 것인지 아니면 전부터 그랬는지는 알 수가 없었다. 결코 두 번 다시 여기서 잠이 들 수는 없으리라. 이런 확신은 단호하기까지 한 것이어서 그는 그에 대해 조금 웃으면서 일어나 기댈 데가 있으면 침대, 벽, 문 어디든 몸을 기대며 걸어 나갔다. 오래 전에 뷔르겔과 작별을 고했다는 듯 인사도 없이.

24

만일 에어랑어가 문을 열고 서서 그에게 손짓하지 않았다면 그는 에어랑어의 방도 무심코 지나치고 말았을 것이다. 집게손가락으로 단 한 번 까딱하는 손짓. 에어랑어는 이미 떠날 준비를 마친 상태였으며 검은 모피 외투 차림으로 단추가 옷깃 위까지 꽉 채워져 있었다. 하인 하나가 막 그에게 장갑을 건네주고 털모자는 아직 들고 있었다. "진작 오지 그랬어" 하고 에어랑어가 말했다. K가 미안하다 하려고 했지만 에어랑어는 피곤한 듯 눈을 감아 보이며 그만두게 했다. 그는 "다음과 같은 일 때문이오" 하더니 "전에 바에 프리다라는 여자가 근무했는데 난 이름만 알지 그녀를 직접 아는 건 아니오. 난 관심 없으니까. 그 프리다가 가끔 클람의 맥주 시중을 들었지. 지금은 거기에 다른 아가씨가 있는 모양이오. 이런 변화는 아마 누구에게나, 그리고 분명 클람에게는, 대수로운 건 아니지. 그러나 일이 크면 클수록——일이야 클람의 일이 가장 크지——그만큼 바깥 세계에 맞설 힘이 모자라게 마련이고 그러면 아주 하찮은 일에 조금만 변화가 있어도 심각한 방해가 될 수 있소. 책상 위가 조금만 변하거나 전부터 거기 있던 얼룩이 없어지는 일 모두가 방해가 될 수 있으며 새 여급 일도 마찬가지요. 그러나 다른 사람에게 그리고 그 어떤 일에 다 방해가 된다 해도 클람은 그렇지 않아. 그런 건 아예 말도 안 되는 거고. 그럼에도 우린 클람이 쾌적하도록 주의를 기울여 그에겐 아무것도 아닌 방해라 해도——그에겐 어떤 것도 방해되지 않을 겁니다——우리 눈에 방해될 수 있다고 보이면 없애버리지요. 그 때문, 그의 일 때문에 장애를 없애는 게 아니라 우리 때문에, 우리 양심과 평온을 위해 그러는 겁니다. 그러니 아까 말한 프리다는 곧 다시 바로 돌아와야겠소. 혹 바로 그녀가 돌아온 것 때문에 방해가 되면 다시 내보내겠지만 우선은 돌아와야 됩니다. 당신이 그녀와 같이 산다고 들었는데 당장 그녀를 복귀시키도록 하시오. 말할 것 없이 이 일에 사사로운 감정은 고려할 수 없으며 따라서 그 문제를 계속 논의하는 것도 절대 허락하지 않겠소. 이 별것 아닌 일에서 잘 보여야 장차 이로울 수도 있다고 하면 잔소리일 테니 더 이상 말을 않겠소. 이상이오" 하고 말했다. 그는 떠나며 인사로 K에게 고개를 끄덕이고는 하인이 내민 털모자를 쓰고 하인을 따라 재빨리, 그러나 조금 절룩이면서 복도를 내려갔다.

　여기선 가끔씩 아주 수행하기 쉬운 명령을 내리지만 K는 이런 수월함이 달갑지 않았다. 그 명령이 프리다와 관련되어 있고 비록 명령이라지만, K에겐 비웃는 것처럼 들려서가 아니라 무엇보다도 거기에서 그의 모든 노력이 허사라는 게 내비쳐졌기 때문이었다. 좋은 명령이건 불리한 명령이건 그를 그냥 지나쳤으며 유리한 거라도 아주 불리한 점이 들어 있었지만 모두 그를 그냥 지나쳤으며 이에 끼여들거나 아예 그 소리를 막고 자기 목소리가 들리게 하기에는 그의 위치가 너무 낮았다. 에어랑어가 손을 내저으면 어떻게 할 것이며 또 그가 내치지 않는다 해도 그에게 무슨 말을 할 수 있을까? K는 형편의 불리함을 다 합한 것보다도 졸음 때문에 입은 손해가 더 많다는 걸 깨닫긴 했지만 자기 몸은 믿을 수 있다고 생각했고 그런 확신이 없었다면 길을 떠나지도 않았을 그가 왜 고된 불면의 며칠 밤을 견디지 못한 것인지 이해되지 않았다. 왜 하필 이곳에서 이렇게 주체못할 정도로 졸린지, 여기에 졸리는 사람은 아무도 없는

데, 아니 누구나 졸리긴 하지만 그런데도 일에 지장을 주기는커녕 그게 오히려 일을 북돋우는데. 그러고 보니 그건 K의 졸음과는 성격이 전혀 다름을 추정할 수 있었다. 여기서는 행복한 일을 하는 중에도 졸린 모양이며 겉으로는 졸음처럼 보이지만 실제로는 굳건한 평온, 굳건한 평화 같은 것이었다. 낮에 사람이 좀 피곤한 것은 즐겁고 자연스러운 일과에 속한다. 이곳 어른들은 항상 한낮이군, 하고 K가 중얼거렸다.

그리고 그야말로 그것이 맞는 게 이제 다섯시인데도 복도 어느 쪽이나 활기가 일었던 것이다. 이 방안의 웅성거림에는 뭔가 아주 기분 좋은 게 있었다. 어떤 때는 소풍 갈 준비를 끝낸 아이들의 환호성 같기도 하고 다른 때는 닭장에서 하루가 시작되는 소리, 잠에서 깨어나는 하루와 완전히 일치하는 기쁨의 소리 같았으며 어디선가 웬 어른이 닭 우는 소리를 흉내내는 소리가 들리기도 했다. 복도에는 아직 아무도 없었지만 문들은 이미 들썩이고 있었으며 잠깐 열렸다가 닫히고 하는 일이 거듭되었으며 그렇게 문 여닫는 자들로 시끌시끌했다. 또 여기저기 천장에 못 미치는 벽의 위틈으로 아침에 헝클어진 머리들이 나타났다가 곧 사라지는 게 보였다. 멀리서 하인 하나가 천천히 서류를 실은 수레를 끌고 오고 있었다. 옆에 다른 하인이 걷고 있었는데 손에 목록을 들고 방문 번호와 서류 번호를 비교하는 것 같았다. 거의 모든 문 앞에서 수레가 멈추었으며 그때마다 문이 열리고 관련 서류들이——한 장뿐인 때도 더러 있었으며, 그런 경우에는 방에서 복도 쪽으로 간단히 뭐라고 하는데 아마 하인을 비난하는 모양이었다——방안으로 건네졌다. 문이 닫혀 있으면 서류를 조심스럽게 문지방에 차곡차곡 쌓아놓았다. 그런 경우를 보면서 K는 이미 서류까지 배달된 이런 주변 여건에도 불구하고 문의 움직임이 수그러들기는커녕 오히려 드세진다고 느꼈다. 다른 사람들은 문지방에 희한하게도 그대로 놓여 있는 서류를 호기심을 갖고 엿보고 있었는데 서류를 갖기 위해선 문을 열기만 하면 되는 데도 그렇게 하지 않는 게 이해되지 않는 모양이었다. 어쩌면 끝까지 그대로 놓여 있는 서류는 나중에 서류가 문지방에 아직 그대로 있는지, 그러니까 자기네에게 여전히 희망이 있는지 확인하고 싶어 몇 번이나 살펴본 다른 나리들에게 분배될 가능성도 있었다. 이렇게 그대로 있는 서류들은 대개가 무척 큰 묶음들로 K는 그게 과장 아니면 악의 또는 동료 직원들을 격려한다는 자부심에서 잠시 내버려둔 거라고 짐작했다. 이런 추측은 오랫동안 구경거리가 되었던 서류 뭉치가 매번 그가 보지 않을 때 갑자기 재빨리 방안으로 끌려가고 문이 다시 전처럼 움직이지 않음으로써 더 강해졌다. 그리고는 이 끊이지 않는 유혹의 대상이 드디어 없어진 데 대해 실망해서인지 아니면 만족해서인지 주변의 문들 역시 잠잠해졌다가는 다시 천천히 움직이기 시작했다.

K는 이 모든 걸 호기심뿐만 아니라 관심을 갖고 바라보았다. 그는 그런 술렁거림의 중심 가까이에 있다고 느끼며 이리저리 살펴보다가—알맞게 거리를 두고—때때로 엄한 눈빛에 고개를 숙이고 입을 삐죽 내민 채 그를 돌아보곤 하는 하인들을 따라가며 그들이 배분하는 일을 지켜보았다. 일은 앞으로 갈수록 순조롭게 진행되지 않았으며, 목록이 뭔가 맞지 않든가 간혹 하인이 구분할 수 없는 서류가 있거나 다른 이유로 나리들이 이의를 제기하든가 했다. 어쨌든 배분을 중단해야 될 일이 몇 차례 생겨나 수레가 돌아오고 열린 문틈으로 서류 반환을 놓고 논의가 벌어졌다. 이 논의에는 애초부터 큰 어려움이 있었으며 전에 활기가 넘쳤던 데라도 반환 문제가 나오면 그 일에 대해선 더 이상 알고 싶지 않다는 듯 냉정하게 문을 닫는 일이 다반사였다. 진짜 어려움은 바로 이때부터였다. 서류를

요구할 권리가 있다고 생각하는 자는 몹시 안달을 하며 방에서 크게 법석을 떨고 손뼉을 치며 발을 구르면서 열린 문틈을 통해 복도에 대고 계속 특정 서류 번호를 외쳐댔다. 그래서 수레가 홀로 내버려지는 일이 종종 있었다. 한 하인은 안달뱅이를 달래고 다른 자는 닫힌 문 앞에서 반환 문제로 실랑이를 벌였던 것이다. 힘들긴 둘 다 마찬가지였다. 안달뱅이는 진정시키려 했더니 더 자주 안달복달해 하인의 허튼 말을 아예 들을 수가 없었다. 그가 원하는 건 위로가 아니라 서류였으며 그런 어른은 위에 열린 문 사이로 세숫대야에 가득 찬 물을 하인에게 붓기도 했다. 다른 하인은 지위가 더 높은 듯했지만 훨씬 더 힘든 상황이었다. 도대체 관계 있는 나리가 협상에 응해야 하인은 자기의 목록을, 나리는 자기의 메모와 돌려줘야 할 서류를 가지고 구체적인 논의가 벌어지는 것인데 나리가 우선은 손에 꼭 쥐고 있어 그걸 갖고 싶어하는 하인의 눈에는 서류 귀퉁이도 보이지 않았다. 그러면 하인은 새 증거 때문에 약간 경사진 복도에서 계속 조금씩 저절로 굴러간 수레 있는 데까지 가거나 아니면 서류를 요구하는 어른에게 가 거기서 그걸 여태까지 갖고 있던 분의 항변을 새로운 반대 의견으로 바꿔 내놓아야 했다. 그런 논의는 매우 오래 걸렸는데 가끔은 합의가 이루어져 나리가 대충 서류의 일부를 내놓거나 뭐가 뒤바뀌기만 했으면 대신 다른 서류를 받았다. 그러나 하인이 내놓은 증거로 궁지에 몰리거나 끊임없는 흥정에 지쳐 요구받은 서류들을 모두 그냥 포기하는 사람도 나타났다. 그런 경우 서류를 하인에게 주지 않고 문득 결연히 복도에 내팽개쳐버려 끈이 풀어지고 종이가 날아가 하인들이 모두 다시 수습하느라 수고가 많았다. 그러나 이건 반환해달라는 청에 전혀 대답을 얻지 못한 경우에 비하면 모든 게 비교적 간단한 것이었다. 그럴 때 그는 굳게 닫힌 문 앞에 서서 부탁과 애원을 하고 목록과 규정을 들지만 모두 허사이고 방에서는 어떤 소리도 들리지 않지만 하인으로서 허락 없이 방에 들어갈 권리는 없었던 것이다. 그러면 이 훌륭한 하인도 자제력을 잃고 수레 있는 데로 가 서류 위에 앉아 이마의 땀을 닦고 막연히 발이나 흔들 뿐 잠시 아무 일도 하지 않았다. 이 사건에 대한 주변의 관심은 매우 커서 사방에서 소곤거리는 소리가 나고 시끄럽지 않은 문이 거의 없었으며 위의 벽난간에서는 이상하게 수건으로 얼굴 대부분을 가린 채 잠시도 제자리에 가만히 있지를 못하면서 모든 과정을 지켜보고 있었다. 이런 소란 속에서도 K는 뷔르겔의 문이 내내 닫혀 있고 하인들이 복도 이쪽을 지나갔지만 그에게 서류를 갖다 주지 않았다는 게 이상했다. 아직도 자고 있을까, 어쨌든 이런 소란 속에서 자다니 아주 건강에 좋겠지, 그런데 서류는 왜 안 받았지? 이렇게 그냥 지나간 방은 극소수로 아마 아무도 묵지 않는 모양이었다. 이와는 달리 에어랑어의 방에는 벌써 새로 아주 요란한 손님이 와 에어랑어가 밤에 그에게 그야말로 내쫓긴 게 틀림없었다. 냉철하고 능수능란한 에어랑어에게 어떻게 그런 일이 일어났을까 싶었지만 그가 K를 문지방에게 기다려야 했던 데서 어렴풋이 짐작되긴 했다.

온갖 희한한 구경을 하면서도 K는 간간이 하인 쪽을 되돌아보곤 했다. K가 하인들에 대해 일반적으로 들은 그들의 빈둥거림과 편한 생활, 거만함은 정말이지 이 하인에게만큼은 해당되지 않는 것이었다. 하인들 가운데에 예외가 있든지, 아니 그들 가운데 여러 부류가 있는 게 더 맞을 성싶었다. K가 알기로 여기에는 지금까지 암시조차 받지 못한 여러 가지 관계들이 있었다. 그는 특히 이 하인의 끈질김이 매우 마음에 들었다. 이 작고 완강한 방들과의 싸움에서—주거자를 거의 볼 수가 없어 K에겐 그게 종종 방들과의 싸움처럼 보였다—하인은 굴하지 않았다. 지치긴 했지만—누구인들 지치

지 않겠는가?──곧 기운을 차리고 수레에서 내려 이를 악물고 다
시 똑바로 공격 목표인 문을 보고 걸어갔다. 그리고 두 번 세 번, 그
나마 아주 간단하게 짓궂은 침묵에 의해 반격을 받았지만 결코 지
지 않았다. 그는 드러내놓고 공격해선 아무 성과도 얻을 수 없음을
알고는 다른 방법, K가 제대로 알았는지 모르겠는데, 술수 같을 걸
써보았다. 그는 문에서 퇴각하는 척해서 이 문으로 하여금 침묵의
힘을 어느 정도 소진해버리도록 다른 문으로 갔다가는 얼마 뒤에
다시 돌아와 다른 하인을 표나게 크게 불러, 마치 그의 생각이 바뀌
었으며 어른에게서 가져올 건 당연히 아무것도 없고 오히려 전해
줄 것뿐이라는 듯이 닫힌 문 앞에 서류를 쌓아올리기 시작했다. 그
리곤 계속 걸어갔는데, 그러나 눈은 한시도 문을 떠나지 않았으며,
만일 나리가 보통 하던 것처럼 서류를 가져가려고 곧 조심스럽게
문을 열면 하인은 몇 번 껑충 뛰어 그곳에 가 문과 문설주 사이에
발을 집어넣고 그분이 적어도 얼굴을 맞대고 협상하도록 해 어느
정도 만족스러운 결과가 나오게 하려는 것이었다. 그래도 안 되거
나 어느 문에선 이 방법이 맞지 않을 성싶으면 다른 수를 썼다. 그
럴 때엔 예컨대 서류를 요구하는 나리에게 전념했다. 그리고는 늘
그저 기계적으로 일하는, 별 쓸모 없는 조수인 다른 하인을 제치고
손수 그 나리를 설득하기 시작했다. 소곤소곤, 남몰래, 머리를 방안
에 쑥 처넣고 그에게 약속하기도 하고 다음 배분과 관련 다른 어른
에게 상응한 처벌을 장담하며 피로하지 않으면 가끔씩 상대방의 문
을 가리키며 웃어 보이기도 했다. 그러다가 모든 시도를 그만두는
경우도 한둘 있었는데 하지만 이런 때에도 K는 그게 포기하는 체하
는 것이거나 계산에서 나온 포기이려니 하고 생각했다. 그가 태연
히 계속 걷고 이웃 어른이 소란을 피워도 돌아보지 않고 참았기 때
문이었다. 때때로 조금 오래 눈을 감을 뿐이었지만 거기에 그가 그

소란에 괴로워하는 게 나타났다. 그러면 그분도 차츰 조용해졌다. 끊임없는 어린애 울음 소리가 시간이 흐르며 점점 산발적인 흐느낌이 되듯이 그의 울부짖음도 마찬가지였다. 하지만 그가 완전히 조용해진 뒤에도 다시 이따금 산발적인 고함이나 문을 살짝 열었다가 탁 닫는 소리가 났다. 아무튼 이 경우에도 하인은 아주 올바로 대처하는 것 같았다. 마침내 나리 한 분만 남기고는 모두 조용해졌다. 그는 기운을 차리기 위해 오래도록 아무 말도 않다가 다시 전처럼 세차게 분개하기 시작했다. 그가 왜 그렇게 소리지르고 불평을 하는지는 명확하지 않았는데 서류 분배 때문은 아닌 것 같았다. 그 사이 하인은 자기 일을 마치고 서류 한 가지, 사실 메모철에서 떨어진 종이쪽 한 장만이 조수의 실수로 수레에 남아 있었는데 그걸 누구에게 배달해야 할지는 알 수 없었다. "어쩌면 내 서류일지 모르겠군" 하는 생각이 K의 머리를 스쳐갔다. 면장은 늘 이렇게 아주 하찮은 사건에 대해 얘기했던 것이다. 그래서 K는 사실 자신의 추측이 스스로 봐도 제멋대로이고 우스웠지만 종이쪽을 신중히 살펴보고 있는 하인에게 접근해보았는데, 쉽지는 않았다. 하인이 K의 호의에 대해 반감을 보였기 때문이었다. 아주 고된 일을 하면서도 그는 항상 시간을 내어 못되게 또는 초조하게, 신경질적으로 고개를 까불며, K 있는 데를 바라보았었다. 지금은 배달이 끝나 K를 잠시 잊어버렸는지 평소처럼 무관심해져버렸는지는 모르겠지만 그가 심히 기진한 걸 보면 그런 생각이 들었다. 종이쪽을 갖고도 크게 애쓰지 않았으며 어쩌면 전혀 다 읽지도 않고 그런 척하는지도 몰랐다. 여기 복도에서 그 종이쪽을 맡기면 어느 방 주인이건 간에 기뻐할 테지만 그는 그렇게 결정하지 않았다. 분배하는 일이라면 신물이 났던 것이다. 그는 집게손가락을 입술로 가져가 동행에게 말하지 말라는 신호를 하고——K가 그 근처에 닿으려면 아직 한참 남았었다——종이쪽을 갈기갈기 찢어 주머니에 쑤셔 넣었다. 물론 K가 올바로 이해하지 못했을 수도 있지만 아마 그건 그가 여기 사무에서 처음 본 규칙 위반이었다. 그게 비록 부정이라 해도 용서될 수 있었다. 이곳을 지배하고 있는 상황에서 하인이 완전무결하게 일한다는 건 불가능했다. 쌓이고 쌓인 짜증이며 불안은 언젠가 터지기 마련인데 그게 단지 작은 종이쪽 한 장을 찢는 걸로 나타났다면 무죄가 되고도 남았다. 어떤 것으로도 진정시킬 수 없는 나리의 목소리가 여전히 복도를 진동하자 다른 일 때문에 서로 그다지 친하게 대하지 않던 동료들도 소란과 관련해선 완전히 의견이 일치된 것 같았다. 그리하여 차츰 그 어른이 그저 외치고 고개를 끄덕이며 그대로 계속하라고 그를 격려하는 자들 모두를 위해 소란을 피우는 소임을 떠맡은 것 같았다. 그런데 하인은 더 이상 그 문제에 신경 쓰지 않고 자기 일을 끝냈다. 그는 수레의 손잡이를 가리켜 다른 하인에게 그걸 잡게 해 그들이 올 때처럼, 흡족한 모습으로 그리고 수레가 그들 앞에서 껑충거릴 정도로 다시 빨리 끌고 갔다. 계속 소리지르던 어른에게——K는 대체 무엇 때문에 그러는지 알고 싶어 그의 문 앞에서 어정대고 있었다——그들은 꼭 한 번 몸을 움찔하며 돌아보았는데 그는 소리지르는 데 그치지 않고 초인종 단추를 발견하고는 일이 풀려 아주 기뻐서인지 이제 소리지르는 대신 끊임없이 종을 울려대기 시작했다. 그러자 다른 방에서 크게 투덜거리는 소리가 났는데 동의한다는 의미 같았으며, 그 어른이 모두가 오래 전부터 하고 싶었지만 무슨 이유에서인지 그냥 놔둔 일을 한 모양이었다. 그 어른이 벨소리로 부르려 한 게 종업원, 혹 프리다가 아닐까? 그럼 오래 울려대라지. 프리다는 예레미아스를 축축한 수건으로 감싸 주느라 바쁘며 설사 그가 병이 나았다 해도 그의 팔에 안겨 있느라 시간이 없을 테니까. 그러나 곧 초인종의 효력이 나타났다. 이미 멀리서 헤른호프 주인이 직접, 여느 때나 마찬가지로 검정 옷에 단추를 여민 차림이지만, 달리는 모양이 체면을 잊은 듯했으며, 마치 큰 사고 때문에 불려와 그걸 붙들어 가슴에 대고 바로 졸라매려는 것처럼 팔은 반쯤 벌리고 있었다. 그리고 조금씩 종이 불규칙하게 울릴 때마다 풀쩍 뛰며 더욱 서둘렀다. 그의 뒤에는 멀찌감치 그의 아내까지 나타났으며 역시 팔을 헤벌린 채 달려왔는데, 걸음걸이가 짧고 억지스러워 K는, 늦게 주인이 필요한 일을 다 한 뒤에나 오겠군, 하고 생각했다. 그리고 주인이 달리도록 자리를 비켜주려고 벽에 바짝 붙어 섰다. 그런데 주인은 마치 그가 목표인 양 바로 K 옆에 멈춰 섰으며 곧이어 여주인도 도착해 둘이 그에게 비난을 퍼부었지만 그는 급하고 놀란 마음에다 특히 그때 그 나리의 종이 울리고 다른 종들까지 소리내기 시작해 알아듣지 못했다. 지금 종소리는 긴급한 일이 있어서가 아니라 장난 삼아 그리고 기쁨에 겨워 울리는 것이었다. K로선 자신의 잘못을 정확히 아는 게 중요한 일이었기에 주인이 그의 팔을 잡고 함께 점점 거세지는 소란을 빠져 나가는 데 전적으로 동의했다. 그들의 뒤에서——주인뿐만 아니라 그 이상으로 옆에서 여주인도 그에게 말을 걸었으므로 K는 아예 돌아보지 않았는데——이제 문들이 활짝 열리며 복도가 활기를 띠고, 활기찬 좁은 골목에서처럼 왕래가 이루어지는 모양이었다. 보아하니 그들 앞의 문들도 아마 초조하게 K가 어서 지나갔으면 하고 기다리는 것 같았다. 그래야 어른들을 밖으로 내보낼 수 있겠다는 듯 종이 연달아 울렸으며 마치 승리를 축하하는 기세였다. 그래서 K는 마침내——그들은 다시 조용하고 흰 뜰에 이르렀는데 거기에는 썰매 몇 대가 기다리고 있었다——조금씩 무슨 영문인지를 알게 되었다. 바깥주인이나 여주인이나 K가 감히 그런 짓을 하리라고는 생각할 수 없었다. 그런데 대체 뭘 했다는 거지? K는 거듭거듭 물어보았지만 오래도록 그걸 알 수가 없었다. 왜냐하면 두 사람에겐 잘못이라는 게 너무 자명했고 그래서 그의 진정한 마음은 조금도 생각하지 않았기 때문이다. K는 아주 천천히 모든 걸 깨닫게 되었다. K가 복도에 있었던 것이 잘못이었으며 그는 대체로 그리고 그것도 인정상 별도 명령이 내릴 때까지 바까지만 출입이 허용되었던 것이다. 누가 호출하면 물론 그 장소에 나타나야 하며——도대체 그에게 최소한의 상식이라도 있는 거야?——그러나 원래는 그가 있어선 안 될 곳이지만 나리 한 분이 싫지만 공무상 필요하고 용인되어 있는 만큼 할 수 없이 그를 불렀다는 걸 늘 명심해야 했었다. 그러니까 얼른 출두해 심문을 받고 가능한 재빨리 사라져야 했던 것이다. 그런데도 그가 거기 복도에서 심히 볼썽사납게 군다는 느낌이 없었단 말인가? 만일 그랬다면 어찌 거기서 방목장의 동물처럼 싸돌아다닐 수 있었을까? 밤 심문에 호출되었는데 밤 심문이 왜 도입되었는지를 몰라? 밤 심문은 오직——여기서 K는 그 의미에 대한 새로운 설명을 들었다——나리들이 민원인들을 낮에 보면 견딜 수 없을 테니 얼른 밤에, 인공 조명 아래에서 취조하는 데 목적이 있다고 했다. 심문이 끝나면 바로 온갖 불쾌함을 잠 속에서 잊을 수 있으니까. 그러나 K의 태도는 모든 주의들을 무시했다는 것이다. 아침나절에는 유령도 사라지는데 K는 거기에, 손을 주머니에 넣고, 마치 그는 떠나지 않으니 방과 나리들을 포함해 복도 전체가 떠나길 기다리기라도 하는 양 그냥 있었다는 것이다. 그리고 또 그게 어떻게든 가능하다면 틀림없이 그렇게——그건 믿어도 된다며——했을 것이며 그건 나리들의 배려심이 그지없기 때문이라고 했다. K를 쫓아낸다든가, 그야말로 당연한 말이지만 이제 가야 된다고 할 사람은 아무도 없으며 K가 있는 동안 흥분해 떨고 그들이 아끼는 아침 시간을 망친다 해도 그에게 그럴 사람은 없다고 했다. K에게 조치를 취하는 대신에 그들은 참고 견디었는데 거기엔 K가 그런 꼴불견을 차츰 인식하고 나리들의 고통에 대해서는 그에 걸맞게 스스로 견딜 수 없을 때까지 아침에 꼴사납게, 뭇 시선을 받으며 여기 복도에 서 있으면서 동참하게 되리라는 기대도 작용했다는데, 그러나 헛된 희망이었다. 그들은 둔감하고 무정한, 어떤 위엄도 누그러뜨릴 수 없는 마음이 있다는 걸 모르거나 또는 친절과 생색내는 마음 때문에 그걸 알려고 하지 않는다. 불쌍한 밤나방조차도 날이 새면 살그머니 조용한 구석을 찾아 피하고 아예 사라지고 싶어하지만 그럴 수 없어 답답해한다. 그러나 K는 가장 눈에 잘 띄는 데 서서 날이 새는 걸 막을 수 있다면 그렇게 하려는 것 같다. 그가 그걸 막을 수는 없지만 유감스럽게도 늦추거나 지장을 줄 수는 있다. 그도 서류 배분하는 걸 같이 보지 않았는가? 아주 가까운 관계자 외엔 아무도 봐선 안 되는데. 이 집의 주인이나 여주인도 봐선 안 되는 것을. 이를테면 오늘처럼 하인이 얘기하는 걸 듣고 짐작이나 할 뿐인데. 그는 어떤 어려운 상황에서 서류 배분이 진행되는지 몰랐단 말인가? 근본적으로 이해가 될 턱이 없지. 어느 나리들이나 일만 열심히 하지 사사로운 이익은 결코 생각하지 않기 때문에 서류 배분이라는 이 중요하고 기본적인 일이 빨리 수월하게 그리고 완벽하게 이루어지도록 진력해야 하는데 말이다. 그리고, 나리들끼리라면 순식간에 의사 소통을 할 수 있을 텐데 직접 왕래 가능성 없이, 분배가 거의 문을 닫은 채 이루어져야 했다는 점이 모든 어려움 가운데 가장 주된 것임을 K는 정말 짐작조차 못했단 말인가? 게다가 하인들을 통한 중개는 몇 시간이 걸리고 불평이 나올 수밖에 없어 나리들과 하인들에게 내내 고통이며 나중 일에도 나쁜 결과가 있을 텐데. 그런데 나리들은 왜 서로 왕래할 수가 없었을까? 아니, K는 아직도 그걸 이해 못하는 건가? 이와 비슷한 일은 여주인에게——그리고 바

깥주인도 개인적으로 그걸 인정했다——없었으며 그녀는 가지각색
의 고집 센 사람들을 상대해봤다고 했다. 다른 때 같으면 좀체 말하
지 않을 일을 그에겐 노골적으로 말해야 한다. 그는 그렇지 않으면
정말 필요한 것도 이해 못한다는 것이었다. 자 그럼, 이 말을 안 할
순 없지, 하고는 그 때문에, 그저 오직 그 때문에 어른들이 방에서
나오지 못했다고 했다. 아침에 막 잠자리에서 일어나자마자 낯선
사람의 눈에 자신을 내맡기기에 그들은 너무 부끄럼을 타고 예민하
며, 설령 옷을 제대로 갖춰 입었다 해도 벌거벗은 것처럼 느껴져 모
습을 보이지 못한다는 것이다. 그들이 왜 부끄러워하는지 말하기란
쉽지 않은데, 평생 일만 하는 분들이 잠을 잤다고 계면쩍게 생각하
는 모양이다. 그러나 자신의 모습을 보이는 것보다 낯선 사람을 보
는 걸 더 부끄러워하는지도 모른다. 다행히 밤 심문을 이용해 견디
어냈는데 이제 아침에, 갑자기, 느닷없이, 있는 그대로의 모습으로
재차 역겨운 민원인들의 눈길이 자신을 압박하길 원진 않는다.
그건 사실 감당하기 어렵지. 이걸 인정 않을 자가 무슨 사람이겠어!
그래, K와 같은 사람이다. 그런 자는 법칙이건 아주 평범한 인간적
인 고려이건 모든 것을 무관심과 졸음 상태에서 지나치며 서류 분
배를 거의 불가능하게 만들고 집의 명예를 손상시키며 한 번도 일
어나지 않았던 일을 하고도 아무렇지 않게 여긴다. 절망에 빠진 나
리들이 손수 방어를 시작했는데, 보통 사람들로선 상상조차 못할
극기를 보이며 다른 수로는 꿈쩍도 않는 K를 쫓아내려고 초인종을
이용해 도움을 청한 것이다. 그들, 그 어른들이 도움을 청하다니!
부르지 않았는데, 도와드리기만 하고 금방 가는 걸로 하고, 아침에
나리들 앞에 감히 나타나도 된다면 이미 주인과 여주인 그리고 전
직원이 달려왔을 것이다. K 생각에 화가 치밀고 무력함에 마음을
달랠 길 없어 그들은 여기 복도 머리에서 기다렸는데 생각지도 않

게 종이 울려 구해줬다고 했다. 이제 고약한 일은 끝! 드디어 K로부터 벗어난 어른들이 기뻐 떠드는 걸 한번 들여다볼 수 있다면! 물론 K 문제가 끝난 건 아니며 그는 여기서 저지른 일에 대해 반드시 책임을 져야 한다고 했다.

그 동안에 그들은 바에까지 왔다. 그토록 화가 났으면서도 주인이 왜 K를 이리 데리고 왔는지는 확실하지 않았는데 K가 피로해 우선은 이 건물을 떠날 수 없다고 본 모양이었다. 앉으라는 권유도 기다리지 않고 K는 곧장 술통 하나 위에 푹 주저앉았다. 거기 어둠 속에 있으니 기분이 좋았다. 이 큰 공간에 지금은 희미한 전등 하나만이 맥주통 꼭지 위에 켜 있었다. 밖은 아직도 어두컴컴했으며 눈보라가 치는 모양이었다. 여기 이렇게 따뜻한 데 있으면 고맙게 여기고 쫓겨나지 않도록 조심해야 했다. 주인 내외는 그래도 그가 아직 뭔가 위험스럽다는 듯, 완전히 믿을 수 없는 상태라서 갑자기 채비를 하고 다시 복도에 침입하지 않는다는 법도 없다는 듯, 여전히 그의 앞에 서 있었다. 그들 역시 밤에 놀라 일찍 일어나는 바람에 피곤했으며 특히 비단처럼 바삭거리고, 아랫동이 넓고, 단추와 끈 매무새가 좀 구성없는 갈색 옷을 입은—그렇게 경황없는 중에 어디서 그걸 끄집어냈지?—여주인은 고개가 부러진 듯 남편의 어깨에 기댄 채 부드러운 수건으로 눈을 토닥거리면서 간간이 K 쪽으로 어린애처럼 못된 눈길을 보냈다. 이 부부를 안심시키기 위해 K는 지금 자신이 들은 말은 모두 아주 새로운 것이며, 무지 때문에 복도에서 그렇게 오래 머무르긴 했지만 사실 무슨 볼일이 있거나 누굴 괴롭히려는 것이 아니라 모든 게 다만 너무 피곤해서 생겼다고 했다. 그리고는 그들이 난처한 장면을 종식시켜준 것에 감사한다고 했다. 그는 책임을 물으면 기꺼이 감수하겠다고 했다. 그래야 그의 태도를 세간에서 그릇 해석하는 걸 막을 수 있다며. 그건 오로지 피로 때문이었다고 했다. 이 피로는 그가 아직 힘든 심문에 적응하지 못한 데서 생겼다고. 그는 아직 여기 온 지 얼마 되지 않는다면서. 이일에 어느 정도 경험이 있으면 비슷한 일은 다시 일어나지 않을 것이라고. 그가 심문을 너무 심각하게 받아들이는지 모르겠는데 그자체는 단점이 아니라고 했다. 그는 바로 연속으로 심문을 두 차례, 한 번은 뷔르겔에게서이고 두번째는 에어랑어에게서 받았는데, 특히 첫번째 때 아주 녹초가 되었으며 두번째는 오래 걸리지 않고 에어랑어가 그에게 한 가지 부탁만 했다는 것이다. 하지만 함께 두 가지를 한다는 건 견디기 힘든 일이었으며 그런 일은 주인이나 다른 사람에게도 너무 힘들 거라고 했다. 두번째 심문부터는 사실 뭐가 뭔지 모르고 보냈다고. 일종의 취한 상태나 다름없었으며——그는 두 나리를 처음으로 보고 들었으며 그들에게 대답까지 해야 했다고. 그가 알기로는 모든 게 다 매우 좋게 끝났는데 이후 저 사고가, 앞서 일을 놓고 보면 그의 잘못으로 칠 수도 없는 일이 생긴 것이다. 안타깝게도 그의 처지를 안 사람은 에어랑어와 뷔르겔뿐이며 그들이라면 그를 봐주고 다른 일도 다 막아줬을 텐데 에어랑어는 심문이 끝나자 곧, 아마 성으로 가기 위해, 일어나야 했으며 뷔르겔은 앞서 심문을 해 지쳤는지——그러니 K라고 어찌 지치지 않고 견딜 수 있을까?——잠이 들어 서류 배분하는 것도 모르고 내내 잠을 잤다고. 비슷한 경우가 되면 K도 기쁜 마음으로 그 기회를 이용하고 하지 말라는 구경은 기꺼이 그만두었을 것이다, 사실 전혀 아무것도 볼 수 없었으니 그게 더 쉬운 일이고 예민한 어른들도 거리낌 없이 그의 앞에 모습을 보일 수 있었을 테니까.

두 심문, 특히 에어랑어를 들먹이고 경의를 가지고 나리들 얘기를 한 점이 주인의 기분을 K에게 유리하게 바꿔놓았다. 그는 벌써 술통 위에 널빤지를 놓고 거기서 새벽까지만이라고 자게 해달라는 부탁을 들어줄 눈치였지만 여주인은 노골적으로 반대했다. 그녀는 옷, 엉망인 옷매무새를 이제야 인식했는지 괜히 이곳저곳 만지작거리다가 계속 머리를 저어대는 것이었다. 바야흐로 건물의 청결과 관련된 옛 싸움이 다시 일어났다. K처럼 지친 상태에서 이 부부의 대화는 엄청난 의미가 있었다. 여기서 쫓겨난다는 것은 지금까지 겪었던 것 이상의 불행이란 생각이 들었다. 이건 설사 주인 내외가 같이 그를 배척하는 마음이라고 해도 있어선 안 되는 일이었다. 술통 위에 웅크린 채 그는 몰래 그들을 살펴보았다. K는 여주인의 유별난 감수성을 오래 전부터 눈치챈 상태였는데 그런 그녀가 갑자기 옆으로 나오더니——아마 이미 바깥주인과 다른 일에 대해 한 것 같았다——외쳤다: "그가 날 보는 모습이라니! 어서 그를 쫓아내!" 그러나 K는 그걸 기화로 삼아 그리고 남아 있게 될 거라는 확신에 차 덤덤하게 말했다. "당신을 보는 게 아니고 당신 옷을 볼 뿐이오." "내 옷은 왜?" 하고 여주인이 흥분해 물었다. K가 어깨를 실룩했다. 여주인이 남편에게 "이봐요" 하더니 "건방진 놈, 취한 모양이군. 술에서 깨도록 여기서 실컷 자게 해요" 하고는 그녀가 부르자 헝클어진 머리에 지친 모습으로, 손에 빗자루를 들고 어둠 속에서 나타난 페피에게 아무것이든 K에게 베개 하나를 내주라고 시켰다.

25

    K는 깨어났을 때 처음엔 거의 잠을 자지 않았다고 생각했다. 방은 그대로였다. 아무도 없었고 따뜻하고, 벽은 모두 어둠에 묻혀 있었으며 맥주통 꼭지 위에는 백열등 하나가 걸려 있는데 창문 밖은 아직도 어두웠다. 그러나 그가 몸을 쭉 뻗자 베개가 밑으로 떨어지고 널빤지와 술통들이 툭탁대는 소리가 났으며 곧 페피가 와 벌써 저녁이라는 것과 열두 시간을 넘게 잠을 잤다는 걸 알게 되었다. 여주인이 낮에 몇 차례 그에 대해 물었으며 K가 여주인과 이야기를 하던 아침에 여기 컴컴한 데서 맥주를 마시며 기다렸던 게어슈태커도 그때 K를 깨울 엄두를 못 냈다가 그 사이 K를 보려고 여기 한 번 왔었으며 프리다도 와서 잠시 K 옆에 서 있었는데 그녀가 온 것은 K 때문이 아니고 저녁에 다시 이전 근무지에 가기로 되어 있어 여기서 여러 가지 일을 준비해야 했기 때문이라는 것이었다. 페피는 커피와 케이크를 가져오며 "그녀는 당신을 더 이상 좋아하지 않는가 보죠?" 하고 물었다. 그러나 묻는 투에서 이전의 빈정거림은 아예 찾아볼 수가 없었으며 그 동안에 세상의 짓궂음과 비교해봤을 때 자신의 심술은 맥을 못 쓰고 무의미하다는 걸 알게 되었다는 듯 묻는 게 처량했다. 그녀는 고생을 같이한 사람에게 하듯 K에게 말했으며 그가 커피를 맛보고 썩 달지 않게 생각하는 성싶자 달려가 설탕을 통째로 갖다 주었다. 그러나 오늘은 먼젓번보다 더 짙어보이는 그녀의 슬픔이 치장까지 막지는 못했다. 머리는 묶고 땋느라

온통 리본과 머리띠투성이였고, 이마를 쭉 따라서 그리고 관자놀이 언저리는 정성스레 지져 붙였으며, 블라우스의 깊이 파인 목선 사이로는 목걸이가 하나가 매달려 있었다. 드디어 한번 실컷 잔데다 좋은 커피까지 마실 수 있게 된 것에 만족해 K가 슬쩍 나비 리본에 손을 뻗어 그걸 끌러보려고 하는데 페피가 지친 목소리로 "날 좀 놔줘요" 하고는 그의 옆 술통 위에 앉았다. K는 그녀의 슬픔에 대해 전혀 물어볼 필요가 없었다. 그녀 스스로 곧, 기분 전환이 필요하다는 듯, 시선을 K의 큰 커피잔에 고정시킨 채, 이야기를 시작했으며 이야기를 하는 동안에도 비록 자신의 슬픔에 젖어 있지만 온통 그것에만 골몰할 수는 없다고 했다. 그것은 그녀의 능력 밖의 일이라는 것이다. K는 우선 페피의 불행이 본디 K에게서 비롯되었지만, 그러나 그를 원망하고 있진 않다는 것을 알게 되었다. 그녀는 이야기를 하면서도 K에게서 반대 의견이 나오지 않도록 열심히 고개를 끄덕였다. 처음 그가 프리다를 바에서 빼냄으로써 페피의 승진이 가능했다고 했다. 그것말고는 직책을 내놓도록 프리다를 움직일 만한 게 없다고. 그녀는 저기 바에, 거미줄 안의 거미처럼, 어디나 자신만이 아는 줄을 쳐놓고 앉아 있어 그녀의 뜻을 무릅쓰고 그녀를 거기서 끄집어낸다는 것은 아주 불가능했을 거라고. 천한 자에 대한, 그러니까 그녀의 지위에 어울리지 않는 사랑만이 그녀의 자리에서 그녀를 끌어낼 수 있었던 것이다. 그럼 페피는? 언제 그 자리를 얻을 거라는 생각이라도 해본 적이 있었는지? 그녀는 객실 하녀로 하찮고 전망도 없는 자리에 있었으며 여느 계집아이처럼 화려한 미래의 꿈을 품고 있었다. 꿈은 금지된 게 아니니까. 하지만 진지하게 어떤 발전을 생각한 건 아니고 이룬 것으로 만족하고 있었다. 그런 판에 바에서 갑자기 프리다가 사라졌으며, 너무 갑작스러운 일이고 당장 마땅히 대체할 사람이 없는 판에 마침 그녀가 주인의 눈에 띄었으며 그녀도 그에 맞춰 잘 보이려고 했었다. 그 당시 그녀는 이전의 그 누구보다도 K를 사랑했다는 것, 그녀는 몇 달이고 아래에 있는 그녀의 옹색한 방에서 지내며 여러 해를, 그리고 재수가 없으면 평생을 주목받지 못하고 지낼 판이었는데 갑자기 영웅이며 처녀 해방자인 K가 나타나 승진 길을 터주었던 것이다. 물론 그는 그녀에 대해 아무것도 몰랐으며 그녀 때문에 그렇게 한 것도 아니었지만 그녀의 감사하는 마음까지 막진 못했다. 그녀가 채용되기 전날 밤 ―채용 문제는 아직 확실하지 않았지만 가능성이 컸다― 그녀는 몇 시간을 그와 이야기하며, 그에게 고맙단 말을 귀에 대고 속삭였다. 그의 행위가 그녀의 눈에 우러러보인 것은 그가 귀찮게 떠안은 짐이 바로 프리다였기 때문이다. 그가 페피를 끌어올리기 위해 프리다를, 못생기고 나이 들어보이고 마른데다 짧고 숱이 적은 머리칼을 가진 계집애를 자기 애인으로 삼은 데에는 생각조차 못할 이타적인 점이 있었다. 게다가 앙큼한 계집으로 늘 뭔가 비밀을 갖고 있는데 그건 그녀의 생김새와도 관계가 있을 것이다. 얼굴이나 몸에도 의심할 여지 없이 초라한 빛이 감도는 것을 보면 적어도 다른, 클람과 통하는 사이라는 둥, 틀림없이 아무도 확인할 수 없는 비밀을 갖고 있다. 그리고 그때 페피에게는 이런 생각도 떠올랐다. K가 정말로 프리다를 사랑하는 것일까, 잘못 생각하고 있거나 혹시 그냥 프리다만 속이고 있고 그 유일한 결과가 단지 페피의 승진인데 그때 K가 오류를 깨닫거나 아니면 아예 그걸 숨길 마음조차 없는 건 아닌지, 그리고 이제 프리다를 만날 마음은 없고 페피만 보려는 게 아닌지, 이건 결코 페피의 광적인 공상이 아니다, 그녀가 여자 대 여자로서 프리다와 아주 시원하게 겨룰 수 있다는 걸 부정할 사람은 아무도 없을 테니까. 프리다는 무엇보다도 지위가 있었으며 거기에 광채를 더할 줄 알았는데 K는 순식간에 그것에 현혹되었던 것이다. 그러자 페피는, 만일 그녀가 그 지위를 갖게 되어 K가 그녀에게 사정하러 오면 그의 청을 받아주고 일자리를 잃거나 그를 물리치고 계속 올라가든가 선택을 할 수 있게 되는 상상을 했었다. 그래서 그녀는 속으로 모든 걸 단념하고 자신을 낮추어 그에게 프리다에게선 결코 경험할 수 없는 그리고 세상의 고위직과는 상관없는 사랑을 가르치리라 마음먹었다. 그런데 이후 일이 그렇게 되질 않았다. 그럼 뭐가 잘못이었을까? 무엇보다 K, 그리고 다음으로는 당연히 프리다의 간교함 때문이었다. 먼저 K부터. 그는 무얼 원하지, 웬 이상한 사람이지? 무엇을 추구하며 무슨 중요한 일이 그의 관심을 붙잡아 무엇보다 가깝고 좋고 아름다운 것을 잊도록 한 것일까? 페피는 희생자이며 모든 게 어리석고 모든 게 끝난 상태이며 누가 헤른호프를 몽땅 불질러, 난로에서 종이가 타듯이 흔적도 남지 않게 완전히 태워버릴 수가 있다면 그는 오늘 페피의 애인으로 선택될 텐데. 그래, 페피는 그러니까 오늘로 나흘 전, 점심 먹기 조금 전에 바로 왔다. 여기 일은 쉽지가 않고 사람을 죽일 정도로 힘들지만 얻을 수 있는 것도 적지 않다. 페피는 전에도 되는 대로 산 것은 아니었으며 대담한 생각을 갖고 이 자리를 욕심 낸 적이 전혀 없다고는 해도 많은 관찰을 해 그게 실제 뭐 하는 데인지 알았으며 준비 없이 그 자리를 맡은 건 아니었다. 준비 없이는 결코 맡을 수 없는 일로, 그랬다간 몇 시간도 안 되어 잃게 된다. 더구나 여기서 객실하녀식으로 처신하려 한다면. 객실 하녀로 지내면 차츰차츰 완전히 자신을 상실하고 잊어버리는 느낌이 들며 마치, 적어도 비서들이 있는 복도에서만은, 광산에서 일하는 것 같다. 거기선 며칠이고 이리저리 스쳐가며 쳐다볼 생각도 않는 소수 민원인 외에 다른 객실하녀 두셋을 제외하면 아무도 없으며 이들도 비참하긴 마찬가지다. 아침에는 전혀 방에서 나올 수 없는데 이때는 비서들이 자기들끼리만 있으려 하며 식사는 하인들이 부엌에서 갖다 주기 때문에 객실 하녀들은 으레 할 일이 없이 지낸다. 식사 시간 중에는 복도에 나타나서도 안 되고. 객실 하녀들은 나리들이 일하는 동안에는 방 정리를 해도 되는데 물론 사람이 없는, 방금 빈방들에 한한 것이며 이 일은 나리들의 일에 방해되지 않도록 아주 조용히 해야만 한다. 그러나 나리들이 여러 날을 방에 묵고 게다가 하인들, 이 더러운 놈들마저 거기서 왔다갔다해 마지막으로 객실 하녀에게 비워준 때에는 방이 대홍수로도 결코 깨끗이 되지 않을 상태인데 어떻게 소리 없이 치울 수가 있겠는가. 정말이지, 높은 분들이지만 그들이 나온 뒤 청소를 하려면 굳세게 메스꺼움을 이겨내야 한다. 객실 하녀들의 일이 지나치게 많은 건 아니지만 일 자체는 거칠다. 그리고 좋은 말은 없고 늘 질책뿐이다. 특히 괴롭고 자주 나오는 질책은——청소 중에 서류가 없어졌다는 말. 실제로 뭔가가 없어지진 않는다. 모든 종이쪽은 주인에게 넘겨주는데 서류가 없어지기도 하지만 꼭 하녀들 때문은 아니다. 그래서 위원회에서 나오면 하녀들은 방을 나와야 되고 위원회에서 침대를 뒤진다. 하녀들은 개인 소유물이 없으며 몇 안 되는 물건이 구럭에 있는데도 위원회는 몇 시간을 뒤진다. 물론 아무것도 나오지 않는다. 서류가 어떻게 그곳에서 나타나겠는가? 서류를 가지고 하녀들이 뭘 한다고? 하지만 결과는 언제나 주인을 통해 전달되는 실망한 위원회 쪽의 욕설과 협박뿐이다. 그리고 평온한 때가 없다——밤이나 낮이나. 한밤중까지 소란한가 하면 새벽부터 다시 시끄럽다. 적어도 거기서 살지 않아도 된다면 좋겠는데, 그래야 하니. 짬짬이 주문에 따라, 특히 밤에, 부엌에서 먹을 것을 나르는 건 객실 하녀의 일이니까. 늘 느닷없이 객실 하녀 방을 주먹으로 두들기고, 주문을 받아 적고, 부엌으로 달려 내려가고, 자고 있는 주방 급사들을 흔들어 깨우고, 객실 하녀 방문 앞에 쟁들을 주문받은 것과 함께 내놓으면 하인들이 가져가고──그 모든 게 얼마나 한심스러운지. 하지만 가장 고약한 건 그게 아니다. 가장 고약한 건 앞서 말한 것처럼 한밤중에, 모두가 자야 되고 사람들이 대개 자고 있을 무렵 누군가가 객실 하녀 방문 앞을 이따금씩 살금살금 돌아다니기 시작하고, 주문은 오지 않을 때이다. 이때는 하녀들이 침대에서 내려와──침대는 위아래로 포개져 있어 거기는 어디나 비좁다. 하녀들 방 전체는 사실 서랍이 셋 달린 장롱이나 다름없다──문에 대고 엿듣다가 꿇어앉아 불안한 마음에 서로 껴안는다. 그리고 문 앞에선 계속 누가 어정대는 소리가 들리고. 누군지 차라리 그만 들어왔으면 좋으련만 아무 일도 일어나지 않고 아무도 들어오질 않는다. 그러면 여기에 꼭 어떤 위험이 닥친 것이 아니고 누가 문 앞에서 왔다갔다하며 주문을 할까 망설이다 결정할 수가 없어 그런다고 생각할 수밖에 없다. 어쩌면 그런 것일 뿐인데 혹 아주 다를지도 모르겠다. 본디 나리들을 아는 것도 아니고 별로 보지도 않았으니. 어쨌든 그 안에서 하녀들은 불안해 죽을 지경이며 그러다가 밖이 드디어 조용해지면 다시 침대로 올라갈 기운이 없어 벽에 기댄 채로 있다. 이런 생활이 다시 페피를 기다리고 있는 것이다. 오늘 저녁에 다시 하녀 방으로 돌아가기로 되어 있다. 왜? K와 프리다 때문에. 거기서, 비록 K에게 힘입은 바도 있지만 또한 나름대로 노력해 빠져 나왔는데, 나온 지 얼마 되지도 않아 다시 그 생활로 돌아가야 하다니. 하녀들이 거기서 근무하다 보면, 아무리 정성스러운 사람도, 자신을 돌보지 않기 때문이다. 누구를 위해 모양을 낸단 말인가? 기껏해야 주방 종업원말고는 아무도 그녀들을 보지 않는데. 그래도 괜찮다면 치장을 하라지. 보통 때에는 항상 자기네 골방에나 있고 나리들 방에 깔끔한 옷으로 들어가는 것도 무분별한 짓이고 낭비일 뿐인데. 그리고 늘 인공 조명과 탁한 공기에──끊임없이 불을 때고——그래서 사실 항상 피곤하고. 주중에 일이 없는 오후 시간은 부엌의 아무 칸막이 방에서 조용히 마음 편하게 잠자며 보내는 게 제일이다. 그러니 치장이 무슨 소용인가? 그래, 잘 입지도 않는데. 이런 판에 갑자기 페피가 정반대로 해야 살아 남을 수 있는 바로 자리를 옮기게 되었던 것이다. 거기는 늘 사람들, 그 중에도 까다롭고 주의 깊은 분들이 지켜보기 때문에 되도록 항상 점잖고 산뜻하게 보이도록 해야 했다. 말하자면 일종의 전환점이었다. 그 점에서 페피는 자신에 대해 아무것도 소홀히 하지 않았다고 할 만하다. 나중에 어떻게 될지는 걱정되지 않았다. 그녀는 자신에게 그 자리에 필요한 능력이 있음을 알고 자신 만만했고 그 확신은 지금도 마찬가지며 아무도 그녀에게서, 그녀가 패배한 오늘 역시, 그걸 빼앗을 수는 없다. 다만 맨 처음 자신을 어떻게 보여주느냐가 어려웠다. 그녀는 옷가지와 장신구라곤 없는 가난한 객실 하녀였는데 나리들은 참고 발전하는 걸 기다려주는 것이 아니라 과도기도 없이 곧 적당한 바 담당 아가씨가 나타나길 원하며 그렇지 않으면 외면하는 것이다. 프리다가 만족시킬 수 있었으니 그들의 요구가 대단하지 않을 거라고 생각할 수도 있다. 그러나 그건 맞지 않다. 페피는 그걸 여러 번 곰곰이 생각해봤으며 가끔 프리다와 만나 얼마 동안 같이 자기도 했다. 그러나 그녀에게서 뭘 알아내기란 쉽지 않았으며 아주 주의하지 않으면——그러나 도대체 어떤 분들이 크게 신경을 쓴단 말인가?——금방 헷갈리곤 했다. 프리다가 얼마나 볼품없이 생겼는지는 누구보다 그녀 스스로 더 잘 알고 있다. 가령 그녀가 머리를 푸는 모습을 처음 보면 동정심에서 두 손을 모으게 된다. 제대로 되었다면 그런 여자애는 결코 객실 하녀도 될 수 없을 정도니까. 그녀 역시 그걸 알고 있고 그 때문에 여러 날 밤을 페피에게 기대어 페피의 머리칼로 자기 머리를 감싸며 울었다. 하지만 근무 중에는 모든 의심이 사라져 그녀는 자신을 누구보다 아름다운 여자로 여기며 사람마다 그런 느낌을 갖도록 하는 적절한 요령을 안다. 그녀는 사람을 잘 알며 그것은 그녀만이 지닌 기술이다. 그리고 사람들이 그녀를 더 자세히 살펴볼 시간이 없게 하려고 얼른 거짓말을 하고 눈을 속인다. 물론 그게 장기간 통하지는 않는다. 사람들도 눈이 있으며 결국 옳은 것이 드러날 테니까. 그러나 그런 위험을 알아채는 순간에는 다른, 최근에는 그녀와 클람과의 관계 같은, 수단이 준비되어 있다. 클람과 그녀의 관계! 믿어지지 않으면 확인해볼 수 있을 테니 클람에게 가서 물어보라. 얼마나 교활한지, 얼마나 교활한지. 그리고 당신이 가령 그걸 문의하러 클람에게 갈 생각도 못하고 굉장히 중요한 질문이 있는데도 클람을 면회하는 게 허용되기는커녕 그와 완전히 차단되어 있다면――당신이나 당신 같은 사람에게만 그렇지 프리다의 경우는 언제든지 원할 때마다 그에게 뛰어 들어간다――만일 그렇다면 그래도 그 문제를 확인할 수가 있다. 그냥 기다리기만 하면 된다. 클람이 그런 엉터리 소문을 오래도록 놔두지는 않을 것이며 틀림없이 바와 객실에서 자신에 대해 뭐라고들 하는지 알고 싶어 안달이 나 있을 테니. 이 모든 게 그에게는 아주 중요하며 그게 엉터리이면 곧 바로잡을 것이다. 그러나 그가 고치지 않으면 고칠 게 없는 그야말로 사실인 것이다. 사람들이 보는 것은 프리다가 맥주를 클람의 방에 나르고 돈을 받아 다시 나오는 것뿐인데 프리다가 사람들이 보지 못한 것을 가지고 이야기하면 그녀를 믿을 수밖에. 그런데 그녀는 그걸 얘기조차 않으며 그런 비밀은 함부로 지껄이지도 않는다. 아니, 그녀 주위에서 비밀을 저절로 지껄이게 하며 일단, 그렇게 모조리 지껄이고 나면 이제 그녀도 스스럼없이 그에 대해, 그러나 조심스럽게 말을 하는데 뭘 내세우지는 않으며 이미 일반적으로 알려진 것만 언급한다. 전부 말하는 게 아니다. 이를테면 그녀가 바에 온 이후 클람이 전보다 맥주를 덜 마신다, 크게 줄진 않았지만 현저하게 줄었다 같은 말은 하지 않는다. 여러 가지 이유가 있을 수 있다. 클람에게 맥주 맛이 덜한 시기가 왔든지 아니면 프리다에게 빠져 맥주 마시는 걸 잊을 수도 있다. 아무튼 그게 아무리 이상하다 해도 프리다는 클람의 애인이다. 클람을 만족시키는데 어찌 다른 사람들을 감탄시키지 못하겠는가. 이렇게 해서 프리다는 순식간에 대단한 미인이, 바에서 꼭 필요한 아가씨가 되었으며 너무나 아름답고, 너무나 세도 있어 바에 있긴 아까울 정도이다. 그리고 실제로 사람들 눈에도 그녀가 여전히 바에 있는 게 이상해보이고. 바의 여급이라는 건 대단한 것이다. 그럼으로써 클람과의 연줄이 매우 신빙성 있게 보인다. 그러나 바 여급이 클람의 애인이라면 그는 왜 그녀를 바에, 그것도 아주 오래 놔두는 것일까? 왜 더 높은 자리로 끌어올리지 않을까? 사람들에게는 수천 번이고 그 점에선 아무 모순이 없다, 클람이 그렇게 하는 확실한 이유들이 있다, 아니면 언젠가 갑자기, 바로 다음이라도 프리다가 승급될 거라고 말할 수는 있는데 결국 거의 효과가 없다. 사람들은 특정한 관념을 갖고 있어 어떤 수를 써도 장기적으로 생각을 다른 데로 유도할 수는 없다. 프리다가 클람의 애인이라는 점을 의심한 사람은 없었으며 사정을 더 잘 알 법한 자들도 의심하기엔 이미 너무 지쳐 있었다. 그들은 "빌어먹을, 클람의 애인이라 하지" 하며 "그게 확실하면 네가 승진하는 것도 보고 싶군" 하고 생각했다. 하지만 아무 낌새가 없었으며 프리다는 여전히 바에 남아 있으면서 속으로는 그대로 있는 것을 아주 기뻐하고 있었다. 그러나 그녀는 사람들에게서 위신을 잃었으며 그녀가 그걸 눈치 못 챌 리 없었다. 그녀는 평소 무슨 일이 있기 전에 그걸 알아챈다. 정말로 아름답고 사랑스러운 여자라면 일단 바 일에 익숙해졌으면 어떤 재간도 부릴 필요가 없다. 아름다움이 지속되고 특별히 불행한 사고만 일어나지 않으면 바의 여급으로 있게 되는 것이다. 그러나 프리다와 같은 여자는 계속 자기 자리 때문에 신경을 써야 되는데 영리하게 그걸 내비치지 않고 오히려 늘 한탄하며 그 자리를 저주한다. 하지만 그녀는 남몰래 분위기를 끊임없이 살핀다. 그리하여 그녀는 사람들이 얼마나 무관심해졌는지 알게 되었다. 프리다의 출현은 이제 거들떠볼 가치조차 없었으며 하인들도 그녀에게 신경을 쓰지 않고 약삭빠르게 올가와 같은 또래 여자애들에게 매달렸으며 주인의 태도에서도 그녀의 필요성이 점점 약해짐을 느꼈다. 늘 새로운 클람 이야기를 꾸며댈 수도 없는 것이 모든 게 한계가 있었던 것이다—그래서 프리다는 뭔가 새로운 걸 하기로 결심했다. 그러나 누가 그걸 간파할 수 있었겠는가! 페피는 그걸 어렴풋이 느끼긴 했지만 간파하진 못했다. 프리다는 스캔들을 만들려고 마음먹었다. 클람의 애인이 아무나, 가능한 아주 미천한 자에게 몸을 던진다. 그러면 주목을 받고 오랫동안 화제가 되며 마침내, 드디어 클람의 애인이 뭔지 그리고 그 명예를 새로운 사랑에 도취해 내던지는 게 무슨 뜻인지 다시 생각해내고. 다만 함께 이 교활한 연극을 할 만한 적임자를 찾는 게 어려웠다. 프리다가 아는 사람은 안 되며, 특히 하인들은 절대로 안 되었다. 그런 자는 눈을 크게 뜨고 그냥 지나갈 것이며 무엇보다 진실성을 보장할 수 없어 아무리 말재간이 좋아도 갑자기 이런 자에게 습격을 당해 무의식중에 정복당했다고 소문을 퍼뜨리기는 불가능했을 터였다. 그리고 미천한 자일 경우 비록 태도는 둔하고 세련되진 않아도 오로지 프리다를 연모하고—아이구 맙소사!—프리다와 결혼하는 것보다 높은 욕망이 없을 거라고 믿을 만한 자라야 되었다. 그러나 보통 사람도 괜찮다면 하인보다 더 낮은, 아니 훨씬 낮은 자로서 모든 처녀의 비웃음만 살 것이 아니라 그와 달리 판단력이 있는 계집애라면 그에게서 한 번쯤 매력을 느낄 수도 있는 자라야 했다. 그런데 그런 사람을 어디서 찾지? 다른 여자애라면 그를 찾는다고 평생을 허비했을 텐데 행운의 여신은 아마 프리다가 그 계획을 처음으로 생각한 바로 그 저녁에 측량사를 데려다 준 것이다. 측량사! 그래, K는 뭘 생각할까? 머리 속에 뭔가 특별한 생각이라도 있는가? 뭔가 대단한 걸 얻으려고? 좋은 일자리, 예우를? 그런 걸 원할까? 그렇다면 그는 애초부터 다른 식으로 시도해야만 했다. 그는 아무튼 아무것도 아니며 그의 처지는 딱하기 짝이 없다. 측량사라는 건 상당한 것으로 그는 무언가 배웠다는 말이다. 그러나 그걸로 아무것도 시작할 수 없다면 그 역시 아무 소용 없는 것이다. 그런데 그러면서도 그는 이런저런 요구를 한다. 아무런 거침 없이, 요구를. 노골적이지는 않지만 뭔가 요구하는 게 느껴지니 부아가 나지. 그는 객실 하녀라도 그와 오래 이야기하면 체면을 구긴다는 사실을 모르는 것일까. 그런데 그는 이 모든 유별난 요구들을 지닌 채 바로 첫날 저녁에 털썩하고 험한 함정에 빠진다. 부끄러운 줄이나 알까? 대체 프리다의 어떤 점에 그토록 매료된 것일까? 이제 그걸 털어놓을 수도 있으련만. 그녀는 그렇게 야위고 누르퉁퉁한데, 정말로 그의 마음에 들었을까? 아, 아니야, 그가 그녀를 본 일은 전혀 없는데 그녀가 그에게 클람의 애인이라고 한마디하자 그게 그에게 신선하게 부각되면서 그는 끝장이었다. 그러나 그녀는 이사를 해야 했다. 이제 헤른호프에는 자리가 없었던 것이다. 페피는 그녀를 이사하기 전에도 보았는데 종업원들이 모여들고 모두가 그 광경을 보려고 안달이었다. 그때도 그녀의 세도가 큰 탓인지 모두, 그녀의 적들까지도 그녀를 안타까워했으며, 이렇게 처음부터 그녀의 계산은 들어맞았던 것이다. 모두들 그런 남자에게 자신을 내던졌다는 게 이해할 수 없다는, 운명의 일격이라는 표정이었으며 바의 여급이라면 찬탄해 마지않는 주방의 어린 소녀들은 어떻게 달랠 수가 없었다. 이에 페피도 마음이 움직였으며 원래 그의 관심은 다른 데 있었지만 그것만은 도저히 막을 수가 없었다. 그녀는 프리다가 슬픈 기색을 전혀 내비치지 않는 게 이상했다. 사실 그녀에겐 엄청난 불행이 닥쳤으며 그녀도 매우 비통한 것처럼 행동했지만 그러나 그걸로는 어림도 없었으며 그런 연극으로 페피를 속일 수는 없었다. 무엇 때문에 그녀는 그렇게 떳떳할까? 혹시 새로운 사랑의 행복 때문일까? 글쎄, 그런 건 고려할 가치도 없다. 그럼 무엇일까? 당시 그녀의 후임자로 여겨지던 페피에게 평소 때처럼 의례적으로 대하는 힘은 어디서 난 것일까? 당시 페피는 그걸 곰곰이 생각해볼 시간이 충분하지 않았으며 새 일자리와 관련된 준비로 할 일이 너무 많았다. 그녀는 몇 시간 안에 취임하기로 되어 있었지만 미처 머리 매무새도 예쁘게 만지지 못했고 우아한 옷, 고운 속옷, 신을 만한 신발도 없었다. 그 모든 걸 몇 시간 안에 마련해야 했으며 제대로 갖출 수가 없으면 아예 그 자리를 포기하는 게 나았다. 준비 없이는 틀림없이 반시간도 안 되어 일자리를 잃을 것이기 때문이었다. 하여간 일부는 갖출 수가 있었다. 그녀는 머리를 매만지는 것에는 특별한 재능이 있어 언젠가 여주인도 그녀를 불러 머리를 매만지게 한 적이 있었는데 그건 아주 손쉬운 일이었으며 그녀의 풍성한 머리도 그냥 원하는 대로 말을 들었다. 옷에 대해서도 곧 도와주는 사람이 나타났다. 두 동료가 의리를 지켰는데, 자기네들 가운데 누가 바의 여급이 되면 그들로서도 뭔가 영예로운 일이기 때문이며 또 나중에 페피가 힘을 얻으면 그들에게 이득을 줄 수도 있었다. 여자애 중 하나는 오래 전부터 비싼 천을 그냥 갖고 있었다. 그것은 그녀의 보물로서, 그녀는 종종 그걸 다른 애들에게 보이며 감탄을 자아내게 해왔으며 그걸 언젠가 자신을 위해 멋지게 쓸 꿈을 갖고 있있는데──정말 착하게도──이제 페피가 그걸 필요로 하자 그걸 그녀에게 내주었다. 그리고 두 사람은 자진해서 바느질을 도와주었는데 자기 일로 바느질을 하더라도 그보다 더 열심일 수가 없을 정도였다. 그것은 매우 즐겁고 행복한 일이기도 했다. 그들은, 각자 자기네 침대에, 층층이 앉아 바느질을 하고 노래를 부르며 완성된 부분과 부속품들을 위아래로 건네주곤 했다. 페피는 모든 게 허사가 되어 빈손으로 다시 친구들에게 돌아갈 일을 생각하면 가슴이 더욱 무거웠다. 이 무슨 불행인지 그리고 얼마나 어처구니없게 벌어진 일인지, 특히 K 때문에. 그 당시 다들 옷을 보고 얼마나 기뻐했는데. 그건 성공의 보증 같았으며 나중에 리본을 달 자리가 나타나자 마지막 미심쩍은 마음도 사라졌다. 그리고 정말이지 예쁜 옷이지 않는가? 지금은 구겨지고 좀 얼룩이 졌는데 페피는 다른 옷이 없어 밤낮으로 이걸 입어야 했었다. 그러나 지금도 역시 멋져보이며 그 빌어먹을 바르나바스네라도 결코 더 좋은 걸 내보일 수는 없을 것이다. 그리고 마음대로, 위아래로, 조였다 다시 늘일 수 있어 옷은 하나지만 많은 변화를 줄 수 있다는 게 특별히 좋은 점이며 그건 그녀가 고안한 것이다. 또 혼자 꿰매기도 어렵지 않다. 자랑이 아니다. 젊고 건강한 여자애에게는 모든 게 맞는다. 속옷과 구두를 마련하는 일은 훨씬 어려웠으며 사실 여기서 실패가 시작되었다. 여기서도 친구들이 할 수 있는 데까지 거들어주었지만 큰 도움이 되지는 못했다. 그래보았자 짜 맞춰 기운 조악한 속옷과 뾰족구두 대신 내보이기보다는 감추고 싶은 실내화뿐이었다. 주위에서 페피를 위로했다. 프리다 역시 썩 잘 차려입은 편은 아니며 이따금 칠칠치 못한 차림으로 돌아다니는 바람에 손님들이 그녀 대신 차라리 급사들에게 시중을 들도록 했었다. 이건 사실이며 프리다는 그래도 괜찮았다. 그녀는 이미 총애와 높은 지위를 누리고 있었다. 귀부인이 어쩌다 지저분하고 너절한 차림으로 나타나면 더 매혹적이지만 페피와 같은 신참은? 그런데 프리다는 정말 옷을 입을 줄 몰랐으며 미적 감각과는 담을 쌓고 있었다. 원래부터 피부가 누르스름하면 그대로 살 수밖에 없는 것이지만 그러나 프리다처럼 거기에 깊게 파인 크림색 블라우스를 입어 온통 노란색 투성이로 만들어 시선이 비켜가도록 해서는 안 된다. 그런 일이야 없었다 해도 그녀는 사실 너무 인색해서 잘 차려입지 않았다. 번 것은 모두 저축했는데 어디에 쓰려는 것인지는 아무도 몰랐다. 근무하는 데 돈이 필요하지는 않았으며 거짓말을 하거나 요령을 잘 부렸는데 페피는 그대로 따라 하기를 원하지도 그리고 그렇게 할 줄도 몰랐으며 그렇기 때문에 자신을 내보이기 위해, 아예 처음부터, 그렇게 치장하는 것이 당연했던 것이다. 그녀가 더 좋은 수단을 이용할 수만 있었더라면 프리다가 아무리 교활하고 K가 아무리 바보스럽다고 해도 승리자로 남았을 것이다. 시작도 매우 좋지 않았던가. 필요한 몇 가지 취급법과 지식은 이미 전에 들어서 알고 있었다. 그녀는 바에 오자마자 이미 거기에 적응된 상태였다. 일하는 동안 프리다가 없다고 찾는 사람은 아무도 없었다. 둘째 날이 되어서야 몇 사람이 프리다는 대체 어디 있느냐고 물었던 것이다. 실수는 없었으며 주인은 흡족해했다. 첫날에는 걱정이 되어 줄곧 바에 있었는데 나중엔 그저 가끔씩 나타날 뿐이었으며 계산에 이상이 없자—평균 입금이 프리다 때보다도 더 많았다—마침내 모든 걸 다 맡겨버렸다. 그녀는 개혁을 시행했다. 프리다는 부지런해서가 아니라 욕망, 권세욕, 누구에게 자기 권한이 조금이나마 양도되지 않을까, 하는 불안 때문에, 특히 누가 바라보면, 일부 하인들까지 감시했다. 그렇지만 페피는 이 일에 급사들이 훨씬 적합한 점도 있어 그들에게 전부 맡겨버렸다. 그 덕분에 남자 손님들을 위한 시간이 더 많아져 손님 시중이 신속해졌으며 그러면서도 모든 사람들과 몇 마디 말까지 나눌 수 있었다. 오로지 클람을 모신다는 허울로 다른 사람의 말이나 접근을 모두 클람에 대한 모욕으로 간주한 프리다와는 달랐다. 하긴 그렇게 하는 게 영리한 짓이기도 했다. 언젠가 누가 접근하도록 해줬을 때 그건 굉장한 선심이 되었던 것이다. 하지만 페피는 그런 요령을 싫어했으며 초기에는 그런 걸 부릴 수도 없었다. 페피는 누구에게나 친절했으며 누구나 그녀에게 친절로 보답했다. 모두들 변화에 대해 좋아하는 기색이었다. 일에 녹초가 된 나리들이 간신히 짬을 내 맥주를 마실 때면 말과 시선, 어깨를 으쓱거려줌으로써 그들을 확 달라지게 할 수 있다. 모두들 열렬히 손으로 페피의 곱슬머리를 쓰다듬는 통에 그녀는 하루 십여 차례나 머리 매무새를 다듬어야 했다. 아무도, 더구나 평소 매우 조심성이 없는 K는 결코, 이 곱슬머리와 나비 리본의 매혹을 견뎌내지 못한다. 이렇게 해서 떠들썩하고 수고스러운, 그러면서도 보람있는 날들이 흘러갔다. 날짜가 그렇게 빨리 흘러가지 않고 며칠만 더 있었더라면 좋았을 텐데! 기진맥진할 정도로 노력하더라도 사흘은 너무 짧았다. 사람들 눈빛을 다 믿어도 된다면 페피는 사흘 만에 후원자와 친구들을 얻은 것이며 그녀가 맥주잔을 갖고 올 때는 마치 우정의 바다를 헤엄치는 것 같았다. 브라트마이어라는 서기는 그녀에게 반해 이 목걸이와 장신구를 선물했는데 장신구에는 대담하게도 그의 사진이 들어 있었고——이런저런 일들이 있었지만 그러나 사흘뿐, 사흘이면 프리다가 거의 잊혀질 수는 있겠지만 페피가 전력을 기울여도 완전히 잊혀질 수는 없다. 그러나 그녀가 미리 손을 써 거창한 스캔들을 통해 그녀의 이야기가 사람들 입에서 떠돌게만 하지 않았다면 그녀는 어쩌면 더 이전에 잊혀졌을 텐데, 그로 말미암아 사람들에게 새로운, 단지 호기심에서 다시 보고 싶은 존재가 되었다. 그들에게 넌더리가 날 만큼 지겹던 것이 아무 상관 없는 K의 공헌으로 다시 매력을 갖게 되었지만 페피가 엄연히 있어 그녀의 존재를 느끼는 동안에야 그녀를 희생시키지 않았을 텐데 거의가 나이 지긋한, 습관에 젖어 답답한 나리들이라 비록 교체가 유리하더라도 새로 온 바의 여급에 익숙해질 때까지 며칠, 나리들의 본뜻과는 반대로 며칠이 걸리니, 닷새만 되어도 모르겠지만 사흘로는 충분치 못했다. 페피는 아무래도 임시직으로밖에는 대우받지 못했다. 그리고 가장 큰 불운일 듯싶은데, 클람이 이 사흘 가운데 처음 이틀을 마을에 있었는데도 객실에는 내려오지 않았던 것이다. 그가 왔더라면 페피에게 결정적인 시험이 되었을 텐데, 더구나 그녀는 시험을 두려워하기는커녕 오히려 기꺼워했을 텐데. 그녀는——그런 일에 대해선 아무런 언급도 않는 게 제일인데——클람의 애인이 되거나 그렇다고 능갈치지도 않았을 테지만 적어도 프리다만큼 상냥하게 맥주컵을 식탁에 놓을 줄 알고 프리다처럼 당돌하게 구는 일 없이 귀엽게 인사하고 떠났을 것이다. 그리고 클람이 한 여자애의 눈에서 뭔가를 찾는다면 그걸 페피의 눈에서 실컷 질릴 정도로 보았을 것이다. 그런데 왜 오지 않았을까? 우연이었을까? 페피도 그때는 그렇게 생각했다. 그녀는 이틀 동안 한순간도 쉬지 않고 그가 오기를 고대했으며 밤에도 기다렸다. 그녀는 계속 "이제 클람이 오겠지" 하고 생각하고 별다른 이유 없이 다만 그가 들어오는 걸 맨 처음 보겠다는 기대와 욕심에 불안한 나머지 이리저리 뛰어다녔다. 이렇게 계속되는 실망으로 그녀는 몹시 지쳤으며 그 때문에 그녀가 할 수 있는 만큼 일을 수행할 수 없었는지도 몰랐다. 조금 시간이 나면 그녀는 살금살금 종업원의 출입이 엄격하게 금지되어 있는 현관으로 가서 벽감에 몸을 숨기고 기다렸다. "지금 클람이 오겠지" 하며 그녀는 "그분을 방에서 나오게 해 내 팔에 안고 객실로 데리고 갈 수만 있다면. 무겁기야 하겠지만, 그 무게에 내가 쓰러지진 않을 거야"하고 생각했다. 하지만 그는 오지 않았다. 여기 위의 현관이 얼마나 조용한지는 거기 가보지 않은 사람은 상상조차 할 수 없다. 어찌나 조용한지 도무지 거기서 오래 기다릴 수 없으며 적적해서 붙어 있을 수가 없다. 그러나 페피는 거듭거듭, 열 번 쫓겨나면 열 번을 다시 올라갔다. 그것은 무의미한 일이었다. 클람은 오고 싶으면 올 것이다. 그러나 그가 올 마음이 없다면 설혹 페피가 벽감에서 심장이 뛰는 통에 숨이 반쯤 막히더라도 그를 꾀어내지는 못할 것이다. 그건 무의미했다. 그러나 그가 오지 않으면 모든 게 거의 무의미했다. 그런데 그는 오지 않았다. 오늘 페피는 왜 그가 오지 않았는지 알았다. 만일 프리다가 저 위 현관의 벽감에서 두 손을 가슴에 대고 있는 페피를 볼 수 있었다면 굉장히 재미있어했을 것이다. 클람이 내려오지 않은 건 프리다가 못하게 했기 때문이었다. 그녀가 부탁해서 그렇게 된 건 아니었다. 그녀의 청이 클람에게 들어가지는 않는다. 그러나 이 거미는 아무도 모르는 연줄이 있다. 페피는 손님에게 뭘 말할 때 옆 식탁에서도 들을 수 있게 내놓고 말을 한다. 프리다는 아무 말도 없이 맥주를 식탁에 놓고 가면 유일하게 그녀가 돈을 들이는 비단 속옷만이 바스락거릴 뿐이다. 그러나 일단 무슨 말을 하면 내놓고 하지 않고, 몸을 굽혀, 손님에게 속삭이며 그러면 옆 식탁에서 귀를 쫑긋 세우기 마련이다. 그녀가 하는 말이 중요하지는 않지만 꼭 그런 것도 아니다. 그녀에겐 연줄이 있는데 하나를 다른 것으로 떠받쳐주어 대다수가 어그러져도—누가 항상 프리다를 돌봐주겠는가?—가끔 하나는 꼭 붙잡고 있다. 그녀는 이 연줄을 이용하기 시작했는데 그 기회는 K가 주었다. K는 그녀 옆에 앉아 그녀를 지키며 집에 머무르지 않고 돌아다니며 여기저기서 교섭을 하고 온갖 일에 관심을 갖고 있으면서도 프리다에 대해서는 소홀히 하다가 마침내 그녀에게 자유를 주려고 브뤼켄호프에서 아무것도 없는 학교로 이사한다. 이 모든 게 멋진 신혼 생활의 시작인 셈이다. 그건 그렇고, 페피는 결코 K가 프리다 곁에서 참고 견디지 않았다고 비난할 사람은 아니다. 그녀 곁에서는 배길 수가 없는 것이다. 그는 그런데도 왜 깨끗하게 그녀를 떠나지 않았을까, 왜 항상 그녀에게 돌아갔으며 왜 돌아다니면서 그녀를 위해 싸우고 있다는 인상을 주었을까. 그는 프리다와 관계를 맺음으로써 비로소 자신이 사실 아무것도 아님을 알고 프리다에게 걸맞은 사람이 되려고, 어떻게든 높이 오르려고 애쓰는 것 같았으며 아쉬움이 남더라도 나중에 편안히 메우기로 하고 당분간 동거를 포기했다. 그러는 사이에 프리다는 시간을 그냥 보내지 않고 학교에 앉아——아마 그녀가 K를 그리로 끌고 갔을 것이다——헤른호프를 주시하며 K를 지켜본다. 그녀 가까이에는 뛰어난 심부름꾼으로 K가 그녀에게 완전히 맡긴——설사 K를 아는 사람도 이해가 안 가는, 이해되지 않는 일이다——조수들이 있다. 그녀는 그들을 자신의 옛 친구들에게 보내 자신을 기억나게 하고 그녀가 K와 같은 남자에게 사로잡혀 있다고 하소연하는가 하면 페피에게 반감을 갖도록 선동하고 곧 그녀가 온다고 알리며 도움을 청하고 클람에게 아무것도 이르지 말라고 애원하며 클람은 보호되어야 하므로 어떤 경우에라도 그가 바에 내려가게 해서는 안 되는 것처럼 한 것이다. 사람들에게는 클람을 보호한다고 내세운 것을 주인에게는 그녀의 성공으로 써먹으며 클람이 더 이상 오지 않을 거라는 데 주의를 환기시킨다. 아래에서 페피만 시중을 드는데 그가 어떻게 올 수 있겠느냐고. 그렇다고 주인에게 잘못이 있는 것은 아니다. 아무튼 페피가 찾을 수 있는 최상의 대역이었는데 다만 며칠 쓰기에도 적합치 않았던 것이다. 프리다의 이 모든 활동에 대해 K는 아는 게 없다. 만일 그가 나돌아다니지 않는다면 그는 영문도 모르고 그녀 발치에 누워 있고 반면에 그녀는 바에서 나와 지낸 시간을 세고 있다. 그러나 조수들은 이런 심부름꾼 일만 하는 게 아니고 K의 질투심을 일으켜 그가 호감을 버리지 않도록 한다. 프리다는 조수들과 어렸을 때부터 아는, 서로 비밀이라고는 없는 사이지만 K 덕분에 서로 연모하기 시작했으며 K에게는 그게 고귀한 사랑으로 발전하게 될 위험이 생긴 것이다. 그런데 K는 프리다를 기쁘게 하기 위해 뭐든지 다 한다. 아주 모순되는 일까지. 그는 조수들의 질투를 받고 있는데도 세 사람이 같이 있게 놔두고는 혼자서 돌아다닌다. 그러니까 그는 프리다의 세번째 조수인 거나 마찬가지이다. 그래서 프리다는 마침내 자신의 관찰을 토대로 드디어 크게 칠 마음을 먹고 돌아갈 결심을 한다. 그리고 사실 서둘러야 할 때이고. 이 약삭빠른 프리다가 그걸 알아채고 이용하는 걸 보면 기가 막힌다. 이 관찰과 결단력은 누구도 따를 수 없는 프리다만의 재능이다. 페피에게 그게 있었다면 그녀의 삶은 아주 달라졌을 것이다. 프리다가 하루 이틀만 더 학교에 머물렀더라도 페피는 쫓겨나지 않고 마침내 바의 여급이 되어 모든 사람의 사랑과 지지를 받으며 부족한 용품을 멋진 것으로 보충하기에 충분한 돈을, 하루 이틀만 더 있었다면, 벌 것이고 어떤 간계로도 클람이 객실에 드나드는 걸 막을 수 없어 그가 와 술을 마시고 기분 좋게 느끼고 프리다가 없음을 알아채도 변화에 크게 만족했을 텐데. 그저 하루 이틀이면 프리다는 그녀의 스캔들, 그녀의 연줄, 조수, 모든 것과 함께 완전히 잊혀지고 다시는 나타나지 않는 건데. 그렇다면 그녀가 K에게 더욱 세게 매달려, 그녀에게 그럴 능력이 있다는 것을 전제하는 말이지만, K에게 참된 사랑을 가르칠 수 있을까? 아니, 그것도 아니다. K라도 프리다에게 싫증이 나고 그녀가, 온갖 것을 갖고, 이른바 아름다움과 정절, 그리고 가장 많게는 클람의 사랑을 내세워, 얼마나 비열하

게 K를 속이는지를 깨닫는 데는 하루 이상 필요하지 않기 때문이
다. 그가 더러운 조수놈들과 함께 그녀를 집에서 몰아내는 데는 더
도 말고 단 하루면 되는데, K에게 더는 필요 없는데. 그런데 그녀
위에서 바야흐로 무덤이 닫히는 이 두 위험 사이에 순진한 K가 그
녀에게 마지막으로 좁은 길을 비켜주자 그녀는 몰래 달아난다. 그
런데 갑자기——이건 아무도 예상 못한 것으로 인정에 어긋나는 짓
이다——느닷없이 그녀가 아직도 그녀를 사랑하고 늘 그녀를 쫓아
다니는 K를 내몰고 친구와 조수들의 후원에 힘입어 주인에게 구조
자로 나타나는 것이다. 스캔들로 말미암아 전보다 매혹적이고, 입
증된 것처럼 미천한 자 및 고귀한 자가 탐내는, 그러나 다만 한순간
천한 자에게 잡혀 있다가 곧 규범에 맞게 그를 밀쳐내어 그를 비롯
한 모든 사람들에게 다다를 수 없는 존재가 되어. 전에는 이 모든
것에 대해 응당 의심을 품었는데 지금 다시 확인된 것이다. 이렇게
그녀가 돌아오자 주인은 곁눈질로 페피를 보며——이렇게 능력이
판명된 그녀를 희생해야 될까?——망설이지만 곧 설득되고 만다.
프리다에게는 유리한 게 너무 많은데, 특히 그녀라면 클람을 객실
손님으로 다시 데려올 수 있는 이점이 있다. 이렇게 우리는 지금 저
녁을 보내고 있다. 페피는 프리다가 와 그 자리를 인수해 개가를 부
를 때까지 기다리지 않을 것이다. 돈궤는 벌써 여주인에게 인계했
으니 가도 된다. 아래 하녀 방에 그녀가 쓸 침대칸이 마련되어 있으
며 그곳에 가면 친구들이 울고 맞으며 옷을 벗기고, 머리에서 리본
을 풀어서 괜히 잊어버리고 싶은 시절을 떠올리지 않도록, 숨겨두
기 좋은 한쪽 구석에 모두 처박아둘 것이다. 그리고 큰 양동이와 빗
자루를 들고서 이를 악물고 일을 시작할 것이다. 그러나 도와주지
않으면 K가 지금도 모든 걸 알지 못할까 봐 그리고 그가 얼마나 페
피에게 못되게 굴었는지 그리고 그녀를 얼마나 불행하게 만들었는

지 어서 똑똑히 보라고 그녀는 우선 부득이 모든 걸 얘기했다. 물론 그 역시 이 일에서 이용만 당했던 것이다.

페피가 말을 끝마쳤다. 그녀는 안도의 숨을 내쉬며 눈과 뺨에서 눈물 몇 방울을 닦고는 마치 사실이지 그녀의 불행을 두고 얘기하는 것이 아니다, 그녀는 그걸 참고 견딜 것이며 이를 위해 누구의, 특히 K의 도움이나 위로는 필요 없다, 그녀는 젊지만 인생을 알며 그녀의 불행은 그녀의 견문을 확인하는 것일 따름이다, K와 관련해서 그녀는 그에게 그의 모습을 들어 보여줄 작정이었다, 그녀의 희망이 모두 무너지고 나서 그녀는 꼭 그렇게 해야만 된다고 생각했다 하고 말하려는 것처럼 고개를 끄덕이며 K를 바라보았다.

"무슨 터무니없는 망상이니, 페피" 하고 K가 말했다. "네가 지금 비로소 알아낸 모든 일은 결코 사실이 아니야. 그건 아래에 있는 어둡고 비좁은 너희네 하녀 방에서 나온, 거기에나 제격인 몽상일 따름이야. 여기 훤한 바에서는 이상하게 보여. 그런 생각을 갖고 있었으니 네가 여기서 살아남을 수 없었지. 당연해. 네가 그렇게도 자랑하는 옷과 머리 모양도 아까 말한 너희 방의 어둠과 침대 속에서 나온 것에 지나지 않아. 그것들이 거기선 분명 매우 멋져보이지만 여기서는 그걸 보고 모두 속으로 아니면 내놓고 웃는다고. 또 무슨 이야기였더라? 내가 이용당하고 속았단 말이지? 아니야, 페피. 너나 나나 이용당하고 속은 것은 없어. 현재 프리다가 날 떠났다거나 네 표현처럼 조수 한 명과 내뺐다는 것은 맞아. 한 가닥 진실은 보고 있어. 그리고 그녀가 내 아내가 되리라는 게 매우 불확실한 것도 사실이야. 그러나 내가 그녀에게 염증이 났을 거라든가 그녀를 바로 다음날 쫓아냈을 거라든가 또는 흔히 여자가 남자를 속이듯이 그녀가 날 속였으리라는 것은 결코 사실이 아니야. 너희들 객실 하녀들은 열쇠 구멍으로 훔쳐보는 버릇이 있다 보니 실제 보는 작은 일을,

홀륭하건 엉터리건 모두, 전체로 추정해 보는 사고 방식을 갖고 있어. 그 결과 이번 경우에서 봐도 난 너보다 아는 게 훨씬 없어. 내가 너처럼 프리다가 왜 날 떠났는지 자세하게 설명한다는 건 불가능해. 가장 그럴싸한 것은 네가 건드리기만 했을 뿐 충분히 이용하지 않은, 내가 그녀를 소홀히 했다는 설명인 것 같아. 그건 유감이지만 사실이야. 난 그녀에게 소홀했어. 그러나 거기엔 여기와는 관계없는 특별한 이유들이 있었어. 그녀가 내게 돌아온다면 행복하겠지만 난 곧 다시 그녀를 등한히 하기 시작할 거야. 그렇고말고. 그녀가 내 곁에 있어서 난 끊임없이 네가 비웃은 방황을 했는데, 그녀가 가버린 지금은 거의 할 일이 없이 피곤하여 일이 더욱 줄어 완전히 없어지기를 바라는 마음이야. 내게 충고할 말은 없니, 페피?" 페피가 "아니" 하더니 갑자기 생기를 띠며 K의 어깨를 잡으며 "우리 둘은 기만당한 사람이에요. 우리 함께 있어요. 같이 여자애들 있는 데로 내려가요" 하고 말했다. K가 "네가 기만당했다고 하는 한은" 하며 말했다. "너하고 이야기가 안 돼. 넌 계속 기만당했다고 주장하는데 그래야 기분이 좋고 스스로 애처로운 마음이 들기 때문이지. 그러나 사실은 네가 그 자리에 적합지 않은 거야. 그 부적당함이 얼마나 확실하면 네 말마따나 아주 무지한 나까지 그걸 알아보겠어. 넌 착한 처녀야, 페피. 그러나 그걸 알아보기는 결코 쉽지 않아. 나도 처음엔 너를 인정없고 건방지다고 생각했는데 넌 그렇지가 않아. 다만 그 자리, 그 자리가 네게 맞지 않기 때문에 네가 혼돈에 빠진 거야. 그 자리가 네게 너무 높다는 말은 아니야. 그게 특별한 자리는 아니며 잘 살펴보면 네가 전에 있었던 곳보다 좀 영광스럽긴 하지만 대체로 차이는 크지 않아. 오히려 서로 혼동될 정도로 비슷해. 바에서보다는 객실 하녀로 있는 게 더 낫다고 할 수도 있겠어. 거기서 보는 사람은 비서들이지만 그러나 여기서는, 객실에서는 비서들의 상관들을 시중들 수도 있지만, 아주 낮은 사람들, 예컨대 나 같은 사람과도 상대해야 되기 때문이지. 나는 규칙상 바로 여기 바깥고 다른 데서 머물러선 안 되는데 나와 교제할 수 있다는 게 어찌 무한히 영예로운 일이겠어? 네게만 그렇게 보일 뿐이지만 네게 그럴 이유가 있는지도 모르지. 그러나 바로 그렇기 때문에 넌 적임자가 아니라고. 그건 다른 것과 마찬가지 자리인데 네게는 천국이지. 그 때문에 넌 지나친 열성을 내는 거야. 네 생각처럼 천사 모양으로 치장을 하고──사실 그들은 다르지만──자리 때문에 벌벌 떨고 늘 쫓기는 느낌이어서 네 견해로 널 지원해줄 만한 사람이 있으면 네 편으로 만들려고 지나치게 친절하게 대하지만 그로 말미암아 그들을 불쾌하게 하고 그들에게서 반발만 사지. 그들은 술집에서 편안히 지내고 싶은 거지 자기네 걱정에 바 여급의 걱정까지 더하길 원하는 건 아니기 때문이야. 프리다가 퇴직한 뒤 귀한 손님들 가운데 그 사건을 눈치챈 사람은 아마 아무도 없었는데 오늘 그걸 알고는 프리다를 몹시 찾고 있어. 프리다는 모든 걸 특이하게 한 모양이지. 그녀가 평소 어떠하며 자기 일자리를 어떻게 평가하든지 간에 그녀는 노련하고 침착하며 자제력이 있어. 그 가르침에서 얻는 것은 없다 해도 그 자체는 너도 강조하고 있어. 언제 그녀의 눈빛을 눈여겨봤니? 그건 결코 바 여급의 눈빛이 아니라 여주인의 눈빛에 가까워. 모든 걸 보면서 사람 하나하나까지 보는데 한 사람 한 사람에게 멎은 눈빛이 그를 굴복시키고도 남을 만큼 강했어. 그녀가 조금 여위고, 좀 나이 들고, 머리숱이 많아보이는 게 무슨 상관이야. 그녀가 실제 뭘 지니고 있는지와 비교하면 그건 하찮은 것들이며 그런 결점이 꺼림한 자는 자기에게 더 큰 무엇에 대한 감수성이 없다는 사실만 보여주는 건지도 몰라. 물론 이걸로 클람을 비난할 수는 없어. 그건 어리고 경험 없는 계집애의 잘못된 관점일 뿐이며 그 때문

에 넌 프리다에 대한 클람의 사랑을 믿지 않는 거라고. 네게 클람은
——그러는 게 당연하지만——도달할 수 없는 것으로 보이고 그래서
넌 프리다도 클람에게 접근할 수 없을 거라고 믿지. 넌 잘못 생각하
고 있어. 난 설령 그에 대한 확실한 증거가 없다 해도 그 점에선 프
리다의 말만을 믿겠어. 그게 네게는 신빙성이 없어보이고 세상과
관료 사회 그리고 여성미의 고귀함과 영향에 관한 관념들을 조화시
킬 수 없다고 해도 이건 사실이야. 우리가 여기 나란히 앉아 내가
네 손을 쥐고 있듯이 클람과 프리다도, 아주 당연한 세상사라는 듯,
나란히 앉아 있었으며 그는 자진해서, 더구나 서둘러 내려왔는데
현관에서 숨어 그를 기다리거나 남은 일을 소홀히 한 자는 없었어.
클람 스스로 내려오려고 노력해야 했으며 네가 경악한 프리다의 잘
못된 옷차림에는 전혀 신경 쓰지 않았어. 그녀 말을 믿고 싶지 않겠
지! 그리고 그 때문에 어떻게 스스로 웃음거리가 되고 그럼으로써
정작 네 경험 부족을 드러내는지는 모르지. 클람과의 관계에 대해
서 전혀 모르는 사람도 그녀의 본성을 보면 너와 나 그리고 마을의
모든 사람들보다 나은 사람이 그걸 형성했으며 그녀의 환담은 손님
과 여급 사이에 흔히 있는 그리고 네 삶의 목표인 듯싶은 농담 이상
의 것임을 알게 될 거야. 내가 네게 부당한 평을 하는구나. 넌 스스
로 프리다의 장점을 아주 잘 알고 있으며 그녀의 관찰력, 그녀의 결
단력, 그녀의 사람에 대한 영향을 인식하고 있어. 모든 걸 잘못 풀
이해서 그렇지, 넌 그녀가 모든 걸 자기 이익만을 위해 못되게, 심
지어 네게 무기로 쓴다고 믿고 있지. 아니야 페피, 그녀가 그런 화
살을 갖고 있다 해도 그렇게 짧은 거리에서는 그걸 쏠 수가 없을 거
야. 그리고 이기적이라고? 그보다는 그녀가 갖고 있고 앞으로 기대
해도 되는 것을 희생시킴으로써 우리 둘이 높은 지위에 적합한지
확인할 기회를 주었는데 우리가 그녀를 실망시키고 심지어는 어쩔

수 없이 다시 이리로 돌아오게 했다고 말할 수 있지 않을까. 정말 그런지는 모르겠어. 나로서도 내 잘못이 전혀 확실하지 않아. 다만 날 너와 비교하면 문득 이런 생각이 들어. 우리 둘 다 너무 심하게, 너무 요란스럽게, 너무 유치하게, 너무 미숙하게 무엇을, 이를테면 프리다의 침착함, 프리다의 객관적 태도를 가지면 그냥 쉽게 얻을 수 있는 것을 울고 할퀴고 잡아당겨 얻으려고 애쓴 것 같다. 마치 어린애가 테이블보를 끌어당겨 아무것도 얻지 못하고 귀한 물건만 떨어뜨려 그걸 영영 얻기 어렵게 하듯이 ──그게 그런지는 모르겠어. 그러나 네가 얘기한 대로보다는 차라리 그렇다고 믿어." "글쎄" 하며 페피가 말했다. "프리다가 도망쳤기 때문에 그녀에게 반해 있는 거예요. 그녀가 떠나 있으면 그녀에게 쉽게 반하죠. 하긴 당신 생각대로인지도 몰라요. 그리고 모든 점에서 당신이 다 옳은지도 모르지, 날 웃음거리로 만드는 것까지. ──이제 뭘 할 거예요? 프리다가 당신을 버렸으니 내 설명으로 보나 당신 말로 보나 그녀가 당신에게 돌아온다는 희망은 없고 설령 그녀가 온다 치더라도 그 동안은 어디서건 보내야 하지 않아요. 날은 춥고 일도 잠자리도 없는데 우리에게 오세요. 내 친구들이 마음에 들 거예요. 우리가 편안하게 해줄게요. 우릴 도와주어야겠어요. 여자애들만으로는 일이 정말 너무 힘들어요. 그러면 우리 여자들이 스스로 힘에 의지하지 않을 것이고 밤에 두려움에 시달리는 일도 없을 거예요. 우리에게 와요! 내 친구들도 프리다를 알아요. 당신이 질릴 때까지 우리가 그녀 이야기를 해줄게요. 자 어서! 우린 프리다 사진도 있으니 당신에게 보여줄게요. 프리다는 요즘보다 그때 훨씬 얌전했어요. 아마 그녀의 눈이 아니라면 거의 못 알아볼 거예요. 그녀는 그 당시부터 뭘 노리고 있었으니까. 그럼 오는 거죠?" "그래도 되는 거니? 어제 내가 너희들 복도에서 붙잡혀 큰 소동이 벌어졌는데." "그건 당신이 붙잡혔으니까. 그러나 우리 곁에 있으면 붙잡히지 않아요. 우리 셋말고는 당신에 대해서 아무도 몰라요. 아, 재미있겠는데. 벌써 거기서 사는 게 얼마 전보다 훨씬 견딜 만하게 느껴져요. 이제는 여기서 떠나야 하는 것 때문에 잃어버리는 게 별로 없을 것 같아요. 우린 셋이서도 지루하게 지내지 않았지만. 고된 삶은 즐겁게 해야 돼요. 우린 혀를 버리지 않도록 어렸을 적부터 쓰라림을 받아왔어요. 그래서 우리 셋은 뭉쳐 지내요. 우린 거기서 그런대로 즐겁게 살고 있어요. 특히 헨리에테가 마음에 들 거예요. 에밀리에도. 내가 그들에게 당신 이야기를 했어요. 거기서는 그런 이야기들이 미심쩍게 들리죠. 마치 방 밖에선 아무 일도 일어날 수 없다는 듯 말이에요. 거긴 따뜻하고 좁아요. 그래도 우린 꼭 붙어 지내죠. 그래, 우리는 서로 매여 있지만 싫증난 적은 없어요. 그 반대죠. 친구들 생각을 하면 다시 돌아가는 게 옳은 것 같아요. 내가 그들보다 성공해야 할 필요는 없잖아요. 바로 우리 셋 모두에게 앞길이 똑같이 막혀 있다는 사실이 우릴 한데 뭉치게 했는데 내가 그걸 깨고 그들에게서 떨어진 거예요. 물론 그들을 잊은 건 아니었으며 늘 어떻게 하면 내가 그들을 위해 뭔가 할 수 있을까 하고 걱정하는 게 일이었어요. 내 자신의 지위는 불안했는데도—그게 어느 정도 불안한지는 전혀 몰랐죠—난 주인에게 헨리에테와 에밀리에 이야기를 했어요. 헨리에테를 놓고는 전적으로 안 된다는 태도는 아니었는데 우리보다 조금 나이 든, 프리다 나이쯤 되는 에밀리에 대해서는 전혀 가망이 없었어요. 그러나 생각 좀 해봐요. 그들은 결코 떠나고 싶어하지 않아요. 거기서 보내는 삶이 비참하다는 건 알지만 그들은 이미 순응했어요. 착한 사람들 같으니. 생각건대 그들이 보인 작별의 눈물에는 내가 함께 지내던 방을 부득이 떠나 추운 곳으로 나간 데 대한—우리가 볼 때 방 밖은 모두 춥게 느껴지죠—그리고 내가 엄청 낮선 장소에서 엄청 낯선 사람들과 단지 생계를, 그건 지금껏 공동 살림에서도 할 수 있었는데, 이어갈 목적으로 엄청 낯선 사람들과 힘들게 싸워야 한다는 데 대한 비애가 담겨 있었어요. 그들은 내가 지금 돌아와도 전혀 놀라지 않을 거예요. 단지 내 기분을 맞추려고 조금 울고 내 팔자를 한탄하겠지요. 그리고 당신을 보게 되면 내가 떠나길 잘했다는 걸 알 거예요. 이제 우리에게 조력자요 보호자인 남자가 있다는 것에 좋아할 것이며 모든 걸 비밀로 해야 한다는 것 그리고 우리가 이 비밀로 말미암아 전보다 더 가까운 관계가 된다는 것에는 그야말로 기뻐할 거예요. 와, 오 어서, 우리에게 와요! 당신에겐 아무 의무도 없을 테니. 당신은 우리처럼 우리 방에 영원히 얽매이는 것은 아니예요. 나중에 봄이 되어 묵을 데를 찾게 되면 그리고 우리 있는 데가 더 이상 당신 마음에 들지 않으면 가도 돼요. 단당신도 비밀은 지켜야 되며 절대 우릴 이르지 말아야 해요. 그러면 그걸로 우린 헤른호프에서 마지막이니까. 그리고 우리에게 있으면 다른 때에도 우리가 괜찮다고 하지 않는 데서 모습을 보이지 않도록 조심해야 되며, 특히 우리 충고를 잘 따라야 돼요. 당신을 구속하는 건 그것뿐이며 그게 중요하긴 우리나 당신이나 마찬가지죠. 그러나 그 밖에는 완전히 자유예요. 우리가 당신에게 맡길 일이 너무 어렵지는 않을 테니 걱정하지 마세요. 그럼 오는 거죠?" "봄이 되려면 얼마나 있어야 돼?" 하고 K가 물었다. "봄까지?" 하고 페피가 되물었다. "우리 사는 데는 겨울이 길어요. 아주 길고 단조롭죠. 그러나 밑에 있는 우리는 그것 때문에 불평하지는 않아요. 겨울에 대해서 우린 대비가 되어 있어요. 그리고, 언젠가 봄과 여름도 오니 그 역시 때가 있나 봐요. 그러나 지금 내 기억으로는 봄과 여름이 어찌나 짧은지 마치 이틀밖에 안 되는 것 같아요. 그리고 이틀 동안에 가장 날씨가 좋다는 날마저 가끔 눈이 내리죠."

이때 갑자기 문이 열려 페피가 놀라 몸을 움찔했다. 그녀는 생각에 잠겨 바에서 너무 멀리 가 있었는데 온 사람은 프리다가 아니고 여주인이었다. 그녀가 아직도 K가 여기 있는 걸 보고 놀란 척하자 K는 여주인을 기다렸다고 변명함과 동시에 여기서 밤을 지내게 해준 데 대해 고맙다고 인사를 했다. 여주인은 왜 K가 자신을 기다렸는지 납득이 가지 않았다. K는 그녀가 자신과 얘기하고 싶어한다는 인상을 받았다고 말하고는 그게 착오라면 용서를 바란다, 그건 그렇고 이제 가야겠다, 자신이 소사로 있는 학교를 너무 소홀히 했다, 모든 게 어제의 호출 탓이다, 아직은 그런 일에 너무 경험이 없다, 어제처럼 그녀에게 폐를 끼치는 일은 결코 다시 일어나지 않을 것이다, 라고 했다. 그는 가려고 절을 했다. 여주인이 꿈꾸는 듯한 눈길로 그를 보았다. 그 눈길에 사로잡혀 K는 다시 그의 의도보다 오랫동안 그 자리를 떠날 수가 없었다. 그러자 그녀도 조금 웃음을 짓다가 K의 놀란 얼굴에 비로소, 조금 정신이 든 모양으로, 마치 그녀의 웃음에 대한 답을 기다렸는데 반응이 없어 잠에서 깨는 기색이었다. "어제라고 생각하는데, 건방지게 내 옷에 대해 뭐하고 했지." K는 생각나지 않았다. "기억나지 않는다고? 내내 허풍을 떨더니 이제 비겁하게 나오는구먼." K는 어제 몸이 피곤했다고 변명했다. 그가 어제 뭐라고 지껄였을 가능성은 다분히 있지만 좌우간 더는 기억나지 않는다, 라고. 아울러 여주인의 옷에 대해 감히 뭐라고 했지? 한 번도 본 적이 없을 정도로 아름답다, 고. 일할 때 그런 옷을 입은 여주인은 아직 본 적이 없다라고. "그런 촌평은 그만둬" 하고 여주인이 얼른 말했다. "이제 너한테선 옷에 관한 말은 한마디도 듣고 싶지 않아. 넌 내 옷에 신경 쓰지 마. 이번이 마지막이야." K는 다시 한 번 절을 하고 문 쪽으로 갔다. "이건 대체 무슨 뜻이지" 하며 여주인이 그를 뒤에서 불렀다. "일할 때 그런 옷을 입은 여주인을 아직 본 적이 없다고 했는데. 그런 어이없는 말로 어쩌자는 거야? 그야말로 웃기는군. 무슨 말을 하려는 거야?" K는 돌아서서 여주인에게 흥분하지 말라고 했다. 물론 그런 말은 어이없는 것이라며. 그는 옷에 대해서 전혀 모른다고 했다. 그의 처지에서는 옷이 기운 데 없이 깨끗하기만 해도 귀하게 보인다라고. 그는 여주인님이 거기 복도에, 밤에, 거의 아무것도 걸치지 않은 남자들만 있는 곳에 그렇게 멋진 야회복을 입고 나타난 것을 보고 그저 놀랐을 뿐이었다고. "그래 이제" 하며 여주인이 말했다. "드디어 네가 어제 언급한 말을 기억하는가 보구나. 계속 말도 안 되는 소리로 주석까지 다네. 네가 옷에 대해 아는 바가 없다는 것은 맞아. 그럼 말이지 —네게 진정으로 부탁하는 건데—뭐가 귀한 옷이고 어울리지 않는 야회복이라든가 이러쿵저러쿵하지 마. 결코—이때 마치 냉기가 그녀를 엄습하는 듯했다—내 옷 문제를 가지고 귀찮게 하지 마, 알겠지?" 그리고는 K가 말없이 다시 몸을 돌리자 그녀가 물었다. "옷에 대한 지식은 어디서 나온 거지?" K는 어깨를 움찔하며 자신은 아무 지식이 없다고 했다. 여주인이 "없지" 하더니 "아는 척도 하지 말아야 돼. 저기 사무실로 와. 네게 뭘 보여주면 영원히 주제넘은 짓은 안 할 거야" 하고 말했다. 그녀가 앞서서 문을 지나갔다. 페피가 K에게 뛰어왔다. 그들은 K에게 돈을 받는다는 구실로 재빨리 말을 주고받았다. K가 뜰을 알고 있어 일은 매우 쉬웠다. 안뜰에는 옆길로 통하는 문이 있고 그 문 옆에는 작은 쪽문이 있는데 페피가 한 시간쯤 후에 그 뒤에 서 있다가 세 번 두드리는 소리가 나면 열어주기로 했다.

개인 사무실은 바의 맞은편에 있어 현관만 건너가면 되었다. 여주인은 벌써 불이 켜진 사무실에 서서 초조하게 K가 오는 쪽을 바라보았다. 그런데 장애가 생겼다. 게어슈테커가 현관에서 기다리며

K와 얘기하려고 들었다. 그를 떨쳐내기란 쉽지 않아 여주인까지 가세해 그의 집요함을 나무랐다. 이미 문이 닫혔는데도 게어슈태커가 "대체 어디로? 대체 어디로?" 하고 외치는 소리가 들리다가 역겹게 한숨과 기침 소리가 뒤섞였다.

방은 작고 너무 더웠다. 폭이 좁은 벽 쪽에는 높은 책상과 철금고가 있었으며 긴 세로 벽에는 장롱 하나와 터키식 긴 의자 하나가 있었다. 대부분의 공간은 장롱이 차지해 긴 세로 벽을 다 채웠을 뿐 아니라 또 그 폭이 방 면적을 크게 잡아먹었다. 그걸 완전히 열려면 미닫이문 셋이 필요했다. 여주인은 터키식 긴 의자를 가리키며 K에게 앉으라고 하고는 그녀도 높은 책상 옆의 회전 의자에 앉았다. "재봉일은 배운 적이 없어?" 하고 여주인이 물었다. K가 "예, 전혀" 하고 말했다. "대체 직업이 뭐지?" "측량사예요." "그게 뭐 하는 건데?" K가 그걸 설명해주었는데 그녀에게 하품이 나오게 했다. "넌 사실을 말하는 게 아니야. 대체 왜 사실을 말하지 않지?" "당신도 그러잖아요." "내가? 또 주제넘게 굴려는가 보군. 설령 내가 사실을 말하지 않았던들——내가 네 앞에서 그걸 변명해야 되니? 그리고 내가 뭘 사실대로 말하지 않는다는 거지?" "당신은 말하는 것과 같은 그냥 여주인이 아니예요." "이것 참, 넌 별걸 다 유심히 보는구나. 그래 난 또 뭐 하는 사람이지? 이제 뻔뻔스러움이 도지는가 보군." "난 당신이 그 밖에는 뭐 하는 사람인지 모르겠어요. 내가 아는 거라고는 당신이 여주인이고 여주인에게 어울리지 않는 옷을 입고 다니며 그건 내가 알기로도 이 마을에서 아무도 입지 않는, 그런 거라는 거예요." "이제 이야기가 제대로 되는군. 네가 말을 않을 수가 없지. 넌 결코 건방진 게 아닌 것 같아. 뭔가 어리석은 걸 알면서 어떻게든 그걸 속에 넣고 있지 못하는 어린애 같을 뿐이지. 그럼 말해봐. 이 옷에서 뭐가 특별하다는 거지?" "말하면 기분 나빠질 텐데.” “아니야, 웃게 될 거야. 어린애 같은 소리일 건데. 그래 옷이 어때?” “궁금한가 보군요. 그러니까 꽤 귀한, 좋은 옷감으로 만들어졌어요. 그러나 구식으로 장식이 너무 많으며, 많이 고쳤고 낡은 옷으로 당신 나이나 체격, 그리고 당신 지위에도 안 어울려요. 내가 당신을 처음 봤을 때 그게 눈에 띄었죠. 한 일주일 전, 여기 현관에서.” “그것 보라니까. 구식에 장식이 너무 많고 그리고 또 뭐라고? 그런데 그런 걸 다 어디서 알았지?” “그렇게 보여요. 그런 건 배우지 않아도 돼요.” “그냥 보인다고. 어디서 알아보지 않아도 곧바로 유행이 뭔지 안다고. 그럼 넌 내게 없어선 안 될 사람이겠는데. 난 멋진 옷이라면 사족을 못 쓰거든. 그런데 이 옷장에 옷이 가득 있는 것을 보고 뭐라고 할지.” 그녀가 미닫이문들을 옆으로 밀자 옷이 빽빽하게, 옷장에 속속들이 가득 차 있었는데 거의가 짙은 회색, 갈색, 검정색 옷들로 모두 정성스럽게 펴서 건 것들이었다. “이게 내 옷들이야. 네 말대로 모두 구식이고 장식이 많지. 그러나 여기 옷은 저 위 내 방에 둘 데가 없어 놔둔 것들뿐이고 거기에는 또 두 옷장 가득 옷이 있어. 둘 다 크기가 거의 이것만해. 놀랍지 않아?” “아니오, 아마 그럴 거라고 예상했어요. 당신은 그냥 여주인이 아니라고 했잖아요. 당신은 뭔가 다른 걸 노리고 있어요.” “난 오직 예쁘게 옷 입는 것만 바라는데. 넌 바보이든가 어린애 아니면 아주 나쁜, 위험한 사람이야. 가, 이제 가라고!” K가 현관으로 나오자마자 게어슈태커가 다시 그의 팔을 붙잡았는데, 이때 그의 등에 대고 여주인이 소리쳤다. “내일 새 옷이 오는데 널 데리러 보낼지도 몰라.”

　게어슈태커는 그를 방해하는 여주인을 멀리서 아무 말 못하게 하려는 듯, 성이 나 손을 휘두르며, K에게 같이 가자고 재촉했다. 자세한 설명을 해달라고 해도 처음엔 응하려 하지 않았다. K가 지금 학교에 가야 된다고 하는데도 그는 아랑곳 않았다. 게어슈태커는 K

가 끌려가지 않으려고 저항하자 비로소 그에게 걱정하지 말라, 자기 집에 있으면 필요한 건 뭐든 갖게 될 것이다, 학교 소사직은 그만둬도 된다, 제발 그만 와라, 온종일 그를 기다리는 중이다, 어머니는 자신이 어디 있는지조차 모른다, 하고 말했다. K가, 천천히 그에게 응하면서, 무엇을 보고 자신에게 식사와 숙소를 대주려고 하느냐고 물었다. 게어슈태커가 그저 건성으로 그는 임시로 말을 돌볼 일꾼으로 K가 필요하다, 그 자신은 이제 다른 일이 있다, 그러니 자신을 따라가지 않겠다고 실랑이하며 공연히 힘들게 하지 말라고 대답했다. 그가 보수를 원하면 보수도 주겠다, 라고. 그러나 K는 아무리 잡아당겨도 그 상태에서 움직이지 않았다. 그는 말에 대해 아는 게 전혀 없다는 것이었다. 그것도 필요 없어, 하고 초조하게 게어슈태커가 말하며 화가 나는지 손을 으깨듯이 비비며 K에게 같이 가자고 했다. K가 마침내 "당신이 날 데려가려는 까닭을 알아요"라고 말했다. 게어슈태커는 K가 뭘 아는지 관심이 없었다. "내가 당신을 위해 에어랑어에게서 뭘 얻어내줄 수 있다고 생각하는 것이지." 게어슈태커가 "그래" 하며 "그렇지 않으면 네가 나에게 무슨 가치가 있겠어" 하고 말했다. K가 웃으며 게어슈태커의 팔에 매달려 그를 따라 어둠 속으로 들어갔다.

　게어슈태커의 오두막 방은 화덕불과 뭉툭한 초만 있어 침침했으며 이 촛불 가까이, 저기 비스듬히 튀어나온 지붕 마룻대 밑의 우묵한 곳에는 누군가 책을 읽고 있었다. 게어슈태커의 어머니였다. 그녀는 K에게 떨리는 손을 내밀어 자기 옆에 앉게 하고 간신히 말을 했으며 알아듣기는 힘들었지만 그녀가 한 말은*

---

*카프카의 소설은 이렇게 미완성으로 끝난다.

절대성을 향한 심원한 노정

작품 감상에 작가의 전기적 요소를 결부시키는 것은 책 읽기에 흥미를 더해줄 뿐 아니라 문학성의 진정한 평가를 위해서도 빼놓을 수 없는 과정이다. 카프카의 경우에는 그의 아버지와 여동생 오틀라, 그리고 펠리체와 밀레나라는 두 여자와의 관계가 주로 화제에 오르는데, 특히 그가 1919년 10월 프라하의 한 커피 집에서 처음 만난 밀레나와의 관계에는 흥미로운 대목이 많다. 당시 그는 36살, 그녀는 23살이었다.

밀레나는 프라하에서 태어나 의학과 음악을 공부했고 문학에도 이해가 깊었으며 언론 및 번역 활동을 하고 있던 지식인이었다. 그러나 사생활은 매우 자유분방했으며 모르핀에까지 중독되는 등 상당히 심각한 상태였다. 게다가 그녀가 이름 없는 유대인 문필가인 폴락과 결혼하자 유명한 구강 외과 교수였던 그녀의 아버지는 1917년, 딸을 정신병원에 강제로 입원시켜버린다.

카프카에게 밀레나는 특별한 존재였다. 그가 브로트에게 보낸 편지에서 말했듯이 "그야말로 활활 타는 불 같은 면이 있었지만 그녀는 그러면서도 부드럽고 대담하고 영리한" 여자였다. 특히 아무도 치료할 수 없는 카프카 고유의 불안에 대해 누구보다 잘 알고 있었다. 카프카는 어느 친구나 여자에게도 자신의 내면을 보여준 적이 없었지만 밀레나에게는 「아버지에게 보낸 편지」를 비롯하여 자신의 「일기」와 소설 『실종자』의 원고까지 맡길 정도였다. 그러나 카프카는 그녀에게 남편을 버리라고 할 수 없었으며 그녀 역시 카프카와는 함께 살 수 없다고 생각했기 때문에 둘 사이는 점점 더 멀어졌다. 병약하고 사회적 연줄도 없는 유대인에게 정열적인 체코 여인은 여러 면으로 벅찬 존재였던 것이다.

1921년부터는 카프카의 제안으로 편지 왕래가 뜸해졌으며 1922년 1월에 그는 신경쇠약에 시달린다. 그리고 이 무렵 소설 『성』의 집필이 시작된다. 마치 괴테가 곤혹스러운 인간 관계, 특히 사랑의 질곡에서 위기를 맞았을 때 문학적 자아와 현실적 자아로 분리시켜 자신을 되살렸듯이, 카프카 역시 소설 『소송』을 통해서 펠리체와의 단절을 극복하려 했으며 『성』을 통해서는 좌절된 밀레나와의 사랑을 되새겨보려 했던 것이다.

여기에 얽힌 여러 가지 사회적 정황들과 카프카의 불안은 『성』에 그대로 녹아 있다. 우선 장황한 서술 속에 함몰되지 않도록 조심하면서 크게 줄거리를 챙겨보면 다음과 같은 사실을 확인할 수 있다. K는 그야말로 생소한 성─마을에 도착해 마을 어귀의 브뤼켄호프, 면장을 포함한 마을 주민들의 집, 학교, 바르나바스네 집, 성의 관리들이 묵는 헤른호프를 헤매며 거기서 엿새를 보낸다는 것. 또 우발적으로 목표를 삼은 성의 관리인 클람은 만나지도 못하며, 마을에 도착한 다음날 전과물로 얻은 프리다도 잃고 맨 나중엔 말을 돌볼 일꾼을 찾는 게어슈테커를 따라가는 신세가 된다는 것. (카프카의 친구인 브로트는 K가 탈진해 죽기 전인 일곱째 날, 원칙적으로 성에 체류할 자격이 없는 그에게 자비를 베푸는 것으로 작품을 완결할 예정이었다고 하지만 피셔 출판사에서 나온 『성』의 부록에 실린 카프카의 습작처럼 어딘가 너무 상투적인 냄새가 난다.)

카프카의 소설을 구성하는 텍스트 가운데 중요하지 않은 것은 없지만 그래도 『성』의 본질을 함축적으로 담고 있는 대목이 있다. 어느 소설이나 첫 부분에는 많은 단서가 담겨 있는데『성』역시 그런 점에서 더할 나위 없는 본보기라 할 수 있다.

K가 도착했을 땐 늦은 저녁이었다. 마을은 눈 속에 깊이 묻혀 있었다. 성이 있는 언덕은 안개와 어둠에 잠겨 있어 아무것도 볼 수 없었으며, 어렴풋이나마 큰 성이 있음을 알려주는 불빛도 없었다. K는 오랫동안 큰길에서 마을로 이어지는 나무다리 위에 서서 허공으로 짐작되는 데를 쳐다보았다.

서술자와는 달리 K의 시야가 어둠과 안개에 철저히 막혀 있다는 사실은 시사하는 바가 크다. 소설을 읽은 독자라면 K가 마을과 성에 대해 아무것도 모르는 완전한 이방인이라는 것을 알 것이다. 성—마을과 전혀 무관한 K의 처지가 문체에도 반영되었는지 이 단락에는 K에게 열린 태도를 보이는 단어나 구절이 전혀 없다. '주인공을 낯선 세계에 보내는 실험'(G. Anders, Janouch)이 글쓰기라는 카프카의 말처럼, 여기에는 이 소설의 기본 전제인 K와 낯선 성—마을의 대립 관계가 설정되어 있으며 이 관계의 역학적 변화는 서술에서 큰 몫을 차지한다.

K는 다음날 아침 성을 찾아간다. 이때부터 시작된 K의 '측량 작업', K의 의도 및 기대는 성—마을의 묘한 반응에 번번이 빗나가게 된다. 다음은 이러한 성—마을의 이질적 매커니즘과 이에 근본적으로 어울리지 않는 K의 '측량'을 단적으로 말해주는 대목이다.

이곳 멀리서 보기에 성은 K의 예상과 대체로 일치했다. 그건 오래된 기사의 성도 새로 지은 호화 건축도 아닌, 이층은 몇 안 되지만 다닥다닥 나란히 붙은 수많은 저층 건물들로 이루어진 광

대한 건축물이었다. 〔…〕 K는 머리 속으로 고향의 교회탑과 저 위의 탑을 비교해보았다. 거침없이 곧장 위로 치받으며 뾰족해지고, 넓은 지붕에선 붉은 기와로 끝나는 저 탑, 일종의 현세적 건물——〔…〕 이렇게 그는 다시 나아갔는데 먼길이었다. 이를테면 거리, 마을의 한길은 성 언덕으로 통하는 게 아니라 가까이 가기만 했다가 일부러 그러는 것처럼 휘어지며 설령 성에서 멀어지진 않는다 해도 성에 가까워지는 것도 아니었다.

성은 마을 어디나, 특히 사람의 의식 속에 상존하지만 그 거리는 결코 변화될 수 있는 성질이 아니다. 그러니까 성——마을은 눈길을 헤쳐 나가는 걸음법에 익숙지 못한 K, 지리에 어둡고 물정을 모르며 현지 고유의 시간 감각이 없는 K에게 다른 물리 법칙이 작용하는 유다른 세계이며, 외계인 K에게 성은 가까이 있으면서도 포착할 수 없는, 즉 가깝고도 먼 존재로 K의 측량이나 계산과는 차원이 다른 것이다. 그리고 소설이 진행되면서 K가 성이나 클람 같은 목표를 뻔히 눈앞에 두고도——이를테면 클람 대신 프리다와의 쾌락이나 코냑 마시기에 탐닉하는 일과 뷔르겔 앞에서 잠에 취하는 등—— 목적 대신 '주의를 딴 데로 돌리는 관능과 만나게'(Janouch) 되는 야릇한 일들이 계속 되풀이된다.

브뤼켄호프의 여주인과 프리다, 아말리아의 사례에서 알 수 있듯이 성은 마을의 진, 선, 미를 포함한 모든 규범의 알파와 오메가이다. K 역시 이런 절대성을 깨닫고 성과 마을의 예속적 관계에 융화될 것을 강요받는다. 저 유명한, 카프카가 아버지에게 보낸 편지에는 이런 관계의 모순과 갈등이 『성』의 축약판처럼 표현되어 있다.

지독히도 권위적인 사람인 당신 자신은 내게 지운 계명을 지키지 않았을 때, 그 변함없는 규칙과 금지 명령들이 날 우울하게 합니다. 그럴 때면 나는 이 세상을 셋으로 나누어 생각했죠. 내가 노예로서 왜 그 법을 결코 완전히 따를 수 없는지 그 까닭을 알지 못한 채, 오직 나만을 위해 만들어진 법의 지배를 받으며 사는 세상과, 나와는 무한히 멀리 떨어진, 당신이 지배에 전념하며 명령을 발하고 이를 따르지 않으면 화를 내며 사는 세상, 그리고 마지막으로 다른 사람들처럼 명령과 복종에 구애받지 않고 행복하게 사는 세상으로.

우연은 이런 절대자의 '보이지 않는 손'이다. 소설에는 이에 호응이라도 하듯이 '갑자기'와 '그러나'가 수없이 나오며 K를 포함한 마을 사람들은 '우연'에 내맡겨진 존재이다. 이 우연에는 두동진 성격이 있으며 그렇게 때문에 마을에서는 누구나 양자택일적 상황에 부딪힌다. 카프카는 '존재한다는 것은 어디에 소속됨을 의미한다'고 했는데, 『성』의 K 역시 줄곧——측량사와 학교 소사 신분, 프리다와 아말리아의 삶……——어디에 소속될 곳을 선택하라는 주문을 받는다. 그리고 모든 선택에는 엔트로피의 비가역성 법칙이 잇따른다. 돌이킬 수 없는 바르나바스네의 비극적 운명이 그 보기이다. 이런 엄청난 우연 때문에 K의 '측량'이나 바르나바스 집안의 처절한 노력 모두 번번이 좌절되거나 엉뚱한 데로 빗나간다. 바르나바스의 이야기처럼 성에 다가갈수록 성 또한 엄청나게 크고 불가해한 차원으로 변한다. 한마디로 K의 시도는 다람쥐 쳇바퀴 돌기였을 뿐, 소설의 첫 대목이 시사하는 상황에서 조금도 벗어나지 못하는 것이다.

이런 카프카의 소설을 놓고 학계에서는 해석이 구구하다. 참고삼아 『성』에 관한 연구 문헌을 뒤져보면 여러 가지 색다른 주장이 나온다. 성을 하느님이나 자비의 상징(M. Brod), 초 개인적인 법칙(Emrich)으로 보는가 하면 성과 마을의 관계에서 하늘과 땅의 관계(H. J. Schoeps), 합스부르크 체제(Sellinger), 황당한 가부장적 세계(Benjamin), 역사적 정지 상태(Krusch), 제3제국과 같은 파시즘을 연상하기도 하며(Adorno), 심지어는 동성애가 판을 치는 유토피아를 추측하기도 한다(G. Mecke).

또 성은 어디에 있을까 라는 의문과 관련해서 바겐바흐(K. Wagenbach)는 이 소설의 배경으로 카프카 가족이 프라하로 옮겨가기 전에 살았다는 마을(Woßek)을 들고, Mecke는 카프카가 여행한 독일 브로켄 산의 브로켄하우스을 내세우며, G. Heintz는 카프카의 글쓰기와 삶의 동일함을 근거로 '언어'에 성이 있다고 주장한다.

이와 같이 한 작품을 놓고 다양한 주장이 나오는 것은 카프카의 작품에서 기인한다. 독자들은 심리 테스트를 받을 때처럼 자신의 안목에 따라 해석하는 것이다. 이렇게 해서 쌓이고 쌓인 카프카 문헌이 이미 웬만한 도서관 규모를 넘지만 카프카는 앞으로도 계속 읽히고 연구될 '21세기 작가'가 될 것이다.

그러나 한편으론 이런 현상이 꼭 카프카 연구에 도움이 되지 않는다는 시각도 있다. 미국의 비평가인 수잔 존탁은 카프카의 작품이 '집단적으로 폭행' 당하고 있다고 한탄할 정도이다.

카프카의 『성』은 1926년 뮌헨의 쿠르트 볼프 출판사에서 막스 브로트 판이 처음 나왔으며 1982년에 패슬리의 비평본이 나왔다. 이 번역은 패슬리 판을 원전으로 삼았는데 독일어로만 읽던 카프카의 『성』을 막상 우리말로 옮기는 일은 결코 만만치 않았다. 예컨대 마침표 대신 계속 쉼표를 사용해 이어지는 텍스트에 충실하면서 카프카의 문체를 번역하는 데는 한계가 있었으며 평소에 무심코 넘어가던 쉬운 독일어 표현들도 막상 우리말로 옮기려 들자 어려움에 부닥치곤 했다. 그 가운데 몇몇만 열거하면 Wirtshaus / Ihr seid Leute! / Sehr geehrte Herren! / Herr, Herren / vorwärtstragen / Erntewagen / Vorakten / durch irgendwelche Umstände / hinauflügen / Zur Keckheit gehört dann hinterher die Feigheit 등이다. 번역을 하며 '진솔한 얼굴'과 함께 '매끈한 얼굴'을 추구했지만 둘 중 하나를 선택할 수밖에 없는 경우에는 대부분 앞의 것을 취했으며, 원문 자체가 문법적으로 완전하지 않아 우리말로 옮기기 곤혹스러운 경우에는 과감히 의역을 택했다.

온갖 어려운 여건에도 불구하고 카프카 전집 발행을 위해 많은 애를 쓴 솔 출판사의 임양묵 사장님과 이유경 씨, 나의 원고를 마무리하는 데 도움을 준 손윤권 군, 그리고 무엇보다 이 책을 찾은 독자들에게 고마움을 표한다. 끝으로 『성』에 그려진 심원한 노정을 음미하는 데 도움이 될 성싶어 카프카의 소설 『성』을 읽을 때마다 연상되는 동양의 우화를 덧붙이며 이 글을 마친다.

아침저녁으로 해가 떴다 졌다 하는 것은 동북쪽의 창천蒼天이란 하늘에 계신 옥황상제께서 땅 위의 인간에게 생명과 광명을 주시려고 해를 들었다 놓았다 하기 때문이다. 그지없이 광대한 우주에서 인간은 진애塵埃에 비유할 수 있는데 굳이 따지면 크기가 1억분의 1센티미터쯤 된다.

이 티끌 같은 인간이 그래도 햇빛이 자기 생명의 근원인 줄은 알고 영생을 얻겠다고 해를 찾아 동북 창천을 향해 나섰다. 십리, 백리, 천리, 만리, 드디어 지구 끝이 되는 곤륜산崑崙山 정봉에 다다랐다. 이 불사의 물이 흐르는 곳에는 신선 서왕모西王母가 살고 있었다. 창천 가는 길을 묻는 인간에게 서왕모는 조용히 타일렀다. 네가 온 길이 만리인데 그 만 배를 더 갈 수 있느냐고. 인간은 그래도 한 사코 만의 만 곱절을 더 가서 삶을 마쳤다. 억億이란 사람[亻]의 뜻 [意]으로 이룰 수 있는 한계인 셈이다.

이런 인간이 기특해서인지 불쌍해서인지 서왕모는 그를 살려내어 불사의 물을 먹여 신선을 만들었다. 신선이 된 인간은 다시 영생의 길을 계속 걸었다. 억의 만 배, 조兆, 다시 그 만 배, 또 만 배. 이렇게 해서 경京, 애埃, 자秭, 양穰, 구球, 간澗, 정正, 재載를 거쳐 해님과 옥황상제가 계시는 극極에 도달했다. 상제를 뵈어야겠는데 해가 어찌나 크고 햇살의 가닥 또한 어찌나 많은지 고개를 들어 우러러볼 수조차 없었다. 그래서 해님의 뒤로 돌아가야만 했다.

서왕모께 얼마나 더 가야 되는지 물어보니 극의 만 배인 항하사恒河沙만큼 더, 또 그 이만 배인 나유타那由他만큼 더 가보라는 말씀. 그러나 끝이 보이지 않으니 참의로 불가사의한 일이었다. 문득 크게 깨달은 바가 있었다.

"해님의 크기와 그 빛은 무량대수無量大數로구나!"

2000년 3월
옮긴이 오용록

■ 옮긴이 **오용록** 1950년 전북 고창 출생으로 조선대를 졸업하고 독일 뮌헨대에서 문학박사 학위를 받았다. 현재 강원대학교에 재직 중이며 한국카프카학회 회원으로 활동하고 있다.
로버트 발저, 릴케, 카프카, 클라이스트, 렌츠, 브링크만, 우베 팀 등에 관한 다수의 저술과 논문이 있으며, 역서로 헤세의『종이로 된 지성』, 키젤·뮌히의『18세기 독일의 사회와 문학』, 아른하임의 『엔트로피와 예술』, 우베 팀의『뜨거운 여름』등이 있다.

카프카전집 5
성 장편소설

1판 1쇄 발행	2000년 3월 20일
개정1판 1쇄 발행	2017년 5월 25일
개정1판 3쇄 발행	2022년 11월 25일

지은이	프란츠 카프카
옮긴이	오용록
펴낸이	임양묵
펴낸곳	솔출판사

기획편집	윤진희, 김현지
디자인	이지수
경영관리	이슬비

주소	서울시 마포구 와우산로29가길 80(서교동)
전화	02-332-1526
팩스	02-332-1529
블로그	blog.naver.com/sol_book
이메일	solbook@solbook.co.kr
출판등록	1990년 9월 15일 제10-420호

© 오용록, 2000

ISBN	979-11-6020-020-1	(04850)
	979-11-6020-006-5	(세트)